Uwe Horst Pfeifer

Die schwarzen Heere

Uwe Horst Pfeifer

DIE SCHWARZEN HEERE

Roman

Bibliografische Information der Deutschen Nationalbibliothek
Die Deutsche Nationalbibliothek verzeichnet diese Publikation in der Deutschen Nationalbibliografie; detaillierte bibliografische Daten sind im Internet über http://dnb.d-nb.de abrufbar.

Uwe Horst Pfeifer
Die schwarzen Heere
Roman

Titelbild: acrogame @ fotolia.de

Lektorat: CSF-Idee, Aidlingen

Berlin: Pro BUSINESS 2018

ISBN 978-3-96409-012-6

1. Auflage 2018

Produktion und Herstellung: Pro BUSINESS GmbH
Gedruckt auf alterungsbeständigem Papier
Printed in Germany
www.book-on-demand.de

ClimatePartner

„Du stellst meine Füße auf weiten Raum“ (Psalm 31)

ERSTES BUCH

Der Kommandant des letzten Gefechts

DIE Kundschafter, die zurückkehrten – es waren wenige, denn voller Gefahren war ihr Auftrag – berichteten, dass sich die schwarzen Heere in der Gegend der ehemaligen Stadt Ulm sammelten: Bis an beide Horizonte seien die Ufer des ehedem Donau genannten Flusses ein einziges Bild unteilbarer, schier unbezwingbarer Macht.

Wir hatten sie, die von Süden herangezogen, so schnell hier nicht erwartet. Es war nicht der einzige Irrtum, dem wir erlegen waren. Ebendiese Irrtümer, die einander wie mit Notwendigkeit gefolgt waren, hatten uns ja in diese Lage gebracht. Aber wahrscheinlich war selbst das ein Irrtum, ein selbstverliebter noch dazu, und es war für den Lauf der Dinge völlig gleichgültig, ob wir uns geirrt und uns Illusionen hingegeben hatten oder eben nicht. Es stimmte ja: Die schwarzen Heere kümmerten unsere Irrtümer nicht und nicht unsere Illusionen. Die schwarzen Heere zogen heran.

Zwei Sonnenläufe also noch, von ihrem Aufbruch an gerechnet. Vielleicht drei. Es gab nicht mehr viel zu tun, und es gab nicht mehr viele Wege, die uns offen standen, und ob es lohnte, diese wenigen Wege zu beschreiten, darüber hätte ich mich wohl mit dem Weiser beratschlagen sollen, seit diesen, seit unseren Hügel wir bezogen. Aber selbst dessen freilich war ich mir nicht sicher, ob Ratschlag uns weiterhülfe und ob nicht dieses der letzte Hügel wäre, den wir erklommen, unser Winterlager, das letzte Winterlager vielleicht, da doch Winter noch gar nicht war.

Ich schlug den Eingang des Kommandeurszeltes zurück. Kommandeurszelt – welch ein Wort für den, der sich, und sei es noch so vage, an die zeitlichen Zeiten erinnerte. Mirjam kauerte hier, die Mutter meines Sohnes. Aus Gewohnheit wohl zog sie mit mir oder ich mit ihr oder weil ihr oder weil mir andere Wege offen nun einmal nicht standen, seit Nathanael ich ihr gezeugt und sie mir ihn empfangen. Wir sprachen verschiedene Sprachen, obgleich die Worte die der einen Sprache waren. Doch sprachen wir ja alle verschiedenen Sprachen, und so ahnten wir mehr und verstanden uns eher oder ausschließlich in den Geschichten und Erzählungen, die in die Urgründe reichten und aus den Urgründen erwuchsen, so denn von Verstehen überhaupt die Rede sein konnte und jemals hatte sein können.

Kurz nach mir betrat der Weiser das Zelt. wie er immer das Zelt betrat und dann an den Feuern saß und in die Schlachten uns begleitete und Kundschafter aussandte und die Schlachten selbst mit uns schlug. So hatte der Weiser seine Verdienste. Seine Gesichte zeigten uns vage, wie uns oft scheinen mochte, in Gestalten, deren Konturen verschwammen, was kommen sollte, doch taten sie dies, indem Bilder aus dem Untergegangenen, aus den zeitlichen Zeiten wie über eine Brücke in unsere Nicht-Zeiten sie retteten. So denn retten das rechte Wort sein konnte. War der Weiser doch es, der die Fäden wob, der immer anders, immer neu, die Geschichten spann, in denen und aus denen wir selbst jetzt noch lebten, da die schwarzen Heere heranzogen und wir die Schlachten schlugen und in den Schlachten geschlagen wurden, wenn das eine Winterlager wir verließen, bis in das andere wir rückten.

All dies aber war überwölbt von den Gesichten und Geschichten des Weisers. Was tröstlich sein konnte immerhin, wenn auch vergeblich. Immerhin hielt es uns, hielten diese Gesichte und Geschichten uns in einer Zucht, anders als die umherziehenden Horden in den Landstrichen, die keine Geschichten mehr kannten und marodierten, um ihr Leben, so es eines genannt werden konnte, zu fristen. Freilich, was das in diesen Nicht-Zeiten Leben galt, sei es in unseren Kohorten, sei es in ebenjenen Horden, wer mochte es sagen, ich wusste es nicht. Manchmal fragte ich mich oder fragte den Weiser, ob nicht gerade jene Geschichten es seien, die uns den schwarzen Heeren unterlegen sein ließen ein ums andere Mal und die uns gar diese Unterlegenheit suchen ließen ein ums andere Mal, auf dass wir sie spürten, diese Unterlegenheit, züchtigend, am Leib, an der Seele.

Hatten uns freilich, stimmte ja auch dieses, hatten uns seine Intuitionen manches Mal aus scheinbar aussichtsloser Lage gerettet. Vorläufig, immerhin. Immerhin vorläufig, was nun schon wie lange so ging, oder war es nur ein Weniges gar, ich wusste es längst nicht mehr, und ich wollte es längst nicht mehr wissen.

Was er nun meine, fragte ich den Weiser.

Dass es wohl günstig sei, erwiderte er, den jetzigen Standpunkt schnellstmöglich aufzugeben, die Kohorten zu sammeln, die Kundschafter heranzuziehen und sich Richtung Nordost zu bewegen, um – wenn auch viele Sonnenläufe und Märsche entfernt – in den Waldungen und Hügeln der kleinen Gebirge Zuflucht zu finden. Das verspreche Ruhe, Ruhe bedeute Sammlung, Sammlung wiederum neuen Ratschluss. Zumal dann, wenn wir nach all den Märschen die kleinen Gebirge erreicht hätten, schon der Winter vor der Tür stehe, und mit ihm komme das Geschehen (der Weiser sprach tatsächlich von Geschehen!) zwangsläufig fast, wenn nicht vollständig, zum Erliegen, so dass wir Winterlager beziehen könnten, wie schon viele Winterlager wir bezogen hatten.

ES WAR, was ich erwartet hatte. Dem Weiser war, all seinem Wissen und seiner Intuition zum Trotz oder besser: über beides hinaus, etwas fast Vegetatives zu Eigen, das ihn immer und immer weiter zu tun drängte, sich den Erfordernissen neuer Lagen zäh anzupassen. Im Geheimen schon lange, im Geheimen vielleicht schon immer, nun aber immer offener fragte ich mich, ob dieses immer neue Anpassen, dieses Ausweichen und Fortziehen die schlimme und wohl endgültig aussichtslose Lage nur in das ein Menschenmaß übersteigend Unerträgliche verlängere. Mehr und mehr schien es mir, als ob es, da es nun offenbar so sein sollte, klüger wäre, die schwarzen Heere ein letztes Mal einfach abzuwarten und dann zu sehen, von Trotz oder Schlacht gar war längst nicht mehr die Rede, ob jenes letzte Gefecht, zu dessen Kommandant ich bestellt, wie und an welchem Ort tatsächlich stattfände und in welcher Weise es ausginge.

Doch wusste ich auch, dass ich am Ende auch diesmal wieder dem Weiser folgen würde, zweifelnd in die eine wie die andere Richtung, grübelnd, entschlusslos, doch hatten sie gewusst, wen sie gewählt – gewählt zum Kommandanten des letzten Gefechts. Ich hatte mich nicht gedrängt. Mich aber auch nicht entzogen, was mühelos mir möglich gewesen wäre. War längst und immer noch, wie von Anbeginn an, die Frage offen, ob tatsächlich mir es möglich gewesen wäre.

Freilich, und mir selbst kaum gestand ich es ein: Es gab noch etwas, das mich weicher, noch widerstandsloser machte, dem Weiser zu folgen. Hätte mich jemand gefragt, was es sei, so hätte ich ohne zu zögern geantwortet, dass die Sorge um den Sohn mich umtreibe, der im Vorfeld, im kaum mehr Beherrschbaren, kaum mehr Kenntlichen, zwischen der Linie der schwarzen Heere und unserem Felsen hier, dem Auftrage folgte, und ich hätte selbst es geglaubt. Und nicht, dass es falsch gewesen, denn der Sohn war mein Fleisch, und ich liebte ihn. Doch war die Liebe nicht ungeteilt, wenn man es einerlei Liebe wohl nennen konnte.

Und was da der Rest war oder anders war oder Neues war, das suchte in Gedanken seinen Weg hinter die Linie der schwarzen Heere, in das früher vertraute Land, von dem keiner von uns wusste, wie es heute dort aussah, denn die es wissen konnten, waren tot, und die noch lebten, waren hier.

ESTHER. Es war Esther, und lange hatte ich gebraucht, bis ich, in einem hinteren Winkel, den Namen in mir selbst hatte Wort werden lassen können. Fast schien es, als ob das Leben, das wir nun führten, Phasen aus unserem früheren Leben in jenen kaum mehr kenntlichen zeitlichen Zeiten kurios und rätselhaft ineinander verwöbe, Kraft und Fühlen des Jünglings, Verstand und Mut des Mannes, die Müdigkeit des Greises und welch tausend Schattierungen es darin gegeben haben mochte. Das Herz schlug, und ich spürte Röte in meinen Wangen, ich, der Kommandant der letzten Truppen und des letzten Gefechts!

ICH lud den Weiser ein, das Mahl mit uns zu nehmen, das Mirjam schweigend auftrug. Sie mochte den Weiser nicht, der ihrem Wesen fremd war, wie wohl viel auch an meinem Wesen ihr fremd war, und mir vieles an ihrem. Und dennoch: Das Mahl gemeinsam zu nehmen stiftete Frieden und Gleichmaß, wenigstens für Augenblicke, wenn es auch die Momente des anklagenden Schweigens, der schweigenden Anklage gab, doch nicht heute.

Das Mahl. Schmecken und riechen. Nichts lässt uns unmittelbarer das Versunkene wenigstens schattenhaft ahnen, und angesichts der längst vertraut kargen Speise, dem schalen Trank fragte ich mich wie stets, welche Strafe uns ereilt hatte, doch tat ich es längst gleichsam achselzuckend, wie man als Jüngling den Erzählungen alter Männer lauscht, interessiert manchmal, doch nicht betroffen.

Wann ich – endlich – den Sohn zurückzurufen gedächte, fragte Mirjam, und ich kannte den Vorwurf in ihrer Stimme nur zu gut, doch immerhin einte uns die Sorge um Nathanael, wenn wir auch zuverlässig stets fast immer zu anderen Folgerungen daraus gelangten.

Dass es nicht gut sei für die Kohorten, deren Moral und Wille ohnedies geschwächt seien (wer mochte dies verurteilen nach den Ereignissen?), wenn der Sohn des Kommandanten sichtbarlich geschont würde, so antwortete ich ohne innere Überzeugung, insofern sei das Amt ein Fluch für den Vater und den Sohn, und noch während ich so redete und es selbst nicht glaubte, schoss mir, kurz und fern wie ein Wetterleuchten eine Ahnung durch kaum mehr als das Mark, wie – vielleicht – eine Wende zu schaffen wäre. Das schmerzhaft Grelle der Erkenntnis erlosch schnell, doch witternde Unruhe war und damit einer Suche die Bahn gelegt. Zum anderen, so fuhr ich fort, während der Weiser bedächtig aß und die Worte, die er hörte, dabei zu schmecken schien, könne es keinen Zweifel geben – doch, da waren mehr als hundert, allein in mir selbst –, dass er seinem Auftrage, den für uns alle überragend wichtigen, in einer Weise gerecht werden würde, wie es nicht nur uns, den Eltern, dienlich sei.

Und ebendieses weiter. Es war mir manchmal, als spräche etwas oder jemand Vergangenes, Untergegangenes aus mir und jedenfalls nicht ich selbst.

Oder war ich es, der sprach, und jener, der anders dachte, war ein anderer? Vielleicht hatten diese Nicht-Zeiten einfach den Riss offenbar werden lassen, der von jeher durch uns gegangen war.

Was dieses überragend Wichtige denn noch sei, begehrte Mirjam zu wissen, angesichts dieses alles verschlingenden Malstroms. Es gelte jetzt nur noch Nächstliegendes zu tun. Den Sohn rufen. Die Schätze bergen für eine Zeit danach, möge sie kommen oder nicht. Die Waffen strecken, denn sinnlos sei dieses Harren und Verlieren, Verlieren und Weichen, Weichen und Leiden, Leiden und Abbrechen, seit wer weiß noch wann. Die letzte Standarte zu senken, sich den schwarzen Heeren zu ergeben sei zwingend das Gebot, ja es sei ein Sieg, überhaupt der Sieg, denn dieses nur verheiße Zukunft und Leben oder wenigstens Aussicht darauf, dass von neuem zeitliche Zeiten begönnen. Nur wer lebe, könne hoffen, und der Sohn solle leben. Welchen Sinn habe dieses Verflackern und Verlöschen?

Der Sinn. Je nun, der Sinn. War je eine Frage unmittelbarer und drängender gewesen als jene nach dem Sinn, und war jemals eine Frage unbeantworteter geblieben, dachte ich bei mir, während ich den Weiser bedächtig während der Rede Mirjams das Haupt wiegen sah. Selten ließ sich klar erkennen, ob der Weiser zustimmte oder Widerrede erwog. Häufig schien es mir, als vereinte er mühelos beides in sich zu einem Dritten, und sein großer Einfluss auf die vielen und am Ende auch auf mich mochte mit diesem seinem Vermögen zu tun haben.

Nichts, so antwortete ich Mirjam, sei mir dringender, als den Sohn zurückzurufen. Mit den Schätzen freilich, von denen sie gesprochen, sei es nicht mehr weit her und eigentlich nie weit her gewesen. Was nicht da sei, sei nicht zu bergen als ein Pfand. Und fraglich sei, ob die Kohorten und unser Schlachten nicht der letzte, der eigentliche Schatz seien, den wir hätten. So komme denn das Senken der Standarte nicht in Betracht. Nicht, weil es eine Niederlage wäre. In den Niederlagen waren ja zu Hause wir, seit wir in die Schlachten gezogen. Sondern weil wir diesen Schatz zu bewahren hatten, für die Söhne. Auch für die Söhne, und nicht erheblich war es dabei, ob diesen Schatz die Söhne zu erben gedächten. Wenn soweit es wäre, würden sie ihn heben, ohne zu klagen, ohne zu fragen, so eben, wie wir getan es hätten dereinst, vom Rand der zeitlichen Zeiten an bis in unsere Nicht-Zeiten hinein.

Glaubte ich, was ich sagte? Fürchtete ich die Frage, was der Sohn mit einem solchen Schatz anfange, der in sich zweifelhaft, ja, von dem nicht einmal sicher, ob er existierte?

Sie fragte nicht. Vielleicht wusste sie es auch so.

Nicht das aber, was unaufhaltsam in mir wuchs, zäh, wie eine Pflanze, die Stein sprengt, was ich fühlte oder zu fühlen meinte, benennen aber nicht konnte, weil benennen vielleicht ich es nicht wollte.

Gleichwohl, so schloss ich meine Rede, habe sie soweit Recht, dass es gut sei, mit dem Weiser Rat zu halten, einen neuen, vielleicht letzten Plan zu entwerfen, und es mochte sein, dass an dessen Schluss der Rückruf auch des Sohnes stehen mochte.

WIR hatten das Mahl beendet, und ich lud den Weiser vor das Zelt. Über den Felsen, das kahle Plateau eines vereinzelten Hügels hier am Rande des langgezogenen Gebirges eigentlich, senkte sich das Dämmern des frühen Herbstes. Kühle umwehte uns und Einsamkeit. Unsere wenigen Leibtruppen, die wir auf den Felsen gezogen, lagen verstreut an den Wällen. Eine Konvention, denn was wäre so zu verteidigen? Aus den Ruinen des kleinen Städtchens, das ehedem in den zeitlichen Zeiten im Schatten des Hügels gediehen war im Guten wie im Bösen, glomm vereinzelt der Schein von Feuern und Fackeln: wieder eines jener Bilder zwischen trügerisch-friedlicher Idylle und mutloser Melancholie, das zuverlässig die Saiten des Untergegangenen anschlug.

Von Süden freilich färbte sich der Himmel in schweflig-dickem Orange, und wer mochte ermessen, welche Feuer diesen Widerschein nährten? Weh den Unsrigen, die jetzt unter diesem Himmel ihr Heil zu suchen hatten! Weh uns Hiesigen, kämen wir nicht schnell zum richtigen Schluss!

Von der Mitte des Plateaus, wo unsere Zelte standen, gingen der Weiser und ich auf den Rand zu, an die alten Wälle, dem flammenden Horizont zu. Es lohne wie stets zu bedenken, so der Weiser, dass wir auf Grund stünden, der Vergangenheit barg, Geschichten in sich hinein klammerte. Geschichten freilich erzählt aus dem Blickwinkel unseres Unglücks, aus der Perspektive des ehedem Zeitlichen, des zeitlich Zeitlichen also, um es in Tradition und Manier der großen Erzählkundigen zu sagen, in der zeitlichen Zeit vor unserer Nicht-Zeit, so denn sinnvollerweise von Zeit überhaupt noch die Rede sein konnte. Exakt hier also mochten in jenen zeitlichen Zeiten ein Fürst jenes Volkes und sein Weiser gegangen sein, in ähnlicher Lage, nach Rat ringend.

Fürst eines Volkes ja wohl, das untergegangen sei, erwiderte ich leicht zerstreut, da mit fernen Gedanken, Ahnungen beschäftigt, und was er, der Weiser, mir wohl mit diesem Rätsel sagen wolle. Passe doch das Beispiel eines verwehten Volkes schwerlich zu dem, was der Weiser sonst zu raten pflege.

Der Weiser lächelte, gütig, wie mir schien, sehr zu Hause in dem, was uns anderen stets wie ein unauflösliches Rätsel erschien. Nun, niemand wisse, ob die Gefahr, in die er den damaligen Fürsten gestellt, diejenige gewesen sei, die zum Untergang geführt habe. Gehen würden auch wir. Doch unsere Aufgabe sei es, jetzt der Gefahr nicht kraftlos zu erliegen. Und er, so der Weiser mit listig-leiser Stimme (oder träumte ich es nur, weil ich so es träumen wollte, der Rede des Weisers Wurzeln gebend, die sie vielleicht gar nicht hatte?) spüre wohl mit sicherer Deutung, dass meine Gedanken nach dem sännen, was kommen wohl werde, welcher Gestalt, welchen Gesichts auch immer. Das aber erfordere List jetzt, und die Erfindung von Listen wieder wirke der Auflösung entgegen, sei also selbst eine List und daher gut.

Ich wusste, dass der Weiser tief mich lesen konnte und nicht nur mich. Obschon mir dieses Wissen – eine Empfindung vielmehr – sonst nicht angenehm, nicht unangenehm war, scheute ich jetzt davor, wand mich, wehrte mich in mir, der Nutzlosigkeit freilich durchaus gewahr.

Zur Sache also, zur jetzt anliegenden, sprach ich zum Weiser. Es müsse der Plan entworfen werden, geschehen müsse ja denn doch etwas. Immer müsse etwas geschehen und immer geschehe auch etwas, also könne dies auch einem Plan folgen oder sich dem Plan entgegen ergeben, jedenfalls aber auf einen Plan bezogen sein. In jedem Fall, erklärte ich weiter, würde ich nun, meiner früheren Ansicht entgegen, die Kohorten zurückziehen und – wie er, der Weiser vorgeschlagen – zu versuchen, in einem rückwärtigen Raum zu überwintern, ins Winterlager also zu ziehen, wie wir es getan hatten so oft, dass wir es nicht hätten zählen können. Wer möge freilich wissen, wozu wir diese Winterlager stets bezogen?

Erst als ich geendet hatte, merkte ich, dass ich immer hastiger und lauter gesprochen hatte, aber der Weiser schien es nicht bemerkt zu haben. Er billige den Entschluss, sprach er. Im ersten Morgengrauen werde er die Boten mit den Zeichen für den Rückzug an die vereinbarten Orte im Vorfeld senden. Es wäre gut, auch hier oben für den Marsch zu rüsten. Was wohl nicht schwerfallen würde, denn gering sei unsere Bürde ja geworden. Müde sähe ich aus, gezehrt. Es seien keine Kundschafter mehr zu erwarten nach der Dämmerung und wohl keine Entschlüsse zu fassen oder Befehle zu geben. So ich es anordnete, übernähme er, der Weiser, die kommandierende Wacht, habe er doch ohnehin noch die Zeichen vorzubereiten. Gut freilich wäre und mir zu wünschen, wenn dereinst mir und uns das Lager bereitet, an anderem Ort, mit anderen, die das Lager mit mir, mit uns teilten.

Ich tat wie geheißen. Im Zelt sprach ich Mirjam knapp vom Entschluss, und dass also mit den zurückgerufenen Kundschaftern und kleinen Trupps unserer Kohorten auch der Sohn zurückkehren würde. Vorerst, so fügte ich eilends an, um Euphorie zu dämpfen. Eine Vorsicht, die unbegründet war.

Später ließ Mirjam zu, dass ich sie beschlief ohne Leidenschaft und mit fernen Gedanken. Doch wirkte die Erleichterung der Lenden wie eh. Schnell schlief ich ein, ohne die gewohnte Pein diesmal und ohne Krampf. Desto heftiger verfolgten mich die Träume, düster und grandios und furchteinflößend. Mein Schrei, von dem ich zu erwachen glaubte, war wohl eher ein Gurgeln gewesen, denn niemand regte sich. Als ich mitten in der Nacht, trunken von Schlaf und Traum, kurz vor das Zelt trat, mich wieder hineinzufinden in das, was sich häufig genug selbst wie ein Traum anfühlte, sah ich den Weiser regungslos in der Mitte unseres Plateaus sitzen, gen Südwesten blickend, als schaute er durch die Nacht hinüber zu den schwarzen Heeren, wiewohl mir seine Augen geschlossen schienen.

ANDERNTAGS weckte mich mein Bursche früh, noch im Dunkeln. Wie beinahe stets war ich kurz vor der Stunde in unruhigen, bildgepeitschten Schlaf gefallen. Die Truppen, die schwarzen Heere, der Weiser, der Sohn und Esther und schlammige Fluten in wildem Kaleidoskop. Als ich aus dem Zelt trat, schien mir von Südwest säuerlich gasiger Geruch in die Nase zu drängen, doch mochte es auch von den verflackernden Feuern der Wachtruppen herrühren oder von der tief aufgerissenen feuchten Erde im Tal, ein Geruch, der fern an die Kindheit, die es gegeben haben musste, gemahnte, wer mochte wissen, warum ausgerechnet dieser.

Als ob das Dunkel selbst Gestalt annähme, trat der Weiser an mich heran. Er mochte die Nacht nicht oder kaum geschlafen haben – und ich wusste, dass er es fast immer so hielt –, doch sah er leichter und straffer aus als ich, der früh sich gelagert und beigeschlafen hatte. Ich wusste nicht, ob der Weiser hier je solcherart lustvollen Verkehr ausgeübt hatte, und es fiel mir schwer, es mir vorzustellen. Doch bei wem fiele es mir leichter? Wohl hatte ich hie und da ein Mädchen um ihn gesehen, auf dessen Gesicht und Leib seine Augen geruht hatten. Mochte dies – und ich glaubte es – andere Gründe gehabt haben als die Gier und Lust, der wir Krieger unterworfen waren. Aber wer mochte es wissen? Ich wusste auch nicht, ob der Weiser ehedem geliebt hatte so wie ich (so ich geliebt denn hatte), wie ich ohnehin, so wollte mir scheinen, vom Weiser, der unser Weiser geworden sein musste, ja, und der doch immer dagewesen, wenig wusste. Doch wer wusste vom anderen, und wer wusste von sich selbst? Gingen Gier und Lust und Lust und Last und Last und Schmerz ja nach den Geschichten, die in die Urgründe reichten?

Was am Ende übrigblieb, war nichts anderes, als zu tun, was immer wir taten und was wohl uns aufgegeben, wenn die Sonne sich im Osten erhob und im Westen verschwand. Immerhin ein Kontinuum, denn in uns allen wohnte dieses dunkle Ahnen, dass es in den zeitlichen Zeiten nicht anders gewesen war. Was wohl so manchen in kurzem Schluss zu dem Gedanken verleiten mochte, dass sich wenig geändert habe, von den schwarzen Heeren am Horizont oder in spürbarer Nähe abgesehen. Es mochten diese so Unrecht nicht haben, und doch hatte eben die Ankunft der schwarzen Heere alles so gründlich und grundlegend, neue Gründe legend, verändert, dass ebendiese Vergleiche als vollkommen sinnentleert anzusehen waren. Das mit dem Sinn freilich war eine Frage, die auch in den zeitlichen Zeiten wir gestellt –immerhin hatten noch wir sie gestellt –, ohne dass je uns eine Antwort zuteil geworden. Was nicht stimmte, denn Antworten, von den Weisern, den Priestern, weißen und schwarzen, den Erzählern, den weisen Frauen, hatte wohl viele es gegeben, doch hatten keine wir hören wollen und hatte keine eine Saat aufgehen lassen, jedenfalls nicht so, dass wir es gewusst.

Es sei alles, so hob der Weiser an zum Bericht, des Nachts geschehen, wie des Abends verabredet. Neue Kundschafter (es seien die besten, weil jene, die von früherer Fahrt zurückgekehrt) seien ausgesandt, die Zeichen an die verabredeten Orten zu bringen. Die Kundschafter und Trupps, die das Vorfeld durchstreiften und gehalten waren, jene Orte regelmäßig aufzusuchen, würden binnen dreier Sonnenläufe hier eintreffen, wer bis dann nicht käme, müsse für verloren gegeben werden. Bis dahin sei hier der Abmarsch vorzubereiten, was leichtfallen würde, denn viel Vorbereitung brauchten wir seit langem nicht mehr. Doch würden, da der Entschluss nun einmal gefasst und die unruhige Spekulation von den Männern genommen, diese drei Sonnenläufe solche der willkommenen Ruhe und Gleichmut, wenn nicht gar Stärkung sein. Auch ich, so der Weiser, solle mich, so möglich, dieser Ruhe hingeben, wer wisse, was uns inskünftig erwarte.

Also stimmte ich dem Weiser zu. Ruhe würde ich suchen, aber auf einem kurzen Ritt allein, was mir seit langem vonnöten. Tatsächlich hatte, wie so oft, der Entschluss die Lähmung gelöst, und kaum konnte ich es erwarten, vom Plateau hinabzureiten, ich wusste selbst nicht, wohin. Noch inspizierte ich die Wälle, musterte die Kohorten, deren Stimmung, so deuchte mich, ebenfalls freudiger war und erregter fast. An den Feuern machten sich fleißig die einen zu schaffen, Kessel dampften und Ausrüstung wurde gerichtet, es mochte scheinen, als wäre dies eine Armee, die an offenen Ausgang noch glaubte oder zumindest einst geglaubt hatte. Auch schien, im Licht dieses frühherbstlichen Morgens, die Feuer- und Rauchwand dort im Süden entfernter oder durchlässiger, weniger bedrohlich gar. Freilich war ebendieses Trugbild Mahnung genug, sich nicht billig blenden zu lassen. Die schwarzen Heere waren da, und sie zogen heran, wie immer unsere Haltung dazu gerade war.

Tatsächlich war jetzt nicht viel zu tun. Des Weisers Vorhaltung, über meinen Burschen hinaus einige Mann zur Bedeckung mitzunehmen – in den Tälern und Wäldern treibe sich, was freilich zu verstehen, manch Verzweifelter herum – wies ich zurück. Und dass die schwarzen Heere keine Kundschafter entsandten, weil sie wie eine Wand heranrückten, war uns bekannt ja und also auch nicht zu fürchten. Ich würde mich insgesamt ohnehin kaum aus der Sichtweite des Hügels bewegen, ihn eher umkreisen und eine mächtige Fahne, hoch aufgepflanzt, würde genügen, mich im Falle des Unvorhergesehenen zurückzurufen. Schon wenn die Sonne neu aufgehen würde, also weit vor Ablauf der Frist, würde ich zurückkehren. In bewährter Weise solle er, der Weiser, im Feldlager auf dem Hügel auf Ordnung achten, aber insbesondere darauf, dass Ruhe einkehre und mit ihr Kraft, die Trennung der Geschlechter möge des frühen Abends für kurze Zeit aufgehoben sein mit allem, was daraus erwachsen möge buchstäblich; es gelte dies, ich brauchte es ihm nicht zu sagen, aber tatsächlich ausschließlich für den Moment am frühen Abend und nicht etwa für die Nacht. Das Rauschgetränk, das wir ohnehin kaum mehr besaßen, sei keinesfalls auszuschenken. Der Weiser beruhigte mich in diesen Punkten, und ich wusste, dass wir einer Meinung waren.

Schon führte der Bursche mein Pferd heran. Das stets Stoische im Ausdruck des Tieres, die pure Gegenwart, beruhigte mich und gab mir einen Stich zugleich. Ein letzter gewohnter Blick über die Hochfläche – Mirjam verließ gerade das Zelt zu morgendlichen Verrichtungen und sah flüchtig, ohne Gruß, wie mir schien, herüber –, dann lenkte ich das Ross auf den alten, etwas flacheren Zugang, der in weitem Bogen hinunter führte zu den Überresten des Städtchens. Mein Bursche folgte, ebenfalls zu Pferde.

Ich ließ meinem Pferd die Zügel, und sicher nahm es den Pfad, als folgte es geheimem Wissen. Die Erzählung des Weisers kam mir in den Sinn, und flüchtig flackerten in mir Bilder auf, Empfindungen eher, die mir zeigten, wie mein Pferd zeitlosem Gesetze folgen mochte, ungewusst. So mochte jener Fürst, und also ich, einem Vorgezeichneten gefolgt sein. Gestaltloses Ahnen, folgenlos. Am Fuße des Berges, dort, wo der Weg sich kehrte auf das Städtchen zu, war einst, der Weiser hatte es erwähnt, die Wiederkehr einer jener Hütten, in denen jener Fürst gehaust haben mochte, errichtet worden. Wir hatten sehr auf das Vergangene gesehen in jenen selbst nun beinahe vollkommen vergessenen zeitlichen Zeiten. Sie waren wohl nicht gleich gewesen den Zelten und – wenn es hochkam – Verschlägen an verfallenen Mauern, die wir benutzten. Und doch spürte ich Verwandtschaft, einen starken Gleichklang meines eigenen hiesigen Selbst mit dem Schicksal jenes Fürsten, das kennen ich ja nicht konnte und kennen wohl auch nicht musste, als mit dem Selbst, das ich dem Namen nach gewesen.

Tatsächlich: Was hätten wir je zu tun mit dem, das wir einst gewesen waren? So unzweifelhaft alles, was uns gewesen, auf jenen einen Punkt des Jetzt zuführte, so unzweifelhaft alles Gewesene notwendig gewesen war, um diesen Punkt des Jetzt herbeizuführen, so unzweifelhaft war all dies Gewesene beliebig, nichtig, ohne jede Wichtigkeit. Und dennoch wiederum hat nie ein Jetzt vermocht, das Vergangene in mir auszulöschen. Wir hatten nichts zu tun mit dem, was wir gewesen, doch was wir gewesen, bestimmte uns, undeutbar oft, doch präzise vielleicht.

Streunende Gedanken wie die Nebel, die sich im Licht der Herbstsonne zäh, doch stetig auflösten. Da sie mich durchzogen und wohl viele vor mir von ihnen durchzogen worden waren (an solche nach mir mochte ich nicht denken), mochte auch jener Fürst von ihnen durchzogen worden sein. Oder waren jene am anderen, am rückwärtigen Rande der zeitlichen Zeiten von anderen Gedanken beherrscht? Wer mochte das wissen!

Wohl war der Fürst mit den Seinen hier herabgezogen, mit einem Schlag war sein Gebautes zum Gewesenen geworden, wie es denn mit unserem Gebauten geschehen war, auch wenn wir uns kaum mehr erinnerten. Der Unterschied zu uns und mir mochte aber sein, dass er wohl aus dem Glück gekommen war, ich und wir aber aus dem Missgeschick und Unglück. Ich beschloss – und mit diesem Entschluss sollte das Grübeln enden, das mich wie eine Plage aus den Urgründen immer wieder unerbittlich in die Klauen nahm –, dieses bis hierhin gediehene Ahnen dem Weiser vorzulegen zu neuer Deutung. Die, ich wusste es, anders ausfallen würde, sich widersprechen würde und wahr doch stets wäre.

INZWISCHEN hatte ich (oder hatte das Pferd mit mir) die ersten Häuser des Städtchens erreicht. Wenn denn von Häusern, wie wir sie gekannt, die Rede überhaupt sein konnte. Feuer brannten noch hie und da, ob flackernde Reste von Bränden oder Lagerfeuer, entzündet, um die Nacht notdürftig zu wärmen und zu erhellen, war nicht auszumachen. Wohl war es beides, Verderben und

Schutz, Tötendes und Lebensspendendes, aus der Verderbnis hervorgegangen. Es war kein Mensch zu sehen, wiewohl ich wusste und des Nachts ja auch von oben gesehen hatte, dass die Versprengten der umherziehenden Horden in diesen ausgebeinten Steinhöhlen sich verbergen mussten.

Haus. Häuser. Abendliche Häuser. Untergegangen längst jene herbstliche Behaglichkeit, wie alles andere auch, verschlungen und ausgelöscht von der Macht der heranrückenden schwarzen Heere!

Es waren allerdings keine Feinde hier. Doch konnte die sinnlose und unbegreifliche Wucht der Ereignisse verzweifelte Taten provozieren. Stille, bedrohlich. Andererseits: Was schreckte uns noch, was konnte uns drohen? Mein Bursche, der, mein Ahnen achtend, zurückgeblieben war, schloss nun, die Faust am Schwert, zu mir auf. Sehr jung war er, bleich, doch ruhig, die Gefahren, Kämpfe und Fluchten, die Listen und Schliche längst so gewohnt, so müde gar, dass jeder Schreck ab- und glattgeschliffen war. Nicht anders war mein Sohn, und nicht anders waren die Altersgenossen, die jungen Krieger der Kohorten.

Wir spürten beide, ohne dass wir uns zu verständigen brauchten, dass wir beobachtet wurden. Was mochte sich in diesem Blicken auf uns richten? Hass auf mich, auf den Kommandanten des letzten Gefechts? Denn stets war der, der mit dem Unglück sich mühte und in dem so das Unglück sich zeigte und fasslich wurde, der Gehasste. Oder Hoffnung, denn der Kommandant des letzten Gefechts mochte sehen und Wege kennen, die andere nicht mehr sehen und kennen konnten. Furcht, denn nebst den schwarzen Heeren war der Kommandant des letzten Gefechts der Mächtigste im verbliebenen Erd- und Lebenskreis, oder er schien es wenigstens zu sein bei diesen Gelegenheiten. Anhänglichkeit, Liebe? Wohl freilich kaum. Und so fehlte eine, vielleicht nicht einmal die wesentlichste, aber eben eine Zutat an der Urmischung an Gefühlen, die unser Antrieb war von Anbeginn.

Liebe. Was war das gewesen? Wo waren unsere Mütter, die wir wann immer verlassen hatten? Wo waren unsere Väter, die kaum wir gekannt (und waren selbst doch jetzt Väter geworden, wie ging das an)? Wo waren die Geliebten, die in den Strudeln versunken, an Wegesrändern zurückgeblieben, an den Kreuzwegen entglitten, als wären sie in die Nebel, aus denen Gestalt sie geworden, wieder zerflossen?

Durch die Stille, dieses Schweigen, führten wir die Pferde. Was einst Gassen und Sträßchen waren, wie sie in dieser Gegend des Landes unzählig gewesen, aufgeräumt und sauber, waren jetzt von Unrat gesäumte, oft überwucherte Pfade. Und trotz ihrer Unwirtlichkeit wirkten sie anheimelnd fast (jetzt, in der Verlorenheit). Ein Tier lag, wo es verendet, kein seltener Anblick, seit wir in die Kämpfe verstrickt, und wann, wann hatte dieses begonnen? Seltsam die Häuser, verwachsen, wie lebendig, doch verkrüppelt, eingedrückt an einer Seite häufig, mit Fensterlöchern, die wie leere Augenhöhlen glotzten, herabgefallene Schiefer, Löcher, eingestürzte Wände ... Aber wer oder was hatte diese Zerstörungen verursacht, hier und überall im Land, da doch die schwarzen Heere erst heranrückten? Ich wusste es nicht.

Ich plante, das Städtchen und diesen unfreundlichen Ort zu Pferde zu queren, um die jenseitige Hügelkette und mit ihr den Wald zu erreichen. Und um dann jenseits des Waldes einem Weg zumindest am Anfang zu folgen, der mich zu ganz anderem Ort führen würde. Doch ließ ich den Gedanken noch kaum in mir dämmern.

Ein wenig weitete sich der Unratpfad. Ein kleiner Platz war noch kenntlich, Markt mochte hier abgehalten worden sein vor einem jener Gebäude – eines „Hauses jenes Herrn“, wie man es nannte in der Tradition –, in denen in zeitlicher Zeit wenige der Ahnen einem ungewissen Gott gehuldigt. Freilich hatte mir der Weiser einmal am Feuer erzählt, dass bei den Stämmen im Nordosten jener Kult noch am Leben, stark, wuchernd, kräftig wie das Kraut, das niemand gepflanzt, nicht umzubringen und nicht auszureißen an der Wurzel offenkundig durch welche Erfahrungen, Gefahren auch immer.

Eines Herren Haus. Haus jenes Herrn. Anbetung, Verschmelzung, Furcht und Kult. Wie ein durch Nebel dringendes Feuer loderten in mir die Worte. Wie die meisten von uns hatte ich von ihnen gehört. Doch was war mit den Jüngeren – hatte mein Sohn tatsächlich noch davon gehört? Selbst ich hatte ja Mühe, die Worte in Beziehung zu setzen, Deutendes damit zu verbinden.

Ich sah: eines Herren Haus, das wer weiß welche und wie viele zeitliche Zeiten überdauert, und das doch jetzt weidwund und müde in die Knie zu gehen schien, wie ein sterbendes Tier. Ich sah: die Größe des Hauses, das einst wohl schön war und gewisslich beeindruckend, das aber jetzt ein Haus war im Unrat, zerschossen, aufgebrochen und grau, wie andere auch. Ich sah: zerborstene, mächtige hölzerne Flügeltüren, die in ein düsteres Inneres blicken ließen. Einen der beiden Türme zusammengefallen. Eine Kette, die herunterhing und gleichförmig, wie selbstvergessen, an die Mauer schlug.

Und ich hörte: ein Rufen aus dem Inneren dieses Hauses, die erste Stimme eines Menschen, seit ich den Hügel verlassen. Wie das beschreiben – ein helles, klagendes Singen, zuweilen in gellende Höhe aufsteigend? Waren das Worte? In welcher Sprache? Ich lenkte mein Pferd näher an die geborstene

Tür heran, meines Burschen ungeachtet, der, im Unbekannten Gefahr wähnend, was selten falsch war, mich sanft, doch bestimmt abzudrängen dachte. Ein hoher Raum, nicht sehr hell, mit Resten von Gestühl in wirrem Haufen. Flüchtig nahm ich steinerne Skulpturen wahr, verwitterte, in weiten Teilen abgebröckelte Gemälde, vorn einen mächtigen Steinquader, der, zersprungen, schräg nach oben ragte. Es musste, so kam mir wie Erinnerung in den Sinn, jener rituelle Tisch des Herrn gewesen sein, um den die Getreuen jenes Herrn sich versammelt.

Unschlüssig saß ich im Sattel, dunkel verlockt und doch die Gefahr wägend. Dann stieg ich ab und zog mein Schwert. Mein Bursche, entschlossen, tat es mir gleich. Es waren diese Jünglinge, diese schweigsam gewordenen Männer. Ich wusste nicht mehr, was sie fühlten, doch wussten sie, dass der Lauf dieser unendlichen Nicht-Zeiten, die enden nicht wollten und vielleicht nicht sollten und vielleicht nie mehr konnten, ihr Eigenstes war, das sie zu Männern der bloßen, der unmittelbaren Tat gemacht hatte. Ihrer Kraft und Unbedingtheit war ich gewiss.

Wir drangen ein, uns gegenseitig so schützend, wie es uns die Not der unablässigen Kämpfe gelehrt hatte. Das Singen, das Gellen war verstummt inzwischen. Schritt um Schritt, über Schutt, erkundeten wir den Innenraum. Vor einer jener Skulpturen verharrte ich um ein Weniges länger als tunlich. Ein kleiner, ungemein schmaler Mann stand da in leicht gewinkelter Haltung, als drückte ihn etwas – Schmerzen oder Schmach? Sein gewaltiges Schwert schien Stab eher denn Waffe, den Schild hielt er nachlässig, als wäre dieser ohnehin unnütz angesichts der Art des Kampfes. Und doch fesselte mich über Gebühr sein von Panzerung eingefasstes Gesicht, schmal und ernst und fein, von Falten markiert, das Antlitz eines Mannes, der – es war zu sehen, wie lange – mächtige Lasten getragen hatte auf den Schultern und in der Seele, der erprobt worden war und der in vielem seines Äußeren und geahnten Inneren uns wohl ähnlicher war als wir vermeinten. Ich glaubte, ihn zu kennen. Sonderbar, auch ihn wiederum glaubte ich zu kennen, und zugleich schien diese Steinfigur mir näher als der, der ich gewesen.

„Ihr kommt spät, Herr!"

Wie aus schwerem Traum schreckte ich hoch und kehrte mich um und dieses in einem. Es konnten nur Augenblicke gewesen sein, die ich in Betrachtung versunken, doch hatten sie genügt, um wie aus dem Nichts ein anderes Bild zu schaffen. Vor dem gestreckten Schwert meines Burschen stand – diesen und die Waffe nicht achtend, sondern den Blick auf mich gerichtet – eine junge Frau. Sie trug glatt geweißt das Gesicht und hatte sorgfältig die drei schwarzen Streifen in Windungen vom Kinn an die Schläfen gemalt, wie es üblich geworden und der Brauch und wohl ungeschriebenes Gesetz nun war (ich wusste freilich nicht, von wem dieses Gesetz ergangen). Ihr Haar, von unbestimmter Farbe oder in keiner Farbe oder in vielerlei Farben, war zu einem Knoten gebunden, der die Linie ihres Nackens – schamlos, wie mir flüchtig schien –, jeglichem Blicke freigab, und ihre Kleidung bestand aus vielerlei Zerrissenem übereinander, ein Anblick, der nicht ungewöhnlich war in diesen Sonnenläufen, die wir durchmaßen, in den Kohorten und auch außerhalb dieser. Gerade stand sie freilich, und die Augen erschienen in der ebenfalls schwarz gemalten Umrandung groß und klar.

„Ihr kommt spät, Herr!"

Immerhin, es fiel mir auf, waren dies die ersten Worte, die ich hörte, seit ich unseren Hügel verlassen. Zumindest Worte eines noch hiesigen Menschen, und sie waren rätselhaft.

Sie wisse wohl, so fuhr sie fort, noch ehe meine Überraschung verflogen, dass ich der Kommandant sei des letzten Gefechts. „Weit reicht dein Ruhm und Aber-Ruhm, Herr."

Von den Frontlinien und Vorfeldern, also von dort, wo die Kundschafter auf den Posten harrten und die Wege kreuzten, habe zuletzt sie ihr Weg hergeführt. Hinübergesehen, über die Ufer hinweg, habe sie zu den schwarzen Heeren, an diesen endlosen Wall, wohl aus Leibern gebildet, aber wie ein einziger Körper, wohlgeordnet und selbstgewiss. Kein Auge eines Kundschafters wohl könne den Willen, der diesen Körper zwinge, erkennen oder gar ergründen. Doch spüre man über die Ufer hinweg, wie alles Einzelne an diesem schwarzen Leib einem Ganzen, dem Zwecke diene. Ein Geheimnis für uns seien die schwarzen Heere, und solange wir es nicht enträtselten, sei der Kampf vergeblich.

„Bedenke aber, Herr, dass es die schwarzen Heere sind, durch die dein Ruhm und Aber-Ruhm erst lebt. Die dich gemacht zum Kommandanten des letzten Gefechts. Durch die du bist."

Ich hieß meinen Burschen, das Schwert zu senken. Er tat es unwillig. Was wollte mir diese Frau? Wie wir alles es taten in diesen Kämpfen, las ich Zeichen und glaubte doch nicht an sie. Eine Streunerin wohl, umhergetrieben, wie so viele, die nicht der bewaffneten Schar, den Kohorten, angehörten. Doch war unabweislich, dass ich diese getroffen im Hause jenes Herren und dass diese das Wort an mich gerichtet. Ein Wort von außerhalb der Kohorten: Wann war dies zuletzt geschehen? Und also nochmals: Was wollte mir das?

Woher sie komme und wo die ihren seien, so fing ich an, mich im Gewöhnlichen bergend, um Fassung zu finden. Schwer sei es jetzt für alle, unmöglich aber, allein durch diese, durch unsere Kreise zu streunen. Auch möge sie achten, dass sie nicht Misstrauen auf sich zöge, was natürlich wäre, da gerade jetzt, da die Welt so sei, alles, was nicht dem Augenschein unmittelbar erklärbar auf Misstrauen stoße, auf Hass und schnelle Gewalt. Gereizt seien die Menschen und furchtsam vor allem, das schlage leicht schlecht aus.

Hohl waren meine Worte, wenn auch nicht falsch. Sie beeindruckten sie nicht.

Es möge wohl stimmen, was ich sagte. Auch zieme es nicht, an den Worten des Kommandanten des letzten Gefechts zu zweifeln. Doch seien es nicht Worte, die mich hergeführt. Und sie sei hier, gewandert von den Stämmen im Nordosten bis an den Wall der schwarzen Heere, gewandert durch die Wälder und Wüstungen, die diese Nicht-Zeit, wie wir sie wohl nannten, geschlagen, bis hierher, ins Haus jenes Herrn. Geschützt sei sie durch den Segen des Weisers ihrer Stämme und gesandt von ihrem Priester. Allein sei sie des Weges gezogen oder begleitet, auch von Kundschaftern, wenn der Weg eine Weile der richtige für beide gewesen sei. Doch hätte sie bis jetzt nicht gewusst, welcher Weg ihr richtiger gewesen sein könnte. Mit den Kundschaftern habe sie das Lager geteilt und das Brot und wohl auch selten das Rauschgetränk, welches zur Neige gegangen. Aneinander gewärmt hätten die Kundschafter und sie sich in den Nächten, wenn die Sterne giftiges Licht sandten, und sie hätte allein oder mit anderen in den Mulden der Wälder gelegen, wie Tiere es taten, wenn Frost und Nacht über sie rollten. Und sie hätte die Geschichten fortgeknüpft, die ihr begegnet oder von denen sie gehört von Jugend auf, denn die Kundschafter sprachen ja kaum und waren der Geschichten, zumindest des Erzählens und Knüpfens der Fäden, entwöhnt.

„Denn sonst ist nichts mehr an Brot und Kleidung und Behausung und Erbauung und Schutz und Wärme, nichts mehr in Fülle, nicht hier, nicht auf diesem Weg. Ihr wisst es wohl, Herr.“

Ich hörte es unwillig. Streng verboten war den Kundschaftern, Rauschgetränk mit sich zu führen, und noch strenger, den Pfad anders als allein zu gehen. Doch sagte ich nichts hierzu. Wohl aber, dass es mir schiene, als wäre ein Schwert, sei es auch stumpf wie die unseren, mächtiger, angezeigter zumindest als ein jeglicher Segen, von wem er auch stamme. Doch trat mir dabei aufscheinend der Weiser vor Augen, und ich verfolgte den Gedanken nicht weiter. Von draußen drang Geräusch herein, ein Murmeln und Rasseln.

Es erinnerte mich, dass dies nicht mein Ziel war. Wir wollten hier nicht bleiben. Ich winkte meinem Burschen, das Haus jenes Herrn zu verlassen.

Vor der geborstenen Tür hatte sich ein kleiner Haufen gerottet. Männer mit Bärten und tiefliegenden Augen in abgezehrten Köpfen, Frauen mit langem verzotteltem Haar, deren Alter nicht bestimmbar, alle gekleidet wie die Frau hinter uns, als trügen sie alles am Leib, was sie besaßen, manches wie Säcke, dann auch schweres ungefüges Tuch, mit Gurten grob an den Leib geschnürt, doch trug keine andere Frau das Gesicht so geweißt und mit Streifen bemalt wie die, welche wir zuerst gesehen. Ein vielstimmiges Murmeln, aus dem kein Wort klar zu bestimmbarem Klang werden wollte. Zwei hielten eine Kette, mit der sie einen in ihrer Mitte schwer gefesselt. Das Gesicht des Gefangenen war von blutigem Schorf übersät, die Augen geschwollen, man konnte Kleidung nicht mehr nennen, was er am Leibe trug, selbst im Vergleich zu den anderen, und schwer schleppte er an der Last dieser vielfach um ihn gewundenen Kette.

Die Haltung des Haufens war nicht zu deuten. Angst und Unterwürfigkeit, Schmerz und Qual. Und aus dem Gequälten heraus Drohung an den, der ihrer Erwartung nicht entsprach, mochte diese auch sein, welche immer sie wollte. Immer schwerer fiel es mir, das war klar, das Menschliche außerhalb der bewaffneten Schar zu deuten. Und wie sollte es erst meinem Burschen gehen, der, wie es seiner Jugend entsprach, in diesen Dingen gänzlich ohne Erfahrung war, erneut das Schwert gezogen und gegen den Haufen gerichtet. Enger schloss sich der Haufen beim Anblick des Schwertes, aber zog sich nicht zurück. Natürlich, ich wusste es: Diese Horden hatten Hunger, und verwüstet waren sie an Leib und Seele und Geist durch diesen Kampf gegen die schwarzen Heere, der alles auffraß, was vordem gewesen in der Zeit, von der uns nur noch Ahnungen, Gespinste heimsuchten hie und da, kaum Fetzen, die Erinnerungen wir nennen konnten und wollten. Und eigentlich führten diese Horden ja keinen Kampf mehr, längst nicht mehr, wenn je sie gekämpft hatten, und kaum konnte man ihr ziel- und haltloses Marodieren Flucht nennen.

Doch wiewohl ich an den seltener werdenden Anblick gewohnt war (immer seltener kamen die Kohorten mit solchen Haufen in Berührung), und obwohl ich gestumpft war, so wusste aus Erfahrung ich doch, dass von solchen Horden, solcher Verzweiflung uns Gefahr wohl drohen konnte. Ein auch selten gewordener, ziehender Schrecken war in mir, der mich das Schwert greifen ließ, wiewohl dieses nur kurz Fassung versprach. Einige Momente standen wir eingefroren, ein Bild, gegenüber. Dann hielt mir der

Anführer sein Ende der Kette hin, einladend und wie bettelnd zugleich. Übergeben wohl wollte er mir den aus welchen Grund immer Gebundenen, als Geschenk, zum Tausch, für freien Abzug, Nahrung, Zuspruch, Aufnahme in die Kohorten, Rauschgetränk, ich wusste es nicht. Denn wehe dem, der den Bewaffneten nicht angehörte! So hieß ich ihn sprechen, doch machte er nur einen Schritt auf mich zu, dringlicher die Kette mir bietend.

„Nehmt, Herr." Die Frau in meinem Rücken sprach in das Schweigen. Ich hatte sie für den Augenblick vergessen. Sie sprach ruhig und bestimmt, wie sie die ganze Zeit gesprochen hatte, als wüsste sie etwas, das wir nicht wussten.

Aus den geschwollenen Augen des Gefesselten traf mich von unten, jetzt wie ein Blick, angstvoll und zugleich ergeben, wie mir schien, als erwartete er nichts mehr, es sei denn die, unvermeidbar, wie er glauben mochte, weitere Verschlechterung seiner Lage. Mit einem Wink hieß ich meinen Burschen, die Kette zu übernehmen. Wie ein kranker und gedemütigter Bär, der von den einstmals herumziehenden Gauklern und Sängern mitgeführt, taumelte der Gefesselte auf unsere Seite.

Was der Mann sich habe zuschulden kommen lassen, herrschte ich den Anführer des Haufens an. Als Kommandant des letzten Gefechts sei ich Gerichtsherr, sei dieses hier ohnehin, aber – sie möchten es zu ihrem Heil nicht vergessen und weitersagen, wo immer sie andere Haufen träfen – sei dies über und hinter die jetzigen Linien der schwarzen Heere hinaus, wie ehedem. Die Einschränkungen, denen wir, wie ersichtlich, unterworfen, wären nicht ewig und würden so nicht bleiben. Ich begehrte also Auskunft. Wie geschmeidig die Worte immer noch kamen zu Dingen, an die ich längst nicht mehr glaubte und an die sonst ich kaum mehr dachte. Es erschreckte und es beruhigte.

Aus dem Gurgeln und Murmeln, vorgetragen mit rollenden Augen und ruckhaften Kopfdrehungen, kam die Antwort, die ich mit Hilfe der Frau hinter mir ungefähr so mir fügte. So sei der Gebundene kürzlich hier aufgetaucht vor drei Dämmerungen, aus dem Schwarz heraus. Eine Frau des Haufens bezeugte, dass er auf einmal war, wo eben noch nichts gewesen. Er habe sie – bei Drohung – beschlafen. Gegen Rauschgetränk sollte sie ihm das Mädchen des Anführers zuführen. Dann habe er sich von der Frau zum Haufen, der sich um ein Feuer in einem der Höfe geschart habe, führen lassen. Man habe ihn, Vorsicht stets beachtend, aufgenommen. Als er das Buch hervorgeholt, habe man ihn als Kundschafter der schwarzen Heere erkannt. Als treuer Haufen, welcher der bewaffneten Schar und vor allem dem Kommandanten des letzten Gefechts immer untertan und treu, habe man den

Kundschafter unter Gefahr des Leibes überwältigt, um ihn dem Gericht zu strengem Urteil zu überliefern. Am ehemaligen Schandbalkon dieses Städtchens habe man ihn gefesselt. Von wo er freilich unablässig weiter erzählt aus dem Buch, bis die Mädchen und Frauen immer unruhiger. So sei man nun froh, ihn an mich zu übergeben. Geringen Lohn, Nahrung, Rauschgetränk für stattgehabte Mühe wolle ich nicht versagen.

Dies alles herausgewürgt und herausgestoßen, einem gespenstischen Erbrechen von Wort und Gedanke gleich, freilich nicht mehr fremd in diesen Nicht-Zeiten, da die einen schweigen und die anderen reden ungefüge und ungeschlacht, voller Mühe Gedanke und Wort in Form zu bringen suchten. Wie wohl mochten sie sich untereinander verständigen? Es konnte durch viel mehr als bloße Leiblichkeit, Gier und Furcht nicht sein.

Schwer war dies alles zu entwirren. Der Gebundene, ein Kundschafter und Spion? Kundschafter sahen anders aus, ich wusste es wohl, und ein Kundschafter und Spion der schwarzen Heere war er schon gleich gar nicht. Die schwarzen Heere sandten keine Spione und Kundschafter. Die schwarzen Heere rückten heran, und wir schätzten uns glücklich, wenn auch nur wenige unserer Kundschafter zurückkehrten. Ein Buch! Das Wort hatte eines jener Gespinste und Gewebe in mir wie lebendig flattern lassen, als hätte ein Wind hindurchgeweht. Ein Buch – was war dieses gewesen? Es war gewesen. Doch gab es diese Gebilde nicht mehr. So es sie denn je gegeben hatte. Wer von uns allen mochte noch in Wahrheit unterscheiden, ob diese Gespinste in uns tatsächlich auf Gewesenes in den zeitlichen Zeiten verwiesen? Oder ebendies waren: Gespinste. Doch freilich waren auch die Gewebe und Gespinste da, so wie die Nicht-Zeiten da ja waren, in einer Form freilich, die mit Beschreibungen und Methoden der zeitlichen Zeiten weder fassbar noch messbar waren. Da, aber nur zu umkreisen. Nicht zu beschreiben. Wie alles andere wohl auch, doch alles andere in neuen, unbetretenen Raum führend.

MEIN Hang zu Gedanken und Träumen kündigte Krankheit an. Ich hieß den Burschen, dem Anführer weniges von unseren Vorräten zu geben. Er gehorchte sichtbarlich mit Unwillen. Tatsächlich wäre nur schwer zu erklären gewesen, warum ich diesen Gebundenen in gewissem Sinne erkaufte. Doch mochte vor mir selbst der Hinweis auf notwendige Mildtätigkeit des Kommandanten des letzten Gefechts den Versprengten gegenüber durchgehen. Gemessen an seinem Unwillen immerhin gab der Bursche reichlich: einige Kanten des harten Brotes, wenige Brocken vom getrockneten Fleisch (nicht die besten) und sogar ein Tütchen des kostbaren Salzes, was mich wunderte.

Mit Salz konnte man Söldner und Krieger werben, wenn denn, wo auch immer, noch welche zu finden waren. Kein Rauschgetränk, was ich billigte. Die Wirkung der Gabe, besonders des Salzes, zeigte sich sofort. Wie jaulend drängte sich der Haufen um den Anführer, unser nicht mehr achtend, und verschwand schließlich jagend zwischen den Ruinen und Resten. Länger noch waren ihre erregten Stimmen freilich zu hören.

So waren vier wir geworden. Drei Männer und eine Frau. Der Kommandant, der Bursche, der Gebundene und die Frau. Es war in diesen Weltläuften eherne Notwendigkeit, mehr über die zu erfahren, welche die Bahn kreuzten.

Wieder erschien mir der Weiser, der mir einst von einem erzählt hatte oder eigentlich: der mir, wie es seine Art, vom Erzählen erzählt hatte: Dass man den Gang der Menschen und der Ereignisse und der Geschichten wie Fäden sich vorzustellen habe, laufend und wirkend entstünden neue Schichten und Muster und Farben, verblassten, lösten sich auf und verknüpften sich neu, und auf diesen Vliesen wandelten wir, und in diesen Netzen bewegten wir uns, und ob wir darin gefangen wären oder ob selbst die Netze wir spönnen oder beides zugleich, wer wollte es entscheiden, wer wollte es wissen.

Die Fäden, die wir vier, jeder für sich, bis hierher gezogen, verknüpften sich nun, und es war fürs erste gleich, von welchen Enden wir sie gezogen hatten oder wir gezogen worden waren, durch wen, wir würden es ohnedies nicht erfahren. Nie mehr war zu entschlüsseln, ob dieses Knäuel eines aus Zufall oder Notwendigkeit war. Die Frau und der Gebundene und der Bursche und ich, wir hatten gleichzeitig gelebt, ohne voneinander auch nur zu ahnen. Augenblicklich lebten wir miteinander, wer wusste jetzt, wie lange, wer wusste, warum? So es denn ein „Warum" gab und nicht der einzige Grund unseres Umherirrens eben der war, solche Knäuel aus Mensch und Ereignis zu bilden. Die Suche nach Grund aber war von jeher Anfang unseres Unglücks, wenn wir auch ahnten, wie tief wiederum in den Urgründen wir wurzelten.

Genug.

Indessen pflegte die Frau den Gebundenen, den ich so einfach nun nicht laufen lassen konnte. Sie beugte sich über ihn und säuberte sein Gesicht. Dann suchte sie die Ketten zu lösen, doch war das nicht leicht zu bewerkstelligen, und so legte mein Bursche – mit einem Blick mein Einverständnis suchend – Hand an. Der Leib eines noch nicht alten, aber auch nicht mehr jungen Mannes kam aus dem Gewirr der Ketten zum Vorschein, erstaunlich gerade, eher gliedrig, soweit es seine Fetzen erahnen ließen, dass er das Gewicht dann doch offensichtlich länger irgendwie hatte tragen können, mochte erstaunen. Die Frau strich ihm über den Kopf. Seine Hände aber wollte ich noch gebunden sehen, und der Bursche zurrte ihm ein Tau über die Gelenke.

Schon jetzt hatte mein Ritt eine ganz andere Wendung genommen. Ich nahm es so. Es waren die Wendungen im Immergleichen und das Immergleiche im Unwägbaren, das uns vertraut war, unser Geviert, unsere Kreise, in denen wir ritten unser Leben lang. Kurz erwog ich umzukehren. Doch spürte ich Unlust hierzu ebenso wie hierzubleiben.

Wir zögen weiter, so sprach ich knapp an die Frau gerichtet. Ihr stehe es frei, ihrer Wege zu gehen – doch möge sie diese gut wählen oder uns zu begleiten, womit für sie aber Unterwerfung unter die Gesetze der bewaffneten Schar, der Kohorten, verbunden sei. Den Gebundenen würden wir mit uns führen, bis ich mir über sein weiteres Schicksal, das zu bestimmen ich hier als Kommandant des letzten Gefechts berufen, schlüssig geworden sei.

„Ich bleibe bei euch, Herr."

Eigentümlich klang mir die Stimme im Ohr, die sanft war und leise und doch wie von großer Klarheit bestimmt. Etwas irritierte mich daran, doch wusste ich nicht, was. Etwas daran hatte einst wohl ein Gefühl in mir ausgelöst, doch hätte kaum ich beschreiben können, welches. Mochte wohl auch sein, dass eine Schimäre aus meinen Nächten davon in mir erwachte.

EIN seltsamer Zug – ich sah es in mir von ferne, wie es ein verborgener Kundschafter sehen mochte – verließ nun langsam die Siedlung. Vornweg ritt ich, durch Insignien ausgewiesen und also unabweislich der Kommandant des letzten Gefechts. Wenig hinter mir der Bursche, das Tau, an dem der Gebundene gefesselt, um den Sattelknauf geschlungen. Und schließlich die junge Frau, stets nahe am Gebundenen, ihn hier und da berührend oder stützend. Der dies wenig nötig hatte, aber wie selbstverständlich duldete.

Obwohl wir durch den Schutt eingefallener Häuser, durch Unrat und Morast langsam vorankamen, hatten wir den kleinen Ort schnell hinter uns gelassen. Und obwohl auch Felder und Wälder wenig Trost hatten, schien mir der Atem leichter. Ich blickte zurück auf den Hügel. Unseren Hügel. Ich sah: unsere Zelte, unsere Hütten. Gerade aufsteigenden Rauch, ungewöhnlich, da den Hügel meist ein stetiger Wind umwehte. Hie und da, so mochte es mir scheine,- schnürte einer der Unsrigen auf den Wachwegen. Dort war der Weiser, dort war Mirjam. Sie waren jetzt da, so wie ich jetzt hier war. Simpel, und doch stets neu unbegreiflich, der gleiche Lauf der Dinge und der Leben. So wie ich auch jetzt wusste, dass ich binnen Kurzem jene Biegung am

Waldrand erreichen würde und es mir doch unbegreiflich war. Nur Stunden hatte ich den Hügel jetzt verlassen, doch schien es mir lange schon genug, um etwas wie Sehnsucht zu spüren. Ein Heimweh. Mochte aber auch sein, dass dieses immer da war und ich es auf dem Hügel nur nicht spürte. Die Fahne wehte nicht. Wir ritten weiter.

Auch wenn mein Vorhaben schon früh gescheitert war oder zumindest eine andere Wendung genommen hatte, so wollte ich doch den ursprünglichen Wegeplan weiter verfolgen. Mein erstes Ziel war einer unserer nahegelegenen Totems. Ein steinerner Wächter, aufgestellt, das Gebiet, unsere Kreise zu markieren und den Unseren Halt zu geben. Viele unserer Totems waren den schwarzen Heeren schon in die Hände gefallen, doch schwächte es die Kraft jener nicht, die uns geblieben.

WIR hatten das Städtchen eine gute Wegesstrecke hinter uns gelassen. An einem Baum, der in den zeitlichen Zeiten, wiewohl am rückwärtigen Rande jener, als die zeitliche Zeit selbst der Nicht-Zeit entsprungen, ob seines gewaltigen wuchernden Ausladens selbst wohl heilig genannt worden wäre, bogen wir, zunächst sanft, dann steiler ab, auf einen auf einem Hügel sich hinziehenden Waldessaum zu. Die dunkle Mauer des Waldes stand schweigend und feindselig. Öffnete aber, als wir hartnäckig näher uns schleppten, wie widerwillig einen Pfad in sich hinein, auf dass wir, stolpernd, in ihn eindrangen. Der Bursche und ich waren, die Pferde auf dem steilen und nicht befestigten Weg zu schonen, längst abgesessen. Einfacher, so kam mir flüchtig durch den Sinn, war selbst der Ritt auf unseren entfernten Hügel hinauf.

Der Pfad war kaum kenntlich. Pferde waren hier lange nicht hindurch gekommen. Mochte sein, dass hie und da ein Kundschafter, zu Fuß die Gegend durchstreifend, den Wächter aufgesucht hatte. Nur noch wenigen Eingeweihten war der Ort bekannt.

Schließlich kamen wir, nach kurzer Strecke, aber einiger Anstrengung, an die Lichtung, die sich bis an die schroffe Kante des kleinen Hügels schob. Die aber, einer dünnen Reihe von Bäumen und Unterholz wegen, von der anderen Seite, der Ebene, nicht eingesehen wurde. Hier stand er, groß, doppelmannshoch. Grobe, kaum behauene Steine stellten einen mächtigen Rumpf, einen mächtigen Kopf vor. Hinaus auf die Ebene wiesen, in gleichem Winkel, die Arme, in groben Fäusten ohne Finger endend, und ein gewaltiger Phall, dessen riesige Eichel als einziges von dort unten, als Fels am Wald, sichtbar sein mochte. Aber wohl nur den Kundigsten als Teil eines unserer Wächter erkennbar. Nur so verhieß er uns Stärke. So wie er mir Stärke und Kraft und

Ruhe einflößte, da ich ihn, den Fels halb umkreisend, mit beiden Händen berührte. An ihm entlang schliff und mir die selbst grob gewordenen Hände aufriss dabei. Es mochte so sein, es war wie ein Opfer.

Der Baum an der Weggabelung unten. Der Wächter. Es waren Dinge. Ich wusste es wohl. Doch liege es an uns, hatte der Weiser gesagt, dass die Dinge auf uns spielten wie auf Saiten, weil wir bespielt sein wollten. Und die Klänge wiederum, die sie in uns weckten, würden zu Kräften und Mächten und Geistern und Seelen, die, wiewohl von uns in uns geschaffen, außerhalb unser da seien. Als Eigenwesen, die dann wiederum uns bestimmten und das, was in uns wir erschufen.

Ein guter Ort, um unsere Begleiter, unsere Gefährten oder Gefangenen dem Verhör zu unterziehen, so wollte mir scheinen. Ich hieß also beide, sich an den Wächter zu kauern. Sie taten es. Die Art, wie sie sich an den Wächter sowohl wie an sich selbst schmiegten, machte mir Unbehagen, wie im Städtchen und auf dem Weg schon.

Nun denn. Ich spürte Unlust, noch ehe ich begonnen. Doch wozu spürte ich Lust? Lust will ein Ziel, und ohne Ziel, selbst ohne ein unerreichbares, gehofftes, geträumtes, keine Lust. Aber wir hofften nicht mehr, so wir es je getan hatten. Der Kreislauf der Lendenkraft vielleicht, das Ansteigen des Samens, die Entleerung. Im Gesicht der Frau waren die vordem scharf gezeichneten schwarzen Streifen vom Schweiß des Aufstiegs verschmiert, leicht nur, doch zog mich dieses Ungenaue an wie je.

Wer er, so begann ich mit dem Mann, also sei. Woher er komme. Wie er unter den Haufen geraten. Er möge rasch antworten. Ich sei, er wisse es wohl, für ihn der Herrscher seines Schicksals.

Er, Zechiel mit Namen, erfuhr ich, komme von den Stämmen im Nordosten. Die friedfertig seien, wie ich wisse, und in Frieden lebten. Das Heranziehen der schwarzen Heere sähen sie mit Sorge, doch gefasst, wie alles, denn nicht an ihnen sei es, das Schicksal zu bestimmen. Er sei, demütig sagte er es, unter den Stämmen das, was wir einen Weiser nennten, und seine Gesichte hätten ihn hierher, nach Südwesten, zu den Kohorten geführt. Gedacht habe er, dass sein Auftrag sei, den verlorenen Haufen den Weg zu weisen, ins noch beruhigte Nordostgebiet. Wo, wenn auch nicht Fülle – nie habe es dort Fülle gegeben –, doch Auskommen und vor allem Rast zu finden sei. Doch sei er sich, nachdem er mich getroffen, dieses Auftrags nicht mehr sicher. Vielleicht habe er seine Gesichte missdeutet. Sei dem scheinbar Gefügten gefolgt, was im Umgang mit Gesichten immer ein Fehler. Oder habe, auf dem langen Marsch, zu lange darüber nachgedacht, sie erwogen und verworfen, gewendet und in eine scheinbar klare Form gebracht, sie an dem wenigen prüfend, was er wusste, und es sei das, wie jede Erfahrung lehre, der Fehler schlechthin. Aber auch ihm unvermeidlich oder, wenn es nicht zu hochmütig klinge, leider gerade ihm unvermeidlich. Doch setzte sich die Ahnung, das durch die Ahnung Gewiesene, stets über das Gewusste hinweg. Wenn er, unterwegs, den Weg nicht mehr gefunden habe, sei ihm oft, und oft genug gerade noch zur rechten Zeit, einer unserer Kundschafter begegnet, der ihm den weiteren Weg gewiesen habe. Nicht selten hätten sie ihn aus Gefahr an Leib und Leben gerettet. Klug seien unsere Kundschafter. Tapfer. Von Kraft. Aber, ich möge ihm nicht zürnen, ohne Ziel, ein oberes, seien dies Eigenschaften, die zu allem, also auch zu nichts, führen konnten.

Dunkle Rede! Dass nun er ebenso wie die Frau von den Stämmen im Nordosten kam oder kommen wollte, weckte den Argwohn, der ohnedies in mir glomm. Ließ es mir aber nicht anmerken, zunächst. Freilich widersprach seine Rede, was den Umriss betraf, nicht dem, was wir wussten oder sogar planten. So war es fast zwangsläufig, dass wir, so wir denn von unserem Berg überhaupt noch einmal fortzogen, in die nordöstliche Richtung ziehen würden. Es war ein Fluchtpunkt, kein anziehender, aber gewiss der, der für diesmal, für das Ende dieser Kampagne, offen. Der Weiser selbst hatte von den Stämmen dort gesprochen, den Wäldern, den Schluchten, dem unwegsamen Gebiet, nicht unähnlich dem unsrigen hier, aber tiefer wohl, dunkler. Dass die Stämme dort noch den Ritus befolgten, wie er im verfallenen Hause jenes Herrn dort im hinter uns gebliebenen Städtchen in den Vorzeiten wohl befolgt worden war. Und dass die Stämme, so der Weiser, das Buch wohl noch besäßen, freilich habe auch er nicht gewusst, ob tatsächlich, in Gestalt, oder selbst nur noch in Legende, er selbst, der Weiser, habe einzelne, oft gar aus dem Zusammenhang gerissene Seiten und Geschichten davon in Händen gehalten, er wisse nicht mehr zu sagen freilich, wann dieses gewesen.

Das Buch also. Zum zweiten Mal.

Ob sie nicht selbst von den Stämmen im Nordosten komme, so wandte ich mich an die Frau. Ob sie sich etwa kennten. Was es damit auf sich habe, dass sie sich viele Sonnenläufe vom nordöstlichen Gebiet entfernt, durch Wildnis und Gefahr hindurch, den schwarzen Heeren entgegen, nun, wie sie glauben machen wollten, hier, am Fuße unseres Berges träfen. Ich sei Krieger. Und solche Geschichte, solch Zufall, mir abhold.

„Nenne es Zufall, Herr. Er ist's. Und auch wieder nicht.“ Und sie fuhr fort: Was sei Zufall anderes als ein Gewirke aus Fäden, dessen Plan, dessen

Ganzes wir nicht zu erkennen vermochten? Sie seien wohl ausgesandt, ohne vom anderen zu wissen. Und es mochten noch andere der Ihrigen in der Landschaft sein. Ich möge sie vorläufig als ähnliches zu betrachten suchen wie das, was die Kundschafter uns waren.

Die Kundschafter seien Bestandteil unserer bewaffneten Schar, entgegnete ich. Teil des Kämpfens und Schlachtens, unabdingbar. Wenn sie sich den Kundschaftern in dieser Weise vergliche, wäre mir ein Umgang mit ihnen wie mit Kundschafter, also Kriegern unvermeidlich. Sie möge das bei ihren Vergleichen bedenken und ihre Worte strikter fassen.

Sie waren nicht aufsässig. Ich spürte auch kein Arg, was mich freilich täuschen mochte. Doch waren sie von seltsamer Ruhe, die nicht zu ihrer, nicht zu unserer, nicht zur Lage des Kampfes passen wollte. Als hätten sie noch zeitliche Zeit, lebten noch darin, jenseits dieser Nicht-Zeiten, dachte ich flüchtig. Auch war mir unbehaglich. Zu oft war die Rede von den Kundschaftern, die diesen geführt, jene beschlafen oder auch nicht beschlafen hatten. Unsere Kundschafter, und der Sohn war einer davon, hatten in weiten Kreisen das Land um den Kern der Schar zu sichern. Kunde zu schaffen eben, was sonst? Der Gedanke, dass da anderes sein sollte, als dieses Handwerk voll der Gefahr und der Drohung, beunruhigte mich mehr, als ich selbst in mir steigen lassen wollte.

„Dieser Phall, Herr, ist mächtig. Aber er ist unfruchtbar. Fruchtbar allein ist Begegnung. Wir leben. Ihr lebt. Lasst Leben sein. Leben selbst ist Fülle, wenn auch Fülle von anderer Art als die allein dem Leibe dienliche."

Sie bat wohl um ihr Leben, so wollte ich es verstehen. Weil ich es so verstehen wollte. Weil ich es so nur verstehen konnte. Oft war ich um das Leben gebeten worden, wenn auch nicht in den Schlachten. In den Kohorten selbst, mehr noch in den marodierenden Haufen, hatte ich Leben genommen und nehmen lassen in großer Zahl. Denn die Ordnung musste herrschen, auch jetzt, gerade jetzt, und so ziemte es dem Kommandanten des letzten Gefechts, zu dem ich gewählt, mochte einer wissen, warum.

Die Sonne hatte ihren höchsten Stand überschritten, beschien von außen den Phallus und drang mit ihren Strahlen zu uns herein. Das wittrige Gestein schien die Glut aufzusaugen, gierig, den Echsen gleich. Leben sei, was Fülle suche, und nicht Fülle selbst, entgegnete ich der Frau. Und sie selbst wisse (und habe es gesagt), dass es Fülle sei, was wir entbehrten, und niemand könne mehr sagen wie lange schon. Fülle läge einzig noch im Kampf, der Kampf sei unsere Fülle geworden. Es sei gleich, ob es uns gefalle. Es sei gleich, ob es uns nicht gefalle. Es sei uns aufgetragen.

Er sei wohl, so jetzt der Gefesselte, der sich Zechiel nannte, von seinen Gesichten auch deshalb hergeführt: zu künden, dass es Fülle jenseits des Kampfes doch gäbe. Es schiebe sich die Mauer der schwarzen Heere vor, das sei gewiss. Aber wer befehle wirklich, sich ihnen entgegenzustellen im Kampfe oder zumindest in Rüstung und Waffe?

Das befähle ich, gab ich zurück. Ich, der Kommandant des letzten Gefechts. Und nicht aus mir heraus. Dass ich rate, dies Reden zu lassen, in meiner Gegenwart gewisslich und überhaupt. Was die Kohorten, was wir, die wir stünden im Kampf gegen die schwarzen Heere, die heran- und heraufzogen schier unaufhaltsam, bräuchten, sei Tat und Mut und Waffe, und sei dies alles auch vergeblich. Nicht aber zersetzendes Reden von losen Streunern. Genug also sei es jetzt.

Tatsächlich war ich der Unterredung müde geworden. Ich war – ich spürte und wusste es –, dieser Art entwöhnt. Nur noch mit dem Wieser führte ich das, was ich in den zeitlichen Zeiten Gespräch genannt hätte, aber war dies oft eher Kunde, Belehrung zu nennen. Die Sonne fand nun einen Weg, eine Gesichtshälfte der Frau zu bescheinen. Seltsam alterslos dieses Gesicht, herb und doch sanft, mädchenhaft und reif zugleich, es schien zu schwanken. Wieder fiel mir der verwischte Streifen auf, der mich anzog, ich wusste nicht, warum. Ich hieß sie, ihr Gesicht neu zu malen, bevor wir wieder aufbrechen wollten. Sie tat es, und während sie es tat, ging ich noch einmal zum Phall, spürte seine Wucht, seine brennende Hitze mittlerweile mit beiden Händen. Ich schloss die Augen. Ließ Kraft in mich fließen. Esther erschien. Stand stumm und sah. Es war wie das letzte Bild von ihr, das ich wann immer leibhaftig vor mir gesehen.

NUR wenige Momente hatte diese Art von Andacht gedauert, doch fühlte ich mich erfrischt. Es war ein Grund, weshalb ich das Totem hatte aufsuchen wollen. Das Mädchen, die Frau, hatte inzwischen – der Bursche hatte vom Wasser ihr gegeben, was ich missbilligte für diesen Zweck – neu das Gesicht geweißt gänzlich und die Streifen, die schwarzen, gezogen. Dazu auch wieder die Augen schwarz ummalt und (fremd war es mir, ich sah es mit Verblüffung als gänzlich Unerwartetes) den Zweig eines Laubbaumes, frisch noch, ins Haar gesteckt. Ein Anblick, der mich ein Ziehen spüren ließ, doch überging ich es schnell.

Allein, dem Plan zuvor gemäß, hätte ich von hier einen anderen Weg genommen. Hinauf wiederum hätte mich der Ritt geführt, auf eine Hochfläche am Rande dieses Kreises, den der gleißende Sendbote aus dem All einst geschlagen. Doch woher kam uns dies Wissen? Es war unserem Verstande nicht mehr fasslich, sprengte doch schon, so wir daran dachten, unsere jetzige Lage, die der Nicht-Zeit, den Verstand, den unsere Ahnen, die fernen, kümmerlich wohl genannt hätten, so sie sich das Ende einer zeitlichen Zeit und ihre Nachfahren darin – waren wir es? – hätten vorstellen können. Doch erblickte ich, in eines Blitzes Dauer, am Rande meines Denkens, den Mann auf diesen Feldern – den leiblich nicht gegeben es haben konnte –, der diesen Sendboten heranbrüllen sah mit einer Gewalt, die nie mehr von einem Menschen erfahren. Für eine Atemlosigkeit, mehr nicht, reines Sein in vollendeter Fassungslosigkeit, bevor das Inferno alles zermalmte. Mochte sein, dass jener Sendbote die zeitlichen Zeiten erst in Gang gesetzt, dass es dafür dieser Gewalt bedurft hatte, um die jenseitigen Nicht-Zeiten zu enden. Und dann Neues begann. Mein Fürst mochte durch diesen Kreis gewandert sein, mit seinem Mädchen, die fruchtbaren Böden hoch lobend. Berechnungen wohl anstellend, was diese Fruchtbarkeit seiner Sippe böte an Reichtum, an Fülle, an Leben und also an Macht.

Dort hinauf also wäre ich gezogen, und ich hätte hinübergesehen. Freilich wusste ich nicht – wusste es nicht mehr –, ob ich es in Wahrheit gesehen hätte: dieses große Gemäuer, in dem, schon am diesseitigen Rande der zeitlichen Zeiten, noch die Diener jenes Herrn sich versammelt hatten. Hatte ich Esther dort zuletzt gesehen? Wollte mir so scheinen. Denn ich wusste es ja nicht, wie und wo ich Esther zuletzt erblickt, und hier, in diesen mir übersichtlichen Kreisen, hatte keinesfalls es geschehen können. Jetzt war es wohl gefährlich nahe an den Linien der schwarzen Heere, oder vielleicht schon dahinter. Woher dräute mir das alles, seit ich zuletzt den Weiser gesprochen? Ich wusste es nicht.

ICH befahl Aufbruch. Zechiel und die Frau – ich hatte nicht danach gefragt, wie sie sich nannte, und sie hatte sich selbst nicht benannt – ließ ich weiterhin lose binden. Eher wohl, weil es dem Brauch geschuldet. Sie waren, das immerhin, keine Gefahr. Noch stand die Sonne am Himmel, würde es aber nicht mehr lange tun. Ein Quartier sollte uns bergen, rechtzeitig, und obwohl der Sonnenlauf sich noch nicht neigte, spürte ich jene reglose Müdigkeit lasten, die mich häufig überkam. Einen geraden Marsch angeschlagen, hätten wir leicht wohl auch noch unseren Hügel erreichen können, doch zog es mich für den Moment nicht dorthin. Auch wenn mein Plan durchkreuzt war für diesmal, so schien mir der Weg doch nicht zu Ende. Ich war nicht gesättigt.

Als wir aus dem Wald herauskamen, sah ich hinüber zu unserem Hügel. Die Fahne wehte nicht. Es war nichts geschehen. Weiter unten dann ein mächtiger Baum. Er warf Blätter bereits, und da er groß war und alt, waren es viele. Früh noch im Gezeitenlauf, doch taten das die meisten Bäume. Es mochte von den Schwaden herrühren, die in Abständen von der Linie der schwarzen Heere herzogen. Oder es kündigte sich ein früher und harter Winter an. Es mochte der letzte Sommer dieses Baumes gewesen sein. Oder er mochte noch stehen, wenn es uns längst nicht mehr gab. Wer konnte es wissen? Ich ahnte jäh, dass ich ihn so oder so nicht wiedersehen würde, und kurz überkam mich Trauer. Vielleicht war es einfach der Brauch, dass Trauer mich überkam, gedankenlos, folgenlos, und als wir den Baum im Rücken, fiel diese Art von Schwermut wieder ab.

Also folgten wir dem Weg vom Städtchen weg noch um einiges und bogen dann erneut in einen Wald ein. Binnen kurzem kamen wir an eine Lichtung, die Abgelegenheit von der Welt tief atmete. Der schneidende Warnschrei eines Vogels. Holz arbeitete, und der Wind koste die Wipfel, ein sanftes Bild. In einem gleichen hatte ich Esther geküsst, das eine Mal, züchtig, sie hatte den Phall nicht angerührt. Was sollte mir nun dieses, da im gänzlich Anderen ich ja angekommen, da ich angekommen schien?

Als wir weiterzogen, zeigte sich, dass diese noch immer beschienene Lichtung einem Sumpfe glich, tiefem Morast, der unsere Pferde einsinken ließ, wie Zechiel und die Frau einsanken stellenweise bis an die Knie. Frösche sahen wir und Kröten, Getier in unwirklicher Zahl durchsetzte diesen Morast, sodass wir über und durch diesen Teig aus Leibern und Schlamm stolperten und wateten wie durch urgründigen klumpigen Schleim. Das Getier lebte, gab aber, gespenstisch, keinen Laut von sich. Unbewegten Gesichts trieb mein Bursche sein Pferd voran. Gleichmütig, kräftig kämpfte Zechiel. Mehrmals aber stürzte die Frau. Ihr Gesicht war vom Morast gezeichnet, ihr Gesicht verwischt und zerstört erneut, in dem Moment, in dem ich auf sie sah, hatte sich eine Kröte an ihr Gewand geklammert in Höhe ihrer Brüste. Ihre Züge zeigten Schmerz, aber sie klagte nicht.

Es war ein kleines Stück Wegs über diese Lichtung oder durch diesen Sumpf, doch brauchten wir lange. Schließlich aber erreichten wir den jenseitigen Waldesrand und mit ihm festen Boden. Der Blick meines Burschen ruhte erst auf der Frau und dann fragend auf mir. Doch ließ ich keine Rast zu. Es gab noch keinen Grund zur Eile, aber ich spürte Unwillen in mir, gestaltlos, gerade deswegen wirkmächtig. Wohl zweifelte ich an dieser Unternehmung erstmals. Unser Hügel schien mir nun eine Verheißung und selbst Mirjam.

Meist war es falsch, das drückend Bekannte aufzugeben. Besser war es zu stehen, wie in der Rottung gegen die schwarzen Heere.

Was freilich hieß falsch, was richtig? Es war dies vielleicht ein Paar, das gar keine Gültigkeit mehr hatte, das zerrieben war, zusammengeschmolzen in der Folge des Kampfes. In diesem Jetzt, das wirklich war, gingen wir unserem Nachtquartier entgegen, und der Sumpf war schon nicht mehr, ein Alb, dessen Tatsächlichkeit wir uns bereits jetzt nicht mehr gewärtigen konnten.

Am Waldrand angelangt, hieß ich halten. Mich verlangte nach Rauschgetränk. Der Bursche maß einen Becher, und ich trank in einem Zug. Tiefe Befriedigung, Lust spürte ich, als das Getränk sich in mich ergoss. Erschöpfung hatte die Frau erfasst, und sie schien verändert in ihrem Wesen seit dem Vormittag, als sie im Hause jenes Herrn auf mich zugetreten, oder wohl besser: eine andere Brechung ihres Wesens wurde mir sichtbar. Gekrümmt lag sie in dem Gras, das hier fast schilfartig wuchs, offenen Mundes atmend, stoßweise, ihr Brustkorb hob sich stark und schnell. Sie sprach nicht, nur ein gleichtonig leises, einförmig rhythmisiertes Stöhnen. Es war nicht mehr weit zu dem von mir ersehenen Nachtquartier, doch erwog ich einen Umweg. Etwas reizte mich, die Frau zu quälen. Zechiel hielt den Kopf der Frau und eine Hand an ihrer Wange, des Morast und des ohnedies verschmierten Gesichtes nicht achtend. Er sah mich an dabei, und etwas in seinem Ausdruck sagte, dass er meine Gedanken, wie flüchtig immer, erriet. Zumindest in diesem Moment. Es war, nur für einen Hauch, als säße ich dem Weiser, unserem Weiser, gegenüber.

Ich hieß nun den Burschen, vom Wasser zu teilen und Weniges vom Brot zu brechen. Brot. Wasser. Wir aßen schweigend. Die Frau beruhigte sich. Mit einem Ärmel säuberte sie das Gesicht, das so ohne Bemalung sichtbar wurde, und es war glatt, hell und rein. Sie war nicht schön. Ich würde sie benennen, und ihr Name sollte Raahael sein.

Ich spürte die Ermüdung wieder steigen in mir. Und hatte es mich anfällig gerade noch zurück auf den Hügel verlangt, so sehnte ich mich jetzt nach dem erwählten Nachtquartier. Nun, Sehnen war ein großes Wort. In unserem Tempo gemessen, war es wohl noch ein Achtel des Sonnenlaufs, so dass es ratsam schien, keinen Aufschub mehr zu dulden. Stoisch ritt der Bursche voran. Von uns vieren, so dachte ich, war er derjenige, der vom heutigen Sonnenlauf am wenigsten berührt. An meinem Sohn schon hatte ich ähnliches gesehen, bereits in seinem Kindesalter, und ich tat es noch jetzt, in den seltenen Augenblicken, da ich ihn, der als Kundschafter zurückkehrte, sah. Was ging in ihnen vor? Sie waren anders, was sonst? Sie hatten nicht unsere

Erfahrungen, die noch an den Rand der zeitlichen Zeiten reichten. Hatten sie es leichter damit? Hatten sie es schwerer? Oder waren sie unser Abbild? Wer mochte wissen, wie ich allein auf Raahael wirkte, ich, der Kommandant des letzten Gefechts, im Kampf gehärtet und das Befehlen gewohnt. Der Weiser. Die Adjutanten. Ich. Wir wurden fremd in der Welt. Nichtzeitig. Alt. Ohne es zu spüren, auf den Hügeln, während der Befehle, in den Schlachten, verloren wir das Sein. Unmerklich, stockend vielleicht, aber zäh, unumkehrbar. Mochte es so sein.

AUS früheren Märschen, ja selbst dorthin zurückreichend, da ich, noch nicht zum Kommandanten bestimmt, selbst als Kundschafter streifte, wusste ich um den abgelegenen Hof, auf den sich ein Schlachtengenosse, Ludo, zurückgezogen. Von den Erträgen dieses Hofes stammte auch heute vieles von dem wenigen Brot, das wir aßen, manches noch Seltenere und also Rarere und auch eine der kaum vorhandenen Quellen des Rauschgetränks war dort zu finden, das außer an uns Kommandanten und Weiser und Hauptleute oder zu seltensten Gelegenheiten kaum mehr ausgeschenkt wurde. Oder werden konnte. Es hatte sein Gutes, Rauschgetränk an die Kohorten auszuschenken. Und sein Schlechtes, ich war misstrauisch geworden. Rauschgetränk steigerte Mut, Einfall, Entschluss. Und konnte das Entsetzen wuchern lassen. Wann welches von beiden eintrat, war nicht zu steuern, also schlecht, in unserer Situation schon gar. Ich wehrte dem Genuss so strikt, weil die Vorräte gering waren, aber vielleicht würde ich ihm auch wehren, wenn reichlich das Getränk flösse. Manche Frage musste nicht beantwortet werden. Viele Fragen mussten nicht beantwortet werden. Das, was war, war Antwort genug.

Ich freute mich auf Abend und Nacht auf dem Hofe, den wir, aus einem Urgrunde hervorsteigend, Hof des Carolus nannten. Ich freute mich auch – zögerte freilich, es zu sehr zu spüren – auf Ludo, den Genossen mancher Schlachten, den Genossen einer Art von Jugend, von der ich nicht mehr sicher, ob sie jemals wirklich.

Eine letzte Biegung, dann lag der Hof vor uns, am Rand einer größeren Lichtung eigentlich nur, die sanft abfiel und von einem Bach mäandernd durchzogen wurde. Unsere Kreise und Schlachtfelder waren von hier aus erreichbar, doch nicht mehr so leicht, dass ein Wanderer einfach hierher fände. Ludo hatte sich, an die Läufte gebunden, doch daraus zurückgezogen, soweit uns dieses eben möglich war. Es war auch nicht so, dass der Hof, eine Ansammlung von Gebäuden eher, die wie zufällig gegeneinander gestellt, von unserem Punkt hier einen bewohnten, gar einladenden Eindruck machte.

Dünner Rauch stieg wohl auf, aber das war kein seltener Anblick, da die ganze Welt wie von unlöschbaren Feuern geschürt. Trübe Höhlen in Mauern, die andererseits von einem dunklen gesättigten, fast makellosen Blau waren. Ein befremdlicher Anblick, hier zumal, und die eigenartige Reinheit und Unverletzlichkeit der Farbe passte schlecht zu dem Zustand von Mauerwerken und Dächern. Am Hauptgebäude schien auf Höhe des zweiten Stocks ein Erker. Doch erkannte ich beim Näherreiten, dass dieser Erker nur der übrig gebliebene zweite Stock war, der durch eine so waghalsige wie nachlässige Konstruktion aus dünnen Stämmen gestützt wurde; die zu diesem Teil zugehörigen Stockwerke darunter waren schlicht eingefallen, wie der Schutt zeigte.

Kein Mensch war zu sehen. Doch wusste Ludo, erfahren genug, sich mit eigenen Kundschaftern zu sichern. Unser Kommen war wohl längst schon bemerkt, wenn nicht verdeckt begleitet worden. Als wir dann auch auf den Platz kamen, den die Gebäude säumten, traten aus den verschieden Türen die Bewohner hervor. Drohend, sie waren bewaffnet, zwei Handvoll mochten es sein, wie ich flüchtig erkannte. Schließlich trat auch Ludo aus der Tür jenes Hauptgebäudes mit dem Erker. Es war wohl Ludo. Ich schloss es eher, denn ich erkannte ihn nicht. Unsere Kampfgenossenschaft war lange vergangen, und die Sommer in diesen Nicht-Zeiten zählten ein anderes Maß als vordem. Etwas an ihm weckte ein Bild in mir. Es war jener Fürst, der mich seit dem Morgen begleitete. Mochte es die Art der Kleidung sein, der Umhang, der weiße gestutzte Bart, die Schmuckketten und Reife, die er um Hals und Arme trug, die geschnürten Schuhe, ich wusste es nicht. Mochte wohl auch sein, dass ich einmal – wer hätte wissen können, wo? – ein Bild eines dieser Fürsten gesehen hatte. Oder mochte es sein, dass ich die Bilder aus mir herauswarf und wieder zurücknahm, so eine Ahnung, eine Erinnerung gar simulierend? Es war auch gleich. Ludo jedenfalls, so schien es, hatte mich erkannt, sei es an meinen Insignien, sei es, dass seine Späher ihm schon Bericht erstattet. Er hob den Arm zum Willkommen gegen mich, und seine Schar ließ die Waffen sinken. Die Erstarrung wich. Wir waren angekommen.

Ratschlag

Ludo hieß uns eintreten. Ich hatte lange keine gemauerte Stätte mehr betreten, nicht zum Wohnen, Ruhen, Schlafen. Wohl zum Kunden und Brandschatzen, wie es meinem Handwerk entsprach. Die Räume waren niedrig und dunkel. Am Kamin, in dem das Feuer klein, doch wärmend züngelte, stand ein großgrober Holztisch. Ludo lud mich zum Tisch. Mein Bursche, Raahael und Zechiel wurden in den angrenzenden Raum geführt. Ein Mädchen trug Mahl und Getränk schnell auf. Ihr Gesicht war eben und ungeweißt. Ihr Kleid aus feinem, leichtem Tuch, knöchellang, ohne Schmuck, schien mir nicht angemessen, nicht der Wildnis, nicht der Kälte, nicht dem Kampf. Es war nun wohl angeraten zu sprechen, doch spürte ich Überdruss. Ich war froh, hier zu sein, doch die Vergeblichkeit deckte alles für den Moment.

Ludo sah. Er war ruhig, wie er immer ruhig gewesen war. Er wirkte kräftig und ausgeruht, etwas strömte von ihm. Wir aßen schweigend. Er habe mich, so begann er dann, lange erwartet. Sei aber stets gewiss gewesen, dass der Moment erst gekommen, wenn der Kreis, mein Kreis sich schlösse. Nun, da dieser Kreis offenkundig sich schloss, sei die Müdigkeit, die er an mir sehe, gesund. Sie warne mich davor, denselben Kreis von vorne zu begehen. Die Müdigkeit sei das Signum des Abschieds. Ich täte gut daran, den Kreis und den Abschied jetzt zu vollenden.

Ludos Worte kamen unvermittelt, doch überraschten sie mich nicht. Stets hatte er so gesprochen, und auch wenn ich in den späteren Leben, die ich führte, manches milderte, so war er der weiße Priester meiner Mannesjahre gewesen, wie Ferencz der schwarze Priester meiner Kindheit. Auch Ferencz schien mir für einen verschwommenen Augenblick an der anderen Seite des Tisches zu sitzen, doch verschwand das Spukbild schnell. Freilich wusste ich nicht, ob gut es war, dass Spukbilder verschwanden oder ob nicht stets präsent sie sein sollten, auf dass, paradox, sie verschwänden und ihrer Wirkmächtigkeit beraubt würden. Noch immer war ich, der Kommandant des letzten Gefechts, bereit, Ludo zu folgen. Aber immer noch auch war die Macht des schwarzen Priesters in mir. Ich merkte sie nur noch selten, aber sie war da. Ein Klumpen, verkapselt zwar, aus dem Eiter floss, träufelnd, scheinbar versiegend, dann wieder strömend.

Nach dem Mahl trug das Mädchen ab. Etwas an den kleinen Gesten zwischen ihr und Ludo ließ mich fragen, ob sie seine Tochter, seine Geliebte, seine Frau sei. Vielleicht war sie in einem gewissen Sinne alles zugleich. So wie ich zugleich Kommandant des letzten Gefechts, Vater, Ruheloser und Suchender war. Wir setzten uns näher an den Kamin. Draußen war es dunkel geworden. Der Hofstaat Ludos hatte die Gebäude aufgesucht, einige wenige hier, die anderen in den kleineren Häusern und Hütten, wo auch, der Tradition gemäß, das wenige Vieh untergebracht war. Aus dem Nebenzimmer drang die Stimme Zechiels. Eine Melodie nur in meinem Ohr, nicht unangenehm, denn ich konnte die Worte nicht verstehen. Zwischendurch schien Raahael zu sprechen, und auch von Ludos Hofstaat schienen sich einige dazugesellt, es war nicht recht zu unterscheiden.

Das Mädchen schenkte Rauschgetränk nach; Ludo schien reichlich darüber zu verfügen. Was er auf mein zerstreutes Nachfragen auch bestätigte. Er habe es gut eingerichtet. Oder gut getroffen. Oder es sei ihm gut zugefallen. Das eine sei vom anderen ja nie zu unterscheiden. Und es sei auch gleichgültig. Nach den Kämpfen, nach dem Schlachten fühle er sich angekommen. Auf einer Rast, denn wer könnte vom Ziel je reden? Gewiss, es sei nur eine abgelegene Lichtung, nicht mehr. Von den Weltläuften getrennt, doch mit ihnen – wie könnte es sein? – verwoben, meine Ankunft sei nur ein Zeichen dafür. Den Zustand der Gebäude hätte ich gesehen. Und doch: zwar sei es nicht Fülle. Freilich einen Fingerhut über den Bodensatz, den wir bräuchten, hinaus, also doch eine Art von Fülle. Es sei aber nicht gut, sich in Gedanken an die Fülle zu sehr zu verlieren. Und sei nicht gut auch, Fülle überhaupt bestimmen zu wollen. Diese Lichtung, so Ludo, sei Welt. Es werde gesät. Es werde geerntet. Es könne nach dem Brot für Rauschgetränk gesorgt werden. Der Bach biete Wasser, freilich nicht zum Trunk, denn er sei vergiftet, wie viele Gewässer. Früchte des Waldes, Fleisch, Milch. Natürlich wisse er von den Kundschaftern von der Front der schwarzen Heere am ehedem Donau genannten Fluss. Er habe noch nicht entschieden, was zu tun sei. Es möge sein, dass sie sich hier unter der Welle ducken könnten, bis die Front der schwarzen Heere über dieses Land geschwappt und danach alles sich finde wie ehedem. Es mochte aber auch sein, dass er sich darin furchtbar täusche, denn kein Mensch habe hinter die Front der schwarzen Heere je gesehen. Zumindest sei keiner von diesen zurückgekommen. Doch sei er mit seiner Schar stets zum Weiterzug bereit. Noch habe es keine Eile, zum Entschluss zu kommen.

Aus dem Nebenraum drang Gemurmel wie ein Chor. Das Mädchen trat heran. Sie war von knabenhafter Figur, wie mir trotz des Kleides schien. Sie hatte noch kein Wort gesprochen. Sie sah mich kaum an. War sie in anderen Gefilden oder schien ich ihr zu gewöhnlich? Ihre Missachtung, wenn es solche war, reizte etwas in mir. Es war dies immer ein Fehler in mir gewesen, dass mich die Furcht, nicht erkannt zu werden, umtrieb. Vor allem aber war immer ein Fehler es in mir gewesen, diesen Fehlern nachzusinnen. Im Kreise ging dieses, auch dieses, ja, immer wieder.

Ludo fragte nach meinen Plänen und dem Zweck meines Ritts, der wohl von Erfordernissen des Kampfes nicht bestimmt sein könne. Es fiel mir schwer, auf solch klare Frage zu antworten. Ja, wie war hierher ich gekommen? Und wie war mir Esther wieder mit Macht erschienen, und warum in dieser Lage, und was sollten mir Raahael, Zechiel, das Mädchen? Ich schilderte Ludo die Lage, wie sie sich von unserem Hügel aus ergab. Erzählte von der Front der schwarzen Heere und von des Weisers und meinem Entschluss, die Schar nach Nordost zu führen, dort zu sammeln und zu überwintern, Winterlager neu zu beziehen, wie wir es gewohnt und wie es uns aufgegeben seit Wintern, die niemand gezählt. Zu welchem Zwecke, so täuschte ich Überlegungen vor, wüssten wir noch nicht. Ich blieb wortreich an der Oberfläche, also im Zufälligen. Ich sah wohl, dass es Ludo bemerkte. Ich bat ihn, anderntags mit erstem Dämmern einen Kundschafter zu schicken, der erkunden solle, ob die Fahne auf dem Hügel mich zurückrufe. Doch wolle ich, da nun in unvorhergesehener Begleitung, diesen Ritt, der in ursprünglichem Sinne gescheitert, abbrechen und in jedem Fall am nächsten Tag auf den Hügel zurückkehren. Ich würde auch, so fügte ich noch an, die Rückkehr des Sohnes erwarten.

Ludo fragte nach Raahael und Zechiel. Er habe erkannt, dass sie von den Stämmen des Nordostens seien. Es streiften jetzt mehrere von ihnen durch diese Gegend, wie ihm seine Kundschafter immer wieder berichteten. Doch sei noch keiner von ihnen hier aufgetaucht. Wir wüssten wenig von diesen Stämmen, auffällig wenig, zu wenig. Insbesondere, wenn wir bedächten, dass nach Kampfeslage der Weg nach Nordost für den jetzigen Herbst der letztgangbare sei. Vorausgesetzt immer, dass wir – er mit seinem Hofstaat, ich mit den Kohorten – tatsächlich aufbrechen würden. Er habe bereits Kundschafter gesandt, doch seien diese, bis zu diesem Tage zumindest, nicht zurückgekommen. Die Stämme lebten wohl noch oder wieder von und nach altem Ritus, dessen schiere Existenz nur noch uns Älteren dämmrig bekannt. Sie verknüpften uns damit an die Phase, als die Zeit noch zeitlich gewesen sei. Ob dies wichtig für uns werden könne, wisse er freilich nicht zu sagen.

Mir fiel das Buch wieder ein. Der Haufen in dem Städtchen hatte davon gesprochen, dass es Zechiel mit sich führe. Es war mir, beim Wächter und auf dem Weg, aus den Gedanken entschwunden. Ich sprach zu Ludo davon. Deutlich sah die Gier ich aufsteigen in ihm. Woher kam diese Gier, wie tief wurzelte sie, die Gier nach dem Buch, die den Weiser ebenso trieb wie Ludo? Und völlig frei war nun nicht einmal ich davon. Ludo bat mich also, Raahael und Zechiel anderntags vernehmen zu können. Ich bewilligte es ihm leicht.

WIR endeten. Ludo wies mir Statt in jenem erkerähnlichen Raum zu und bot mir das Mädchen – Laila – für die Nacht. Ich lehnte ab und spürte im selben Moment Unmut darüber. Aber war auch das nicht neu freilich. Aus unklarem Unbehagen wird Fehler und aus Fehler Unbehagen und Zorn und daraus wieder Fehler, das nährt sich fort wie Hefe, die unsterblich ist und fortwährend wirkt und zeugt und dennoch selbst unfruchtbar ist und bleibt dabei. Es war dies der Sauerteig des Lebens, unseres Lebens, keiner Rede groß wert.

In der Nacht wehte Wind, nicht stark, ums Haus, und Regen tröpfelte. Fremd, doch in angenehmer Erschöpfung lag ich in Decken und Kissen; ich hatte diese Erfahrung längst vergessen. Irgendwann schreckte mich ein klares hartes Klopfen, zweimal nur, an der Außenwand. Es wiederholte sich nicht, und ich suchte zu unterscheiden, ob es Traum gewesen oder Wachheit. Es gelang mir nicht. Beim Lauschen in die Nacht hörte ich Stöhnen von unten. Ich meinte zu spüren, dass Zechiel Raahael beschlief. Doch als ich die Tür öffnete, mir Gewissheit zu verschaffen – warum? wozu? –, schien mir eher, als wäre es wüster Traum, der sich unten in Ächzen und Gurgeln ergoss. Ich fühlte mich ertappt vor mir selbst, und Scham war in mir. Der Rest der Nacht verlief erholsam wie seit Gedenken nicht mehr. Kein Bodensatz von Träumen wie sonst wog denn auch schwer in mir, keine Schlieren fremder Welt durchzogen mich, als ich erwachte zu gewohnter Stunde. Es war noch dunkel, wenngleich sich Licht bereits ahnen ließ.

Ich betrat den Hof, der von Feuern noch beschienen. Ihr Licht mischte sich mit dem des aufziehenden Tages zu einem ungesunden Grau, das auf die Seele drückte. War freilich nicht anders als an jedem Morgen im Herbst, wo und unter welchen Umständen auch immer. Unter einem Baum am Rande des Hofes stand eine Frau mit bloßen Brüsten, an den Händen gefesselt und so an einen ragenden Ast über ihrem Kopf gebunden, dass sie kaum auf den Zehen stand. Ein Mann, ebenfalls mit bloßem Oberkörper sowie mit mächtigem Schädel ansatzlos auf quadrigem Brustkorb, peitschte sie gleichmütig aus. Niemand von Ludos Hofstaat gab groß darauf Acht, es schien ein gewohntes Bild am Morgen. Ich wusste nicht, ob für Ludos Hofstaat das Verbot des geschlechtlichen Verkehrs ebenso galt. Beides hielt bei und von Ludo stets gleichermaßen ich für möglich.

Ludo selbst trat freundschaftlich heran und entbot mir den Morgengruß nach guter Sitte. Den Kundschafter, der sich noch des Nachts zu unserem Hügel aufgemacht, erwarte er in Kürze zurück. Er lud mich zum Morgenmahl. Laila trug auf. Raahael und Zechiel wurden hereingeführt.

Während wir am Holztisch aßen, befragte Ludo, scheinbar leichthin, Raahael und Zechiel. Raahael schien mir, vielleicht weil ich sie neben Laila sah, heute älter als gestern. Auch ihr Gesicht war anders, aber schon gestern hätte ich kaum eine Beschreibung gefunden. Sie war ruhig, wenngleich trotz der Nachtruhe blass und erschöpft. Anders ich, der ich mich in dieser Morgenstunde frisch und gekräftigt fühlte und somit einer möglichen anziehenden Kraft, sei es derjenigen Lailas, sei es derjenigen Raahaels, offen.

„Ihr kommt", begann Ludo, „und leugnet es nicht, von den Stämmen im Nordosten. Von denen wir Kunde haben. Aber wenig. Das Heraufziehen der schwarzen Heere, so nicht erwartet und so schnell nicht erwartet, könnte – könnte! – uns hinaufdrängen. Zum Bund oder zu neuem Kampf wird sich entscheiden. Sprecht. Frei. Doch täuschet nicht, uns nicht, euch selbst nicht."

Raahael und Zechiel schwiegen. So lange, dass sich bei Ludo wie bei mir Unwille regte. Es war die Art von Schweigen, die Ratlosigkeit und Peinlichkeit zugleich ausdrückte. Von draußen, es fiel mir nur flüchtig bei, drang noch Wimmern, wohl von der Frau, die ausgepeitscht worden war.

Dann sprach Zechiel. Es werde wohl nichts nützen, wenn er beteuere, dass das Trachten der Stämme im Nordosten friedfertig sei. Denn schwer sei es, er wisse es wohl, von Männern des Kampfes und des Krieges zu verstehen, dass Leben anders bestimmt sein könne. Doch möge es nützen, wenn er sage, dass die Stämme nicht aus sich heraus friedfertig seien. Es ließe sich dieses zurückführen auf das Buch, ausgelegt von ihren Weisern, die oft Frauen seien. Die Gebote des Buches aber seien: friedfertig zu sein. Zu teilen. Den Fährnissen zu begegnen, die unabänderlichen zu ertragen, die änderlichen zu wenden. Denn dies sei der größte Unterschied: Die Stämme lebten zeitliche Zeit, während uns die Nicht-Zeiten aufgetragen, wie wir es nennten, zu leben in diesen Nicht-Zeiten. Es sei dies keine Frage von besser oder schlechter, wie es ohnehin die Frage sei, ob schlechter und besser es überhaupt gäbe oder jemals gegeben. Unsinnig wäre es zu leugnen, dass mancher in den Stämmen Nicht-Zeit sich ersehnen möge wie wohl mancher in den Kohorten die zeitliche Zeit neu und anders sich wünsche. Auch sei dies nicht so zu verstehen, dass jeder einzelne von den Stämmen im Nordosten frei sei von kriegerischen Gelüsten. Gelüsten überhaupt. Von Neid. Von Zank. Das mache die Sache schwierig zu verstehen, gerade für uns, die wir doch die Verbindung im Geiste kaum mehr herstellen konnten. Gestehe er, Zechiel, dass leicht das zu Verwirrung führen könne. Doch seien am Ende alle im Nordosten geeint vom Buch und aufgehoben im Buch, dessen Worte und Weisheiten und Gebote die Zeiten überdauert, unvorstellbare Zeiten, zeitliche

Zeiten vom einen Rand der Nicht-Zeiten bis zu jenem Rand derjenigen Zeit, die kommen noch möge, vielleicht, oder eben auch nicht. Aufgehoben am Schluss in allmächtigem Verzeihen, da wir Vergeltung und Kampf und Überwindung durch Kampf suchten.

Er wünsche dieses Buch zu sehen, so Ludo, es zu studieren. Und, wo nötig, ausgelegt zu bekommen,. Doch habe das jetzt keine Eile. Er begehre – jetzt, hier – vor allem Auskunft: Was die Stämme im Nordosten zu tun gedächten, wenn die schwarzen Heere, wie zu erwarten, im nächsten Frühling, wenn Winterlager vorüber und die Kampagne neu begänne und die Wege wieder gangbar, gen Nordosten vorstoßen würden. Und was wir, was unsere Scharen zu erwarten hätten, wenn sie noch vor Einbruch der Fröste in den Nordosten ziehen würden. Halb im Plan, halb, man müsse es sagen, auf der Flucht. Wenn auch, so Ludo, einer vorläufigen Flucht. Denn das Winterlager, möglicherweise im Nordosten, werde Gelegenheit zu Ratschluss geben und wer weiß welch unerwarteten Wendungen des Geschicks.

Es sei jeder willkommen. Die Stämme im Nordosten teilten mit, Zechiel habe es gesagt, und die Bedingungen seien leicht. Die Waffen, in jedem Fall, müssten abgelegt werden. Und die Kohorten und Scharen würden geteilt. Das sagte bestimmt Raahael, die bis dahin geschwiegen. Ihre Stimme war klar, auch kauerte sie nicht mehr, sondern stand. Beides zusammen hatte etwas, was mich unwillig machte.

Es sei nicht an irgendjemanden, Bedingungen an die Kohorten und gar an mich, den Kommandanten des letzten Gefechtes, zu stellen, so antwortete ich, schärfer vielleicht, als mir lieb, und diese Unbeherrschtheit selbst war es nun wieder, die mich mehr noch aufbrachte. Raahael, das war klar, machte unwirsch mich, doch war mir der Grund nicht präzise zu benennen.

Dass ich gefragt habe und sie das geantwortet, was Antwort nun einmal sei. Es liege ihr ferne – und sie fühle, dass es ihr selbst eigentlich unmöglich – meinen Unwillen erregen zu wollen. Sei auch nicht so, dass um Bedingungen es gehen könne, da doch die Stämme im Nordosten in mehr als einer Weise gar nicht fähig seien und jemals nicht fähig gewesen seien, Bedingungen zu stellen. Doch wisse sie ja, dass Gastrecht wir achten würden.

Das alles stehe jetzt nicht in Rede, so jetzt Ludo, hörbar, sichtbar ungeduldig werdend. Klarheit tue Not für weiteres Überlegen. Würden sie seine, Ludos, Hofstaat und meine, des Kommandanten des letzten Gefechts Kohorten, führen auf den erwartet wüsten Wegen in den Nordosten? Würden sie, wenn Not wäre (und er, Ludo, versichere, dass Not käme), den Scharen beispringen, wenn nicht kämpfend, so helfend? Und ob überhaupt sie, Raahael und Zechiel, tatsächlich befugt seien, im Namen der und für die Stämme zu sprechen?

Es sei von den Stämmen ein jeder bemächtigt zu sprechen, nach seiner Erkenntnis und seinem Vermögen, so Raahael ruhig. Sie und mit ihr Zechiel erböten sich, uns zu führen. Und wenn wir nun wollten, würde Zechiel uns einführen in das Buch.

Bevor Ludo oder ich antworten konnten – begierig wir beide –, drang von draußen Geschrei. Es schien, dass einer von Ludos Kundschaftern zurückgekommen. Doch wie! Klaffende Wunden, sichtbar durch zerfetzten Stoff, das böse entstellte, kaum mehr menschenähnliche Gesicht, die zertrümmert breiige Nase, ein wohl abgeschnittenes Ohr kündeten von Kampf. Es war, so erkannte Ludo, jener, den er zur Erkundung unseres Hügels gesandt. Richtig habe er auch den Auftrag ausgeführt. Die Fahne habe nicht geweht. Rückmarschierend sei er, nicht weit vom Hügel mit dem Phallus, aus dem Gebüsch heraus von einer Meute angefallen worden. Dies alles stockend und über Strecken kaum verständlich dargebracht. Auch auf mehrmaliges Nachfragen Ludos wusste der Kundschafter weder über Anzahl noch Natur der Angreifer Auskunft zu geben. Erst recht unklar und damit drohlich blieb der Zweck. Von einem Späher oder Kundschafter war nichts zu holen außer eben Kunde. Kunde konnte großer Wert sein in den Schlachten und Kämpfen. Oder gar keiner. Jedenfalls hatte jene Meute, von welcher der Späher berichtete, keinen Versuch gemacht, an diesen tatsächlichen oder vermeintlichen Wert zu kommen. Immer vorausgesetzt, dieser Bericht gab wenigstens in Umrissen wieder, was geschehen.

Es musste ein fehlerhafter Bericht noch nicht einmal täuschender Wille sein, wie ich wusste. Konnte wohl immer. Musste aber nie. Dieser Kundschafter schien mir ein erfahrener, in den Vorfeldern geübter Mann, und ohnedies hätte ich nicht erwartet, dass Ludo einen anderen gesandt. Die Dinge waren unscharf geworden. Vielleicht waren sie es immer gewesen. Doch schien es mir, schien es dem Weiser, schien es wohl selbst Miriam, dass die Dinge in den zeitlichen Zeiten, von denen uns, dem Kreis der Kommandanten, keineswegs aber, längst nicht mehr Wissenden, noch Ahnung war wenigstens, schärfer gewesen, rechenbarer. Doch mochte selbst dies wieder Täuschung sein. Wie eben das von mir Gedachte, dass wir Führung, Kommandanten seien. Kommandierende vielleicht, der Oberfläche nach, aber Kommandanten? Vielleicht, wer mochte es wiederum wissen, waren es dem grundlegenden Denken, den Haltungen und Gewissheiten nach längst mein Bursche, mein Sohn, die Krieger, die jungen Krieger der Kohorten, die führten und wir nur noch die Marionetten an den Fäden anderer Gedanken. Hergebrachter Konvention geschuldet, die sich, wie auch immer, in blassem Schimmer aus den zeitlichen Zeiten gerettet. Wie lange noch? Unter diesem Vorbehalt – demjenigen überall obwaltender Unschärfe – war der Bericht des Kundschafters, gerade selbst wohl im Alter meines Burschen, zu hören. Wobei auch meine Vorbehalt genannte Reserviertheit Unsinn war, denn wir hatten ohnedies nichts anderes als diesen Bericht. Nimm es und bedenke das Unvollkommene daran. Bedenke das Unvollkommene, doch es führt dich zu nichts. Also nimm es so, wie es sich dir darbietet.

Ludo schien nachdenklich. Ich fühlte mannigfaltig dunkle, nicht gestaltete Sorge. Nicht benanntes, nicht gekanntes Marodierertum in unserem Beritt, diesseits der schwarzen Heere, war selbst in den Zuständen, in die wir gestellt, Anlass, neu zu denken. So unser Schluss, nachdem wir uns zur Beratung an den groben Tisch zurückgezogen. Kurz hatte ich den Impuls verspürt, Raahael hinzuzuziehen, doch hatte ich ihn verworfen. Und ärgerte mich darüber. Und ärgerte mich über mich, dass ich mich ärgerte.

Ein Kundschafter war überfallen worden. So Ludo. Oder einfach geschlagen. So ich. Doch von wem geschlagen? Und zu welchem Ende? Und von wem, von dem er, Ludo, keine Kunde habe? So Ludo. Rätselhaft in jedem Fall, so ich. Die schwarzen Heere seien auszuschließen. Wenn doch, dann sei da eine völlig neue Lage. Die Stämme im Nordosten, man müsse es widerwillig sagen, infiltrierten den Beritt, träten aber – soweit wir wüssten – nicht in Haufen auf. Und nicht gewalttätig. Für die Disziplin der bewaffneten Kohorten verbürgte ich mich, vorläufig noch. Blieben die Versprengten, wie in dem Städtchen, die Horden, die Verzweifelten, an Leib und Seele und im Geist Geschlagenen, verhungert fast in jeder Hinsicht. Es wäre dies denn eine Entladung, doch vorerst harmlos, dem Grunde nach. Wie wir es gewohnt bisher, mieden ja diese Horden die Kundschafter und eigentlich ohnedies jegliche Konfrontation. Aber völlig auszuschließen sei hier nichts. So sprach immer ich. Es sei dies wohl möglich und unmöglich zugleich, so Ludo. Es sei aber, wie immer in diesen Nicht-Zeiten, zu viel Unwägbares. Richtig also sei, das zu Wägende schwer anzusetzen. Lange, bis eben, habe er gezögert. Beritt und Hofstaat, Hofstaat im Beritt seien ihm Heimat geworden. Und wer wisse noch, was Heimat sei? Doch wisse er und habe immer gewusst, dass Heimat das zu Verlassende schlechthin sei. Er rate und entschließe, den Hofstaat mit den Kohorten zu vereinen. Zunächst bei uns. Auf dem Hügel. Dass ich, als der Schüler, nicht seine, des Meisters, Entscheidungen zu billigen oder missbilligen hätte. Doch als Kommandant des letzten Gefechts könne ich, aus puren Erwägungen von Macht und Gewalt, nicht anders, als ihm beizupflichten. Über Fragen der Befehlsgewalt sei zu reden. Auch über Fragen des Ziels. Doch sei dies richtig dann, wenn alle mit Stimme von Wert zusammen. Auf dem Hügel.

SO WARD es beschlossen. Ludo gab die Befehle. Derweil ich Raahael zu mir rufen ließ unter jenen Baum, da des Morgens die Frau gepeitscht worden war. Dass der Plan sei, sie und Zechiel zurück auf den Hügel zu nehmen, bis die Beratungen abgeschlossen. Dass sie beide danach aber frei seien zu gehen. Oder, so sie es wünschten, mit uns zu ziehen. Wir würden gerne dem Wege folgen, den sie uns weise, würden aber, dies sei gewiss, vom Können unserer Kundschafter ebenso gut geleitet. Unklar, woher mir die Milde kam, die anstieg in mir, doch überschwemmte sie mich nicht. Von neuem sah ich also Raahael unter dem Baum, zerbrechlich diesmal, weiß und zart, schön und schimmernd.

Fest freilich war ihre Stimme. Dass sie mit Zechiel in dieser Nacht gesprochen habe darüber, was ihre Bestimmung. Dass sie mir zu folgen wünsche, mit und ohne die Scharen. „Bei euch möchte ich bleiben, Herr. Dazu bin ich wohl gesandt. Nehmt mich. Nehmt mich mit. Wie ich bin. Wie ich euch nehme. Wie ich euch mitnehme.“

Es waren dies einfache Worte, und doch oder deswegen Worte, die mir Ahnung von Schmerz machten. Hätte je in den zeitlichen Zeiten jemand so zu mir gesprochen, wäre es Esther gewesen, doch hatte sie es nicht getan. Dass sie mir denn willkommen sei, entgegnete ich denn also, verschwommen, da meine Stimme doch klar und befehlsgewohnt war. Und Zechiel, gleich hinzu, ebenso, so der es denn wünsche. Doch habe Zechiel, so jetzt wieder ich als Kommandant des letzten Gefechts, in jedem Falle vorher Auskunft zum Buch zu geben, so wünsche es Ludo, und so wünschte auch ich. Es werde dies aber auf unsere Zeit auf dem Hügel verschoben.

Unterdessen hatte sich um uns der Hofstaat Ludos in geschäftigem Treiben ergeben. Es waren dies, so wie es sich mir darbot, weniger Köpfe, als ich geglaubt. Nur Weniges ließ Ludo mitnehmen. Dann brachen wir auf. Zuletzt warfen, auf ein Zeichen Ludos, zwei der Männer, welche die Nachhut bilden sollten, brennende Fackeln in die Gebäude und den hastig aufgetürmten Haufen an Reisig und Holz. Schnell fraßen sich die Flammen empor, ein wildes gieriges, brüllendes Verschlingen, ein geilendes Hinwegbrennen des scheinbar so idyllisch Abgelegenen. Die Pferde drängten, Hitze, Rauch und Feuer trieben uns hinweg. Wollte mir für einen Moment scheinen, als hörte ich tierischen – oder war es menschlicher, der wie von einem Tier klang? – Schrei aus dem Feuer. Doch mochte ich mich täuschen, und es war das Feuer selbst, das schrie. Kurz und unbewegt sah Ludo noch einmal die Flammen, dann setzte er sich mit mir an die Spitze dieses kleinen Zuges, und wir gingen davon.

ZÜGIG waren wir auf den Hügel zurückmarschiert. Neues hatte uns erwartet, und Ludo, der Weiser und ich zogen uns zu Beratung ins Kommandeurszelt zurück. Flüchtig war mir wieder durch den Sinn gegangen, Raahael hinzuzuziehen, doch schien mir der Gedanke im nächsten Moment und bei klarer Betrachtung erneut unsinnig. Überraschend viele unserer verbleibenden Kundschafter – darunter der Sohn – waren zurückgekehrt. In vielen Einzelbildern hatten sie berichtet, dass die schwarzen Heere begonnen hatten, den ehedem Donau genannten Fluss in mächtiger Front zu überqueren. Neu und uns alle überraschend war auch die Kunde, dass die schwarzen Heere nun selbst und erstmals eigene Kundschafter gegen uns hin zu senden schienen, auch wenn Sicherheit darüber nicht zu gewinnen war. Es fiel mir schwer, dieses Neue zu glauben. Das ganz Andere, das war es ja, was die schwarzen Heere waren, und also war ich mir sicher, dass nichts von dem, was wir unternahmen, etwas sein konnte, was bei den schwarzen Heeren war. Oder hatte sich etwas verändert, und wir konnten nur nicht deuten, was es sei? Es war Entschluss nun zu fällen, so denn davon noch die Rede sein konnte oder dem Grunde nach je hatte die Rede sein können. Es stand an: das letzte Gefecht, zu dessen Kommandanten es mich schließlich bestimmt hatte. Oder: der Zug ins Winterlager, zu jenen Stämmen im Nordosten, von denen Raahael kündete. Das Winterlager würde dieses letzte Gefecht, das ja unweigerlich kommen musste, noch einmal aufschieben.

Zum Aufbruch drängte der Weiser wie stets, doch entschiedener nun. Es sei, so entgegnete er auf meine Vorhaltung, jenes letzte Gefecht wohl unausweichlich. Doch wisse niemand zu sagen, wann es einträte. Und es sei keiner – durch nichts – ermächtigt zu deuten, dass das nunmehrige Vorrücken der schwarzen Heere, so drückend es sein möge, nicht dazu angetan sein dürfe, uns einseitigen Entschluss aufzuerlegen. Es sei dies eine Gefahr, wenn nicht Verlockung, der wir alle allzu schnell erlägen. Winterlager werde, allein dadurch, dass es durchgeführt, neue Lage und neue Einschätzung bringen.

Aufmerksam hatte Ludo zugehört. Dass er, so meinte er, wie der Weiser jetzt zu Wegzug rate: Es sei nun der Wegzug das Gefecht, vielleicht eine neue

Art des Gefechts, doch würdig und im Gefüge des Ganzen mit Zweck und Verstand.

Dass ich, entgegnete ich, ohne mich Rat widersetzen zu wollen, Zweck nicht erkennen könne und somit auch nicht Verstand. Zwar gäbe ich zu, dass Winterlager (das wievielte seit Beginn der Kämpfe?) neue, vielleicht neue Einblicke ermögliche. Doch welcher Einblick könne Unausweichlichkeit wenden? Wegzug sei ein Wagnis, ein Kampf, gewiss. Doch nicht das Gefecht, dessen Kommandant ich sei.

Wir könnten nicht wissen, was Unausweichlichkeit sei, erwiderte der Weiser. Was innerhalb des einen Stranges, am Ende der einen Kette unausweichlich, könne im Verlaufe des anderen Stranges kaum mehr als ein Knoten, ja, gar nicht vorhanden sei. Womit er nicht sagen wolle, dass die schwarzen Heere als schwarze Heere nicht vorhanden. Er halte daran fest: Wegzug jetzt sei geboten. Sei richtig. Und dieses, so fügte er nach einem Augenblick der Stille hinzu, sei das, was nicht sein Verstand, sondern sein Inneres ihm ebenso sage, in anderen Worten, und daher sei es vernünftig erst recht.

Was sollte ich erwidern? Und sollte ich überhaupt etwas erwidern? Welchen Unterschied machte schließlich ein erneuter Wegzug, ein erneutes Winterlager in der Kette, die mir unendlich schien und ohne Zahl? So gab ich mein Einverständnis. Der Weiser möge die Befehle geben. Wir würden beim ersten Licht marschieren.

ES WAR an der Zeit, den Sohn zu rufen. Nathanael. Er hatte seinen ersten Frühling und Sommer in den Vorfeldern zugebracht, und ich hatte ihn nicht mehr gesehen, seit er ausgesandt. Was er jetzt gesehen, hatten wir so seinem Wesen nach alle gesehen. Verschlossen schien er mir, karger, als ich ihn Erinnerung, aber ich mochte mich täuschen. Wenig waren die Worte, unberührt, mit denen er von den Vorgängen in den Gründen des Vorfeldes berichtete. Vereinzelt zögen Haufen herum, wie verwildert, getrieben einzig noch von der Suche nach Mahl und davon, ihren geilen Trieb letztmals zu stillen. Trieb, der über sie herrschte, Trieb, der sie wohl mit den schwarzen Heeren leicht würde paktieren lassen, wenn jene für Pakte im Geringsten zugänglich. Trieb, der sie scheuen ließ, sich in die Kohorten einzugliedern, aber was könnten wir auch mit ihnen tun? Es waren Haufen, marodierend, unberechenbar, da selbst zu Berechnung längst nicht mehr in der Lage, wie ich selbst sie in dem Städtchen gesehen. Kein Vergleich mit den schwarzen Heeren, aber in ihrer Unberechenbarkeit gefährlich auch sie. Er sei, so berichtete Nathanael weiter, als einer der wenigen bis an den ehedem Donau genannten Fluss vorgedrungen. Gewaltige Verschiebungen hatte er beobachtet, einen machtvoll sich windenden Organismus aus Leibern und Gerät. Nathanael erzählte es scheinbar gleichmütig, und ohne die Stimme zu erheben, wie es die Art seiner Altersgenossen war. Als Kommandant des letzten Gefechts hieß ich die Redeweise und Haltung, die sich darin ausdrückte, gut. Als Vater spürte ich die Trennung, die darin lag, und wie so häufig die Vergeblichkeit des Sehnens. Ich liebte ihn sehr. Schutz und Sinn sollten wir ihnen gewähren. Doch konnten wir uns selbst schützen? Wo lag unser Sinn? Vielleicht erstmals in den letzten Tagen und Wochen, jetzt, da Nathanael wider geheime Befürchtung als Kundschafter aus den Vorfeldern zurückgekehrt, war ich sehr einverstanden mit dem Marsch in die kleinen Gebirge im Nordosten.

Langsam schritten wir, in der ersten Dämmerung des Abends, am Rande der Befestigungen dahin. Belebtes Treiben der Kohorten, die zum Marsch rüsteten. Bereits war späte Dämmerung, die Sonne verschwunden, den letzten Schimmer an den einen Horizont wischend, wie müde gegen den Lichtwall am anderen Horizont, dem der schwarzen Heere. Ein Widerstreit des Lichts, gegen einander gerichtet, doch wie sich mischend, ineinanderfließend hier oben. Für den Moment und trotz oder wegen der Geschäftigkeit beherrschte Friedvolles die Szenerie und mich selbst, lange nicht gekannt, lange nicht gespürt.

Wie es ihm, Nathanael, jenseits des Auftrags ergangen sei, so versuchte ich zu erfahren. Was er gegessen, und ob genug davon. Doch interessierte mich, der ich ihn gut sechs Mondläufe nicht gesehen, anderes. Unwille flog kurz über sein Gesicht. Er war, ich wusste es (ich war nicht anders gewesen), aus dem Alter des Erzählflusses heraus und in das neue noch nicht gewachsen. Doch fand er Worte.

Es liege Seltsames über dem Vorfeld. Zwar marodierten die Haufen. Zwar schiene es, als wären unsere Kundschafter der schwarzen Heere gewärtig, ohne dass je einer einen sehe. Zwar seien die Gehöfte, Weiler, Siedlungen verlassen und viele wüst. Doch hätten die Vorfelder schon vordem nicht dicht besiedelt gewirkt und das Land selbst sei von lebendiger Kraft, mit weiten Ausblicken zuweilen, unzerstört. Es sei gutes Land, von saftiger Stille und fülliger Einsamkeit. Wind spiele über den Flächen und in dem Geschlinge, gelegentlich klagendes Blöken versprengter Herden. Es war stockende Rede, gegen Widerstand, doch mit Notwendigkeit, mich überraschend und tief wärmend auch, wegen des Inhalts, vor allem jedoch, weil sie geschah. Er habe, so Nathanael weiter, die verlassenen Hütten auf den Hügeln und auch die Gehöfte gemieden, wie es dem Kundschafter anstand. Seien doch die Hütten und Gehöfte die Orte der Haufen, wie diese es von alters her gewohnt. Doch mit einem Anflug von Trotz sagte er es, nicht allein deshalb habe er dorthin nur gespäht, nie verweilt. Jede Vorsicht beachtend, und diese notwendiger als alles, seien doch vor allem Abendrast und Nachtlager abseits von allem von Klarheit und Ruhe, fast Fülle.

Worte, die ich nicht erwartet und die mir neu und fremd aus dem Munde des Sohnes. Wiewohl ich Ähnliches selbst erlebt, schien es mir Kluft aufzureißen. Flüchtig erinnerte ich mich an die Erzählung Raahaels. doch schob ich die Erinnerung beiseite. Was er, Nathanael, von dem geplanten Rückmarsch in die kleinen Gebirge halte, wechselte ich, und wurde doch nur scheinbar vom Vater zum Kommandanten.

Nathanael schien kurz zu zögern, aber wohl nicht, so meinte ich, weil er keine Antwort wüsste. Vielleicht schien es ihm ungehörig, dass ihn der Kommandant und Vater fragte. Vielleicht war er, der nun lange in den Vorfeldern gewesen, der langen Rede, überhaupt der Rede entwöhnt und jetzt, nach seinem Bericht, der Sprache müde. Wer als ich hätte es besser verstehen können, wie schwer Sprache und irgendwann auch Gedanke werden konnte.

Jedoch dauerte dies Zögern nur den Moment. Dann sprach Nathanael – mich wiederum überraschend – klar und präzise. Schlacht müsse sein. Doch müsse sie nicht jetzt sein, da die Kampagne kurz vor dem Winterlager sich erneut vollende. In den Vorfeldern habe er gespürt – was heiße: ohne eigentlich etwas zu sehen, ohne nennbare Folgerung, allein deshalb aber nicht falsch –, dass sich bei den schwarzen Heeren jenseits des ehedem Donau genannten Flusses etwas ändere. Etwas sei anders als zu Beginn dieser Kampagne im nun auch längst wieder erstorbenen Frühling. Gut möglich natürlich, ja sicher, dass auch seine Anschauung sich geändert habe, aber das sei es nicht allein. Da die schwarzen Heere sich änderten – oder ihr Vorgehen – würden sich unsere Kohorten auf Marsch und im Winterlager auch ändern. Zu welchem Ziel, mit welchem Ausgang, wisse er, Nathanael, nicht. Doch schienen ihm die kleinen Gebirge, die Stämme im Nordosten jetzt das Gegebene, die nächste Frühlingskampagne zu erwarten, wenn nicht vorzubereiten. Falls unsere Kampagnen vorbereitet überhaupt werden könnten.

Was er von den Stämmen im Nordosten denn wisse, so fragte ich. Und was er sich von neuer Kampagne erwarte, die wievielte Reprise des Immergleichen es dann auch sein möge.

Fraglich sei ihm, erwiderte er, ob schlicht Reprise zu nennen, was doch, als scheinbar Gleiches, unter neuer Voraussetzung geschehe und wieder beginne, und neue Voraussetzung sei das Winterlager bei den Stämmen im Nordosten in jedem Fall. In den Vorfeldern seien Boten oder Kundschafter der Stämme unterwegs, unvermeidlich sei es fast, auf ihre Spur zu stoßen. Von ihnen habe er Erzählung, die Fülle verhieß. Es mochte mein Argwohn sein, der mich flüchtige Röte über die gebräunten Wangen (des Jungen? des Mannes?) ziehen sah. Die Stämme hätten wohl, so fuhr Nathanael dann fort, noch Kunde von Riten und dem Glauben der Vorväter aus zeitlicher Zeit. Es möge uns nützlich sein für das letzte Gefecht, die Schlacht, so fügte er hinzu, hastig, wie um seinen Worten die Wucht zu nehmen.

Es klang seltsam. Nie hatte ich vordem Burschen von Vorvätern, von zeitlicher Zeit reden hören. Oder war es so, dass ich schon lange nicht mehr hörte, was die Burschen sagten? In manchem sprach Nathanael wie der Weiser, und es schien, als wäre ich, der Kommandant des letzten Gefechts, zwischen dem Weiser und den Burschen verschwunden, aufgesogen in einem schwarzen Loch, da zweifellos und doch auch wieder nicht ... wie konnte das angehen?

DUNKELHEIT war nun fast völlig auf den Hügel gefallen. Um die Feuer waren die Kohorten gelagert zu kargem Mahl. Die Vorbereitung zum Marsch war abgeschlossen. Es war unwirklich still, die Träume, die uns kommen würden, kündigten sich an in diesen Momenten des letzten Lichts. Ich hieß Nathanael knapp, zu den Seinen zu gehen. Kraft würden wir brauchen und Entschlossenheit, wie im Gefecht, so sagte ich, morgen auf dem Marsch. Die Worte klangen mir hohl.

Im Kommandeurszelt erwarteten mich der Weiser und Ludo. Das Aufgeschobene wollte Klärung. Ich ließ meinen Burschen vom Rauschgetränk auftragen und Raahael und Zechiel rufen. Erschöpft schien mir Zechiel, gezeichnet, gealtert fast. Ein mürrischer Ausdruck, den ich vorher nicht an ihm gesehen. Raahael dagegen schien mir wieder gewandelt, ich vermochte ihr Bild nicht zu bannen, selbst wenn ich sie nur kurz nicht gesehen. Obwohl, vielleicht weil sie Ruhe war, weckte sie Unruhe in mir, die schwer zu begreifen.

Wir begehrten nun, so begann der Weiser, Genaues über Schrift und Buch zu erfahren. Zwar wüssten wir noch davon, oder hätten zumindest vage Ahnung, wie Spinngeweb. Doch sei Ahnung, sprach er schlicht, so wertvoll sie auch sei, immer zugleich mit Beängstigung verknüpft. Sei schwer zu entscheiden, ob Angst in die Ahnung eingewebt als ein anderes, oder ob Angst und Ahnung unterschiedliche Färbungen nur desselben Fadens, desselben Netzes, einerlei Geschichte. Ich hätte davon Raahael und Zechiel nicht gesprochen, doch mochte der Weiser wissen, was er tat.

Es seien die Stämme im Nordosten, berichtete Raahael, ihre Stämme, auf das Buch gegründet von jeher. Keiner wisse mehr den Anfang, da das Buch selbst weitergegeben werde von Weiser zu Weiser. Es gehe weit zurück, vielleicht an den rückwärtigen Rand dessen, was zeitliche Zeit wir nennten. Doch wisse dazu sie nichts zu sagen, denn sie kenne, als Angehörige der Stämme aus dem Nordosten, den Unterschied nicht von zeitlicher Zeit und unseren Nicht-Zeiten und könne ihn keinesfalls benennen. Habe dies auch für die Stämme Bedeutung nie gehabt, denn das Buch selbst verweise erst auf und verheiße schließlich das Ende dieser zeitlichen Zeit. Wobei wiederum sie, Raahael, erneut zu sagen nicht wisse, nicht wage und wolle, ob dieses verheißene Ende der zeitlichen Zeit gleichzusetzen mit dem, was Nicht-Zeiten wir nennten. Sie glaube es nicht, aber das sei nicht an ihr. Es scheine aber so, dass der Verlust von Schrift und Buch uns erst abgetrennt von der Fülle, die wir doch suchten, unserer Rede nach. Doch sei es nicht das Anliegen der Stämme, die Empfindungen anderer zu bewerten.

So sprach Raahael sanft, aber gleich unter der Sanftheit mir ungewohnt und unangenehm bestimmt.

Wie viele Exemplare von dem Buch die Stämme denn hüteten? wollte Ludo wissen.

Es sei eines, genau eines, weitergegeben von Weiser zu Weiser, und sei eigentlich auch kein Buch oder kein Buch mehr, sondern eine große Sammlung von Schriften. Es sei kostbar, der Inhalt und die Auslegung jedem zugänglich. So werde einmal in sieben Tagen das Ritual des tönernen Kruges begangen in den Stämmen, und während des Rituals werde aus dem Buch gelesen. Jeder sei aufgerufen, Wort oder Empfindung dazu zu sagen.

Wie dieses Ritual aussehe, begehrte der Weiser zu erfahren. Ich wusste, dass der Weiser seit eh das alleinige Recht des Kampfes in den Kohorten beklagte, wiewohl er natürlich die Notwendigkeit der Disziplin als Teil des Gefechts anerkannte und unterstützte.

Das Ritual sei das Zertrümmern des großen irdenen Kruges durch ihre Weiser mit wuchtigen Schlägen. Woraufhin alle Versammelten aufgerufen waren, den Krug gemeinsam aus den Scherben neu zusammenzusetzen. Sobald dies geschehen und die Lesung beendet, nehme man gemeinsam das Mahl. Es sei dies Ritual immer gleich und doch stets neu, denn stets in neue

Scherben zerbrach der Krug und stets neu sei, was neu entstünde. Es stifte Gemeinschaft des Inneren mehr denn als im Äußeren, und es sei dies, wenn sie, Raahael, dies anfügen dürfe, der Quell jener Stärke, die wir vielleicht im Winterlager bei den Stämmen im Nordosten suchten.

Scherben hätten wir wahrlich selbst mehr als genug, so erwiderte Ludo und hob dabei die Stimme nicht, und mehr als das, selbst getrümmerte und Scherben einer ganzen zeitlichen Zeit. Nicht die Bräuche fremder Stämme seien es, worüber er Auskunft begehre. Auch läge es nicht an ihr, Raahael, über Stärke oder Nicht-Stärke zu räsonieren; es sei dies ohnehin eine Frage von geringer Bedeutung, in seinen vielen Sommern und Wintern sei er dieser Ahnung beinahe so weit auf den Grund gekommen, wie man einer Ahnung eben auf den Grund kommen könne. Was jetzt, aus mannigfachem Grunde, ihm von Wichtigkeit erscheine, sei das Buch selbst. Sein Zweck. Sein Ziel. Sein Inhalt. Es gebe also nur ein Exemplar davon, und er, Ludo könne dies glauben. Warum aber seien sie, Raahael und Zechiel, bis in dieses Kampfgebiet vorgedrungen, um Kunde von diesem Buch zu bringen? Was also sei ihr Plan?

Es sei der in ihrem Buch und durch das Buch niedergelegte Auftrag, das Buch selbst – oder dessen Inhalt – weiterzugeben an diejenigen, die davon noch nie gehört. Oder an jene wie uns, die das Buch wohl gekannt, es aber vergessen hätten im Laufe der zeitlichen Zeiten und der Nicht-Zeiten, wie wir es nannten, ohnedies, antwortete Zechiel an Raahaels Statt. Er habe Abschriften bei sich, das wesentliche des Buches freilich im Kopfe, wortgetreu. Damit langte Zechiel in seine zerlumpten Kleider und hielt Papier in der Hand, vielfach zerknittert, lieblos, wie es schien, gefaltet.

Begierig griff der Weiser danach. Suchte zu lesen. Doch sah schnell auf. Es seien ihm die Worte schwer zu entziffern und kaum zu verstehen. Es sei die gemeinsame Sprache unzweifelhaft und auch wieder nicht. Und was er an Worten entziffere, ergebe ihm, zusammengesetzt, keinen Sinn.

Das sei nicht verwunderlich, antwortete Zechiel erneut. Das Buch sei seinem Wesen nach schwer zugänglich demjenigen, der es zu leicht nehme. Oder – er meine damit nicht uns – dem umgekehrt sein Inhalt zu bekannt erscheine, als dass noch Geheimnis in ihm zu entdecken wäre. Denn das Buch sei stets von einer Paradoxie, die der, welcher ihm folge, in geduldiger Hingabe zu erkennen und zu ertragen habe. Es sei klar und eindeutig und geheimnisvoll und verrätselt zugleich. Klarheit und Geheimnis, klares Geheimnis, geheimnisvolle Klarheit, in der das eine gelte und das Gegenteil auch. Zugleich, immer zugleich. Er, Zechiel, würde gerne, so wir es erlaubten, mündlich vom Buch berichten.

Mit Nächstem, so warf ich schnell ein. Wir dankten dem Anerbieten, so weiter fast unangemessen im Ton, denn nicht an uns war es, dankbar zu sein, ob wir dieses wollten oder nicht. Es sei spät, und wir Führer hätten noch Disposition zu treffen. Rahaael, die den Ausführungen Zechiels gebannt gefolgt und während dessen Rede den Blick nicht von ihm gewandt, schien enttäuscht. Ebendiesen Bann, der mich unbehaglich stimmte und unruhig, wollte ich beenden. Der auf Rahaael zuerst gewirkt, doch auf Ludo auch und vor allem auf den Weiser. Auch ich begehrte Wissen, doch anders als der Weiser, meine Sicht auf das Buch und die Nachricht davon war kühl, ohne Leidenschaft und Aufklärung mir jederzeit aufschiebbar.

Ich hieß Zechiel und Raahael, das Zelt zu verlassen. Zechiel solle zu den Kohorten gehen, wo ihm Schlafplatz zugewiesen. Raahael aber, so befahl ich, herrisch und lauter, als ich wollte, möge in der Nähe auf Weiteres warten. Der Weiser sah.

Es wäre gut, mehr von jenem Buch zu erfahren, meinte Ludo, nachdem wir zurückgeblieben, und sein Ton war missbilligend. Nicht um bloßes Wissen gehe es dem Weiser, der damit, seiner Aufgabe entsprechend, recht haben möge. Auch das Winterlager selbst sei sein Anliegen, und es möge von Nutzen sein, über Wesen und Geist der Stämme so viel zu erfahren wie denn möglich. So hielten wir es im Gefecht, hielten es mit den schwarzen Heeren nicht anders aus gutem Grunde.

Es sei ja nicht aufgehoben, beschwichtigte ich ohne große Überzeugung. Doch sei Planung jetzt dringlich. Auch wenn die Kohorten und Scharen stark geschrumpft, werde es kein Kleines sein, den Zug mit Frauen, Gerätschaft, Nahrung nach Nordost zu führen. Der Weg sei weit. Und es bestehe zumindest am Anfang des Weges Gefahr, die Linie der schwarzen Heere zu tangieren. Die Kundschafter, darunter mein Sohn Nathanael, hätten von Verschiebungen der schwarzen Heere gesprochen. Auch dass die schwarzen Heere mittlerweile – wir wüssten es nicht – eigene Kundschafter sandten, sei eine Lage, die wir für das Gelingen unseres Marsches zu besprechen hätten. Da wir uns nun entschieden hätten (unerheblich, ob richtig, ob falsch), sei es meine, sei es unsere Aufgabe, den Entschluss gemäß unserem erlernten Handwerk und der gemachten Erfahrung in die Tat zu befördern. Gedanke um Gedanke, Schritt um Schritt, Griff für Griff.

ICH musste dringlich genug gesprochen haben, so schien es, denn längst konnte ich Wirkung meiner Rede kaum mehr einschätzen. Doch war Disposition tatsächlich unerlässlich, und so vertieften sich Ludo, der Weiser und ich, der Kommandant des letzten Gefechts, in die Vorbereitungen dessen, was unausweichlich geworden war. Wissend freilich, dass Planung unabdingbar sei einerseits. Und sich doch kein Geschehen an welche Planung immer jemals gehalten hatte. Wir hatten gelernt, auch dieses zu tragen.

Ich trat vor das Zelt, vor dem Raahael, wie von mir befohlen, wartete. Sie war in vertrautem – wie mir schien – Gespräch mit Nathanael, meinem Sohn. Ein Anblick, der verwirrte. Er entsprach nicht dem, was vorzufinden ich erwartet hatte, und ich merkte daran, wie wenig schmiegsam ich geworden, so ich es denn je gewesen. Es war dies wohl schon in zeitlichen Zeiten so, dass Irritation mich hinderte, wenn Erwartetes und Tatsächliches in einem Moment nicht zur Deckung kamen und ein Feld erzeugten, das mich zu entwaffnen drohte. Freilich: wie so vieles andere wusste ich auch dies zu verbergen oder glaubte es zumindest.

So suchte ich nun das Schroffe meines Befehls zu mildern und mit dieser Milde meine Verwirrung. Ich trat auf die beiden zu. Fragte, ob sie sich kennten. Doch zeigte sich im Moment, dass es die falsche Frage für diesen Zweck und wohl auch alle anderen. Denn Raahael schlug die Augen nieder, und Nathanael sah zur Seite, und feine Röte überzog beider Blässe, ich stand nah genug, um es selbst in der nunmehrigen Dunkelheit im fernen Schein der Feuer zu bemerken. Ich ließ Nathanael wissen mit meinem Blick – oder versuchte es –, dass ich Inquisition auf später verschöbe. Doch war ich nicht sicher, ob er mich verstand.

Laut hieß ich Nathanael zu den Kohorten gehen, er habe Schlafplatz, wo Zechiel liege. Er sei, wie alle anderen Kundschafter, die zurückgekehrt, für die Nacht vom Wachdienst befreit. Es war beides nicht festgelegt worden, es war eine Eingebung des Augenblicks. Eine Eingebung wie diejenige, Raahael jetzt mit mir zu befehlen in den hinteren Teil des Kommandeurszeltes, der auch Mirjam und mir als Schlafstätte diente. Die Gedanken waren mir verworren. Mirjam machte sich zu schaffen und sah nur flüchtig auf. Ich sagte mir – und unwohl war mir mit einem Mal, doch dies nicht unerwartet –, dass Raahael mit uns das Mahl nehmen werde. Ich hoffte, dass in diesem Moment der Weiser einträte, wie er das oft tat, um mit uns die Speise zu nehmen, doch blieb er diesmal aus. Mirjam nahm es kommentarlos, Raahael nicht unfreundlich mit Blick bedenkend. Dennoch schien Raahael von der Situation verwirrt, unsicher vielleicht zum ersten Mal, seit ich sie getroffen – wann war das gewesen? Es schien mir schon verschwommen und so, als sei Raahael von Anbeginn bei mir –, und es war mir nicht unrecht. Ich hieß Raahael Platz nehmen, und Mirjam trug auf, was aufzutragen war. Es war wenig genug, wie gewohnt. Doch fiel es mir heute nach langem wieder auf. Brot. Etwas von Käse, dessen Rinde reif war und weich sein Inneres. Einiges an Früchten, immerhin, und einige wenige Stücke an Erdäpfeln, muffig und unangenehm weich, breiig fast, zu meiner Überraschung aber wenn auch leicht mit dem kostbaren Salz gewürzt. Wir aßen schweigend. Bevor die Stille drückend wurde, meinte ich, es sei dringend Zeit, neu auf die Jagd zu gehen. Die Kohorten, wir alle, bräuchten Kraft für den Marsch. Auch sei es gut für jeden, für Moral und Disziplin, wenn das Karge, wiewohl grundsätzlich förderlich, selten, aber eben doch von Überfluss und Fülle unterbrochen werde.

Was denn die Speise der Stämme im Nordosten sei, wandte ich mich an Raahael. Und ob für das Winterlager der Scharen, die verpflegt sein wollten, Not zu befürchten sei, fügte ich an, fast gegen meinen Willen.

Stets sei reichlich vorhanden, erfuhr ich, und niemand sorge sich darum. Ein jeglicher Tag gebe das Seine, und so sei es gut und so sei es geschrieben. So werde auch gesorgt sein für uns, auch wenn niemand jetzt noch wissen könne, wie es geschehen würde, und so werde es eben doch geschehen.

Ob sie nicht davon gesprochen habe, dass bei den Stämmen Fülle herrsche jederzeit?

„Es ist Fülle, Herr. Doch nicht Fülle vielleicht, wie ihr zu sehen es gewohnt.“

Dass mir ihre Worte stets rätselhaft erschienen, entgegnete ich. Dass mir die Stämme selbst rätselhafter erschienen mit jedem Wort, das sie spreche. Ich wüsste gerne, ob dies Absicht sei, und wenn ja, welcher Zweck sich dahinter verberge. Ich sei es auch leid. Als Kommandant des letzten Gefechts sei mein Wunsch und Auftrag, die Kohorten zu führen. Nicht, Rätselworten nachzugehen. Wir würden uns am Schluss zu versorgen wissen, im Einvernehmen mit den Stämmen und gegen sie, es sei gleich.

„Kommt und seht selbst, Herr. Wir erwarten euch freundlich.“ Raahael hatte jene Sicherheit wieder, die sie wohl stets hatte, wenn nicht von ihr selbst die Rede. Es war eine abgeleitete Sicherheit von Größerem, doch unklar blieb mir – und den Kampfgefährten wohl – bis jetzt, worin dieses Größere bestand.

Nüchtern und ohne erkennbare Leidenschaft, wie es ihre Art war, unterbrach uns Mirjam. Sie billige den Abmarsch. Sie heiße vor allem gut, dass die Kundschafter und mit ihnen der Sohn zurückgerufen. Doch seien jetzt, vor Erwägungen dieser allgemeinen Natur, die nächsten Schritte zu planen. Im wahren Sinne. Wie wir uns die Wegstrecke dächten. Sie vermied es wie fast stets, mich direkt anzureden. Auch habe sie noch Zurüstungen zu treffen. Raahael möge ihr helfen dabei und dann, so nichts anderes vorgesehen, hier im Zelt sich zum Schlafe zu legen.

Erneut eine Wendung, die mich überraschte, wie freilich so viele zuvor mich überrascht hatten. Der Vorschlag war mir nicht recht. Doch war mir Gegengrund nicht zu finden. Raahael hingegen schien weder überrascht noch gar besorgt. Als wäre ihr das Ansinnen natürlich und wie längst erwartet.

ICH ging, um nochmals Kohorten und Wachen zu inspizieren. Aus dem Zelt tretend übersah ich dieses Plateau, das uns den Sommer Heimat gewesen, soweit freilich ich mich des Sommers, dieses Sommers erinnerte. Mochte ja auch sein, dass es schon im letzten Sommer, inmitten der Kampagne, hier gewesen, ohne dass wir uns erinnerten. Über Winterlager hinaus erinnerten wir wenig.

Dieses Gebiet in jedem Falle war mir vertraut, und ich wusste mich darin zu bewegen. Gegenüber war das Zelt des Weisers, aus dem flackernd Licht gedämpft schwamm. Das Zelt daneben war Ludo zugewiesen, und ich gedachte, ihn später noch aufzusuchen. An den Wällen unseres Hügels entlang – ein wenig abgerückt davon, um den Wachgängern Raum zu lassen – reihten sich die Zelte der Kohorten. Männer und Frauen hatten sich im Rund um die Feuer davor versammelt, ohne meine ausdrückliche Erlaubnis zwar, doch wollte ich es für nun, da Abmarsch und Marsch nahten, geschehen lassen. Am anderen Ende lagen zusammengefasst die Behausungen der Frauen, näher zum Aufgang hin die notdürftigen Hütten für Vorrat, wenig Vieh und Pferde. Einzig ein Schuppen war fester und sorgfältiger gebaut, bewacht auch, es war der Schuppen, in dem das Rauschgetränk lagerte. Auch hatte der Weiser einige von seinen Gegenständen, die er aus zeitlicher Zeit gerettet, hier untergebracht, dazu Mixturen, Getrocknetes von Kräutern, Fundstücke von den Vor- und Schlachtfeldern, Figuren sonderlicher Art, wer mochte wissen, zu welchem Zweck. Ein geordnetes, ein friedliches Bild in diesen ersten Vorahnungen von Nacht. Ein trügerisches Bild freilich auch, wer hätte besser darum wissen sollen als ich: den Bildern, den Empfindungen, selbst den eigenen Gedanken war Trug stets beigegeben, es war dies unvermeidlich und gehörte zu dem Gesetz, nach dem wir angetreten.

Ich sah unter den Kohorten noch nach Nathanael, doch fand ich ihn nicht und wollte nicht eigens suchen. Noch waren mir die Empfindlichkeiten des halben Knaben vertraut.

Später trat ich bei Ludo ins Zelt. Er hatte sich bereits gelagert, und Laila war bei ihm. Sie sah mich nicht an, und ich konnte nicht erkennen, ob ihr mein Besuch willkommen oder ob er Störung war. Müde schien mir Ludo, müder, als dass nur die Stunde Grund dafür sein konnte. Er wirkte freundlich, wie stets, und doch auch abwesend, verdrossen. Ich kannte die Stimmung an ihm, und immer hatte sie mich irritiert. Doch hatte ich gelernt an seiner Seite, dieses Missbefinden in mir zu ertragen. Vielleicht war das sein Plan auch gewesen. So wartete ich nach dem Gruß, bis Ludo zu sprechen anfing. Ich wusste schon den ganzen Tag, dass er sprechen wollte, so wie ich hören wollte und vielleicht dann selbst sprechen.

So sei ich also nun tatsächlich Kommandant des letzten Gefechts geworden, begann er. Er habe dies vorausgesehen in jenen Sommern, als ich sein Schüler gewesen. Doch sei er darüber, er wolle es mir heute sagen, zwischendurch auch irre geworden. Doch wisse er auch, dass ich von je dazu geneigt, mich zu verliegen. Möge sein freilich, dass mein Gang einfach ein anderer geworden, und gut sei es zu sehen dann wiederum, dass mein Gang dann doch wieder zu ebendiesem Ende geführt.

Er sehe meine Verdienste, und die Kohorten hätte ich in den Kampagnen reiflich geführt. Doch freilich, so fuhr Ludo fort, sei es nun damit nicht mehr getan. Ein nächster Schritt sei vonnöten und kündige an sich zweifellos. Er spüre es an meiner Müdigkeit. Er deute sie als die Verkapselung, aus der neuer Trieb springe, den Nüssen gleich, die in diesen Tagen reiften. Doch müsse ich diese Kapsel hüten und befruchten, es werde in diesem Fall der Trieb sich nicht von selbst den Weg bahnen. Allerdings habe er, wie stets, Vertrauen in mich. Doch seien dies, da der Aufbruch bevorstehe, vielleicht die Momente, die Schritte zu befördern. Eher seien ihm meine Vorbehalte gegen diesen Zug zu den Stämmen im Nordosten gegen den Anschein Hinweis, dass Entscheidung bevorstehe. An meine Träume und Ahnungen, das, was in zeitlichen Zeiten ungenau Herz genannt, solle ich mich halten, so sein Rat.

Ludo war der weiße Priester und war es immer gewesen, drückte mich sein Zutrauen auch heute noch gelegentlich, wie es mich in einem Winkel immer gedrückt hatte. Dieses denkend, kam gleichzeitig und wie nicht von mir gesprochen der Name des schwarzen Priesters mir aus dem Mund. Der schwarze Priester meiner jungen Jahre, ich hatte mit Ludo selten darüber gesprochen. Und doch wusste er.

Dass auch dies, wenn auch drückend gerade, wohl zusammen mit dem eben Gesagten zu denken sei, so meinte er. Tauchten die Gespenster der Jugend noch einmal auf, dunkel, intensiv, verstörend, so sei dies mächtiges Zeichen, dass neuer Abschnitt bevorstehe. Freilich müsse es auch Warnung sein, sich nicht überschwemmen zu lassen. Hindurchzugehen, wenn nötig, hindurchzuwaten, den Schlamm zu fressen. Man glaube, man ersticke daran. Dies sei unvermeidlich. Er sehe noch einmal gewaltiges Wachstum. Sehe freilich noch nicht, wohin.

Ob ich, so darauf eine plötzliche Wendung – war es eine simple Assoziation, oder war es, um dem schwarzen Priester fürs erste auszuweichen – Kunde habe von Esther?

Die Frage kam unvermittelt, doch sie verblüffte mich nicht. Der schwarze Priester. Esther. Die Freunde. Jener Kreis, es stimmte ja, der so fern geworden in den Kampagnen und Kampagnen, war in diesem Sommer stets erneut mir in Bildern und Nebeln mehr durch das Herz als den Kopf gezogen. Was meldete sich da, was wollte es mir sagen? Oder, und ich hielt es nicht für unmöglich, ja zuweilen für wahrscheinlich, war dies nur fahles Gespinst? Jetzt, am Ende eines Sommers, vor dem Aufbruch oder der Flucht zu den Stämmen im Nordosten?

Das Mädchen machte sich bemerkbar nun. Unwillig fast, drängend in jedem Falle, als wollte sie Ludo schützen. Ich hätte sie wohl nehmen sollen, als Ludo sie mir angeboten. Doch hätte ich sie genommen, wäre vielleicht es an Raahaels Statt gewesen oder an Esthers am Schluss, ich wusste es nicht. Ludo hieß sie lächelnd, väterlich gar, ruhig sein. Sie möge uns, es sei der Abschluss für diese Nacht, einen Becher noch bringen. Einer genüge, aus dem zu dritt wir trinken sollten. Sie suchte ein wenig in den Bündeln und brachte dann einen Becher, silbern, nicht groß, mit verschlungenen Zeichen fein versehen. Sie goss vom Rauschgetränk ein, bemessen, und wir tranken, erst Ludo, dann ich, dann nahm sie den Becher aus meiner Hand und wirkte friedlich dabei, wie schmiegsam. Tatsächlich schien Ludo jetzt müde, oder er hatte seinen Schluss für heute gefunden. Ich wusste, dass Ludo die Begabung besaß, den Schlusspunkt zu setzen. In Gesprächen wie heute, aber auch an ganze Phasen seines Seins. Ich grüßte zur Nacht und verließ das Zelt.

ES WAR dunkel geworden mittlerweile und leiser auf unserer Hochfläche. Die Kohorten hatten sich in ihre Zelte zurückgezogen. Die Wachen liefen eintönig und schweigsam. Die Feuer erloschen bis auf das eine in der Mitte.

Ich betrat mein Zelt, mich selbst zu betten. Wenige Kiene gaben gerade noch jenes Licht, das die Schwärze fast fühlbar macht. Mirjam und Raahael fand ich im Gespräch, aneinander geschmiegt fast, und ich wunderte mich. Ich grüßte nur kurz. Gab Anweisung, wie für den Abbau im Morgengrau zu verfahren sei. Dass ich bereits Weg gemacht haben wolle, wenn die Sonne den Horizont erst kurz verlassen. Dann legte ich mich in die Ecke, die nicht meine gewohnte war.

Kaum niedergelegt, durchkroch mich mit jedem Ausatmen Erschöpfung, tief ziehend, ein sattes Schwarz. Zugleich reizte mich das Tuscheln, das mir von Mirjam und Raahael herüberkam. Deren Worte ich nicht verstand. Ich wusste, dass ich erneut unruhig schlafen würde, und ich ahnte, dass mächtiger Traum, unbändig, ungebändigt, mich durchziehen würde. Schon in jenem Zwischenreich angelangt, das dem Traum noch nicht und dem Willen nicht mehr gehört, spürte ich, wie Blut mir in den Phall schoss und ich mit harter Erektion dann einschlief.

ES WAREN mächtige, uralte Felsen. Der Pfad, über den der Heerwurm auf dem Grat durch den Wald zog, langgestreckt, da kaum zwei Mann nebeneinander vorankamen, zwängte sich durch die schmale Öffnung zwischen den Felsen, ein auf der Spitze stehendes Oval. Ludo war hindurch mit Laila, auch Esther und Raahael, die sich umdrehte nach mir, denn der nächste war ich. Gewitter, das sich den ganzen Tag aufgebaut, entlud sich in hartem Regen. Ich war durchnässt von außen und von dampfendem Schweiß. Ich trat auf diese Spalte zu, eilends sie zu passieren, doch hinderte mich mein Schwert, das sich wie quer stellte. Ich stürmte hinan immer wieder, wie wirr, dieses Felsentor kaum mehr erkennend vor Regen und Schweiß und Schwäche. Da hob sich das Wasser, und der Heerwurm drängte mit dumpfer Wucht, und Raahael nahm mich bei der Hand und zog. Die Felsen, die rauen, scharfen, kantigen, häuteten mir die Kleidung und rissen. Tiefe Striemen zogen mir über den Körper, doch fühlte ich keinen Schmerz. ich war hindurch, nackt fast, in Fetzen, doch es war trocken, und Ludo lachte, und Raahael hielt mich noch immer bei der Hand. Ich weinte.

ALS ich erwachte – oder kaum an die Schwelle des Erwachens drang –, hörte ich Regen schwer auf das Zelt fallen. Aus der Ecke hörte ich Raahael im Schlaf lallen. Durch welchen Traum mochte sie geführt sein? Der Wetterumschwung befeuerte Sorge in mir ob unseres Marsches, doch durch glückliche Fügung schlief ich sofort wieder ein, traumlos diesmal oder voll ungestalteter Bilder, es war eins.

Der frühe Morgen sah die Frauen des Zeltes in Erschöpfung. Raahael schien mir stark gealtert diesmal, die Züge herb mit strengen Falten, das Haar strähnig verfilzt. Wie Mirjam war auch sie vollständig angekleidet, und flüchtig fragte ich mich, ob sie in ihren Kleidern geschlafen. Wunderlich immer neu, welche Fragen uns beschäftigten.

Als ich aus dem Zelt trat, sah ich, wie – nur scheinbar ziellos durcheinander – die Kohorten tätig waren. Tatsächlich hatte der Regen der Nacht das Plateau schlammig werden lassen, morastig, Pfützen hatten sich in den Senken gebildet, und die Wagen und Karren waren mit Dreck bespritzt. Das fahle Licht des ersten Morgens überwarf die Szenerie wie mit einem schmutzigen Schleier. Für den Augenblick schien mir unwirklich, was ich sah und tat, doch war dies an den Morgen nicht ungewöhnlich.

Der Weiser gesellte sich zu mir. Er schien gekräftigt, das Gesicht von erwartungsfroher Farbe, die Stimmung zuversichtlich, doch auch dies nichts Neues beim Weiser. Er berichtete mir, dass der Abbau planmäßig verlaufe. Die Kohorten seien jetzt, da neues Ziel anstehe, guten Mutes. Binnen kurzem könne der Abmarsch erfolgen. Bereits sei Ludo mit den Seinen abgezogen, die Vorhut zu machen. Man habe abgesprochen, dass man sich in jenem alten Gemäuer jenes Herrn, das am Kraterrand einen knappen üblichen Tagesmarsch von hier liege, wieder vereine. Es sei auch verabredet, dass Ludo einen Kundschafter rückwärtig senden wolle, sollte sich Gefahr erweisen.

Das alte Gemäuer jenes Herrn befinde sich aber, soweit wir wüssten, gefährlich nahe an den eben noch festgestellten Linien der schwarzen Heere, so wandte ich ein. In östlicher, fast südöstlicher Richtung. Ob er, der Weiser, den, wenn vielleicht auch zunächst beschwerlicheren, Weg in Richtung Nord nicht für sicherer und insgesamt dem Ziel dienlicher halte?

Er habe dies bedacht und mit Ludo besprochen, so der Weiser. Doch sei ihnen, nach Abwägung, die kurze Gefahr bei gleichzeitig schnellerem Voranschreiten als eingehbar erschienen. Vom Gemäuer jenes Herrn aus würden wir leichter in schnellen Tagesmärschen gen Nordost kommen. Und immerhin seien wir – denn doch noch – eine bewaffnete Kohorte, im Kampfe erprobt, viele der Jungen im Kampfe fast aufgewachsen. Es sei zu wagen.

AUFBRUCH

ABGEBROCHEN war nun mittlerweile fast alles hier oben, auch das Zelt des Kommandanten des letzten Gefechts. Mirjam und Raahael standen an den Wagen, die mit meiner und unserer Habe beladen. Ich hieß Nathanael kommen. Ich befahl ihm, einige aus den Kohorten zu wählen. Er solle mit ihnen der engere Schirm sein um seine Mutter und Raahael auf dem Marsch. Dann ließ ich die Leute aufsitzen und sich in Marschordnung richten. Die Wagen des Kommandanten mit Mirjam und Raahael befahl ich in die Mitte des Zuges. Schließlich setzte ich mich mit dem Weiser an die Spitze. Die Sonne hatte eben eine Handbreit über dem östlichen Horizont erklommen.

Ich hob die Hand und ballte die Faust zum Zeichen des Aufbruchs. Unser Marsch begann.

Der Wurm schob sich langsam auf die – hier nicht zu steile – Allee zu, die, von alten Bäumen gesäumt, die Auf- oder Abfahrt an der nordöstlichen Ecke unseres Hügels bildete. Ich hieß mein Pferd dort halten, um den Zug passieren zu lassen. Es war keine so geringe Zahl, mit Pferden und Karren, in Waffen und mit Gerät beladen, Männer und Frauen, selbst einige, wenn auch wenige, Kinder, ein ganzer Stamm, mein Stamm. Ich sah Mut auf vielen Gesichtern, manchmal ernste Entschlossenheit und hin und wieder schienen mir zwei, die nebeneinander liefen, fröhlich. Und doch war es mir ein Bild der Trauer, und Trauer schnitt in mein Herz. Als die Nachhut, die ich hatte bilden lassen, in die Allee nach unten einbog, trieb ich mein Pferd und ritt mit dem Adjutanten wieder nach vorne. Was nicht einfach war, denn mühsam schob sich der Zug nach unten in den steinübersäten, morastigen tiefen Furchen.

Einst mochte jener Fürst mit seinem Stamm ähnlich hier herunter gezogen sein, flüchtig kam es mir in den Sinn, in den Vor-Zeiten der zeitlichen Zeit noch, am rückwärtigen Rande in die Nicht-Zeiten hinein. Vielleicht lag es an diesem Hügel, der zuerst Machtzentrum gewesen sein mochte, dann Fluchtpunkt, dann verloren und vielleicht schnell vergessen. Diese Hügel überall blieben zurück, und doch blieben sie wieder da, versanken und erstanden neu, und wer mochte schon wissen, in welchem der wiedererstarkenden Sommer ein Zug wie der unsere diesen Hügel sich zum Heile für eben einen Sommer wählen würde? Doch wer mochte freilich auch wissen, ob nicht mit unserem Abmarsch diese Folge geendet? Jener Fürst mit seinem Mädchen, wohin hatte er sich gewendet? In welches Grab gesunken, geehrt und mit dem Gold des Stammes gerüstet, oder verachtet verscharrt? Es hatten sich die zeitlichen Zeiten aus jenen Stämmen entwickelt, das war sicher, und aus diesen wiederum wir, bis der Kampf gegen die schwarzen Heere zum immerwährenden geworden war, dieser gleichgültige, machtvolle Kampf, das Schlachten nach innen und außen.

AN EINER der Kehren passierte ich den Karren, in dem Mirjam und Raahael hockten. Erneut saßen sie wie aneinandergeschmiegt, aber es mochte dieses die Enge und das Schwanken des Karrens vortäuschen. Auch schienen ihre Kleider ineinander zu fließen, was freilich wiederum nicht verwundern konnte, denn es war dieses hasenfellhafte Braun die Farbe unserer Kleidung überhaupt, der Kleidung der ganzen Kohorten, wenn von Kleidung – ich sah es – die Rede denn noch sein konnte. Zerlumpt begaben wir uns auf den Marsch, und ich beschloss, im Winterlager dieses ändern zu lassen. Und dachte zugleich, zu welch sinnlosen Gedanken der Marsch mich jetzt schon verleitete. Raahael schien abwesend, doch ruhend. Sie bedachte mich mit einem flüchtigen Blick, von dem ich mir nicht sicher, ob er mich sah. Doch war mir deutlich dabei, dass sie mit anderem beschäftigt. Ich trieb mein Pferd durch stolpernde Leiber und erreichte, schon am Fuße des Hügels, wo der Weg sich sanfter gegen das Städtchen neigte, die Spitze.

Der Weiser ritt voran, und wieder dünkte er mich frisch. Es sei gut, unterwegs zu sein, so sprach er. Immer sei es besser, unterwegs zu sein, denn zu rasten. Wenn er natürlich auch sehe, dass unser Sommer auf dem Hügel sein Recht gehabt und so gutzuheißen sei. Es würden einige Sonnenläufe des Marsches werden, sieben vielleicht, so wir nicht aufgehalten, und wir täten gut daran, in diesen Sonnenläufen ganz im Marsch aufzugehen, ja, der Marsch selbst zu sein. Er fühle sich stark gekräftigt durch den Fortgang, und ich solle sehen, dem Marsch einiges an Klärung abzugewinnen.

Von welcher Klärung er spreche?

Dass das nur ich beantworten könne, und vielleicht an diesem Punkt nicht einmal das. Freilich ändere dies nichts. Auf mich allein komme es nicht an. Zunächst genüge es, der Läuterung, die, wie er sehe, anstehe, nichts entgegenzusetzen. „Der Regen reinigt, solange man nicht Schutz sucht vor ihm. Suche nicht Schutz!“

Es klang sonderbar, schließlich taten wir – den Stämmen des Nordostens entgegenziehend – nichts anderes; wir mochten es nennen, wie wir wollten. Doch sprach der Weiser auf vielen Ebenen, während ich als Kommandant des letzten Gefechts auf einer zu handeln hatte, und es war mir dies bitter genug. Ich solle, so sprach der Weiser noch, und er lächelte dabei, mich Zechiel nähern. Es möge sein, dass seine Kunde neuen Blick mir öffne.

WIR hatten mittlerweile den Rand jenes Städtchens erreicht. Ich befahl eine Vorhut, die um ein weniges voran unseren Weg sichern sollte. Ich erwartete Gefahr nicht ernsthaft, aber ernsthaft wollte das Handwerk ausgeführt sein.

Wann war es gewesen, dass ich Raahael hier zuerst gesehen? Freilich konnte ich es bestimmen, doch es zu spüren, das gelang mir nicht. Wann war es gewesen, dass ich Esther zuerst gesehen? Und wer war ich gewesen, als ich Esther zuerst gesehen? Und wer, als ich sie zuletzt gesehen? Es war tatsächlich, war ein Jetzt gewesen, so wie das Eindringen in und das Durchqueren dieses Städtchen tatsächlich und jetzt war. Doch konnte wahr gewesen sein, was versunken nun einmal? Und wenn das Versunkene nicht wahr war aus ebendiesem Grunde, war dann unser Marsch wahr?

Jener Fürst mit seinem Mädchen mochte genau hier gezogen sein, freilich ohne dass dieses Städtchen hier bereits gestanden – derlei begann, derlei endete –, aber es tat dies nichts. Welchen Unterschied bedeutete es uns? Der Fürst immerhin, er war in meinen Träumen und Ahnungen, aber machte das ihn wahrer? Und was war gewesen in den Nicht-Zeiten vor jener zeitlichen Zeit, vor jenem infernalischen Sendboten aus dem All, vor dem Einschlag? Wohl war, es war ja ersichtlich, etwas dagewesen, aber war dieses Dagewesene deswegen wahr? Oder war es an dem, dass Wahrheit wir benennen nun einmal nicht konnten und sie uns also gleichgültig werden musste, gleich gültig jeglicher Nicht-Wahrheit?

Es waren Worte, und sie führten zu nichts. Esther rief wieder in mir, und der Fürst mit seinem Mädchen war in meinen Träumen, und hier ritt ich, ich der Kommandant des letzten Gefechts, der letzte Führer der letzten Kohorten gegen die – ich wusste es – am Ende unaufhaltsame Flut der schwarzen Heere.

Ruhig lag das Städtchen diesmal. Keine Banden, keine Horden. Und sofern Versprengte hier irgendwo waren, so hatten sie sich tief ins Dunkel der Häuser zurückgezogen. Noch waren, und ich sah es mit wehem Stolz, die Kohorten eine Kampfesmacht, hier zumindest, in diesem Nirgendwo. Eine zerborstene Tür ächzte. Der Klang der Verlorenheit. Einsam und verlassen waren diese Städte, Dörfer und Weiler, hier und überall.

WIR kamen gut voran. Die leichten Nebelschleier, die der Tag geboren hatte, lichteten sich, und die kühle Luft erfrischte mich an Körper und Geist. Wir machten noch ein gutes Stück an Weg, bevor ich am Rande eines gewaltigen Kraters, der ehedem ein Steinbruch gewesen, zum ersten Mal rasten ließ. Schroff und tief gingen hier die Wände nach unten. Eine verödete Wunde, feindlich und abschreckend, dazu ohne menschliches Maß, denn stünde ein Krieger am Grunde, wäre er von hier oben kaum mehr zu erkennen. Und doch zeugte diese Wunde von einstigem Fleiße und Bausinn, die Quader und Erden, die hier einst gewonnen, waren irgendwo die Ecksteine geworden in den Dörfern und Städten oder die Beläge auf den Straßen und Wegen. Freilich war das, was aus ihnen errichtet, dem Verfall jetzt wohl längst preisgegeben, wie alles andere. Ein ausgehöhlter Berg, ein ausgewaideter Hügel, nicht unähnlich ursprünglich wohl dem, den wir verlassen. Doch hier oben, an seinem letzten Rand, auf dem wir rasteten, war das Gras noch grün, das Grün des letzten Herbstes, und die Bäume trugen Laub. Ein guter Platz, mit dem Krater im Rücken und dem Blick, der weit ostwärts zu gehen über Hügel und Triften nicht gehindert wurde.

Mir war nach Mahl. Ich ging zu Raahael und Mirjam, deren Karren eben über die Kante gekommen und in der Mitte des Platzes abgestellt. Auch ließ ich den Weiser rufen und Zechiel. Es lächelte Raahael, als sie mich kommen sah, und es schien mir das erste Mal. Leicht gerötet das Gesicht beider Frauen, der Marsch, kaum glaublich war es mir, belebte uns alle.

Wir lagerten uns am Karren, wie sich auch die Kohorten lagerten in kleineren und größeren Gruppen. Noch hieß ich Posten aufstellen, und kurz ging mir durch den Sinn, dass wir jetzt, da alle Kundschafter zurückgezogen, kein Wissen mehr hatten vom Gang der schwarzen Heere. Doch wollte ich auch dieses jetzt, für den Moment des Mahls, gut sein lassen.

Zechiel trat heran, ernsten Angesichts. Der Weiser hielt ein Stück Metall in der Hand, er mochte es unterwegs aufgelesen haben oder seiner Habe entnommen, wie es schien. Es war medaillonartig, verwittert und glänzte nur noch an einigen Stellen schwach golden. Ich wusste, dass der Weiser eine sinnreiche Geschichte, eine dunkle zumindest, dazu hatte, und wartete. Als ich das Brot gebrochen und Raahael ein Stück reichte, berührten sich kurz die Spitzen unserer Finger, und wir sahen uns an.

Der Weiser hielt das Medaillon in die Runde. Es sei dies ein Stück vom anderen Ende der zeitlichen Zeiten fast, so wie wir an diesem Ende und über dieses hinaus, so reiche das Medaillon an den Beginn der zeitlichen Zeit, an den uns fassbaren Rand. Fassbar freilich alleine dadurch, wie wir dieses Stück hier eben fassen könnten mit unseren Händen und liebkosen mit unseren Fingern. Viele vor uns hätten es so in den Fingern gehabt wie wir jetzt, bevor es in der Erde geborgen, wer mochte wissen wie lange, bis es die Erde wieder hergegeben, aus sich geboren heraus neu zu neuer Wirkung. Der Weiser gab das Stück in die Runde und hieß uns sagen, was wir sähen. Ich griff danach und fühlte: Es war schwer, eine Münze mochte es gewesen sein, doch eigentlich zu unhandlich dafür, ein Tauschobjekt, der Schmuck einer Fürstin, ich wusste es nicht. Wirklich waren die erhabenen Teile abgegriffen, und ich vermochte mehr nicht zu erkennen als Linien. Doch war mir, als gingen Kraft und Ausdruck aus von dem Medaillon, und ich reichte es Raahael, achselzuckend, der Geschichte des Weiser fast schon müde, ehe denn sie begonnen. Raahaels Blick verschattete sich, als sie das Medaillon nahm. Sie hatte mich nur flüchtig angeblickt dabei und eine Berührung, so meinte ich, vermieden. Es schmerzte mich, doch wusste ich, dass diese Form von Schmerz unvernünftig, so denn Schmerz vernünftig oder unvernünftig überhaupt sein konnte.

Sie sehe etwas Muschelartiges, vielleicht eine Auster, genau könne sie es nicht erkennen. Fruchtbarkeit drücke sich darin aus, doch sei diese vergiftet und schwer, wenn auch von großer Lockung. Ein Mädchen habe den Zierrat getragen, am Rande der Zeiten, und Blut sei über dieses Metall geflossen, denn das Mädchen habe später als Frau den Fürsten getötet.

Es war das Lächeln des Weisers verschwunden. Dass Raahael tief sehe, meinte er. Dass es freilich keine Rolle spiele, ob die Geschichte, die Raahael sehe, sich so zugetragen. Dass Geschichten Geschichten seien einerseits, doch eben wirkmächtig und selbst wieder Geschichten dadurch gebärend andererseits. Tatsächlich habe dieses Medaillon in der Erde gelegen wohl die ganze zeitliche Zeit hindurch. Es möge eine Muschel darauf zu sehen gewesen sein oder eine Auster. Doch sei es so, wie wir es sähen: das Bild eines Fürsten mit zwei Köpfen, dem eines Mannes, dem einer Frau. Und es sei wiederum dieses Abbild, das wohl magisches Instrument jenes Volkes gewesen, selbst schon wieder gegossenes und geronnenes Abbild einer Erzählung, die aus tiefsten Tiefen gekommen.

Raahael schien verstört, war uns aber nicht zu enträtseln, woher diese Verstörtheit rührte. Das Medaillon und die Erklärung des Weisers allein mochten es nicht sein. Mirjam blickte besorgt, und auch Zechiel schien unruhig, doch wenig überrascht. Mir selbst war unbehaglich aus unklarem Grund. Wo sollte dies hin? Der Fürst und das Mädchen begleiteten mich, seit ich den Hügel auf meinem Ritt verlassen. Woher wehte dies?

RAAHAEL sprach. Für sich selbst eher denn zu uns, blicklos. Sie war Esther unähnlicher denn je, doch fragte ich mich flüchtig, warum mir dieser Vergleich, und sei er selbst in der Verneinung, in diesem Moment kam. Dass jener Fürst sein Volk in ein namenloses Verderben, ein unnennbares Grauen geführt, das sie freilich nicht sehen, nicht deuten könne. Dass er dann mit wenigen, darunter das Mädchen, auf der Flucht gewesen, einem ziellosen Marsch eher. Es habe das Mädchen viel gelitten in vielen Sommern, einsam sei sie gewesen und sprachlos. Es habe der Fürst regiert mit harter Hand, doch freilich das Leben der Schar so gesichert. Gewendet schien das Rad des Immergleichen und dauernden Leids, als von ungefähr ein fremder Stamm aufgetaucht, und der Fürst das Mädchen verschachert habe, zum Frommen der ganzen Sippe. Neue Blüte schien Einzug erhalten. Doch schon im nächsten Sommer hatte der Fürst den Sohn des Mädchens opfern lassen. In der letzten Stunde der Nacht nach dem Opfergang habe das Mädchen, das zur Frau geworden, den Fürsten getötet mit wuchtigen Stößen, bis sie selbst über und über mit Blut besudelt.

Dünn kam die grause Erzählung von Raahaels Lippen. Sie schwieg. Wir alle schwiegen. Bis Mirjam, unwirsch, den Bann brach und Raahael, den Arm um sie legend, fortführte, an den Rand der Klippe, wo niemand lagerte. Zechiel folgte ihnen.

Schales fühlte ich in mir, und ich erhob mich schnell und kraftvoll, dieses Gespinst hinweg zu wischen. Die Sonne schien noch einmal zu dieser Stunde mit warmem Strahl. Das Laub der Bäume brannte wie in letztem Fanal. Frisch war die Luft. Ich sah zum Weiser. Was er, so fragte ich schroffer als gewollt, mit diesen Geschichten bezwecke. Geschichten, die wohl zu erzählen gewesen in den zeitlichen Zeiten, da wir uns friedlich in den Gemäuern und Zelten versammelt. Und es uns vielleicht, wer möge es verdenken, wohl angestanden habe, über derlei nachzusinnen. Doch sei uns nun aufgegeben Kampf und Schlacht, Vorbereitung darauf oder Vermeidung aus gutem Grund.

Der Weiser wiegte das Haupt bedächtig bei meiner Rede, die Augen halb geschlossen. Dass der Boden unter unseren Füßen und die Wände in unserer Köpfen und die Mauern in unseren Seelen, die uns von diesen Geschichten und Mythen trennten, dünner seien, in jedem Falle dünner geworden seien, als wir glaubten. Das treffe auf mich zu sehr besonders. Er spüre es eher, als er es benennen könnte. Möge ich, der Kommandant, der Kommandant des letzten Gefechts, auf der Hut sein. Möge die Gabelung ich nicht verpassen. Sei wohl, für den Moment, nicht so, dass mir Schaden drohe am Leibe. Möge mich aber vorsehen, dass ich mich nicht verirrte auf den Wegen und in den Wäldern jenseits der Flüsse, die vor uns lägen gewisslich nun.

Damit erhob sich der Weiser. Schien aber wie zurückgekehrt und wieder ganz hier, gelassen. Wie vergnügt.

Was sollte es? Ich sah um mich. Die Kohorten lagerten und aßen, es war ein buntes, ein unwirklich friedliches Bild. Ich hieß den Sohn mir kommen, und als er erschien, ging ich abseits mit ihm, dorthin, wo der Hügel sich nach Osten öffnete und weit der Blick ging. Woher, ich wusste es nicht, kam mir die Beklemmung, wenn der Sohn in meiner Nähe, und mit ihr die befehlsgewohnte Schroffheit in meiner Stimme? Es mochte am düsteren Spiel liegen, das der Weiser getrieben.

Nathanael sprach über den Weg, der vor uns lag. Dass er die Wege kenne von seinen Kundschaften. Dass Schwierigkeiten nicht zu gewärtigen seien und die Wege meist gangbar, so dass auch die Karren durchkämen. Dass wohl die schwarzen Heere noch in genügender Entfernung und der Weiser wohl richtig entschieden, als er diesen Weg zusammen mit Ludo bestimmt. Wir könnten unser Ziel dieses Tages, jenes große Gemäuer, von hier aus sehen, wenn nicht die nahe Hügelkette den freien Blick hindere.

Freilich, so entgegnete ich, sei es ratsam, den Weg nicht zu unterschätzen. Hügel, Berge erst recht, greifbar nah, schienen sich zu entziehen, zurückzuweichen, marschierte man darauf los. Sie verführten, den Schritt zu beschleunigen, um das Ziel schnell zu erreichen, doch schmälere das die Kräfte. Ungeduld, die manchen Wanderer das Ziel nie habe erreichen lassen.

Es war nicht falsch, was ich sagte, doch gerade deswegen nicht richtig. Ich sprach wie der Weiser, nicht wie der Vater. Nicht einmal wie der Kommandant des letzten Gefechts. Dennoch, so beeilte ich mich hinzuzufügen, habe er, Nathanael natürlich recht. Wir würden das Gemäuer gut erreichen. Ob er gegessen habe? Ob er Wünsche, Vorstellungen habe.? Dass er gegessen habe, verriet er. Und dass er, er wisse nicht warum, den Drang spüre, von hier aus voranzureiten, zur Vorhut Ludos aufzuschließen.

Ich sähe es lieber, erwiderte ich, ihn in der Nähe seiner Mutter und Raahaels zu wissen.

Dass er, so erfuhr ich, beide in der Mitte der Kohorten und in meiner Befehlsgewalt sicher geschützt wisse. Ich möge ihn senden, mit Zechiel zusammen.

Zechiel also. Viel war von ihm die Rede, doch kaum mehr sprach er. Ich gedachte der Umstände, unter denen er zu uns gestoßen, und Misstrauen war in mir. Doch sah ich keinen rechten Grund – und wollte keinen sehen –, Nathanaels Ansinnen zu wehren. Vorne ging Ludo, und selbst hatten wir nun erneut Kundschafter voran. Der Weg schien mir sicher, soweit uns etwas sicher sein konnte, und so stimmte ich knapp denn zu.

IM SÜDEN, wo der ehedem Donau genannte Fluss sein Bett hatte, sah ich eine schwarze Säule aufsteigen, schmal erst, schnell mächtig anschwellend. Nichts Ungewöhnliches, und doch ein mahnendes Zeichen, dass die schwarzen Heere da waren. Dass sie drängten und unser Denken und Handeln bestimmten, auch wenn wir ihrer nicht gedachten. Ich gab Befehl zum Aufbruch. Es war gut weiterzugehen.

Wieder nahmen die Kohorten die Marschformation auf, geübt und ohne Aufregung. Vorn verließ Nathanael mit Zechiel bereits den Hügel. Raahaels und Mirjams Karren war noch leer, auch schien der Weiser verschwunden. Ich sandte meinen Burschen, die Frauen und den Weiser zu suchen. Dann warf ich noch einmal einen Blick in den Krater hinunter und über die mächtigen Quader aus Lehm und Erden, die an seinen Wänden wie aufgetürmt. Ich wusste plötzlich, dass ich diesen Krater nie wieder sehen würde. Warum mir dieses bei dem Krater einfiel, wusste ich nicht. Vieles hatte ich ein letztes Mal gesehen, meist freilich, ohne es zu ahnen, und später fiel die Erinnerung stets schwer. Kam aber einmal die Ahnung, kam sie zugleich mit wehem Ziehen, beides war eins. Einmal sahen wir die Dinge zum ersten Mal, mit Staunen oder Erschrecken oder Gleichgültigkeit, fast unbemerkt. Dann sahen wir sie zum letzten Mal, mit gleichen Empfindungen. Mehr war dazu nicht zu sagen.

Esther hatte ich einmal zum ersten Mal gesehen und dann nicht mehr und dann wiedergesehen und seither nicht mehr. Was war von Esther ausgegangen in jenem ersten Augenblick – tatsächlich Augen-Blick –, und was war in mir gewesen oder war es noch, dass mir ihr Bild stets gegenwärtig, und mehr als dieses? Es war am Ende der zeitlichen Zeiten gewesen, ohne dass wir es gewusst hätten. Wie auch? Manchmal mochte man ein Ende ahnen. Manchmal mochte man ein Ende herbeiführen. Meist aber sah man von einem Ende erst weit hinterher, dass es ein solches gewesen. Doch wer hätte vermocht, das Ende der zeitlichen Zeiten sich vorzustellen? Wiewohl die schwarzen Heere, ohne dass wir es ahnten, schon damals sich aufgemacht hatten von Süden her, von einem Süden und Südwesten, der uns freilich nicht bekannt. Jung waren wir gewesen, Esther, ich, die anderen. Jung, ein Begriff, der mir unfassbar geworden, ungreifbar, meinem Fühlen nicht mehr zugänglich. Nicht zum ersten Mal stellte ich mir die Frage, was ich, was wir, die noch aus den zeitlichen Zeiten herrührten, in diesem unendlichen Jetzt zu tun hatten mit jenen, die wir gewesen.

Esther also, die schön war. Doch war es die Schönheit nicht. Esther also, die leichten Sinnes war. Doch war es diese Leichtigkeit nicht. Esther also, die traurig sein konnte, doch war es die Traurigkeit nicht. Ich sah Esther wieder, die einem anderen versprochen, selten zuerst und immer mit anderen, dann öfter und immer öfter nur sie allein. Viel Rede war zwischen uns, und vielleicht war es die Rede, nie mehr war mir so viel Rede. Doch kam auch die Rede erst späterhin, und also war es auch die nicht. Und dennoch, ich ahnte es von Anbeginn, war dieser Marsch für mich ein Marsch zur Rede zurück. Ich wusste nicht, was ich von der Rede erwartete – der Weiser mochte es wissen oder Ludo – und konnte überhaupt ein Marsch zurück je etwas klären? Und konnte man von einem Marsch, wohin er auch führe, überhaupt jemals von einem Zurück reden. Mochten wir auch in unseren Kreisen laufen, so lief doch nie einer denselben Weg. Zweifel und Unglaube standen mir stets zu Gebote. Doch hatten die Zweifel unleugbar oft recht, und der Gedanke verschwamm mir. Es war nicht gut, wer wüsste es besser als ich, sich in Gedanken zu verlieren.

Dagegen war es gut, das Pferd zu besteigen. Das Tier tänzelte ein wenig, als ich im Sattel saß, es schien zufrieden. Raahael sah ich jetzt wieder, als sie den Karren bestieg, doch schaute sie nicht zu mir her. Ihr Gesicht war blass und reglos, sie hatte die Haare gebunden. Ich hatte ihr Haar noch nie gelöst gesehen und kannte nicht dessen Länge, erstmals bemerkte ich es. Sie musste ja diesen Knoten neu immer binden. Nun denn, das war so. Doch dass sie Dinge tat, von denen ich nichts wusste, und seien es diese alltäglichsten, unbedeutendsten, machte mir Traurigkeit, einen Augenblick nur, wie ein kalter Schnitt. Ich stellte mich in die Bügel. Richtete mich hoch auf. Zog das Schwert zum Zeichen des Abmarsches, ich, der Kommandant des letzten Gefechts! Ich durfte mich diesen Dingen nicht hingeben. Denn auch das wusste ich von der Zeit mit Esther: Rede konnte auch Schmerz sein und diesen vergrößern. Wohl war es also nicht Rede, sondern was sie bewirkte. Und bewirkte sie nicht, wozu sie gehalten, fiel sie zurück, und nichts war gut.

Auf denn also! Es setzten die Kohorten sich in Bewegung. Ein Wurm, zäh, vegetativ. Ich setzte mich an die Spitze und ritt hinab. Es war, in dieser Gegend unvermeidlich, ein stetes Auf, ein stetes Ab. Es wäre eine heimelige Gegend, der meiner Jugend ähnlich, doch verboten sich nun solche Phantasien. Wir überquerten eine der früheren Straßen, die jetzt von den Frösten der Winter aufgerissen war, furunkelhaft und wie wund. Ich hielt mit dem Weiser kurz Rat, ob wir ihr folgen sollten, der immer noch besseren Gängigkeit für die Karren wegen. Doch führte die Straße nach Süden, den schwarzen Heeren entgegen, und unser Weg ging ohnehin gefährlich an deren Linien entlang. Oder den Linien, die wir vermuteten. Dennoch sandte ich

Kundschafter, denn – wer mochte es wissen? – solche Straßen konnten die schwarzen Heere für ihren Aufmarsch nutzen. Wir liefen durch Gefahr wie durch Nebel. Dieser herbstliche Mittag barg etwas Lauerndes. Es war dies nicht neu. Manchmal, wie eben, drang dieser
Eindruck freilich an die Oberfläche wie ein Fisch, der nach der Libelle schnappt. Ich bedauerte bereits, dass ich Nathanael hatte ziehen lassen.

ICH ritt neben dem Weiser. Den Weiser schien nichts anzufechten. Wie ruhend schien er auf seinem Gaul. Nach langen Augenblicken des Schweigens wies er mich unvermittelt auf eine Blume, die wie aus dem Felsen zu wachsen schien, den wir passierten. Die Farbe war für den Herbst und diese Landschaft ungewöhnlich kraftvoll, doch mochte der Felsen, was er an Nahrung kaum hergab, durch seine gespeicherte Wärme mehr als wettmachen.

Es sei fast zu aufdringlich, in mancherlei Weise, meinte der Weiser. Doch vielleicht aufdringlich nur für den, der zu sehen wisse. Dem Natürlichen, Kreatürlichen wohne zäheste Kraft inne, zäh, weil ohne Zweifel. Und bringe dann solches hervor, Fülle und Verschwendung, von keinem Nutzen, scheinbar all das, was am Ende am nützlichsten, fruchtbarsten, zeugendsten. Wir sollten mehr denn je auf den Wegesrand achten.

Mein Ärger, den ich auf dem Plateau für den Weiser empfunden hatte, war verflogen. Ich war des Weisers bedürftig wie eh. Der Weiser, so schien mir, war stets um mich gewesen. Was nicht stimmen konnte. Irgendwann war er da gewesen. Anders als Ludo, der mir einst der weiße Priester gewesen und mir den Weg gewiesen an einer Gabelung. Vom Weiser hätte ich das nicht zu sagen gewusst. Er war da. Immer gleich. Immer neu. In jenen Sommern mit Esther war er da gewesen. Wohl wusste ich, dass auch der schwarze Priester in jenen Sommern dagewesen, und selbst wenn dieser Esther nur einmal gesehen, so hatte doch sein Schatten hinter mir gestanden, hinter uns, wie hinter allem.

Wann er, der Weiser, Esther zuerst gesehen, fragte ich von der Seite, unvermittelt und wie zerstreut. Der Weiser lächelte. Er schien zu überlegen. Der Weg verengte sich und führte an einem Waldrand sacht nach oben. Es war schlecht Platz für zwei Pferde, und so ließ ich ihn voran. Aus wer weiß welchen Tagen waren hier Rinnen tief eingegraben, doch spross in ihnen bereits zäh Distelartiges, wie um die Spuren des ehedem Gewesenen auszulöschen für immer. Dieser Weg war begangen und befahren worden, wer wusste, wie oft und von wem, und für jeden Passanten war es ein Moment unmittelbarer Gegenwart gewesen, so wie für uns jetzt. Doch auch dieser Weg würde einmal zum letzten Mal begangen und befahren werden, wenn nicht jetzt von uns, dann von anderen. Die Zweige der Bäume streiften über unsere Köpfe und Schultern. Sie waren sperrig und kräftig, und mit einer sanften Bewegung wich der Weiser ihnen aus. Er saß gut zu Pferde, mit dem mantelartigen Umhang einem Fürsten aus zeitlicher Zeit vielleicht nicht unähnlich. Ich ritt ein wenig vom Weg ab und wandte mich um. Der Karren mit Mirjam und Raahael bog eben in den Weg ein, und er schien breit genug. Wieder sah ich die Frauen wie aneinandergeschmiegt. Da war etwas, zu dem ich nicht gehörte. Und ich wusste nicht, warum.

Ich schloss zum Weiser nun wieder auf und ritt neben ihm. Die Flanken unserer Pferde drängten aneinander, und unsere Steigbügel klirrten.

Er habe, so der Weiser, Esther nie gesehen. Nicht in dem Sinne, mit dem wir vom Sehen sprächen. Freilich sehe er diese Bäume und den Weg, er sehe den Rauch dort, wo die schwarzen Heere seien, wenn sie es seien, und wenn er sich wenden würde, sähe er Raahael. Aber so habe er Esther nie gesehen. Dennoch sehe er Esther, durch mich und in mir, und nicht nur sehe er den, er sehe viele, alle schwarzen Priester, denn die schwarzen Priester seien eines Wesens, in den zeitlichen Zeiten, in den Nicht-Zeiten, ewig, stets gleich. Es kämen die Dinge und Menschen eben wieder. Und kämen sie nicht, müssten wir zu ihnen zurück. Ich solle es so geschehen lassen. Es sei richtig so.

EIN Bote Ludos erreichte uns. Dass wir zügig, ohne Rast, den Weg beschreiten sollten. Kundschafter seien immer wieder auf Trupps der schwarzen Heere gestoßen, die Gefahr ziehe also heran.

Ich sah den Weiser an. Mochte vielleicht der Weg, den wir gewählt, der falsche sein, der zu gefährliche. Doch blieb die Miene des Weisers ruhig, wie ausdruckslos. Ich tat, was zu tun mir blieb. Ich ließ die Kohorten, die in ihrer Ordnung ein wenig nachlässig geworden, enger zusammenrücken. Ich ließ den Karren mit Mirjam und Raahael weiter vor, zu mir an die Spitze, führen. Ich hieß die Unterführer, den Marsch zu beschleunigen. Es war wenig genug, was mir zu tun blieb, doch sollte dieses getan sein.

Ob Nathanael und Zechiel mittlerweile zu Ludo gestoßen, fragte ich den Boten. Doch er konnte es nicht beantworten. Auch sei er den beiden nicht auf seinem Weg begegnet. Der Bote schien abgehetzt, und Furcht meinte ich in seinen Augen zu sehen. Er war sehr jung, jünger noch vielleicht als Nathanael, oder der Botengänge und Kundschaften nicht gewöhnt. Die Nähe der schwarzen Heere beunruhigte ihn augenscheinlich, wiewohl wir alle an den Aufmarsch der schwarzen Heere gewohnt sein sollten wie lange schon.

Der Aufmarsch der schwarzen Heere war ja längst zum Hintergrund des ganzen Lebens geworden, was kannten wir noch anderes? Doch spürte ich, ich musste es mir selbst eingestehen, etwas von dieser Unruhe in mich kriechen. Wie durch eine winzige Wunde, die diese Unruhe zielsicher gefunden.

„Seid unverzagt, Herr!" Raahael sprach zu mir.

Ich hatte nicht bemerkt, dass ich unvermutet an die Seite des Karrens geraten. Seid unverzagt, Herr! Lange, so schien mir, hatte Raahael nicht direkt zu mir und zu mir allein gesprochen. Es war nicht ungewöhnlich auf einem Marsch. Doch hatte ich es entbehrt, oder glaubte es in diesem Augenblick so. Dass ich ihr danke für den Zuspruch. Ich suchte meine Stimme schmiegsam zu machen und warm, doch gelang es mir nicht. Eine leichte Röte erschien auf in ihrem Gesicht, das, anders als dasjenige Mirjams, ohne Zeichnung war den ganzen Tag schon, und verflog gleich wieder. Doch blieb das Lächeln, das sie trug, einen Hauch länger. „Seid unverzagt, Herr! Längst ist deine Bestimmung nicht erreicht. Du bist, und wir alle sind es, doch erst am Anfang. Und wir werden alle mit dir als Kommandanten des letzten Gefechts das Winterlager bei meinen Stämmen im Nordosten erreichen. Ich sehe es so. Seid unverzagt, Herr, und tut unterdessen, was zu tun euch aufgetragen."

Es mochte das eine sein, was diese Frau mir sagte, was sie sah, oder sehen wollte. Ich hatte zu befehlen, was zu befehlen war. Und doch rührte mich, wie sie es sagte, es war nicht zu leugnen. Ich sah auf sie, schweigend, zu lange wohl, denn sie wendete bereits den Blick. Dass es gut sei, sprach ich dann, dass sie hier sei, und dass wir ihren Rat noch brauchen würden auf dem Weg. Mit diesen Worten, beiseite gesprochen, ritt ich wieder an die Spitze.

Schon wollte ich den Boten erneut voran schicken, da besann ich mich beim Blick auf den verstörten Jungen eines anderen. Ich wählte zwei der bewährten Kundschafter. Dass sie versuchen sollten, Ludo zu erreichen. Dass wir den Weg schnell zurücklegen würden. Dass sie, die Kundschafter, acht haben sollten auf Vorboten der schwarzen Heere. Und auch darauf, ob sie Nathanael und Zechiel aufspüren könnten.

Die Kundschafter nahmen die Weisung gleichmütig, freudig eher, es war ihr Handwerk, sie waren so groß geworden, sie kannten, konnten und wollten nichts anderes.

ES DRÄNGTE mich nun voran. War der Marsch bisher gemächlich gewesen und besinnlich, sehr unterschieden von unseren Märschen in die Kämpfe hinein, zog es mich nun hin zum Gemäuer jenes Herrn, das einer Burg, einer verfallenen, nicht unähnlich. Es versprach so etwas wie Sicherheit und Ruhe für die Nacht. Wenn wir uns beeilten, sollten wir dort sein, noch bevor die Sonne sich an den Horizont schmiegte. Doch war es bis dahin nicht mehr allzu lange. Und was nutzte alles Planen, da wir nicht wussten, was vor uns lag? Ich war immerhin erfahren genug, um dieses zu wissen.

Wieder ließ ich mich ein wenig zurückfallen, an den Karren hin. Bevor ich noch, falls ich es denn wollte, das Wort richten konnte an Raahael, richtete Mirjam es an mich. Wo Nathanael sei? Warum ich den Sohn habe gehen lassen? Es sei wohl die Zeit nicht mehr, das Spiel zu spielen. Es ginge nicht mehr um das Kundschaften. Und nicht mehr um die schwarzen Heere. Der Weg, der sichere Weg sei jetzt einzig entscheidend. Ins Winterlager. Zu den Stämmen im Nordosten. Zu Raahaels Stämmen.

Ich spürte Unwillen aufsteigen, unbeherrscht, wie oft, wenn Mirjam sprach. Dass es Nathanaels Wunsch gewesen sei, den Weg zu bahnen, entgegnete ich. Und dass wir auf diesem Marsch einzig deshalb seien, weil die schwarzen Heere heraufzögen, wer wusste seit wann. Und dass dies Spiel zu nennen frevelhaft sei. Und dass ich, der Kommandant des letzten Gefechts, die Aufgabe hätte, die Kohorten zu führen aus der Gefahr. Und dass Nathanael zu den Kohorten gehöre nun einmal, und sei ich auch der Vater.

Es hatte keinen Sinn. Ich fühlte es selbst. Unruhe um den Sohn war auch in mir. Aufmerksam hatte Raahael zugehört. Sie sah mich an. Sie schwieg.

Ich wandte mich wieder der Spitze des Zuges zu, zum Weiser hin. Als ginge ich von diesem Karren als ein Geschlagener. Doch blieb jetzt kein Aufschub. Nüchtern beriet ich mit dem Weiser das Notwendige. Ob wir einen nordwärts gebogenen Pfad gehen sollten, länger, aber womöglich – mit Karren, Jungfern, ganzem Tross – sicher. Doch beharrte der Weiser auf dem eingeschlagenen Weg, und er mochte recht haben. Ein anderer Weg minderte die Gefahr wohl unbedeutend, und der Tag neigte sich schneller, als uns lieb sein konnte. Es tat not, die Burg jenes Herrn zu erreichen, auf dass wir uns, für die Nacht zumindest, darin bargen.

ERNEUT erklommen wir einen der sanften Hügel. Und dann sahen wir sie. Zum ersten Mal wir selbst, und nicht durch Kundschafterbericht: die gewaltige Phalanx am südlichem Horizont, ihr Schwarz, von der niedergehenden Sonne seitlich beschienen, zu einem düsteren Silber erhoben, glänzend. Fast schien es, als erkennte ich die Standarten ihrer einzelnen Feldabschnitte, doch konnte das anderes nicht sein als Spuk. Wie sollte sein, dass die schwarzen Heere unter Standarten sich sammelten?

Ich meinte den Schrecken der Kohorten hinter mir fast in meinem Leibe zu spüren. Enger ballten sich die Menschen, sich knäuelnd und igelnd. Kampferprobt waren die Männer, doch neu das gewaltige Bild dieser stählernen Wand. Selbst der Weiser blickte ernster. Blieb stumm. Suchte meinen Blick. Während ich, unwillkürlich, fast ungewollt, den Raahaels suchte. Die wiederum hoch aufgerichtet saß, fast hochmütig, wie von den Erscheinungen nicht berührt. Ihre Wandlungen ein Rätsel.

Die schwarzen Heere mussten den ehedem Donau genannten Fluss mit ihrer ganzen Linie überquert haben. Nichts lag jetzt mehr zwischen ihnen und uns als dieses hier fast sanfthügelige, wie friedliche Land, die letzten Ausläufer jener rauen Höhen, auf denen wir die Tage und Nächte seit dem Winter verbracht.

Dass wir schnell vom Hügel herab sollten, sprach nun der Weiser, leise und fest. Dass ich Befehl geben sollte, dass keiner – keiner! – aus den Kohorten hinunter, nach Süden blicke. Es sei nicht mehr weit. Wenige Windungen, und wir würden die Burg jenes Herrn aus der Ferne sehen. Und es sei die Burg näher, als es jetzt die schwarzen Heere schienen, die uns mit ihrem Hauptkörper so schnell nicht erreichen konnten. Auf nun!

Ich ließ die Kohorten sich eng drängen. Zusätzliche Pferde an die Karren spannen. Hieß die Frauen und Truppen, die den Tross zu Fuß begleiteten, sich auf die freilich zu wenigen Karren kauern. Sandte weitere Kundschafter, den schwarzen Heeren entgegen. Doch wusste ich wohl, dass dies nur der Gewohnheit geschuldet war, denn von hier aus brauchten wir im Augenblick keine Kundschafter mehr. Die schwarzen Heere waren näher denn je.

Eilends trieben die Kohorten nun voran, mit mir und dem Weiser an der Spitze, und ich fühlte Anspannung und aufkommend dumpfe Angst in meinem Rücken. Angst, derer ich so längst entwöhnt war, denn gleichmütig waren wir, die Kohorten mit mir und ich mit den Kohorten, in die wie vielen Kampagnen des Schlachtens und Tötens und Brennens gezogen in den Frühlingen, den Sommern und noch, wenn der Herbst Winterlager schon versprochen hatte. Ohne Freude. Doch auch ohne Angst.

Eben führte jetzt der Weg wieder im Tal, das ein Flüsschen, ein Bach eher geschnitten haben mochte, am Rand des Waldes entlang, mit Gründen zur anderen Hand, die einst als Felder gedient haben mochten, für Getreide und Früchte, die wir entbehrten in Fülle wie lange schon, und diese Früchte nicht nur. Von hier waren die schwarzen Heere nicht zu sehen, natürlich, doch schien ihre Nähe, durch das Schweigen des Waldes hindurch, körperlicher fast und drückender, als sie es, vom Hügel aus betrachtet, hätte sein können. Im

Bett des Baches, vor einer Höhlung, die das Wasser hier durchfloss, sahen wir eine Figur, alt wohl, doch wenig verwittert, gehauen aus dem Gestein dieser Gegend. Dem Katastrophengestein, das jener machtvolle Bote selbst herausgeschlagen und herausgeschmolzen hatte, aus undenkbaren Feuern. Eine Frauengestalt war es, züchtig in weiten Kleidern, mit fein geschnittenen, jungen und freundlichen Zügen, lächelnd, in sich gekehrt, der Gegend und auch dem Wasser, das sie umspülte, entrückt. In der Hand hielt sie etwas, was eine Flöte sein konnte, ein Stab, vielleicht – so meinte der Weiser – eine schmale Schriftrolle. Eine Tafel am Felsen der Hügel wies sie in ungelenken Buchstaben als Wasserwärterin aus. Wer von den Kohorten, so fragte ich mich flüchtig, war eigentlich noch imstande, dieses zu lesen? Und wer mochte in den zeitlichen Zeiten die Wasserwärterin erschaffen und hierhergestellt haben, und mit welchem Zweck?

Ich verhielt mein Pferd ein wenig an dieser Stelle und ließ die Kohorten passieren. Als der Karren mit Raahael vorbeikam, schien mir, als erweise Raahael der Figur einen Gruß mit einem leichten Neigen des Kopfes. Raahael schien gelöst, sie lächelte, und ihre Züge waren friedlich. Sie war schön in diesem Moment, doch galt ihre Schönheit nicht mir.

AN DER Spitze schien mir Aufregung, und ich eilte nach vorne. Die Kundschafter, die ich vordem zu Ludo hin ausgesandt, waren zurückgekehrt. Ludo, so berichteten sie, habe mit der Vorhut die Burg jenes Herrn problemlos erreicht. Von den schwarzen Heeren sei, über den sichtbaren Aufmarsch hinaus, nichts weiter nach vorn gedrungen. Von Nathanael und Zechiel hätten sie nichts bemerkt, auch bei Ludo schienen sie nicht angekommen.

Ich wandte mich um. Der Karren mit Mirjam und Raahael stand hinter einer Biegung und war von hier nicht zu sehen. Ich wies die Kundschafter an zu schweigen. Sie nahmen den Befehl entgegen, derlei interessierte sie nicht.

Tief stand die Sonne hinter uns, als wir die Burg jenes Herrn erreichten. Wir hatten diesen Teil des Weges hinter uns gebracht. Wie fern schon schien mir unser Hügel, den wir doch erst bei Aufgang ebendieser Sonne verlassen. Vieles konnte zwischen einem einzigen Sonnenlauf liegen. Doch reihte sich ein Sonnenlauf an den anderen und wieder an den anderen und wieder, manches also geschah während eines Sonnenlaufs, doch endete es auch mit ihm, und war es nicht so, dass auf diese Weise wiederum nichts geschah?

Mit dem Weiser hielt ich am Tor. Wir ließen die Kohorten an uns vorbei in den Hof ziehen, und es war dieses schnell geschehen. Klein war die Schar, sie war es schon immer gewesen, und gemessen an den schwarzen Heeren ein dürres Blatt im Wind, doch waren wir es, die wir waren, und so waren wir auf dem Marsch. Nicht nur jetzt. Immer schon seit dem Ende der zeitlichen Zeiten.

Die Burg jenes Herrn – umgeben von einer zierlichen Mauer, am Waldrand gelegen auf der einen Seite, mit einem weiten Blick in das ebene Rund, das jener Bote geschlagen, auf der anderen Seite – war ein mächtiges Anwesen. Es kündete von Größe, Macht und Bedeutung, die lange angehalten haben mochte in der zeitlichen Zeit. Auch jetzt noch zeigte diese Burg wenig von dem Verfall und dem Ruin, den wir sonst allüberall sahen. Es schien, als wäre an manchen Stellen ein Loch in die Mauern geschlagen worden, wer mochte wissen, zu welchem Zweck. An einigen Stellen war das Dach undicht, und fast alle ehemaligen Fenster waren Höhlen wie gähnend zahnlose Schlünde klagender Bettler. Doch war ja das längst zum Gewohnten geworden, und die Jungen wussten gar nicht mehr, dass hier einmal Glas als Schmuck und Schutz gedient. Das eigentliche Gebäude, in dem Ritus und Sendung vollzogen, das eigentliche Gebäude jenes Herrn war wohl in allem mindestens doppelt so groß wie jenes in dem Städtchen, das wir passiert hatten, wies, was ungewöhnlich war, einen etwas versetzten Turm auf, sein Bug wölbte sich traditionsgemäß dem Osten, der aufgehenden Sonne entgegen. An dieses Gebäude waren wuchtig, gedrungen zwei zweistöckige Flügel angelehnt, so dass sich ein fast eingefriedeter Hof ergab. Ein Hof im Hof, denn das Gelände war, nicht zu weitläufig, von jener Mauer umgürtet, an die wiederum sich allerdings verfallene Wirtschaftsgebäude reihten. Es lag Ruhe über diesem Ort und Sicherheit, trügerische wohl, und ich spürte in mir ein Ziehen, das mich wie von fern an eine alte Sehnsucht gemahnte, doch blieb es unbenannt.

Es war gut, Ludo zu sehen. Seine Horde, sein Hofstaat hatte sich in dem inneren Hof ausgebreitet, Feuer brannten, und in dampfenden Kesseln wurde Mahl bereitet. Ludo selbst hatte mit Laila Räume im Inneren bezogen und lud uns ein, wiederum selbst die Räume im oberen Stock zu beziehen, die galerieartig um die Gebäudeflügel angeordnet waren. Ludo schien gelassen, fast heiter, und ebenso schien der Weiser, der hinzugetreten war. Dass er schon eine Ziege habe schlachten lassen, die eben zubereitet werde für den Abend und die Nacht. Dass wir das Vieh ohnehin nicht über den ganzen Marsch würden retten können. Und so sei es gut – und hier sei der Ort – davon noch einmal zu genießen. Eine Ahnung von Ruhe und Fülle, es mochte sein, zum letzten Mal auf diesem Marsch, und wer konnte schon sagen jemals, welcher Marsch selbst nicht der letzte sein mochte?

Mir war die Aussicht willkommen. Ich fühlte, nach dieser allerersten Etappe, in dieser Burg jenes Herrn ein wenig von Frieden. Die Anstrengung des Tages war spürbar, doch wich sie auch spürbar. Wäre nicht die Sorge um den Sohn gewesen, so wäre es vielleicht einer der Abende geworden, die ich und wir alle seit langem entbehrten, des Heranzugs der schwarzen Heere nicht achtend. Aber irgendwie war es uns nicht bestimmt, Ruhe zu finden. Freilich: die Unruhe war so in uns alle gesenkt, dass wir sie kaum mehr spürten.

ICH trat unter die Kohorten, das Nachtlager zu ordnen. Ließ die Wachen einteilen. Teilte Mahl zu, das reichlicher ausfallen sollte als sonst, ein wenig zumindest. Ich spürte, dass nach diesem ersten Sonnenlauf, da wir immerhin unser Ziel erreicht, was nicht immer so gewesen und nicht immer so sein würde, den Kohorten so etwas wie Festliches, eine ferne Erinnerung daran, zustand. Ob Fest die jungen Krieger, die derlei ja selbst kaum oder gar nicht mehr gekannt, dieses nennen würden oder konnten, darüber war ich mir nicht sicher. Es würde sein eine Befriedigung oder etwas von Befriedigung der stets schwelenden Gier nach Fülle oder einem Abglanz davon. Die Zelte waren bereits errichtet. Auch hier brannten Feuer. Männer lagerten. Die Waffen waren, der Ordnung gemäß, sauber vor den Zelten aufgereiht. Es war gut, was ich sah. Und es war gut, ich spürte es in diesem Augenblick, dass die Kohorten mich unter sich sahen, mich, den Kommandanten des letzten Gefechts, und dass sie sahen, dass ich nach ihnen sah.

Bevor ich zu Ludo zurückkehrte, betrat ich den Raum des Ritus, das eigentliche Haus jenes Herrn. Das hohe Eingangstor war gemacht aus wuchtigen Bohlen, die nahezu intakt und verschlossen waren, ein ungewöhnlicher Zustand. Doch führte daneben eine kleine Öffnung ins Innere, die Türe dazu freilich war verschwunden. Wuchtig verschlossen und aufgebrochen, ungeschützt zugleich. Der Raum selbst überstieg, wie für solche Räume gewöhnlich, menschliches Maß bei weitem. Es verfehlte seine Wirkung nicht. Lange schien hier niemand mehr gewesen, es mochte denn sein jemand wie ich, im Vorbeigehen, auf kurzer Rast, leicht bereit zu vergessen. Dennoch schien mir alles, die Bänke und Stühle, die Statuen an den Wänden, die wenn auch verblassten Wandmalereien, weitgehend rein und geordnet. Ein Bild, das selten geworden war. Ich sah dies noch im Dämmer, das den Raum erfüllte, denn durch die hohen farbigen Fenster drang nur das letzte ermüdete Licht dieses Tages. Ich konnte die Stille spüren, fast schmecken oder hören. Es war eine seltene Stille, anders als die bloße Abwesenheit von Geräusch. Vorn schimmerte das Symbol jenes Herrn bronzen. In zeitlichen Zeiten, so wusste ich, und der Weiser hätte davon erzählen können, waren Millionen damit in die Schlachten gezogen. Ich kehrte mich zum Gehen. Zögernd ein wenig, denn die Stille hielt mich. Doch war es daran, mich zu Ludo zu gesellen.

Ich verließ den Raum jenes Herrn durch die schmale Pforte. Zwei aus den Kohorten rief ich hinzu und hieß sie, die Pforte notdürftig mit Brettern aus den verfallenen Wirtschaftsgebäuden zu verriegeln. Und ein Auge darauf zu haben, dass niemand des Nachts den Raum betrete. Ich sagte es beiläufig, ohne Befehl.

Überall dampfte und flackerte es. Im inneren Hof hatte Ludos Haufen ein kräftiges Feuer entfacht. Männer sorgten für die Bereitung des Fleisches, andere lagerten am Rand des vom Feuer beschienenen Kreises, noch andere hatten sich tiefer in den Schatten oder die rasch errichteten Jurten zurückgezogen. Ludo hatte mit den Seinen Teppiche mitgeführt, die jetzt an der Stirnseite des inneren Hofes ausgebreitet waren, gerade so, dass in der beginnenden Kühle des Abends noch angenehme Wärme vom Feuer herüberflutete. Ludo und Laila lagerten bereits, dazu der Weiser und einige der Anführer aus Ludos Haufen.

Zunächst betrat ich das Gebäude, mein Nachtquartier aufzusuchen. Es war ein kahler, karger Raum, immerhin wenn auch karg möbliert mit einem Bett, einem Stuhl, einem Tisch. Was brauchte es mehr? Das Fenster ging hinaus in die Ebene, doch war diese nun verdunkelt. In zeitlichen Zeiten, so wusste ich vage, hatten hier die Diener jenes Herrn gelebt, in einer unablässigen Abfolge, mit den über die nach Menschenmaß gemessen unendlichen Zeitläufte der zeitlichen Zeiten, nach in diesen Zeiten stets gleichen Ritualen und Bräuchen, dass schon in dieser Abfolge die zeitliche Zeit aufgehoben schien, wie für uns sie aufgehoben war, und neue Nicht-Zeit begonnen. Wie viele einzelne jener Diener mochten allein in dieser Zelle ihr Leben gefristet haben? Manche von ihnen wohl Sonnenläufe ohne Zahl, mit Leben, und Erleben, das wirklich und unmittelbar gewesen war, mit Namen, mit Freuden, mit Leiden, mit Zweifeln und Verzweiflung. Sie waren gegangen, wie alles gegangen war, verweht, namenlos, von niemandem gekannt, von niemandem erinnert.

ICH ging hinunter in den Hof. Flüchtig kam mir in den Sinn, dass ich Raahael seit unserer Ankunft und den notwendigen Verrichtungen nicht mehr gesehen und dass ich nicht an sie gedacht hatte, während ich getan, was zu tun gewesen. Der Gedanke machte mir Unbehagen, doch ging ich darüber hinweg. Ich nahm Platz bei Ludo. Wir aßen.

Es war angesichts dessen, was wir gewohnt waren seit langem, ein Festmahl. Ludo hatte seine Vorräte, die er wohl reichlich angesammelt, reichlich mitgeführt, und er teilte reichlich davon aus. Nicht nur an uns, auch an die Haufen und Kohorten, an die Frauen und das Gesinde. Verschiedenes Fleisch, kostbar gewürzt, Gemüse, Früchte. Von Burschen auf metallenen Tellern serviert. Als gäbe es die schwarzen Heere nicht, als hätte es die Schlachten seit Ende der zeitlichen Zeiten nicht gegeben, als würde es auch keine mehr geben. Vielleicht war dem auch so. Wärme schwamm von den Feuern herüber, und ich spürte eine Müdigkeit, die angenehm war und sich von der Müdigkeit, die mir bekannt seit langem, unterschied. In diesem ruhigen Dämmer wünschte ich Raahael an meiner Seite. Ein Krug mit Rauschgetränk kreiste, es war etwas von Fülle in all diesem.

Wie stets begann der Weiser. Dass es mit diesen Orten wie dieser Burg jenes Herrn seit jeher eine eigene Bewandtnis habe. Weisheit sei darin zu Hause gewesen und Demut. Unterwerfung, aber auch Herrschsucht und Verbrechen. Askese und Ausschweifung. Und manche Figuren vereinten diese Leidenschaften in sich. In einer Fülle, die bis in die letzten Verästelungen des dem Menschlichen Möglichen vorzudringen schien. Und darüber hinaus. Von Gier nach Erfahrung, nach Macht, nach Auslebung, nach Auskostung dessen, was Geschlechtlichkeit bot bis in die Tiefen, fast die Urgründe hinein, getrieben wie im Rausch. Und niemand könne sagen, ob dies aus jenen Figuren herausfließe. Oder ob sie die Erfahrungen in sich hineinzögen wie in ein Vakuum von ungeheurer Kraft.

Einer der Fürsten dieser Burg, ein Abt, wie die Fürsten dieser Burgen in jenen Zeiten sich nannten, sei so ein Mann gewesen. Er, der Weiser, habe ein Gemälde von ihm entdeckt. In einer Reihe mit den Gemälden von Vorgängern und Nachfolgern oben auf der Galerie, an eher unscheinbarer Stelle zwar, als hätte irgendwann einer verfügt, dass diese Figur eine herausgehobene Darstellung nicht verdiene und dass sie vergessen, übersehen jedenfalls werden solle. Doch sei er da jedenfalls, denn die Abfolge sei als solche heilig gewesen, weshalb man wohl das Gemälde nicht habe ganz verschwinden lassen wollen, in Furcht, denjenigen, die dies unternähmen, werde Fluch treffen.

Jener Abt also sei wohl von ungeheurer Begabung gewesen und habe das Wissen in sich getragen, wie es überhaupt verfügbar gewesen und was überhaupt gewusst werden konnte in jenen Läuften und vielleicht weit mehr. Er habe diesem an sich unbedeutenden Gewese, hunderte davon mochte es in ähnlicher Weise damals im Reich gegeben haben, Bedeutung gegeben, habe durch reiche Bautätigkeit das Bild geprägt, den Reichtum vermehrt. Oft wohl auch auf zweifelhafte, auf grausame oder bedrohliche Weise. Andererseits sei er den Bauern, die ihm, die der Burg hörig gewesen, mild entgegengetreten, zumeist jedenfalls. Dann aber wieder, so berichteten die Chroniken, die Bücher und Geschichten, habe er in einem rätselhaften, wie besessenen Wüten ganze Dörfer auslöschen lassen aus nichtigstem Anlass, wenn ein zumindest sichtbarer Grund nicht überhaupt gefehlt habe.

Freilich seien es weniger diese Charakterzüge gewesen, so der Weiser weiter, der jenen Abt nie habe vordringen lassen in die ersten Zirkel des Reiches, obwohl er von hier aus weite Verbindungen gepflogen habe, zu Fürsten und Weisern, zu Malern, Bildnern, zu den Gauklern, den fahrenden Sängern, den Erzählern und Geschichtenwebern. Alles im übrigen Berufungen, die wir kaum mehr oder gar nicht mehr kennten. Nie sei er aufgetaucht um Kaiser und Fürsten herum, obwohl ihn seine Talente zweifellos dafür prädestiniert hätten. Es habe der Mann ein zwielichtiges, nicht bestimmbares Charisma getragen. Umweht sei er gewesen vom nicht Benennbaren. Wie herausgefallen selbst schon aus der zeitlichen Zeit. Wohl habe ihn oftmals nur seine Stellung, seine Macht vor Verfolgung geschützt, aber es sei dies bei weit Machtvolleren auch anders gegangen. Wer möge wissen, was im Spiel gewesen?

Zu all diesem passe, erzählte der Weiser weiter, und er tat es mit Behagen, dass sich jener Abt, selbst wohl schon in stattlichem Mannesalter, in eine heillose Verstrickung mit einer Frau begeben habe. Es habe diese Frau aus einem armen und unbedeutenden Adelsgeschlecht der ferneren Umgebung gestammt. Jünger sei diese Frau gewesen als er, der Abt, aber selbst nicht mehr jung. Es habe diese Frau, ungewöhnlich, alleine auf jenem Adelssitz geherrscht. Vielleicht war ihr Mann gestorben, vielleicht habe sie nie einen gehabt, man wisse es nicht, ungewöhnlich, ungehörig fast jedenfalls jede dieser Varianten. Ein anderes Mal, so sprach der Weiser, werde es daran sein, dass er in der Erzählung einer anderen Variante nachgehe und andere Geschichte knüpfe.

Wohl eher zufällig sei der Abt auf sie gestoßen, zurückkehrend von einer ausgedehnten Reise, die ihn zu Bildnern und Baumeistern geführt habe. Herablassend sei der Abt wohl zunächst gewesen. Als Beschützer wohl habe er auftreten wollen. Und drohend zugleich. Doch sei jene Frau geschickt gewesen. In ihrer Umgebung habe man ihr magische Kraft zugeschrieben, „Zauberei" genannt, aber es sei dies in ihrer Situation beinahe wiederum normal gewesen. Doch schien den Abt diese sanfte, doch eisige Gegenwehr nicht nur überrascht, sondern angestachelt zu haben, die Frau zu erobern, jenseits der Gewalt, die ihm zu Gebote gestanden hätte, im Anfang zumindest. Briefe seien hin und her gegangen, von denen einige erhalten seien. Er selbst, der Weiser, habe sie gelesen. Sie zeigten den Abt in immer größerer Verwirrung. Zwei Sommer, nachdem er die Frau kennengelernt, sei er aus der Gegend und überhaupt verschwunden.

NACHDEM der Weiser geendet, herrschte eine kurze Stille. Wieder fragte ich mich, woher er all die Geschichten kannte und ob er – im Beispiel – die Briefe, die er genannt, je hatte in Händen halten, lesen können und wann und wo. Und ob es tatsächlich Geschichten waren oder allein seinem Sehen entsprungen. Aber selbst dann waren es ja wieder Geschichten, und es mochte gleichgültig sein, ob sich solches in zeitlichen Zeiten tatsächlich zugetragen. Denn genau besehen: zugetragen hatte sich ja stets nur das, wovon einer erzählte. Was nicht erzählt war, existierte nicht. Zumindest nicht für uns. Gleichzeitig mit diesen Gedanken, durchmischt mit ihnen, dachte ich an Raahael. Ich hätte sie in diesem Moment, ich gestand es mir ein, gern in meiner Nähe gehabt. Hier auf diesem Teppich, am Feuer, mit den Geschichten des Weisers und der Männer. Doch Raahael schien verschwunden, seit wir eingezogen.

Nach gemessener Zeit nahm Ludo das Wort. Heiter schien er und gelassen, satt von Mahl und Trank, gewärmt von Feuer und Erzählung, und ich mochte ihn sehr.

Dass es gut sei, sich in die Erzählungen und Geschichten der zeitlichen Zeiten zurück zu träumen. Gut für uns. Und wohl nur noch für uns. Denn mit uns, den Kommandanten und Weisern, den erfahrenen Kundschaftern, würden die Ahnungen der zeitlichen Zeit verschwunden sein. Es verbinde uns aber noch etwas Anderes mit der Geschichte dieses Abtes, und nicht nur mit dieser. Es sei jenes Unvollendete, niemals zum Ende Kommende, das sich in diesen Figuren zeige.

Ludo betrachtete Laila. Und das – so fuhr er fort – zeige sich am Ende oft an den einzelnen und niemals zufällig gerade an unseren Wegkreuzungen und Gabelungen wartenden Frauen. Wenn man sich auch fragen könne, was das Ende am Unvollendeten wohl sei.

Wie es aber sein könne, fragte da ich, dass etwas, was existiert habe wie die zeitliche Zeit und in der zeitlichen Zeit – die Geschichten und Gesichte des Weisers zeigten es uns – einmal aufgehört haben könne, existiert zu haben?

Dass Existenz und somit auch untergangene Existenz nie etwas Feststehendes sein könne. Zumal dann, wenn wir aus unserer Nicht-Zeit auf die zeitliche Zeit zurückblickten. So der Weiser, und weiter: Dass es tatsächlich, Ludo sage es, gut sei, gut für uns, sich in jene Erzählungen und Geschichten zurück- und hineinzuträumen. Wir selbst fänden uns darin, jeder auf seine Weise. Doch solle niemand von uns glauben – freilich wüssten wir es selbst –, dass das Gute ungefährlich, nur weil es gut sei, und ohne Gift, nur weil es süß sein könne.

Aber es sei auch die Gefahr umgekehrt nicht gut, nur weil sie Gefahr sei, entgegnete Ludo da rasch. Es sei wohl jene adelige Frau, so wie es der Weiser erzählt habe, eine Gefahr gewesen für den Abt. Sei sie deshalb gut für ihn gewesen? Oder drohlich? Oder schlecht für sich selbst?

Wir wüssten es nicht, antwortete der Weiser. Wir könnten diese Dinge nicht entscheiden. Was im einen Sommer Gefahr und bedrohlich, erweise sich beim Verschwinden der Sonne als einzige Möglichkeit voranzukommen. Wir gingen oft breite Wege, und dann endeten diese im Nichts. Was uns als glückliche Fügung erscheine, verwandle uns in Stillstand und damit selbst wieder in Bedrohung. Es möge die Begegnung mit einer Frau für einen Mann oder die Begegnung mit einem Mann für eine Frau zur Erlösung werden und dann zum Fluch und dann wieder zur Erlösung und manchmal alles zugleich, in einem Moment. Wir wüssten es nicht. Es sei ihm deshalb von Wichtigkeit, dass wir mehr vom Buch der Stämme erführen. Darin, so Ludo, möge, so ahne er, eine verschüttete Klarheit liegen, deren wir entbehrten. Lange und längst entbehrten. Zechiel und Raahael müssten weit mehr Auskunft geben, als sie dies bisher getan. So gut er unseren Marsch heiße, so sei er doch immer von Misstrauen erfüllt über das plötzliche und gleichzeitige Auftauchen der beiden.

Es müsse dies nichts bedeuten, antwortete darauf der Weiser. An entscheidenden Punkten verknoteten sich die Stränge und Ereignisse. Manchmal würden sie auch zu Knäueln, unauflösbar. Vielleicht auch würden diese Punkte auch gar erst dadurch zu entscheidenden Punkten.

Zechiel und Raahael. Raahael und Zechiel. Und Nathanael. Hatte mir der Weiser nicht geraten unterwegs, mich an Zechiel zu halten? Gleiches freilich hatte er nicht von Raahael gesagt. Raahael und Esther. Welche Verbindung gab es in mir zwischen den so unterschiedlichen Frauen? So sie denn unterschiedlich überhaupt waren. Wo war mir der Sohn geblieben, da ich hier im Schein des Feuers saß und aß und trank und lauschte? Mir schien selbst, dass mir die Gedanken zum Knäuel wurden, hier, beim Gespräch zwischen dem Weiser und Ludo, den Meistern. Wie als Traumbild, so schien es mir wiederum, zogen da Mirjam und Raahael am dunklen Rand des vom Feuer beschienenen Kreises vorbei. Ein Spukbild vielleicht, eine Täuschung, die mich, wie ich wusste, stets ereilen konnte.

Ich erhob mich. Mir schien, als hätte ich für diesmal genug gehört. Mehr vielleicht erneut, als zu fassen mir aufgegeben. Ich wünschte mit belanglosen Worten zur Ruhe und sah Laila dabei einen Moment länger an, doch zerstreut und absichtslos. Ludo und Laila also.

Als ich aus dem Kreis des Feuers trat, spürte ich die Nachtkälte. Weh denen, die draußen lagen! Weh denen, die nicht behaust waren, ohne Dach oder Wände, und waren diese noch so zugig. Wie Nathanael, wie Zechiel. Doch war Nathanael, seinen jungen Jahren zum Trotz, ein erfahrener Kundschafter. Und Zechiel hatte sich allein – oder mit Raahael – den Weg von den Stämmen im Nordosten herunter durchgeschlagen. Immer noch nicht wusste ich so recht, warum. Und ich wusste jetzt nicht, was geschehen war, und die schwarzen Heere waren zu nahe, als dass mich väterliche Sorge nicht erfüllen sollte.

Ich war sehr müde. Benommen auch, es mochte sein, dass ich des schweren Rauschgetränks, das Ludo ausschenken ließ, nicht mehr gewohnt war. Ich lief noch einmal das Lager ab. Schemenhaft nur erschienen mir einzelne aus den Kohorten. Summen und Flüstern drang an mein Ohr. Aus einem Zelt am Rande schon ein unterdrücktes Ächzen wie von einem verbotenen Beischlaf. Ich überhörte es diesmal, weil ich es überhören wollte, aus vielfachem Grund. Weder Raahael noch Mirjam sah ich im Lager. Aber es war mir schwer, irgendwen zu erkennen. Die Wachen immerhin liefen der Ordnung nach. Ich wies den Wachführer an, dass die Feuer jetzt gelöscht würden. Kein Schein sollte aus dieser Burg nach außen dringen. Zwar wusste ich, dass es eine vergebliche, eine überflüssige Maßnahme war. Aber es waren die Maßnahmen und Anordnungen, die ich meinem Handwerk nach zu treffen hatte, ich, der Kommandant des letzten Gefechts. Am Schluss visitierte ich noch jene Pforte. Auch hier schien alles im Gewohnten. Dass niemand das Haus jenes Herrn betreten, antwortete mir der Posten auf meine Frage, leicht und sicher, nicht überrascht, mich zu sehen.

Ahnungen, Gesichte

Ich stieg die Treppe des Flügels, in dem sich mein Quartier befand, durch tiefes Dunkel empor. Die lange Galerie immerhin war wenig noch vom Glimmen des Feuers erhellt. Mein Quartier war jenes, das den Haus jenes Herrn am nächsten lag, und so lief ich, allein, wie ein im Schlafe Wandelnder, den langen Gang entlang. Breit, steinern, finster, die großen dunklen Gemälde kaum zu erahnen. In mein Bett fiel ich, ohne auch nur die Stiefel auszuziehen. Es war dies aber nichts, was sonderlich gewesen. Diese Müdigkeit, die nun wie mit harter Faust nach mir griff, gebieterisch, war mir bekannt. Sie sagte mir, dass machtvolle Traumgebilde bereits ungeduldig auf mich warteten. Ich schlief, meinem Empfinden nach, ein, noch ehe ich mich gebettet.

Am steilen Aufgang zu einem hochaufgetürmten schroffen Felsen, unermesslich hoch, moosig begrünt an seinen Flanken, mit Bäumchen, die zäh den Spalten entwuchsen. Oben, in schon von unten schwindelnder Höhe, eine schmale Brücke, ein Steg mehr, über den Abgrund auf die andere Seite führend. Ein zweiter Steg daneben, der aber in der Mitte über der Schlucht, im Nichts und ins Nichts, endete. Unten stand der Wächter des Aufgangs. Er bestimmte bei jedem, der zum Erklettern des Felsens anstand, mit einem riesigen Zeiger, den die Sonne, so diese schien, Schatten werfen ließ, nach dem die Menschen ihr Werk richteten, welcher der Stege für ihn bestimmt.

Als ich in der Reihe war, sprach der Wächter: „Sieh!“

Bevor er den Zeiger zur Bestimmung meines Schicksals rückte, erwachte ich. Ich glaubte, dass ein Geräusch mich geweckt hätte, doch schien hier, im Raum und draußen, vollkommene Stille zu herrschen, die alles durchwob. Kein Geräusch drang durch das dem Hofe zu allerdings gewandte Fenster. Kein Tier schrie, weder lockend, noch in Todesangst. Nichts regte und rührte sich auf dem Gang der Galerie draußen. Und ich selbst atmete unwillkürlich so flach, wie es mir möglich war, als gehörte ich nicht in diese Stille, ein Eindringling, ein Fremder. So war es wohl: Diese Stille lebte, doch lebte sie nicht mit mir.

Langsam immerhin rollten in mir die Wogen der Traumbilder aus. Der Traum deutete mir den Marsch, das wusste ich. Aber er sagte mir nicht, wie ich den Marsch selbst für mich zu deuten hatte. Mählich kehrte ich in diese Nacht, in mich selbst zurück. Mir war beklommen, fast – ich gestand es mir nur so vage wie möglich ein – fühlte ich so etwas wie Furcht, ich, der Kommandant des letzten Gefechts! Der ich Kundschafter gewesen in den Vorfeldern, der Tod gesehen und Tod gebracht hatte in den Schlachten und anderswo, der bedroht gewesen war und bedroht hatte. Es tat dies alles jetzt nichts.

Stattdessen funktionierte aber das Gelernte. Wie bisher stets ging ich an gegen jenes Gefühl, das mir, an den Rändern dann doch nicht unvertraut. Griff zum Schwert. Öffnete die Tür. Ein sanfter Wind schien mir jetzt über die Galerie zu ziehen, kühl, nicht unangenehm meinen verworrenen Empfindungen. Im Hof glomm tröstlich wie Leben noch etwas vom Feuer, und es war gut, weiter vorne an der Mauer den Schritt der Wachen, ein Flüstern zu hören. Das Gewöhnlich-Monotone, dessen wir überdrüssig sind und das uns hält in den Zeiten der Not. Ich steckte das Schwert weg. Vor mir, schwärzer noch als Dunkel ringsum, öffnete sich die Treppe nach unten, die wohl in das Haus jenes Herrn führen mochte. Kurz zögerte ich, doch dann stieg ich hinab. Obwohl der Aufgang durchlüftet war, roch es, als atmeten die Mauern die ganze zeitliche Zeit aus, die sie in sich eingezogen. Auf dem Absatz, von dem nur noch wenige Stufen nach unten führten, meinte ich einen Schimmer, fast nur eine Ahnung von Licht zu sehen. Zu spüren eher. Wie ich ein Gemurmel eher spürte als hörte.

Ich empfand Unwillen. Ich hatte befohlen, dass niemand diesen Raum betrete. Freilich nicht durch die Pforte, und ich war schließlich selbst hier im Inneren, ohne dass mich jemand gehindert hätte. Ich wusste ja nicht einmal, warum ich es verboten hatte. Es war auch unerheblich, oder vielleicht würde ich es jetzt sogar erfahren. Ich drang ein. Der Schein kam von vorne, wo der Tisch stand jenes Herrn. Eine Kerze, nicht sehr groß, brannte dort ruhig. Eine Masse, ein seltsames Gebilde, schien wie vor den Tisch hingeworfen mit leichter Hand. Etwas, das jedenfalls nicht dagewesen, als ich den Raum vordem inspiziert. Dicht an der Wand entlang trat ich nach vorne. Es schien mir, als verschluckte mich die Mauer. Näherkommend bemerkte ich, dass dieses Etwas Menschen waren. Dann bewegte sich ein Kopf in den Schein hinein, und es war Raahael. Und daneben Mirjam. Raahael flüsterte zu Mirjam gewandt, ruhig und gemessen, zärtlich fast, ich hatte sie so noch nicht reden hören. Die Frauen hier zu sehen, überraschte mich nicht nur. Es war wie ein Erschrecken, das ich am Rücken und tief in den Eingeweiden spürte. Und dann wieder war mir bewusst, wie seltsam zwielichtig, fast lächerlich diese Situation war. Ich, der Kommandant des letzten Gefechts, verborgen im Dunkel der Mauer mit dem Schwert in der Hand, zwei Frauen im Kerzenschein belauschend im Hause jenes Herrn! Und dann wieder freilich schien mir dieser Moment die letzten Sonnen- und Mondläufe in sich zu vereinen, seit ich Raahael erstmals gesehen.

Ich verharrte, und es beruhigte sich mein Herz.

„Es ist ihm so bestimmt. Es ist dir so bestimmt. Es ist mir so bestimmt. Wir sollen nichts dazu tun. Wir sollen nichts nehmen davon. Auflehnung dagegen ist Kampf gegen dich selbst.“ So sprach Raahael, und wenn Sprache Stille sein konnte, so war dies gesprochene Stille.

Dann war Schweigen. Mirjam lehnte den Kopf an Raahaels Schulter, eine Geste, die mir, unvertraut und ungewohnt, einen warmen Schmerz bereitete. Ich atmete tiefer und erschrak darüber.

„Wie ist aber dies uns allen gekommen? Wie sind wir in dies Schlachten geraten? Wer hat etwas dazu getan? Wer hat sich dieses gewünscht?“ Es war jetzt Mirjam, die sprach, und auch sie wiederum hatte ich so nie sprechen hören. Eine Seite an ihr war mir vollkommen fremd, als wäre sie gar eine andere, ein anderer Mensch. Was sollte ich nun tun, da ich weder vor noch zurück konnte? Doch schien mir dieses Verharren seltsam vertraut, und so war ich einverstanden damit.

„Es fehlt nicht viel, und es wird die Nicht-Zeit, wie ihr es nennt, selbst wieder aufgehoben sein. Es sind eure Kohorten auf dem Marsch. Und eurem Kommandanten des letzten Gefechts ist es bestimmt, eure Kohorten aus dieser Nicht-Zeit zu führen, weiß er es selbst auch nicht. Und glaubt es selbst auch nicht. Die aber bestimmt sind, dieses zu tun – oder jenes –, tun es, sei es mit, sei es ohne den Glauben daran. Es geschieht. Mit ihnen. Oder durch sie. Sei getrost. Es fehlt nicht viel. Fast immer fehlt nicht viel.“

„Doch habe ich den Glauben daran längst verloren“, sprach nun Mirjam, „und selbst die Hoffnung, eine Hoffnung selbst verloren. Verhärtet bin ich in mir. Verhärtet bin ich nach außen, ich weiß es wohl. Und nun ist der Sohn mir genommen. Wo ist der Sohn? Wohin ist er mir genommen?“

„Dass du Verhärtung spürst, ist schon selbst keine Verhärtung mehr. Neues gebiert sich im Schmerz. Es darf dieser Schmerz sein. es muss dieser Schmerz sein. Der Sohn ist dir nicht genommen. Er ist fort von dir eine Weile. Doch wisst ihr nicht, was eine Weile ist, und so ist euch alles gleich.“

„Es ist dieselbe Empfindung wieder und wieder in dieser Nicht-Zeit. Es ist Verlust und Kampf und ein Schmerz, der längst aufgehört hat zu gebären. Gut ist, dass du da bist. Doch zugleich ist durch dich der Schmerz erst neu geworden.“

„Der Schmerz muss euch neu werden, und so auch dir. Und da ich zu euch gekommen, ist neu der Schmerz zu euch, zu dir gekommen. Es muss dieses so sein. Sei aber gewiss: Bist du durch den Schmerz gegangen, wird der

Sohn dir zurückgegeben. Doch übe dich darein, dass er anders zurückkommt als er gegangen."

Ich stand im Dunkel und hörte. Und mir war, als hätte ich solches nie gehört. Und zugleich doch schon gehört. Oft gehört. Im Anfang gehört und in der Mitte und am Ende, immer wieder und nie zugleich. Wie Weben und schwebende Fäden eines Traums zuweilen den Tag durchziehen. Und man nicht mehr weiß, ob diese webenden Fäden nicht doch dem Tag angehören, greifbar waren und nur vergessen. Traumverlorenheit. Traumzeit. Wo waren wir des Nachts, und was unterschied am Ende schon das Reich der Nacht und des Traumes von dem des Tages? Wenn der Abt von Fürsten und Mädchen, Äbten und Mächten erzählte, was war daran anders als Traumzeit und Traumgeschichte und Traumgesicht? Und in dem Moment für einen so wahr und unwahr wie alles andere auch.

Die Kerze auf dem Tisch jenes Herrn flackerte jetzt ein wenig wie unwillig. Eine leichte Bewegung nur. Doch wirksam genug, mich wieder an mich und an diesen Ort zu bringen.

Argwohn wuchs in mir erneut. Er wuchs nicht, er war ja immer da. Selten nur wie von einer dünnen Schicht Flugsand überdeckt, von einem Hauch des Windes sanft hinweg zu wischen. Raahael, dieses stimmte, störte die Ordnung. Sie störte unsere Ordnung, die Ordnung unseres Kampfes, und sie verstörte mich, seit .sie erschienen. Zu mir hatte sie in diesen Läuften kaum gesprochen, und dann selten anders als unterwürfig und ausweichend, dann aber auch wie von klarer Festigkeit, die ihre Sicherheit aus etwas Abwesendem gewann. Doch mochte mich dies täuschen, weil es mich täuschen sollte. Oder ich mich täuschen lassen wollte. Immer hatte ich mich gerne auch täuschen lassen. Es mochte am Ende auch sein, dass ich mich über mich selbst und auch über Esther getäuscht, oder besser: mich selbst getäuscht hatte und zur Täuschung hatte verführen lassen. Diese sanfte Kraft der gleisnerischen Verführung, geliebt in der Furcht und gefürchtet in der Liebe. Doch freilich, wenn es Täuschung gab, musste es auch etwas geben, das nicht Täuschung war, und die Frage war mir, ob mir dieses jemals zugänglich gewesen. Es spielte auch keine Rolle. Wir mussten das nehmen, was uns anfuhr, sei es denn Täuschung oder nicht.

Was ich aber hier belauschte, war die längste Rede, die ich von Raahael vernommen. Und was sie gesprochen, verriet Wissen. Einen Plan vielleicht, aber das war mir nicht sicher. Den ich freilich ohnehin kennen nicht würde und nicht einmal ahnte, wenn es ihn denn gab.

Die Frauen schwiegen. Ich stand. Die Kerze brannte. Es schien eingefroren.

„Es wird aber eine Überflutung kommen von gewaltiger Kraft. Und es wird keine Flut der Zerstörung sein, sondern eine Flut des Segens und der Liebe, eine Überschwemmung, die Fruchtbarkeit bringt und das Land aufrichtet und die Zeit neu blühen lässt, euch und dir unvorstellbar.“

Wieder war es Raahael, die gesprochen hatte. Ohne Zusammenhang, wie mir schien, doch mochte ich den Zusammenhang in meinem Dunkel versäumt oder verträumt haben. Ich wusste nicht, wovon sie sprach. Es erschreckte mich das Wort. Doch klang in ihm auch etwas, was mir längst vergessen war, ein Warten und etwas wie Erinnerung.

Längst war es zu spät, hier im Haus jenes Herrn weiter vorzudringen. Und viel zu spät, mich in das Gespräch der Frauen zu mischen. Mit welchen Worten ohnehin? Ich zog mich zurück, wie ich gekommen.

ALS ich das Haus jenes Herrn verließ, um wieder in das Treppenhaus zu kommen, schrammte mein Schwert an die Mauer und gab in der Stille schmerzenden Laut. Der Weg zurück einem stolpernden Fliehen gleich, hinweggespült wie von einer Woge aus Hilflosigkeit.

Ich begab mich in mein Gemach, schloss die Tür und legte mich zur Ruhe, zutiefst erschöpft wie nach schwerer Schlacht. Und von übergroßer Wachheit zugleich, als stünde die Schlacht erst bevor. Ich schlief ein, bis die Stille mich weckte und ich mich taumelnd erhob. Wieder legte ich mich nieder, doch entkleidete ich mich vorher diesmal. Die Wärme der Decke füllte mich bis tief nach innen.

Ich, der Kommandant des letzten Gefechts! Irgendwann war ich dazu gemacht. Ich war zu Ludo gekommen nach meiner ersten Jugend, ich wusste nicht mehr, wie. Nichts hatte auf diesen Weg hingedeutet. Nichts hatte überhaupt auf einen Weg hingedeutet. In den Träumen, jenen des Tages und jenen der Nacht, mochte das anders gewesen sein. Doch hätte ich aus den Verknäuelungen und Verknotungen nicht herausgefunden, wenn ein Weg zu beschreiten gewesen wäre. Eine unendliche Abfolge unendlicher Weggabelungen.

Es war der erste Kreis mit Esther bereits durchmessen gewesen. Noch war zeitliche Zeit – war tatsächlich noch zeitliche Zeit gewesen? Jedenfalls doch an ihr Ende hin, genau war dies ja nie zu bestimmen gewesen.

Ich hatte, nachdem ich Esther erstmals geküsst und letztmals gesehen, die Gaue durchstreift, allein und treibend. Zechiel vielleicht ähnlich von außen, doch ohne Sendung und ohne Ziel und ohne Wunsch. Verwüstet und menschenleer waren die Gegenden, wie es der Nicht-Zeit entsprochen hatte von je. Ich ernährte mich von dem, was ich fand in den verlassenen Gehöften, was der Wald mir bot, was die Lanze mir erlegte. Vom fernen Heranziehen der schwarzen Heere mochte ich gehört haben oder gefühlt, doch blieb es mir fremd und als Fremdes gleichgültig. Ich hatte vergessen, woher ich kam. Ich wusste nicht, wohin ich ging. Ich wusste nicht einmal, dass ich es nicht wusste und dass ich es vergessen hatte. Einen Mondlauf lang im Sommer wohl hatte ich an einem kleinen See verbracht. Der See war aus Felsen gespeist worden, die aussahen, als ließen sie ihr Wesen aus sich laufen. Ein verzweifelter Anblick fast, als ob das Gestein versuchte, das Wasser bei sich zu halten, es aber doch nicht vermochte und die Wässer ziehen lassen musste wie ein Vermögen. Ebenjenes Gestein hatte dem See die dunkle, dichte Farbe gegeben, ein Anklang von rostigem Blut. Es war nicht leicht gewesen, in das Wasser zu gehen. Doch dann hatte es sich als warm erwiesen von der aufgeladenen Kraft des Gesteins und von der Fülle des Sommers, und es hatte mich getragen, und ich war ruhig gewesen, kaum dass ich den See wieder verlassen hatte. Doch hatte jener Mondlauf sich vollendet, wie der Sommer sich geneigt hatte, die ersten Blätter hatten den See bedeckt, und nachdem ich ein letztes Mal in ihm gebadet, zog ich weiter.

Bald darauf stieß ich auf Ludo. Schon öfter zuvor hatte ich die Feuer der Trupps und Kohorten, der versprengten Haufen und wohl auch der Kundschafter gesehen, doch war ich ihnen immer ausgewichen. Jetzt aber hielt ich darauf zu, wie von geheimer Kraft angezogen. Ludo hatte damals einen kleinen Trupp befehligt, weit abseits der großen Linien. Es war nicht viel anders gewesen als jetzt, da ich ihn wieder getroffen.

Er lagerte mit den Seinen – es waren wenige damals wie auch später – zu Füßen einer Ruine. Einer Ruine aber, die schon in zeitlicher Zeit wohl lange eine gewesen war. Eine Burg, nicht mehr als ein Haus und ein Turm und eine Mauer, auf einem wie aus dem Felsen gewucherten Vorsprung. Zur Zeit jenes Abtes, von dem der Weiser erzählt, mochte sie noch bewohnt gewesen sein, unbequem, doch Schutz bietend. Den wenigen Schutz jedenfalls, den es zu jener Zeit wie in unseren Nicht-Zeiten überhaupt geben konnte. Es war nicht viel. Doch ein weiteres dünnes Band, das uns noch an die zeitliche Zeit fesselte, wie es die Erinnerungen waren und unsere Träume.

Zwischen jener Burg und einem verlassenen Dorf, das ehedem wohl zur Herrschaft jener Burg gehört, hatte Ludo sein Lager errichtet. Es war Heerlager kaum zu nennen. Statt der Zelte der Kohorten waren Hütten errichtet worden, nicht groß, doch zu zweien nur bewohnt, und nicht selten von Krieger und Frau. Die größte der Hütten, mit mehreren Räumen gar, bewohnte Ludo. Stallungen gab es, Vorratsscheunen, es wurde so etwas wie Anbau getrieben. Von Behaglichkeit war all dieses nicht frei. Und da ich mich nun in diese Begegnung zurückträumte, schien es mir gar, als suchte Ludo seine Fantasien aus den zeitlichen Zeiten in diesen Nicht-Zeiten des Kampfes und des Schlachtens fortzuleben, wenn nicht erstmals zu leben. Freilich war dies nur eine der Seiten, die ich an Ludo kennenlernte. Es sollten viele folgen.

ICH erwachte spät, schon nach dem Morgengrauen. Es war, wie ich auftauchend spürte, einer jener Arten von Schlaf gewesen, die Wachheit und nächtliche Gedankenschärfe vorgaukelten. Einzelne Traumfäden, die mir hängengeblieben, konnten so nicht und nie passiert sein. Wenn wiederum das stimmen konnte. Ich verglich es bei mir, während ich Stück für Stück in den Tag hineinfiel. Oder vielleicht doch, wer konnte sich sicher sein? Die Reiche verschwammen mir und durchdrangen sich, und ich wusste nicht, wofür dies ein Zeichen sein mochte. Die Erlebnisse mit Raahael und Mirjam im Hause jenes Herrn traten mir aus dem Dunkel entgegen, und noch konnte ich unterscheiden, doch schien mir selbst diese nächtliche Fahrt fast wie ein Traum, ein, wie man in zeitlicher Zeit noch wohl gesagt hätte, peinlicher, an der Seele zerrender dazu. Aber ich mochte – und konnte am Ende – in diesen Begriffen nicht mehr denken und reden. Und wollte es wohl auch nicht.

Aus dem Hof drangen nach jener unwirklichen Stille der Nacht die Geräusche des sich belebenden Lagers ans Ohr. Es war ja Marsch, unser Marsch, und in Kürze würden wir abziehen. Fast bedauerte ich es. Etwas hielt mich an diesem Ort, eine Lockung, dunkel, unbenannt, funkelnd. Der Sohn kam mir in den Sinn, der wohl immer noch verschwunden mit Zechiel. Dennoch, ich wusste nicht warum, war mir der Gedanke für den Augenblick keine Bedrängnis. Wie viele waren nicht zurückgekommen von den Vorfeldern, wie viele waren in den Schlachten geblieben? Doch konnte es mir nicht anders sein, als dass Nathanael zurückkehren würde, ich war mir dessen gewiss. Woher freilich mir die Sicherheit kam, mir, der wie wir alle längst keine Sicherheiten mehr kannte, hätte ich zu sagen nicht gewusst.

Dann war mir, als hörte ich aus einer Ecke des Lagers ein Getümmel. Ich trat aus meinem Gemach hinaus auf die Galerie. Unten im Hof, in dem wir gestern gesessen – fast wehmütig schon dachte ich an dieses Lager, an Mahl und Trank und Erzählung –, wies nichts auf Aufregung hin, gleichmütig und geübt waren die Kohorten damit beschäftigt, die Dinge zu verladen. Stets waren wir bereit, unterwegs zu sein, selten wussten wir, wohin und wie lange dieses alles schon so ging, denn wir hatten kein Maß mehr.

Ich durchschritt den Hof, dem Lärm entgegen. In einer fernen Ecke stieß ich tatsächlich auf einen Haufen. Es schien, als hielten Ludo und der Weiser Gericht. Tatsächlich standen einer der jungen Männer aus den Kohorten und Laila, Rücken an Rücken, die Hände zusammengebunden, mit entblößtem Oberkörper beide, inmitten des Kreises. Der Scharfrichter, nach alter Sitte mit langer Kapuze über dem Haupt, stand nahe bei ihnen, die gedrillte, mit scharfen Diamantensplittern besetzte Peitsche in der Hand. Hinter Ludo und dem Weiser sah ich – fast schien es mir ungehörig, und dann auch wieder passend – Raahael. Und ich sah in ihrem Gesicht eine verzerrte Spannung, wie ich sie noch nie an ihr gesehen hatte. Sie machte Raahael unschön und anziehend zugleich, gewöhnlich und magisch. Doch sah ich ohnedies jeden Sonnenlauf und jeden Sonnenlauf mehrmals etwas anderes, wenn ich sie denn sah. Es hatte nichts auf sich.

Was es gebe, fragte ich, der Kommandant des letzten Gefechts fordernd, nachdem ich endgültig hinzugetreten war. Dass die beiden, so der Weiser, den Beischlaf ausgeübt, wider die Zucht des Marsches, wider das Verbot, das den Kohorten auferlegt. Dass dies zu bestrafen sei, den Gesetzen des Marsches gemäß. Dass diese nun ausgeübt würden, zur Sühne für diese und zur Mahnung für jene. Vor dem Richter, zu dem er, der Weiser, berufen wie zu manchem anderen, seien alle in den Kohorten gleich.

Laila also. Ich entsann mich meines Ganges gestern durch das Lager. Ludo stand hoch aufgerichtet, das Gesicht reglos, gleichmütig, wie abwesend und Betrachtungen hingegeben. Ich selbst fühlte Unklarheit und Wirrnis. Ludo selbst hatte mir Laila zum Beischlaf geboten. Zum anderen war mir die Beziehung von Ludo und Laila, von Laila und Ludo immer seltsam verstrickt und in engen Maschen verwoben. Und dazu war simple Rache, Genugtuung Ludos Sache nicht und nie gewesen. Was also ging vor?

Wie das Urteil laute, so fragte ich den Weiser, obwohl ich es wusste.

Auf schwere Züchtigung durch den Scharfrichter. Auf Degradierung für den Krieger und niedere Dienste für sie.

Flüchtig bemerkte ich die erregte, kaum mehr wohl zu beherrschende Gier in den Männern und Frauen, die uns umringten. Es war die banale Gier nach Leid und Vernichtung. Danach, Leid und Vernichtung zu sehen und selbst davongekommen zu sein. Gier, gespeist aus der Kraft, die uns in den Schlachten vorwärts trieb, wider allen Augenschein. Doch waren es ein Mann und eine Frau aus ihrer Mitte, und ich wunderte mich. Und auch wieder nicht.

Es war mir gleich, gleich gültig, erneut, wie meist. Wohl war der Weiser der Richter, ich aber der Kommandant des letzten Gefechts. Und als dieser hatte ich das Wort zu führen, und ich gedachte es zu tun.

Ob der Krieger, so fuhr ich fort – ich kennte ihn als bewährt in den Vorfeldern –, ob die Frau befragt worden sei nach den Regeln. Ob Ludo (nun wandte ich mich an ihn), dem die Frau zugehörig, wie wir wüssten, gesprochen und gehört worden.

Ludo antwortete selbst. Es geschehe nichts ohne seinen Willen und ohne seine Zustimmung. Es habe dies nun zu geschehen nach eben den Gesetzen des Marsches, von denen der Weiser gesprochen. Es spiele dabei keine Rolle, welcher Art das Vergehen sei. Selbst dann nicht, wenn das Vergehen in anderer Betrachtung, unter anderen Umständen gar keines sei. Laila könne, wie jeder und jede andere, tun, was ihr beliebe, er erhebe nie Anspruch, hier nicht und nie. Doch geschehe dies zu Lailas weiterem Frommen. Es sei gut, wie es sei. Es sei immer, wie es sei, wenn es denn sei.

Was wäre darauf zu antworten gewesen? Ich selbst hatte, ohne zu zögern, Bestrafungen angeordnet. Es waren harte Bestrafungen gewesen. Ich hatte es nicht bedauert. Es musste so sein. Selbst wenn nichts davon abhinge, selbst wenn nichts damit erreicht und ein Sinn nicht erkennbar, waren die Bestrafungen durchzuführen, solange wir selbst uns in den, wiewohl aussichtslosen, Schlachten befanden. Und doch spürte ich in mir diesmal ein Unbehagen, einen Unwillen, der mir selbst nicht erklärlich. Es mochten die Überreiztheiten sein, die durch die Nacht geboren, doch waren sie so ungewöhnlich nicht gewesen. Oder es mochte das sein, was ich zu spüren meinte seit diesem Sommer in immer stärkerem Maße: dass sich meine Stellung als Kommandant des letzten Gefechts dem Ende zuneigte. Nicht nach außen. Aber in mir.

Laila hielt das Gesicht – ein derart junges Gesichtchen, dass es noch kaum eine Unterscheidung zwischen Knaben, Mädchen und Frau aufwies – trotzig verschlossen, den Kopf jedoch gerade, den Blick an Ludo vorbei auf das Haus jenes Herrn gerichtet. Ihr entblößter Oberkörper zeigte ihre Magerkeit, die an der Grenze des Gesunden war. Aber so sahen viele unserer Frauen aus, die Läufte ließen nichts anderes zu. Ich konnte mir nichts anderes sagen: Es rührte mich dieses halbe Kind, das keines mehr war, längst nicht mehr, aber mir in diesem Augenblick so erschien. Doch war nichts mehr zu tun, als denn selbst den Befehl zur Vollstreckung zu geben.

Schon hob der Scharfrichter die Peitsche, und die Splitter funkelten in der Sonne. Da trat Raahael neben ihn. Sacht nur hielt sie die Hand auf seine, doch genügte es für den Moment. Der Mann, wir alle, blickten sprachlos, das erregte Getümmel hatte sich wie auf Kommando gelegt.

Wir möchten doch, sprach da Raahael, mit unbewegtem Gesicht und ohne die Stimme zu heben, innehalten nur einen Moment. Was nütze diese grausame Bestrafung? Wem nütze diese Bestrafung. und wofür erfolge diese Bestrafung? Für ein Vergehen doch wohl, das wir, die Oberen, begingen, so oft es uns gefiele. Nicht bestreite sie, dass es gegen die Gesetze des Marsches geschehen. Doch forderten diese Gesetze den Bruch erst heraus. Wir möchten doch bedenken auch, dass Laila in diesem Moment bereits vielleicht ein Kind trage. Es solle dieses Kind uns willkommen sein wie jedes, denn unsere Schar schmelze von Sommer zu Sommer. Sie also, Raahael, gesandt von den Stämmen im Nordosten und gesandt, uns zu jenen zu führen, sie wisse es längst, wie wir es wüssten, sie also bitte um gerechtes Urteil, und so nicht um dieses, so denn um Gnade. Man möge anders mit ihnen verfahren, wenn denn verfahren werden müsse.

Hochaufgerichtet stand sie und zugleich wie demütig. Zum ersten Mal meinte ich in ihrer Haltung etwas Gewolltes zu sehen, ein wie aus innerer Beobachtung inszenierter Auftritt. Es schien mir ja selbst dieses Urteil dem Anlass nicht zu entsprechen. Es stimmte, was Raahael sagte, einerseits. Und doch war das Urteil den Gesetzen gemäß richtig. Und es störte mich, dass ich – oder etwas in mir, was meiner Kommandantenrolle nicht oder nicht mehr entsprach – Raahael recht gab. Und am Ende störte mich, dass Raahael das Wort genommen in dieser Weise und in den Gang der Dinge, unseren Gang, unsere Dinge eingriff.

Weiter sprach Raahael und sah mich an dabei. Wenn wir also denn glaubten, fuhr sie fort, dass Bestrafung nötig sei – und sie rechte nicht darüber –, dann sollten wir dieses Paar fortschicken eine Weile. In die Vorfelder, wie wir es nennten. Oder anderswohin. Wenn dann diese Verbannung vollendet und beide den Weg zurückfänden zu uns, würde es ein Gewinn sein für uns und für sie und die Schuld getilgt in vielfacher Weise. Was nütze dagegen dieses Ritual der Züchtigung, die fruchtlos doch und Neues nicht wachsen ließe, es sei das Gegenteil ja zu erwarten.

Als sie von Paar gesprochen, sah ich zu Ludo, doch der rührte sich nicht, und undurchdringlich reglos blieb seine Miene. Der Weiser freilich sah aufmerksam und witternd. Stets war er bereit, dem Unerwarteten sich biegend zu folgen. Verbannung, wiederholte er, Verbannung. Es sei dies wohl möglich. Es habe dies gegeben, wenn es auch einer Verstoßung mehr geglichen habe. Verbannung. Er schmeckte das Wort wie ein beinahe vergessenes

Aroma aus zeitlicher Zeit. Doch ob sie, Raahael, wisse, dass dies ein härteres Urteil sein könne, als es diese Züchtigung jemals sein würde? Letztere sei hart, doch schnell abgetan

Und doch sei dies der Weg, den wir gehen sollten, sprach sanft nun wieder Raahael. Besser, sie beschwöre es auch, am Ende für uns. Es werde aus diesem Neues erwachsen, wenn wir es auch jetzt noch nicht sähen, wohingegen jenes nur abtöte. Wer, wenn nicht wir, wüsste vom Abtöten in allen seinen Tiefen.

Die Kohorten, die uns umringten, standen nun schweigend, um den Kitzel gebracht einerseits, und angespannt wegen des nie dagewesenen Disputs andererseits. Es war nicht gut, dass dieses auf diese Weise vor sich ging. Wir hatten noch einen langen Marsch vor uns, und wer wusste, wo die schwarzen Heere stünden. Ich spürte, dass ich dem ein Ende bereiten musste.

Es habe jetzt zu geschehen, so hob ich an, und meine Stimme war fest und voll, was zu geschehen habe. Das Gesetz müsse erfüllt werden. Jedoch sei auch das Gesetz lebendig und lasse, der Weiser habe den Weg gewiesen, weiten Raum, seinem Sinn gemäß zu handeln. Es möge der Scharfrichter dem Mann und dem Mädchen je einen Hieb, einen gezielten, einen meisterhaften, versetzen, dass eine Wunde lange bliebe. Dann seien Mann und Mädchen in die Verbannung zu entlassen. Es sei diese Verbannung mindestens festgesetzt, bis nach dem kommenden Winter und dem Winterlager der Kohorten die Frühlingssonne erneut erscheine und neue Kampagne begänne. Mann und Mädchen dürften sich dabei den marschierenden oder lagernden Kohorten nie mehr als einen Horizont nähern und hätten sich dazu insbesondere von den Kundschaftern fernzuhalten. Entsprechendes gelte umgekehrt streng für die Kundschafter selbst, eingedenk, dass zu viele der verbotenen Zusammenkünfte mir, uns bekannt geworden. Was danach geschehe, solle geschehen nach dem Lauf der Dinge.

Ich hatte Raahael angesehen, als ich von den Zusammenkünften gesprochen hatte. Sie hatte meinem Blick standgehalten, doch hatte ich nichts gesehen in ihren Augen. Sie schien mein Urteil ungerührt hinzunehmen. Nicht war mir ersichtlich, ob sie es guthieß, nicht, ob sie es missbilligte.

Ich gab nun dem Scharfrichter das Zeichen. Der zog die Peitsche über die Rücken des Mannes und des Mädchens, unaufgeregt. Die Haut beider platzte und ein breiter, blutiger Striemen zeigte sich bei beiden diagonal, gerade und präzise gezogen. Der Scharfrichter – wie lange war auch dieser schon bei uns? – war wahrhaftig ein Meister, gehorsam den Anweisungen und Richtersprüchen folgend, ohne innere Anteilnahme in die eine oder andere Richtung und gerade deswegen von furchtbarer Präzision. Der Mann war unter diesem einen machtvollen Hieb in die Knie gegangen dabei, und das Mädchen mit zwei Schmerzensschreien bäuchlings auf den Boden gefallen.

ICH wandte mich ab, unseren Abmarsch anzutreiben. Die Morgensonne sandte eine linde, angenehme Wärme, und ein würziger, frischer Windhauch strich über den Hof, als ob sich der eigentlich schon untergegangene Sommer noch einmal mit der Vorhut des Winters vermählte. Es war eine angenehme Stunde, die liebste und kraftvollste unter den Stunden des Tages mir. In dieser Stunde schien mir manchmal noch die Täuschung, der Lauf der Dinge wäre von uns zu beeinflussen, eine Wahrheit in sich zu bergen. Es war eine schöne Stunde.

In jenem Lager, als ich auf Ludo getroffen, hatte ich manche solcher Stunden genossen. Ludo hatte mir, der ich, umhergeworfen und kaum eines Planes fähig, wie zufällig auf ihn gestoßen, beinahe vom ersten Moment ungewohnte Aufmerksamkeit geschenkt. Wie zufällig. So erschien es mir jedenfalls, wie mir vieles, alles stets erschienen war. Allein der Weiser hätte von einem Geschick und einem großen Weben gesprochen, dessen Bild zu erkennen wir nur nicht imstande. Weil wir als Faden selbst ein Teil davon. Freilich waren mir dies, je länger, je mehr, müßige Gespräche, die immer im Ungefähren sich verloren. Was sagte, was zeigte mir ein Bild, das ich solches nicht erkannte? Oder nicht erkennen konnte?

Die schwarzen Heere waren schon im Anzug gewesen, die Kundschafter Ludos hatten davon berichteten. Doch waren sie verglichen mit diesem Sommer ein fernes Drohen gewesen, kaum wirklich, kaum wahr. Wir hatten uns gerüstet, weil es eben am Rüsten war. Ludo hatte dies kaum bekümmert. Aber auch jetzt schien er sich kaum ernsthaft darum zu kümmern. Unser Marsch selbst war es wohl, der ihn interessierte, warum und zu welchem Zweck auch immer.

Und dann das Buch – jetzt fiel es mir wieder ein! Angelegentlich, drängend, fast schon wütend hatte Ludo bei Zechiel immer wieder nach dem Buch gefragt. Ohne dass wir bisher zufriedenstellende Auskunft erhalten hätten. Vielleicht Auskunft wohl, aber auch nicht eine, die unseren Wissensdurst gestillt. Zechiel. Und Nathanael. Der Sohn. Irgendwo da draußen. Die Worte Raahaels in der Nacht im Hause jenes Herrn kamen mir in den Sinn, träumerisch, aus nicht bestimmbarer Ferne. Mochte sein, dass Nathanael umherzog, wie ich selbst umhergezogen, bevor ich zu Ludo gestoßen. Es war mir tröstlich, ihn mit Zechiel zu wissen, wiewohl mein Misstrauen gegen Zechiel stets wach geblieben.

DIE Kohorten standen marschbereit. Noch einmal betrat ich das Haus jenes Herrn, wie zum Abschied, wiewohl ich zu derlei selten neigte. Wieder umhüllte mich die Stille wie etwas Greifbares, Körperliches. Das Morgenlicht schwebte durch die Fenster herein, und dennoch schien ein Rest von Dunkel sich im Raum zu halten wie Nebel. Langsam ging ich nach vorne zum Tisch jenes Herrn, an dem Raahael und Mirjam des Nachts im Gespräch versunken. Ich versuchte mir vorzustellen, wie ich drüben an der Mauer im Schatten reglos gestanden. Es gelang mir, und doch war es sinnlos. Die Nacht war vorüber. Es war eine Erinnerung, die in meinem Denken war, und doch schien mir, als hätte ich mit dem, der in der Nacht im Schatten der Mauer gestanden, kaum mehr etwas zu tun. Es waren die Erinnerungen selbst, die lebendig waren, nicht das Geschehen, das sie abbildeten, und unsere Erinnerung war, wir wussten es, trügerisch in vielen Schattierungen.

In der Nähe des Tisches jenes Herrn stand eine Art Becken wie aus einem Stein gehauen, rau und unbearbeitet am breiten Saum, das Innere jedoch von außergewöhnlicher Glätte, die ich so bei einem Stein noch selten gesehen. Das Becken schien mir willkürlich in den Raum geschoben, sein Stand störte den Aufbau dieses Schiffs, das diese Burg im Inneren auch war. Am Boden war das Becken mit ein wenig Wasser bedeckt, und als ich gedankenlos den Finger darein steckte, wurde dieser von einem Tropfen benetzt, der von oben in das Becken fiel. Ich sah nach oben, doch konnte ich keinen Schaden am Dach erkennen. Offenbar aber war doch das Dach dieses insgesamt so wohl erhaltenen Hauses um ein weniges beschädigt. Es hatte wohl einer – aber wer? und wann? – dieses Becken hierhergestellt, damit das Wasser von oben aufgefangen würde. Wer überhaupt waren die letzten, die hier gewohnt und hier ihrem Ritus nachgegangen? Es mochte ein Tag wie der heutige gewesen sein, ein so fühlbarer, jetziger Moment wie dieser hier, als jene Bewohner dieses Haus zum letzten Mal verlassen. Vielleicht noch in zeitlicher Zeit, aus welchen Gründen auch immer, vielleicht erst in diesem Sommer, wer mochte es wissen?

Ich spürte eine vage Sehnsucht in mir, einem Ungenügen, der Abwesenheit von etwas anderem gleich, ich vermochte es nicht zu benennen. Ich beschloss, den Weiser auf unserem weiteren Marsch nach der Geschichte dieses Hauses zu fragen. Damit wandte ich mich auf den Absätzen meiner

Stiefel zum Gehen und verließ dieses Haus des Rituals von neuem entschlossen und gekräftigt. Mein Aufenthalt hatte nur kurz gewährt.

NUR ein weniges weiter hinein in diesen Tag sahen wir Burg und Haus jenes Herrn bereits wieder weit hinter uns, es brauchte dafür nicht viel Weges. Wir waren unterwegs, und die Dinge verschwanden uns, und je länger wir unterwegs waren, desto mehr ließen wir hinter uns zurück. Es war dies ein Gesetz, das selbst in den zeitlichen Zeiten gegolten und das heute galt, es war das Gesetz, unter dem wir angetreten.

Ich hatte die Kohorten und dann auch Raahael und Mirjam auf ihrem Karren an mir vorbeiziehen lassen, und als jetzt letzter blickte ich zurück. Einen Moment nur, und doch schien mir schon unwirklich, was ich dort erlebt und gefühlt, gehört und gesehen. Ein wenig zu ruckartig wandte ich das Pferd – es beantwortete meinen Befehl mit Widerstand – und setzte ich mich erneut an die Spitze des Zuges, wo ich den Weiser und Ludo im Gespräch fand. Wir hatten schon nach der jetzt vergangenen ersten Etappe kein festes Ziel mehr für den Abend, für die Nacht, und Ludo hatte es vorgezogen, mit den Seinen bei uns zu bleiben.

Beide, Ludo und der Weiser, wirkten heiter, was angesichts der Vorkommnisse um Laila verwundern mochte. Laila und der Kämpfer hatten noch vor unserem Abmarsch das Lager verlassen, wohin sie sich bewegt, war mir entgangen. Doch waren Züchtigung und Verbannung Gegenstand des Gesprächs, das Ludo und der Weiser führten, und als ich heranritt, schien der Weiser in Gedanken bereits wieder tief hinabgestiegen, in die Zeit vor der zeitlichen Zeit, zu jenem Fürsten, der uns nun schon wie ein Geist begleitete seit unserem Hügel. Und wie fern lag der Hügel bereits und mit ihm alles, was dort geschehen! Der Beischlaf mit Mirjam auf dem Hügel fiel mir flüchtig ein, es mochte wohl, ich ahnte es, der letzte gewesen sein mit ihr, der Mutter des Sohnes. Durch den Sinn zog mir ebenso nebelig, dass sie darauf bestanden hatte, den Sohn zurückzurufen. Nun, ich hatte es getan. Doch nur, so fiel mir ein nun, dass er gleich wieder verschwunden, meiner Kommandosphäre entglitten und anders als vorher durch die verabredeten Zeichen in den Vorfeldern auch nicht mehr erreichbar. Ich folgte diesen Gedanken für den Augenblick nicht weiter. Wie viele Gedanken lassen wir so liegen und wieder verwelken, kaum dass sie entstanden.

Verbannungen, so nahm der Weiser seinen Faden wieder auf, seien in den Zeiten jenes Fürsten als Züchtigung, aber auch als Reinigung wichtig gewesen, und der Verbannungsspruch ein Ritual, das wohl als heilig gegolten habe.

Treffen habe es jeden können, die Ohnmächtigen, Armen, Unschuldigen natürlich wie stets, aber zuweilen eben auch die Mächtigen, scheinbar Unantastbaren, wenn sich das Schicksal – dieses freilich zumeist in Gestalt eines widrigen Bündnisses – gegen sie verschworen. Immer wieder hätten wir seit unserem Aufbruch gesprochen von jenem Fürsten am anderen Ende der zeitlichen Zeit, selbst schon wieder auf der rückwärtigen Schwelle ins Nicht-Zeitliche, die Periode der großen Erzählungen, die alles gewoben und vorgegeben, was die Ereignisse der zeitlichen Zeit bestimmte. Selbst wir, die wir uns jetzt in der Nicht-Zeit befänden, seien geprägt und bestimmt noch davon, wenn auch immer schwächer, und wer vermöchte zu sagen, ob sich mit uns und in uns nicht selbst wieder die neuen Erzählungen ausbildeten, die das Nachfolgende bestimmten.

Was freilich heißen würde, dass es ein Nachfolgendes geben könne, erwiderte ich. Und dies scheine mir doch, nach unseren Erlebnissen in den Kämpfen, dem Heraufziehen der schwarzen Heere, seit wir denken könnten, ungewisser denn je.

Es sei nicht zu sagen, es sei nie zu sagen, so der Weiser. Als sich jener Fürst aufgemacht von unserem Hügel, mit dem Mädchen, mit wenigen Getreuen, möge dies eine Verbannung gewesen sein, wie sie jetzt den Krieger und Laila getroffen. Freilich, wer wolle wissen, ob nicht über uns selbst allesamt ein Bannspruch verhängt? Verhängt durch das Heraufziehen der schwarzen Heere, die uns auf den Marsch gezwungen hätten.

Erneut scheine mir, erklärte ich, der Vergleich zweifelhaft und nicht geeignet, die Kohorten aufzurichten, was immer wieder nötig sei. Jener Fürst, ein Verbannter und Geschlagener und schließlich gar Erschlagener. Jenes Medaillon, das der Weiser berge, künde ja davon, jedenfalls in der Deutung des Weisers. Und jener Abt, um eine andere Erzählung des Weisers zu nehmen, wiederum verwirrt und vertrieben durch eine Frau. Fluchten überall. Wohl stimme es – und der Weiser und Ludo wüssten es von jeher –, dass ich unseren Marsch als Flucht begriffe. Als was sonst? Jedoch wünschte ich die Prophezeiungen des Ziels und des Endes so nicht zu hören, träfen sie auch zu und erwartete ich sie selbst. Klüger wäre es sonst – und wäre es vielleicht immer gewesen – den Marsch zu lassen und die Kohorten aufzustellen zur letzten Schlacht, zum letzten Gefecht, als dessen Kommandeur ich ohnehin berufen und bestimmt sei.

Es sei diese Deutung des Medaillons diejenige Raahaels, korrigierte mich der Weiser und tat es sanft. Wie stets von ihm gelehrt, zeige sich in den Dingen aus zeitlichen Zeiten – und gar von deren äußerem Rand – Wahrheit und Wirklichkeit nur in der Erzählung dessen, der sie betrachte. Wahrheit und Wirklichkeit blieben sie gleichwohl, in jederlei Gestalt. Es möge jener Fürst mit dem Mädchen hier durchgezogen sein, auf diesem Pfad oder einem anderen, es spiele keine Rolle. Es möge auch jener Abt hier durchgezogen sein, hier oder woanders, auch dies spiele keine Rolle. Ich wisse selbst, dass auch unser Pfad jetzt keine Rolle mehr spielen würde, wenn wir das Nachtlager erreicht hätten, wo immer dieses sein möge. Dass dieses kommen würde, wüssten wir. Aber wir könnten es uns nicht begreiflich machen. Dieses sei den Nicht-Zeiten eigen.

Der Weiser schwieg.

Dann sprach er, wie abschließend für diesmal: „Du magst es Flucht nennen, und dann ist es Flucht. Du magst es Marsch nennen, und dann ist es Marsch. Du magst es Pilgerfahrt nennen, und dann ist es Pilgerfahrt. Du magst es nennen, wie Du willst, und dann ist es, wie Du willst. Aber es ist. Und weil es ist, ist es richtig."

Wir ritten, und mit dem trägen und gleichmäßigen Rhythmus lösten sich meine Gedanken von denen des Weisers, als bröckelten sie ab wie Lehm, der an den Stiefeln trocknete. Flucht? Marsch? Pilgerfahrt? Nichts davon – und alles davon – war es gewesen, als sich der erste Kreis mit Esther geschlossen und ich bei Ludo noch nicht angelangt. Der erste Kreis mit Esther. Seitdem wir die Stellung auf unserem Hügel bezogen, drängte sich der erste Kreis mit Esther in meine Gedanken und meine Träume. Oder hatte es mit dem Hügel gar nichts zu tun, sondern war es das gleißend-schweflige Heraufziehen der schwarzen Heere? Oder war es nichts von beiden? Die Dinge waren nie vergangen. Die Dinge kamen wieder.

War jener erste Kreis mit Esther der gewesen, der schon am Rande der zeitlichen Zeit und in die Nicht-Zeit hinüberspielte? Die Erinnerung war mir längst verschwommen. Doch wenn ich mir – mühsam – die Dinge zu ordnen suchte in meinem Kopf, nicht aber in meinem Herzen, so musste es anders gewesen sein. Alles war immer anders gewesen.

ICH versuchte es: In jenem Sommer hatte ich die Wälder und Triften durchstreift, gelöst von dem, woher ich gekommen und was mir nur schattenhaft noch gewärtig (was aber eben so, gerade so, noch da und wirkend, so wohl würde der Weiser sagen), Hügel erklimmend, ohne zu sehen, Täler durchstreifend, ohne geborgen zu sein, doch auch nicht bedroht – und jagend und fischend und sammelnd und schlafend dort, wo es das Dunkel gebot und der Regen nicht hinfiel. Und da ich mich, reitend und schweigend, zurückträumte in jenen Sommer, da trat auf in mir Cramalla, die längst ich vergessen und nie ich vergessen.

Wenige Sonnenläufe waren es wohl oder vielleicht der Lauf eines Mondes von Vollendung zu Vollendung, bevor ich zu Ludo gestoßen. Es war Abend geworden, der Tag hatte sich geneigt, und wohl war ich unruhig, doch heiter. Kaum hatte ich etwas gegessen an jenem Tag, doch war das nicht ungewöhnlich und bekümmerte mich nicht. Wohl war ich, der ohne Absicht und Ziel unterwegs, in fremdes Terrain gestoßen, ohne es recht zu bemerken. Es war auch gleich, denn die Gegenden, die ich mein Lebtag durchstreift bis jetzt, bis zu diesem Marsch zu den Stämmen im Nordosten, unterschieden sich auf geheimnisvolle Weise in nichts. Es machte keinen Unterschied also, ob ich etwas kannte oder nicht, es blieb sich gleich, so oder so.

Ich war über die Lichtung gelaufen, die noch die Wärme des Tages atmete und die Sinne füllte mit Sattheit, Schwere und Fülle. Das Haus, die Hütte wohl besser, sah ich kaum früher, als dass ich davorstand, ich, der ich es mit Gründen gewohnt war zu schauen und zu wittern, selbst dann, wenn es zu schauen und zu wittern nichts gab. Doch sandten wir ja auch späterhin unsere Kundschafter, um des Heraufziehens gewärtig zu sein. Dass die Hütte, wiewohl alt und des Bauens bedürftig, bewohnt, war gleich ersichtlich. Es war an jenem Rand der zeitlichen Zeit zwar Sesshaftigkeit schon ungewöhnlich, aber noch nicht völlig unmöglich. Vorsicht war geboten und so fasste ich die Lanze fester, doch war ich neugierig eher denn voll der Angst, wie es früher und später wieder oft geschehen. Es war jener Sommer eine Zwischenzeit gewesen in so vielem.

Dieses gedacht, erlitt ich einen Stoß von der Seite, der mich schwer schwanken ließ, und ich hatte Mühe, nicht zu fallen. Etwas Koboldhaftes, so schien mir, rannte, Hastiges wie Fluch zeternd, auf die Tür, die sich einen Spalt öffnete, um sofort hinter ihm wieder sich zu schließen. Geraten schien es mir, Abstand zu gewinnen. Doch dachte ich nicht an Flucht in dem Moment. Zu lange war ich selbst damals schon unterwegs, zu erfahren mit Lanze und Schwert, lange selbst bevor ich zum Krieger und Kommandanten berufen, als dass ich nicht geahnt: Wer auf Angriff sänne, hätte es längst getan. So war es, wie eigentlich stets, besser, die Sache zu ergründen.

Ich rief. Es rührte sich nichts. Ich rief wieder. Es drang aus der Hütte kein Laut. Ich drohte, vergeblich. Es führt nichts schneller ins Bodenlose und Lachhafte als diese Form der Folgenlosigkeit, wenn Wunsch oder Drohung oder auch Bitten und Flehen versanden und verebben. Doch als ich schon den Entschluss fassen wollte, denn abzuziehen, da offenkundig nichts auszurichten – es sei denn durch Gewalt, die jedoch anzuwenden hier mir die Vorsicht verbot, ich wusste selbst nicht, warum –, öffnete sich die Holztür. Langsam, und nur einen kleinen Spalt.

Zwei Köpfe kamen zum Vorschein, der untere, kaum in Höhe meines Bauchnabels, fast vollkommen aus dem Türspalt heraus – aber eben nur der Kopf –, der zweite darüber etwas zurückgezogen im Dämmer der Hütte, ein groteskes Bild! Der untere Kopf, ohne jegliche Proportion, wie es schien, in allem, mit mächtig-klobiger Nase, kleinen tiefliegenden Augen, einer breiten niedrigen Stirn und einem fast fehlenden Kinn, kreischte wie getroffen. Erst allmählich verstand ich, dass es sich um derbste Flüche handelte und die Aufforderung, die Flucht zu ergreifen. Ich war verblüfft eher denn geängstigt. Wie oft, nahmen die Dinge eine völlig andere Wendung denn von mir erwartet. Allerdings war mir dieser Auftritt wiederum etwas Handhabbares, weit von Bedrohlichem entfernt. So nahm ich die Lanze fester, auf Tür und Gnom zielend, und begehrte Auskunft, Eintritt, Nahrung. Es waren Cramalla und ihr Narr, und ein weniges später durchstreiften wir die Triften gemeinsam. Jetzt, in dieser vagen Dämmerung der Erinnerung, mochte es mir manchmal so erscheinen, als wäre ich dabei selbst zum Narren geworden. Und wer mochte wissen, ob mich jenes Narrentum nicht dann erst zum Kommandanten des letzten Gefechtes gemacht hatte.

WIE erwachend tauchte ich empor. Wir hatten ein gutes Stück des Weges hinter uns gebracht, und ich ritt inzwischen allein. Der Weiser wohl hatte anderswo seinen Platz gefunden für diesmal und mich verlassen, während mir träumte. In einigem Abstand vor mir ritt die Vorhut, in einigem Abstand nach mir kam der Tross, der graue Zug. Ich straffte mich und ritt nach vorne. Ich ließ mir Bericht erstatten, doch gab es nicht viel zu berichten. Es schien mir richtig, Kundschafter in die Richtung der schwarzen Heere zu schicken, und ich tat es. Bereits wieder näherte sich der Lauf der Sonne dem höchsten Punkt, den sie im Nachsommer noch erreichte. Wir hielten die Richtung auf die Stämme im Nordosten ungefähr, doch wussten wir den Weg, der uns zum Nachtlager dieser Etappe führen würde, längst nicht mehr. Wir hatten den Kreis, in dem wir die letzten Sommer uns bewegt hatten, fast schon verlassen und befanden uns in einem Gebiet, das uns unbekannt geworden. Wohl, so wusste ich, mussten wir in Kurzem noch auf ein Totem, einen Wächter stoßen, den wir einst errichtet, als wir noch in weitere Fernen gesehen und in anderen Kreisen gelaufen. Ich wies den Führer der Vorhut auf den Weg dorthin. Am Wächter sollte unser Rastplatz sein, und ich wollte mich dort beraten. Mit dem Weiser und mit Ludo. Und wer wusste es schon, ob nicht auch mit Raahael und Mirjam. Und wer wusste überdies, ob nicht auch mit Esther und Cramalla und welchen Gespenstern immer, die getreulich mich nicht verließen, die in mir wohnten und die mich besaßen.

Hinter mir, ich spürte es zunächst eher, als dass ich es hörte, war Unruhe. Ich wandte mich um. Rund um den Karren, in dem Mirjam und Raahael saßen, hatte sich eine Rotte gebildet. Wohl war der Zug nicht stehengeblieben, doch hatte sich um den Karren ein Kreis weniger Krieger gebildet, die dabei weiterliefen. Ein erregter Disput schien im Gange, doch hörte ich von hier nur ein ungestaltes Lärmen. Ein seltsames Bild! Wie schwebend schienen Mirjam und Raahael inmitten des Kreises der Halbzerlumpten, denn der Karren war kaum zu sehen, aneinandergeschmiegt, sich bergend, doch andererseits ohne Angst und erhobenen Hauptes. Von hinten sah ich langsam den Weiser heranreiten. Und auch ich ritt heran, schneller, zu erkunden, was es gäbe, denn dieses durfte nicht sein auf dem Marsch und nicht im Lager, nirgends.

Als mich die Rotte bemerkte, traten die meisten von ihnen zögerlich, wie mir schien, doch immerhin, vom Karren zurück in die Marschordnung. Noch wirkte die Magie des Amtes, die des Kommandanten des letzten Gefechts. Einer freilich, wiewohl mich bemerkend, schrie weiter auf Mirjam und Raahael ein, wie von Sinnen zornig offenbar, kaum verständlich. Eine Entladung, die mir gefährlicher schien, als es der Verkehr von Laila mit jenem Krieger jemals hätte sein können. Es war einer jener schweigsamen Jünglinge in den Kohorten, denen Regung sonst kaum anzumerken war. Er mochte im Alter meines Sohnes sein. Ich hatte ihn schon als Führer eines Trupps eingesetzt, der uns Nahrung schaffen sollte oder Gerätschaften aus den Ruinen der Gehöfte und Dörfer. Ein weit gefahrvollerer Auftrag, als man denken konnte, ein Auftrag, der Umsicht, Planung und Entschlusskraft erforderte. Es waren diese Männer sorgfältig auszuwählen, denn in mancherlei Läuften konnte für uns alle viel davon abhängen, dass sie ihren Auftrag sicher erfüllten. Zwar hätte ich daher vor mir nicht gesagt, dass mich dieser Auftritt erschreckte. Doch schien mir geraten, den Dingen auf den Grund zu gehen. Zumal mich beunruhigte, dass Raahael offenkundig nicht nur betroffen, sondern tatsächlich einbezogen. Und wann wäre Raahael, seit ich sie kannte, einbezogen gewesen worein auch immer? Oder hätte sich selbst, so mochte es stimmen, tatsächlich einbezogen, innerlich berührt? Doch was war nun seltsamer für mich, dieses jetzt oder jenes sonst? Mochte sein, dass uns stets der Wechsel beunruhigte und aufstörte. Und dass Gleichmaß uns nicht seltsam erscheinen konnte, weil wir im Gleichmaß keinen Sinn dafür hatten, die Seltsamkeit wahrzunehmen.

War unser Kampf gegen die schwarzen Heere seltsam? Ohne Nutzen vielleicht und ohne Ziel und ohne Sinn, aber seltsam? Unser Marsch? Ich erwartete nichts von ihm, dennoch waren wir unterwegs, und seltsam erschien es mir nicht. Seltsam schien mir eher, dass der Weiser, auch Ludo wohl etwas erwarteten davon. Aber vielleicht hatten diese jenes Gleichmaß verlassen, oder sie waren in einem anderen angekommen.

Der Weiser selbst war mittlerweile selbst herangekommen. Wie häufig in solchen Situationen schien er mir weder überrascht noch gar ärgerlich oder ängstlich. Neugierig wohl. Begierig, seinem Wissen, den Geschichten in seinem Kopf, seinen Gesichten und Erfahrungen und Erlebnissen ein Neues hinzufügen. Einen Splitter, einen Mosaikstein, doch zu welchem Bild am Ende, solches fragte ich mich oft.

Der Krieger immerhin, der Junge, war ruhig geworden, als der Weiser erschien. Ich hatte schon angesetzt, als Kommandant des letzten Gefechts harsch dazwischen zu gehen. Doch als ich des Weisers Miene sah, hielt ich mich zurück noch für den Moment. Der Bursche sah den Weiser an, scheu schien mir, verlegen wohl, wie es in der Jugend und auch später geschehen kann nach heftigem Ausbruch, doch erwartungsvoll auch. Und warf wohl auch einen Blick auf Raahael, schnell und verborgen, und nur ich bemerkte es. Oder ich nur war derjenige, der es bemerken wollte. Der Weiser aber schwieg. Und dieses Schweigen schien sich auszubreiten wie ein Teppich, der sich sachte auf die Kohorten legte. Alles war längst zum Stehen gekommen. Alles jedenfalls um den Karren herum und hinter dem Karren her. Die Vorhut selbst war wohl weitergezogen, ich sah sie nicht mehr.

Der Weiser sah. Wartete. Schwieg. Ich selbst wartete. Und es zeigte, dass wir, die wir älter waren, das Warten gelernt hatten. Und wie hätte es anders sein sollen, da uns in diesen Nicht-Zeiten das Warten selbst zum Leben geworden war und das Leben zum Warten. Längst war es schließlich keine Frage mehr, worauf wir warteten. Auf das letzte Gefecht oder eben darauf, dass es nicht kam, es war gleich.

So begann denn der Junge zu sprechen. Stockend zunächst und verlegen, dann immer fester und schließlich beinahe in der Art jenes Furors, der mich auf die Szene aufmerksam gemacht. Dass die Kohorten, deren Teil er sei, gehorsamsgewohnt und in den Kämpfen erprobt, zu schweigen nicht erst gelernt hätten. Sondern dass Schweigen ihr wohlbehütetes Erbteil sei. Dass es aber nicht angehe, wenn die Ordnung und die Befehlsgewalt, wo nicht unterhöhlt, so doch unklar werde. Es mochten die Kohorten ins Gefecht geführt werden oder auf diesen Marsch. Es mochten die Sommer gehen und die Winter kommen. es sei recht, wie es sei. Doch habe sich seit der Ankunft jener – und er wies auf Raahael – auf unserem Hügel etwas verändert. Es sei Unsicherheit in die Kohorten geträufelt. Unstet seien und abwesend der Weiser und der Kommandant des letzten Gefechts. Ein jeder sehe die Macht, die jene über Mirjam ausübe. Ein jeder spüre, dass jene Befehle und Entscheidungen und Pläne beeinflusse. Jeder, der in die Nähe des Karrens komme oder zu seiner Bedeckung kommandiert, gerate in unheilvollen Bann. Nathanael verschwunden. Laila verstoßen. Wäre selbst diese Verstoßung richtig und dem Gesetze gemäß, so hafte der Verbannung doch etwas Unklares, Unsauberes an, das vor dem Erscheinen Raahaels so nicht existiert. Es lösten sich die Dinge auf. Es seien die Dinge nicht, wie sie zu erhalten wir berufen. Es sei jene eine Hexe und – wer wisse es schon? – ob nicht eine, die von den schwarzen Heeren gesandt. „Eine Hexe!“, schrie der Krieger, und verstummte.

Eine Weile war Schweigen. Dann begann der Weiser zu reden, leise, freundlich, fast wie zu sich selbst. Dass er verstehe, dass das Auftreten Raahaels Unruhe fördere. Unruhe entlade sich bei den jungen Kriegern in Zorn und unbedachtem Reden und unbeherrschtem Tun. Er selbst sei unruhig. Doch wisse er, dass die Unruhe die Saat anzeige, die aus der Erde breche. Es sei gut, wenn Saat aus der Erde breche. Doch sei hierfür wieder Geduld vonnöten. Und mehr als Geduld: die Kraft zur Verharrung. Zur Lähmung fast oder zum Anschein der Lähmung. Er, der Krieger, müsse wissen, dass das Erscheinen Raahaels mitten unter uns das Zeichen, nicht die Ursache des Aufbrechens sei.

Aber, so fuhr der Weiser fort, jetzt bestimmter und herrischer auch, wie er den Ton auch anschlagen konnte so wie manche andere, das ändere nichts daran, dass er, der Krieger, die Ordnung der Kohorten gröblichst verletzt. Raahael und Mirjam stünden unter dem Schutz des Kommandanten des letzten Gefechts, und er, der Krieger, sei zum Schutze kommandiert. Geschehen aber sei Verletzung des Befehls, ja, offener Aufruhr. Dass dies nach dem Gesetz des Krieges und der Schlachten Strafe verlange, nach Korrektur schreie, wisse er, der Krieger, der in Schlachten und Befehlen und Gehorsam erprobt, besser denn einer. Es möge also, der Weiser sah mich an und senkte die Stimme erneut und fast in jenen Ton des Behagens, in dem er seine Geschichten wob, der Kommandant des letzten Gefechts entscheiden.

Entscheiden erneut. Dieser Abschnitt des Marsches, so schloss der Weiser abrupt und ungerührt, möge wohl einer des Entscheidens und Strafens sein.

So war denn ich an der Reihe, und ich nahm es auf mich ungescheut. Ich ließ den Krieger binden und schickte ihn mit Bedeckung nach vorne. Am Rastplatz, dem wir uns näherten, würde ich der Sache auf den Grund gehen, kurz und schnell.

An sah ich Raahael. Sie, die mir eben noch in heftigem Disput mit dem Krieger verwickelt zu sein schien, wirkte ruhig und wie in sich gekehrt. Mirjam dagegen saß hochaufgerichtet und blickte wie von hochmütigem Abscheu erfüllt. Ich kannte den Blick wohl, so gab ich nicht weiter Acht darauf. Ob ihnen etwas geschehen sei, fragte ich, und es war mir selbst die Sinnlosigkeit der Frage peinlich bewusst.

„Nein, Herr, alles geht nach der Ordnung. Es kann ja ohne dieses nicht abgehen auf diesem Marsch. So hat der Junge nichts getan, als was nach Notwendigkeit geschehen muss. Bedenket dieses, wenn ihr richtet."

Wieder war dies eine Antwort, die mir Unwillen machte. Dieses seltsame Widerspiel immer wieder aufs Neue. Auf jeden Wink war ich begierig vorher. Von jedem Wink war ich enttäuscht, wenn er geschah. Gefangen war ich, so schien mir, in einem Strudel, dem zu entrinnen desto unmöglicher, je länger er währte. Und die Kreise dieses Strudels wurden enger und damit schneller, und wer mochte wissen, wohin der Schlund, der im Zentrum unweigerlich wartete, mich reißen würde. Aber vielleicht ging ja auch dieses nach der Ordnung. Not tat, zu tun, was nun einmal zu tun war. Ob wir auf dem Marsch waren oder nicht. Auf unserem Hügel oder nicht. Ob wir uns beschliefen oder nicht. Ob wir uns liebten oder nicht.

So tat ich es. Ich stellte eine neue Abordnung zur Bedeckung des Wagens. Und trieb diesen Teil der Kohorte, es mochte die Hälfte unserer Schar sein oder mehr, an, die Lücke zur Vorhut zu schließen. Es war durch das Ereignis die Lücke größer geworden, als es gut war für einen Marsch. Zumal in den Umständen des Kämpfens und Schlachtens, in denen wir uns befanden. In Lücken stieß der Feind. Lücken vereinzelten und machten es leicht, selbst eine größere Streitkraft als die unsere mit wenigen Reitern zu zerreiben. Und an Reitern, wie an allem anderen, hatten die schwarzen Heere keinen Mangel. In den Lücken waren die schwarzen Heere, sie waren ja da, auch und gerade, wenn nicht wir sie sahen und nicht ihr Wirken spürten.

Ich war nach vorne geritten, um den Weg zum Rastplatz nicht zu verfehlen. Wir waren seit vielen Sommern hier nicht mehr gewesen, nicht wenige in den Kohorten mochten es nie gewesen sein. Von dem Weg, den wir gingen und der kaum mehr einer war, zweigte, hügelan, ins Gestrüpp hinein und durch kahle Baumstämme hindurch, wiederum ein Pfad, erkennbar nur noch dem Auge des erfahrenen Kundschafters, der ich einst gewesen. Wir hatten, als die schwarzen Heere noch ferner, viele solcher Plätze und Punkte angelegt, als wir noch nicht einmal gewusst, dass die zeitliche Zeit längst der Nicht-Zeit gewichen. Oder, wie es bei Ludo gewesen, jene Nicht-Zeit, die sich fast noch wie zeitliche Zeit angefühlt. In jenem Sommer freilich – oder waren es deren mehrere gewesen, ich wusste es nicht mehr und wollte es nicht wissen – waren ebendieser Pfad und manche andere noch nicht verwildert. Freilich tat das nichts, wir würden auch so nach oben gelangen, es kam auf den Pfad nicht an.

Mit den Karren freilich würde es nicht gehen und wäre es vordem nicht gegangen. So ließ ich die Kohorten hier zusammenlaufen, wie Wasser vor einem Damm sich staute. Ich ließ einige Männer zur Bedeckung zurück und ging voran. Es ging steiler nach oben als mir erinnerlich. Der Kamm erschien in greifbarer Nähe, nur einige Mann hoch weiter oben, doch schien er nicht näher zu rücken, und immer, wenn ich den Anstieg bewältigt glaubte, machte der Weg eine Biegung, und vor uns lag neu eine Steigung. Aber es war dies in diesen Hügeln nichts Sonderbares immer, es war an vielen Hügeln so, und deshalb auch hatten wir auf den Plateaus unsere Plätze errichtet.

Schließlich aber war es geschehen, und als erster stand ich auf dem Platz, den so lange ich nicht gesehen und von dem so lange ich nicht geschaut ins Land hinaus, ins ferne, ins weite, ins grüne Land, auf dem die Sonne lag und das der Regen schmeichelte und koste. Die Bäume gingen hier bis fast an den Rand der Kante, doch schob sich eine Klippe hinaus, die frei war und ins Tal hinein zu schweben schien, ein Stotzen, wie er hier nicht selten war, von den Wassern und Winden herausgemeißelt aus steinerner Masse, die längst vergangen und zu Staub geworden und weggeweht. Als hätten jene Massen nur diesen Sinn gehabt – zu vergehen, damit dieses bliebe. Dort, wo sich der breite Fels ins Tal hinausschob, am Eingang der Klippe, hatten wir vordem einen unserer Wächter errichtet, mühsam. Hatten Steine so gehöhlt, dass sie auf einen Stamm senkrecht zu schichten waren, ein schmaler Leib wie von granitenen Perlen und oben freilich mit einem Kopf, der grotesk fast in die Länge gezogen. Anders als jener Wächter, den ich auf meinem einsamen Ritt passiert (wann war dies gewesen?), war dieser Wächter grazil und zerbrechlich, fast schien er Trauer in sich zu bergen und sah doch weit hinaus. Auch war der Stamm längst morsch geworden und die tiefrote Farbe, mit welcher der

Kopf bemalt, ausgewaschen, doch hielten die Steine die Ordnung noch, zäh und wie von innerer Kraft gehalten.

Ich selbst suchte die Horizonte ab, wie ich es immer tat an diesen Plätzen. Immer betäubte dieser Blick und blieb doch stets unbefriedigt, verhieß etwas, was er einlösen nicht konnte, erkannte die Ferne, die Ferne doch stets blieb. Von der Ferne und Weite blieben stets wir getrennt. Stets getrennt freilich wie von dem, was hinter uns lag. Denn wusste ich auch, dass vor Sommern ich hier gestanden, wie jetzt ich es tat, so war am Ende dieses Wissen tot und leer, unwirklich, körperlos, ungreifbar. Dennoch war es ein guter Platz zum Rasten und Ratschlagen und Richten.

Kurz nur hatten diese Gedanken gedauert, und als ich mich drehte, erreichten die Nachfolgenden das Plateau. Raahael war an der Spitze. Ihr Gesicht, unbemalt heute, wie wohl – erst jetzt fiel es mir auf – schon während des ganzen Marsches, war von einer sanften Röte überzogen. Es mochte ihr der Aufstieg zu schnell geraten sein, denn wenn auch die nächsten der Unseren schon zu hören waren, so hatte sie doch einen Vorsprung. Die Farbe in dem blassen Gesicht rührte mich, ich hätte nicht zu sagen gewusst, warum, und etwas machte mich beklommen. Beklommen aber macht das Unausweichliche, das man sieht und von dem man weiß, dass man ihm nicht entkommt, und was wäre hier unausweichlich gewesen? Zuviel Gedanken, wie lange schon. Armut an Taten. Auch dieses harrte der Klärung durch den Weiser und Ludo vielleicht, es war nicht immer so gewesen. Ich trat auf den Wächter zu. Steinernes Sein, in sich verschoben, doch fest gegründet immer noch. Wir hatten die Wächter errichtet, als wir ahnten, dass die zeitlichen Zeiten zur Nicht-Zeit geworden waren und der Feldzug begonnen hatte. Keiner hätte es je zu bestimmen gewusst. Dass die schwarzen Heere schon heraufzogen, wenn auch noch in fast unwirklicher Ferne, nahmen wir dafür, aber ob eines das andere bedingte, ob eines auch nur entfernt mit dem anderen zusammenhing, es war stets im Dunkel geblieben. Und ob dieses Dunkel ein Licht noch je erreichen, wen mochte es kümmern? In den Wächtern erkannten wir uns, und doch überragten sie uns. Die Wächter markierten unsere Grenzen, und sie wiesen zugleich darüber hinaus. Die Wächter schützten, und sie gemahnten uns zum Kampf. Nach den Schriften und den Häusern, nach dem Lieben und den Äckern, nach den Geschichten und Deutungen, den Sehnsüchten, den Ahnungen, den Wünschen, nach den Gefechten und Niederlagen, den Träumen, dem Brot, dem Wein, in der Kälte der unbehausten Winter und der Glut der trockenen Sommer blieben die

Wächter, und ich liebte sie dafür. Die Wächter waren die Nicht-Zeit selbst. Wir konnten nicht sein ohne sie. Doch wie konnten wir sein mit ihnen?

„Schnell seid ihr angestiegen, Herr. Ihr liebt diesen Platz. Es ist gut, wenn ihr liebt. Doch eilt euch nicht. Eilt nicht zu sehr. Noch lange ist der Marsch." So sprach nun Raahael, und es fiel mir der Ton auf diesmal, denn so zuletzt hatte sie gesprochen im Hause jenes Herrn.

„Es ist gut, dass du gekommen vor den anderen", entgegnete ich. „Denn bald ist es an dir, das zu tun, wozu du dich erboten. Der Weg ins Winterlager, hinauf zu deinen Stämmen im Nordosten, ist uns von hier nur grob noch, nur der Richtung nach bekannt. Wir kennen den Weg nicht und nicht die Steige. Du wirst jetzt der Kundschafter und Finder uns sein. Alleine sein, da Zechiel nicht mehr bei uns. Auch sind die schwarzen Heere nah, doch wissen wir nicht, wie ihnen geschickt zu entkommen. Da wir uns zum Entkommen nun einmal entschieden, ob zu Recht oder nicht. Genauso gut mochte es ein, dass wir hier ihrer harrten. Doch ist nun eben der Marsch die Schlacht für diesmal, und so sei es."

„Ihr würdet den Weg auch finden ohne mich, Herr. Der Marsch ist, was euch aufgegeben. Ihr wisst es, auch wenn ihr es nicht wissen wollt. Noch nicht. Vor mir nicht. Vor dem Weiser nicht und Ludo nicht. Doch geleite ich euch gerne. Manchmal ist Geleit willkommen auch dem, der keines braucht. Und Zechiel wird wiederkehren bald. Und mit ihm Nathanael. Doch bitte ich um eines euch: schont den Jungen! Er ist treu euch. Und wird es um ein Vielfaches euch sein."

Der Weiser tauchte nun am Rande der Bäume auf, mit ihm die Vorhut. So dachte ich nicht weiter nach, warum immer wieder gerade Raahaels Sicherheit Ärger mir machte. Warum dieses aufeinander folgte, diese seltsame Anziehung, die von Raahael ausging wie ehedem von Esther – und doch gänzlich anders –, der Ärger, die Sprachlosigkeit und Entfernung und die Anziehung wieder. War mir, war uns alles zum Kreis geworden, aus dem es kein Entrinnen gab? Und liefen wir am Ende auf diesem Marsch nur in einem großen Kreis? Aber selbst wenn, was würde es bedeuten? Und was ändern?

Erstmals kam mir der Weiser abgezehrt vor inmitten der Krieger, die wohl abgerissen erschienen, doch strotzend und gleichmütig. Allein, ich mochte mich darin täuschen. Was mochte unter dem Anschein lodern, was konnte herausbrechen, wie es aus dem Jungen am Fuße des Hügels ausgebrochen? Ich wusste es nicht. Vielleicht freilich sah der Weiser, wie er aussah schon immer, und ich allein sah ihn anders, da Raahael neben mir stand.

Der Weiser. Der Weiser war immer schon dagewesen, vielleicht schon in den zeitlichen Zeiten. Freilich konnte das nicht sein, denn natürlich war der Weiser, und sei es nur in den Läuften, derer ich mich erinnerte, im Sommer mit Cramella nicht da gewesen. Und doch auch wieder. Wie mochte das angehen, dass einer da war und auch nicht, gleichzeitig, zumindest meinem Kopfe nach? Und wie überhaupt wurde einer Weiser? Ich wusste es nicht. Ich war es nicht. Ich würde es nicht sein. Ich war der Kommandant des letzten Gefechts und würde es bleiben, wenn ich es nicht mehr war. Der Weiser trug Gesicht und Bart und Hut des Ostens. So jedenfalls, wie der sich in meinem Kopf gebildet, nach den Erzählungen an den Feuern von wem auch immer. Es schien, diesem Gedanken folgend zwei gerade Schritte wenigstens für diesmal, als wäre der Weiser aus der Steppe herbeigeweht. Eine Geschichte und selbst voller Geschichten, wohl eine Geschichte, die er selbst immer neu erzählte und dadurch er selbst wurde. Konnte ich den Weiser entbehren? Konnte man etwas entbehren, das ohnedies immer da? Konnte sich die Frage stellen? Von Ludo, so zog es mir jetzt wie Ahnung durch den Kopf, mochte ich einiges zu des Weisers Geschichte gehört haben. Dass er wohl selbst zum Kommandanten bestimmt und Kommandant gewesen. Doch hätte falscher Entschluss seinen Kohorten den Tod gebracht großenteils. Worauf er – der Weiser – verschwunden und als anderer dann wieder erschienen. Wer mochte das glauben, wer das denken?

DER Sommer mit Cramalla. Cramalla hatte, nachdem der Gnom seine Aufgabe erfüllte, die Paarung sich gewünscht, doch hatte ich erst dies verstanden, als dann bei Ludo ich eingeführt worden und eingefügt in die Kohorten, die sich rüsteten gegen die schwarzen Heere. Wenn es auch, wie mir nun, als dem Kommandanten des letzten Gefechts, scheinen mochte, eine eigenwillige Eingebung wohl gewesen sein mochte. Und in manchem anders, als ich selbst handeln würde. Vielleicht war es aber gerade deswegen jene Eingebung, deren ich bedurft. Sei es so, sei es anders, es war ja gleich und änderte nichts.

Der Sommer, der Mondlauf eher mit Cramalla also. Rasch hatten wir eine Sprache gefunden, was mir damals gewöhnlich erschien, es aber, wie ich heute wusste, nicht war. Manches war mir gewöhnlich erschienen und somit nachlässig zu handhaben, und manches womöglich wäre wohl anders geworden, wäre mir schon in den zeitlichen Zeiten oder an deren Rand das scheinbar Gewöhnliche so rätselhaft und undurchdringlich erschienen, wie es mir heute erschien. Freilich mochte auch dieses eine Illusion sein, denn was wäre, wenn mir das heute Rätselhafte nach der Ankunft bei den Stämmen im

Nordosten wieder gewöhnlich erscheinen mochte und das scheinbar Rätselhafte mir vorkäme wie ein Spuk, ein Nachtgespinst aus Traumfäden, verworren vielleicht, aber mühelos zu durchschneiden?

Misstrauisch war der Narr mir gegenüber geblieben, und hatte er nicht recht damit gehabt? Doch hörte Cramalla nicht auf ihn, denn wohl stand ihr, nach Winter und Frühjahr und dem Anstieg des Sommers, den sie einsam mit dem Gnom in diesen Triften verbracht, der Sinn nach mir. Oder besser nach jemandem, der ich jedoch nicht sein musste und nicht sein konnte, allerdings war ich es gewesen, der erschienen. Mir selbst war das Misstrauen des Gnomen gleichgültig, wenn es mich nicht sogar kitzelte und mir ungesundes Behagen bereitete, da ich sah, dass es für diese Momente des Mondlaufs ohne Wirkung bei Cramalla war. Oh, wäre mir, wäre uns des Narren Fühlen zur Warnung geworden! Vielleicht, so ging mir die Ahnung, bezahlte Cramalla für Esther, ohne es zu wissen, vielleicht bezahlte ich Cramalla mit Raahael, ohne dass diese es wusste, vielleicht zahlten und nahmen wir ein unser Leben lang, und vielleicht zahlten wir am Schluss alle mehr, als wir je hätten einnehmen können. Nichts glich sich aus auf Dauer und am Ende, das stand mir fest. Doch wohin der Überschuss ging, wer ihn verbuchte als stetig wachsenden Gewinn, dieses wusste ich nicht.

Heiter war er mir gewesen, der Mondlauf mit Cramalla, heiter war er mir erschienen. Ich tat, was mir durch den Sinn kam, und wie es mir schien, wollte Cramalla stets dies. Wir durchstreiften die Triften in den letzten Strahlen des Sommers. Oft hielten wir Rast auf einer Klippe, deren uraltes Gestein die Wärme aufgesogen. Wir badeten im erdig-würzigen uralten Duft des Waldes, ein sattes Räkeln und Dehnen, wir fügten uns ein in das, was war. Umstandslos entblößte ich einmal auf jener Klippe Cramallas Brust, ohne Gier, nur, um die Brust in Händen zu halten, besitzend, und sie ließ es geschehen. Selbstverständlich scheinbar und selbst wie ohne Lust, doch wusste ich später, dass dem nicht so war und dass sie die Selbstverständlichkeit schmerzte und dass sie Gier gern gespürt hätte bei mir und Lust und Geilheit und meinen Schmerz. Wir redeten, hin und her, ein treibender Korken, angenehmes Geplänkel. Worüber zu reden gewesen, vielleicht, darüber redeten wir nicht. Erst selten, dann nicht mehr, begleitete uns der Gnom. Er fügte sich, doch hieß er es nicht gut und hatte recht. Die Gnomen, die Narren! Wahr waren stets die Märchen, die uns einst gesungen. Ich wusste nicht, wie Cramalla an den Gnom gekommen. Vielleicht war er stets so da gewesen, wie der Weiser stets um mich, um uns, um die Kohorten gewesen. Der Gnom war der Einflüsterer Cramallas. Sie war seiner bedürftig. Er war ihrer bedürftig, nicht lebensfähig ohne sie. Es war folgerichtig, dass er gegen mich war, doch war sein Lebenswille nicht der einzige Grund. Der Gnom hatte keinen Namen, zumindest hätte ich keinen gehört, es sei denn, der Gnom hieß Narr, und das war er schließlich auch.

Umhergezogen war Cramalla vordem mit dem Narren, so wie ich herumgezogen. So vielleicht, wie Zechiel herumgezogen, wie Raahael vielleicht, wie jetzt die verlumpten Horden überall und am Schluss so auch wir. Mit den schwarzen Heeren als Kulisse, die alles umschloss, als Gefahr, die alles durchsickerte, ohne dass die schwarzen Heere auch nur von ferne schon sichtbar gewesen. Wir hatten zusammen also einen Mondlauf verlebt. In der Nacht, bevor ich aufgebrochen, und der Tag war uns bestimmt, drängte es mich, ich wusste nicht warum, Cramalla zu beschlafen. Doch gelang es mir nicht, in sie einzudringen, und es war dies ein neuer Schmerz, den ich zufügte. Noch einmal war mir Cramalla dann begegnet, und lange hatte ich sie vergessen, scheinbar. In meinen Träumen und Gedanken war sie nicht erschienen, als weigerte sie sich, und es mochte dies zu ihrem Besten gewesen sein. Es mochte der Gnom ihr dazu geraten haben, und erneut hatte er recht damit und Erfolg denn wohl auch. Seit aber die schwarzen Heere anrückten, seit die Kundschafter Drohliches berichteten, seit wir die letzten Kohorten auf unserem Hügel zusammengezogen, waren sie da in meinen Gedanken, die zwei Kreise mit Esther und Cramalla und Ludo und Ferencz, dem schwarzen Priester meiner Jugend, und wer noch alles sich einstellen mochte und Auskunft von mir begehrte, die geben ich nicht konnte, wie Auskunft ich verlangte, die nicht ich bekam.

Ich trat an den Wächter heran und der Weiser tat es mir gleich. Raahael war in den Momenten wohl, da mir Cramalla durch den Sinn gezogen, von mir gewichen, und ich sah sie nicht. Auch Ludo trat nun heran. Ein Teil der Kohorten hatte sich auf der kleinen Fläche vor dem Wächter versammelt, der Rest lagerte im Wald. Ein friedliches Bild und zugleich ein kräftiges, es machte mir Freude.

Ich gab die Anordnungen, die zu Rast und Lager zu geben waren. Auf eine Eingebung hin stellte ich eine kleine Ration an Rauschgetränk in Aussicht. Was Ludo, wie ich sah, missbilligte. Was bei den Kohorten aber kaum laut geäußerte, scheinbar gleichmütige, doch mir spürbare Befriedigung, die Erwartung nahender Befriedigung hervorrief. Seit je hatte Rauschgetränk einen dem Geschlechtsverkehr vergleichbaren Zweck und wurde von den Kundigen so verwendet. Da wir den Kohorten den Geschlechtsverkehr aus gutem Grunde verboten, schien mir die Zuteilung von Rauschgetränk –

sparsam, doch stetig – geboten. Solange wir denn überhaupt noch darüber verfügten. Aber am Ende waren dies nachgeschobene Überlegungen, ich gestattete das Rauschgetränk, weil es zu gestatten mir in den Sinn gekommen.

ES WAR der gute, der richtige Platz für die große Beratung. Der Weiser war da und Ludo, hinzu zog ich erfahrene und kampferprobte schweigsame Hauptleute. Und ich gab Anweisung, nach Raahael zu suchen und sie herzugeleiten. Erstmals sollte sie – und erstmals für alle sichtbarlich und von mir dazu befohlen – an einer großen Beratung teilnehmen. Ich hätte selbst mir beantworten nicht können oder wollen, was ich mir davon versprach und ob nicht ich es bereuen würde. Freilich, was gäbe es, was an irgendeinem Punkte wir nicht bereuten, und am Ende bereuten wir die Reue selbst.

Die Teppiche waren vor dem Wächter schnell ausgelegt, und wir ließen uns nieder. Es trat auf Raahael. Sie hatte – mir schien: erstmals, seit wir den Hügel verlassen – das Gesicht wieder weiß getüncht, die Augen schwarz umrandet, die Wangen gezeichnet mit den schwarzen Linien. Dazu war sie gewandet in ein schlichtes schwarzes Kleid, von dem ich nicht wusste, wie sie es mit sich geführt. Jung erschien sie mir und priesterlich, und das war es wohl, was sie wollte nun. Doch wusste ich nicht, warum dieser Auftritt in diesem Moment, es verwirrte mich kurz, und sie gefiel mir sehr.

Ich spürte, dass ihr Auftritt Eindruck machte auf die Kohorten. Nichts war außergewöhnlich, nichts war laut, doch war mir, als schlössen sich die Kohorten wie zu einer Mauer, und Feindseligkeit brandete mir heran, wie sich eine Woge brach. Ich bereute flüchtig, Rauschgetränk versprochen zu haben, doch schob ich den Gedanken hinweg, es änderte das eine nichts und nichts das andere. Ich würde späterhin Gericht halten müssen über den Jungen, und ich würde diese Feindseligkeit, die sich gegen Raahael mächtig regte offenkundig, in meinem Spruch zu berücksichtigen haben. Wie und zu welchem Ende, das wusste ich nicht.

Ich ließ den Korb mit Brot, den Becher kreisen, wie es guter Brauch vor jeder Beratung. Außen saß Raahael, doch sie saß, und als sie Korb und Becher erreichten, tat sie wie alle anderen. Es rührte mich das Einfache und Selbstverständliche, und zugleich störte es mich, dass es ihr selbstverständlich, doch ging ich darüber hinweg. Etwas änderte sich.

Guten Weg, so begann ich dann, hätten wir gemacht gemessen daran, wie fern uns unser Hügel bereits sei. Die Kohorten marschierten in guter Ordnung nach dem Gesetze. Doch sei dies ein Geringes nur, gemessen wiederum an dem, was auf dem Marsch zu den Stämmen im Nordosten noch vor uns liege. Schon binnen kurzem würden wir den Kreis, in dem wir uns bewegt, die Kreise verlassen, in denen in die Schlachten wir gezogen, in denen große Niederlagen wir erlitten und kümmerliche Siege errungen und in denen wir glücklich gewesen, wenn wir davongekommen mit nacktem Leben. Die schwarzen Heere seien nahe. Wir hätten Verluste. Und wir wüssten nicht, ob und wann wir hier oder woanders mit den schwarzen Heeren zusammenträfen. Wir sollten den weiteren Marsch festlegen, und es werde Raahael, da am ehesten des Weges kundig, uns dabei helfen.

Es sei ihm jetzt, so hob der Weiser an, vom Planen zu viel die Überlegung. Wir seien unterwegs und, eben da unterwegs, auch auf dem rechten Weg zu den Stämmen im Nordosten.

Gut sei es, so darauf Ludo, tatsächlich, dass wir unterwegs seien. Auch er verspreche sich vom Winterlager bei den Stämmen im Nordosten einen Zuwachs an Kraft, der uns vielleicht – vielleicht – auf eine neue Stufe an Erkenntnis hieve. Und auf ihr, wer möge es wissen, möge es glauben, eine Sicht, die unseren Kreislauf, diesen nicht mehr geänderten, durchbrechen möge. Gleichwohl: Wir hätten jenes ferne Winterlager noch längst nicht erreicht, und so seien des Planens sehr wohl wir bedürftig. Dieser Herbst werde bald schon in den Winter sich neigen. Unsere Vorräte seien knapp. Es sei schwer, allein reines Wasser zu finden. Gewiss mochte es scheinen, als hätten wir guten Weg gemacht. Doch ebenso gewiss mochte es ihm scheinen, als ob dies ebendies sei: ein Schein, in die Länge gezogen von unseren eigenen Hoffnungen und Wünschen und Träumen und Gesprächen, eine Länge, die dem wahren Weg, den wir zurückgelegt seit dem Hügel, nicht entspreche.

Es war der alte Heerführer, der aus Ludo sprach, gewohnt und erfahren, die Dinge zu nehmen, wie sie waren ihrer Oberfläche nach. Und war es am Schluss nicht immer die Oberfläche, die am Ende zählte und das Geschehen bestimmte? Es ging nach Notwendigkeit, und waren nicht unsere Träume und Hoffnungen selbst ein Ausfluss davon? Ein Abkömmling des stets Zwingenden in anderem Kleide. Was wären mir meine Gedanken um Esther und Cramalla und Raahael auch anderes, und wir träumten wohl und woben am Ende alleine, um der Notwendigkeit, der Oberfläche der Dinge zu ihrem Recht zu verhelfen.

Dass man natürlich nicht die Notwendigkeiten missachten solle, sprach da der Weiser. Doch in dieser Weise die Notwendigkeiten zu achten, heiße nicht, die Notwendigkeiten selbst für den Zweck zu nehmen. Reines Wasser sei wohl notwendig, den Durst zu stillen und das Leben zu erhalten. Doch gebe es, und Ludo wisse und habe selbst es gesagt, einen Durst, der mit noch so reinem Wasser nicht zu stillen. Selbst in uns, längst in den Nicht-Zeiten zu Hause, gebe es diesen Durst noch. Und fast sei es wie eines der Wunder, von dem das Buch Raahaels und Zechiels und der Stämme im Nordosten spreche.

Auf dem Weg, den wir noch zu gehen, werde es an reinem Wasser nicht fehlen, so sprach jetzt Raahael, und sie tat es mit leiser Stimme, doch ruhig. Stets freilich werde es knapp sein und manches Mal würden wir daran zweifeln, ob genug davon da sein werde täglich neu. Es werde aber sicher so sein. Und, wenn wir demütig dieses betrachten würden, eine Art von Fülle, nach der wir begehrten. Und die ihren Stämmen im Nordosten eigentümlich sei. Doch sei wohl vor allem geboten – sie spüre es eher, als dass sie es wüsste –, dass wir vor allem zügiger vorankämen. Vielleicht, auch dieses wisse sie nicht, sie sei ja kein Heerführer, vielleicht sei die Gefahr, welche die schwarzen Heere tatsächlich ausübten in ihren Auswirkungen geringer, als die Bedrängnis, die sie durch ihre Nähe in uns selbst auslösten. Doch auch ohne die schwarzen Heere: Es sei der Sonnenlauf fortgeschritten. Der Weg sei zu bewältigen, doch führe er noch durch unwirtliche, ungängige Landstriche. Allein deshalb sei es ratsam, das Ziel – wenn es denn unser Ziel sei – schärfer ins Auge zu fassen, als wir es bisher täten, um das Winterlager zu erreichen, bevor denn Winter uns auf dem Marsch einhole.

Ungewöhnlich war Raahaels Rede, und ein kurzes Schweigen war die Antwort. Sanft hatte sie gesprochen, und niemanden dabei angesehen, doch ihrer Rede sicher. Reglos hatten insbesondere die Hauptleute, die ich hinzugebeten, zugehört. Doch als Kommandant des letzten Gefechts spürte ich den starken Unwillen, der sich in ihnen regte, und ich konnte ihn verstehen. Wäre Raahael mir nicht nahe, würde ich fühlen wie sie.

Doch war ich Raahael nahe? Was geschah in mir, seit sie mir begegnet im Hause jenes Herrn? Und was, wenn das, was geschah ohne Zweifel, mit Raahael nichts, mit mir aber alles zu tun hatte? Und was tat mir dann Raahael? Was war sie mir?

Raahael und Esther und Cramalla. Cramalla und Esther und Raahael. Nirgends in all diesem Mirjam. Die auch jetzt nirgends sichtbar. Während meine Gedanken so sich nebelten, betrachtete ich Raahael, und ich tat es direkt. Sie sah mich an dabei, offen. Es war etwas, und es war nichts, und es zerrieb mich.

Einer der Hauptleute ergriff das Wort. Alt wohl mochte er nicht sein, doch grau in dem Lumpen, wie die meisten von uns, und graugesichtig schien er mir, hager an Körper und Gesicht und vielleicht an Geist, die Augen von buschigen Brauen wie verschleiert. Bewährt war er mir und treu, und es waren dies die ganzen Kohorten. Wer mochte schon wissen, warum sie treu waren und ob Treue auch hier ein anderer Begriff war für jene Macht, welche die Gewohnheit des Immergleichen hervorrief. Wir zogen umher und schlugen uns und kundschafteten und lagerten und aßen und flohen und manövrierten und taten es schon immer, seit die Nicht-Zeiten sich über uns und in uns und das Land und das All gelegt. Und wer mochte dann wiederum wissen, ob Treue so der den Nicht-Zeiten eigentümliche Begriff war. Aber was taten uns da Begriffe.

Er habe gehört, was jene gesprochen. Es sei manches daran zu bedenken. Doch wolle er an diesem Ort und dieser Stelle, die uns eine von Bedeutung sei, selbst wieder zu denken geben. Ich wisse wohl, dass er stets gedient in den Schlachten nach Befehl und ohne zu fragen, wie es einem Hauptmann gezieme. Auch wisse wiederum er, was er dem Kommandanten des letzten Gefechts, der ihn erst als Hauptmann ausersehen, schuldig. Doch sei ihm dieser Marsch zu den Stämmen im Nordosten, den wir nun angetreten, verrätselt. Wie anderen Hauptleuten, wie vielen in den Kohorten. Zur Schlacht und zum Gefecht führe er nicht. Ins Winterlager führe er, doch führe er uns weit aus unseren Kreisen, und Winterlager hätten wir doch stets in den Kreisen gehalten und dieses mit Bedacht und gut, um im Frühjahr, das anbrechen würde gemäß dem Immergleichen, wiederum in Schlacht und Gefecht zu ziehen. Der eigene Sohn Nathanael sei mir bereits abhandengekommen auf diesem Marsch und sei es mir nicht im Gefecht. Und es sei mehreres dieser Art geschehen, mehr, als die Kohorten gewohnt und zu enträtseln in der Lage. Und es sei alles dies in Gang gesetzt seit jene erschienen. Es möge ein Zusammentreffen sein, ein Zufall wie vieles, was uns widerfahren in den Läuften. Es sei dann das Viele so ausgegangen oder so, wie der Wind eben wehte, und gleichmütig hätten wir alle es genommen. Doch scheine ihm dieser Marsch anderes als Wind und Zufälligkeit und auch Plan. Wohl wisse er, dass über Befehl zu denken ihm nicht gezieme. Doch melde er: Es sei nicht gut, dass jene im Rat. Es sei nicht gut, dass jene führe. Es dämmere Verderben, und nicht durch Schlacht und Gefecht.

Stille herrschte nach den Worten des Hauptmanns, und sie war nicht gut. Das Erscheinen Raahaels hatte in den Kohorten mehr Unruhe gemacht, als ich gesehen. Oder wohl hatte sehen wollen. Und es war nicht gut, dass mir dieses geschah, mir, dem Kommandanten des letzten Gefechts. Doch sprachen nicht der junge Krieger und jetzt der Hauptmann das Unbehagen aus, das mich immer wieder neu anflutete, wenn ich Raahael begegnete? Mit ihr sprach? Sie begehrte? Wenn ich etwas an ihr begehrte. Begehrte wohl, doch was, blieb mir ja im Dunklen. Ich war mir nicht einmal sicher, ob es die reine Gier, die pure Geilheit war, die mich immer begehren hatte lassen. Sie begehrte also. Doch anders als Esther und Cramalla und Mirjam. Und doch immer gleich.

Ich hob an zu erwidern, ohne noch zu wissen, was. Doch kam mir Ludo zuvor. Er sprach leise, viel leiser als sonst, da seine Stimme klangvoll war und laut. Es sei, so sprach er, der alte Heeresführer, im Ratschlag erwünscht, dass die zum Ratschlag Berufenen ihr Urteil fällten, frei und ungehindert. Es sei auch erlaubt und erwünscht, wenn die Hauptleute Stimmungen, auch Verworrenes, Dunkel-Unklares wiedergäben. Es sei auch ein jeder im Ratschlag aufgerufen, alles dieses zu wägen. Wer aber in den Ratschlag zu berufen, sei allein Sache des Kommandanten des letzten Gefechts. Was die Regeln seien und am Schluss das Gesetz, obliege allein dem Kommandanten des letzten Gefechts. Und ob die Kohorten ins Gefecht zögen oder auf den Rückzug befohlen oder, wie eben jetzt, auf einen Marsch in ein neues Winterlager, alles dies sei allein des Kommandanten des letzten Gefechts Bürde. Dazu sei er bestimmt. Und er, der Hauptmann, wisse besser als alle, dass dieses in den zeitlichen Zeiten so gewesen und am Rande der zeitlichen Zeiten ebenso. Dass es erst recht so sei in diesen Nicht-Zeiten, da die schwarzen Heere heranzögen und wir in den Gefechten stünden und in Schlachten, und dass zu den Gefechten und Schlachten Rückzüge und Märsche und Winterlager und neue Erkundungen gehörten. Gerade an den neuen Erkundungen erweise sich die Kühnheit, und er, der Hauptmann, möge es bedenken. Und unter den Kohorten neu verbreiten, denn es sei dieses notwendig offenbar. Doch werde er, Ludo, solches nicht dulden.

Zumal, schloss da der Weiser an und tat es bedächtig, der Hauptmann einem Irrtum unterliege. Oder unbedacht rede zumindest. Es gebe das, was der Hauptmann unsere Kreise nenne, nicht. Es habe diese Kreise nie gegeben in den Nicht-Zeiten. Es seien die Nicht-Zeiten der Kreis, doch gebe es in diesem keine Kreise. Es möge sein, dass er, der Hauptmann, und mit ihm die Kohorten, die stete Wiederkehr des Immergleichen mit diesem Kreis verwechsele. Doch könne niemand in den Nicht-Zeiten von seinem Kreis sprechen. Wenn wir uns also jetzt auf dem Marsch befänden, geschehe dies im Kreise, den die Nicht-Zeiten zögen, wie alles andere, Gefecht und Schlacht und Tod und Verbannung, auch.

Erneut Stille. Ich sah es dem Hauptmann an, dass er mit dem, was Ludo und der Weiser ihm boten, nicht zufrieden. Doch war er am Ende Hauptmanns genug, um es ein Bewenden sein zu lassen. Für den Moment. Nicht zuletzt saßen wir hier, den Jungen zu richten, der am Ende nichts anderes gesagt, als nun der Hauptmann. Wenn eben auch seiner Jugend gemäß. Etwas brach auf, und nicht genau wusste ich, was. Ich, der Kommandant des letzten Gefechts! Freilich, es mochte hier die Sprache selbst verräterisch sein, freilich waren wir nun in einem Aufbruch. Wie wir immer aufbrachen, einerseits. Und wie wir doch ganz anders aufgebrochen, nun, auf dem Marsch, dem Winterlager zu, zu jenen Stämmen im Nordosten, von denen wir doch kaum etwas wussten. Warum also zog es mich hin? Warum den Weiser? Warum Ludo? Und warum die Kohorten wiederum nicht?

Und da war noch etwas, was mir schwer in den Worten des Hauptmanns lag. Es war Nathanael, der aus der Welt gefallen, kaum dass ich ihn zurückgerufen. Der Sohn, der verschwunden, und nicht auf noch so gefahrvoller Kundschafterfahrt. Welchen Sinn hätte dieses Kundschaften überhaupt je gehabt, so kam es mir jäh in den Sinn. Welchen Nutzen in den Schlachten hätten wir je daraus gezogen. Es war mir selbst unwirklich, wie wenig ich Nathanaels und seines und Zechiels Schicksal gedacht. Doch entsann ich mich Rahaaels Worten, als sie die Rückkehr Nathanaels Mirjam geweissagt in jener Nacht im Hause jenes Herrn. Geweissagt! Ließen wir uns weissagen also, um unsere Ängste zu dämpfen und ausfließen zu lassen aus uns? Waren wir zu Memmen geworden?

Und doch war es ja vielleicht dieses genau. Hatte der Junge nicht Rahaael eine Hexe genannt? Mochte dies auch in Erregung geschehen sein, unbedacht und ohne Wissen, so hatte sich darin doch etwas von den Ur-Geschichten, aus den Urgründen emporgezwängt, eine kleine Blase, losgelöst von den Ur-Geschichten, von denen der Weiser immer sprach.

Ur-Geschichten, die nie geschehen und doch wahr waren, so hatte der Weiser es genannt, Figuren, die nie gelebt und die doch lebten, so lange wir es taten. Ich entsann mich, dass ich mit dem Weiser auf Fährtensuche gewesen und wir, von einem Unwetter überrascht, in einer Höhle Zuflucht gesucht. In unserem Kreise – es war ja unserer Kreis, wie ich ihn verstand, und dieses mochte vom Weiser sich unterscheiden durchaus – gab es viele dieser Höhlen. Vor den zeitlichen Zeiten schon mochten sie Stätte gewesen sein von Horden, die umherzogen, wie wir es wieder taten. Wer also mochte wissen, was in jener Höhle bereits geschehen an Opfer und Kult? Aber mehr noch simpel an wenig Mahl und Beischlaf und Frost und Hunger und Langeweile in den Wintern und den Nächten? Die Höhle war geräumig genug gewesen für unsere Pferde und uns, ein Feuer war schnell gemacht gewesen und der Wegzehrung war reichlich. Es tat also nichts, wie lange das Unwetter dauerte und wann wir zurückkehrten zu den Kohorten. In einer solchen Höhle also schon mochten jene Ur-Geschichten erzählt worden, mochten jene Ur-Figuren erstanden sein, an den Felsen, in den Köpfen, an den Feuern. und der Weiser hatte sie, sich zum Vergnügen, mir zum Rätsel herbeigerufen. Den Stiermann. Den Lehmmenschen. Das Bockswesen. Den Donnerzauberer, die Blitzfurie. Und eben die Klebegöttin, die Scheinehexe, die schwarz leuchten und locken konnte, wie konnte dieses sein, die Sirrefrau, übernatürlich weißen Angesichts und mit Drachenkrallen und dem Spinnennetz. Wehe dem, der der Sirrefrau zu nahe gekommen und, so hatte der Weiser erzählt und es mit Behagen getan wie es seine Art, noch immer kam. Denn die Sirrefrau und die Klebegöttin seien ewig. Den Bannkreis überschritten aus Neugier und Spielsucht, und es sei unweigerlich um den Kecken geschehen. Nichts löse ihn dann mehr, und das Spinnennetz sei wie aus Tauen geflochten. Keine Kraft des Verstandes, nicht Einsicht und Erfahrung und Tüchtigkeit und Ehre hülfen dann mehr. Nur die Einflüsterung von oben und außen, dass das Spinnennetz ebendieses: ein Spinnennetz und die Sirrefrau, wiewohl wahr, so doch nicht wirklich. Es geschehe dieses häufig, doch manchen auch nie. Und entschieden sei nicht, welcher glücklicher am Ende. Wahr und doch nicht wirklich, da und doch wieder nicht, geschehen und doch nicht geschehen zugleich in einer Weise: Ich hatte den Weiser nicht verstanden. Tat es auch jetzt nicht. Und wollte es nicht. War mir aber sicher, dass der Weiser wohl rechtbehalten würde am Ende, wenn auch nicht ich mir für den Moment sagen konnte, wie dieses Recht wohl aussehen würde.

Da sah ich, aus der Träumerei von der Dauer wohl eines Lidschlags erwachend, nach den Händen Raahaels. Sie waren schön. Und mit einer allen sichtbaren Bewegung wischte ich den Spuk weg. Wie oft deuteten die anderen diese Bewegung anders, als von woher sie gekommen!

Wir hätten die Worte des Hauptmanns gehört, hob ich an, und dankten ihm dafür. Jedoch sei festgehalten im Rat: Wir hätten uns auf den Marsch gemacht, und es bleibe dabei. Dass es notwendig sei, dass dieser Marsch bestritten werde, wie es unseren Kohorten aufgetragen. Jedoch wolle ich, dem die Ahnungen der Kohorten nicht fremd, wenn ich sie auch nicht teilte, jedoch also wolle ich, der Kommandant des letzten Gefechts, versprechen, dass das Winterlager, das vor uns liege, neue Kraft uns zuführen werde. Und wir nach dem Winterlager in unsere Kreise – und es seien unsere Kreise – zurückkehren würden in Schlacht und Gefecht, wie wir alle dies gewohnt. Und wie es das Signum dieser Nicht-Zeiten sei.

Ich hörte mich selbst sprechen und wusste doch nicht, was ich sprach. Ich verstand mich nicht. Wie kam mir in den Sinn, etwas zu versprechen? Etwas, von dem ich selbst kaum eine Vorstellung hatte und haben konnte? Und von dem ich, in mir, kaum überzeugter war, als die Kohorten selbst? Jedoch sah ich an den Mienen des Weisers und auch Ludos, selbst des Hauptmanns, dass ich für den Augenblick die rechten Worte wohl gefunden hatte. So mochte es also sein. Weiteres würden wir sehen.

Ich blickte auf Raahael, und Raahael blickte zu mir auf. Reglos war sie all dem gefolgt und, wie mir schien, reglos nicht nur dem Körper nach. Sie hielt die Hände übereinander gekreuzt in ihrem Schoß. Und ich sah die dünnen Gelenke ihrer Hände. Und ich sah die schmalen Fesseln ihrer Füße, die unter dem härenen schwarzen Kleid hervorschauten, aus Lumpenstiefeln Stiefellumpen, die wie von Blut getränkt. Wir waren ein Lumpenhaufen, nicht zum ersten Mal fiel es mir auf. Und sein mochte es, wir waren es nicht nur der Kleidung nach. Gleichwohl, es war das Urteil noch zu sprechen über den Krieger nach der Ordnung, bevor wir erneut aufbrachen. Mochte es nutzen wozu auch immer. Ich ließ ihn herbringen.

„Gedenket eures Sohnes, Herr", sprach da Raahael, und obwohl sie am Rande saß und ich in der Mitte, schien ich der einzige, der dieses gehört.

Gedenket eures Sohnes! Ja, des Sohnes sollte ich gedenken, und wie wenig tat ich es! Nathanael, der verschwunden und mit ihm Zechiel, der Sohn, der Junge, der junge Krieger. Verschwunden unter meinen Augen und sein Schicksal ungewiss, und doch war ich auf dem Marsch, nicht frohgemut, doch stetig, und meine Gedanken waren gekreist um Esther und Cramalla und Raahael. Und was ich getan um den Jungen, und es wunderte mich, wie natürlich fast es war, dass eben er verschwunden. Was war mir selbst dabei verschwunden, dass ich dem Tagwerk nachging, wie es mir aufgetragen? Als wäre das Verlieren eine Gewohnheit, der wir anhingen, lästig zwar, doch nebenbei zu tragen und ohne Belang. Nathanael, mein Lieber, oh Nathanael, steh auf unter dem Baum, wo immer du bist und kehr heim du zum Vater.

DER Junge erschien, gebunden und mit Bedeckung, wie ich es angewiesen. Tatsächlich wohl mochte er das Alter Nathanaels haben. Ihm war der grobe, unförmige Rock des Kriegers abgenommen worden, sodass mir sein weißes Hemd auffiel, das ihm halb über die linke Schulter geglitten, unnatürlich rein, fast abstoßend für uns, denen diese Reinheit fremd geworden, und das immerhin mochte gut so sein. Er sah mir in die Augen und dann in diejenigen Raahaels, und Raahael sah auf uns beide. Stille legte sich über die Szene. Eine

Stille, die Erkenntnis in sich zu bergen schien, doch meist war dies – wie ich wusste – nichts als ein Widerhall der eigenen Empfindung. Die Empfindung, die nach außen strömte und dann zu sich zurückkehrte. Wir sehen und entdecken nichts als das, was schon in uns ist oder wieder zu uns zurückkehrt.

Er also, begann ich und tat es leise und beherrscht, wie es dem Kommandanten des letzten Gefechts geziemte, er also wisse, warum er gerufen. Er möge uns seinen Namen sagen.

Jodokeel werde er genannt, seitdem er denken könne, erwiderte er. Jedoch wisse er nicht, ob sein Name dies sei. Auch er sprach leise, doch fest und vernehmlich, die Augen nun zu Boden gerichtet.

Was mir dies Rätselwort solle? Und dass wir nicht hier, um Rätsel zu lösen. Auch hätten wir hier nicht mehr zu verweilen. Es sei nicht nur die Tat zu verhandeln. Nicht nur die Tat. Es sei auch zu verhandeln, dass die Tat uns zwinge, die Rast zu verlängern und den Marsch zu verzögern. Als Krieger, selbst denn als junger, wisse er selbst, was dies für das Schicksal der Kohorten bedeute. Oder zumindest zu bedeuten die Kraft in sich berge. Er möge fortfahren denn.

Dass Jodokeel sein Name also sei, unter dem er den Kohorten und auch sich bekannt. Dass aber kein Kind der Kohorten er sei. Sondern, so sei ihm erzählt, ein Findling. Nein, nicht Findling, ein Übergebener oder Geschenkter oder Hingeworfener, er wisse es nicht. Auf einem der Rückmärsche wohl sei er von einem der Kundschafter, die den Rückzug deckten oder die Flanken, entdeckt worden. In einem Korb am Bach, schwarz verschnürt. Es sei aber ein Mädchen da gewesen, seine Mutter wohl. Die habe jenen Kundschafter dann begleitet, den Tag noch und die Nacht. Und in der letzten Stunde wohl, die dem Morgen voranging, sei sie verschwunden, ohne ihn, Jodokeel. Jener Kundschafter aber habe ihn mit zu den Kohorten gebracht, ins Lager, das die Kohorten errichtet nach dem Rückmarsch für den Winter. Später noch habe jener Kundschafter ihm erzählt vom Tag und der Nacht mit dem Mädchen, und dass es verschwunden, ohne dass er es bemerkt. Er, Jodokeel, habe gespürt, dass der Kundschafter noch oft an die Nacht gedacht, da das Mädchen mit ihm das Lager geteilt. Auch habe er sich wohl gefragt, ob es dies nur getan, um ihn, Jodokeel, bei den Kohorten zu lassen. Doch sei ihm dies dunkel, wie so manches andere auch. Begierig habe er dem Kundschafter gelauscht und dessen Nähe gesucht immer wieder. Doch habe er die Geschichten vom Lager des Mädchens mit Scheu auch gehört und Scham, denn seine Mutter sei es wohl gewesen. Vielleicht aber, wer wisse es, seine Schwester oder selbst eine Fremde, die ihn woanders gefunden. So habe er,

Jodokeel, keine Geschichte, die er wisse, und niemand kenne ihn, so wenig, wie er selbst sich kenne. Jodokeel, sein Name, sei von den Kohorten ihm gegeben, und seine Heimat seien die Kohorten, und es gebe sonst nichts, was er habe.

Stille war kurz, nachdem Jodokeel gesprochen. Raahael wirkte erstarrt wie im Bann. Uns andere rührte die Erzählung wenig. Die Nicht-Zeiten brachten solche Geschichten wohl mit sich, und nicht wenige davon und viele waren weit grotesker, als es diese war. Und noch andere auch. Bevor ich fortfahren konnte – ungeduldig begann ich zu werden, des Aufschubs überdrüssig, denn allzu lange weilten wir hier schon –, nahm der Weiser das Wort.

Dass er mit Wohlwollen die Erzählung gehört. Dass er manches dazu zu sagen habe. Dass jetzt aber nicht der Ort dafür sei. Doch nur dies: Da also die Kohorten die Heimat Jodokeels und sie dessen Paten-, wenn nicht Elternschaft übernommen, wie es denn komme, dass gegen den Geist der Kohorten er sich versündigt und darum hier stünde?

Er wisse nicht, was der Geist der Kohorten sei, so Jodokeel. Er wisse überhaupt nichts von diesen Dingen. Er verstehe nichts von den Nicht-Zeiten, nicht, warum wir unterwegs oder eben nicht. Doch müsse er davon nichts wissen. Wolle es auch nicht. Dankbarkeit sei in ihm. Er bereue. Aber, und nur dies könne er sagen, dunkle Sorge und Angst sei in ihm und aus ihm wohl gedrungen, tief aus ihm und vielleicht sogar aus jenen Urgründen, von denen in den Erzählungen des Weisers so oft die Rede. Man möge es ihm, der dies alles nicht verstehen könne, verzeihen, und er bitte darum. Doch sei in ihm, wie in vielen anderen auch, Angst um den Kommandanten. Um den Kommandanten des letzten Gefechts.

Antworten wollte der Weiser, doch unterbrach ich ihn. Es sei jetzt genug. Es seien nur Reden, keine Frucht bringend, nichts erhellend, was nicht ohnehin zu Tage liege. Es sei ein Urteil zu sprechen, und es werde gesprochen hiermit: Die Strafe, die Jodokeel zu erwarten, sei der Ausschluss Jodokeels aus den Kohorten und die Verbannung.

Es sah Raahael mich an unverwandt.

Die Verbannung sei zumindest dergestalt, dass Jodokeel Abstand zu halten habe, ihm jedoch erlaubt sei, dem Zug auf einen halben Sonnenlauf zu folgen. Doch wolle ich der Geschichte Jodokeels, seiner Jugend und seiner Reue gedenken. Ich ließe deswegen für diesmal – es sei ihm zur Warnung, es sei nur einmal – den Spruch der Verbannung fallen. Doch solle ihm für die nächsten drei Sonnenläufe ein Eisen um den Mund geschmiedet werden. Es werde ihm dazu der rechte Arm so auf den Rücken gefesselt, dass er ihn nicht brauchen und nicht mit der Hand greifen könne. So sei es.

Ich spürte – meinte, ihn zu spüren – Raahaels Blick, doch sah ich sie nicht an. Wir waren zu lange hier gewesen. Die Rast hier oben, die so freudig ich begonnen, war mir verdorben. Unrast war in mir und Enttäuschung, von der ich nicht wusste, woher sie kam. Schonen hatte ich den Jungen wollen auf Raahaels Bitte. Doch am Ende wusste ich nicht, was die größere Strafe eigentlich war. Was jetzt ich gesprochen, war nicht das eine, nicht das andere. Wie oft schon. Wie immer schon in diesen Nicht-Zeiten. Ich hatte Raahaels Bitte erfüllt und doch nicht erfüllt, und diese Bitte war auf mein Ohr vielleicht deshalb gestoßen, weil sie meinem Wunsch entsprach, dem ich doch nicht nachgegeben. Ich war dessen überdrüssig und war es vielleicht immer gewesen. Und was wäre, wenn die Verbannung die Strafe gar nicht war, als die sie alle wir ansahen? Wenn es dem nächsten einfiel, dass er marschieren, kämpfen, leben konnte ganz ohne die Kohorten? Was taten schließlich die Kundschafter draußen anderes, den Kohorten zugehörig, doch auf sich allein gestellt oft einen Kampagnensommer lang? Wir waren vergebens hier gewesen. Es hatte sich nicht gelohnt. Doch welchen Lohn hatten wir zu erwarten? Und wofür? Müßige Gedanken, die zu oft mich überschwemmten.

Ich gab den Befehl zum Aufbruch. Mit Eile sollte er geschehen. Die Sonne überschritt ihren Zenit schnell im Herbst, da der Winter in der Luft lag bereits, auch war sie merklich fahler geworden. Es mochte Unwetter sich ankündigen. Doch gab es noch zu tun für mich, wie mir der Augenblick eingab. Ich hieß die Kohorten schon abziehen, wie sie, wie wir gekommen. Eine Handvoll bewährter Krieger hieß ich warten. Auch der Weiser und Ludo blieben. Am Rande dieses freien Platzes, schon am Wald, bei den ersten Bäumen, wartete Raahael. Ich hatte es ihr nicht aufgetragen, doch ließ ich es geschehen. Die Krieger wies ich an, einen jungen Baum zu fällen, schlank, doch kräftig, biegsam, doch fest genug. Viele der Bäume hier hatten die zeitlichen Zeiten wohl noch gesehen, aber dieser hier gehörte offensichtlich nicht dazu.

Zuerst hieß ich die Krieger, den Pfahl mächtig unter den Wächter zu stoßen. Für einen Moment schien ein mächtiger hölzerner Phall in den Himmel über uns zu ragen. Dann befahl ich den Kriegern, den Hebel zu bewegen. Sie zögerten einen Augenblick, und Scheu überschattete des einen und des anderen Gesicht. Doch es war des Befehl ihres Kommandanten, des Kommandanten des letzten Gefechts, und so packten sie an, kräftig, mit schweren Händen, wie sie es gewohnt. Es rührte sich nichts zunächst, wie eingewachsen, wie verwurzelt schien der Wächter mit diesem Stück Erde, mit diesem Plateau. Dann aber ruckte er, erst ein wenig, dann mehr, bis er fast zu tanzen schien, dieser so mächtige und in seiner verwitterten Wucht doch fast wieder grazil anmutende Koloss.

Schließlich kippte er. Legte sich wie seufzend über den Abgrund. Stürzte ab, tönend, krachend, berstend.

Tief sog ich Luft ein. Für einige Momente standen wir schweigend, und ich sah den Weiser fahl, sinnend. Starr stand auch Ludo. Mir war nicht wohl, und doch fühlte ich in die Bedrängnis Leichterung fließen, wie ein Rinnsal zuerst, doch unaufhörlich. Es war etwas geschehen, was unwiderruflich. Wir konnten nicht zurück. Wann hätte dieses es in diesen Nicht-Zeiten gegeben? Dann brachen wir auf.

Am Waldesrand erwartete mich Raahael. Sie schien erregt. Sie lächelte. Wir gingen.

Kristall

DER Marsch in der zweiten Hälfte jenes Sonnenlaufs war anstrengend gewesen, und mit knapper Mühe hatten wir im letzten fahlen Licht diese Ruine erreicht, die uns Schutz bieten sollte. Ein wenig Wärme wohl auch, denn es war kalt geworden, da der Tag sich wieder geneigt. Wir hatten dichteren Wald durchdringen müssen, als bisher gewohnt. Dass wir dabei waren, unseren Kreis zu verlassen, war uns an unseren Leibern spürbar geworden. Der Wald! Ich entsann mich: Wälder, Jagden, und Träume von beiden in meiner Jugend und auch jetzt noch. In den Wäldern wohnen unsere Dämonen. Hatte das der Weiser nicht gesagt unterwegs? Wer mochte schon wissen, ob die schwarzen Heere nicht bereits die Ränder dieses Waldes umsäumt? Doch war das Unsinn. Die Kundschafter, die ich ausgesandt, waren zurückgekehrt alle. Und sie berichteten, dass die Front der schwarzen Heere sichtbar, aber immer noch an unseren Horizonten, als bliebe der Abstand stets gleich. Das war besser, als würde er sich verringern. Und es war schlechter, da er sich nicht vergrößerte. Wir marschierten, doch schien das Ergebnis gleich.

Ich hatte das Bedürfnis zu schweigen und zu schlafen. Und doch war mir beides jetzt nicht gegeben, ich spürte es. Es war dieser Ort nicht zu vergleichen mit dem Hause jenes Herrn, von dem wir am Morgen – wann war das gewesen? – aufgebrochen. Düster und grob ragten die Mauern in die Höhe, und da die Zwischendecken längst eingestürzt, hatte diese Höhe kein uns gemäßes Maß mehr. Ein Raum, als Stall vielleicht, als Verlies, als Kammer des Gesindes mochte er einst gedient haben, und in ihn zog ich mich zurück mit dem Weiser und Ludo, notdürftig ein Lager zu errichten.

Schweigsam auch waren diese bewährten Männer. Der Tag hatte an uns gezehrt. Und hätten wohl selbst nicht zu sagen gewusst, warum sich diese Stimmung über uns gelegt wie ein schweres Tuch.

Freilich, sprach da Ludo, als ob er meine Gedanken aufnähme und einfach Sprache werden ließe, freilich sei nun ungewöhnlich das nicht. Von jeher sei es so gewesen, dass dem Aufbruch die Erschöpfung folge. Erschöpfung nicht des Körpers, sondern des Geistes. Zäh sei unser Geist, und immer klammere er sich an das, was wir verlassen, denn dieses habe er gekannt. Was vor uns liege, sei ein Gesicht, von dem wir nicht wüssten, wann wir ihm nahe kämen. Und ob überhaupt. Deshalb auch seien die Kohorten in ihrer Mehrzahl von diesem Marsch nicht überzeugt. Vielleicht hätten wir, als die Führer, den Grund auch klarer zu nennen gehabt.

Wie könnten wir auch etwas benennen, was letztlich wir selber nicht kennten? So hörte ich mich und wusste dabei, dass dies eine Auseinandersetzung, die von Anfang an zu nichts geführt.

Dennoch, so wieder Ludo, seien diese Gesichte die andere Fähigkeit unseres Geistes. Welcher wir folgten am Ende, sei stets uns überlassen. Wir wüssten vielleicht, wohin dieser Marsch uns führe. Wohl wüssten wir aber nicht, wozu er uns führe, zu welchem Ende. Doch wüssten wir alle, er, der Weiser, selbst ich, dass dieser Marsch notwendig, da uns aufgegeben. Wir hätten am Ende die Wahl, von der er selbst noch gesprochen, ja gar nicht gehabt. Insofern wir unseren Gesichten zu folgen hätten, wie andere sich im Gewesenen heimisch machten.

Es sei dies das erste Mal, dass vom Gewesenen wir sprächen, sagte da der Weiser, der zugehört mit geschlossenen Augen und gleichmäßigem Atem, als wäre er bereits entwichen in eines seiner Geschichtenländer, in Weiten, die wir nicht kannten, voller Figuren und Verwicklungen und Erzählungen, die wohl unerschöpflich. Es habe der Marsch bereits etwas anders gemacht. Zu welchem Ende, das sehe er wie Ludo, wüssten wir nicht. Es sei denn, dass die Wandlung, oder eine Ahnung davon, schon als ein Ziel anzusehen sei.

Er denke daran, fuhr der Weiser fort, dass jener Fürst, von dem wir gesprochen, hier vorbeigezogen, vielleicht hier gerastet. Und jener Abt. Männer, die uns vorausgegangen. Es komme dabei auf den Ort als solchen nicht an. Wir sollten uns nicht täuschen. Nicht der Ort mache eine Geschichte wahr, die Geschichte suche sich ihren Ort, und der könne ein anderer stets sein und bleibe gleich sich doch und so bliebe es die eine Geschichte. Sehen also sollten wir, dass die eine Geschichte auch uns erzählte, wenn den Vorausgegangenen wir folgten. Vorausgegangen seien sie uns wohl, man könne es wohl so sagen. Wenn uns aber etwas vorausgegangen, dann sei dies tatsächlich etwas Gewesenes. Wenn es aber Gewesenes gäbe – oh, es gebe dieses freilich, er selbst erzähle oft genug davon! –, wenn es also etwas Gewesenes gäbe, das in direkter Linie mit uns stünde, dann habe dies Auswirkungen auf diese Nicht-Zeiten. Denn Gewesenes werde sein. Und sein werde, was das Gewesene war. Und was jetzt sei, werde kommen und dies alles zugleich. Und dieses freilich sei etwas, was dem Wesen der nicht-Zeiten zuwider. Und es eigentlich aufhebe.

Was aber, entgegnete Ludo, selbst wenn dieses so sei – er verstünde es freilich nicht –, was aber nun wir hier auf diesem Marsch und in dieser Ruine mit jenem Fürsten und jenem Abt und wem auch sonst zu tun hätten? Denn dieses sei am Ende ja doch immer die Frage. Es seien Geschichten das eine, hätten sie aber nichts zu tun mit uns, nachprüfbar, nachspürbar, schmeckbar, dann blieben sie ebendies: Geschichten. Flüchtiger und unfassbarer als der Nebel und ebenso schnell vergessen, wenn der sich gelichtet.

Jener Fürst und jener Abt, sie seien ausgezogen, sprach der Weiser. Aus welchem Grund und zu welchem Schicksal, wir wüssten es nicht. Nicht einmal wüssten wir, ob es Fürst und Abt jemals so gegeben, wie jetzt wir hier säßen. Wüssten wir es übrigens von uns. Dennoch seien jene wahr. Vielleicht müsse man sie Fliehende nennen. Und wir uns denn mit ihnen, wiewohl er, der Weiser, diesen Marsch als Flucht nicht begreife. Wer aber denn wolle, könne unseren ganzen Kampf gegen die schwarzen Heere als Fliehen wohl sehen. Es täte aber nichts. Denn es könne durchaus etwas aussehen wie ein Fliehen, das in der Tat ein Auszug sei. Er wolle es erklären: Es sei die Flucht des Abtes wohl ausgelöst von der verwirrenden und verstrickenden Begegnung mit jener Frau. Es sei diese Begegnung und dann die Flucht aber – wollten wir sie für den Moment so nennen – vielleicht, wer wisse es, nur das, was uns sichtbar. Wenn man von Sichtbarem reden könne bei Dingen, die so nie stattgefunden. Vielleicht also sei, was wie Flucht aussehe, in Wahrheit ein Auszug gewesen. Und er, der Weiser, glaube es, mithin sei unser Marsch ein Auszug. Ein Auszug, murmelte der Weiser und war kaum mehr hörbar, ein Auszug.

Was mit Auszug er meine, erwiderte Ludo. Auch ohne diesen Marsch zögen wir doch aus, sichtbar nicht so und unbedeutender und weniger zielstrebig vielleicht, aber doch zögen wir aus, sobald die Sonne erscheine. Und es sei mit Sonne auch die unserer Herzen gemeint, die unabhängig laufe von dem Gestirn. Hätten wir nicht alle diese Nicht-Zeiten bestanden in Kampf und Rückzug, in Schlacht und verborgener Rast? Seien wir nicht ausgezogen in die Schlacht? Sei nicht jeder Tag, er sage es, ein neuer Auszug, wohin auch immer? Und wenn wir auch das Ende nicht wüssten, obwohl wir doch jeden neuen Tag glaubten, wir wüssten es.

Es sei wohl richtig, entgegnete der Weiser nach einer Weile, dass uns jeder Tag ein Auszug sein könne. Und es könne ein langer Weg selbst zu einem Ziel nichts anderes sein als ebendies: ein Weg, nichts weiter. Wir selbst könnten es kaum unterscheiden. Oder erst, wenn wir zurückblickten. Doch selbst dann nicht oft.

Er schwieg. Es gebe, fuhr er nach einer Weile des Sinnens unvermittelt fort, eine Geschichte in jenem Buch Zechiels und Raahaels und also der Stämme im Nordosten, eine Ur-Geschichte, die von einem Auszug künde. Von einem Auszug lebenslang, der zugleich – wie jeder Auszug – ein immerwährender Anfang, vielleicht gar immerwährende Ankunft sei. Ein dauerndes neues Beginnen, das ein Ende nicht brauche. Vielleicht mache das den Unterschied zu dem Weg, von dem er eben gesprochen.

Jene Ur-Geschichte aber gehe so: Es weidete ein Mann die Herde, wie es sein Vater schon getan. Doch war der Vater selbst schon fortgeführt worden. Es habe sich wohl aber das Leben dort schon zu Ende geneigt nach herkömmlichem Maßstab, denn 75 wird als Zahl genannt. Was vordem geschehen, wüssten wir nicht. Wir dürften meinen, dass es, wiewohl fruchtlos geblieben, ein herkömmliches Leben gewesen sei, herkömmlich glücklich, herkömmlich unglücklich. Den Wechselfällen ausgesetzt, über die zu berichten nicht mehr lohne. Sei es bei uns denn anders? Was lohne das Erzählen? Da aber jenes Leben – wolle man es das erste nennen – sich dem Ende schon zugeneigt, geschah es nach dem Buch Zechiels und Raahaels und der Stämme im Nordosten, dass jener Herr zum Auszug gerufen. Aus dem Vaterland. Aus der Verwandtschaft. Aus des Vaters Haus. Es wurde aber das Land, das Ziel nicht genannt. Dafür Fruchtbarkeit verheißen ohne Maß, gegen jeglichen Verstand. Und vielleicht sei dieses das Wesen des Auszugs. Es habe der Vater wohl eine Etappe gemacht, einen Weg. Einen notwendigen wohl, aber eben einen Weg. Doch sei erst der Sohn zum Auszug bestimmt gewesen.

Und mehr als einmal habe dieser Auszug, zu dem das Leben insgesamt geworden, wie eine Flucht ausgesehen.

Was aber von einem Weg zu halten sei, dem kein Ziel beschieden, fragte da Ludo. Oder wenn beschieden oder verheißen, so doch nicht erkennbar. Und dann wohl auch nicht erreichbar. Was wir nicht kennten, könnten wir nicht erreichen. Es sei dies seine Meinung immer gewesen.

Auch ich, so sprach ich da, wehrte mich gegen diese Geschichte oder diese Idee vom Auszug, wie sie der Weiser erzählte. Es sei für jetzt, da wir auf dem Marsch uns befänden. Nichts sei uns verheißen. Denn dass die Stämme im Nordosten wir erreichten, sei längst nicht gewiss. Das Sonnenjahr lege sich. Es gehe zur Neige. Weit sei noch der Weg, soviel wir wüssten. Wir bräuchten Kraft. Besser sei es für nun, Kraft im Schlaf zu suchen.

RUHE im Schlaf. Ich war müd all dessen. Wo war Rahaael? Wann hatte all dies begonnen So man von Beginnen reden konnte. Es war bereits am Ende des zweiten Kreises mit Esther gewesen. War es tatsächlich so, wie ich gemeint hatte, dass am Ende dieses zweiten Kreises bereits die zeitlichen Zeiten sich in die Nicht-Zeiten aufgelöst? Und die schwarzen Heere heranzogen? Oder war dies eine Deutung, die ich dem allem gab, eine Geschichte, wie sie der Weiser erzählte?

Ich hatte mich zurückgezogen, mein Lager an einer Mauer dieser Ruine zu bereiten. Geschützt war diese Ecke vor dem Wind, eine Art steinernes Dach, der Rest einer Decke vielleicht, hätte mir Schutz vor Regen geboten, hätte es denn geregnet. Jenseits dieser Mauer stürzte der Fels, ich wusste es, doch sah ich es nicht in dieser Nacht, die kein Mond erhellte. Was wir sehen, ist manchmal nicht. Was wir nicht sehen, ist es dann wiederum viel mehr. Und dann wieder sind die Dinge, die wir sehen, mehr als uns je lieb gewesen wäre. Esther nun also, erneut. Es half mir ja nichts. Wer wusste es schon, wie konnte ich es wissen: Schon auf unserem Hügel, als der Marsch beschlossen, wir aber noch nicht losgezogen – wann war dieses gewesen? –, hatte mich die Ahnung durchzogen, dass ich diesem Marsch einzig zugestimmt, weil Esther wieder Gestalt angenommen hatte in mir. Aus dem gestaltlosen Fühlen ohne Gedanken und Bilder und Erinnerung, das immer in mir war, Gestalt angenommen. Doch mochte dies eines jener Gaukelbilder sein, die mich von jeher umgaben. Gaukelbilder, Geschichten, Träume. Am Ende waren es immer nur die Deutungen, die wir den Dingen gaben, die Bedeutungen, die wir ihnen beimaßen.

Esther nun also, der zweite Kreis. Den ganzen Sommer schon, ich wusste es und spürte es und fühlte es pochen in mir, waren mir der Gedanken zu viele, und diese schweiften ab und verirrten sich und verwirrten sich. Es sind Gedanken nicht gut für den Krieger, nicht für den Kommandanten des letzten Gefechts. Gedankenvoll und tatenarm. Tatsächlich hatte in diesem Sommer, in diesen Nicht-Zeiten, etwas begonnen, ich wusste nicht, was und nicht durch was. Der Weiser hatte Recht. Hatte der Weiser in seiner Art, in der Weise des Geschichtenwebers nicht immer Recht? Und wehrte ich mich dagegen? Zu meinem Frommen? Zu meinem Schaden?

Esther nun also, der zweite Kreis, ein drittes Mal. Im ersten Kreis war Esther versprochen gewesen und gewählt, doch nicht an mich und von mir, und ich war hoffend ohne Hoffnung gewesen. Und der schwarze Priester meiner Jugend hatte mir, das eine Mal, als er Esther gesehen, Hoffnung gemacht, hingeworfen und lose und ohne Überlegung, doch schwarz funkelnd und wuchernd in meiner Seele, wie all diese Samen, aus denen Unkraut spross unausrottbar. Es hatte aber jener andere Esther verlassen an einer Gabelung, einem anderen Pfad folgend. Beiläufig, einem Gespräch anderer nachlässig folgend, hatte ich dies erfahren. Ein jäher Schmerz, eine scharfe Schneide. Nicht von ihr hatte ich es erfahren, und nicht mich hatte sie gewählt als, wie mir damals hatte scheinen wollen, dem natürlichen Lauf des Lebens gemäß. Damit hatte der erste Kreis mit Esther geendet, der viel früher begonnen.

Wann hatte all dies sich zugetragen, wenn es sich denn tatsächlich so zugetragen? In zeitlicher Zeit, gewiss. Aber ich vermochte diese zeitliche Zeit nicht mehr einzufügen in einen Rahmen, der den Gedanken Halt bot. Am Rande der zeitlichen Zeit schon, als die schwarzen Heere von Süden bereits heranzogen, hatten wir den zweiten Kreis durchmessen. War es nicht im Sommer mit Cramalla gewesen? Ich wusste es nicht. Da Esther immer dagewesen, konnte es auch immer gewesen sein.

Ich hatte Esthers Spur in den vielen Sonnenläufen zwischen dem ersten und zweiten Kreis verloren. Die äußere Spur wohl, nicht die innere, wie sich erwies. Immer sehnen wir uns zurück nach dem Ort des Beginnens. Wohl, weil wir den Anfang wiederholen wollen, zu einem anderen Ende freilich dann. Es ist dieses aber eine Schimäre, ein Gaukelbild, verhext und vergiftet.

So hatte ich – ich wusste nicht, welchem Traum folgend am Morgen – einen Kundschafter gesandt an jenen Ort. Es musste also wohl gewesen sein, als ich zu Ludo bereits gestoßen, nach dem Sommer mit Cramalla oder in ihm. Was hatte ich gewünscht damit? Nicht gut ist es, zu oft Kundschafter in die Vergangenheit zu entsenden. Sie bringen Sand mit zumeist. Jenen Sand freilich, der immer gewesen war. Doch gilt das für Abgeschlossenes. Nur wissen wir selten, was abgeschlossen und unter der Erde und was noch nicht. Selbst freilich was unter der Erde ist, kann das Korn sein, das Frucht bringt – welcher Art auch immer – oder eben nicht. Frucht und Fülle. Wir sehen im Winter dem Land nicht an, was aus und auf ihm entsteht. Oder ob es im Sommer so tot liegt, wie es der Winter ankündigt. Wir wissen es nicht.

Der Kundschafter – er war zäh gewesen, mit dem Stolz der frühen Jahre, kaum älter als in der allerersten Blüte – hatte gewaltige Anstrengung unternommen, um an jenem Ort zu kommen. Auch dieser Weg ging nach Nordost, den Linien der schwarzen Heere also entgegen. Doch war auch dieser Weg schon gefahrvoll gewesen aus anderem Grunde, durch verlassenes Land führend, in dem Horden bereits marodierten. Das Land der wilden Hunde, die zu Wölfen wieder geworden. Doch hatte der Kundschafter, dem Mut und der Kraft seiner Jugend bewusstlos trauend, den Weg tatsächlich gefunden, siegreich gefährliche Händel bestehend.

Tatsächlich brachte der Kundschafter Nachricht. Nicht von Esther selbst. Doch war an jenem Ort – mir stets unfasslich – das Leben weitergegangen wie ehedem, während ich ferne Triften und Wälder durchstreifte. Immer ging das Leben überall weiter. Es ging weiter, mit mir, ohne mich, über mich hinweg. Es war so, für jeden, doch wie konnte das sein? Nach den Schlachten nahmen wir Abschied, gleichmütig und ohne Gedanken. Es waren zu viele der Abschiede geworden. So würde man dereinst von mir Abschied nehmen, von mir, dem Kommandanten des letzten Gefechts. Und wenn die Sonne aufgehen würde erneut, würde ein anderer die Kohorten führen. Es war dies alles so, es war dies alles immer so gewesen. Und es war nicht zu fassen und nicht zu glauben. Nicht zu fassen am Ende selbst dem, dessen Herz es zu jenem Abschied zog.

Der Kundschafter hatte also Nachricht gebracht, wohin Esthers Weg geführt. Was immer ich erwartet – hatte ich etwas erwartet? – was immer ich erhofft, das Hoffen lebte zäh, solange wir selbst lebten. Was immer ich mir erzählt – nur was mich betraf, schien mir meine Kunst des Erzählens der des Weisers ebenbürtig –, die Nachricht wäre die zu berechnende gewesen, hätte ich denn gerechnet. Warum rechnete ich nie, und wenn, dann schlecht? Längst hatte Esther sich gepaart. Jener Erste wählte also eine Episode. Der schwarze Priester, hatte, lose redend, so unrecht nicht gehabt. Freilich hätte auch jeder andere außer mir unrecht nicht gehabt. Mit ihrer neuen Sippe, so hatte der Kundschafter berichtet, hauste sie ungeahnt nahe von mir und Ludos Feldlager und den Gründen, die ich mit Cramalla in jenem Sommer durchstreift. Kalt ist, was zu berechnen. Deshalb flüchten wir es. Esther hatte nahe bei mir gelacht und geweint und geliebt in jedem Moment nicht nur des Sommers bei Cramalla, und ein seltsamer Kitzel lag für mich in dem Gedanken, dass sie den Phall ihres Mannes empfangen in triefendem Schoße just in dem Moment, in dem in Cramalla einzudringen ich nur versuchte.

Nicht klüger hatte mich die Nachricht des Kundschafters gemacht. Ich sandte ihn erneut, diesmal zu Esther selbst. So hatte der zweite Kreis mit Esther begonnen.

Längst schwankten jene letzten Erinnerungen in jenem sumpfigen Land zwischen Gedanke und Traum. Was darin geschah, war wahr. Ob es aber wirklich, das wussten wir schon nicht mehr, wenn wir mit wiederkehrender Sonne uns erhoben.

UND plötzlich waren da Rufe in diesem Irrlichtern. Das Flackern aufflammender Fackeln tollte durch die Ruine wie wesenlos. Nicht zu entwirren in den ersten kurzen Momenten, da ich die Lider öffnete, ob ich sah oder träumte. Doch Krieger, der ich war, hatte ich das Schwert bereits ergriffen. Hob es, schon auf den Beinen, dem Anstürzenden entgegen. Zum Kampf bereit, von Angst befeuert, voller Gier auf das Schlachten. Doch war es kein Überfall, schon gar nicht waren die schwarzen Heere eingedrungen. Es meldete der Krieger, der heranstürzte hier, dass Zechiel zurückgekehrt. Und man ihn bringe, so ich es befähle.

Unwägbarkeiten der Nacht, gefährlich dem Krieger, gefährlich uns allen! Es barg die Nacht, und sie verbarg. Sie tötete und gebar. Dunkles, Dräuendes. Und Ahnung, Erkenntnis. Manchmal brachte sie überraschende Kunde, die dem Tag nicht vorbehalten. Doch ob glücklich, würden wir sehen.

So wurde Zechiel zu mir geleitet. Er war zerschunden. Die vorderen Wachen, erfahren, erprobt darin, der Zähigkeit der Nacht, dem Nicht-Ereignis, dem Nie-Ereignis nicht nachzugeben, hatten das Nahen Zechiels bemerkt. Niemand konnte in den Nächten wissen, was sich näherte, und besser war es, gewappnet zu sein. Den Nahenden als Feind zu betrachten. So hatten sie Zechiel, der damit wohl kaum gerechnet, überwältigt, und die Spuren sah ich im Gesicht und an der Kleidung. Zechiel blutete. Doch schienen die Verletzungen oberflächlich und der Erwähnung nicht weiter wert. Was Zechiel auch nicht tat. Ohnedies wäre die Art seiner Rückkehr zu missbilligen gewesen. Wie Raahael kam er schließlich aus dem Nordosten, hatte also weite Wege durch gefährliches Land hinter sich. So hätte er wissen müssen, dass sich dem Heerlager sich des Nachts zu nähern ein Unterfangen, das bedachtsam anzugehen war. Zechiel kam allein. Von Nathanael nichts.

Eine eigenartige Szenerie. Das Licht der Fackeln huschte so über Zechiel, dass immer nur einzelnes, weniges von ihm zu sehen. Schon war auch der Weiser herangekommen, begierig wohl auf Zechiels Geschichte. Nicht kam Raahael, Zechiels Gefährtin, Zechiels Stammesgenossin. Wer hätte Raahaels Handlungen vorhersehen können? Ich konnte es nicht. War es das, was mir all dies vergällte?

Also hörten wir Zechiels Geschichte. Schon kurz, nachdem er mit Nathanael nach vorne gegangen und die Spitzen der Kohorten aus den Augen verloren – und die Kohorten sie –, war ihnen ein Glitzern wie von einem Spiegel aufgefallen, am Waldrand, auf die Linie der schwarzen Heere zu. Nicht lange – in jedem Falle nicht lange genug – hatten sie überlegt, was sie taten, Nathanael, der Sohn, der Kundschafter, und Zechiel, der Gesandte der Stämme im Nordosten. So waren sie vom vorgezeichneten Marschwege, Ludo auf der Spur, abgewichen auf jenes Scheinen zu, das einmal aufblitzte und dann wieder verschwand. In einen Eifer seien sie verfallen, eine Erregung wie auf der Jagd, von der er, Zechiel, nicht recht wisse, wie diese über sie gekommen. Tatsächlich hätten sie, die doch beide erfahren seien, die Gefahr, diejenige der herannahenden schwarzen Heere, völlig vergessen. Dies alles wegen eines gleisnerischen Lichts, das alles hätte sein können! So waren sie halb stolpernd, halb stürzend, das leicht abschüssige Feld hin zu jenem Waldesrand zugeeilt.

Auch wenn ich es missbilligte, so war mir jenes Gefühl doch nicht unvertraut. Immer wieder geriet man in jenen unheilvollen Sog, dem nichts entgegenzusetzen. Einmal hatte ich, es mochte gewesen sein, als ich mich von Esther verabschiedet, bevor die Sonne ihren Lauf vollendet – im zweiten Kreis hatten wir uns immer verabschiedet, bevor die Sonne ihren Lauf vollendet – an einem See in jenen Triften gesessen. Es hatte mir der Blick auf das Wasser gutgetan und meinen Schmerz verstärkt zugleich. Oder es war der Schmerz gewesen, der mir gutgetan. Mancher Schmerz tut wohl. Aber das erfährt man erst, wenn er vorübergezogen. Oder auch nie. Es hatte sich in dem Gewässer ein Strudel gebildet, und etwas Totes – ich erkannte es nicht, ein Holz, ein totes Tier? – hatte bedächtig den äußeren Kreis gezogen. Langsam, wie es schien ungefährdet, auf fester Bahn, so konnte derjenige, der nicht länger hinsah, glauben. Doch um ein Unmerkliches war die Bahn enger geworden, die Bewegung schneller. Schließlich, nach immer schnelleren, immer engeren Umkreisungen war dieses tote Ding in den Strudel gerissen worden und verschwunden. Mochte es an anderer Stelle wieder aufgetaucht sein, ich hatte es nicht mehr gesehen. Und es war nicht einmal ein großer, ein starker Strudel gewesen. Doch offenbar von unentrinnbarer Macht und Kraft für das, was ihm zu nahe kam. Aber was sind diese Strudel für uns? Was zieht uns? Was überkommt uns? Welcher Sog ist es, in den wir hineingeraten immer wieder? Ist es in uns? Ist es das, was uns zieht? Ich hatte diese Strudel – die an anderer Stelle Geisire freilich ebenfalls sein konnten – zu hassen gelernt. Sie lösten nichts, sie taten nichts, sie brachten Unheil. Immer. Es zog uns, und es schoss in uns empor.

Seit ich Ludo getroffen, hatte ich kaum für etwas mehr Kraft aufgebracht und aufbringen müssen, als gegen diese Strudel und Geisire und Fontänen zu kämpfen. Und da ich Kommandant des letzten Gefechts geworden, war es nicht besser geworden. Es war vergeblich gewesen. Nichts fand ein Ende. Es konnte in diesen Nicht-Zeiten freilich auch nicht anders sein. Es war uns aufgegeben, wir konnten nichts tun.

Zechiel und Nathanael also hatten schließlich diesen Waldesrand erreicht. Offenbar waren sie nicht zu früh gekommen. Zerschunden, offenkundig in kaum mehr als einem Sonnenlauf und einer dunklen Nacht ausgezehrt, fanden sie, an eine der hier seltenen jungen Birken gebunden, Laila, die Verstoßene. Was genau geschehen, war, so Zechiel, aus dem Mädchen nicht herauszubringen gewesen. Nicht, dass sie geschwiegen hätte. Sogar habe sie viel geredet oder vielmehr gestammelt. Doch sei nicht recht klar geworden, was eigentlich geschehen. War es der junge Krieger, der verschwunden war, der sie so zugerichtet, die Kleidung mehr als allgemein bei uns zerfetzt und eigentlich kaum mehr als Kleidung kenntlich? Waren es Vorhuten der schwarzen Heere, so, was ich immer noch bezweifelte, die schwarzen Heere so etwas wie Vorhuten überhaupt hatten oder auch nur benötigten oder auch nur wollten oder überhaupt derlei dächten? Würden dann ja denken wie wir, und konnte dieses ja schwerlich sein. Oder war es etwas oder jemand, dessen Existenz wir nicht einmal ahnte? Ich würde, als Kommandant des letzten Gefechts, mit dem Weiser und Ludo darüber sprechen. Ich würde es tun müssen, denn ich war eben nun dieses, der Kommandant des letzten Gefechts. Das Glitzern und Funkeln im Übrigen, das sie, Zechiel, und Nathanael, den Sohn, so vollkommen jegliches Gesetz der Nicht-Zeiten hatte missachten lassen, hatte von einer Art Kristall hergerührt, den man Laila um die Stirn gebunden. Kristall nur als Vorstellung, so Zechiel, denn es sei keiner gewesen. Aber nicht könne er sagen, was es gewesen. Auch die Form so, dass sie nicht zu beschreiben. Einfach eigentlich, klar und kühn und schön, aber eben nicht mit den Worten zu bezeichnen, die ihm, Zechiel, und eigentlich uns gegeben. Sie hatten Laila losgebunden. Laila sei dann, ohne weitere Worte, aufgestanden und den Weg oder Pfad oder Saum weiter gegangen. Nathanael sei ihr fast sofort gefolgt. Während er, Zechiel, eine kurze Weile zaudernd und zögernd dagestanden, mit Blicken den beiden folgend, hin- und hergerissen, bis binnen kurzem der Wald sie verschluckt. Dann sei er umgekehrt, den Weg zurück zu den Kohorten zu suchen.

Eine seltsame Geschichte! Aus sonderbarem Grunde kreisten meine Gedanken um Lailas Kleidung, wie Zechiel sie beschrieben. Das Zerlumpte, das Zerfetzte, das sich von den Kohorten, von uns wenig unterschied. Und doch anders war. Schon weil niemand unsere Lumpen beschrieb. Warum aber beschrieb niemand unsere Lumpen? Und stimmte das überhaupt? Wurde doch dem Weiser alles zu Geschichte und Gesicht und Erzählung, und warum sollten unsere Lumpen ihm nicht zu einem der unzähligen Fäden, bunt oder grau, grell oder unscheinbar geworden sein? Die Erzählungen stiegen, ganz am Ende oder ganz am Anfang, von wo aus einer es eben sah, aus den Urgründen empor und werteten nicht nach unserem Wissen und unseren Empfindungen. Wie nach unseren Empfindungen ja auch die schwarzen Heere nicht zu greifen waren. Die Urgründe aber vor und hinter den zeitlichen Zeiten und selbst vor und hinter den Nicht-Zeiten.

Lailas Kleidung. Was hatte sie so zerfetzt? Und dann dieser Kristall, wie ihn Zechiel beschrieb, der ein solcher nicht war. Dieser funkelnde Stein, mit dem Laila wie gezeichnet, wie mit einem Mal versehen. Was brandmarkte auf diese kalte Weise? Und dann der Sohn. Was zog ihn? Oh, ich verstand ihn, den Sohn, und ich spürte Neid und Furcht zugleich! Und Sorge. Und wusste, dass mir nichts zu tun blieb. Es zieht uns, einen jeden neu, und besser wäre, wir würden nicht gezogen. Aber was wäre nicht alles besser? Oder freilich: wäre etwas besser? Es begann das Immergleiche, es währte das Immergleiche, und das Immergleiche endete im Immergleichen. Und dann begann es wieder. Es hatte keinen Sinn, es stoppen zu wollen. Wir schwammen darin. Und wir ertranken darin. Um dann wieder darin zu schwimmen. Wer fragte nach Atem? Längst atmeten wir auch unter Wasser, und längst ertranken wir an der Luft und unter dem Himmel. Es war uns eins geworden. Das waren die Nicht-Zeiten, und ich war ihr Kommandant, der Kommandant des letzten Gefechts.

ICH hieß Zechiel zu ruhen den Rest dieser Nacht. Doch war es, ich wusste es und es störte mich nicht, mit der Ruhe nicht mehr weit her. So lud ich den

Weiser, der längst – wie konnte es anders sein? –, während Zechiel erzählt, hinzugetreten und gierig gelauscht, zu mir und mit ihm Ludo. Rahaael wollte ich rufen, doch ließ ich es. Wach war ich und müde zugleich.

Was er, der Weiser, und was er, Ludo, also meinten? Was diese Geschichte Zechiels für unseren Marsch bedeute? Wenn sie denn etwas bedeute.

Wie alle Geschichten, so der Weiser, bedeute auch diese etwas. Sie sage etwas. Was freilich sie uns sage, liege allein in uns.

Ja wohl nicht alleine, entgegnete da ungewohnt heftig Ludo. Ich schob es auf die ungewohnte Stunde. Wenn auch jünger als Ludo und gar der Weiser, so wusste doch auch ich, dass die Nächte nicht mehr für uns geschaffen waren. Mochte der Tag Linderung bringen in manchem, die Nächte taten es längst nicht mehr.

Ja wohl nicht alleine in uns, so also Ludo. Es geschähen Dinge nun einmal, gleichgültig, was wir darüber dächten. Gleichgültig, ob der Weiser zu Erzählungen sie adele. Es sei ihm, Ludo, die Frage eher, ob wir uns nicht zu viel und damit notwendig den Dingen, die geschähen, zu wenig Achtung erwiesen. Sehr wohl sei es vonnöten, dass wir nicht als erstes die Geschichte zu lesen versuchten. Sondern was es für unseren Marsch bedeute, dass nahe bei uns, erschreckend nahe bei uns, Dinge und Vorkommnisse am Werke, die unseren Marsch hindern könnten. Ein Kundschafter sei überfallen worden. Jetzt Laila, mit seltsamen Zeichen. Alles dieses müsse als Gefahr erst einmal wahrgenommen werden. Und es sei jede Gefahr umso größer, je weniger wir sie verstünden. Was uns also diese Geschichte sagen wolle oder solle, liege wohl wahrlich nicht allein in uns. Sondern zunächst an dem, der sie uns erzähle.

Es seien wir ja weniger auseinander, als es den Anschein haben möge, sprach da der Weiser und tat es begütigend, wie mir schien. Es sei kein Widerspruch. Natürlich müssten wir versuchen, soviel in Erfahrung zu bringen wie eben möglich. Natürlich müssten wir, so es denn überhaupt so sei, nach demjenigen fragen, der uns etwas erzähle. Und doch wäre erst die Bedeutung wichtig, die wir den Dingen beimäßen. Für uns und in uns. Wir könnten alles damit tun, und alles wäre dann auch wahr. Ganz am Ende freilich, er bleibe dabei, wäre etwas erst geschehen, nachdem wir es gedeutet.

Das könne so aber nicht sein, erwiderte da ich, und tat es eigentlich ohne Lust und ohne rechte Überzeugung. Nähmen wir ein anderes: Gingen wir in Gedanken zurück in die Nicht-Zeiten vor den zeitlichen Zeiten. Keiner von uns, keiner je habe Anschauung davon gehabt. Und doch. Jener gleißende Himmelsbote, noch weit vor dem Fürsten und seinem Mädchen, sei der nur

Erzählung? Wohl kaum. Es sei geschehen. Es sei so geschehen, so wie wir hier jetzt säßen. Gesetzt, wir säßen nicht hier. Gesetzt, es hätte uns nie gegeben (wodurch waren eigentlich wir zum Wir geworden?). Gesetzt, kein Fürst, kein Abt, nichts wäre gefolgt. Wäre dann dieser Einschlag nie geschehen? Man könne es wohl kaum so sagen. Vieles war geschehen, was niemandem zur Erzählung geworden. Und sei doch geschehen. Und geschehe ohne Zweifel noch.

Wir müssten lernen zu unterscheiden, sagte der Weiser, und das falle uns allen schwer. Lernen und erkennen falle schwer. Lernen sei oft Schmerz. Da wir über jenen gleißenden Boten redeten: Freilich könne er eingeschlagen sein mit unfassbarer Wucht. Doch von Bedeutung sei dieses ja nur, weil wir darüber redeten. Wir. Oder andere. Wir täten es übrigens, da wir die zeitlichen Zeiten von fern noch gekannt. Ansonsten könne man aus einer Nicht-Zeit heraus nicht über die andere reden. Es sei ihm dies erneut ein Zeichen, dass auch diese Nicht-Zeit, wie jene zuvor, ende. Ein unauflösbares Rätsel sei dies, dass Nicht-Zeiten enden könnten, aber so sei es nun einmal. Wir seien Rätseln gegenüber zu furchtsam. Aber erst gelte es, das sei wahr, den Marsch zu beenden. Und insofern sollten wir tatsächlich beratschlagen, wie wir auf Lailas Geschichte, auf Zechiels Geschichte von Laila, antworteten, um den Marsch nicht zu gefährden.

Immerhin, warf ich nun ein, sei der Sohn Nathanael mit Laila. Das sei mir ein guter, ein beruhigender Umstand. Trotz seiner jungen Jahre sei Nathanael, er habe es bewiesen, erfahren und umsichtig in den Vorfeldern. Was immer mit und um Laila geschehe, Nathanael werde es für uns zu beeinflussen wissen.

Ich wusste selbst nicht, ob ich glaubte, was ich sagte. Nicht falsch war es, wie ich Nathanael beschrieb. Aber in dieser Geschichte richtig wohl auch nicht, ich spürte es. Und so war es mir keine Überraschung, dass Ludo Bedenkliches erwiderte.

Vorsichtig setzte Ludo die Worte. Der Kommandant des letzten Gefechts, er war das eine. Der Vater das andere immer noch, und ich wusste also, warum Ludo so sprach. Wo eigentlich war Mirjam an dieser Stelle? Mir schien in diesem nächtlichen Moment, dass mir Mirjam und mit ihr Raahael entglitten waren im Laufe dieser Strecke, und war es ja auch eine sonderbare Strecke gewesen. Seit wir gerastet bei dem Wächter zumindest, den ich stürzen hatte lassen. Wer mochte wissen, ob der Sturz des Wächters und das Wiedererscheinen Lailas nicht sich bedingten? Es war das, was der Weiser in zeitlichen Zeiten wohl Aberglauben genannt hätte. Aber was hieß dieses? Wer von uns vermochte noch zu unterscheiden, was Aberglaube und was Gesichte, was schlichte Irrtümer, falsche Pläne, was Visionen, was Geschichten, was schlicht eine jener Gaukeleien, denen wir uns hingaben, weil wir uns ihnen hingeben wollten? Weil es uns nützlich war im Moment, weil es uns wohltat. Wer also vermochte dieses noch zu unterscheiden? So wir es je hatten unterscheiden können. Ich glaubte nicht daran. Aber schon dieses war ein Gang auf morastigem Grunde.

Dass also, so sprach Ludo, dieses Verhalten Nathanaels verschiedene Deutungen durchaus möglich mache. Er rede dabei nicht einmal von Wahrscheinlichkeiten. Von Wirklichkeit oder gar Wahrheit, die er beide nicht kenne, nie gekannt habe und nie kennen würde, schon gar nicht. Ich wisse selbst, und wir seien uns nahe, seit die schwarzen Heere erstmals von fern den Rand unserer Kreise betreten, ich also wisse selbst, dass er derlei nie behauptet. Jedoch sei es gut, die verschiedenen Deutungen zu betrachten. Immer sei es gut, alle Deutungen, die zugänglich waren, nebeneinander zu stellen und so zu betrachten. Er spreche da als der Heerführer, der immer er gewesen. Auch wenn mancher, darunter auch ich, oft dieses in Zweifel gezogen. Vielleicht manchmal zu Recht, doch sei jetzt nicht dies die Frage.

Man müsse die Dinge durchgehen. Es sei anzunehmen, dass Laila und der junge Krieger, dem sie sich hingegeben, dem Marsch der Kohorten von fern gefolgt. Selbst den Verstoßenen möge es ratsam sein, in der Nähe wenn schon nicht der Macht, so doch des Vertrauten zu bleiben. Es wärme das Vertraute stets, auch wenn es nicht immer guttue. Mancher, die meisten, vielleicht alle blieben stets im Banne des Vertrauten, weil es ebendies sei: vertraut, und dies sei wichtiger als die Frage, ob es zum Heil oder Un-Heil führe am Ende. Und schließlich hätten Laila und der Krieger nach den Regeln und Gesetzen der Kohorten zurückkehren dürfen, nachdem sie Buße getan. Letztlich – er, Ludo, sage es ungerührt, wiewohl das Mädchen ihm vordem angehangen – rühre alles dieses aus jenem verbotenen Verkehr, dem Beischlaf, der ja nicht aus Lust, sondern um des Aufruhrs willen geübt.

Es rühre nicht daher, warf der Weiser ein. Es werde durch ihn, durch seine Folgen lediglich offenbar.

Wie auch immer, fuhr Ludo fort, es sei auch nicht an dem jetzt, über unsere Gesetze zu reden. Sie seien, wie sie seien, und sie hätten ihren Grund. Es sei dies alles in jedem Falle in arger Nähe geschehen. Etwas habe sich geändert. Am einfachsten noch wäre die Antwort, dass sich Laila und der Krieger überworfen oder der Krieger von Laila gereizt. Auch mochte es sein, dass es dem Krieger bereits scheinen mochte, er habe einen zu hohen Preis bezahlt, was sich in Zorn entladen. Es sei dies, wir wüssten es, nichts Seltenes. Wenn nicht dieser Überdruss und Zorn gar das Regelhafte sei. Jedoch sei es gewiss der Krieger nicht gewesen, der Laila mit jenem Kristall gezeichnet. Am Ende sei es denn jener Kristall, der ihn, Ludo, am meisten beunruhige. Das Rätsel, das Fremde werde Form und werde dabei noch rätselhafter und fremder. Es breche etwas herein.

Und damit Nathanael. Freilich möge es als Vorteil scheinen, dass der Junge jetzt mit Laila unterwegs. Doch zu welchem Ziele? Mehr beunruhige ihn, Ludo, diese Anziehung ohne jegliche Vernunft, von der auch Zechiel gesprochen. So wäre also die Frage, ob Nathanael Laila begleite als der Führende oder Beobachtende zumindest oder ob nicht vielmehr Laila Nathanael binde. Zu welchem Ziele aber, das wüssten wir nicht. Jedoch möge ich mich als Vater, der ich auch sei, nicht über Gebühr beunruhigen. Immerhin, wir hätten Zeichen von Nathanael. Das sei mehr, als wir hätten sicher hätten annehmen können. Unsere Verluste seien groß geworden in diesen Nicht-Zeiten.

Es sei dies freilich ein Zeichen der Nicht-Zeiten, fuhr der Weiser nun fort. Der Mangel. Der Verlust. Die Entbehrung. Die Vorstellung von Fülle, ja selbst die Sehnsucht nach Fülle fast selbst verloren. Es sei uns aufgegeben. Aber Ludo sehe tief. Etwas breche auf. Die Ankunft Raahaels und Zechiels. Mit ihnen die Kunde von jenem Buch. Der Kristall. Unser Marsch. Für uns seien dies einzelne Fäden. Aber in Wahrheit wohl ein Gewebe, das wir nur noch nicht erkennten. Doch sei er, der Weiser, überzeugt, dass Erkenntnis bevorstünde.

Wir seien nicht weiter, sagte da ich, müde und wach, da der Morgen dämmerte. Ob Erkenntnis bevorstünde oder nicht, was sollten wir jetzt also tun? Gebe es überhaupt etwas zu tun? Nichts gebe es zu tun. Wir trachteten zu viel nach dem Tun.

Wir sollten den Marsch fortsetzen, ungehindert, unentwegt, bemerkte der Weiser. Er sei richtig.

Auch er rate dazu, sagte Ludo. Wenn auch aus anderem, einfacherem Grunde. Wir hätten den Marsch begonnen, da die schwarzen Heere herandrängten. Winterlager tue not. Dieses sei richtig gewesen, als den Marsch wir begonnen. Es habe sich nichts daran geändert. Ich, der Kommandant des letzten Gefechts, solle den Aufbruch für diesen Sonnenlauf befehlen. Was bleibe uns sonst?

Oh, die Fülle entbehrten wir. Es war richtig: Es war die Entbehrung durch kein Rauschgetränk aufzufüllen, auch wenn wir es reichlich fließen ließen. Nur kurz brachte der Verkehr mit einer Frau Erleichterung, nie aber Fülle und stets neue Begierde. Es war richtig, dass wir den Kohorten den Verkehr verboten. Ging es gut, brachten Rauschgetränk und Mahl und leibliche Erleichterung um ein Weniges Vergessen vor der Gier nach Fülle. Doch ging es selten oder eigentlich nie gut. Was ging schon gut? Was hieß gutgehen? Was aber gab uns diese Gier ein? Was aber hielt die Sehnsucht wach, und sei es im Verborgenen, Dunklen, wohin kein Sonnenstrahl drang und wo der Natur gemäß nichts Lebendiges sein konnte? Aber eben doch war. Das aber lehrten uns die Nicht-Zeiten: Nicht gut war es, voll Gier zu sein. Begierden nachzujagen. Die Gier nach Fülle war falsch, die Vorstellung von Fülle und also vielleicht sogar die Fülle selbst.

Noch war der Himmel schwarz, doch zeichnete sich schmal ein grauer Streifen im Osten, verdrossen, unentschlossen, und auch diesmal würde die Sonne zu neuem Lauf ansetzen auf flacher Bahn. Die nächtlichen Wachen waren bereits abgelöst. Das Lager erhob sich zu jenem Gewimmel, das ziellos schien und doch präzise auf den einen Punkt, den Abmarsch, zusteuerte. Für den Morgen war dieser Punkt das Ziel der Kohorten. Die Stämme im Nordosten kümmerten nicht. Ich war mir sicher – und selten war ich mir sicher –, dass kaum einer der Männer und Frauen, von den jungen schon gar nicht, an die Stämme im Nordosten einen Gedanken verschwendeten. Mochte sein, dass einige der Hauptleute an das bevorstehende Winterlager dachten. Warum hierzu dieser Marsch notwendig. Mochte wohl auch sein, dass der eine ihn missbilligte, weil wir Winterlager immer anders gehalten. Mochte wiederum sein, dass der andere ihn guthieß, da die schwarzen Heere näher herandrängten denn je und so unsere Schwäche stärker offenbarten denn je.

Ich ließ, während ich selbst dem nachging, welchem eben nachgehen zu war vor dem Abmarsch, Zechiel erneut rufen. Zechiel erschien, erfrischt nach kurzem Schlaf, doch vom Grunde weg ausgezehrt. Nicht anders als wir selbst. Noch einmal fragte ich nach Nathanael. Jenes seltsame Hetzen, das beide ergriffen, war mir dunkel verständlich und sonderbar zugleich. Jenes Funkeln und Glitzern, von dem Zechiel erzählt, mochte ein Auslöser gewesen sein. Doch was war der Grund? Und wiederum: Was sollte die Suche nach Gründen? Welcher Grund hatte uns in diese Nicht-Zeiten gebracht? Alles war der Grund. Und damit nichts. Was mit Notwendigkeit erfolgt, hat keinen Grund, der zu benennen wäre. Und wer hätte ein Nichts je ergründet?

Zechiel möge mir berichten, was in jenem Zusammentreffen mit Laila geschehen. Er habe wohl von der Oberfläche gesprochen. Doch wer wisse besser, als er, Zechiel, dass das, was wir sähen, hörten, täten, das Geringste nur sei. Auch glaubte ich nicht, dass allein das Glitzern jenes Kristalls jene magische Kraft entfaltete. Also was?

Es sei, erwiderte Zechiel, das Glitzern des Kristalls für sich genommen wohl nicht gewesen. Aber es wäre ohne dieses auch nicht gegangen. Sowohl er, Zechiel, wie auch Nathanael seien erfahren genug in der Tat, jedem Glitzern nicht hinterher zu laufen. Zumal Laila da noch gar nicht kenntlich. Und wir müssten dabei immer bedenken, dass das, was wir Kristall eben jetzt vorläufig nennten – weil anderes Wort uns nicht gegeben –, dieses eben nicht gewesen sei. Es bleibe ihm, wiewohl mit jener Art Drängen dunkel vertraut, ein Rätsel beides, der Kristall und die Anziehungskraft, die von ihm ausgegangen. Er mache sich um Nathanael überdies wenig Sorge. Nathanael würde sich behaupten, es sei ihm dies gewiss. Worin oder wogegen freilich auch immer, das wisse er nicht.

Wenig mehr wusste ich als vordem. Vielleicht war in jenem Kristall – oder was immer es war – etwas sichtbar, greifbar geworden, was alle uns bestimmte. Den einen vielleicht mehr, den anderen weniger. Aber alle waren wir denselben Kräften ausgesetzt. Mehr und mehr stieg in mir – war es Verdacht, war es Wissen bereits? – die Ahnung empor, dass dieser Kristall von den schwarzen Heeren kam, zum Zeichen uns gesandt. Aber was sollte es bedeuten? Und konnte dieses überhaupt sein, war dieses nicht recht wieder eine Spukgestalt, die uns, mir Ordnung vorgaukeln wollte, wo keine sein konnte, weil Ordnung nun einmal wir sehen wollten und anders nicht konnten?

Doch nüchtern und ohne jede Ahnung hatte ich, der Kommandant des letzten Gefechts, zu bedenken: Wäre jenes nun ein Zeichen der schwarzen Heere, so wären uns diese bereits näher gerückt, als wir geglaubt oder befürchtet oder insgeheim vielleicht sogar erhofft. Fast wären dann die schwarzen Heere schon mitten unter uns, und vielleicht waren sie es längst in ganz anderer Gestalt als der erwarteten. Wie wäre dem dann zu begegnen, da wir uns doch auf dem Marsch befanden? Und Gefecht wohl in Frage nicht oder nicht mehr kam. Und war es, diese Gedanken verfolgt, nun wiederum gut oder zu fürchten, dass Nathanael mit Laila gegangen? Es war eigentlich wie immer. Die Gedanken und Überlegungen kreisten, und am Schluss waren sie, so groß die Kreise geworden sein mochten das eine oder andere Mal, wieder am Anfang, bei der Anfangsfrage angelangt. Die genau dieses geblieben war: Anfang, ungelöst.

SPÄTERHIN, schon hatten wir wieder eine gute Strecke Wegs zurückgelegt, sprach ich mit dem Weiser über diese Dinge. Laila, die Ludo mir für die Nacht geboten. Was eigentlich wäre anders geworden, hätte ich das Angebot angenommen? Wäre etwas anders geworden? Und was wollten uns Nathanaels und Zechiels, vor allem aber Nathanaels Hindrängen, jenes Überwältigte und Überwältigende, jener Kristall uns wohl sagen? Ich fragte es den Weiser direkt, was so sonst nicht mein Wesen.

Ich solle mich mit derlei Gedanken nicht aufhalten. Sie hielten kein Ergebnis bereit. Ich solle schauen auf die Geschichten, die auf ihre Art alles erklärten. Freilich nicht so, wie wir es gewohnt, wie es uns nützlich, wie es uns zugänglich erschien. Geschichten seien immer wahr. Nicht bräuchten wir sie zu verstehen. Wir müssten sie uns anverwandeln, und sie verwandelten uns. Bis aus den Geschichten und uns ein untrennbares Eines geworden, und die Geschichten wir und wir die Geschichten geworden seien.

Jener Abt, der uns zur Geschichte geworden, habe Ähnliches wohl erlebt. Und ich möge bedenken, dass es sich um einen erfolgsgewohnten Mann gehandelt habe, eine der Stützen oder zumindest einer der einflussreichsten Männer des Gebildes, das wir in zeitlicher Zeit Reich genannt hatten. Ein seltsames Gebilde übrigens. Doch vielleicht gerade deshalb von zäher Dauer. Vergangen dennoch, deshalb ja eben zeitliche Zeit. Die wiederum den in ihr Lebenden als Nicht-Zeit wohl erschienen sein mochte. Wenn auch nicht recht verständig, so wie vielleicht manche Idee uns. Aber das sei nicht das, was er erzählen wollte.

Jener Abt also. Ein erfolgsgewohnter Mann, sicher in sich, sicher in seinem Wollen, nicht angekränkelt. Bewundert von manchen. Unangenehm für viele. Selten sei es, dass solche Männer dieses Drängen und Ziehen zu spüren bekämen. Wenn, dann aber mit unvorstellbarer Macht. Einer Macht, die zerstörte.

Ich solle mir vorstellen: Jene Frau, um die es dem Abt gegangen, habe über eine solche Art Kristall verfügt. Ganz gleichgültig sei dabei die Form. Gleichgültig auch, ob ein solches als Materie überhaupt existiere oder existiert habe. Wenngleich: Er, der Weiser, sage es frank, dieses Etwas als Materie, von dem Zechiel berichtet, habe ihm zu denken geben. Davon ein andermal. Es habe also diese Adelsfrau zweifellos einen solchen Kristall besessen, nähmen wir es so. Die Briefe, die der Abt geschrieben und die er, der Weiser, gelesen, zeigten diese Kraft. Seien sie am Anfang hochmütig gewesen, selbstgewiss zumindest, habe sich bald ein flehender Ton darein gemischt, der, der Kundige wusste es, Bettelhaftes nur noch unter dünnem Firnis verbarg. Dass die Umgebung des Abtes, all die Adjutanten, Untergebenen, Bauern, Mägde, Knechte, die Kriegsleute, Zauberer und Gaukler, nichts geahnt, an solches nicht einmal gedacht, nicht einmal zu denken gewagt, dessen sei er, der Weiser, gewiss. Es sei, schon habe er es erzählt, der Abt mit starker Aura ummantelt gewesen, erhaben fast, und es möge ihm dieses zu einem Teil seines Verhängnisses geworden.

Die Antworten jener Dame Cybilla seien im Übrigen jedes Mal unmittelbar erfolgt, oft mit gleichem Boten zurück, in aufreizend gleichbleibender Mittellage, auf Nebenaspekte in des Abtes Schreiben scheinbar eingehend, zermürbend selbst für den, der unbeteiligt, aus Neugier, diese Briefe las. Das Drängen, das den Abt erfasst, hatte sich schließlich, wie es seines Standes war, gewaltig entladen. Es musste dies so sein. Es hatte nur eines Anlasses bedurft, der nur scheinbar nebensächlich. Wen würde dieses auch wundern, denn wie vieles ist Schein, was nur die wahren Beweggründe verhülle, manchmal wie zarter Schleier, manchmal wie grobgewirktes Tuch? Es ginge uns ja nicht anders.

Es habe, fuhr der Weiser fort, als diese Geschichte ihren Lauf genommen, in den Wäldern nahe des Sitzes Cybillas eine Frau gelebt, in magischen Künsten bewandert, so jedenfalls wollten es die Menschen in der Umgebung wissen. Es sei wörtlich zu nehmen: Sie wollten es so wissen, weil es ihrem Bedürfnis entsprochen. Und hatten genauso recht und unrecht damit, wie wir mit allem anderen. Keinen Grund gebe es für uns, sich darüber zu erheben. Unser Blick sei ein anderer, aber nicht notwendig ein richtiger. Es sei dies alles nichts Ungewöhnliches gewesen in jener Periode der zeitlichen Zeit. Jene Frauen – es gab deren viele oder zumindest eine im Umkreis eines Marsches, den ein Sommersonnenlauf erlaube und der unserem gewöhnlichen Pensum durchaus geähnelt haben mochte –, jene Frauen also waren während des Tages verfemt, gemieden, von der Obrigkeit misstrauisch beäugt. Wenn es ihnen gut ging. Des späten Abends aber, wenn die Sonne ihren Lauf vollendet, oder des frühen Morgens, wenn dunkles Grau neuen Sonnenlauf erst kündete, drückten sich die jungen Mädchen und die Knechte, die Bauern und Kriegsleute, die Gelehrten und Priester jenes Herrn an jene Frau, sich Rat zu holen, weissagen, anleiten, heilen zu lassen. Entlohnt worden sei die Frau mit dem, was eben übrig. Eier, ein Holzkrug voll Bier, manchmal einige Kupfermünzen, selten ein Huhn. Sie habe auch nichts verlangt. Gegeben, worum sie gebeten, genommen, was man ihr bot. Soweit also gewöhnlich.

Ungewöhnlich aber und anstößig sei gewesen, dass die Dame Cybilla der Hexe vertraute, sogar freundschaftlichen Umgang mit ihr gepflogen. So habe

Cybilla – so war erzählt worden, ob zutreffend oder nicht, wir wüssten es nicht –, bei der Hexe gehaust, manchmal nahezu einen Sommer lang. Die Adlige im Wald, in einer Höhle und deren winzigem, wurmstichigem hölzernen Vorbau. Dass vieles geraunt worden sei, möge ich mir leicht vorstellen. Doch war Cybilla die begüterte, sogar reich begüterte Adelsherrin nun einmal gewesen und so schwer oder gar nicht angreifbar. Es wäre den Untertanen in der radikalen Form auch kaum in den Sinn gekommen. Die Hexe selbst wiederum sei, soviel man wisse, nie auf der Burg Cybillas erschienen. Soweit sei der Bruch mit dem Herkömmlichen, den Cybilla riskiert, dann wohl doch nicht gegangen.

In jedem Falle sei dann ein Bauernsohn, der zum Gesinde Cybillas gehörte, in der Burg jenes Herrn, die der Abt regierte, erschienen. Und sogar, nachdem er zunächst ungnädig empfangen, eilends beim Abt vorgelassen, als er seine Geschichte skizziert.

Diese war aber so gegangen: Der Bauernsohn hatte ein Auge auf eine der jungen Mägde im Gefolge Cybillas geworfen, eine Art Zofe wohl, vielleicht so etwas wie eine Tochter, die Cybilla leiblich nie gehabt. Mit ihr war jenes Adelsgeschlecht denn auch ausgestorben, und man durfte Grund haben zu glauben, dass ihr das so nicht unrecht. Leicht aber, sich vorzustellen, dass ebenjene Magd oder Zofe sich auf den Burschen nicht habe einlassen wollen. Wer jung sehr nahe an der Macht gerochen – und jene habe Cybilla denn zweifellos auch ausgeübt –, mag oft sich nicht seiner Herkunft mehr erinnern, und die Angehörigen dieses Standes sind diesen Menschen widerwärtiger als jenen, die natürlich in die Sphäre der Macht geboren. Der Bursche habe aber in seinem Werben nicht nachgelassen. Einen Sommer, einen Herbst, einen Winter, ein Frühjahr. Und dann wieder in einen neuen Kreislauf hinein. Geschickt wohl sei er nicht gewesen, besonders lästig aber auch nicht, anstellig und zu mancherlei zu gebrauchen. Dass die Zofe davon bei verschiedenen Gelegenheiten Gebrauch gemacht, auch, aber nicht nur im Dienste Cybillas, dürfe als gewiss gelten. Wie dieses zu geschehen pflege. Es sei schon immer so gewesen.

Da sei der Bauernsohn in seiner Not nicht nur einmal die Waldsiedlerin um Rat angegangen. Die habe ihm geholfen nach ihrer Weise. Habe den Burschen reden lassen und lange. Habe ihm wohl Tränke bereitet und Salben, aufzutragen auf das Herz. Hoffnung gemacht habe sie ihm wohl nie. Stets sei der Bursche mit den letzten Sonnenstrahlen erschienen, stets sei er unter den Augen der Eulen wieder gegangen. Das habe einiges zu bedeuten, denn in jener Phase der zeitlichen Zeit habe man es vermieden, nächtens die Wälder zu durchstreifen, Haus und Burg überhaupt zu verlassen. In den Wäldern wohnten die Dämonen, gierig lauernd, bereit zu verschlingen. Die Behandlung der Hexe habe Wirkung gezeigt. Des Burschen Bindung an die Zofe habe sich gelockert. Zwar sei Schmerz über Ungelebtes, Unerlebtes in ihm gewesen. Doch bald auch Raum genug, dass den Avancen einer anderen er nachzugeben bereit war, weniger reizvoll für ihn, doch bereiter und für den Moment notdürftig heilend. Nicht lange, da sie sich dem Verkehr nicht weiter widersetzte. Es auch nicht wollte. Doch sei der Bursche dann in der Lage nicht gewesen. Worauf er, in empfundener Scham und seltsamer Gedankenverkettung, nicht erkennend auch – aber das sei ein Wunder nicht gewesen, wer hätte es gekonnt? –, dass dieses für ihn nur spräche, den Tränken und Salben, die doch hilfreich ihm gewesen, die Schuld daran beimaß.

Dieses war die Geschichte, die dem Abt er vorgetragen. Dem war sie willkommen. Als Vorwand. Denn die Klage, die der Bursche erhob, war ihm, dem erfahrenen Manne, eines weiteren Gedankens freilich nicht wert.

Der Weiser hielt inne.

Bilder waren in mir entstanden, während der Weiser die Geschichte des Burschen wiedergegeben. Ob denn, so fragte ich in die Stille hinein, nur halb anwesend, ohne rechten Zusammenhang, in jener Periode der zeitlichen Zeit den Priestern jenes Herrn der geschlechtliche Umgang nicht ohnehin verboten gewesen?

Wohl sei es so gewesen, erwiderte der Weiser, wie dies häufig zu geschehen pflege. Nicht zu Unrecht immer. Und wie es ebenso häufig zu geschehen pflege, hätten sich die Fürsten nie daran gehalten, als über dem oder in anderer Form in dem Gesetz stehend. Wir hielten es ja sogar in diesen Nicht-Zeiten nicht anders.

Nun gut. Es war etwas anderes gewesen, was meine Gedanken abgezogen. Vielleicht war es die Behausung im Wald, wie sie der Weiser beschrieben. Oder etwas anderes, eine Empfindung, eine Verkettung, einer der Sprünge des Geistes, die uns auf kurzem Wege an weit voneinander entfernte Punkte bringt, ohne dass wir wüssten, wie oder warum. Denn eigentlich erinnerte nichts an des Weisers Erzählung an Cramalla, und doch war mir diese in den Sinn gekommen. Wer mochte es schon wissen? Vielleicht ja, sicher wohl hatte Cramalla eine Wirkung auf mich gehabt – alle unseren Begegnungen hatten uns zu dem gemacht, was wir waren –, auch wenn ich nie besonders darüber nachgedacht. Es war wohl dieses, was ich zu bedauern hatte.

Die Frau in den Horden

Die Geschichte, die der Weiser noch nicht zu Ende erzählt, hatte sich hingezogen. Mittlerweile war die Sonne bereits ein gutes Stück emporgestiegen. Wir hatten erneut ein gutes Stück Weg zurückgelegt.

So war dieses: Wir erzählten Geschichten und legten Weg zurück, ohne es recht zu merken. Oder war es so, dass der Weg uns zurücklegte? Gingen wir Wege, oder war es so, dass uns die Wege führten, da wir nur meinten, sie zu gehen?

Die Landschaft hatte sich verändert und mit ihr der Weg. Da ich mich umsah, schien mir eher, dass der Weg aufgehört hatte. Wir marschierten, schien es, ohne erkennbare Richtung über freies Feld. Raahael, wo war eigentlich Raahael? Wann hatte ich sie zuletzt gesehen? Etwas lief falsch. Wir liefen falsch. Ich ritt an die Spitze der Kohorten. Und sah es schnell: Wir waren – wer hatte den Weg nur vorgegeben? – in eine Schlucht geraten, ein kleines Tal, das, um eine letzte Biegung herum, endete vor einem schroffen, für uns nicht zugänglichen Waldesaufstieg. Besteigbar wohl für einzelne von uns. Nicht aber für die Kohorten gesamt, nicht für die Pferde, nicht für die Karren, nicht für den Tross. Nicht sagen wollte ich, dass uns des Weisers Geschichte oder mein kreisendes Sinnieren oder beides in diese Lage gebracht. Es ging nicht weiter. Wir waren auf unserem Marsch in eine Sackgasse geraten.

Ein Bach sprang immerhin als Wasserfall über die Klippe und das Geröll hinunter und bildete in der Mulde am Fuße des Abhangs einen Teich. Das aus dem Teich abfließende Wasser verschwand dann völlig in einer Spalte. Irgendwo würde es wieder auftauchen, nach kürzerem oder längerem Lauf, und manches Wasser, das wir sahen, das uns benetzte, das an die Oberfläche drang, war selbst vielleicht schon am Rande jener Nicht-Zeiten in der Unterwelt versickert, die den zeitlichen Zeiten vorausgegangen, um jetzt in unseren Nicht-Zeiten wieder aufzutauchen. Ein erschreckender Gedanke. Und tröstlich zugleich. Oh, wir waren einfachsten Trostes bedürftig, wer wollte es leugnen? Und wurden nicht satt davon.

Freilich: Wasser, das wir brauchten, war uns knapp geworden, wie alles andere auch. Nicht wussten wir, ob dieses Wasser in Bach und Teich für uns genießbar. Eine Sackgasse hatte uns hierher geführt, und dennoch bannte uns dieses Bild aus Wasserfall und Wald und Teich und Bach. Wilde Fruchtbäume, einzeln, standen um den Teich, verschwenderisch bedeckten die abgefallenen Früchte die Erde, viele aber hingen noch in den Zweigen, von niemandem gepflückt. Es mochte wohl so gewesen sein, dass in zeitlicher Zeit ein Hain hier gestanden. Ein wenig abseits von dem Dorf, das jetzt längst untergegangen und vom Erdboden ohne Spur verschwunden. Ein Ort, der die jungen Burschen und Mädchen im Frühling und zur Zeit der Blüte angezogen haben mochte, da er Duft bot und Versteck. Duft und Schutz, warmen Duft, freundlichen Schutz. Ein Bissen Brot. Ein Schluck vom Wein. Ein Ort, wie ich ihn wohl mit Esther gern aufgesucht hatte. Aber stimmte das? Ein Ort wohl eher, den ich mit Esther gerne aufgesucht hätte. Freilich war der Hain wohl nützlicherem Zwecke zugedacht gewesen. Das karge Mahl zu erheitern der Dorfbewohner. Wenn möglich, bis in den Winter hinein, der hart gewesen schon immer, härter vielleicht, als es für uns stets war. Deshalb waren ja wir auf diesem Marsch. Am Ende musste Winterlager sein. Und wenn wir auch zweifelten, wenn ich auch zweifelte: Am Ende musste Winterlager sein, und da wir nun schon auf dem Marsch waren – und unser Hügel, von dem wir aufgebrochen, lag ferne bereits und selbst Kundschaftern nur schwer noch zu erreichen –, konnte es auch Winterlager sein bei den Stämmen im Nordosten.

Ich spürte, wie ich angefangen zu denken wie der Weiser, in Geschichten und Erzählungen, von denen nichts mir bewies, dass je sie so stattgefunden. Wie mochte das Leben in den Hütten des Dorfes gewesen sein, wenn nach fahlem Tag die Nacht sich senkte, wenn Kälte und Nässe die Seelen durchzogen, wenn um die Häuser heulend und klagend die Dämonen und Geister der Wälder strichen, hungrig und gierig auf Beute, unerlöst die Wärme suchend, die doch sie nicht fanden? Was war aus den Jungen und Mädchen des Frühlings geworden? Liebten sie? Waren sie schon verdorrt in Kälte und Enge und Gewohnheit? Ich bedachte es zu wenig, wir alle, außer dem Weiser, bedachten es immer wieder zu wenig: Auch wenn wir in die Nicht-Zeiten geraten, waren diese doch unsere Ahnen, wie jener Fürst und sein Mädchen, wie der Abt, wie wer auch immer, namenlos und ohne Zahl. Ahnen. Vorfahren. Wer wusste, ob sie die Nicht-Zeiten nicht bereits in sich getragen und in uns, mit uns, waren sie nun, mit den schwarzen Heeren als düsteren Sendboten.

Jetzt freilich war der Hain verwildert und verlassen. Ich ließ zum Rastplatz rüsten, die Sonne hatte den Stand dafür ohnehin erreicht. Ich wusste bereits, dass wir umzukehren hatten. Doch ist es immer schwer, denselben Weg zurückzugehen, und ich wollte es nicht tun, bevor Rast gehalten. Nach dem Rasten ist es ein neuer Anfang, mithin ein neuer Weg. Wenigstens konnten wir es uns selbst so erzählen.

Freilich war es schwerer, als der Ort mit den Eindruck machte dem ersten Augenschein nach. Der Teich hatte den Grund um die Bäume überschwemmt und sumpfig gemacht, und so mussten wir uns nahe an die Hügel zurückziehen und lagern. Es war keine der Überschwemmungen, wie ich sie gesehen und von denen ich geträumt.

Als die schwarzen Heere noch fern lagen und wir kaum von ihnen gehört, als wir den kargen Meldungen versprengter Kundschafter noch kaum geglaubt und der Aufmarsch der schwarzen Heere uns wie ein luftiges Gespinst noch erschienen, in der zeitlichen Zeit also wohl noch und an deren Rande, hatte ich am ehedem Donau genannten Fluss gelebt. Vielleicht war ich dort aufgewachsen, ich wusste es nicht. War ich ein Kind, ein Jüngling, ein junger Mann, durchstreifte ich die Auen mit einem Ziel oder keinem, traurig oder voller Tatendrang, so tat es doch nichts: Es war der Fluss oft geschwollen zu gewaltiger Flut, weites Land bedeckend, zerstörerisch und ohne Maß. Dann wieder fruchtbares Land zurücklassend, nachdem er die Frucht erst geraubt. Und so war es jetzt noch in meinen Träumen, wenn ich nach erstem Schlaf, den die Erschöpfung mir befahl, wieder emportauchte an den Rand, wo sich die Sphären vermischen. Bilder von berstenden Dämmen, versunkenen Häusern, gekenterten Kähnen. Von mächtigem Strömen, aber auch von gleichmäßigem Fließen, ruhig und seinsversunken, mit dem Licht, das auf kleinen Wellengipfeln tanzte, wie es die Libellen taten in hohen Gräsern. Aus dem Wasser waren wir und spürten es noch als Ahnung, wenn die heißen Quellen wir aufsuchten. Aus dem Wasser waren wir, und es hatte die Macht, uns zu nähren und zu zerstören, wir konnten es vorher nicht wissen.

Dem Sumpf, der Überschwemmung zum Trotz: Es war ein guter Ort, an den wir hier ohne Absicht, auf falschem Wege angelangt. Büsche mit Beeren zogen sich den Berg in den lichten Wald hinauf, und blau und rot leuchtete es und lockte. Der Felsen schien die glutene Hitze des Sommers tief in sich geborgen und jetzt wohlwollend davon zu teilen, kraftvoll befahl der Duft von Sommer und Herbst Erinnerungen, die mächtig anbrandeten, aber ungestalt bleiben. Es führten uns die Erzählungen des Weisers in die zeitlichen Zeiten zurück und rückwärtig darüber hinaus. Doch tat es der Geruch noch mehr, wenn auch in anderer Weise, direkt, ohne dass Geschichten daraus entstünden und wir selten wussten, was die Erinnerung uns sagen wollte. Vielleicht war es freilich so, dass wir den Duft nur nahmen, weil wir uns erinnern wollten. Denn war es jetzt tatsächlich der Duft dieses Waldes, der mich an den Moment erinnerte, da ich Esther geküsst in jenem Wald im

Nordosten? Oder suchte die Erinnerung nur einen Spalt, um in den Kopf mir zu steigen?

Es war ein guter Platz hier für Winterlager. Ich sagte es dem Weiser und tat es entschieden. Es war ein besserer Platz, als wir für vorige Winterlager eingenommen, besser sogar, so schien mir, als unser untergegangener Hügel, von dem wir aufgebrochen. Mit Macht brachen sich die Zweifel ihre Bahn. Was taten wir, und was tat dieser Marsch? War es am Ende nicht klüger, dem einfachen Sinn der Kohorten zu folgen? Was taten uns die Stämme im Nordosten? Gewiss, die schwarzen Heere waren nahe. Aber das waren sie ja immer. Es war ja dies das Merkmal dieser Nicht-Zeiten. Sie waren nah und näherten sich und näherten sich und waren nah. Es machte keinen Unterschied. Dass wir uns auf den Marsch begeben, sagte am Ende nichts anderes, als dass wir uns dem Gesetz, das sich über uns gelegt nun einmal, nicht unterwarfen. Wir hatten es ja nicht geschrieben, dieses Gesetz. Wir hatten es uns nicht gegeben. Doch da war es, über uns, und auch mit uns und in uns. Und schließlich war ich wohl am Ende deshalb der Kommandant des letzten Gefechts: um ebendiesem letzten Gesetz zu dienen und es durchzuführen. Das Gesetz fragte nicht. Das Gesetz befahl. Wir hatten anzutreten, und vielleicht war es das, was die Kohorten wussten.

Der Weiser hörte mich an und tat es sinnend. Es seien diese Zweifel und Gedanken, Zweifel als Gedanken folgerichtig. Nicht anders könne es sein. Es sei gut, dass sie da. Wann anders sollten sie sich stellen und klar in das Licht treten, wenn nicht dann, da wir in eine Sackgasse, einen Hohlweg gelaufen. Und wir am Ende dieses Wegs auf einen Ort träfen, der uns zum Weilen verlockte. Dieses hier sei so ein Ort, er sehe es selbst. Für eines unseres Winterlager, wie wir sie, seit wir in diesen Nicht-Zeiten unterwegs, so unzählige Male gehalten. Nicht nur dieses: Es möge uns dieser Ort sogar weit wohler erscheinen, eine Art Fülle fast bietend, wie sie uns in den kargen und kalten und entbehrungsreich harten Winterlagern kaum je vergönnt. Ein Leichtes wäre es wohl, die Zelte und Hütten errichten zu lassen. Die Vorräte zu füllen, soweit es uns möglich. Den Wald zu bejagen mit brennenden Lanzen. Die Früchte zu sammeln. Das Wasser sei gut wohl hier, und es fließe reichlich, zuverlässig und stet. Nicht immer hätten wir solche Quellen gehabt. Zu wirtschaften und zu tun. Uns einzurichten. Hoffend, dass die Strenge des Winters uns nicht zu sehr peinige. Es könne schließlich, wir wüssten es ja, auch dies Spuren des Behaglichen annehmen. Und wer wüsste schon, ob nicht Raahael mir dann zu Diensten und zu Willen, wenn die Nächte lang und die Wärme fehlte. Brauch sei es ja, guter Brauch, das Verbot des Verkehrs in den

Winterlagern zu lockern. Auch deshalb mache die Kohorten die Ungewissheit ob des Lagers zu schaffen. Wenn für mich als Kommandanten des letzten Gefechts dieses Verbot auch nicht gelte und ich mich daran nicht zu halten hätte, so wäre es mit Raahael dann doch vielleicht anders. Was sich im Winterlager ändern könne. Wenn es mir also – dieses alles erwägend – richtig erschiene, so solle Winterlager ich befehlen.

Dass der Weiser mir nicht widersprach, dass er mir sogar beinahe zum Gegenteil dessen riet, wozu er mich stets angehalten, hatte ich nicht erwartet. Es entwaffnete mich und machte mich – vielleicht deshalb – unwilliger, als es jeder Vorhalt getan hätte. Dazu machte mich des Weisers Anspielung – nein, es war keine Anspielung, der Weiser spielte nicht an, der Weiser stellte fest – auf Raahael ungehalten. Doch mochte dieses, gleich gestand ich es mir ein, der Unwillen des Ertappten sein. Doch stimmte auch dieses? Welche Wünsche, welche geheimen Begierden, welche Sehnsüchte waren in mir, die ich nicht oder halb nur kannte oder kennen wollte? War es tatsächlich Begierde, die zu Raahael mich zog und die mir doch fremd und fast nur bloßer Schein?

In jedem Fall: Winterlager zu halten, um es mit Raahael zu teilen im Zelt des Kommandanten, konnte selbst kaum Gedanke, kaum Vorstellung werden in mir. Es war nicht möglich. Dass wiederum dieser Kaumgedanke, diese Nichtvorstellung funkelnden Reiz hatte, quälenden Genuss mir ferne bot, war mir selbst schwer zu leugnen. Woher dieses?

Bevor freilich antworten ich konnte, erhob sich Unruhe und Geschrei unter den Kohorten, dort, wo sie sich dem schroffen Talschluss zu hingelagert hatten. Schon stürzte ein Melder heran, aber ich sah es selbst: Den steilen Hang, fast eine Wand, herab stieß eine Horde Verlumpter, in Fetzen und Felle gehüllt, brüllend wie aus menschlichen Kehlen nicht stammend, nichts anderes als Knüppel und Pfähle schwingend. Sie griffen uns an. Wütend. Verzweifelt. Ungeordnet und ohne jeglichen Verstand. Ein krauses Bild, wirklich, aber unreal, wie ein Traum. Schon hatten die ersten die Kohorten erreicht, die überrascht, ohne die ordnungsgemäß zur Rast niedergelegten Waffen, ungeordnet, in wüstem Knäuel zurückwichen. Mit Wucht schlugen die Angreifer auf alles ein, was sich regte. Die Überraschung bot ihnen Vorteil. Ich sah, wie Knüppel mächtig auf unbehelmte Schädel droschen und die Männer töteten, noch ehe sie gefallen. Ich sah, wie sich grob zugespitzte Pfähle in Leiber rammten, dass das Blut in mächtigem Strahl schoss und sich mit Sand und Erde vermählte. Ich sah, wie sich Hände um Hälse eisern legten und würgten und sich nicht abschütteln abließen. Wir waren unvorsichtig gewesen. Ich hatte, in zu vielen Gedanken, die Ordnung nicht beachtet, die immer hieß, das Lager zu sichern, die Flanken abzudecken, das Vorfeld zu erschließen. Ich hatte einen Fehler begangen, ich, der Kommandant des letzten Gefechts!

Und doch. Kaum war es ein Bild einer Gefahr. Verblüffend wohl eher, wie etwas, das keinerlei Aussicht hat, kaum einem Ziel folgt, dann dennoch geschieht. Denn wenn wir auch selbst zerlumpt waren und abgerissen, innen wie außen, mit manchen kaum verheilten Narben und so mancher Verletzung, die uns einschränkte, so waren wir doch immer noch Kohorten. Ein Verband, gewohnt zu kämpfen, mit der Bestimmung, sich zu behaupten. Schon hatten sich auch rückwärtige Teile gesammelt und bewaffnet, schon erschollen die Befehle der kampferprobten Hauptleute, schon war die Kampfesstandarte hoch und sicher aufgepflanzt. Was den zerlumpten Horden erst ein Vorteil, der überraschende Angriff von oben, war nun ihre Falle. Denn den Rückzug konnten sie, die steile Wand hinauf, nicht antreten. Wollten es vielleicht gar nicht. Ohne Aufregung und mit Präzision waren die meisten von ihnen schnell hingemäht von den Kohorten. Der Rest, eine Handvoll, nicht mehr, gefangen und gebunden.

Das alles hatte nicht länger gedauert als jene Gespinste und Bilder, die schon nicht mehr Traum, aber noch nicht Gedanke, uns durch den Kopf und die Seele ziehen, kurz bevor wir erwachen. Es war uns ein solches ja auch nichts Neues. Wie oft waren wir in solche Scharmützel verwickelt, die Kampf und Schlacht man ja nicht nennen konnte. Dagegen waren die Kämpfe und Schlachten mit den Vorhuten der schwarzen Heere ja große und kühne und geordnete Ereignisse, festlich beinahe und wie befreiend. Zechiel hatte ich – wann war es gewesen? – einer solchen Horde entwunden. Menschenleer waren die Landstriche geworden wohl im Vergleich zu den dichten Siedlungen und Behausungen der zeitlichen Zeit. Doch waren ja die Menschen nicht sämtlich verschwunden. Wenn unerklärt auch war, wo die Masse geblieben. Und was wohl war mit jenen geschehen, die hinter die Linien der schwarzen Heere geraten. Wir wussten es nicht, wir hatten keine Vorstellung, keine Kunde, wie es in den immer größeren Gebieten, welche die schwarzen Heere besetzt hielten, wirklich aussah. Keiner von uns hatte diese Linien je durchdrungen. Die Trupps und Horden und kleinen Sippen wie jene, die uns überfallen, hatten den großen Verlust, der uns allen auferlegt, nicht mehr tragen können. Dazu der Mangel an allem, was Leben und Überleben möglich erst machte. Der Verlust eines jeglichen Plans, nichts auch nur vom Aufgang der Sonne an bis an ihren Untergang. Weh dem, der in diesen Nicht-Zeiten von Kohorten nicht umgeben, nicht in ihnen war und sei es als ihr Kommandant, der Kommandant des letzten Gefechts!

Der klägliche Rest wurde zu mir gebracht, geführt je von einem Krieger, ein Hauptmann vorneweg. Bericht ließ zuerst ich mir erstatten über unsere Verluste und wie dies geschehen. Es war eine überflüssige Frage, und alle wussten es, denn ich hatte die Befehle, die zu geben waren, nicht gegeben. Doch musste ich die Frage stellen, wie man Fragen manchmal stellen muss. Und Antworten geben, die man nicht geben will und nicht geben kann und eben doch geben muss.

Hatte Esther mir Fragen gestellt, die ich nicht gehört? Hatte ich Antworten gegeben, die sie nicht gewollt? Es war dies ja ein scheinbar Schlichtes: Es muss die Antwort zur Frage passen wie der Schlüssel ins Schloss, damit Neues entstehe.

Aber wie oft passierte dies wirklich? Späterhin – in die Nicht-Zeiten waren wir noch nicht gänzlich geglitten – späterhin also hatte ich mich gefragt, ob ich nicht einem einzigen Irrtum erlegen. Oder auch tausenden, es tat nichts. Vielleicht eher tausenden Irrtümern, doch tat es nichts. Vielleicht war mit Esther alles richtig, aber der Irrtum schon viel früher, vor Esther geschehen, bevor Esther ich erkannt. Vielleicht hätte, wäre ich dem Irrtum oder den Irrtümern nicht erlegen, alles anders gekommen? Doch geschahen die Dinge mit Notwendigkeit, und so waren wohl auch die Irrtümer notwendig, um uns zu dem zu führen, der wir waren, unverrückbar einer, unverrückbar in der einen Sekunde, bis die Sekunde vorüber. Wohin war Esthers Zärtlichkeit entschwunden und war doch da gewesen in dieser unverrückbaren einen Sekunde? Und wo hatte mein Schmerz geschlummert, unverrückbar, da er jetzt wieder da?

Groß ist der Schmerz in uns, aber wir sind nicht der Schmerz. Voller Trauer sind wir, aber wir sind mehr als die Trauer. Die Verzweiflung ist uns ein Schatten, doch stehen wir, und im Gefecht ist der Schatten nichts als ein Fleck, der uns besudelt, wesenlos, nicht hinderlich. Manchmal verrät er uns, wenn er vor uns fällt. Dann wieder bergen wir uns in ihn, um unsichtbar zu werden durch ihn.

Der Überdruss ist in uns und die Angst und der Zweifel und die Ohnmacht und die Reue, unsere Niederlagen – oh, es sind viele, sie sind ohne Zahl, ganz gleich, wie oft wir siegen! – bilden Sedimente, aus denen Bitternis sprießt, doch sind wir alles dieses nicht.

Die Verluste, so berichtete der Hauptmann, waren begrenzt, unsere Gefallenen zählbar. Ich hatte anderes nicht erwartet. Ich hatte es ja selbst gesehen.

Ich betrachtete die seltsamen Gestalten, die man mir zugeführt. Gebräunt und gegerbt waren sie, wie Menschen, die ein Dach, selbst ein Zelt lange nicht mehr gesehen.

Was nun sollte mit diesen geschehen? Es war mit derlei ja nichts mehr anzufangen. Es war mit derlei ja nicht zu reden. Und worüber auch? Dass es mit für einen solchen Überfall ein anderes Urteil als den Tod kaum geben könne, das stand ja fest.

Bevor ich anderes befehlen konnte, wurde der erste, es war wohl der Anführer, vor mich geworfen, das Urteil zu empfangen. Ein keuchendes Dampfen, ungeschlachte, zweifellos gewaltige Kraft, ein gurgelndes Lallen, wie ich es schon kannte von der Horde Zechiels. Wie verständigten diese sich untereinander? Oder waren diese uns nur voraus, da doch Verständigung ohnedies kaum mehr möglich oder gar notwendig nicht mehr war?

Längst war der Weiser hinzugetreten. Es war solches ohnedies sein Amt, aber er hätte es auch ohne das Amt getan, er brauchte es nicht. Völlig unerwartet aber war, was der Weiser tat. Nicht hob er zur Rede an, wie es dem Urteil vorauszugehen hatte, so war das Gesetz. Wenn auch Frage war, inwieweit das Gesetz in solchen Fällen überhaupt noch zu bemühen war. Nicht kam ihm, dem Weiser, eine seiner Erzählungen in den Sinn, wie es auch zu geschehen pflegte, wenn niemand es erwartete, niemand danach verlangte und es auch nicht zu passen schien. Wann passten Erzählungen schon, als im Lager des Abends bei Brot und Rauschgetränk? dachte ich flüchtig. Wusste aber selbst vor mir, dass das nicht stimmte. Aber manchmal wollte ich, dass es stimmte, wenn die vielen Erzählungen anfingen, mich zu beunruhigen. Aber was beunruhigte mich nicht im Grunde, spätestens seit unseren Hügel wir verlassen?

Der Weiser also tat alles dieses nicht. Der Weiser ließ Wasser bringen, die Gebundenen zu tränken. Das Raunen, das daraufhin durch die Kohorten ging, war nicht zu hören. Aber zu spüren. Was der Weiser befahl, war unerhört und bleib folglich ungehört, zunächst. Ich selbst war von dieser Wendung überrascht und spürte den Widerwillen, den auch die Kohorten spürten. Und doch ließ ich es zunächst geschehen nicht nur aus Überraschung. Seitdem wir auf dem Marsch, vielleicht schon davor, ohne dass ich es noch bemerkt hatte, seit dem Aufenthalt auf unserem Hügel, hatte sich etwas verändert am Weiser. Etwas nicht Greifbares, noch nicht Greifbares. Aber etwas, das Überraschungen barg. Es war etwas im Gange. Wann war zuletzt etwas im Gange gewesen? Doch mochte es auch sein, dass sich der Weiser selbst immer gleich blieb in steter Veränderung. Dass aber mein Blick sich geändert hatte auf den Weiser. Vielleicht war das ja aber auch dasselbe.

Richtig hob jetzt der Weiser an zu sprechen. Wir seien einige Sonnenläufe nun auf diesem Marsch. Nicht viel. Und nicht viel hätten wir daher noch zu erwarten von ihm. Was, wie ersichtlich, nicht heiße, dass wir nicht vorankämen. Fern sei der Hügel eigentlich noch nicht, doch möge er gerade den jungen Kriegern bereits fern und mithin unwirklich erscheinen wie die Erzählung, in die er, der Weiser, uns mitnehmen wolle. Doch lehre sie uns wie alle anderen, den Marsch zu verstehen. Ein wenig. Soweit dies in unserem Leben möglich sei. Und auch, warum gut daran täte, anders zu sehen, wer sich auf einen solchen Marsch begebe. Nicht notwendigerweise richtig. Nicht notwendigerweise das vorherige Sehen so als falsch bezeichnend. Anders zu sehen selbst sei das Richtige.

Wir wüssten oder ahnten, dass auf den Pfaden, die wir gingen, viele bereits unterwegs gewesen, Namenlose ohne Zahl und einige, von denen wir zu wissen glaubten, in diesen Nicht-Zeiten, in den zeitlichen Zeiten und in den Nicht-Zeiten, die wiederum den zeitlichen Zeiten vorausgegangen. Wir dürften und sollten daraus freilich nicht allein aus dieser Abfolge schließen, dass diese Nicht-Zeiten wiederum von zeitlichen Zeiten würden abgelöst werden. Es sei so einfach dieses nicht. Als Warnung gesprochen oder als Begütigung, ganz für jeden so, wie er es höre.

So also sei wohl an diesem Platz, in dieser Schlucht, in dieser Sackgasse jener Fürst mit dem Mädchen durchgezogen, einiges an Gesinde und Sippe wohl mit ihnen. Anders aber als wir es wohl täten, habe der Fürst Winterlager hier halten wollen und auch müssen. Der Winter mochte früh eingefallen sein, und es war den Menschen Schutz und Rückzug noch notwendiger als sonst. Andererseits hatte wohl der Fürst seine Erfahrungen damit umzugehen, wie wir die unseren hätten. An jenem anderen Rande zu den zeitlichen Zeiten sei die Kunst des Goldhandwerks, die Liebe zum Golde selbst verbreitet und auch notwendig gewesen. Mit Halsringen und Armreifen, Anhängern und Nadeln, als Zeichen von Macht und Wohlstand und wohl Göttergleichheit, aber simpler, auch am Rande der zeitlichen Zeiten war das Leben oft simpler, als wir wohl glauben mochten, aber simpler auch als Aufbewahrung von Wert. Macht und Status oder Gold gab man, wenn es sein musste, um zu überleben. Und darum sei es gegangen. Macht, Status, Gold waren am Ende nichts, was man nicht in die Waagschale geworfen, um das Überleben zu sichern. Man habe es nicht leichtfertig getan, aber natürlich habe man es getan. Schließlich seien auch unsere Schätze längst verschwunden. Froh seien wir ja, wenn über ein wenig Rauschgetränk als Zeichen der Fülle wir verfügten. Dass übrigens der Fürst mit dem Gold unterwegs, weise daraufhin, dass er kein Verstoßener gewesen, wie man hätte glauben können. Vielmehr, wer wisse, vielleicht einer, der ausgezogen, um Rätsel zu erkunden und Aufgaben zu lösen, die seinem Stamm vielleicht wiederum überlebenswichtig. Einerlei für den Moment.

In jedem Fall, wir wüssten es, sei der Fürst kampferprobt und kriegserfahren gewesen, hart gegen sich und andere, er wäre wohl der Fürst sonst wohl nicht geblieben. Des Fürsten Schar also habe das Winterlager hier bezogen, sich einrichtend auf den langen Winter, der kommen würde, nicht wissend, ob die Vorräte reichten. Ereignislos seien die kurzen Sonnenläufe vergangen. Ereignislos seien die langen Nächte vergangen, kaum erhellt vom Schein eines schmalen Feuers, kaum erwärmt. Sicher, das glaube er, der Weiser, hätten Geschichten die Runde gemacht, bis man ihrer überdrüssig. Von den Zweigestalten mit Löwenkopf und Dämonenseele, den Dunkelbäumen mit gezacktem Schwanz, welche die heiligen Bezirke bewachten eifersüchtig, und wehe dem, der ihnen zu nahe kam oder der Mondgesichtin, die nachts mit bleichen Lichtfingern jeden sich griff und becircte und ihm Träume wob, der ihrem Gesicht zu lange zugewandt. Und wer wüsste es schon, vielleicht hätte das Mädchen auch in raren Momenten getanzt und gespielt zu den dünnen Klängen einer geschnitzten Flöte und den misslaunigen Schlägen einer Handpauke und dem Klatschen und dem Gesang ihrer Horde? Wohl habe man anfangs noch die Ausrüstung erneuert, doch habe man bald zu tun nichts gehabt und wollte es auch nicht. Bald sei die Kälte in alles gezogen und meterhoch habe der Schnee sich getürmt. Es sei gewesen, wie es in den Wintern eben war, seit es Winter gab. Nichts war besonders.

Es seien Fürst und Mädchen in diesem Winter aber immer wieder überfallen worden. Ungewöhnlich für Winterlager. Ungewöhnlich in diesen Verhältnissen schon gar. Man stelle sich Überfälle in dieser frostigen Strenge, in diesen Schneemassen vor. Andererseits mochten gerade Strenge und Schnee diese Überfälle provoziert haben. Die Ruhe und Sicherheit des Fürstenlagers, die wenn auch bescheidene, so doch zureichende Zehrung musste für die, die unbehaust waren, magisch sein. Oder war es das Gold gewesen? Oder beides, unentwirrbar? Mehrere dieser Angriffe mussten sie erdulden. Bis es dem Fürsten gelungen, diese Horden durch eine List festzusetzen. Ein Zelt, das den Goldschatz scheinbar barg, von rückwärts wie unbewacht gelassen. Lichter von innen, die den Schatten des Mädchens allein an die Zeltwand warfen, als Lockvogel zu dienen. Fallen graben lassen, von dünner Schneeschicht verdeckt. Und sein weniges Gesinde sich auf die Lauer legen lassen, mit Äxten und Tauen. Es sei gelungen. Es seien nur wenige gewesen, schnell festgesetzt, erbärmliche Gestalten, wie diese hier.

Der Weiser deutete auf die Gefangenen, die wir gemacht und die bäuchlings vor uns lagen, nachdem sie gierig vom Wasser, das ihnen der Weiser hatte reichen lassen, getrunken. Einer von ihnen hatte meine Aufmerksamkeit, meinen Argwohn erregt. Schmaler, unauffällig und daher auffälliger als die anderen, vielleicht halb noch ein Knabe. Doch irritierte mich etwas anderes.

Gold, so fuhr der Weiser jetzt mit seiner Erzählung fort, Gold also sei Herrschaftsmittel und Machtausweis gewesen. Doch habe es noch anderes gegeben. Der Anführer habe es dem Fürsten angeboten, ihr Leben zu verschonen und Winterlager zu gewähren. Es sei aber jenes Medaillon gewesen mit der Abbildung eines Fürsten mit zwei Köpfen oder einer Auster oder einer Muschel, über das einige Sommer später das Blut des Fürsten geflossen. Nun wolle er, der Weiser sehen, was jene zu bieten.

So waren die Geschichten des Weisers. Sie gefielen den Kohorten, ich sah es. Und auch mir gefielen sie. Was immer sie sollten.

Bevor aber der Weiser jetzt fortfahren konnte, hieß ich den Knaben, der mir aufgefallen, sich erheben und zu mir führen. Er tat es, den Kopf gesenkt. Lang fiel ihm das verfilzte dichte Haar vor das Gesicht, und die unförmige Kleidung aus Filz und Flecken ließ die offensichtlich zarte Gestalt kaum erahnen. Dass er der Anführer dieser Horde nicht war – wenn ich mich auch fragen wollte, woran man solches präzise ersähe –, und dass er nicht einmal unter den hier zufällig Überlebenden einen Rang einnahm, war mir offensichtlich. Dennoch. Oder gerade deswegen.

Er habe wie wir die Worte des Weisers gehört. Ob er sie verstanden habe, so ihm unsere Sprache überhaupt noch geläufig. Auch dieses war in diesen Nicht-Zeiten nicht mehr, wie es in zeitlicher Zeit selbstverständlich gewesen. Scheinbar selbstverständlich. Zwischen den Horden änderte sich die Sprache und ging auseinander, die Sprache zwischen den Kohorten und diesen herumziehenden Horden ging auseinander, und selbst innerhalb unserer Kohorte, so schien mir zumindest, missverstanden wir uns häufiger, als es sein konnte nach Notwendigkeit und Erfordernis. Es schien etwas in diesen Nicht-Zeiten, das die Sprache uns nehmen wollte und nahm. Wenn aber die Sprache erloschen oder jeder seine eigene nur noch sprach – wäre das Sprache überhaupt noch zu nennen? –, wäre auch die letzte fahle Erinnerung an die zeitlichen Zeiten, wie sie mir und wenigen anderen noch eigen war, erloschen. Ich musste mit dem Weiser, mit Ludo darüber sprechen, sprechen tatsächlich, das Sprechen üben, mich einüben in es, denn es drohte mir und mir nicht allein zu versiegen. Wo aber war Ludo? Wo war Raahael?

Der Knabe antwortete nicht. Schärfer fuhr ich ihn an. Seine Bedeckung, der Krieger, der ihn hergeführt, ein erfahrener Mann, gab ihm zusätzlich einen derben Stoß in die Seite mit dem Griff einer Lanze. Kein Laut des Schmerzes entfuhr dem Gefangenen. Das Haupt hielt er weiter tief gesenkt. Er unterschied sich auch in dieser Haltung – war es Trotz? sollte es tatsächlich Nichtverstehen sein? – von den anderen. Doch sagte mir etwas, das ich nicht deuten konnte, dass sehr wohl er mich verstand. Diese reine Verweigerung war unklug dem Anschein nach. Was also war ihm so wichtig, dass Schmerz und Demütigung er lieber ertrug? Auf mein Zeichen brachte der Krieger diesen grob jetzt zu Fall, dass hart er auf die Erde fiel. Den Stiefel – oder die Ahnung davon, notdürftig war schließlich alles an uns – im Nacken spürend. Ich mochte mich getäuscht haben. Doch schien mir diese Behandlung dem Knaben erstmals ein Wimmern entpresst, kaum hörbar, hoch und klagend.

Wieder herrschte ich ihn an mit starker Stimme: Was sie also zu bieten hätten, um ihr Leben zu retten? Er reagierte nicht.

Freilich hatte ohnehin ich nur auf des Weisers Erzählung hin gefragt. Die Erzählung war das eine. Ein Irrtum stets und schon immer, die Erzählungen in unser Leben fortzuschreiben. Oder zu glauben, das Leben gleiche sich den Erzählungen an. Erzählung und Leben mochten im gleichen Urgrund wurzeln. Doch nachrechenbar waren in verschiedene Richtungen sie gewachsen, und weit lagen die Wipfel oft auseinander.

Da trat der Weiser heran und hob den gesenkten Kopf des Knaben mit beiden Händen, scheu fast, wie mir schien, wiewohl sonst der Weiser das Zupacken mit beiden Händen so wenig scheute wie wir alle. Kaum anderes blieb uns ja übrig und war den Nicht-Zeiten angemessen. Als ich in dieses Gesicht dann erstmals blickte, da war es das einer Frau. Kein Mädchen mehr, das marodierende Leben war kenntlich in dem Gesicht. Doch auch kein altes Weib, es hätte wohl sein können eine Schwester Raahaels.

Unerwartet kam mir das, kam es uns allen, den Weiser vielleicht ausgenommen. Eine Frau also!

Nun, warum zunächst auch nicht? Natürlich waren unter den marodierenden Horden Männer und Frauen gleichermaßen, sowie auch unseren Kohorten Mädchen und Frauen folgten. Wenn auch Geburten kaum mehr stattfanden, und das mochte nicht allein am Verbot des Verkehrs liegen, der den Kriegern auferlegt. Unfruchtbar waren wir geworden, und unfruchtbar wollten wir sein. Dennoch erschien mir der Umstand rätselhaft. Wohl war der

Angriff mit wilder, mit verzweifelter Wucht erfolgt. Ohne Überlegung – mit welcher auch? Und ohne Aussicht auf Erfolg – wie hätte der auch aussehen können? Wer freilich auch wollte hier fehlende Überlegung und Erfolglosigkeit in Rechnung stellen? Ging es uns doch nicht anders.

Freilich war es selbst unter diesen Horden ungewöhnlich, dass in ihre gewalttätigen Auftritten Frauen verstrickt, und war es nur, weil die Frauen weitsichtiger oder klüger und also dieser Form des Kampfes nicht recht dienlich. Ich hatte es selbst bei den Kundschaftern und Kriegern gesehen: Kundschafter, die voraussahen, kamen öfter zurück. Wurden sie aber in den Kampf verwickelt oder ließ er sich mehr vermeiden oder wurde er ihnen aufgezwungen, war es Glück und nicht Tat oder Kraft, wenn sie ihn bestanden. Immer waren es am Schluss die Gedanken, die an den entscheidenden Stellen störten. Wer sollte dies auch besser wissen, als ich es tat? Vielleicht aber war in diesen Horden ein Grad der Verzweiflung, der sie so handeln ließ. Oder es war etwas Besonderes um diese Frau. Ein Geheimnis, das zu enträtseln mir wohl aufgetragen war als Kommandant des letzten Gefechts. Doch war ich der Geheimnisse überdrüssig. Vielleicht war es ja weiteres Kennzeichen dieser Nicht-Zeiten, dass Geheimnisse ihren Sinn verloren hatten. Ihre Aufforderung auch und ihre Last. Es war eben, wie es war: Wir hatten, wie es sich für Kohorten und kampferprobte Krieger gehörte, einen Angriff abgewehrt. Und unter den Gefangenen, die wir gemacht, war nun eben eine Frau. Es war nicht mehr. Und nicht weniger. Es war alles. Es war die Welt.

Wir sähen es alle, sprach da der Weiser. Wer also wolle behaupten, dass uns diese Horden nicht etwas zu bieten? Nun freilich, ein Medaillon sei es nicht. Doch bräuchten wir tatsächlich denn ein Medaillon. Wir wollten doch ergründen, was uns diese zu sagen. Und ob daraus nicht für uns mehr Kraft entstünde als aus der allerdings zweifellos vorhandenen, aber wohl abgenutzten Kraft jenes Medaillons, in dessen Besitz wir ja immer noch waren. Doch sollten wir nicht vergessen, dass vom anderen Rande der zeitlichen Zeiten unser Medaillon käme und also unseren Nicht-Zeiten wohl kaum mehr so angemessen, wie es gewesen.

Es war, so schien mir, die Rede des Weisers neu und doch mir nichts Neues. War es nicht so, dass seine Geschichten und Erzählungen er hinbog, wie sie ihm im Augenblick richtig erschienen? Von jenem Medaillon und seiner Bedeutung hatte er anders schon geredet. Und ebenso und krasser und grauser noch hatte es Raahael getan. Wo aber, so fragte ich mich nun zum wiederholten Male in meinem Kopfe, war Raahael? Konnte sie hier nicht nützlich sein? Konnte sie nicht erneut der Geschichte des Weisers Deutung geben? Doch, sogleich gestand ich es mir ein und war beschämt darüber, mochte es sich wiederum um einen Vorwand handeln. Weil es mir um die Nähe Raahaels selbst ging. Oder gehen mochte. Es war ein Raum, den ich erst auf unserem Hügel entdeckt oder wiederentdeckt, und in dem war Esther. Es waren, so schien es mir in der Folge, andere Räume, und in denen wohnten Cramalla und vielleicht noch andere. Oder war es am Ende nur ein einziger Raum, ein einziges Haus, das sich drehte und durch die Fenster sahen heraus Esther und Cramalla und Raahael? Mir schien das Haus auch verschieden zu sein und anders gebaut, aus Holz oder Stein oder Eisen, getüncht oder nicht, in den verschiedenen Seiten kaum einem einzigen Haus zugehörig und war eben doch ein Haus, ein einziges. Wer mochte es wissen? Wer sollte es auch wissen? Wer wollte es auch wissen?

Das drehende Haus. Das Haus, das sich drehte. Ich hatte derlei schon gesehen. Wiederum am Rande zu diesen Nicht-Zeiten – schon hatten wir die Kohorten gebildet, schon war ich nach dem Sommer mit Cramalla in jenem seltsamen Heerlager Ludos – war es geschehen, dass, wie es jetzt die marodierenden Horden taten in anderer Weise, noch Gaukler durch die Lande zogen, fahrende Sänger, ihr Brot mit ihren Kunststücken zu verdienen. Kaum mehr vorstellbar mir, eine ferne Erinnerung, eine Ahnung nur. Eine solche Truppe war denn auch in Ludos Lager aufgetaucht. Und Ludo, für derlei von jeher empfänglich, hatte gern eingewilligt, dass die Gaukler, in der späten Sonne des Abends, ihre Vorführung begannen. Eine derbe Liebesgeschichte mochte es gewesen sein, durchsetzt und umrahmt von allerlei Gaukeltand, von Fackelwerfern und akrobatischen Kunststücken mit Verrenkungen wundersam. An einem Gestell im Hintergrund hingen vier große Plakate, Schauplätze mit grobem Strich anzudeuten, und gegen Ende war dieses Gestell durch einen simplen Seilmechanismus wie fliegend gedreht worden, dass die Schauplätze, die doch so verschieden, fast in einen sich wandelten. Ich war in den zeitlichen Zeiten und noch an deren Rand von derlei immer seltsam angerührt gewesen, ein Sehnen hatte es hervor gelockt, ich hatte nicht gewusst, woher und wohin. Längst freilich waren diese Dinge verschwunden, wie alles andere auch. Was war aus den Gauklern geworden? Aus den Feuerschluckern? Den Tänzerinnen im dünnbunten Kleid? Manchmal gab es Anklänge daran abends noch in unserem Lager, es schien dies uns eingeboren, dass es die Grenze zu den Nicht-Zeiten überschritten selbst bei jenen, welche die zeitliche Zeit gar nicht mehr kennengelernt und nichts von ihr wussten und nichts von ihr wissen wollten. Doch war es nicht zu vergleichen, und mein Sehnen war längst vergangen. Oder schien es mir nur so?

Jetzt aber war ich der Kommandant des letzten Gefechts, und ergründen musste ich, was der Weiser nun meinte. Denn konnte ich des Weisers Rede oft auch nicht deuten. So wusste ich doch – oder meinte es zu wissen –, dass alles, was der Weiser tat oder vorgab zu tun oder erzählte oder als Erzähltes für wahr ausgab, was wahr nicht sein konnte – oder eben doch – einem Sinn folgte. Oder einem Plan, des Weisers Plan, wenn man denn von Sinn nicht reden wollte.

So sollten wir also diese Frau als dem Medaillon des Fürsten gleich ansehen.

Es solle also, fuhr jetzt der Weiser fort, bevor das Wort ich ergreifen konnte, es solle also diese uns begleiten. Uns dienen auf unserem Marsch. Bald würden wir sehen, zu welchem Nutzen. Er selbst sehe es selbst noch nicht. Aber er sehe, dass, wiewohl wir weit noch nicht gekommen, uns immer neue Zeichen von Unerwartetem kündeten. An die Zeichen sollten wir uns halten. Es sei dies sein Spruch.

Da trat Ludo heran, der Anführer, der Haudegen, der, der die Dinge sah und mit ihnen umging und sie zu lenken wusste von jeher. Dass des Weisers Spruch so denn nicht vonstattengehen könne. Er sei gegen die Ordnung oder zumindest ohne vernünftigen Ratschlag zuvor erfolgt. Nicht sage er, Ludo, dass des Weisers Spruch nicht möglich. Aber allein durch Erzählungen und Geschichten sei er nicht zu begründen. Es sei nun einmal so: Wir alle, die Kohorten unter dem Kommandanten des letzten Gefechts, seien in den Nicht-Zeiten gefangen. Es sei eines der Merkmale dieser Nicht-Zeiten, dass die schwarzen Heere heranzögen. Ja, durch das Heraufziehen der schwarzen Heere seien die zeitlichen Zeiten erst hinübergeglitten in diese Nicht-Zeiten, ohne dass wir einen Anfang hätten feststellen könne. Niemand von uns wisse, woher die schwarzen Heere kämen, was sie denn überhaupt seien, welches Ziel sie verfolgten, wenn denn überhaupt eines. Es könne uns auch gleich sein, ihm, Ludo, reiche das Faktum. Es sei also der Kampf unsere Bestimmung. Zu diesem Kampf gehöre dieser Marsch. Und auf dem Marsch gelte das Gesetz, wie mit solchen Horden zu verfahren. Wir hätten Laila nach dem Gesetz verbannt. Wir hätten den jungen Krieger Jodokeel nach dem Gesetz bestraft. Und recht sei dies alles gewesen und notwendig dazu. So also – er, Ludo, wiederhole es – gehe es also nicht an, dass nach des Weisers Spruch das Gesetz nicht befolgt. Wohl seien die marodierenden Horden nicht Merkmal dieser Nicht-Zeiten. Aber sie seien eine ihrer Folgen unzweifelhaft, und also hätten wir so damit umzugehen. Alles andere mache den Kampf, mache die Nicht-Zeiten selbst sinnlos.

In Ludos Rede war es etwas, das mir unbekannt an ihm. Eifernd. Ängstlich fast. Ludo kannte ich anders, und wie der Weiser selbst, so hatte ich auch Ludo anders reden hören. Doch was mir beim Weiser vertraut – andere Rede durch die Erzählungen, doch letztlich eines, mir nicht immer begreiflichen, nicht immer verständlichen Sinnes, kaum sichtbaren Zieles –, erschreckte mich bei Ludo. Wenn denn Schrecken das richtige Wort.

Ludo hatte kaum je die Nicht-Zeiten besonders kommentiert. Hatte kaum je über ihre Merkmale gesprochen. Kaum über das Gesetz, unter dem sie standen. Oder besser, das von ihnen ausging.

Es mochte sein, falls dies möglich war, dass im Lager, in dem ich nach dem Sommer mit Cramalla auf Ludo erstmals gestoßen, die zeitlichen Zeiten noch am längsten angehalten. Am äußersten Rand, gewiss, aber eben doch angedauert eine Weile. Jene Weile, die wie ein Aufschub wirkt, ein unverdienter und also kostbarer. Oder war es das Gegenteil gewesen, ohne dass wir uns dessen bewusst. Dass der Aufschub vielmehr das Leiden verlängert wie bei einem Sterbenden, der verdurstet und austrocknet und verblutet innerlich, ob wohl der Anschein, obwohl er selber anderes noch erzählen will. Und hatten wir uns, es war meine alte Frage, mit diesem Marsch nicht selbst in einen solchen Aufschub hineinbegeben?

In einem freilich hatte Ludo recht. Des Weisers Spruch verletzte das Gesetz. Und war mir doch andererseits dunkel verständlich, ohne dass ich hätte sagen könne, warum und wozu.

Nun, sagte ich da und tat es so abwesend, wie es mir möglich war, es habe wohl keine Eile. Ohnedies müssten wir, da wir unseren Weg verfehlt, in diese Sackgasse hineingeraten und zu lange an diesem Orte verweilt, aufbrechen. Die Gefangenen würden wir mitführen und des Abends, wenn wir die Etappe beendet, entscheiden. Wer wisse überdies tatsächlich, ob sie als Pfand, als Geiseln nicht noch von Nutzen?

Damit hatte ich, der Kommandant des letzten Gefechts, meinen Spruch getan und die Sache aufgeschoben zugleich. Nichts entgegnete der Weiser für den Moment, und so tat es Ludo. Ich ließ die Gefangenen wegführen und zum Abmarsch rüsten. Die Frau hatte während unserer Debatten und Erzählungen und Überlegungen, so fiel mir jetzt erst auf, kein Wort gesprochen. Immer noch nicht wusste ich recht, ob sie mich überhaupt verstanden. Wenn mir eine Stimme auch sagte, dass dem so gewesen. Freilich war ich mir im

Laufe der Ereignisse immer unsicherer geworden, welcher Wahrhaftigkeit ich meiner inneren Stimme zubilligen durfte.

In jenem Alter, als ich durch die Auen gestreift, war ich meinen Stimmen gefolgt, ohne mir diese Frage zu stellen. Und es war recht gewesen, vielleicht eben weil ich nicht nach deren Wahrhaftigkeit gefragt. Jetzt aber, da ich die Frage stellte, schienen mir auch die Stimmen und ihr Ratschlag zweifelhaft in ihrer Wahrhaftigkeit, obwohl sie doch andere nicht sein konnten. Oder doch, nach Zuwachs der Erfahrung, dass Geschichten immer auch anders ausgehen können. Der Weiser bewies es ja stets aufs Neue. Ihn schienen diese Fragen nicht zu bedrängen, sondern mühelos wusste er Entgegengesetztes, Unvereinbares, Widersprüchliches zu vereinen in einem einzigen Strang. Rätselhaft blieb so manches für mich und für uns. Aber es musste deswegen nicht weniger wahr sein als das, was wir anderen dachten und taten, eher taten und weniger dachten, vom Aufgang der Sonne bis zu ihrem Verschwinden. Wahrer aber eben nun auch nicht. Denn was war eine Wahrheit, die sich uns als solche nicht erschloss? Wahrheit ist Sinn und Ziel, erkenntlicher, zumindest erahnbarer Sinn, erahnbares Ziel. Und doch wiederum und wiederum aufs Neue: In den Ahnungen und Geschichten und Erzählungen, selbst in den Handlungen des Weisers, die oft zeichenhaft waren, blitzte mir als aufflammendes Licht oft etwas auf, das mir wahr, aber unnennbar erschien. Wahr, weil unnennbar. Freilich verlosch dieses Licht in der Regel praktisch mit dem Aufflammen selbst. Ließ aber eine Erinnerung zurück. Nichts verschwindet ganz, und wo ein Licht aufgeblitzt, kann vollkommenes Schwarz nie mehr herrschen.

WIR hatten uns in Marsch gesetzt aus dem Tal, dieser Sackgasse heraus, die einladend bis zum Verweilen uns erschienen. Und die uns Kampf und Tod beschert. Kein Widerspruch war dies freilich oder musste es nicht sein. Oft kreuzten sich die Fäden, verknoteten sich wohl, dass es dem ungeübten Blick scheinen mochte, als wären sie insgeheim aufeinander bezogen, untrennbar verquickt. Und doch waren sie nichts als das: einzelne Fäden, die wohl ein dichtes Geflecht schlingen konnten, aber einzelne Fäden doch blieben.

Es ritt neben mir der Weiser. Anzusehen meinte ich ihm, dass er mit dem Gang der Dinge zufrieden. Doch wann wäre er das nicht gewesen? Wir schwiegen. Und doch ging es hin und her. Schweigend hieß er meinen Spruch des Aufschubs milde gut. Schweigend fragte ich, wie oft schon, woher mir der Weiser geweht. Da war er immer gewesen und doch auch nicht.

Die Geschichte des Weisers, wie sie der Weiser erzählt in immer neuen Bruchstücken und Splittern, funkelnd manchmal, Bruchstücke, die unversehens verletzten konnten, wenn man sie übersah und sich ihrer nicht widmete. Wie sie der Weiser erzählt, wie ich sie geträumt, wie sie sich selbst gefügt nach eigenem Wuchs, Leben aus sich selbst.

Wie wurde einer Weiser?

Weiser war man immer. Mochte sein aber, dass es Irrungen brauchte, bis der Weiser herausgeschlagen aus einem Stein, der unbehauen seine Bestimmung nicht ahnen ließ und diese in sich verbarg, sie beinahe zäh verbergend fast ein Leben lang. Am Ende konnte man die Irrungen aber wohl Irrungen dann nicht mehr nennen, obwohl sie es gewesen zweifellos. Ein seltsam Ding, wie sich dasselbe anders erschloss, in sich selbst entgegengesetzt, abhängig einzig, von welchem Ende man es sah und wer es sah.

Stimmte das freilich immer? Sah ich etwas an den Kreisen mit Esther anders, jetzt als Kommandant des letzten Gefechts anders als ich strudelnd darin gefangen? Nein, schien mir, und konnte doch fast nicht sein, was mir schien. Keine Irrung waren diese Kreise wohl gewesen. Doch auch nichts, dem einen späteren Sinn ich beilegen konnte. Nichts, was Gestalt geworden. Am Schluss waren die Kreise mit Esther gewesen das, was sie waren und so, wie sie waren. Doch warum drängten sie dann in mir neu mit einer Macht, die beinahe ich vergessen?

In den zeitlichen Zeiten also hatte wohl wenig auf des Weisers Bestimmung hingewiesen. Doch waren seine eigentlichen Ursprünge unklar mir immer geblieben. Aber, fiel mir ein, waren mir denn meine eigenen klar? Was wusste ich von meinen Ursprüngen, von denen Esthers oder Raahaels? Dachte ich daran, dass mir die Ursprünge Raahaels unklar, spürte ich Unwillen und Bedrückung, und sollte unwillig und bedrückt eher sein, dass mir der eigene Ursprung unklar. Es wäre überhaupt das einzige Recht gewesen, bedrückt zu sein, wenn es eines gab dafür. Was ich bezweifelte allerdings seit langem.

Der Weiser also, so hatte er erzählt, war aus armer Familie. Zweitgeborener Sohn, nach dem eine lange Reihe an Söhnen noch folgte und manche Tochter auch. So war, so hatte der Weiser gesagt, von Anfang an klar, dass bleiben nichts würde und dass bleiben er nicht konnte. Mühsam hätten der Vater, die Mutter, die Geschwister Nahrung erkämpft, einen Diebstahl, einen Betrug, größer oder kleiner, eine Hinterlist zum eigenen Vorteil nicht verschmähend. Ja, es sei der Erstgeborene umgekommen bei einer Gewalttat, als er, überrascht in einer der Burgen der Fürsten jener Zeit, in die zur Beute er eingedrungen, gegen jene vorgegangen, die ihm die schon getane Beute wieder abspenstig zu machen gesucht. Er hatte einen erschlagen und noch einen und einen dritten schließlich und wurde es dann, schwerstens misshandelt davor, selbst.

So war also der Zweitgeborene zum Erstgeborenen geworden unversehens und war es doch wieder nicht. Der Vater hatte ein Handwerk nicht getrieben. Dem Feld, das ihm überlassen manchmal gegen Münze, gegen Dienste anders, entrungen, was zu entringen ihm war. Handel getrieben, kleinen, so er sich geboten. Sei zu groben Diensten gewesen, wenn grobe Dienste gesucht wurden von den Reicheren oder auch nur gesichert Lebenden in dem Dorf oder den Dörfern der Umgebung. Hatte Rodungen besorgt. An den großen Häusern mitgebaut. Oder auch sich dingen lassen für die geheimen Fehden, die nächtlich geführt und die voller Gefahr. Denn der Ertappte, der Schuldige, der Handelnde aus scheinbar eigenem Antrieb waren stets der Vater und eine Handvoll Gesellen, sein Zweitgeborener, die älteren Söhne gewesen. Nie die Auftraggeber. Es hätte dem Vater niemand dies abgenommen, obwohl alle es gewusst. So war die Regel, so war das Gesetz, dafür erhielt der Vater die Kupfermünzen und die groben Dienste des Tages. Nicht einmal die Ahnung von Fülle, nirgendwo. Eine jüngere Schwester war, kaum dafür reif, in andere Dienste getreten. In Dienste, die wie beim Vater in solche des Tages und solche der Nacht gespalten. Daraus denn auch bald ein Kind entsprungen, das viel später mit dem Weiser als dem Onkel gezogen. Es hatte eine andere sich diesem Anschein der ersteren gar nicht erst hingegeben. Sondern die gespreizten Beine gleich verkauft in der Fremde für mäßigen Lohn, aber Lohn immerhin. Hatte das Elternhaus verlassen früh und war umhergezogen mit dem Mann, der aufgetaucht und den sie geliebt. Oft also war der Vater am Pranger gestanden, gedemütigt, bestraft, für die Armut bestraft. Er war rau darüber geworden, aber grausam nicht zu den Söhnen, verschlossen, aber nachsichtig im Wissen, dass Unglück ohnehin nicht vermeidbar. Hatte aber, von welchen Ahnen, von wem auch immer, ein Buch gehütet, das voller Geschichten, voller Sprache, schwindelmachend, einen Toren in höchste Höhen führend und wieder hinab, durch glänzende Vorstellungen und glitzernde Abenteuer hindurch in karge, rückschauende Einsiedelei zurück. Nicht der Geschichte wegen hatte der Vater das Buch wohl gehütet. Es stand zu bezweifeln, ob je er es gelesen. Es band ihn etwas damit an Rückwärtiges, was der Weiser – der selbst natürlich das Buch früh und oft und gern gelesen – nicht recht verstanden, später jedoch geahnt.

Mochte jenes Buch eine der Weiden sein, von denen der Weiser manche Fäden seiner Erzählung pflückte.

Ein Handel, ein so vorteilhafter scheinbar, dass das Schicksal zu wenden er mächtig schien, hatte dem Vater das Ende schließlich gebracht. Es war in jenem Tal – auch jenes ein Tal, in dem der Weiser herangewachsen – der Brauch, wohl einen Stier zu schlachten oder zu opfern welcher nicht benannten, kaum geahnten Gottheit auch immer zur Feier der Sonnenwende, wenn die Scheiterhaufen auf den Hügeln brannten. Es wusste wohl niemand – oder kaum jemand, denn Kundige gab es, wenn auch verborgen, auch dort – aus welchen Ur-Gründen, welchen Nicht-Zeiten dieser Brauch gekommen und warum er hier überdauert. Er war eben immerdar. Groß war die Ehre, diesen Stier zu stellen, der am Ende, nach mancherlei Qual, getötet mit einem gewaltigen Axthieb in den urtümlichen Nacken. Doch war auch, wenn der Stier gestellt, der Eingriff in das Vermögen groß. Pures Geld, Gold war das Geschlechtsteil des Stiers für den, der ihn besaß. So suchte man das eine zu erwerben, das andere aber zu vermeiden.

Des Weisers Vater suchte das Dilemma sich nutzbar zu machen zu seinem Frommen. Alles suchte er sich nutzbar zu machen. Was wäre ihm anderes geblieben? So hatte einer der Noblen des Tals, dem die Ehre zugefallen war, den Stier zu stellen, eines Nachts nach des Weisers Vater schicken lassen. Der war dem Ruf sogleich gefolgt. Hatte sich vom Weiser, nicht mehr Knabe, noch nicht Mann, als dem Zweitgeborenen, der nun Erstgeborener war und auch wieder nicht, begleiten lassen.

Es war das Geschäft schnell eingefädelt, und es war einfach, dem Grunde nach. Jener Noble wollte den Stier wohl stellen, aber den seinen nicht opfern. Es sollte des Weisers Vater, wie auch immer, einen Ersatz schaffen. Um einen Preis, der das Geschäft lohnend machte für beide, für den Noblen aber doppelt, dreifach, mehrfach. Wie des Weisers Vater diesen Ersatzstier, den Betrugsstier schaffte – denn es war Betrug, schwerwiegender, an dem Ritual, nicht um irgendeinen Stier ging es, sondern um einen, der schmerzte den, der ihn stellte – wurde nicht verhandelt. Dass ihn des Weisers Vater würde stehlen müssen, war aber freilich klar. Wie wäre er sonst, der Tagelöhner und Buschsöldner und Dienstmann, an einen Stier gekommen?

Es wusste aber des Weisers Vater tatsächlich einen anderen Weg. Es war, so hatte der Weiser erzählt und er hatte es wie so oft, wie eigentlich immer, wenn er erzählte, mit Behagen getan und Freude, ihm in seiner Kindheit und Jugend immer wieder ein Staunen, wie oft der Vater Wege gefunden, die sonst keiner fand, keiner sah, keiner auch nur ahnte. Es hatte der Vater weitverzweigte Verbindungen. Es war gut, es war unentbehrlich, dass ein Mann in seiner Lage über diese verfügte. Es war nicht selbstverständlich. Der Vater war begabt dazu. Auch dazu wohl, ein inneres Konto zu führen. Zu geben ungescheut. Unmittelbaren Ausgleich nicht erwartend. Aber, wenn sich Gelegenheit bot oder ein Zwang es erforderte, Gegenleistung einzufordern ebenso ungescheut. Es scheint dies einfach. Und wird doch von wenigen beherrscht: Geben, ohne zu rechnen, nehmen ohne Scham.

GAUKLERFAHRT

ICH ließ, während wir unserem Marsch weiter Gestalt gaben, Zechiel an meine Seite rufen. Er begleitete wohl den Karren mit Mirjam und Raahael weiter hinten, und es dauerte, da er wie die meisten der Kohorten zu Fuß war – wie sollte er reiten? –, bis er mich und den Weiser an der Spitze erreichte.

Dem Marsch eine Gestalt geben. Gaben wir den Dingen, den Ereignissen unseres Lebens, unserem Leben selbst Gestalt? Oder waren es vielmehr die Dinge, die Ereignisse, das Leben selbst, die uns Gestalt gaben, uns, die wir am Ende nichts weiter waren als ungeformte, nasse und klebrige Wesen, die nicht bereit waren, Form anzunehmen und sich daher mit Notwendigkeit in bizarrste, sich immer neu ändernde Figuren verwandelten, die anders aussahen am Abend und am Morgen?

Alles andere als Felsen waren wir. Aber noch in zeitlicher Zeit hatte ich derlei gesehen, weit, weit hinter den Linien der schwarzen Heere, als es noch Meer und Meere gegeben für uns, zerklüftete, durchlöcherte Felsen einsam vor dem Strand, Gestalt vorstellend, die sich kein Mensch erträumt und die einzig von den Launen von Wasser, Salz und Wind herausmodelliert, herausgeschlagen aus dumpfer Masse, einem Plan und Zweck und Ziel keinesfalls folgend, doch wirklich. Mit Augen betastbar so, wie sie waren, nicht für ewig, nicht für die zeitliche Zeit, doch scheinbar ewig in genau dieser Gestalt, da wir sie sahen und staunten und sie liebkosten mit unseren Blicken.

Wir glaubten also wohl, auf dem Marsch zu sein, den Marsch zu planen und also zu gestalten. Dabei war es doch der Marsch, der uns zu dem machte, was wir waren, wie er uns eben haben wollte zu welchem Ende auch immer.

Zechiel war herangekommen, das Gesicht bleich mit angestrengten roten Flecken. Seit ich ihn ausgelöst von jener Horde, schien er noch ausgezehrter, wenn auch nicht mehr geschlagen und misshandelt. Ich hatte das Tempo anziehen lassen, denn wir hatten zu lange im Tale verweilt, die Sonne sank rasch, und des Abends wollte beraten sein, was mit den Gefangenen zu geschehen. Immer gab es etwas zu beraten. Wir marschierten und berieten uns, dann schliefen wir in wirren Träumen oder keinen, dann marschierten wir und berieten uns. Dazwischen erzählte der Weiser. Und in mir entstanden Bilder und Ahnungen und Erinnerungen und zerfielen wieder, in klaren Farben manchmal und manchmal in Sequenzen, manchmal fahl und kaum mehr als ein Gespinst, das schnell zerwehte, dessen Fäden aber haften blieben in mir, auch wenn ich sie nicht spürte.

Zechiel zu sehen, zu befragen, drängte es mich aus mancherlei Gründen, Und es mochten nicht wenige darunter sein, die mir selbst nicht klar. Zechiel, derjenige, der mir zugefallen, hatte wenig bewirkt, wenig gesagt, wenig getan und war doch mit den Geschehnissen auf untergründige Weise verbunden. Ich hatte Raahael getroffen im Hause jenes Herrn – oder sie hatte mich gefunden oder sie hatte mich erwartet, wer wollte es sagen? – und Zechiel war mir zugefallen. Als Gefangener zunächst wohl der Form nach, doch auch jetzt gehörte er den Kohorten nicht an. Wie Raahael es nicht tat. Sie folgten uns, aber gehörten uns nicht an. In Kürze sollten sie den Weg uns weisen, doch kannte ich ihre Ziele nicht. Uns gehörten sie nicht an. Niemandem gehörten sie an. Vielleicht gehörten sie den Stämmen im Nordosten an, aber vorläufig war das Erzählung. Wir hatten sie, der Weiser hatte sie, ich hatte sie geglaubt. Doch konnten Erzählungen so ausgehen und anders auch, wir wussten es ja schon. Hatte Zechiel Raahael beschlafen bei Ludo? Mir schien es jetzt wieder so, mir wollte so scheinen, obwohl ich besser es wusste. Zu wissen meinte. Mit Zechiel war der Sohn verschwunden. Zechiel war wieder da. Wo mochte Nathanael sein mit Laila, jetzt, da wir die fallende Sonne im Rücken hatten?

Immer war mir dieses in zeitlicher Zeit ein nicht auslotbares Mysterium gewesen. Einfach und einfach zu erklären, und dennoch seltsam mich berührend, mich erschreckend manchmal und mich mit Ungeduld beladend. Zu oft war ich wohl voll Ungeduld gewesen in zeitlicher Zeit. Es war aber dies ein Rätsel: Dass in aller zeitlichen Zeit diejenigen, die später mir wichtig, etwas getan, geliebt und gelacht und gelitten, gegessen und gesprochen und geschlafen, während ich anderes getan, andere geliebt, anderen geflucht zur selben Stunde. Nichts hatten wir gewusst voneinander, und doch hatten sich unsere Linien aufeinander zubewegt, ohne das wir es geahnt. So also wäre jetzt, da die Sonne im Rücken fiel und ich ritt und Zechiel neben mir lief und der Weiser sann und die Kohorten marschierten und Mirjam und Raahael auf ihrem Karren inmitten ihrer Bedeckung saßen, so also wäre jetzt Nathanael irgendwo, mit Laila vielleicht oder ohne Laila, mit jenem Kristall oder ohne diesen, an den Linien der schwarzen Heere oder weit von ihnen entfernt, hinter, vor oder neben uns. Es war dieses gewiss, auch wenn mir dieses Wissen wenig nützte. Nichts nützte.

Doch anders: Stimmte dieses, was ich der Überlieferung nach ohne Überlegung dachte, stimmte dieses eigentlich? Existierte, was wir nicht sahen, von dem wir nichts wussten, tatsächlich? Existierte unser Hügel, da wir ihn doch verlassen?

Und was war mit Esther? Immer wieder, immer wieder, was war mit Esther? Als der zweite Kreis geendet hatte mit Esther, hatte es wohl ein Nachspiel noch gegeben, oder zwei oder mehrere, ich wusste es nicht mehr. Nichts, was sich zu einem Kreis, dem dritten, dem letzten gefügt. So wollte mir scheinen. Aber ein Nachspiel oder Nachspiele voller Wärme, der instinktiven, der tierischen Vertrautheit von Körpern, die sich doch nicht genossen.

Galt dies, was in zeitlicher Zeit gegolten, also auch für diese, für unsere Nicht-Zeiten? War es also so, dass, da die Sonne im Rücken stand und ich ritt und Zechiel neben mir lief und der Weiser sann und sogar Raahael mich begleitete in einer Weise, war es also so, dass Esther lachte oder liebte oder litt? Obwohl Esther in mir seit den Sonnenläufen auf dem Hügel – nein, nicht in mir neu, sondern nur wieder emporgestiegen aus welchen Klüften auch immer –, war dieser Gedanke mir fremd. Fremd. Weil ungedacht, und ich wunderte mich darüber.

Zechiel nun also. Zu lange hatte ich gewartet. Hatten wir alle wohl gewartet, der Weiser und Ludo und ich, der Kommandant des letzten Gefechts.

Dass wir nicht nur unsere engeren Kreise bereits verlassen. Dass wir uns vielmehr auf den Rand des uns überhaupt Bekannten zubewegten. Zumindest in diesen Nicht-Zeiten habe keiner von den Kohorten das Gebiet, das vor uns liege, betreten oder gar erkundet oder gar seinem Wesen nach vermessen. Es mochten einige Kundschafter vorgedrungen sein, doch seien diese nicht mehr unter uns oder hätten es fahrlässig nicht gemeldet. Es wäre auch für einen Kundschafter nicht die erste Richtung gewesen. Wiewohl es, genau besehen, für einen Kundschafter eine falsche auch wieder kaum geben könne.

Nathanael, so warf Zechiel ein, ohne dass ich geendet hätte, Nathanael sei auf seinen Kundschaften hier gewesen und viel weiter. So vermute er, dass Nathanael mit Laila uns voraus, auf Wegen, die nur ihm bekannt. Es sei denn, fügte er hinzu und tat es leiser, dass jener Kristall, den Laila bei sich trage und vom er nicht wisse, woher er sei, es sei denn also, dass jener Kristall beide zu anderen Wegen bestimme. Oder Laila allein. Es sei wohl Laila von anderem

Stamme. Schon als sie noch bei Ludo, als sie noch den Kohorten gefolgt. Er, Zechiel, habe es gesehen. Es möge Laila diejenige sein, die am deutlichsten aus diesen Nicht-Zeiten, wie wir es nennten, gefallen.

Laila. Ludo. Am wenigsten hatte ich an dieses gedacht. Das mir rätselhafte Verhältnis, das Ludo mit Laila gepflogen. Tochter und Kindfrau zugleich, gern gebrauchte Genossin seines Lagers wohl und Leibeigene, die man dem Freunde, mir, bedenkenlos anbot. Und die man, durch mich, bestrafen, hart, streng bestrafen ließ, ohne erkennbaren Unmut, zustimmend. Und wenig hatte dieses wohl gemein damit, dass Laila mit dem Krieger verkehrt, heftig und laut, des Verbots nicht nur nicht achtend. Vielleicht war es, so dachte ich nun, vielmehr so, dass sie sich dem Verkehr nur hingegeben, um ihre Geringschätzung zu zeigen. Geschlechtsverkehr als Auflehnung. Als Auflehnung wogegen? Gegen das Gesetz der Kohorten? Nun gut. Aber konnte es dies einzig sein? Zu welchem Zwecke also, zu welchem Ziel? Oder war es Auflehnung um ihrer selbst willen? Es wäre dann bezahlt mit hohem Preis, denn wer in diesen Nicht-Zeiten den Schutz und die Ordnung der Kohorten verließ oder zu verlassen gezwungen war, setzte sich selbst ein als Pfand in diesem großen Spiel.

Laila hatte mich, als ich in Ludos Lager erschienen, nicht willkommen geheißen. Ich wusste es wohl. Ich wusste allerdings nicht, ob die Ablehnung mir gegolten oder meiner Rolle als Kommandant des letzten Gefechts. Doch mochte dieses auch unentwirrbar sein und eine Unterscheidung, die nur ich traf in meinen Gedanken. Waren wir doch wir selbst, und dazu gehörte stets auch die Rolle, die wir einnahmen, und es war beileibe nicht nur eine. All die Rollen, die Scherben und Splitter, aus denen wir zusammengesetzt, notdürftig eine Gestalt abgebend, und gut war es, wenn niemand und nicht man selbst darauf sah mit scharfem Blick.

Der Kristall – hatte ihn Laila schon besessen, als sie noch unter uns? Doch hätte sie dann Gebrauch nicht gemacht von seiner Macht, und das schien mir nicht zu glauben. Woher kam jener also dann?

Das Rätsel ließ sich nicht lösen für diesen Augenblick. Zwar spürte ich dunkel Gefahr, die davon ausging. Aber es mochte warten, ich würde mit Ludo sprechen, und nicht um Laila ging es mir. Als Kommandant des letzten Gefechts musste es mir um das Schicksal des Kriegers gehen, der Nathanael auch war, und als Vater – eine weitere Rolle, die mir zugefallen – desgleichen und insgeheim noch mehr. Es war mir Nathanaels Verhalten rätselhaft und dann doch wieder nicht; vieles war mir innerst vertraut und anderes fremd. Neu. Anders. Ich erkannte, mühsam, dass auch sein Tun unter dem Gesetz dieser Nicht-Zeiten stand. Doch gleichsam anders, als der Weiser, Ludo, ich, die Hauptleute, diejenigen, die aus der zeitlichen Zeiten oder deren Rändern noch kamen, unter diesem Gesetze standen. Freilich sah ich dieses nicht nur bei Nathanael so, ich sah es bei den vielen jungen Kriegern, welche die zeitlichen Zeiten kaum mehr oder nicht mehr gekannt. Auch verständigten sich diese (ich dachte es erneut) untereinander in einer Sprache – wenn sie denn sprachen und stumm sich nicht verständigten –, die sich von unserer gemeinen wegbewegte, ich wusste nicht wohin. Doch war Nathanael der Sohn, war es und blieb es und würde es sein, wenn ich nicht mehr Kommandant des letzten Gefechts und die Kohorten, die ich befehligte, geschlagen und zerstreut und aus jeder Ordnung aufgelöst in solche marodierende Haufen, wie jener, der uns überfallen und wie die vielen anderen.

Es war dies das Geschick, das uns vorgezeichnet, von den zeitlichen Zeiten, von denen wir kamen bis eben, da auf dem Marsch wir waren und neben dem Weiser ich ritt und Zechiel neben mir lief, angestrengt, schweigend nun, wartend, dass das Wort erneut ich an ihn richtete. Oft hatte ich freilich ein Geschick schon erkennen wollen in zeitlicher Zeit, und es war dieses Geschick dann nicht eingetreten. Selten, in Wahrheit: nie, war dieses errechnete, gesehene, vorgefühlte Geschick so eingetreten. Manchmal schien es so eingetreten, aber wie anders schmeckte es dann, welch andere Melodie spielte es, und wie anders tanzte es, so dass man von dem erwarteten Geschick schlecht wohl reden konnte. Aber waren wohl diese Nicht-Zeiten anders und einfacher und übersichtlicher in ihrer Art? Es gab in ihnen keine Geschicke mehr zu erwarten. Wie auch? Es widersprach ihrem Wesen. Das Geschick selbst, das einzige, lag in ihnen selbst, und so war unser Untergang, den uns die schwarzen Heere bringen würden, gewiss. So sie ihn nicht schon gebracht hatten. Wie wollten wir wissen, wie unser Untergang tatsächlich aussah? Zu sehr waren wir wohl tatsächlich noch den herkömmlichen Bildern und Vorstellungen verhaftet, ob zu unserem Heil, ob zu unserem Unheil, und wer sagte uns, wer sagte mir, dass nicht dieser Marsch eben das war: Untergang, der nicht in den Untergang führte, sondern es selber war? Nicht sagte es der Weiser natürlich, nicht sagte es Ludo, nicht sagte es Raahael und nicht wohl auch Mirjam, und manchmal ich selbst sagte es nicht, denn ich wusste es nicht. Es war am Ende wohl auch einerlei.

Nathanael. War er vielleicht nicht als Kind der Nicht-Zeiten geboren, so war er doch ihr Sohn unweigerlich geworden. Ludos Lager, das mir wohlgetan, hatte ich verlassen, um im Südwesten unklare neue Bestimmung, neues Schicksal zu suchen. Längst war ich noch nicht zum Kommandanten des letzten Gefechts bestimmt gewesen, kein Gedanke von den vielen und doch immer gleichen, die mich schon durchzogen, wäre ferner mir gelegen. Ferner, ferner auch waren die schwarzen Heere gewesen, schon im Aufmarsch, aber wie eine Drohung, die mit einem Versprechen ich hätte leicht verwechseln können. So ich es nicht tat. Jung war ich wohl gewesen, wenn auch nicht mehr sehr jung, und Ludos Lager hatte mich eine seltsame Leichtigkeit gelehrt, wenn auch eine, die bald verweht.

Ludo selbst war es gewesen, der mir den Weg in den Südwesten gewiesen, nicht direkt, nicht als Weisung – die vergeblich wohl gewesen wäre. Nicht der Trotz, sondern die Furcht hätte sie wohl entstehen lassen, und ich hatte die Furcht gemieden in der zeitlichen Zeit aus gutem Grunde. Denn all meine Gedankenspielereien und Anekdoten und Bilder schienen mit dem Plan, der anstand, der selbst in mir reifte, obwohl kaum geahnt, nichts gemein zu haben, und doch nährten sie wiederum diesen unklaren ungestalten Plan, wie es die Art von Geschichten nun einmal war, ist und immer sein wird.

Immer sei es so gewesen, so Ludo, der von den Nicht-Zeiten nicht gesprochen, sei es, weil er sie nicht ahnte, sei es, weil er ahnen sie nicht wollte: Die Feste und Feiern des Jahreslaufs, die pünktlich und in Fülle und stets gleichbleibend begangen worden waren über unzählige Vorfahren hinweg, von den frühen Morgenstunden, oft aus der ausgehenden Nacht heraus über den Mittag bis in den Abend und sogar die Nacht hinein, diese Feste und Feiern hätten mancherlei Zweck und zweierlei Wirkung gehabt. Sie hätten – ein Merkmal wohl der zeitlichen Zeit, hatte ich später für mich angefügt, aber nicht davon hatte Ludo gesprochen – sie hätten die Menschen, die sie begangen, eingebettet, fraglos, ohne Gedanken, die zu Zweifel ja immer führten. Eingebettet in eine Ordnung, die man höher allein deswegen nennen konnte, weil sie die Lebenden überstieg und weit rückwärts wies. Und wiederum, zumindest dem Glauben der Feiernden nach, die sich darob freilich keine Rechenschaft ablegten, unendlich weit voraus, in gerader, ungebrochener Linie in die Zukunft, welche die zeitliche Zeit nun einmal noch bereitzuhalten schien.

Immer war es der Fehler gewesen, mein Fehler gewesen, eine gerade Linie zu zeichnen, bis ich die Linien und das Zeichnen überhaupt aufgegeben.

Eingebettet in eine höhere Ordnung, so Ludo weiter, wenn im Lager die Unterrichtung des Tages beendet für die einen, die nötigen, für unser aller Unterhalt notwendigen Verrichtungen für den Tag abgehandelt von den anderen und wir am Feuer saßen behaglich und aßen und tranken und hörten und sprachen, in eine höhere Ordnung gleich wohl auch im genauen Sinne.

Denn es seien diese Feste und Feiern, selbst wenn sie oft gegründet in den uns kaum mehr zugänglichen Bräuchen und Riten der Höhlen, der Welt aus Geistern und Dämonen und Schattenwesen aus Mensch und Tier und Göttern, aus Sonnengleißen und Urwaldklängen, Donnergrollen und Zauberbann und Nachtgewese, es seien diese Feste und Feiern erfolgt oft für jenen Herrn und im Namen jenes Herrn und um die Gnade jenes Herrn. Es sei freilich dieses Wort Gnade unverständlich geworden für uns wie der Segen, von dem seine, Ludos, Geschichte handele. Näher seien uns schon wieder ebenjene Bräuche und Riten und Rituale der Höhlen, bei denen es aber im Kern und am Ende um nichts anderes gegangen als eben um dieses: Zorn abzuwenden und Beistand zu erlangen. Auch uns würde es darum gehen, wüssten wir denn davon.

Es sei also – so hatte Ludo erzählt –, während die Nacht in die Hütten kroch und den Geist besänftigte und auf andere Weise schärfte zugleich, wie es dem Wesen und Willen der Nacht entspricht, es sei also in abgelegenen Tälern und Waldgegenden ein Brauch gepflogen worden, der die Feier jenes Herrn und das Flehen der Höhlen vermischt und ineinander gewoben. Was nicht selten gewesen sei und eigentlich üblich, weil menschlicher Art gemäß. In den Tiefen, in der Erde, in Schlamm und Schlick gründen wir und wühlen, ohne Halt zu finden. Dem Himmel, der Sonne sehen wir entgegen, ohne je in ihre Nähe zu kommen. Dazwischen laufen wir und wissen nicht wohin. Doch laufen wir. Wir waten durch die Moore und verfangen uns im Dickicht und schlagen uns an Stämmen, doch laufen wir und wissen nicht wohin.

Um den Frühlingsvollmond herum also begingen die Feiernden eines ihrer Hochfeste im Sonnenlauf. Es begann in der Nacht. Die Häuser jenes Herrn waren in zeitlicher Zeit seit Jahrhunderten, wenn nicht Jahrtausenden, doch wiederum weit vom anderen Rand der Nicht-Zeiten entfernt, mit großen Fenstern nach Osten ausgerichtet. Das Haus glich einem Schiff, denn um ein solches handelte es sich wohl, ein steinernes Schiff, das unbeweglich lag und sich doch durch die zeitlichen Zeiten bewegte, das Innere des Schiffs lag, da die Feier begann, noch in einem Dunkel, das durch einige Kerzen, einige flackernd-blakende Fackeln – denn es war zugig in jenen Häusern jenes Herrn – fühlbar und spürbar und berauschend erst wurde. Streng und geordnet standen die Feiernden dem Fenster zugewandt, in weiße Gewänder, sackartige Kutten aus grobem Tuch gehüllt, auf die ungelenk und fahrig das Zeichen jenes Herrn, ein Kreuz, aufgemalt. Dunkle Farbe, aus Lehm oder Moorboden angerührt, aus dem Urstoff Erde, von dem die meisten, von dem am Ende alle lebten. Schwerer Gesang, doch Gesang eigentlich nicht, stehender dunkler

Ton füllte das Schiff, wie einen Brustkorb. Dann las der Weiser jener zeitlichen Zeit, ein Priester, ein schwarzer, ein weißer, für die Feier tat das nichts zunächst, aus jenem Buch, von dem wir kaum noch wussten.

Ein Priester also! Es war mir unbehaglich geworden, als Ludo davon erzählt. Denn zu nahe noch waren mir die Begegnungen mit Ferencz, dem schwarzen Priester, die Begegnungen und Diskurse und Anleitungen am Ende, die meinem Wohle nicht galten, sondern dem seinen. Doch hatte ich das damals noch nicht gewusst. Doch hätte ein Wissen denn geholfen. Ist es nämlich ein Irrglaube, dass ein Wort, das richtige Wort einen Bann löst. Vielleicht ist es so sogar. Doch kennen wir das Wort nie, es fällt uns nicht bei, wenn wir es brauchen. Also löst ein Wort, das Wort einen Bann nicht. Es ist ja nie da. Es ist ja selbst gebannt.

Das war so gegangen eine lange Weile in jenem Dunkel. Nichts geschah als bloße Anwesenheit, reiner Körper, Klang und Lesung, die selbst ritueller Klang. Bis dann doch, so die Nacht und der beginnende Morgen klar und nicht von Wolken und Regen verhangen, auf einmal ein winziges Funkeln in einem der bemalten Gläser tanzte. Es hätte der Widerschein einer hie und da hochzüngelnden Fackel sein können. Öfter kam dies vor. Doch war es tatsächlich das erste Licht der im Osten aufziehenden Sonne, die erst langsam und zögerlich, wie unter Mühen, ihre Strahlen offenbar gezielt und ausschließlich in diese Fenster warf. Die sich dann aber machtvoll und schnell und sich ihrer Macht gewiss emporschwang, die Feiernden aus der Dunkelheit schälte, aus dem gleichmütigem Klang ein ungeordnetes, über- und untereinanderschlagendes Ächzen machte, das aus ungeahnten Tiefen durch die Kehlen entwich. Es brach der Priester das Brot und hob den Kelch der Sonne entgegen. Schon in den Höhlen mochte es so geschehen sein. Nach dieser Feier der aufgehenden Sonne verließen die Feiernden das Schiff und also das Haus jenes Herrn. Schnell wich die Betäubung. Durch den Morgen und durch den Tag wurde es laut. Aus der ersten Feier wurde Gelage, wie es Brauch, der auf den Wegen, dem einzigen Platz sich ungebärdig Bahn brach. Nach und nach entledigten sich die Feiernden der weißen Kutten. Am Rauschgetränk, am Lamm, am Hammel, am Schwein sparte man nicht, wiewohl man den langen Winter über daran hatte gespart und hatte sparen müssen. Es war einer der wenigen Tage der Fülle in einem kargen angestrengten Leben, freudlos, mühsam, ohne Höhepunkt. Es war Gier in den Feiernden, archaische tierische Gier, die bald in kaum noch verborgenen Paarungen sich entluden. Gier, Urgewalt, Fest des Bocks, Höhlenfeier. Herbeigesehnt, herbeigeträumt von den jungen Männern wie den jungen Frauen. Nach der Feier, wenn das Leben wieder gleichmäßig, würden sie, würden viele dann verbunden und gebunden und würden oft nicht wissen, warum mit jenem und mit jener. Die Männer nicht wissend, ob das Kind der anderen nicht das eigene und umgekehrt. Auf die Nacht zu taumelte die Feier dem anderen Höhepunkt zu, der Opferung des Stiers.

Stets aber blieb ein kleiner Kreis abgesondert von den Feiernden, aus Bestimmung, aus Neigung, aus Furcht, weil vorab dazu erwählt, aus allem diesen, es war nicht zu sagen. Es waren diejenigen, die gesandt wurden. Es hatten diese das Haus jenes Herrn nicht verlassen. Hatten sich um den Tisch jenes Herrn geschart, vor dem der weiß gekleidete Priester immer noch stand.

Es war aber so der Brauch, und dieser war eins mit der Feier, war deren andere Seite, ergänzte sie wie der Schatten das Licht oder das Licht den Schatten oder war wechselnd am Morgen das eine und am Abend das andere. Einige wenige junge Männer, einige wenige junge Frauen, auf denen die Blicke der Machtvollen im Dorfe geruht, wohlgesonnen offen oder zornig heimlich, sollten, auf getrennten Wegen, in die Welt hinaus kundschaften, möglichst den Ruhm, vor allem den Reichtum und das Wissen des Dorfes zu mehren, es geschehe dies, wie es wolle. Selten war dies geschehen. Viele waren nie zurückgekehrt. Von diesen vielen wiederum waren viele, von denen Nachricht, Kunde, ein Hauch nie mehr kam. Und die wenigen, die zurückkehrten, taten es nie mit Ruhm. Doch war es eben der Brauch geblieben. Kaum, dass jemand dem nachsann. Es war der Brauch.

An jener Feier, von der Ludo erzählte, waren unter den Auszusendenden ein junger Mann und eine junge Frau, die sich füreinander bestimmt. Es war um diese beiden etwas Eigenartiges in mancherlei Weise. Denn es war der junge Mann der eigentlich zweitgeborene Sohn eines Mannes niederer und niederster und nicht allein deshalb zweifelhafter Herkunft, eines Mannes, der vielfältig in die dunklen und untergründigen Kämpfe des Dorfes verwickelt. Dieses war ungewöhnlich. Denn wiewohl die Sendung selbst Frucht nie gebracht, so mehrte die Auswahl selbst doch die Ehre der zurückbleibenden Familie. Mochte wohl in manchem Fall auch deren Not lindern. Und es war wiederum die junge Frau Tochter einer Ledigen, die in kaum mehr als einem Stall abseits des Dorfes hauste und im Geruch stand, Hexenkunst und Zauberei zu treiben. Es war aber eine solche niemals noch gesandt worden. Nicht wenige im Dorf, die Unglück deshalb vorhergesagt. Recht sollten sie behalten. Denn während die Feier draußen ihrem Höhepunkt, dem Opfer des Stiers, entgegenstöhnte, noch während der Priester den Ritus der Sendung vollzog, während die zu Sendenden bang oder erregt oder ergeben den Gestus des Priesters erwarteten, während alles seinen gezeichneten Gang nahm und die Sonne so gleichmütig lief, wie sie es immer tat, ahnte noch keiner, dass es diesmal eine Sendung nicht geben würde und nicht ein Opfer des Stiers.

Ludo hatte innegehalten. Ich entsann mich wohl, dass mich seine Erzählung mehr und mehr in ein ungestaltes Träumen versetzt, in dem Figuren auftauchten, die kaum mehr wurden als Kontur, aber ein Leben zweifellos führten in mir. Es war dieses Träumen, es waren diese Figuren und Wesen, wie sie in der Kampagne des Sommers und in den Nächten auf unserem Hügel mir wieder erschienen, nachdem ich längst sie vergessen geglaubt. Was hatte ich am Ende nicht alles vergessen! Und was hatte ich am Ende nicht alles nicht vergessen! Nicht mehr recht hatte ich unterscheiden können, ob diese Figuren und Wesen und Schatten in Ludos Erzählung, in mir selbst oder in beidem zugleich. Oder ob nicht vielmehr auch ich, wer immer ich nun war, selbst eine Figur und ein Wesen unter all diesen, seien sie in mir oder in Ludos Erzählung oder woanders zugleich.

Doch in dieser Wirrnis oder wohl wegen dieser Wirrnis war lange schon Schlummerndes in mir so gereift, dass es eine mächtige Scholle durchbrochen.

Ein Kurzes noch und ich hatte Ludo verlassen, um mich aufzumachen in den Südwesten. Als wäre dies mein Schicksal. Es war aber keins, denn es gab dieses nicht. Es war eben der Weg, den ich gegangen. Immer glauben wir, dass Schicksal das sei, was uns begegnet. Und ist doch nichts anderes, was wir rückblickend so deuten wollen: eine Deutung, ohne die wir ja nicht auskamen. Was tat der Weiser stets anderes, damit Deutung eben sei?

Es hatte Ludo mich nicht zurückgehalten, was ohne leisen Schmerz mir nicht abging. Doch war Freude auch in mir gewesen, denn wiederum sah ich Ludos Freude, als ich ging. Versehen hatte mich Ludo mit Segen und Rat, ohne das eine auszusprechen und das andere zu zeigen. Doch war beides in mir und über mir. So war ich losgezogen. Nicht wie im Sommer mit Cramalla umhergeschweift. Sondern mit einer Richtung. Wenn auch nicht mit einem Ziel. Es hatte sich ein Ziel auch nie mehr eingestellt. Freilich waren mir Ahnungen von den schwarzen Heeren, die heranziehen sollten, schon entgegengeweht. Hatte diese Ahnung meine Richtung bestimmt oder war es vielmehr so gewesen, dass ich meine Richtung dieser Ahnung zum Trotz erwählte, ich hatte es nicht gewusst und wusste es nicht. Ich hatte mich nach Südwesten aufgemacht, dem damals noch Donau genannten Fluss zu, wenn auch die Namen schon verdämmerten und unklar und unscharf wurden und damit die Dinge und Orte und Menschen, die sie bezeichneten.

ES WAR eine angenehme Fahrt mir gewesen. Ich hatte Ludos Lager im untergehenden Sommer verlassen. Die Luft ging frisch, doch wärmte die Sonne am Tage noch, und es standen die Felder und Wälder in sterbendem Prunk und reifer Fülle. Dinge lagen hinter mir. Dinge, die vor mir lagen, hatten noch nicht den Schatten einer Gestalt angenommen. Wir wissen es nicht, während wir darin leben: Aber es zählen wohl die kurzen Abschnitte, da wir unterwegs sind – das eine zurücklassend in Frieden, das nächste noch nicht beginnend – zu den glücklicheren. Doch sind wir kaum je so unterwegs.

Es war ja auch dieser Marsch jetzt nicht so. Zu viel kettete uns, kettete mich insbesondere an Rückwärtiges, zu viel erwarteten wir vom Winterlager bei den Stämmen im Nordosten, mochte dieses vage sein und widersprüchlich, wie es nun einmal war.

Auf meiner Fahrt in den Südwesten hatte bald ein fahrender Gaukler, ein Sänger und Geschichtenerzähler sich mir beigesellt. Es waren viele von diesen unterwegs. Ihr Lohn war karg, wie hätte es anders sein können, doch waren sie willkommen zumeist. Die Menschen waren der Gaukler bedürftig, schauderten sie auch vor deren Lebensweise und verachteten sie diese nach außen, wenn auch bei so manchem Sehnsucht wohl mitspielen sollte, heimlich und uneingestanden. Vielleicht waren sie gerade deshalb der Gaukler bedürftig, und vielleicht, weil diese inmitten der Kargheit die Ahnung von anderem, von Fülle und Kraft erweckten konnten mit ihren ganz und gar nutzlosen Kunststücken und Fantastereien und Gesängen. Die niemand glaubte. Die alle hören und sehen und bestaunen wollten. Und die man, ihrer satt geworden, als Fremde dann gerne wieder gehen sah.

Auch mir waren die Gaukler stets willkommen gewesen. Auch ich hörte und sah gerne ihnen und begierig oft zu. Schnell, zu schnell wurde ich hinweggezaubert in Träumereien und Szenerien und andere Gefilde, die Erzählungen und Darstellungen und groben Schreiereien zum Anlass für solcherlei Fluchten oft nur nehmend. Wie die meisten andererseits hatte ich den eigentlichen Umgang mit ihnen gescheut, vielleicht mehr sogar als die meisten. Es waren mir viele der Gaukler einfältige und dazu anmaßende Gesellen, die mit den Träumereien, dem Gelächter und dem Staunen, der Freude und dem Glauben an Fülle, und was alles hervorzuzaubern sie imstande, selbst nichts gemein zu haben schienen.

Der aber, der sich mir auf meiner Fahrt in den Südwesten zugesellt, Lothar, war anderer Natur freilich denn doch gewesen. Von heiterer Natur dem Grunde nach und gesprächig, wie seinem Stande und Beruf es entsprach, sorglos, wie es manchmal schien, dann aber wieder einsilbig und wie abwesend und dann wiederum mancherlei beklagend, was ihm in seinem Kopfe nur oder tatsächlich zugestoßen, fasste schnell ich Zutrauen zu ihm und er zu mir. Wobei Spottlust und ein Hauch untergründiger Geringschätzung gegenseitig dem gemeinsamen Weg eine sonderbare Färbung gegeben, die uns immer wieder in immer neuen Anläufen gegenseitig umkreisen ließ. Ein Jucken, das durch Kratzen man loszubekommen wünscht und das ebenso doch Lust bereitet.

Gaukler war Lothar geworden, weil anderes ihm nicht geblieben und anderes er nicht gewollt. Vielleicht aber hatte er anderes nicht gewollt, weil anderes ihm nicht geblieben. So jedenfalls war seine Erzählung gegangen. Es war mit Lothars Erzählungen freilich stets eigentümlich gewesen. Denn obwohl ich wusste und eigentlich eher gespürt, dass die Unwahrheit er nicht sagte, so war mir doch nie recht klar gewesen, welchen Anteil tatsächlich Geschehenes an seinen Erzählungen hatte. Die Erzählung wurde wahr, indem er sie erzählte, und sie zerfiel sofort in ein Nichts, wenn sie denn abgeschlossen. Und konnte dann, neu und anders, wieder erstehen.

Binnen kurzem waren wir auf unserem gemeinsamen Wege auf ein verlassenes Gehöft gestoßen, wie es bereits viele an jenem Rande der Nicht-Zeiten gegeben. Ein kleiner Treck hatte sich hier gelagert, unterwegs wohl von einem Ort, der Heimat nicht mehr sein konnte oder nicht mehr sein sollte, hin in ein Irgendwo, von dem keiner wusste, wie es aussah und nicht einmal, wie es aussehen sollte dem Wunsche nach, und sei dieser noch so vage. Wir hatten, aus dem Walde marschierend, die Umstände schnell erfasst. Ich selbst hatte, misstrauisch, gezögert, mich dem Gehöft und dem Treck zu nähern, und hätte es vorgezogen, unseren Weg in einem Bogen fortzusetzen. Doch der Gaukler Lothar, durch Beruf und Neigung und Neugier und Unternehmungslust angetrieben, Gelegenheiten und Zufälle anzunehmen und auf ihnen zu reiten, hatte meiner Scheu keinen Raum gelassen. Laut, mit seltsamem Gesang, Worten aus einer fremden oder wahrscheinlich keiner Sprache, mit nachgeahmten Tierlauten, mit ruckartigen Bocksprüngen, akrobatischem Tanze aus der Ferne sich bemerkbar machend, die Gauklermütze mit der Krähenfeder auf dem Kopf, so von seiner, von unserer friedlichen Absicht kündend, hatte Lothar sich dem Lager genähert, mit mir in einiger Entfernung hintendrein. Die für den Unkundigen, Überraschten wohl fremd anzusehende und doch lockende, von dem Gaukler aber wohl hundertfach auf ihre Wirkung erprobte und kühl durchgeführte Aufführung hatte ihren Zweck erneut nicht verfehlt. Rasch war das Lager, der Treck, kaum mehr als zwei Handvoll an Gestalten, zusammengelaufen. Rasch auch hatten sich

Misstrauen und Abwehr, die stets gerechtfertigte, verflüchtigt – rasch, zu rasch, denn längst war es nicht mehr angeraten, sich von Blendwerk und Gaukelei verführen zu lassen –, es hatten die dunklen Mienen sich aufgehellt, und so waren wir schnell umringt und willkommen geheißen. Dass ich dabei am Rande stand, geduldet und zugleich übersehen als Anhängsel Lothars, verstand sich von selbst. Nicht hätte ich zu sagen gewusst, ob es mich gestört. Es war bequem und doch auch wieder nicht, und es kratzte nicht, erkannt zu werden, ohne selbst zu wissen als was und wofür, was wiederum seinen Reiz hatte und vor Verstrickungen schützte. So war der Anschein gewesen.

Unklar, wie diese Sippschaft zueinander gestanden. Es sollte so bleiben. Um den Anführer, einen dunklen Älteren, hatte sich die Schar versammelt, im Kern wohl ein Familienclan, dem sich andere angeschlossen mit Gründen oder ohne, es war mir nicht zu enträtseln gewesen. So wenig wie das Woher und Wohin. Was freilich auch müßig war, denn es hatten die Sippschaften, die zu den Horden noch werden sollten, ihre Gehöfte und Siedlungen, ihre Arbeit und ihr Leben verlassen in großer Zahl. Die schwarzen Heere, die schon heranzogen, mochten eine Ursache sein dafür oder auch nur ein Vorwand oder nicht einmal das. Was trieb am Schluss diese Massen, aufgeteilt in unzählige kleine Gruppen, was trieb Ludo, was trieb mich? Woher, am Ende, war auch ich gekommen, und wo ging ich hin? Doch wäre es falsch gewesen zu sagen, dass diese Fragen dringlich gewesen, an jenem Abend und in jener Nacht, in jenem verlassenen Gehöft am Feuer unter Fremden. Lothar war es nicht schwergefallen, mit Späßen und Schnurren die Leute zu erwärmen. Gewohnt war er es auch, dass besonders die Mädchen und jungen Frauen an seinen Lippen hingen, mit den Blicken und dann auch mehr. Was hätte es auch sonst für Stoff gegeben auf diesen Trecks, der zum Weben von Träumen, für steil hochschießende Fantasien, als Haltepunkt für verwegene Geschichten geschaffen? Doch war dieses Glück ihm nicht beschieden gewesen. Der Alte, misstrauisch wie die meisten, war wachsam geblieben, zu klein die Schar, als dass Lothar ohne Aufsehen das Lager hätte teilen können für die Nacht. Er hatte es gleichmütig genommen. Ein andermal. Ein anderes Spiel. Ein anderer Wurf. Was tat es schon?

Freilich mir war's anders beschieden gewesen, zu Glück und Unglück gleichermaßen. Es hob sich auf. Es war das eine ohne das andere nicht zu haben gewesen. Nie war das eine ohne das andere zu haben.

WEITE Kreise. Zu weite Kreise. Und doch hatten wir, als ich wieder emporgetaucht und mich umsah, Zechiel neben mir, eine weit geringere Strecke zurückgelegt, als es die Fülle an Gedanken und Geschichten und Erinnerungen vorgaukeln wollten. Nicht vorgaukeln: Es waren Gedanken und Geschichten und Erinnerungen, es waren Kopf und Seele mit dem Maße des Weges, den wir zurücklegten zu Fuß oder auf dem Pferd, auf den Feldern und in den Wäldern, nicht zu messen. Fülle, die zunahm, da sonst alles andere abnahm. Fülle, die bedrohlich werden konnte. Fülle, von der ich nicht wusste, ob tatsächlich ich sie wünschte. Es war Fülle mir, uns allen begehrt, es war Fülle, die ich, die wir entbehrten in vielfältigster Weise. Doch die Fülle, die mir so zugefallen, für die ich nichts getan – ein Merkmal der Fülle überhaupt –, diese Art Fülle, ich mochte sie nicht, und sie war mir verdächtig.

Ich befahl nach Raahael. Etwas hatte sie aus meinen Kreis getrieben, ein Missklang, ein Zufall, der Lauf der Dinge, wie er war wohl eher, ich wusste es nicht. Ich wollte sie wissen an meiner Seite. Warum? Ich wusste es nicht. Doch boten mir Rang und Unternehmung immerhin Vorwand genug. Weit hinten wohl lief der Karren mit Mirjam und Raahael, weiter hinten, als ich es befohlen, wie mir überhaupt der Wurm der Kohorten zu weit auseinandergezogen. Es war die Etappe dieses Sonnenlaufs eine eigenartige Etappe, mit mehr Vorkommnissen, inneren und äußeren, als uns allen dienlich. Was aber war uns denn dienlich? Was wäre dienlich uns gewesen?

Raahael war mir dienlich nun.

Die Frage nach dem, was uns dienlich allgemein, mir oder uns allen, die Frage nach einer Fülle, die jeder anders verstand und wiederum ich selbst anders am Morgen und am Abend, die Frage nach Woher und Wohin und nach diesem Marsch und nach den Nicht-Zeiten und nach der Geschichte des Weisers und meinen Erinnerungen und Träumen und Gesichten und Fetzen und Ferencz, dem schwarzen Priester, und Esther und Cramalla und nach dem Verbot des Geschlechtsverkehrs oder seiner Aufhebung oder Nichtbeachtung – es erschienen mir alle diese Fragen unsinnig nun. Nun. Für diesen Moment. Da ich wusste, dass Raahael, ihre Gegenwart, ihr Angesicht, ihre Gestalt und ihre Redeweise, ihre Art, den Kopf zu halten und zu schweigen, die Frage – diese Frage, diese eine Frage –, ob sie das Gesicht weiß und die schwarzen Streifen aufgetragen, da ich also wusste, dass Raahael mir nun dienlich, war all dieses andere wie ein Nebel, der durch Wälder zog.

Doch war wohl alles ein Nebel. Also auch dieses. Oder es würde zu Nebel werden, wie all das Gewesene und wie das, das kommen würde. Auf den Nebelmond liefen wir ja zu auf diesem Marsch. Aber Nebelmond war immer. Es würde trübe werden, nass und dunkel. In aufgeweichten Pfaden, im Morast würden wir versinken, der Schlamm, der Dreck würde unsere zweite

Haut sein, mehr als ohnehin schon, und nasse Kälte würde in uns sickern und im Marke nisten, dass davon unsere Gedanken steif und ungelenk und unwillig würden, mehr als ohnedies.

Gut war es im Nebelmond, das Lager zu teilen. Nicht geteilt hatte ich es mit Esther, mir zur Pein. Geteilt hatte ich es mit Cramalla, nicht zur Freude mir und nicht zur Freude ihr. Abgelehnt hatte ich, es mit Laila zu teilen. Nicht teilte ich es mit Raahael und wusste nicht, ob ich es wollte. Und wusste es doch. Geteilt aber hatte ich es mit Mirjam.

Mirjam hatte jener Sippschaft angehört, am Rande, in unklarer Art und Weise und unbestimmbarer Funktion. Anders als die anderen Mädchen und jungen Frauen hatte sie auf Lothars Gaukeleien mit Hochmut und Ablehnung geblickt. Hochmut, die mir vertraut werden sollte. Manchmal, selten freilich, wollte mir scheinen, dass anderes hinter dieser Hochmut leben wollte, doch verflog dieser Verdacht meist schneller, als er gekommen. Es hatte Lothar auch dieses gleichmütig genommen und sich um Mirjam nicht weiter gekümmert. Mir freilich war es aufgefallen, mir war Mirjam aufgefallen, und etwas hatte gezogen an mir, und ich wusste nicht was. Das Ziehen selbst aber war mir vertraut, und so mochte es um Mirjam selbst nicht gegangen sein, sondern um das Ziehen selbst.

War Gleiches mir mit Esther geschehen? Esther hatte mich gezogen. Oder war es etwas anderes, das mich zu Esther gezogen? Und was wäre dieses andere gewesen? Als der zweite Kreis mit Esther sich rundete, ohne dass ich, dass wir davon wussten, mochte es mir, mochte es uns geschienen haben, als läge dieses, was mich zu Esther und am Ende wohl auch Esther zu mir zog, in uns selbst. Aber vielleicht lag dieses nie in uns selbst und knüpfte sich nur wie der Faden einer Spinnwebe an den Menschen, der in einem bestimmten Moment, durch eine Handbewegung vielleicht oder einen Blick oder eine Berührung oder einen Tonfall oder ein Lächeln oder ein Nicht-Lächeln ausgewiesen, in uns, an uns eine Stelle fand, die ein Eichenblatt bedeckt und vielleicht bald wieder bedeckte oder nie mehr bedecken sollte.

Und war mir Gleiches mit Raahael geschehen? Nicht war Raahael Esther und nicht Cramalla und nicht Mirjam und sonst auch keine. Doch war nicht länger zu leugnen – doch hatte ich es je? –, dass Raahael zog wie alle jene. Und anders doch auch.

Ich hatte an jenem Abend mit Mirjam kaum gesprochen. Eigentlich gar nicht. Ich hatte auch danach mit Mirjam nicht gesprochen. Nicht, was Sprache zu nennen gewesen wäre. Freilich: Wie selten gab es das überhaupt? Mirjam also hatte sich abseits gehalten, das Treiben um Lothar hochmütig betrachtend. Mochte aber auch so etwas wie Neid sich in den Hochmut gemischt haben ob der Ungezwungenheit oder Unmittelbarkeit, mit der die Mädchen Lothar anhimmelten. Spät hatten wir uns zum Schlaf gelegt. Das Mahl, zu dem uns der Alte geladen, war eintönig gewesen und karg. Fülle war schon bloße Erinnerung oder raunendes Märchen, für viele nicht einmal das. Doch waren wir gesättigt, und vom Rauschgetränk, das ich mit mir führte von Ludo her, teilte ich mit ihr. Es hatte ein wenig das stets wache Misstrauen des Alten besänftigt, doch war es uns gleich.

Obgleich fremd unter Fremden, war es gut gewesen, die Nacht hinter den Gemäuern und unter dem Dach zu verbringen. Unter verfallendem Gemäuer und einem morschen Dach. Aber hinter Gemäuer. Auch für die, gerade für die, die unterwegs sind – und wann wären Lothar und ich und Ludo und der Weiser und vielleicht auch Raahael und Zechiel und Laila und am Ende wir alle nicht unterwegs gewesen? –, gerade für die also, die unterwegs waren und es sein wollten, weil sie es mussten, hatte der flüchtige Aufenthalt ein sehnsuchtsvolles Behagen. Jene Art von Sehnsucht, die stark war, weil sie sich nicht erfüllen konnte und nicht erfüllen sollte.

Früh am nächsten Morgen hatten wir uns aufgemacht. Lothar und ich hatten die Vorkehrungen der Sippe, die ihres Wegs – welches auch immer – ebenso ziehen wollte, nicht abgewartet. Ohne Bissen, ohne Abschied außer einem flüchtigen Nicken, einem kurzen Winken waren wir marschiert. Ein letzter rückwärtsgewandter Spaß Lothars, und wir waren um die Biegung in den Wald verschwunden. Heiteren Sinnes, ausgeruht, nicht ein Abenteuer, doch eine Episode, die beendet. Das Ende von Episoden schafft heiteren Sinn, so war es stets gewesen. Und nach jedem Ende stellt sich die Frage nach Glück oder Unglück weniger, als vorher erwartet.

Ausgeruht waren wir, und wir machten eine gute Strecke, ehe die Sonne emporgestiegen und wir rasteten für ein Mahl. Den Abend zuvor besprachen wir, hingeworfen in einzelnen Sätzen, eine Erinnerung bereits. Lothar ahmte den Alten nach in Sprechweise und Ausdruck und die Mädchen, die ihn angehimmelt und das Lager gern mit ihm geteilt, und ich lachte darüber. Lothar war ein Gaukler und würde es bleiben. Ich war kein Gaukler und würde es nicht werden. Warum wurden wie aber dieses und jenes nicht, welche bestimmende Kraft wirkte dahinter? Was hatte uns gewollt und getrieben? Kinder unserer Eltern waren wir, das wohl, aber wie lange reichte das? Und warum, andererseits, schienen sich die Vorfahren in uns zu rühren, wirkmächtig, bestimmend, jene sogar, vor allem jene, die wir nie gekannt, dunkel und murmelnd in uns, je älter wir wurden, vernehmbar, aber in einer Sprache, die wir nicht verstanden? Was also sagten sie? Hätten sie, selbst Kinder des Holzes und der Scholle, mir zum Gauklertum geraten? Wer wusste es?

DIES die Geschichte Lothars, wie Lothar sie erzählt: Ein scheues Kind war Lothar gewesen und das einzige. Die frühen Jahre hatte er im Sand auf einer Insel im Norden verbracht, einem Norden, den wir kaum noch kannten, so wie wir kaum noch wussten, wie die Länder und Meere jenseits der Linie der schwarzen Heere waren. Kaum einer von uns hatte sie noch gesehen. Der Weiser vielleicht und Ludo und einer der alten Hauptleute. Ich wusste es nicht. Fischer war sein Vater gewesen, und früh war Lothar mit hinausgefahren in die Nächte, in die Kälte, in das nasse Element, das ihn frösteln ließ von innen und das seine zarte Haut gerbte mit Salz. Früh auch hatte er von der harten Arbeit des Fischers gekostet, es hatten die Netze und Taue seine Finger geschnitten, dass sie bluteten und Blut auf die kalten Leiber der Fische tropfte, und oft war die Beute gering und der Lohn des Vaters karg gewesen. Manchmal aber waren Nacht und See ruhig gewesen, das kleine Boot war sacht und ruhig getrieben, flackernd erleuchtet von einer blakenden Lampe und den Sternen und dem Mond. Dann hatte der Vater wohl manchmal erzählt, vom breitmäuligen Herrscher der Meerestiefe mit den drei Zähnen und dem goldenen Ring im Nabel, die durchscheinenden Jungfrauen im Gefolge, welche schön und wie Glas zerbrechlich, aber furiengleich, wenn ein Fischer in ihren Hinterhalt geriet. Von den Geistern über den Wassern, die nach Booten Ausschau hielten, um zu rasten und das Boot zu kapern wie Piraten, und die mit Wimpeln nur und Zaubersprüchen gebannt werden konnten. Von den Winden, denn es gab nicht einen, es gab so viele, wie es Menschen gab, die sich kosend ineinander schlangen oder wütend gegeneinander ins Feld zogen. Von den Reitern, die nachts über die Insel zogen und den mitnahmen, den sie trafen, man wusste nicht, wohin noch wer sie waren. Gern war Lothar mit hinausgefahren als Kind. Aber gerne war er auch wieder heimgekommen in die Kate, in der er eine Kammer hatte für sich, winzig, ein Verschlag, als einziger Sohn, ungewöhnlich, ein Luxus.

Klein war die Insel gewesen. Die Einsamkeit war über den Strand geschlendert und hatte sich im Salzgras gebettet, verdrossen und schlecht gelaunt, aber gleichmütig auch und tröstlich manchmal. Nicht viele Menschen hatten auf der Insel gelebt, und nicht viele Altersgenossen hatte Lothar gehabt, mit denen er sich weniger und weniger verstanden, je älter er geworden. Und das hatte zum ersten dazu geführt, dass Lothar sich in Zauberkunststücken und Reimen und Drolligkeiten geübt. Aufmerksamkeit konnte er so erringen und so etwas wie Achtung, eine Achtung freilich besonderer Natur, denn an den Verabredungen und Spielen und Liebschaften der anderen hatte er weiter nicht und immer weniger teil. So war Lothar laut und still zugleich geworden und gewesen, einer, dem man den späteren Sonderling angesehen oder hätte ansehen können, hätte jemand sich gefunden, der tiefer an ihn sah. Noch bevor aber sich dieses verfestigt, war die Wende im Leben Lothars eingetreten.

An der Küste, der Insel gegenüber, war das kleine Städtchen gelegen, zu dem der Vater gesegelt war in Abständen, doch regelmäßig, Besorgungen zu machen, Einholungen, und, so möglich, einen kleinen Handel zu treiben. Oft hatte er Lothar mitgenommen, auch dies zum Behagen des Sohnes. Denn für das Kind hatte es allerhand zum Staunen gegeben, und dann für den größeren ein Mädchen, das er verschlossen verehrt. Es war die Tochter des Schankwirts gewesen. Denn es hatte aber der Vater eine dunkle Seite gehabt, indem er häufig, fast immer, wenn sie das Städtchen besucht, in jene Schenke eben gegangen, dort unmäßig zu trinken, was auf der Insel nie geschah. Und wenn auch diese Besuche selten, so hatten sie doch ihren Teil zu dem sonst kargen Leben beigetragen. War doch etliches von dem ohnehin wenig erhandelten Gelde dann in dieser Schenke geblieben.

Dann also hatte der Vater also jene Schenke wieder aufgesucht mit Lothar. Üblicherweise hatte er seinen Fang verkauft an Händler, welche die Küste und Inseln herauf- und herabzogen. Doch war der Fang gut ausgefallen gewesen wie selten, auch hatte der Vater mehr als zu erwarten von den Matten losschlagen können, die seine Frau geflochten, und eine Figur, die aus Treibgut er geschnitzt und welche die Nachtreiter und Meeresgeister bannen sollte, hoffte er, dem Schenkenwirt noch verkaufen zu können, denn es war jener empfänglich für derlei.

Freilich war es diese Figur, ein Fratzengesicht, roh gearbeitet, mit groben Zügen, die das Schicksal nicht nur des Vaters, sondern auch Lothars am Ende besiegelt. Es hatte der Wirt und mehr noch dessen Frau auch interessiert sich gezeigt, und es war der Wirt bereit, den geforderten Preis – ansehnlich für des Vaters sonstiges Einkommen – zu bezahlen. Dann aber waren dem Vater, der seiner Gewohnheit nach schnell und zügig getrunken und den erahnten Gesetzen der Schattenreiche ohnehin ehrfürchtig, Skrupel gekommen. Ob nämlich nicht es Unglück nach sich ziehen würde, wenn die Figur, ja schließlich für eine geheimnisvolle Beziehung zu den Schattenreichen geschaffen, er verramsche und vertränke. Das bereits verabredete Geschäft hatte er dann, zweifelnd und unschlüssig, wieder rückgängig machen wollen. Dann, mit dem nächsten Glas, wieder nicht. Zum Streit war es gekommen, der in der Schenke Wellen geschlagen. Andere hatten sich beteiligt, trinkgewohnte und bei dieser Gelegenheit und an diesem Orte rauflustige Gesellen. Es hatte rasch eine Rauferei sich ergeben. Die Figur war dabei zu Bruch gegangen. Was wiederum den Furor erhöht, obwohl – vom Vater und den Wirtsleuten vielleicht abgesehen – keiner der anderen recht begriff, was der Inhalt des Streits eigentlich sei. Dann war der Vater, schnell war es gegangen, gestürzt und mit dem Kopf aufgeschlagen. Daran war er gestorben. Ein banaler Tod. Welcher aber war es letztlich nicht? Lothar hatte es mit angesehen, verkrochen in einer Ecke. Das Ende der Kindheit oder frühen Jugend, wie man so sagt. Doch ist Ende eigentlich ohnehin immer, jeden Tag.

Mit dem Leben auf der Insel war es dann vorbeigewesen. Wie auch anders? Mit seiner Mutter war Lothar auf eine mühselige Wanderung nach Süden aufgebrochen, wo entfernte Verwandte als kleine Dienstleute gelebt. Wohl war es der kärgliche und einsame Rest einer Jugend gewesen. Das Herandämmern der Nicht-Zeiten war dann ein Leuchten für Lothar. Denn zwischen zeitlicher Zeit und Nicht-Zeit, da sich die Menschen in Bewegung gesetzt und die schwarzen Heere heranzogen, hatte auch Lothar sich gelöst und treiben lassen, gaukelnd und spielend und trommelnd und reimend und bettelnd wohl auch, wenn anderes sich nicht ergab. Es tat ihm nichts. Es war ihm gleich.

SO GING die Geschichte Lothars, wie Lothar sie erzählt. Oder manchmal ging sie so. Und dann wieder anders. Es war Lothar auch schon das Kind gaukelnden Volkes gewesen, das nicht anerkannte Kind eines Priesters, der verstoßene zweitgeborene Sohn eines Fürsten, illegitimes Kind eines den Ketten Entflohenen, Frucht einer Gewalttat. Es tat dies alles nichts, es bleib sich ja gleich ohnedies. Es waren dies nichts als die Masken des immer selben, gleich viel wert die eine wie die andere.

Und so ging auch die Rede heiter zwischen uns an jenem Waldesrand, nach der Nacht im Gehöft, da ich Mirjam zum ersten Mal begegnet. Schon in dem Städtchen, das Lothar und ich bald durchzogen, war sie wieder da, in Begleitung nur noch eines Mannes aus jenem Clan. In Streit war sie wohl geraten und hatte sich alleine auf den Weg gemacht, der ja keiner gewesen, sofern ein Weg nur der ist, der an ein Ziel führt. Aber vielleicht stimmte das ja gar nicht. Es war, wie es war. Fremd waren wir, aber weniger fremd untereinander, als es uns die wenigen verbliebenen Bewohner des Städtchens waren, und so gesellten wir uns. Lothar bestritt den Abend mit allerhand seiner gewohnten Späße, der Skepsis und Schweigsamkeit und des Hochmuts Mirjams nicht achtend. Am nächsten Morgen war Mirjam zusammen mit ihrem Begleiter, einem stummen, verdrossen und verschlossen blickenden Mann, verschwunden.

Solches wiederholte sich. Am Abend waren sie da, am Morgen waren sie weg. Unklar, woher sie kamen und welchen Weges sie gingen. Schnell wie immer hatte sich die Gewohnheit gebildet. Wir fragten nicht, und wir antworteten nicht. Gleichwohl ging es seinen Gang, und nicht möglich war es am Ende, voneinander nicht mehr zu erfahren.

Tatsächlich war Mirjam, wie ich vermutet und wie Lothar vermutet, wenn wir überhaupt etwas vermuteten, jenem Clan, dem sie nun entflohen, nur lose verbunden. Es hatte wohl der Alte ein fernes Verwandtschaftsverhältnis zu oder auch nur eine Verpflichtung gehabt gegenüber dem längst verstorbenen Vater Mirjams, im selben Dorf oder einem der Nachbardörfer, aus dem sich der Clan aufgemacht. Gewiss war es nicht Mirjams Wunsch und Absicht gewesen mitzuziehen. Es passte solches nicht zu ihr. Doch waren die Zwänge der zu Ende gehenden zeitlichen Zeit weit stärker, als es irgendjemandes Absicht sein konnte. Und so hatte sie sich angeschlossen, missmutig und schweigsam und hochmütig und verdrossen. Nachdem aber wir, Lothar und ich, aufgebrochen, hatte es wohl erneut einen Streit gegeben um eine der Nichtigkeiten, der Mirjam große Aufmerksamkeit zu zollen stets geneigt war. Mochte sie sich hintangesetzt gefühlt haben, was die Essensration, die der Alte stets zuteilte, anbelangte, mochte ihr einer anderen nicht die erwünschte und als selbstverständlich erachtete Achtsamkeit erwiesen haben, mochte es der Nachhall eines bösen Traums gewesen sein, es hatte wohl wie so oft ein Wort das andere gegeben, und ob schließlich Mirjam mit ihrem Begleiter wütend das Weite gesucht oder ob sie vom Älteren des Clans verwiesen, war mir nie recht deutlich geworden. Wie mir nie etwas deutlich geworden, was Mirjam betraf, nicht ihre Herkunft und nicht ihre Beweggründe. Etwas geschichtenlos Rätselhaftes. Was wäre mir, was wäre uns aber ein Rätsel nicht geblieben?

Stets aber war es so gewesen, dass solcherart Rätsel, zu meinem Glück, zu meinem Unglück, mich ruhen nicht ließen, mich unruhig machten, nach Lösungen, Ent-Rätselungen suchen ließ, wo es vielleicht gar keine gab und das Rätsel ich selber war, mithin nicht zu lösen von mir. Denn wenn wir überhaupt Rätsel zu lösen imstande sind, so sind es unsere nicht.

War mir Esther solcherart ein Rätsel gewesen. Einmal waren wir durch die Nacht gefahren. Oft waren wir gefahren und noch öfter, so wollte es mir scheinen zumindest, war ich ihr hinterhergefahren, breite Straßen oder durch nächtlichen Wald und wieder zurück, unverrichteter Dinge. Hätte freilich einer mich gefragt, welcher Art Dinge zu verrichten seien, wäre kein Ende des Stammelns gewesen. Die Gier nach ihrem Fleisch, gewiss, die vertraute. Die Sehnsucht nach ihrer Zunge, der liebkosenden, schmeichelnden, drängenden. Das Verlangen, unbezähmbar, nach Haut und Berührung und Wärme. All dies. Aber wäre, fragte ich mich jetzt, da ich hier ritt und Esther irgendwo einer Beschäftigung nachging oder keiner, einem Gedanken nachhing im selben Augenblick wie ich jetzt oder keinem, wäre also, so fragte ich mich, jenes Rätsel gelöst gewesen, wenn Sehnsucht und Verlangen gestillt. Kaum zu denken, kaum vorzustellen.

Was also war das Rätsel um Esther gewesen und geblieben? Und warum also stellte sich das Rätsel um und durch und von Esther mir neu immer, in den zeitlichen Zeiten und durch die zeitlichen Zeiten hindurch bis ins diese Nicht-Zeiten hinein? Und warum also und wiederum war Raahael gekommen, da mir Esther fern und entschwunden und verloren und doch wieder nah mit einem Male? Nicht näher freilich, als sie mir wohl ohnedies stets gewesen. Ich hatte einen Kristall bei Esther nie gesehen. Es sei denn, ihr Leib, ihre Stimme, ihr Sprechen, ihr Mondhof und Lichtraum wäre selbst ein Kristall gewesen, oh, welch ein Kristall dann, von welch ungebrochener, nicht zu brechender Kraft!

Ein Kreisen, ein Kreisen. Die Gläser geborsten überall. Und doch rannte ich, rannte in meinen Gedankenkreisen gegen Gläser an, das Licht dahinter zu erlangen, die Gedanken darin zu baden, zu wärmen. Doch was war nun besser: am Glase zerschellen oder im Licht verbrennen?

Vorangehen muss es. Es muss vorangehen.

MIRJAM nun denn. Nicht ruhen ließ mich also und immer weniger das Rätsel, das Mirjam mir aufgab mit jedem Abend neu. Ein Anziehen und Wegstoßen. Trunkene Freude und peinlichste Ernüchterung. Gespannte Erwartung auf den Ritten der Tage, voller Szenen und Gespräche und Fantasien im Kopf wie in der Seele. Die allesamt immer, fast immer, an der Realität des Abends zerschellten. Verkapselt war mir Mirjam gewesen und war es noch, als hätte in Drachenblut sie gebadet. Selten, dass ein Spalt sich öffnete, ein Riss sich auftat, von welcher Gewalt auch immer geschlagen, es konnte, so hatte ich gelernt, nein, es war immer etwas von mir völlig Unerwartetes, was diesen Riss bewirken konnte, eine Erinnerung, ein scheinbar banale Geschichte, ein Tonfall, eine Handbewegung. Und dann war am Grunde dieses Risses etwas mädchenhaft Scheues, Verschüchtertes. Doch blieb dieser Riss nie lange und ward sofort geschlossen, zugeschüttet wie mit rauem Geröll.

Dieses also – auch dieses – wollte nicht vorangehen, so schien es. Es stockte, und ich kreiste. So die Empfindung, die mich freilich trog wie fast immer. Denn an einem jener Abende – es waren weit weniger, als die Erinnerung in ihrer Sanftmut es mich glauben lassen wollte –, da wir uns wiedertrafen, war die Stimmung eine andere zwischen Lothar und mir und Mirjam und ihrem Begleiter und dazu und folgerichtig zwischen unseren beiden Gruppen, von deren einer zweifellos Lothar der Bestimmende war, wie es Mirjam umgekehrt war. Nicht aber gab es etwas zwischen Lothar und Mirjam, nicht Anziehung, nicht Wettbewerb, zumindest nicht von Seiten Lothars, der heiter blieb, ein wenig spöttisch stets und gleichmütig. Ich sah es ungläubig. Und bewunderte ihn dafür.

An jenem einen Abend nun hatten wir auf unserem Wege in den Südwesten – dass es ein Weg in den Südwesten dann wirklich gewesen sein würde, wussten wir freilich erst vage – ein Städtchen erreicht, das gemessen am Zustand, in dem Land und Welt sich befanden an jenem Rand der zeitlichen Zeit, erstaunlich intakt war und kaum entvölkert. Ein Städtchen, nicht unähnlich jenem am Fuße unseres Hügels, wie es in unseren Gefilden viele gegeben. In diesem Städtchen aber war etwas ungewöhnlich. Die Mauern, funktionslos zwar, waren intakt wie es die Häuser, zumeist noch bewohnt, waren. Ankömmlinge wie uns beobachteten die Einwohner achtsam, aber ohne Misstrauen oder gar Feindseligkeit, was uns kaum mehr gewohnt. Und was in paradoxem Gange fast uns selbst wieder misstrauisch werden ließ. Doch grundlos, wie es schien. Nahrung war zu erhalten, nicht in Fülle, doch war auszuwählen, und selbst Rauschgetränk war zu haben. Zu hohem Preis, den wir kaum konnten erlegen. Aber zu haben eben, und wir wollten haben.

Es war unwirklich. Die Einwohner lebten, stur fast, wie immer sie es wohl getan. Belebt waren die Straßen. Feilgeboten wurde und eben gefeilscht. Geliebt schien zu werden und gehasst, gestritten und geflucht und betrogen und geplant und geschlachtet. Kinder waren nicht wenige. Selbst eine Herberge war zu finden. Wann wäre ich zuletzt solcherart beherbergt worden? War ich denn überhaupt je beherbergt worden? Ein Behagen, tief, erfüllte uns, dem wir kaum trauten aus unserer Erfahrung heraus, doch war es da. Wir saßen am Holztisch, der glattpoliert und sauber, und aßen und tranken. Etwas Bühnenhaftes umgab uns, wie auf den Böden der fahrenden Gaukler. So fühlte sich Lothar heimisch. Lothar, dessen Vater einst in einer Schenke verschieden. Der Wirt war von jener Bärbeißigkeit, welche die Freude über die zu erwartenden

Einnahmen zu verbergen suchte. Tatsächlich führten wir einiges an kleiner Münze mit uns, aus Gewohnheit eher, denn in den Landen, die wir durchstreiften, war diese Form Metall fast wertlos geworden und kaufte uns nichts. Nicht so, noch nicht so in diesem Städtchen, und es war uns recht. Und auch eine Tochter war da, die bediente, aufreizend und ein wenig schlampig gekleidet, wie es dem Genre entsprach, und Lothar fiel es nicht schwer, ihr Interesse mit allerlei Anzüglichkeiten und losen Reden, Gaukeleien und maßlosen Geschichten, allesamt erfunden, drastisch, bunt und grobgestrickt, zu wecken. Ein Idyll. Eine Oase. Hastig tranken wir, lauter wurde es, und Lothars Hände begannen, verstohlen erst und knapp, auf den Leib der Tochter Anspruch zu erheben. Der Wirt und Vater übersah es, wohlwollend. Es war wohl nichts, was zum ersten Mal er sah.

Wir hatten eine Richtung, aber kein Ziel und so keinen Weg: also war der Weg, den wir nahmen, immer der unmittelbare. Dennoch waren Mirjam und ihr Begleiter, ich wusste nicht, wie, immer vor uns am Ende einer Strecke angelangt. Nie war eine erneute Zusammenkunft am Abend vereinbart, immer fand sie statt (weniger Treffen waren es, noch einmal, als es mir die Erinnerung erzählen wollte). Nie überholten sie uns, auch wenn wir vor ihnen aufbrachen, immer waren sie schon da.

Diesmal war es anders, aber es sollte nur so scheinen. Lothar, längst die Wirtstochter auf dem Schoß, mit den Fingern sich den Weg zwischen den noch gekreuzten Oberschenkeln bahnend, schaute über die Schulter des Mädchens zu einem der Fenster hinaus und sah Mirjam, suchend möglicherweise, vorüberlaufen. Längst, so stellte sich heraus, waren sie angekommen. Hatten aber nicht das Wirtshaus, sondern einen der gewohnten Verschläge als Quartier genommen. Guten Mutes, seit ich von Ludo aufgebrochen, heiteren Sinnes durch die kaum gewohnte und gänzlich unerwartete Aufnahme in dem Wirtshaus, befeuert auch durch Rauschgetränk, dem wir reichlich – letztmals so reichlich, wenn die Erinnerung nicht mich trog – bereits zugesprochen, war ich vor die Tür getreten und hatte Mirjam hereingebeten. Was sie, stutzend erst, wie widerstrebend, dann aber doch tat. Ohne ihren Begleiter nachzuholen. Es war dann das Gespräch, meiner ursprünglichen Laune ungeachtet, mühsam geworden und angestrengt, mühsamer als sonst ohnedies und mein Rausch rasch verflogen. Oder zeigte jetzt der Zweigesichtige seine dunkle Seite, die Fratze, nicht das sonnige Antlitz, die Unsicherheit und Ängste und Sprachlosigkeit und Düsternis gebieterisch sandte. Zumal Lothar unser wenig, gar nicht achtete und sich bald zurückzog, die Gier, seine und die des Mädchens, zu sänftigen. Lust schrie das Mädchen laut wie selten gehört.

Ähnlich hatte Cramalla nur geschrien, verzweifelt fast sie aber, unerlöst und unbefriedigt, da nicht ich in sie eingedrungen und so nicht ich ihr schenken konnte und wollte und eigentlich ihr hätte schenken sollen und müssen, worauf sie durch den Sommer mit mir, meinem Sommer mit Cramalla ein Anrecht gehabt. Die Härte des Phalls, das Stoßen und Zucken, die Reibung und das Ergießen in die lustnasse Grotte. Der Wirt hörte das Stöhnen und Wimmern seiner Tochter – so sie es denn überhaupt war – gleichmütig und gleichsam achselzuckend. Wie gesagt, nicht wohl zum ersten Mal mochte sich solches zutragen, ein gewohnter Gang, wenn nicht gar ein erwünschter. Pein aber freilich bereitete solches den Zurückgebliebenen, Mirjam und mir, kaum zu überspielen, und zumindest mir schien es wie eine höhnende Anklage, eine Provokation, die genau zu benennen ich aber in der Lage nicht war. Freilich hörte auch das auf, schneller wohl, als mir, als uns es scheinen wollte, und binnen kurzem war das Mädchen im Schankraum wieder erscheinen, noch loser gekleidet wohl, vielleicht gerötet im Gesicht ein wenig, doch gleichmütig und gelassenen Sinnes sonst wie der Wirt auch. Ein Verkehr von vielen, jeder einzelne davon begehrt, aber nichtig dann auch wieder, sobald er vollzogen. Nicht viel anders also als für jeden von uns, in zeitlichen Zeiten und Nicht-Zeiten ohnedies.

Dem allem zum Trotz oder deswegen gerade war Nathanael in jener Nacht gezeugt worden von Mirjam und mir, in dem kleinen Raum hinter dem Schankraum, der uns als Kammer zugewiesen, ohne große Lust, hastig, schnell abgetan. War es die bloße Gelegenheit gewesen, hatten die Schreie des Mädchens es am Schluss doch befeuert auf verquere Art. War etwas zu beweisen gewesen, ich wusste es nicht, und stets war mir so gewesen, als hätte auch dieses eben so seinen Gang gehen müssen. Nathanael war also kein Kind der Lust und der Wahl, sondern Größeres und Unbedingtes, ein Geschenk aus dem Geheimnis heraus. Geheimnis, das größer war, als wir es je ahnen konnten und wohl je würden ahnen können. Unfasslich und unfassbar, dem Worte nach.

Von jener Nacht an war Mirjam mit uns gezogen, ohne dass wir uns darüber verständigt hätten. Lange hatte Nathanael gebraucht, um auf die Welt zu kommen. Es war einfach nicht gewesen. Irgendwann waren wir angekommen im Südwesten, oder besser: in dem, was unseren Südwesten wir eben nennen wollten. Als wir aber beschlossen, dass wir angekommen, hatte sich herausgestellt, dass wir nicht recht wussten, was nun zu tun sei. Freilich waren wir näher an die Linien der schwarzen Heere gerückt, wenn auch diese immer noch in unwirklicher Entfernung. Dennoch war bereits so etwas wie eine

Grenze spürbar. Kohorten formierten sich, während die Gegend leerer wurde von Menschen, und einer solchen schloss ich mich, schlossen wir uns an. Als Kundschafter dann zog ich durch einsame Gegenden, den schwarzen Heeren weiter entgegen, bis zum ersten Mal am Horizont ich sie sah. Nathanael unterdes wuchs auf im Lager bei den Kohorten und war schweigsam und verschwiegen, alle seines Alters, die in den zeitlichen Zeiten vielleicht noch geboren, aber hineingewachsen in die Nicht-Zeiten. Und früh schon war er dann selbst Kundschafter geworden, nachdem zum Kommandanten, zum Kommandanten des letzten Gefechts man mich noch erwählt.

WO WAR ich? Wo war ich gewesen? Zechiel lief neben mir, der Antwort vielleicht noch harrend auf eine Frage, derer ich mich nicht mehr entsann. Und Raahael war herangekommen, eben erst oder vor einer Ewigkeit oder schon immer, es war ja eins, und als ich aufwachte erneut und auftauchte aus dem Trüben eines morastigen Gewässers, wo selbst Umrisse nur noch zu erahnen waren und nicht zu bestimmen, als ich also auftauchte, da lächelte sie. Heiter sah sie aus, und jung schien sie mir diesmal. Ein anderes Kleid trug sie, so wollte mir scheinen, doch achtete ich auf derlei wenig nach der Gewohnheit, und so wusste ich es nicht zu fassen. Rein war es und eng und zeichnete ihren Körper nach und ließ ihre Brüste ahnen, erstmals mir, und es war etwas anders. Nichts von den Lumpen und Mänteln, die wir sonst trugen, war an ihr, und flüchtig dachte ich daran, ob sie nicht fröre. Da war aber ihr Lächeln, und so vergaß ich es. Voll, voller waren ihre Lippen, so wollte mir wiederum scheinen, und risslos bemalt wie von brauner, voller, fülliger Erde, das Gesicht ebenso glatt und weiß, mit den schwarzen Streifen bis an die Schläfen, das Haar zurückgesteckt in einen Knoten, wie kaum mehr zugehörig ihr selbst, ein Drittes, doch Teil von ihr. Es schien mir seltsam und war es wohl auch. Woher diese Wandlung? Und wann hatte sie stattgefunden? Nur konnte es gewesen sein, als wir überfallen, und Kampf und Tod und Gefangenschaft in uns gebrochen und wir hinein in jene. Es war ja durchweg nie eindeutig, ob etwas uns widerfuhr oder wir ein Widerfahrnis waren für jenes Etwas.

Gefangenschaft. Noch mussten wir, der Weiser und Ludo und ich, ich freilich vorweg als der Kommandant des letzten Gefechts, Ratschlag halten, was mit den Gefangenen zu geschehen habe. Des Weisers rätselhaftes Verhalten kam mir in den Sinn. Und jene Frau kam mir in den Sinn, die verkleidet an dem Überfall teilgenommen und jetzt unter uns war.

Dass wir am Rande unserer gewohnten Kreise angekommen oder diese bereits verlassen, sagte ich zu Raahael und tat es wie gewohnt harscher, als ich wollte. Dass es nun an ihr und Zechiel sei, die uns begleitet bisher, Pfade zu öffnen und die Wege zu weisen. Es könne kein Zweifel sei, dass unser Marsch zu den Stämmen im Nordosten, zu ihren, Raahaels Stämmen, mühsam werde. Es seien die Vorkommnisse auf der kleinen Strecke, die wir bisher zurückgelegt, nur Abglanz und Ahnung dessen, was wohl vor uns noch liege. Auch wüssten wir nicht, wie schnell die schwarzen Heere heranrückten. Und ob wir nicht noch, vor Winterlager, in Gefechte geraten würden. Es könne, nein, es werde jedes Gefecht vor Winterlager wohl das letzte sein und ich dessen Kommandant. Sie, Raahael, wisse es. Und sie wisse auch, dass ich, der berufene und gewählte Kommandant des letzten Gefechts, zwiespältig gewesen und es immer noch sei, ob nicht eben dies, das letzte Gefecht, das uns eigentlich vorgezeichnet sei. Wie es ebendiese Nicht-Zeiten, die über uns gekommen wie jener Überfall, unerbeten, vielleicht aber am Ende nicht unerwartet, forderten.

Diese Nicht-Zeiten! Die Nicht-Zeiten und die schwarzen Heere! Keine Nicht-Zeiten ohne schwarze Heere. Keine schwarzen Heere außerhalb der Nicht-Zeiten. Stimmte das? Stimmte das nicht? Ich wusste es nicht. Dass ja die schwarzen Heere heranzogen und immer dichter uns bedrängten, das wussten wir freilich. Wer aber die schwarzen Heere waren oder was in ihrer gestaltlosen Mächtigkeit und Macht, das wussten wir nicht. In den vorderen, den vordersten Linien konnten die Kundschafter sehen zwar ihr Gleißen, doch nichts unterscheiden vom einen, vom anderen. Und von den Gefechten und Kämpfen und Schlachten, die wir bestritten hatten in den Sommern, war kaum mehr zu sagen, als dass sie über uns gekommen so regelmäßig, wie die Sonne lief, und dass wir geschlagen stets aufs Neue. Schatten. Und auch wieder nicht. Hart uns züchtigend. Und doch wieder wie gleichmäßig fern.

„FÜRCHTET euch nicht, Herr. Mit mir wird Zechiel den Weg euch weisen. Weit scheint euch der Weg ins Winterlager nur, zu unseren Stämmen im Nordosten. Doch was heißt das: weit oder ferne? Der Sohn, Nathanael, ist euch voraus, und mit ihm Laila. Eilt, ihm nachzusetzen. Doch tut Eile nicht not wiederum. Mit Gleichmäßigkeit und Beharrlichkeit und Frieden in euch werdet das Ziel ihr erreichen. Auch wenn ihr nicht glaubt daran. Jetzt nicht und an jedem Sonnenlauf, der auf dem Marsch uns sehen wird. Glauben müsst ihr nicht. Es kann ohnehin niemand verlangen. Und niemand wird es erwarten. Doch werdet ihr einst, wenn das Ziel fast ihr vergessen, eine letzte Biegung nehmen. Und Winterlager wird vor euch sein.“

Was sagte diese hier, Raahael, in nicht erwarteter Rede? Ich hatte so ausführlich sie niemals vorher reden gehört, in jenem Haus jenes Herrn zu Mirjam vielleicht, da ich beide belauscht, doch gewiss nicht zu mir, und es verwirrte mich. Was sprach sie von Furcht? Was von Frieden? Und Glauben? Es waren nur Worte, doch konnten Worte kratzen wie einer der Lumpen, die wir am Leibe trugen, wenn er nass geworden. Doch waren es nun einmal nur Worte und Gedanken, und wiederum dieser Gedanke war es, der mich Fassung finden ließ.

Freilich auch die Erzählungen und Geschichten und Gesichte und Gesänge des Weisers bestanden aus Worten, und mächtig, wirkmächtig waren sie doch. Immer wieder. Nicht immer. Bewegten uns innen erst, doch was innen bewegt, bewegt bald auch nach außen. Denn war nicht dieser Marsch am Ende eine Erzählung des Weisers, hervorgegangen wiederum aus vielen anderen seiner Geschichten und Gesichte? Und wir waren auf diesem Marsch zweifellos, ob ebenjene Geschichten so stattgefunden oder nicht. Doch was hieß mich denken, was glauben, dass Zweifel an diesem Geschehen nicht angebracht? Ich merkte, dass ich mich erneut verfing und verhedderte und mich in mir verknotete. Ich sah in Raahaels Gesicht. Sie war hier. Ich ahnte ihre Brüste. Ich verlangte nach ihnen. Vor mir, hinter mir marschierten die Kohorten. Die Sonne lief. Ich spürte in meinem Körper leisen Schmerz, nicht bedeutend, wie häufig. Also waren, da Schmerz ich fühlte, wir auf dem Marsch. Alles andere war Spukbild, das wegzuwischen not tat.

Voran denn! Was dringlich war: Es galt den Marsch, die Kohorten neu zu ordnen. In Form, in Halt zu bringen. Es galt, Nächstliegendes zu tun. Rast und Überfall hatten uns beansprucht. Es würde eine kurze Etappe werden. Wir mussten jetzt, da wir unsere Kreise verließen, mit der Suche nach Nachtlager schon beginnen, wenn der Sonnenlauf Marsch eigentlich noch zulassen würde. Zugleich aber war dieses gleichgültig, denn es gab ja, eben wenn wir unsere Kreise verließen, keine Etappen mehr, die in einem geplanten Nachtlager enden könnten. Nachtlager, so fiel mir ein, und es gefiel mir nicht, würde sein, wo Zechiel und Raahael, aber Raahael als erstes, es bestimmten. Und es galt – dringlicher, deutlicher spürte ich, was seit unserem Hügel an Ahnung wie kreisender Nebel mich durchzog –, Ordnung wie in den Kohorten in mir selbst wiederherzustellen. Der Geschichten also nicht mehr achten. Und wenn selbst ich eine wäre. Und wer sagte mir denn, dass nicht Geschichte, der winzige Faden einer Geschichte ich war, die ein anderer wob und den ich kennen nicht konnte?

Ich hieß einen Gaul bringen. Raahael mochte, um uns den Weg zu weisen, an meiner Seite reiten. Ich spürte die Blicke der Kohorten, denn es war dieses ungewöhnlich. Nicht geklärt, niemandem berichtet war, was Raahael uns, was Raahael mir war. Kundschafterin nicht. Gefangene auch nicht. Oder nicht mehr. Sie mochte uns führen eben, Weg uns weisen. Es war dies genug für diesen Moment. Und ich war der Kommandant des letzten Gefechts, noch immer.

Raahael zögerte, doch dann saß sie auf. Der Ritt auf dem Pferd war ihr ungewohnt, und ich sah es nicht ohne Behagen. Ich sah Scheu, erstmals vielleicht. Und ich sah, dass sie nicht gleichmütig meinen Befehl entgegennahm, sondern sich gleichmütig geben wollte. Das war gut.

ICH hieß nun die Kohorten sich sammeln und zu neuer und fester Ordnung sich finden. Rief nach Ludo und dem Weiser, die Befehle zu geben. Am Abend, wenn Nachtlager wäre, würden wir das Notwendige tun. Zechiel, der noch stand, mochte von Nathanael und Laila berichten. Am Abend. Über die Gefangenen war zu reden, und jene seltsame Frau zu verhören. Am Abend. Am Abend würde es gut sein, für diesen Sonnenlauf. Für diese Etappe unseres Marsches. Erstmals nun, da ich an den Abend dachte, war mir, als würde ich ein Teil dieses Marsches und er ein Teil von mir.

Ohne es zu wollen – und ich wollte es nicht – kam mir neu jener Fürst in den Sinn und sein Mädchen. Wohl war er nach dem Winter, seinem Winter, weitergezogen in seinen letzten Sommer hinein. Mit ihm das Medaillon und die Gefangenen, die wohl, nach dem Winter, keine mehr gewesen. Eine Horde eben, die sich angeschlossen. Die dieses ebenso gut tun konnte wie anderes lassen. Es war der Weg des Fürsten kein anderer als unserer jetzt. Es unterschied sich die Lage des Fürsten kaum, so mochte es mir scheinen, von der meinen, derjenigen des Kommandanten des letzten Gefechts. Doch woraus war der Fürst gezogen und wohin? Vor welchen Heeren mochte er geflohen sein? So er denn überhaupt geflohen. Denn seit der Weiser die Geschichte des Fürsten zum ersten Male erzählt – einmal so, einmal ganz anders, wie es Art des Weisers eben war –, hatte der Fürst, ich mochte an ihn denken oder nicht, weitergelebt in mir wie alle Figuren des Weisers, und seitdem wusste ich, oder es schien mir, dass ich es wüsste, dass der Fürst aufgebrochen war, ein Ziel zu finden. Und mit Macht und Härte hatte er es verfolgt. Freilich war es ihm nicht beschieden gewesen, jenes zu erreichen. Von seinem Mädchen war er getötet worden, als es zu verschachern er sich anschickte. Warum aber hatte er dieses getan? Welche Rolle spielte jene überhaupt? Es war alles dieses wie ein Nebel, aus dem Figuren, aus dem Schemen für einen Augenblick greifbar, fast farbenvoll wurden und dann wieder verschwanden. Manchmal hörten wir ihre Stimmen noch, bis auch diese verschluckt. Manchmal tauchten sie wieder auf, unerwartet, nie zu berechnen, manchmal blieben sie verschwunden für immer. Und nur ein vages Ahnen blieb uns in Seele und Gedächtnis, das wir nicht benennen konnten und das Erinnerung kaum war.

WIR waren an einen Fluss gekommen, ein Flüsschen eher, das wenig Wasser führte. Es war der äußerste Rand unserer Kreise erreicht. Es wäre schwierig gewesen oder gar falsch, diesen äußeren Rand unserer Kreise an einem Punkt festzumachen. Doch wollte ich, mit dem Geschehenen, mit all den Geschichten in meinem Rücken, dieses Flüsschen nun so sehen, und so mochte es der äußere Rand also sein. Deswegen allein. Was taten uns auch Punkte und Orte?

Ich zögerte, die Kohorten übersetzen zu lassen und spürte, wie die Kohorten ihrerseits zögerten. Noch war die Stunde des Nachtlagers nicht gekommen, und wir konnten eine Strecke Weges noch machen. Aber was tat es? Der Krieger in mir wusste sehr wohl, dass es etwas tat. Es zählte ein jeder Schritt auf einem Marsch, wie ein jeder Hieb im Gefecht zählte. Doch einem anderen in mir war es gleich. Und was war richtig, was war recht?

„Lasst übersetzen, Herr."

Es war Raahael, der ich nicht mehr geachtet hatte und die jetzt ihr Pferd an meines drängte. Oder vielleicht drängte auch eher ihr Pferd an meines. Ich spürte ihren Schenkel an meinem. Sie saß hoch aufgerichtet. Ein wenig ängstlich, aber hoch aufgerichtet.

„Lasst übersetzen, Herr. Ihr müsst es ohnedies. Eine kleine Strecke nur über den Fluss, in die Wälder hinein, die jetzt noch Horizont scheinen, aber gut erreichbar, ist ein guter Ort für Nachtlager. Eine kleine Sippe lebt dort, abgeschieden, friedlich, der Läufte wenig achtend. Nicht viel wird es sein, was diese uns zu bieten, aber wir brauchen es ja nicht. Doch ist es ein guter Ort für die Nacht. Und für Rat, den für die kommenden Etappen einzuholen uns wohl dienlich ist. Denn niemand kennt den Beritt und die Landschaft, durch die wir nun ziehen, wie jene Sippe."

Die Worte Raahaels hörte ich, und ich spürte meinem Zögern nach wie jenem der Kohorten. Dann gab ich den Befehl, den Fluss zu überqueren, und die Kohorten taten es in guter Ordnung. Wir verließen unseren Kreis, und wir taten es auf ein Wort Raahaels hin. Nun, mochte es sein. An der Landschaft änderte sich nichts. Wir hatten ein Flüsschen durchquert, nichts weiter. Wie viele hatte ich, hatten wir durchgequert, kaum, dass wir es merkten? Und doch war etwas anders. War Spannung in uns. Mochte aber sein und war wahrscheinlich, dass diese Spannung seit unserem Hügel, seit den Nicht-Zeiten in uns war und auf ein äußeres Zeichen wie eine Bestätigung nur gewartet hatte, um gebieterisch sich zu zeigen.

Als mit Lothar und Mirjam ich weitergezogen, aus jenem Städtchen, in dem Nathanael ich gezeugt – waren dies gewesen noch zeitliche Zeiten oder schon die Nicht-Zeiten, in denen nun wir verstrickt –, hatten bald auch wir einen Fluss durchquert. Wie dieser hier war es unser erster nicht gewesen. Längst wusste ich nicht mehr, in welcher Gegend wir uns aufgehalten. Es mochte wohl ein Nebenfluss des ehedem Donau genannten Flusses gewesen sein. Anders als Lothar, anders als der Weiser – aber war ich dessen sicher? – hatte ich im Ernst einen, meinen, wenn auch größeren Kreis nie verlassen. Manchmal war es mir aufgefallen. Doch meist hatte ich nicht darauf geachtet. Lothar freilich war anders geworden. Stiller. Verschlossener. Mürrischer. Auch war uns aufgefallen – oder war es Lothar als erstem aufgefallen, nachdem wir den Fluss durchquert? –, dass wir nicht recht wussten, wohin sich wenden und was eigentlich tun. Der Zauber des Aufbruchs, meines Aufbruchs von Ludo, er war verflogen. Freilich mochte der Aufbruch selbst ein Ziel gewesen sein, wie Ludo, wie der Weiser sagen würde. Doch freilich war ein Aufbruch bald keiner mehr. Sondern ein Umherschweifen. Ein Marschieren bestenfalls, so man sich denn an diesen Gedanken klammern konnte. Oder mochte.

Was hatte mich zu jenem Marsch bewogen? Was tat es nun?

Eine Erzählung Ludos war es wohl gewesen, eine seltsame Erzählung. Die Erzählung von einer Sendung, die verhindert worden war, hatte zum Aufbruch mich bewogen. Warum aber dieses? Und warum hatte Ludo dieses gewählt? Und sollte ich, musste daraus schließen, dass eben ich nicht gesandt? Was mir freilich beigefallen ohnedies nicht wäre. Aber aufbrechen hatte ich müssen. Und so waren über den Fluss wir geraten. Mirjam und Lothar und ich und Nathanael, der gezeugt erst, aber schon da, wie er wohl immer schon dagewesen war. Und wie wir alle immer schon dagewesen waren. Vielleicht war es ja gar nicht so, dass die Nicht-Zeiten die zeitlichen Zeiten abgelöst hatten. Vielleicht war ja dieses einer der vielen Irrtümer, denen mit Notwendigkeit wir immer wieder erlagen. Vielleicht war es ja sogar so, dass zeitliche Zeiten und Nicht-Zeiten schon immer geschwisterlich miteinander sich entwickelt und gelebt. Denn es lebten die zeitlichen Zeiten, wie es die Nicht-

Zeiten taten, ohne uns, fern von uns, unabhängig von uns. Unwillig wahrscheinlich, dass wir ihre Kreise störten.

Was dann nun wiederum hieße, dass in diesen unseren Nicht-Zeiten eine zeitliche Zeit mit uns liefe und als solche uns beeinflussen würde, wie es diese Nicht-Zeiten mit dem Aufmarsch – und dem Heranziehen – der schwarzen Heere nun einmal taten. Es hieße auch, dass ich Kommandant des letzten Gefechts wäre in diesen Nicht-Zeiten. Und eben nicht dieser Kommandant des letzten Gefechts in diesen mitlaufenden zeitlichen Zeiten, von denen etwas auch nur zu ahnen uns aber verwehrt. Aber wer wäre ich dann, wenn nicht Kommandant des letzten Gefechts?

Die seltsame Erzählung Ludos also hatte mich in jene Lage mit Lothar und Mirjam gebracht. Die Geschichte der Sendung, die nicht stattgefunden, hatte Nathanael aus dem, was er immer gewesen, gerufen in das, was wir in gerade noch zeitlicher Zeit nun einmal waren. Der Stier, der nicht geopfert worden war, hatte auf seine Weise bewirkt, dass zum Kommandanten des letzten Gefechts ich gewählt.

Während also in jenem steinernen Schiff, im Hause jenes Herrn, der Priester sich zur eigentlichen Sendung anschickte, der Segnung, wie es Ludo genannt und von der wir nichts mehr wussten, deren Begriff wir noch kannten, die uns aber rätselhaft geworden wie manches andere, manchmal alles andere auch, während also die jungen Männer, die jungen Frauen ihres Schicksals, so es eines war, harrten, hatte draußen Gebrüll sich erhoben, das anders war, als das dampfende und tobende und stöhnende Brausen der feiernden und schwitzenden, auch Lärm schwitzenden Masse. Fast unmenschlich laut war es wohl immer noch, doch stählerner zugleich, erregt, doch nicht von Hingabe an die Feier und nicht vor Freude am Fest, voller Gier und Geilheit, sondern voller Wut, ungezügelt, von Hass erfüllt. Es hatte also gezögert der Priester. Ein weniges geschwankt, ob in der Handlung fortzufahren. Doch war unweigerlich der Gang des Ritus, der eingeübte Brauch unterbrochen, und nur ununterbrochener Gang, so wie vorgezeichnet und aufgezeichnet von den jenseitigen Nicht-Zeiten her war wirkmächtig und gültig. So waren die, die zu senden und also zu segnen waren, aus dem Bann denn auch herausgetreten. Jener junge Mann, der Zweitgeborene, hatte jenes Mädchen an der Hand gefasst, dass sie Schutz aneinander fänden. Und war dieses Halten schon etwas, was dem Ritus zuwiderlief.

So hatte der Priester sie stehen geheißen. Und hatte selbst das Tor geöffnet, zu sehen, was den unverletzlichen, scheinbar unverletzlichen Gang unterbrochen.

Geschehen aber war wohl jenes: Es war der Stier zum Opfer herbeigeführt worden. Es war das kraftvolle, mächtige Tier, erregt, zitternd, wütend vom Lärm, seinen bevorstehenden Tod spürend, mit vielen Tauen gebunden gewesen, gehalten von allen Seiten von Männern mit bloßem Oberkörper, deren Gesicht, ganzer Kopf verhüllt war wie von einer Maske, einer Mütze eher, die in hohem spitzem Kegel alles überragte. Ein Ziehen und Zerren, ein Kämpfen und Fintieren des Stiers gegen die Männer, es waren viele. Zog der Stier in eine Richtung, strafften die Männer an der anderen Seite das Seil und zogen in die andere. Dann wieder musste den Hörnern ausgewichen werden, was nicht immer, nicht jedem gelang, es war so wie das Leben selbst. Reglos und aufgerichtet stand bereits derjenige, der den Stier töten sollte mit mächtiger Axt. Doch kurz bevor eben der Stier an diesem Richtplatz angelangt, war jene Unruhe entstanden. Es hatte wohl einen Makel jener Stier, den nicht er, nicht der Opferstier haben durfte: Es war wohl das Tier blind, ob von Geburt an oder geblendet später, wer wollte es noch ausmachen? In dem Taumel und dem Gezerre war verborgen es geblieben, bis auf wenige Eingeweihte, die freilich zu schweigen wussten aus gutem Grunde. Und die meisten anderen wollten nicht sehen, wie sie kaum je sehen wollten. Bis dann doch einer es ausgesprochen, unwillkürlich vielleicht sogar. Bis dann die Erkenntnis so in der Welt und aus dieser nicht mehr zu entfernen. Und dann war das Tier – jetzt, da man genauer sah, sahen es alle – noch gefärbt und unter vermeintlich kraftstrotzendem Schwarz zeichnete kümmerliches, verwaschenes Grau sich fast abstoßend ab. Es konnte so ein Vieh zum Opfer nicht taugen. Es war ein Betrug, nie dagewesen, der nicht nur das Fest entweihte. Und die Sehnsucht besudelte, die in jedem einzelnen steckte so tief, dass sie schon nicht mehr im einzelnen steckte, sondern im gemeinsamen Grund, auf dem sie alle, aus dem sie alle lebten. Es konnte also die Wut nicht anders als brüllend sein. Sie kehrte sich zunächst gegen den, der den Stier gestiftet. Eine hohe Ehre, doch wehe, man zeigte sich ihrer nicht würdig. Es war einer der Großen im Dorfe, wie es Brauch. Mühsam war es jenem nur gelungen, der tobenden Menge zu entkommen, die Blut sehen wollte in jedem Fall, wenn nicht das des Stiers, dann eben seins. Freilich war es ihm dann recht schnell gelungen, Verdacht und Schuld auf einen anderen zu lenken. Auf einer dieser Handlanger am Rande, der ihn selbst getäuscht haben sollte. Es war diese Geschichte für jedermann, der sehen wollte, kaum glaubhaft. Aber der eine war der Große, reich und mächtig auch nach dem Skandal, der eine Katastrophe war für die vielen. Und es war der andere derjenige, von dem alle wussten oder zu wissen glaubten, dass kaum ein Unglück, keine Missetat, groß oder klein, geschah ohne seine Mitwirkung. Wäre dem wirklich so gewesen, hätte reicher und mächtiger wiederum er sein müssen. Was er nicht war. Und so wollte also niemand sehen nach gutem Brauch. Da Opfer und Strafe aber nun sein mussten, opferte und strafte man also jenen. Und unterließ es nicht, ihm nie geklärte Verbrechen unterzuschieben gleich mit.

Verwunderlich freilich war gewesen, dass der nicht geflohen, solange ihm Gelegenheit noch war. Aber er hatte es nicht getan. Mochte sein, dass ihm am Ende, an seinem Ende, die Kraft dazu gefehlt. Mochte wohl auch sein, dass er das Schicksal, das ihm nun zustieß, als das ihm zukommende in irgendeinem Grunde, einer verborgenen Spalte seiner Seele erkannte. Schuldlos schuldig. Schuldig schuldlos. So war er zerschlagen worden von vielen Fäusten und Stiefeln. Und lange hatte sein Kadaver noch gehangen hoch in einem Baum, ein gutes Stück vom Dorfe entfernt. Seine kümmerliche Behausung hatte man dem Erdboden so gleichgemacht, dass sie nicht mehr von jenem zu unterscheiden und also nicht mehr zu finden, wie nie dagewesen. Einzig ein Buch, so hatte man geraunt, hatte vorher, man wusste nicht wie, den Weg nach draußen noch gefunden. Und war in der Folge Grund, dass den einen oder anderen die Angst in den Winternächten plagte und so etwas wie ein Gewissen. Denn es galten die Bücher – man hatte nur von ihnen gehört, und auch der Priester war damit im Bunde – als der Hexerei zugehörig, und man hatte sich nichts Gutes davon zu versehen.

Es hatten freilich da der Zweitgeborene und das Mädchen, ohne noch eine Sendung und einen Segen abzuwarten, das Dorf längst verlassen, mit jenem Buch im Gepäck oder ohne es.

Ohne Buch, das war gewiss, war ich mit Lothar und Mirjam und Nathanael streifend nur noch unterwegs gewesen.

Und ohne Buch gewiss würde ich, der Kommandant des letzten Gefechts, mit den Kohorten und Raahael und Mirjam und dem Weiser und Ludo diese Furt nun durchqueren. Aber war dies wirklich gewiss? War dies gewiss, dass wir ein Buch nicht mit uns hatten? Das Buch, die Blätter Zechiels und Raahaels, von deren Inhalt wir kaum wussten? Und denen nachzuforschen wir vergessen? Das Buch der Stämme im Nordosten, deren Gesetz, wenn man denn simpel Gesetz es nennen konnte? Das Buch, dessen schiere Existenz oder auch nur mögliche Existenz den Weiser unruhig machte und Ludo misstrauisch? Und wenn, so fiel mir bei, Raahael in Person uns eigentlich dieses Buch war oder uns werden würde, nun, da wir die Furt durchquerten, sollten wir uns, wie abschließend, aufmachen in fremdes Land, unsere Kreise verlassend?

Cybilla und der Abt

Es war, wie dies in jenen zeitlichen Zeiten üblich und unumgänglich, jener Abt ein Mann jenes Buches zumindest den Gepflogenheiten und Gesetzen nach, in jedem Fall aber ein Mann der Schrift gewesen. Nur mit der Schrift, durch die Schrift war er in jene Höhen gestiegen, die er erklommen. Mit Reichtum und Fülle und Einfluss. Und es waren Schriften gewesen, jene Briefe, die er mit jener Cybilla gewechselt, die ihn seines Platzes vertrieben hatten und, wer wusste es, gar aus den zeitlichen Zeiten, seinen zeitlichen Zeiten hinausgeworfen.

Fluchten, immer wieder. Fluchten, doch aus welchem Anlass? Was mochten die Briefe Cybillas in jenem Abt bewirkt haben, oder besser: wie hatten sie es bewirkt?

So hatte der Weiser erzählt: Es hatte also der Abt mit grimmiger Befriedigung die Bezichtigung jenes Burschen aufgenommen, dass der Geschlechtsverkehr ihm gelingen nicht mehr wolle, der Gier und der Gelegenheit zum Trotze, und für sich erkannt, dass dies mit anderem als Hexerei zu erklären in Treu und gutem Glauben nicht möglich sei. Wie im Fieber hatte er auf diese Weise eine Lösung gesucht, wo keine war für einen Frage, die es so nicht gab. Dass immerhin, so der Weiser mehrmals, er die wortreichen und aufgeregt vorgebrachten und auch wirren Vorhaltungen des Burschen rasch auf ihren Grund hin durchschaute, war dabei selbstverständlich. Vielleicht nicht ganz selbstverständlich, aber verwundern nun konnte es keinen, der ihn kannte, freilich kannten nicht viele ihn. Nicht getrübt war der Blick und nicht eingeschränkt die Geisteskraft des Abtes. Was aber war es dann? Es sollten sich diese Fragen, die aufgetreten, seit der Abt auf Cybilla getroffen, im Folgenden sich häufen.

Nun also hatte der Abt gewusst, dass Hexerei – zumindest diese Form der Hexerei, die der Bursche behauptet – Unfug. Gleichwohl: Es war jener Abschnitt der zeitlichen Zeit so gewesen, dass mit Hexerei, mit Geisterbeschwörung und Dämonenbann ein jeder rechnete, so wie mit Sonnenschein und Gewalt und Regen und wachsenden Feldern oder verderbenden. Und vielleicht, so hatte der Weiser sinniert, wie er es tat, wenn von einem Gedanken er fortgetragen, vielleicht war es dann am Ende auch so gewesen, tatsächlich und greifbar und jenseits aller Imagination. Es existiert der Dämon, wenn wir ihn erschaffen. Dann aber wirklich, mit Macht und Wirkung und außerhalb von uns selbst, mit eigenem Leben und eigenem Willen. Und er verschwände nicht nur, sondern höre auf zu existieren, wenn wir den Blick wendeten, wohin auch immer, aus welchem Grund auch immer.

Für den Abt nun hatte es diesen Dämon denn nicht gegeben. Aber einen anderen, der ihn hieß, die Geschichte des Burschen zum Vorwand zu nehmen und Cybilla auf den Leib zu rücken, kriegerisch. Was er denn also auch getan. Denn ob nun der Abt selbst daran geglaubt, so hatte ihm kraft seines Amtes doch oblegen, der Hexerei und dem Aberglauben Einhalt zu gebieten, was selbst freilich Aberglauben wiederum sein mochte. Es war nicht zu entwirren. Er hatte also seinen Haufen ausrücken lassen. Es war, gemessen an den Gewohnheiten jener Läufte, ein gut geübter, gut bezahlter Haufen gewesen, dem Abt unbedingt verpflichtet. Viele junge Burschen aus dem ganzen damaligen Reich waren gelockt, diesem Haufen anzugehören, wissend, dass der Abt ohne Ansehen des Standes verpflichtete. Hatte er, der Abt, doch andere Pläne und Ziele und Träume gehabt, wenn wir auch nicht recht mehr wissen konnten, welcher Art.

Mit Reiterei also und Söldnern war ausgerückt der Abt. Es waren an Zahl wohl nicht viele. Aber nichts hätte Cybilla dem entgegenzusetzen gehabt, hätte sie es selbst gewollt. Freilich wollte sie gar nicht. Es tat ihr, wie sich weisen sollte, nicht Not.

Nun war dem Abt ein Unterführer namens Florianus nah, ein junger Bursche unklarer Herkunft, den der Abt wohl am Wegesrand aufgegriffen auf einem seiner Züge. Den hieß der Abt, während sie der Behausung Cybillas sich näherten, den Zug anzukündigen. Das freilich war bereits ungewöhnlich gewesen, denn wann hätte ein Heerführer oder Richter oder Examinator, als der der Abt unterwegs, sein Kommen angekündigt? Und mit welchem Ziele? Es hatten auch die schwarzen Heere ihr Kommen nicht annonciert, und es wäre eine widersinnige Vorstellung am Ende auch gewesen.

Hatten wir denn auch, so fiel mir flüchtig bei, während ich am Ufer stehend den Durchzug der Kohorten durch die Furt beobachtete, unser Aufziehen den Stämmen im Nordosten angekündigt, dass sie vorbereiteten sich auf uns. Jedoch war der Grund unseres Zuges denn ein anderer, als der des Abtes. Doch war es wirklich.

Denn was am Ende hatte bezweckt der Abt, und was am Ende war sein Grund gewesen? Dass er gefügig sich machen wollte Cybilla wohl an der Oberfläche, angezogen von dem, was Kristall der Weiser genannt und den zugleich zu widerstehen und zu überwinden der Abt sich mit diesem Zug anschickte?

Es war also der Unterführer eingeritten, herrisch die Macht des Abtes hinter sich wissend, die Botschaft als Drohung überbringend. Doch war seine Aufnahme eine andere, als er wohl erwartet. Nämlich freundlich und wie mütterlich durch Cybilla, umgarnend und willkommen durch deren Magd. Seines Auftretens und seiner Botschaft achtete man nicht. Keine Weisung erhielt er, dem Abt umgekehrt Nachricht zu überbringen. Eine Geste der Demut oder auch nur Besorgnis oder Furcht gar freilich auch nicht. Es war, als wäre Cybilla an dem Geschehen nichts Bemerkenswertes, als könnte es nicht anders sein als eben gerade so.

Vom Sitz des Abtes bis zum Gehöft Cybillas war es für einen bewaffneten Tross wohl ein Marsch von drei Sonnenläufen. Es war der Unterführer mit zwei, drei Knechten, leicht und flink zu Pferd voran, wohl zwei Sonnenläufe voraus. Und fand sich in einer sonderbaren Situation wieder. Als Gesandter des Abtes. Als wohlwollend umsorgter Gast Cybillas. Als Gelockter der Magd, ebenjener, die letztlich durch ihre Weigerung, jenem Burschen zu Willen zu sein, dieses alles ausgelöst. Oder ausgelöst zu haben schien. Denn die Kräfte, mächtige, unbiegsame Kräfte aus Urgründen waren andere gewesen zweifellos. Dem Unterführer Florianus war rasch unbehaglich ob jener unklaren Situation geworden. Anderen selbst, innerlich Kräftigeren oder schlicht Abgeschliffeneren als ihm wäre unbehaglich geworden. Die Dinge verwirrten sich, noch ehe sie recht begonnen, die Linien hatten ihre klare Kontur schon verloren, fast noch ehe sie gezogen.

Der Zufall hatte es gewollt – aber was war dieses eigentlich: Zufall? –, dass zugleich ein fahrender Sänger und Gaukler, wohl wie es mein Lothar einer gewesen, Unterkunft und Auskommen und Brot und mehr bei Cybilla gesucht und gefunden. So hatte man sich des Abends, zum Mahl und danach, in der Halle Cybillas versammelt, den Darbietungen des Gauklers beizuwohnen. Obwohl nun nicht gerade ein Heer, so doch ein bewaffneter Haufen und in jedem Falle ein Strafgericht im Anzug, das die Stellung mächtig zu erschüttern mühelos imstande war.

Was Florianus nun eigentlich sollte, wurde und war ihm selbst immer unklarer. Das anfangs herrische Wesen hatte er abgelegt. Aber was sollte an dessen Stelle treten? So hatte er dem reichlich aufgetragenen, stets nachgeschenkten Rauschgetränk zugesprochen. Was sonst nicht seine Art. Dazu die gleichmäßige Freundlichkeit Cybillas, die, je länger, bald fast handgreiflichen Lockungen der Magd, die Darbietungen und Späße und Erzählungen des Gauklers: alles dieses hatte ihn schließlich in ein Behagen verführt, das er so kaum je gekannt.

Es hatte der Gaukler sein Handwerk verstanden. Mit allerhand Liedern und Tänzen und Anzüglichkeiten, drastisch und derb und farbenprall vom Treiben an Höfen und in Katen singend. Und war, da die Nacht fortgeschritten, zu sehnsuchtsvollem Klagen und Flüstern am Ende schließlich übergegangen, bevor er sich selbst mit einem der Mädchen, denen erlaubt von der Tür aus zu lauschen, zurückgezogen. Es war dem Florianus die Erinnerung irgendwann entschwunden. Und als halbwegs er in seiner Kammer wieder zu sich kam, für einen Moment nur, wie es ihm später scheinen mochte, ritt jene Magd auf ihm und seinem mächtig geschwollenen Phall. In einer Ecke der Kammer, durchaus nicht verborgen, aber war Cybilla gesessen, den Verkehr, so es einer nennen so wollte, zu betrachten wie vorher ein Kunststück des Gauklers.

Nicht, dass Florianus Lust nicht empfunden. Es war heftige, tierische Lust gewesen, die ihn tief in die Magd hatte eindringen lassen. Doch war, nachdem früh und allein und frierend er wieder erwacht und die Ereignisse der Nacht schemenhaft sich aus dem Nebel geschält und flirrende, gaukelnde Kontur gewonnen, doch war die Lust, die der genossene oder eben nicht genossene Verkehr ihm beschert, mit Scham verknotet und Entsetzen, dass er seiner Rolle als Bote seines Abtes nicht gerecht geworden. Was diese freilich hätte sein sollen, hätte weniger als zuvor er zu sagen gewusst.

Gegen den Abend hin war die Ankunft des Abtes nun erwartet worden, und bis dahin war Florianus nun gewillt, die Kammer nicht mehr zu verlassen. Doch längst noch waren damit vorbei die Wirrungen, die seiner harrten.

Nie zählen viel unsere Pläne. Am wenigsten dann, wenn verstrickt wir sind in Erzählung, die wir nicht verstehen, und gebunden von Mächten, die wir nicht kennen.

Nicht lange, und an der Tür seiner Kammer hatte es geklopft, im holprigen Takt kurz seines Herzens, so wollte ihm scheinen. Es war die Magd gewesen, die sich ihm genähert, wie es ihrer und seiner, des Abtes Boten und Herold, Stellung entsprach. Keiner hätte daraus auf die untergegangene Nacht schließen können, und schon wiederum spross Zweifel in Florianus, ob nicht jenes alles Gaukelbild und Phantasterei gewesen, die ihn nun plagten und quälten, traumbildhaft gestaltet von Rauschgetränk und den Liedern des Sängers und Sehnsüchten, die emporgestiegen aus Urgründen.

Es war aber in Begleitung der Magd eine zweite Frau, nicht jung mehr und nicht alt, unbestimmt, glatten, gebräunten Gesichts, nicht hässlich und nicht schön, den Raum füllend, den Raum nehmend, wie es Florianus scheinen mochte. Die Hexe war es, die weise Frau, wie sich zeigen sollte, um die alles ging scheinbar, von der ja alles ausgegangen, scheinbar.

Dass der Abend lang gewesen, so die Magd. Dass um sein, des Gastes, Wohl besorgt Cybilla sei und sie selbst, die Magd. Ob er habe, was er brauche? Ob vor allem wisse, was er brauche, so die Hexe. Er habe, sie wisse es, eine Aufgabe zu erfüllen, die nicht einfach. Doch nichts werde ihm geschehen. Großes sehe sie. Dinge, die zu erahnen er nicht imstande. Es sei das, was komme, ja schon da und auf dem Weg ins Gegenwärtige, so wie er im Gegenwärtigen auf dem Marsch sei, dem Kommenden entgegen. Doch glaubten wir zu wenig, was wir nicht sähen. Es sei dies der Grund, warum ihm, dem Florianus, dieser Marsch nun steinig erscheine, widrig und eng. Vor der Weite die Enge. Im Engen das Weite. Wer nun aber im Weiten unterwegs sei, möge gewärtig sein, dass das Enge ihn erwarte. Wie seinem jetzigen Herrn, dem Abt. Sie aber habe ihm ein Säckchen mitgebracht mit Stein, Kraut und Holz. Er möge auf der Brust es tragen. Nicht öffnen aber, bis es – kaum mehr erwartet – sich durch sich selbst öffne, scheinbar aber nur. Scheinbar, denn würde dieses nämlich im Grunde durch etwas geschehen, was jetzt schon in ihm sei und von dem er nichts wisse und vielleicht gar nie wissen werde. Damit waren die Frauen gegangen.

Was war dieses gewesen? Später, als Florianus zum Kommandanten geworden, mächtig und sicher dem Scheine nach, hatte an die spukhafte Szene oft er gedacht. Enträtselt sie nie.

ES WAR Florianus verwirrter zurückgeblieben denn zuvor. Unbehaglich war ihm, zumal mit dem Säckchen, das auf der Brust er nun tatsächlich getragen. Das zu beschweren ihn, ihn zu brennen schien, und das fortzunehmen er doch wieder nicht wagte. Oder nicht wollte. Es war ja dieses oft dasselbe. Wir wagen nicht, was wir nicht wollen, wiewohl das Wagnis es uns wert schiene. Wir wollen nicht, was wir nicht wagen, wiewohl wir dringend und unbedingt wollen sollten. Besser mag es sein, das Falsche zu wollen, als unter Träumerei sich zu stellen wie unter einen Wasserfall. Am besten aber ist es für einen, nichts zu wollen, und nicht einmal zu wissen, dass er nicht will. Das beste aber ist, nicht geboren zu sein und zu wissen, dass man nicht geboren und nie geboren werden wird.

Dennoch, mit dem Trotz der Jugend hatte Florianus, sich straffend, bald nach dem Besuch der Frauen die Kammer verlassen. Er war auf den Sänger getroffen, der müßig im Hof am Brunnen gelagert. Auskunft hatte Florianus erhofft, was am Ende des Abends vorgefallen. Hatte nicht direkt aber zu fragen gewagt. Immer schimärenhafter, immer wüster zugleich waren ihm die Bilder. Hatte den Geschlechtsverkehr mit der Magd tatsächlich er ausgeübt? Sein Phall, seine lockeren Lenden wollten es ihm so sagen. Die Fetzen in seinem Kopf schienen dem Hohn zu sprechen. Sein Herz war zerrissen, ob er es sich wünschen, ob er sich dagegen wehren sollte. Doch war der Sänger auf seine vorsichtig kreisenden Andeutungen nicht eingegangen. Zu unbedeutend wohl, zu gewöhnlich war ihm selbst der Abend und dessen Verlauf erschienen. Stattdessen war der Sänger träumerisch seinerseits Erinnerungen nachgehangen.

DIE Geschichte des Sängers: Mann, Junge von der der Küste wohl war er ursprünglich gewesen. War vertrieben worden durch die Gewalttat am Vater. War mit der Mutter gen Süden gezogen, mit zunächst unklarem, zufälligem Ziel. In den kleinen Gebirgen, dort, wo jetzt die Stämme im Nordosten hausten, wohl hatte die Mutter Verwandtschaft gehabt, deren Gunst oder Ungunst sich auszusetzen beide gezwungen waren, um neu sich auf- und auszurichten. Unterwegs war der Junge erstmals mit seinen noch kindlichen Künsten aufgetreten, ihren Unterhalt zu fristen. Der Erfolg hatte ihn beflügelt und träumen lassen, die Kraft der frühen Jugend war noch mächtig gewesen in ihm, das Morgen der zeitlichen Zeiten lockte – ein Trugbild vielleicht schon damals –, und die Vergangenheit der Küste verblasste schneller als gedacht. So in jedem Fall der erste Augenschein. Dass freilich ebenjene Vergangenheit, zu der sich später weitere Vergangenheiten gesellen sollten, sich gegenseitig durchdringend und erhärtend, weit wirkmächtiger war und seine Fahrten und Lieder bestimmte, war noch vage und ihm unwirklich gewesen, eine Gnade vielleicht oder auch nicht. Wer mochte wissen, was Gnade sei, was Ungnade schon zu des Sängers zeitlicher Zeit? Die Mutter – noch jung, nicht schön, doch mit lockendem Reiz begabt – hatte ihrerseits auf jenem Marsch nicht gezögert, sich um Unterkunft der Gier der Männer hinzugeben, wenn die Stürme von der nördlichen Ebenen herjagten und der Regen herabschlug erbarmungslos und die Kälte beide in ihren eisigen Griff nahm. Kühl hatte sie es getan, mit Lust manchmal, ohne Gedanken daran, wenn sie im Morgengrauen weitergezogen und das Gehöft der Nacht am nächsten Waldesrand aus den Augen geschwunden. So auch hatte der Sänger später es gehalten, wie hier auch auf der Burg Cybillas, wo die Magd er genommen beiläufig, um seinen Lenden Linderung zu schaffen eher als um der Lust willen, und hatte jeweils die Magd verlassen beinahe mit dem letzten Stoß, der Erleichterung ihm verschafft, und es war die Magd zurückgeblieben auf dem Lager, stöhnend, unbefriedigt. Es war aber deswegen die Magd dem Sänger angehangen, wütend und wie ungläubig, die Magd, die mit Männern wie dem Bauernburschen sonst hochmütig gespielt und die Florianus geritten, um ihn in Wirrnis und Zweifel und Ängste zu führen.

Es waren dann der Sänger und seine Mutter nicht bei der Verwandtschaft wie gehofft untergekommen. Man kannte sie nicht und wollte nicht sie kennen, aus Hartherzigkeit und der Not folgend, denn es waren die zeitlichen Zeiten schwer, wie die zeitlichen Zeiten immer schwer gewesen, und zunächst waren Mutter und Sohn zwei Esser, von denen nicht klar, wie zum Leben sie beitragen wollten. Untergekommen waren sie dann im Haus eines Priesters, dessen Haus seines Herrn etwas abseits von jenem Dorf auf einem Hügel gelegen. Ein hochfahrender Mann, dem der Junge zugetan. Hier, im Hause dieses schwarzen Priesters, hatte der Sänger seine letzten Kindheits- und Jugendjahre verbracht. Sie hatten ihm nicht wohlgetan. Es sollte freilich viel zeitliche Zeit sich verbrauchen und in sich verzehren, bis dem Sänger dies sich herausschälte auf seinen Märschen und Fahrten und einsamen Wanderungen.

Schon fast als die Sonne sich geneigt, war dann ein Herold des Abtes vor der Burg Cybillas erschienen, das Kommen des Strafgerichts anzukündigen. FLORIANUS – in unruhiger Erwartung – war erleichtert darüber, wie ihn schlechtes Gewissen plagte aus ihm selbst nicht klarem Grund. Wie ein Gefühl von Verrat am Abte war in ihm, ohne dass zu benennen er gewusst hätte, worin dieser denn bestanden.

Dem Abt nun und seinem Haufen waren die Tore willig geöffnet worden. Kampf, auf den er sich eingestellt, der ihm insgeheim vielleicht recht gewesen wäre sogar, ein gewaltsames Eindringen war ihm so verwehrt worden. Sonst war das Aufsehen, das er erregt hätte, gering geblieben. Durch die Magd hatte Cybilla ihm ausrichten lassen, dass er willkommen sei. Dass sie ihn späterhin empfangen würde. Eine Ungehörigkeit beides, eine Magd als Botin und die Vertröstung, doch wiederum nicht groß genug, als dass der Abt ernstlich hätte dagegen vorgehen können. Cybilla verstand sich auf derlei.

Florianus hatte den Abt im Hofe empfangen, ihm Bericht – kargen Bericht notgedrungen – zu erstatten. Von den Vorkommnissen des Abends, der Nacht, des Morgens hatte er geschwiegen, den Beutel der Frau verborgen auf der Brust. Der Beutel hatte ihn beunruhigt, gestört wie ein Fremdkörper, eine Geschwulst, die am Leib sich gebildet. Aber wie eine Geschwulst fremd ist, ist sie zugleich doch Fleisch vom eigenen, störend und doch wieder so, dass man nur widerstrebend es loslässt.

Die Wucht des Auftritts, die der Abt wohl geplant, war in jedem Fall wie versickert, in einem Nebel verlaufen, ohne dass er etwas greifen hätte können.

HATTE ich nicht Pläne entworfen, oder waren es Gaukelbilder gewesen, die ich gemalt, oder war das nicht vielmehr dasselbe gewesen, in jenen Kreisen, die ich mit Esther durchlaufen? Welcher Gestalt freilich waren diese gewesen? Kaum, dass ich mich noch entsann. Doch ob dieses an der Erinnerung lag, die mir, die uns allen mehr und mehr und längst entschwunden, oder daran, dass diese Pläne so gar nie existiert, sondern kaum mehr gewesen als mitgeborener dumpfer Schmerz, der seine Begründung nun in der Außenwelt, mir gegenüber, an Esther eben gefunden, dieses wusste ich nicht. Was hatte von Esther ich schon gewusst? Wenig freilich war es nicht gewesen. So wollte mir scheinen. Aber was bedeutete dies schon: etwas wissen überhaupt, von einem anderen gar? Woran eigentlich erinnerte ich mich an Esther, wenn ich mich an sie erinnerte? Und war das, was da wiederkehrte, seitdem zum Marsch wir uns entschlossen, eigentlich noch Schmerz zu nennen? Oder war es nicht vielmehr gar eine Sehnsucht nach diesem Schmerz?

Schmerz freilich ist Leben. Schmerz ist zeitliche Zeit.

Ich hatte die Füße Esther gewaschen, und sie mir die meinen. Die Schenkel, die mädchenhaften, ihr massiert, einmal den jugendlich-schmerzhaft geschwollenen Phall an sie gedrückt, was sie hatte geschehen lassen, dieses eine Mal, und ihre Warzen waren hart durch dünnen Stoff gedrungen, dem Denken des Körpers gehorchend, das ein anderes Denken als das des Kopfes. Ob sie aber, diesmal oder ein anderes Mal, bereit, den Phall in sich zu bergen, feucht, das wusste ich nicht. Was hatte mich gehindert, es zu erkunden? Freilich wohl wären die anderen Kreise, die darauf gefolgt, nicht möglich gewesen. Nie kehrt man zurück zur Frau, die nur einmal man beschlafen und von der danach man gegangen. Es waren diese Kreise aber notwendig mir gewesen, und so mochte sein, dass eine andere Form von Klugheit, die der zeitlichen Zeit nicht unterliegt und ihr nie unterlegen war, mich davon zurückhielt, auf den Beischlaf mit Esther zu dringen. Es wäre diese Form von Klugheit, gäbe es sie denn, nicht nährend für die Augenblicke, da man von dieser Klugheit nichts wusste und nichts wissen konnte in seinem Kopf in all seinen Tiefen und Schluchten und da man gegen die Klugheit, die man ja so nicht kannte und nannte, anwütete in Verzweiflung, die alles Maß übersteigen konnte, gespeist aus der Gier, aus dem Unerfüllten, aus dem unergründlichen, unerschöpflichen Ursee des Schmerzes, dessen Gezeiten uns immer wieder überfluten unausweichlich.

Es war eine Wirrnis, die es immer gegeben hatte, die mich verstrickt und überkommen in der Gestalt von Esther, und die dem Florianus in Gestalt der Magd begegnet, anders und doch gleich, und die vielen anderen begegnet war und noch vielen begegnen würde.

Mit der hinzunehmenden Vertröstung durch Cybilla und dem dürren Bericht seines Florianus war dem Auftritt des Abtes viel von seiner Wucht genommen, kaum dass er erschienen. Manches ahnte der Abt, ein erfahrener Mann, dunkel. Mochte wohl in ihm der Gedanke sich bilden, dass der Ritt hierher und mit ihm die Drohung eine kluge Entscheidung am Ende nicht gewesen.

SPÄTERHIN, als die Sonne ihren Lauf bereits beendet, es schon nicht mehr Dämmerung und Abend war, sondern sicher vorwärtsschreitende Nacht, war es zur Zusammenkunft zwischen dem Abt und Cybilla gekommen. Es ereignete sich in dem Saal, in den am Abend zuvor auch Florianus zum Mahl geladen. Dunkel war es nun aber, der Tisch von einem Leuchter kaum erhellt, karge Speise aufgetragen. Ein Gnom, verwachsen und kaum auf den Tisch blickend, wartete auf. Der Abt im Habit seines Standes, Cybilla in einem einzigen, schmucklosen und dünnen Tuch, von den Brüsten abwärts immer lichter werdend. Aufgeschlagen zum Rand hin, fast vollständig im Dunkel und kaum zu erahnen für den Moment, lag das Buch.

Schnell, nach kurzer Einleitung, wie es die Sitte gebot, kam der Abt dann zur Sache und tat es kraftvoll. Dass also Cybilla angeklagt sei, die Hexerei zu dulden, wo nicht zu befördern. Und sich der Hexerei somit selbst schuldig gemacht habe. Sie, Cybilla, wisse, dass er, der Abt, dieses dulden nicht könne und streng er dagegen vorzugehen habe. Dass er, so die Schuld sich bestätige, und vieles spreche dafür, die Burg Cybillas beschlagnahmen werde, Cybilla selbst in die Verbannung und die Hexe ins Feuer schicken müsse. Und wolle. Sie möge um ihre Verteidigung gut besorgt sein. Viel stehe, sie wisse es selbst, auf dem Spiel.

Da lachte Cybilla. Ließ den Gnom vom Rauschgetränk auftragen, was sie bisher vermieden.

Dass sie verstehe, erklärte sie, was er, der Abt, ihr sage. Dass sie aber ebenso wisse, dass der Abt nicht deswegen gekommen. Und dass sie beide wüssten – und jeder vom anderen wisse, dass der es wisse –, dass der wohlfeile Vorwurf der Hexerei ein Vorwand, eine Gaukelei, gut wohl für das Volk. Sie wisse um das Spiel, mochte es vielleicht notwendig sein, und spiele es mit. Doch möge der Abt ihr nicht, hier im Dunkel, ohne Zeugen, an diesem Tisch, solches erzählen. Er könne ihr drohen. Er könne ihr schaden bis zur Vernichtung. Das rechtfertige nicht, dass zu solchen Mitteln er greife. Es sei dies unter ihrer, einer hochgeborenen Adligen, am Ende aber unter seiner, des Abtes Würde, eines der Hochgestellten des Reiches. Was also er ihr vorzuwerfen habe tatsächlich? Dass sich die Magd dem Burschen nicht habe hingeben wollen, dass der Bursche darauf den Geschlechtsverkehr, da noch im Zauber der Magd, nicht habe ausüben können: Ob er, der Abt, das halbe Reich richten wolle, da dieses passiere? Es werde der Bursche zum Zuge noch kommen bei vielen, und sei es nicht bei ihrer Magd, dann werde diese vergessen, zumindest verwunden sein in Kürze, ohne jegliche Hexerei.

Was hatte der Abt sich vorgestellt? Der Gnom hatte seine Herrin mit Fratzen und obszönen Gebärden begleitet, ein Narr, ein Gaukler, ein Lakai. Der Abt selbst hatte seine Gründe, die ihn hierher geführt, verwünscht längst. Doch eher noch sah er selbst, dass diese Gründe verworren und sein Handeln aus dunklen Quellen gespeist, und der Abt wäre er nicht gewesen und geworden, hätte er sich selbst dieses nicht sagen können, mutig und klar seine Unklarheit benennend. Freilich auch sicher genug, der Abt, als dass er sich von Cybillas Rede hätte aus der Rolle bringen lassen, wie stets er es gehalten, und wäre vor dem Kaiser, der ohnehin schwach, er gestanden.

Nun gut denn, so also der Abt. Es möge kein Falsch sein an dem, was Cybilla sage. Es komme darauf aber nicht an. Nie komme es darauf an, was wahr, was falsch. Sondern was der Eindruck sei und also daraus entstehe. Alle Welt wisse um ihren Umgang. Das Volk suche jene Frau auf, wie es der Bauernbursche getan. Am Ende brauche es keine Hexerei, dass Hexerei vorliege. Und er, der Abt, sei berufen, dieses zu unterbinden.

Am Ende, so denn Cybilla, brauche es denn also nichts, was etwas sei?

Alles werde durch die Anschauung, so der Abt. Und am Ende durch Tat und Gegentat.

Dass denn wohl auch der Ritus, entgegnete Cybilla, den der Abt vertrete, nach außen, seine Gewalt zu rechtfertigen, durch die Anschauung geschaffen und durch die Tat. Was ihr, Cybilla, auf den Abt bezogen wohl einleuchte. Denn er werde selbst nicht behaupten, zumindest ihr gegenüber nicht behaupten und nicht hier behaupten, dass ein Mann dieses Ritus er wahr und wahrhaftig sei. Sondern einer der Macht. Wenn er denn also wolle, einer der Tat. Es sei auch gleich. Wie er selbst gesagt, erwecke er durch sein Amt den Eindruck, und es sei dieser entscheidend. Da nun aber der Eindruck erweckt – und schließlich werde der Abt diesem, allein dadurch, dass er hier sei und, wie er sage, seines Amtes walte, gerecht –, sei er, der Abt, auch wiederum an diese Regeln gebunden. Ohne Regeln kein Eindruck, den zu erwecken er wünsche. Und diese Regeln besagten, dass der Abt an die Worte des Buches gebunden in allem, was er sagte, was er richtete, was er tat. Er möge ihr also, aus den Worten dieser Schrift, darlegen, worauf sein Vorwurf sich gründe.

Cybilla hatte sich erhoben dabei. Stark genug war selbst das schwache Flackern der Kerze, um ihr Gewand, das nach unten hin durchscheinende, mit Licht zu durchdringen. Für einen Moment war dem Abt das dichte, schwarze Dreieck ihrer Scham zu erahnen, oder mochte es ihm nur so scheinen. Irgendwo in einer Ecke krächzte der Gnom, vogelgleich, ein höhnisches Scheppern.

Es nahm dies alles eine Wendung, die dem Abt immer weniger behagte. Ohne Zweifel hatte er, und er wusste es, die Macht, dies alles zu beenden und seinen Willen zu vollstrecken. Und hätte recht vor der Welt, zumindest hätte er deren Furcht. Vor sich selbst freilich wäre ihm dieses als Zeichen der Schwäche erschienen. Und was denn war sein Wille? Lust an der Zerstörung spürte er wohl, und wie oft hatte er ihr nachgegeben. Die Sache beenden. Dieses Haus in Flammen aufgehen lassen. Cybilla schänden. Und niemand würde ihn zur Rechenschaft ziehen. Gleich verließ er diese Gedanken wieder.

Dass in der Schrift Zauberei und Sternendeuterei – sie wisse es wohl, so Cybilla daraufhin, und das Buch liege hier –, mannigfach verboten. Verboten werde, was wirkmächtig sei. Dass der Bursche in diesem Sinne verzaubert, sei von ihr nicht bestritten. Es stehe in der Schrift aber auch, dass die Menschen zu heilen seien. Dass ihnen sanft zu begegnen sei. Dass sie anzuleiten seien auf dem geistlichen Wege, der immer auch ein irdischer. Nichts anderes tue jene Frau, deren Rat sie selbst schätze und deren Umgang ihr wohltue, ohne Lohn dafür zu begehren. Dass er, der Abt, anderes im Schilde führe und dass er es wisse. Dass er, der Abt, sie begehre. Leiblich. Vor allem aber begehre, sie sich untertan zu machen. Und erzwingen wolle, was ihm nicht zufiele. Ihm aber – und er, der so vieles berechne, berechne dieses nach Art der Männer schlecht –, zufallen könne, wenn er es denn nicht erzwingen wolle. Was kein Versprechen sei. Dass aber dieses Unwissen und das Ungewisse er aushalten müsse, um überhaupt zu einem Ende, einem wie immer gearteten Ergebnis zu kommen, und nicht einmal dieses könne ihm gewiss sein. Sie, Cybilla, bezichtige ihn, den Abt, selbst des Versuchs einer Zauberei, wenn auch mit Mitteln, die den meisten als Zauberei nicht erkenntlich. Mit den selbstverständlichen Mitteln seines Standes, der Macht und der Gewalt.

Sie aber, dieses nun abzuschließen, habe anderes. Es habe die Magd den Burschen abgewiesen. Jene Frau habe diesem geholfen, es ein wenig besser zu ertragen, auch wenn er zu dumpf, es zu begreifen. Nun: Wenn also der Bursche den Geschlechtsverkehr mit der Magd würde ausüben können, sei dieses wohl Hinweis genug, dass die Magd er begehre und ein anderes Mädchen nicht. Bündig. Keine Spur von Zauberei.

Es wusste der Abt sehr wohl, dass er sich zu einer Lächerlichkeit hatte hinreißen lassen. Aus dem Grunde, den Cybilla benannt: er begehrte. Er wollte Macht, wo seiner Macht Grenzen gesetzt. Lächerlich nicht vor der Welt. Aber vor Cybilla. Und sich selbst. Er könne ja nun (so versuchte er lahm, geordnet sich wenigstens zurückzuziehen) nichts ungeschehen machen. Gesetzt, es wäre selbiges so, dann wäre der Beweis nicht anzutreten, da die Magd den Burschen zurückgewiesen.

Da lachte Cybilla wieder und tat es herzlich und frei, und der Gnom fiel ein, das Lachen Cybillas wie verzerrend. Dass sie ihm, dem Abt, nun nicht sagen müsse, wie solches zu bewerkstelligen. Er solle den Burschen also herbeischaffen. Und es würde der Beweis schnell ihm augenfällig. Und wer wüsste es: vielleicht augenfälliger, als ihm lieb?

ES WAR dann dieses tatsächlich geschehen. Es war schnell der Bursche, der dem Tross gefolgt, neugierig, begierig in seiner Genugtuung und Rechtfertigung, gefunden gewesen. Es war der Magd, die den Winken ihrer Herrin willig und mit Lust folgte, natürlich ein Leichtes, den Burschen zu verführen. Der Bursche, sein vermeintliches Glück kaum fassend und nicht verstehend, ergoss sich aufstöhnend bereits, kaum dass die Magd seinen ragenden Phall berührt. Keine Rede von Zauberei. Das nun war noch nicht der Beweis. Der Verkehr, den der Bursche darauf ausübte, war, da ihm durch den Erguss der Druck genommen, lang und, von der Magd befeuert, heftig, begleitet von lautem, fast verzweifeltem Stöhnen erst des Burschen, dann selbst der Magd.

In einem Verschlag aber, kaum mehr als eine Einbuchtung in der Mauer, waren Cybilla und der Abt gesessen, Cybilla, wie zur Feier nackt, mit aufgelöstem Haar, die Warzen ihrer Brüste hart, den Mund leicht geöffnet. Es hatte sie die Szene erregt, und oft hatte sie solchen Anblick schon genossen. Der Abt aber, voll der Gier auf Cybilla einerseits, von einer Art Widerwillen, fast Zorn gepeinigt andererseits, hatte sich in die Ecke gedrängt buchstäblich, besudelt gefühlt wie nie zuvor. In diese lächerliche Szene hatte er sich manövrieren lassen von Cybilla mit Leichtigkeit. Und es lebte diese noch ihre Lust daran vor ihm ohne jede Scham.

Es war der Abt geschlagen. Vom Beischlaf eines Bauernburschen mit einer Magd, den er beobachtete, und einer nackten hocherregten Frau, die er nehmen wollte, aber berühren nicht konnte. Wie von Zauberei.

Die Chronik der Siedlung

Vielleicht hatte der Abt, der mit nur einer Handvoll Getreuer, unter denen nicht Florianus, dem ein anderes Schicksal beschieden, vielleicht also hatte der Abt auf diesem ganz anderen Marsch, den er nun unternommen, diese Furt hier ebenso durchquert, wie wir es jetzt taten.

Zechiel, eingereiht, trat ein in den Fluss, sich an dem Karren haltend, an dem die Gefangenen des Überfalls und mit ihnen die seltsam verkleidete Frau gebunden. Raahael, auf dem Pferd an meiner Seite, und Mirjam auf dem Karren sahen sich an freundlich. Es war ein Übergang wie viele zuvor und doch ein anderer, da wir unsere Kreise verließen oder die eben, die wir dafür hielten. Dann am Ende, als die letzten geordnet in den Fluss gezogen, ritt Mirjam hinein, anmutig, so wollte ich es sehen, und selbstverständlich. Etwas hieß mich noch zurückschauen. Doch sah ich nicht, was des Blickes lohnte. Kein Anzeichen einer Gefahr – was täuschen mochte, Gefahr musste ja sein, da sonst dieser Marsch unsinnig –, kein Gleißen, kaum dass ein Wind sich regte, eine Landschaft, die versunken, kaum dass wir sie verlassen. Dann kehrte ich und folgte Raahael, die das andere Ufer bereits erreicht.

Wir ritten, fuhren und marschierten voran, in guter Ordnung und zügig. Der Sonnenlauf endete. Den Weiser und Ludo sah ich nicht. Es lag eine seltsame Stille über den Kohorten, die mehr noch als sonst die bloße Abwesenheit von Rufen, Gelächter, Fluchen, Ächzen, Murmeln war, wie dies ohnedies in den Kohorten die Regel. Es hatte diese Etappe uns viel gekostet. Vielleic

ht auch, der Weiser hatte es so gesprochen, im Erscheinen der gefangenen etwas eingebracht. Aber wer sagte uns, dass das, was wir einnahmen, in anderem Sinne nicht zugleich der Preis war, den wir zahlten? Wir nehmen ein. Wir machen Erfahrung. Etwas fließt uns zu. Und indem dieses geschieht, geben wir aus. Verlieren wir Unschuld. Fließt anderes ab.

Ein Kurzes nur noch ritt ich hinter Raahael, als letzter des Trosses. Sie ritt aufrecht und vorsichtig, ihr schmaler Rücken rührte mich, und obwohl sie das gewöhnliche unförmige und grobe Gewand trug, meinte ich ihre schmalen Lenden zu sehen, zu spüren fast in meinen Händen.

Dann trieb ich das Pferd an und ritt an den Kohorten entlang, nach vorn an die Spitze, wo der Platz des Kommandanten, des Kommandanten des letzten Gefechts. Eine kleine, nicht sehr ausgedehnte Ebene lag vor uns, und der Weg zu jenem Waldesrand schien mir weiter, als es von Raahael vorhergesagt. Dennoch zweifelte ich nicht, dass wir knapp vor oder vielleicht mit Ende des Sonnenlaufs und der Rückkehr der Dunkelheit jene Sippe erreichen würden. Freilich lag am Ende nicht viel daran, dass wir diese erreichten. Wir waren uns ja genug. Und wo wir uns nicht genügten, hatten wir den Mangel längst als uns zugehörig fast zu schätzen gelernt, sonderbar wäre uns gewesen, wenn ihm abgeholfen. Zwar sehnten wir uns nach, zwar suchten wir Fülle, überbordende, rechenlose Fülle. Doch was wäre eigentlich, fragte mehr und mehr ich mich, wenn wir sie denn fänden? Was nicht passieren würde. Wir waren geworfen in die Nicht-Zeiten, die bestimmt vom Aufzug der schwarzen Heere und vom Mangel, wesensgleich fast schienen Nicht-Zeit und Mangel. Doch eben: wenn. Wir könnten nichts anfangen mit der Fülle. Sie würde uns nicht nähren. Wir würden sie wohl nicht einmal erkennen.

Im Vorbeireiten sah ich Zechiel mit Mirjam reden. Ich selbst nahm mir vor, am Abend Zechiel noch einmal ausführlich zu befragen. Manches, eher schon alles, war unbeantwortet, was das Verschwinden Nathanaels mit Laila anbelangte. Ein Rätsel blieb jener Kristall, den Laila wohl mit sich führte. Wie die Vertreibung (es war ja anders nicht zu nennen) des Abtes ein Rätsel blieb im Kern, das Medaillon, die Opferung des Stiers. Ein Rätsel an dem anderen, undurchschaut, eine Frage an der anderen, unbeantwortet. Auch waren die Gefangenen der Ordnung gemäß strengem Verhör nach Herkunft und Absicht zu unterziehen, selbst wenn der erwartbare Gewinn daraus gering bleiben würde. Was auch hätten uns diese zu sagen? Freilich sagte ich das. Es würde der Weiser ein anderes sagen. Es tat auch nichts. Es musste ja sein.

Ich spürte Unruhe, Rastlosigkeit aufsteigen, etwas Nicht-Nennbares, das Raum forderte, sich ausdehnte in mir, das Signal kommender Gefahr und Bedrohung, wie es der Krieger, der Kommandant kannte und zu zügeln vermochte, wie es verwirrte aber den Mann und lastete auf ihm.

Das Land an diesem Ufer des Flüsschens hatte sich verändert, war ein wenig weiter, flacher geworden. Nicht dramatisch, eine neue Welt hatten wir nicht betreten, wie denn auch? Nur weil unsere engen, unsere gewohnten Kreise wir verließen, ward deshalb die Welt ja nicht anders oder neu. Aber doch erkennbar dem, der erkennen wollte, und schon nach kurzem hatten wir etliches der Versäumnisse dieses Sonnenlaufs eingeholt, wenn bei weitem auch nicht alles.

Bald meldeten Kundschafter, die ich vorangeschickt, dass um ein Wäldchen, einen Waldessaum herum, der am Horizont sichtbar, seit wir das Flüsschen überquert, eine kleine Siedlung dem Abend zu sich rüstete, dem Augenschein nach friedlich.

Ich hieß Raahael, die Mirjam und Zechiel sich zugesellt, an meine Seite rufen. Was wir nun zu erwarten hätten? Wie uns einzuführen ratsam wäre? Schließlich wäre zu bedenken, dass wir als Streitmacht, als Kohorten uns näherten. Geschlagen und gering wohl, aber eine Streitmacht eben doch, kampferprobt, in diesen Nicht-Zeiten jenseits der schwarzen Heere die Ordnung, die bestmöglichen Halt und Schutz nach innen gewährte, die als Gefahr, als Rute und Plage den Sippen und umherstreifenden Horden gelten mochte, zu Recht oft und oft eben auch nicht.

Dass ich mich nicht sorgen solle, so Raahael sanft. Ich mochte diese Art des sanften Tons nicht an ihr. Es war nicht der Ton einer Frau, die begehrt sein wollte, und ich wollte, dass sie begehrt sein wollte. Von mir freilich. Und keinem anderen. Fluch, unter dem wir unterwegs!

Dass ich mich also nicht sorgen solle. In Länder und Landstriche stießen wir jetzt mählich vor, die von den schwarzen Heeren und den Folgen, die das Aufkommen der schwarzen Heere wirkte, weit weniger bestimmt als in den Kreisen, die nun hinter uns wir ließen. Und so würden gastlicher und freundlicher wir mehr und mehr empfangen werden, als wir es in unseren Nicht-Zeiten, wie wir es nannten, gewohnt. So es mir möglich sei, solle freuen ich mich langsam auf unsere Ankunft bei den Stämmen im Nordosten, die nicht nur Winterlager uns bescheren würden. Sie wisse, dass ich nichts erwartete, nichts von den Stämmen im Nordosten und wenig von dem, was Winterlager bewirken könne. Doch möge ich mich, wie so häufig, an den Weiser halten, der weit sehe, in jene zeitliche Zeiten genannten Räume, die vordem waren, und in jene Räume, die sich öffneten erst. Viel habe der Weiser an Erzählung. Gleichwohl mochte es klug sein und der Konvention dieser kommenden Landstriche entsprechen, wenn sie vorausritte, uns anzukündigen. So ich, als Kommandant des letzten Gefechts, dies guthieße und ihr anordne.

Es geschah dann so. Leicht ritt nun Raahael, als hätte sie anderes nie getan, und ich sah ihr hinterher. Ritt leicht, obwohl sie doch nicht mehr als eine Streunerin, heruntergewandert, wie sie selbst sagte zumindest von den Stämmen im Nordosten, mehr als einmal mit Kundschaftern das Lager teilend. Zu welchem Zweck aber, mit welchem Ziel? Ich vermochte es nicht zu sagen, und es war in mir kaum eine Ahnung. Kaum mehr als das, was wir im Lager Ludos aus ihr und Ludo erfragt. Kaum etwas über das Buch, das ihr bedeutungsvoll und auf das wir, auf das der Weiser besonders begierig. Das Buch, um das geheimnisumrankt – wir wussten nicht wie, wussten nicht warum – unsere Gedanken kreisten, und das uns doch nicht näherkam. Ich wusste nichts. Welche Erzählung würde der Weiser über Raahael spinnen?

Ein Buch, ich entsann mich kaum, hatte wohl letztmals in Händen ich gehalten in jenem anderen, dem ersten Lager Ludos, am Rande wohl noch der zeitlichen Zeit, als die schwarzen Heere Erzählung fast noch waren, nach dem Sommer mit Cramalla, den Kreisen mit Esther. Im Sommerlager bei Ludo, da wir lebten und liebten und lachten und aßen und tranken und mit den Mädchen das Haus teilten, war es anders gewesen. Alles war anders gewesen.

Nahe bei Ludos Lager, verborgen jedoch im Dickicht eines Waldes, nur den wenigen Ortkundigen in Ludos Horde bekannt, war ein mächtiger Stein gestanden, ein Findling, verwittert und von Moosen grün überzogen, doch noch kenntlich behauen, vielleicht in den Nicht-Zeiten vor den zeitlichen Zeiten sogar dorthin geschafft über weite Strecke, wie und von wem, wir wussten es nicht. Konnten vermuten es nur, diese Vermutung schöpfend wiederum lediglich aus rätselhaften Worten und Beschreibungen in jenem Buch, aus Ahnungen wohl auch und Gespinsten, die in uns wucherten, wenn wir den Stein umkreisten, und Geschichten, die sich in uns bildeten als Träume in unseren Nächten. Nächten, die allein wir nicht verbrachten, wie wir es taten in diesen Nicht-Zeiten, weil den Nicht-Zeiten angemessen.

Es war der Stein aber mit Zeichen übersät gewesen, einer Schrift wohl, grob und kantig, doch regelmäßig. Jener Fürst mochte sich ihrer bedient oder besser: ihrer kundig gewesen sein. Ein Opferplatz vielleicht, eine Stätte der Kraft und Verehrung. Wie unsere Wächter. Wie die Häuser und Tische jenes Herrn, welcher der Herr Raahaels wohl war. Wie das Fest der zerscherbten und wieder gekitteten Gefäße, das die Stämme im Nordosten begingen. Wie die Opferung des Stiers. Vielleicht war selbst Blut über diesen Stein und seine Schrift geflossen, wer konnte es wissen?

Wollten wir wissen? Wollen wir wissen? Wäre es überhaupt gut zu wissen? Wissen ist uns fremd ja geworden, wie wir fremd geworden sind dem Wissen selbst. Und vielleicht wäre noch besser, als nichts zu wollen: nichts zu wollen und nichts zu wissen und nichts wissen zu wollen und von beidem nichts wissen.

LUDO hatte diese Zeichen, jene Schrift abzeichnen lassen auf dem wenigen leeren Papier, das wir noch besaßen. Grobes Papier war es gewesen, doch kostbar uns, dem Rauschgetränk und dem Gold in seiner Kostbarkeit verwandt. Heute besaßen wir keines mehr. Einige bedruckte Fetzen mochte der Weiser mit sich führen und das, was uns Raahael und Zechiel gebracht. Doch nichts, um Gedanken oder Pläne oder Geschehnisse, oder ganz simpel eines Sonnenlaufs festzuhalten.

Nun denn, wozu auch am Ende? Es verwirrten sich die Gedanken, es zerstoben die Pläne, es kam das Geschehnis und ging wieder, um von Neuem zu beginnen, es taten die Aufzeichnungen nichts. Wohl wirkten die Geschichten. Aber wirkten sie auch auf Papier? Oder bedurfte es einer Weisers, um sie wirken zu machen? Und warum war der Weiser, war auch Ludo, war selbst ich im Geheimen begierig, mehr von jenem Buch Raahaels und Zechiels und der Stämme im Nordosten zu erfahren? Es ging eine Magie aus von den Zeichen, der Schrift, dem Buch, in mächtigem Bogen bis auf uns und in unsere Seelen hinein. Dieses spürte ich. Und wusste es auch. Erklären konnte ich es nicht. Vielleicht konnte es selbst der Weiser nicht. Es war außerhalb von uns. Es zog die Schrift uns an. Und war uns doch gleichgültig auf dem Marsch, in den Kämpfen, beim Mahl, in den Nächten. Sie lockte und entzog sich. Sie begegnete uns in den Geschichten und wurde uns in den Geschichten wieder fern und fremd.

Und während also Ludos Kohorten, wenn man Ludos Haufen Kohorten nennen denn wollte, draußen den einfachen Vergnügungen nachgegangen waren, denen sie zugetan, immer, immer wiederkehrend und ohne Unterlass, hatten wir uns, Ludo und sein engerer Kreis, an die Entzifferung jener Zeichen, jener Schrift gemacht oder an das, was Entzifferung wir nannten. Denn was wir entzifferten, war nichts anderes, als das, was ein jeder in den Zeichen von sich sah oder sehen wollte, gespiegelt in der Schrift, bestätigt durch die Schrift. Denn es kam ja diese Schrift vom anderen Rand der zeitlichen Zeit, aus den Nicht-Zeiten vom anderen Ende geboren, und kein Lebender hätte zutreffend sie zu entziffern gewusst.

Wir hatten dazu aber jenes Buch genutzt, dessen Herkunft verworren. Ludo hatte es wohl einem jener fahrenden Sänger abgehandelt, der des Buches überdrüssig geworden oder dem das kleine Kupfer, das Ludo ihm dafür gezahlt, nötiger oder wichtiger oder einfach angenehmer und beruhigender, als es das Buch ihm sein konnte. Es habe jener Sänger es als letztes Überbleibsel mitgenommen aus den Habseligkeiten eines schwarzen Priesters, bei dem seine Mutter Magd gewesen und er aufgewachsen. Lange habe er das Buch mit sich geführt. Es habe der schwarze Priester in seiner, des Sängers, Kindheit und Jugend ihm daraus gelesen, ihn danach zu erziehen gesucht. Doch sei ihm, dem Sänger, sehr zur Frage geworden auf seinen Fahrten und Wanderschaften, ob jener schwarze Priester nicht vielmehr (und ihm als Jungen kaum erkennbar) Halt gesucht für sich an dem Buch – und mehr noch in der Beherrschung des Jungen durch das Buch.

Es war ein dunkles Buch gewesen voller Rätsel, selbst der Entzifferung bedürftig. Aber in jenem Sommer hatte Ludo jenes Buch immer mit sich geführt und zu Rate gezogen, die Sprüche und Urteile darin bezogen auf alles, was ihm, was uns widerfuhr, Ludo, der nüchterne Kriegsmann. So also hatte wieder das Buch auch genutzt, um der klobigen Aufschrift des Steins Herr zu werden. Keiner, Ludo am wenigsten, hätte erklären können, warum jenes Buch uns hilfreich sein sollte. Und doch waren diese Abende fruchtbar mir, uns allen geworden in mancherlei Weise. Im Sommerlager Ludos war vieles anders gewesen. Alles anders als zuvor. Anders als das, was wartete bereits auf uns.

Viel war in dem Buch die Rede gewesen von Verderbnis und sterbendem Vieh. Von Lichterscheinungen aber auch, welche die Welt erleuchteten und drohlich waren zugleich. Von Wüstenwanderungen, die umbrachten die meisten. Vom Schicksal von Horden und einzelnen Kriegern. Von Gesetzen auf Papyrus und gemeißelt in Stein, todbringend, da nicht zu erfüllen. Und da wir die Sprüche lasen und die Zeichen betrachteten und die Zeichen kopierten erneut und die Sprüche schrieben darunter, begannen uns, jedem anders, die Zeichen zu sprechen, Räume in uns öffnend und in Räume hinein. Ich hatte eben verlassen jenen Sommer mit Cramalla. Aber war ich es gewesen, der das Lager mit Cramalla geteilt? Es hatten meine Hände die Brüste Esthers geschmeichelt, doch waren es meine gewesen, die zugleich den Schoß nicht gefunden? Einmal hatte ich Esther letztmals gesehen, aber wann war dieses gewesen? Immer sehen wir, die wir lieben, letztmals und wissen es nicht. Doch wie war dieses geschehen, da wir unsere Wege doch weitergingen beide? Wie war es geschehen?

Hinten ist das Feuer und vorne ist das Feuer, vom Feuer zum Feuer wirst du gehen, und die Feuer werden sich treffen in der Mitte deines Weges, doch wirst du das Feuer nicht sein. So hatte das Buch geschrieben, und in den Zeichen vom Stein schien mir der Satz lebendig geworden. Und während ich gesehen hatte und gelesen hatte, war die Sehnsucht groß gewesen in mir nach Esther und groß zugleich Scham und Hader und Reue, dass in Cramalla nicht ich gedrungen, da sie es begehrte und entgegenreckte sich mir, der ich gedrungen in so viele! Gleichgültig, warum also nicht in Cramalla, der nicht nur tiefe Lust, sondern Stärkung es wohl gewesen für lange? Sind die einfachen Dinge, die wir versäumen und heilen nicht mehr können. Und so wirken Bücher und Schriften und Zeichen, die zu verstehen wir nicht gemacht.

RAAHAEL kehrte zurück. Leicht ritt sie, und ihr Haar wehte. Erstmals sah ich es offen. Ich musste vorher es schon gesehen haben, kaum konnte es anders sein, aber jetzt sah ich es. Es war ihr Gesicht ohne Bemalung, sie lächelte oder schien zu lächeln, erstmals, obwohl ich sie lächeln von hier gar nicht sehen konnte, denn noch war sie fern. Ohne Bemalung waren ihr Gesicht und ihr Alter unbestimmter denn je.

Es seien, so Raahael, als sie herangekommen, wir willkommen. Es seien die Menschen der Siedlung zwar beunruhigt gewesen ob des machtvollen Aufziehens unserer Streitmacht. Doch kämen wir nun in Gefilde, in denen die Gefahr, die von den schwarzen Heeren ausginge, zwar registriert werde, aber das Leben noch nicht gänzlich und ausschließlich bestimmte wie in unseren Kreisen, die eben wir verlassen. Die Menschen lebten, so Raahael, so wie wir gelebt am Rande der zeitlichen Zeit, in jenem Grau, das zeitliche Zeit immer weniger war, doch zur Nicht-Zeit noch nicht gedehnt.

Von ihrer Wanderung her von den Stämmen im Nordosten zu uns in das Kampf- und Verwüstungsgebiet der schwarzen Heere kenne sie den Ältesten der Siedlung gut, ein weiser Mann, mit dessen Sohn sie das Lager geteilt, wie es Zechiel, ihr folgend, dann getan mit dessen Tochter.

Es traf mich dieses mit Wucht. Mit mehr Wucht, als ihm zukam. Es war dieses ja nicht einmal ein Geständnis. Es war nichts als eine Arabeske, die Verzierung einer Geschichte, selbstverständlich, nebensächlich. Und nichts anderes war es ja, selbst jetzt, da wir den Kohorten den Verkehr untersagt mit guten Gründen. War Raahael aber, so schwante mir unwillig, so wusste ich unwillig und wollte es nicht, war Raahael ja nicht unter unserem, meinem Gesetze. Sie hatte geteilt das Lager mit den Kundschaftern und vielleicht mit meinem Sohn Nathanael, sie hatte also geteilt das Lager mit dem Sohn jenes Ältesten, vielleicht mit Zechiel, wer wusste, mit wem und wie vielen bei ihren Stämmen im Nordosten und unterwegs auf ihrer Wanderschaft? Woher aber die Jungfräulichkeit, die sie zu umgeben schien, und woher mein Schmerz? Mein Wunsch nach Raahaels Nähe war gewachsen stetig auf diesem Marsch. Es war so, ich wusste es, und der Weiser wusste es und manch anderer und wohl Raahael auch. Dagegen zu kämpfen wäre neben allem anderen unklug auch gewesen. Denn es wusste ja der Kommandant des letzten Gefechts, dass es vor dem Gefecht (gar dem letzten?) nicht klug war, seine Kräfte aufzureiben in Geplänkel. Und tat es wohl oft genug dennoch. Mein Wunsch nach Raahaels Nähe also war gewachsen, ich wünschte Raahael in meiner Nähe. Erstmals aber spürte ich hier die Sehnsucht, die Gier, das Lager mit ihr zu teilen. Mit der Gier aber, die in mir war, hatte sich, wiederum spürte ich eher, als dass ich es wusste, hatte sich mein Blick auf Raahael verändert. Näher schien mir, was mir fern und fremd erschienen. Fremder, abstoßender beinahe, was mir nah erschienen. Hatte Gier auf Esther ich empfunden in gleicher Weise? Gier hatte ich wohl empfunden, stets ungestillte, da mein Phall aufgebäumt nach Lust verlangte durch Esthers Hand, in Esthers Schoß. Doch wiewohl die Lust nicht gekühlt, war die Gier eine andere, die Esther mir entfacht. Heftiger. Doch unschuldiger auch, es war mir recht nicht zu benennen.

DIE Siedlung, auf die wir zu, in die wir ritten, war klein. Es begrüßte uns der Älteste an ihrem Rand und hieß uns willkommen, doch spürte ich das Misstrauen ihrer Bewohner und sah es in ihren Augen. Wie sollte es freilich anders sein? Wusste ich es auch besser, so mussten wir in ihren Augen doch immer noch eine wohlgeordnete, kraftvolle Streitmacht sein. Besser, wir schienen so. Besser, wir verbreiteten Furcht. Besser, man sah uns als Macht. Als dass man müde uns begegnete oder am Ende gar nicht unserer achtete.

Es war weniges, was wir hier zu erwarten an Mahl, an Trank, an Unterkunft. Doch hatte Raahael recht behalten. Es war besser, hier im Kreis dieser Siedlung, den Sonnenlauf zu beschließen als an der Furt am Fluss. Es war besser, die Etappe zu enden, wo Leben in jenem Gleichmaß, mit jenem Gleichmut ging, den längst wir vergessen. Trotz des Misstrauens. Es war Frieden hier und im Frieden ein Willkommen. Frieden, in den für den Abend und die Nacht, für diesen Abend, für diese Nacht, wir sinken lassen uns wollten.

In den zeitlichen Zeiten wäre nichts auffällig gewesen an einer solchen Siedlung, doch war es ebendieses, was nun, da wir dem längst entwöhnt, uns auffällig war, eigentümlich berührte und misstrauisch machte. Ich ließ, unseren guten Willen zu zeigen und die Beschwernisse zu mildern, die mit uns zweifellos über das Land kamen, den Leib der Kohorten der Sichel des Mondes gemäß um die Siedlung lagern. Kein Betrachter – aber wer betrachtete es? – hätte aus der Entfernung zu entscheiden gewusst, ob die Siedlung sich an die Kohorten, ob die Kohorten sich an die Siedlung schmiegten.

Zum Ältesten, der uns lud, kamen mit der Weiser und Ludo, Raahael und Mirjam, einige wenige der Hauptleute. Die Siedlung bestand aus langen, aus Holz und wenig Stein solide erbauten Häusern, die Platz für die Sippen boten und Vieh, wenn auch nur weniges. Vieh! Wann hätte ich das, da die schwarzen Heere heranzogen, letztmals gesehen? Wohl das blökende, versprengte, wie verzweifelte Vieh, das seine Ställe und Hirten verloren und leichte Beute geworden der Jäger und Wölfe und der selbst versprengten und bis zum Irrsinn verkommenen Horden. Hier war wieder gehütetes, umsorgtes, Mahl und Wärme gebendes Vieh, und es rührte mich. Nichts schien hier das Heranziehen der schwarzen Heere anzudeuten, kein Gedanke an Fortzug, Kampf und Marsch, es schien ein Bild wie in zeitlicher Zeit.

Der Älteste selbst freilich mit seinem nur kleinen Anhang bewohnte keines dieser Langhäuser. Sein Haus war ein Würfel eher, fester zwar noch gebaut als die anderen, aber ohne die Stallungen. Nicht schien es ihm, dem Ältesten, zuzufallen, um Vieh sich zu kümmern.

Im Inneren ein einziger großer Raum mit wenigen kleinen Verschlägen, und es brannte ein Feuer. Tatsächlich war es, da jetzt die Sonne ihren Lauf zuletzt rasch beendet, kühl geworden mit der Dämmerung. Die Nacht würde uns bereits gebieterisch nun daran erinnern, dass auf dem Marsch ins Winterlager wir waren. Und dieses Winterlagers bedürftig waren, bedürftiger wohl denn je, seit wir den Kampf führten und im Kampf standen gegen die schwarzen Heere.

Aber nicht sicher war ich mir, ob dieses stimmen konnte. War uns wohl noch jedes Winterlager als das dringlichste, unentbehrlichste erschienen, und gehorchte so auch dieser Marsch dem Gesetz der Nicht-Zeiten. Wie sollte er auch nicht? Und doch war etwas anders. Ich spürte es, und Raahael wusste es wohl und hatte es immer gewusst.

Wie eigentlich hatten wir Winterlager verbracht nach der letzten Kampagne gegen die schwarzen Heere? Da wir unseren Hügel noch nicht erklommen? Scheinen wollte mir, dass mit Raahaels Kommen die Nicht-Zeiten erst in kristalliner Klarheit, ja Härte mir entgegengetreten. Und sich dann – wer konnte dieses fassen? – wie von einem Gipfel aus wandelten in ein anderes, das ich nicht benennen konnte. Mochte freilich auch sein, dass die Gier, die ich empfand, mir zu schaffen machte. War sicher so. Doch wann wiederum hätte zuletzt solche Gier ich empfunden?

WINTERLAGER hatten wir gehalten, da die schwarzen Heere vorgedrungen noch nicht waren, auf einer Insel im Fluss, im ehedem Donau genannten

Fluss, den die schwarzen Heere nun überschritten oder überschritten schon hatten. Tagelang war der Fluss gefroren gewesen, und wir hatten die Hütten und Zelte kaum verlassen. Doch waren wir geübt darin, die Kälte zu ertragen, uns zurückzuziehen in die Felle und tief in uns, auch hatte die Insel noch reichlich Holz getragen, so dass die Feuer nicht ausgehen mussten, weit schienen die schwarzen Heere, und es war ruhiges Winterlager gewesen.

Winterlager hatten wir auch gehalten um eine der Höhlen, wie es eine gewesen, in der ich mit dem Weiser auf Kundfahrt Schutz gesucht. Es war jenes Winterlager ein anderes gewesen als auf der Insel im ehedem Donau genannten Fluss. Voll Ingrimm, wie mit entfesselter Wut, hatte der Winter uns geschlagen. Groß war die Höhle gewesen und hoch, unser Maß weit überschreitend, doch uneben auch, zersplittert, kaum für Lager zu gebrauchen. Selbst waren wir wie zu Lehmmenschen in jenem Winter in jener Höhle geworden, in umso größerer Furcht vor der Sirrefrau und der Klebegöttin, dem Bockswesen und dem Donnerzauberer und der Scheinehexe, je länger der Winter gedauert, und lange hatte er gedauert. Es hatten alle diese Ur-Figuren zäh und stetig wieder Raum und Besitz gefordert und zurückerobert und waren in unsere Gedanken eingedrungen und unsere Seelen. Und waren unsere Gedanken und Seelen beherrscht worden und gebannt und auf sonderliche Abwege geführt, von denen wir oft erst bemerkt, dass es sich um Abwege gehandelt, als im späten Frühling die Höhle wir verlassen. Und hatten uns jene Gebieter jener Höhle mächtiger beherrscht, je weniger wir über dieser Herrschaft, die jeder erfuhr an sich in dem Maße, das ihm wohl mitgeboren, redeten.

So hatten wir diesen Winter stumm und dumpf und kauernd und frierend vor uns hin verbracht. Einzig dem Weiser schienen zwar die tatsächlichen Umstände jenes Winterlagers mit seiner Kälte, die von den wenigen Feuern kaum vertrieben, da doch ihr Rauch dick, stechend den Atem verdorben, die Augen bis zur Blindheit gereizt und seinem Mangel, der in der Eintönigkeit noch spürbarer gewesen, zugesetzt wie uns allen. Aber die Ur-Figuren wiederum, so hatte es geschienen, hatten ihn wohl gemieden oder keine Macht über ihn, denn wo wir anderen weggeführt und weggelockt in jeweils andere, kaum dem anderen beschreibbare – wenn wir es denn überhaupt versucht hätten – Gefilde hinweggelockt und in Hinterhalten des Kopfes und der Seele gefangen und verstrickt, da war er, der Weiser gleichmütig geblieben und heiter.

Sogar hatte er getan, was er immer getan und also Geschichten gesponnen in weiten Netzen, in denen der eine Knoten mit einem von ihm weit entfernten verbunden, und entstanden durch diese Knoten erst diese Netze. Was aber war in ihnen zu fangen? Das war die alte Frage gewesen und war es bis hierher. Es war dann, als der Frühling gekommen, ein Seltsames gewesen: Die Höhle selbst war groß genug nicht gewesen, um alle aufzunehmen, und so hatten die niederen Kohorten in dünnen Zelten und brüchigen Hütten um die Höhle herum gelagert. Es war die Kälte noch größer hier gewesen, der Mangel nicht bedrückend, sondern voll der mächtigen, nahezu nicht zu entkommenden Bedrohung, Krankheiten hatten gemäht in weit größeren Bögen, als es die Sommerkampagne davor getan. Doch hatten die Kohorten eng gelebt und sich aneinander gewärmt und waren zu einem Leib fast geworden in diesem Winter. Sirrefrau und Klebegöttin und Donnerzauberer hatten, so hatte es geschienen, auch über sie keine Macht gewonnen, und hatte sie so der Winter, anders als uns Höhlenüberlebende mit Ausnahme des Weisers, gekräftigt und gestärkt, der Bedrohung, unter der sie gestanden, zum Trotz. Musste man wohl mit den Ur-Figuren innigen Umgang pflegen oder ganz von ihnen absehen, dass sie keine Macht gewännen. Wer sich in ihnen und mit ihnen verstrickte, war dem Untergange fast geschickt. Es hatte sich dann im Frühjahr schnell gezeigt, dass fast alle Mädchen und Frauen der niederen Kohorten ein Kind in sich trugen. Keine der Frauen aus der Höhle. Es hatten die Ur-Figuren in ihrer Macht dem Leib kein Recht gelassen. So wie wir den Kohorten den Verkehr verbaten in den Kampagnen und auf dem Marsch und im Winterlager missbilligten, so hatten es im Winterlager die Bockswesen mit uns in der Höhle getan. So hatte jenes Winterlager, und ein grausames war es gewesen, am Ende sich als dasjenige erwiesen, welches das Leben unserer Kohorten vielleicht, zumindest den Gewohnheiten nach, wie mit den Schattenwesen und dem Schatten selbst zu verkehren, verändert wie keines zuvor.

AUF unserem jetzigen Marsch war Winterlager wohl noch weit, der Kubus des Ältesten freilich gastlich. Gleich mehrere Feuer brannten, gezähmt, bei gutem Abzug und wärmten von den Wänden her angenehm, ohne Aufdringlichkeit, und angenehm war der Raum, mit brennenden Dochten in Kerzen, die in Gläsern standen. Solches hatte ich seit dem Rand der zeitlichen Zeiten nicht mehr gesehen, und nicht sicher war ich, ob dort und überhaupt, oder ob ich davon nicht lediglich aus Erzählungen und Geschichten gehört. Seltsam erschien mir so dieses wohltuende Licht, seltsam aber auch wieder, dass es mir seltsam erschien. Licht am Abend, Licht in der Nacht. Wir spüren den Mangel nicht mehr, wenn er allgegenwärtig geworden. Wie wir Schmerz nicht mehr spüren, oder nicht mehr in der ursprünglichen Weise, wenn er stetig uns begleitet. Freilich bleibt das Wissen, dass der Mangel, der zum Leben selbst geworden, Fülle nicht ist, und ebenso wenig die Abwesenheit von Mangel Fülle ist. Das noch war mir bekannt, und doch wollte mir dieses Licht im Hause des Ältesten zumindest wie ein Abglanz jener Fülle erscheinen, die zu suchen wir längst aufgegeben. Und durchwebte auch der Mangel diese Nicht-Zeiten, war er eines ihrer Kennzeichen, ihr Insignium, so war denn doch wiederum Fülle nicht das Kennzeichen der zeitlichen Zeit gewesen. Sondern war der Mangel in der zeitlichen Zeit ebenso selbstverständlicher Teil unseres Lebens gewesen. Wie denn am Ende auch nicht. Aber es war dieser Mangel in diesen Nicht-Zeiten nicht ein größerer, sondern ein anderer, und wenn es zweierlei Arten von Mangel gab, so mochte es auch mehrerlei Arten von Fülle geben, und mochten Licht und Wärme hier im Hause des Ältesten eine Art davon sein.

Es lud der Älteste zum Mahl uns. Dass man lange hier eine solche Schar wie die unsre nicht mehr empfangen, bewirtet, beherbergt. So lange sei er der Älteste dieser stets friedlich gewesenen Siedlung ohnehin noch nicht, und mochte auch kaum einer der Ältesten, die vor ihm geamtet in langer Reihe, eine solche Schar willkommen geheißen haben. Dass es uns daher verdrießen nicht möge und unseren Unwillen hervorrufen, wenn Furcht uns begegne. Mächtig kämen wir daher, in Waffen, was gänzlich ihnen unbekannt. Selten zögen Fahrende vorbei, auch bliebe die Siedlung wohl von Dieben und Gesindel von jenseits des Flusses nicht gänzlich verschont. Doch sonst verlaufe ihr aller Leben gleichförmig und höherer, festgefügter Ordnung gemäß.

In der Chronik, die er hüte und fortschreibe und übergeben werde, wenn der Tag gekommen, sei allerdings von Durchzügen wie unserem berichtet. Gesagt werden müsse, dass diese nicht zum Heil geschehen, sondern Verwüstung, Leid und Tod gebracht wie ein Gericht, das nie jemand gesehen und dessen Schuldspruch von niemandem verstanden, aber unanfechtbar und endgültig.

Doch sei Raahael mit uns. Raahael von den Stämmen im fernen Nordosten, die er selbst besucht und bei denen er selbst gelebt vor seiner Zeit als Ältester, wie es der Sitte nicht nur, sondern der Notwendigkeit entsprach. Raahael, die auf ihren Streifzügen, vom Nordosten kommend und in den Nordosten zurückkehrend, oft bei ihm Rast gemacht, Raahael also sei ihm Siegel und Zeugnis, dass Tod und Verwüstung von uns nicht zu befürchten.

Raahael! Ich sah mich um. Ruhig stand sie und tat es selbstverständlich. Doch hatte sie – wann und wo und wie? – ein anderes Gewand – wem gehörte es? – angetan, das Gesicht geweißt mit den Streifen, schwarz und scharf, die Haare streng und akkurat über den Schädel gezogen, in einem Knoten im Nacken endend. Lange, schien mir, hatte so ich sie nicht gesehen. Aber war doch lange ein unsinniger Begriff.

Wir setzten uns an einen langen groben, doch glatt polierten Tisch, wie der Älteste uns geheißen. Viel zu groß allein war der Tisch für die Bewohner dieses Hauses. Es wurde hier wohl der Rat der Siedlung gehalten, aber was mochte es zu ratschlagen geben in diesen nach den Regeln gehenden Tag- und Nachtwerken? Jedoch auch wir, die wir herumzogen und im Kampfe standen und jetzt marschierten, ratschlagten viel. Was sollten wir tun, da wir nichts wussten? Ob unser Ratschlag aber mehr, bessere Frucht erbrachte, es stand dahin.

DER Weiser hatte sich nächst dem Ältesten gesetzt, begierig, mehr von den Chroniken zu erfahren, von denen der Älteste erzählt. So wie wir alle, auch der Weiser, nach Fülle aus waren, ihr nachhingen in Gedanken zumindest, sie uns fabulierten und sie, die Fülle, die märchenhafte, die sagenhafte, immer nebliger wurde dabei, so war der Weiser unermüdlich, besessen jeder Aufzeichnung, jedem Schriftstück und dazu jeder Geschichte hinterher. Freilich waren auf unklare Weise auch dieses wir alle, durstig waren wir, in abnehmender Weise, wie man Hunger und Durst nicht mehr zu verspüren mag, wenn der Hunger und der Durst einen Gipfel überschritten. Wie wir die Fülle entbehrten, die zu benennen oder zu beschreiben wir doch kaum mehr imstande, so waren wir durstig nach Erzählung und Erkenntnis, den Geschichten der zeitlichen Zeit. Die Chronik des Ältesten, die Briefe des Abtes, das Buch, vor allen anderen dieses, das Buch Raahaels und Zechiels und der Stämme im Nordosten und was es geben mochte oder eben nicht geben mochte.

Doch wie besänftigend sprach der Älteste zum Weiser und ließ Mahl uns auftragen von Mädchen der Siedlung, die knabenhaft fast noch waren in einfachem, doch ungeflicktem und nicht zerschlissenem Gewand, das dem unseren ähnelte. Raahael, ich sah es nun, trug ein Gewand wie diese, und es ließen diese Gewänder, bei mancher zufälligen Bewegung nur, die feste Form der Brüste flüchtig erahnen.

Einfach war, was aufgetischt ward. Aber in der Einfachheit von einer Vielfalt, die staunen mich, die staunen uns machte. Hunger, der Hunger des Körpers hatte uns in der Kampagne dieses Sommers wenig gequält, auch wenn die Sorge um Mahl stets unser Begleiter war wie die schwarzen Heere es in unseren Gedanken waren. Andere Sommer hatte es gegeben, und in den Winterlagern hungerten wir eigentlich immer bei Rationen, die das Überleben des Winters gerade sicherten, doch kämpften und streiften in den Winterlagern wir auch nicht und gingen nicht unserem Handwerk nach.

Es trugen die Mädchen aber große hölzerne Teller auf, jeder anders beladen, vom Fisch und vom Huhn, mit Früchten und Gemüsen, die uns kaum mehr bekannt, wenig von allem, kaum mehr als ein paar Bissen für jeden von uns, die wir doch eine große Etappe hinter uns gebracht, aber hergerichtet, ohne Salz zwar, das hier so kostbar sein mochte wie überall, aber mit Kräutern bestreut, eine Tafel mithin, wie sie mich, Ludo, den Weiser, vielleicht einen der alten Hauptleute an den Rand der zeitlichen Zeiten, wenn nicht an die zeitlichen Zeiten überhaupt noch vage erinnern wollten.

Dazu schenkten die Mädchen Milch aus. Wir hatten Wasser getrunken und wenig, meist zu wenig vom Rauschgetränk, dessen Vorräte immer kostbarer geworden und das kaum mehr zu finden. Wann hatten wir, wann hatte ich Milch zuletzt getrunken? Wir hielten die Tiere dazu nicht, konnten es nicht und wollten es nicht auf unseren Streifzügen und in den Kämpfen. Und wenn auch die Tiere, die zu wenigen noch herumirrten, verwildert und wie verrückt geworden, so töteten wir sie und verarbeiteten sie und verspeisten sie. Auf den Gedanken, neu sie zu zähmen oder sie zu melken, wären nicht wir gekommen.

Es war fette Milch von sesshaftem friedlichem Geschmack, welche die Mädchen auftrugen. Wir tranken sie staunend. Sie war uns fremd. Es war uns behaglich.

Dabei, es war nicht zu leugnen, hatte die Etappe, die wir hinter uns gebracht, mehr eröffnet, was zu regeln, als uns, als mir lieb nun sein konnte. Die Gefangenen, die wir gemacht. Jene Frau unter ihnen. Zechiel und Nathanael, der Verschwundene, und jener Kristall. Es war mehr, als zu regeln Kraft ich in mir fand. Und wusste ich doch, dass den Marsch nicht fortsetzen wir konnten, ohne diese Dinge geklärt zu haben, sei es vorläufig, denn anders konnte es kaum sein, sei es durch Gewaltspruch neue Ordnung gebietend, bis eben neuer Einbruch neuer Unordnung uns in ebendiese Lage brachte, in der wir nicht verharren konnten.

Ich war müde. Aber ich war der Kommandant des letzten Gefechts.

WÄHREND wir aßen, gab Ludo auf Nachfrage des Ältesten einen knappen Bericht über unseren Marsch, wohin er uns führen sollte. Vieles freilich ließ er weg, und vieles mochte der Älteste von Raahael bereits erfahren haben. Es war auch Raahael, die mit leiser Stimme sprach, nichts Bedeutungsvolles oder besser nichts, was mir bedeutend schien, aber ich mochte es nicht erkennen, denn fremd war mir die Umgebung. So war es schweigsames Mahl, unfreundlich nicht und eben nicht unbehaglich, aber schweigsam.

Da fragte der Älteste, was bisher er vermieden, nach den schwarzen Heeren, was diese seien, woher sie zögen, was von ihnen zu befürchten. Kaum hätten sie hier, in ihrer Siedlung, von den schwarzen Heeren gehört, nichts sei es ihnen als ein fernes Gespinst, ein Nebel, so wenig zu fassen, dass es Traumspuk wohl sein könne, eine Gaukelei der endenden Nacht, wenn die Schatten wieder so mächtig und lang erwachten, wie sie am Abend im Dunkel verschwunden. Und selbst dieses beträfe wohl nur ihn in dieser Siedlung, denn von derlei, sei es Gefahr, sei es fern vorbeiziehendes Grollen, sei es Spuk auch nur, wisse hier kaum jemand oder niemand etwas. Wie es also stehe mit unseren Kämpfen? Mit welchem Ziel diese Kämpfe wir führten? Was so die schwarzen Heere uns seien? Und ob und welche Gefahr denn tatsächlich drohe?

Ich merkte, dass die Hauptleute, die mit uns waren, unruhig wurden bei diesen Fragen. Und seltsam schienen sie mir auch, diese Fragen, eine Anmaßung fast, ungebührlich und auch wieder nicht, zumindest nicht hier in diesem Kubus, an diesem Tisch, in dieser Siedlung.

Ob Kundschafter sie denn nicht sendeten, so antwortete ich, mir Raum zu verschaffen, denn ich wusste nicht, wie auf solches zu antworten, um Gastrecht nicht zu verletzen einerseits, um uns zu schützen aber andererseits und Eingriff in die Kohorten nicht zu dulden.

Nie habe es derlei gegeben, erwiderte der Älteste, und er tat es leise, als spürte er, dass diese Frage widerwillig uns machte. Selbst die Chroniken, und weit reichten sie zurück, sprächen davon an keiner Stelle. Es habe sich die Notwendigkeit des Kundschaftens wohl nie ergeben für die Siedlung. Er wisse nichts damit anzufangen, denn was komme und heranziehe tue dies ohnehin, und versuche man, sich dem Kommenden zu entziehen, so bräche es sich Bahn auf andere, unvermutete, vielleicht noch unwillkommenere Weise. Jedoch verstehe er von diesen Dingen nichts, er gestehe es. Kein Kriegsmann sei er, so wenig wie irgendeiner seiner Vorfahren und Vorgänger. Vielleicht sei dieses ja etwas, was ihm und ihnen hier fehlte. Es sei dieses der Grund, warum er so frage, dumm vielleicht in unseren Ohren, und er bitte, es ihm nicht zu vergelten.

Es solle sich, so sprach da der Weiser, der Älteste in diesem Punkte Vorwürfe nicht machen. Es sei ihm, dem Weiser verständlich, dass Siedlern und

Hirten wie diesen hier das Wissen um die schwarzen Heere fremd sein müsse, so wie es unsere Kohorten, unser Herumziehen, unser Kampf gegen eben die schwarzen Heere auch sein müssten. Und dass Kundschafter nicht zu Rate gezogen wurden, habe ja auch zur Folge immerhin, dass falsche Beobachtung und Fehldeutung, die ebenso häufig vorkämen wie das Gegenteil, die Siedler nicht beunruhigten und zu falschen Entschlüssen anhielten.

Es seien die schwarzen Heere – oder besser deren Heranziehen, denn die schwarzen Heere seien kaum beschreibbar und uns gar nicht verständlich – und unsere, der Kohorten Reaktionen auf sie weit schwieriger begreifbar zu machen, als es erstem Augenschein nach möglich sein müsste. Es führe diese Frage tief zurück in die Welt der zeitlichen Zeit, an die wir, der Sache entsprechend, kaum Erinnerung mehr haben konnten in diesen Nicht-Zeiten. Er selber, der Weiser, habe darüber sinniert, ob es die schwarzen Heere nur deshalb gebe, weil wir mit jedem neuen Sonnenlauf, im Frühjahr und Sommer und Herbst, mit Ausnahme der Winterlager, in Kampf mit ihnen begriffen seien. Und dass es demzufolge, so fügte er nach kleinem Schweigen zerstreut und wie abwesend hinzu, wie ich es oft bei ihm gesehen, dass es demzufolge die schwarzen Heere wie im Bewusstsein der Siedler und Hirten also gar nicht gäbe und geben könnte.

Unter den Hauptleuten, die schon dem Ältesten unruhig zugehört, entstand nun Murren zwar halblaut und wenig artikuliert, aber vernehmbar. Sie waren, die erfahrenen Kämpfer, dem Gesetz der Kohorten und mir als dem Kommandanten des letzten Gefechts verpflichtet und treu, es war dieser Unmut, der sich freilich erst bei der Debatte um Jodokeel und Raahael gezeigt hatte, nicht gefährlich also. Und dennoch musste wachsam ich sein. Doch fühlte wiederum, wie bei Jodokeel, ich mich den Hauptleuten auch nahe. Ich verstand den Weiser nicht. Und wollte es auch nicht.

Wir hatten die schwarzen Heere gesehen. Wir hatten Kundschafter ihnen in die Vorfelder entgegengesandt. Wenige genug waren zurückgekehrt. Doch waren die Berichte jener, die zurückgekehrt, dienlich stets uns gewesen. Mit dem Heranziehen der schwarzen Heere, oder auch nur mit dem ersten Ahnen, kaum Wissen, das uns von ihrem Heranziehen anwehte, waren die zeitlichen Zeiten in diese Nicht-Zeiten hinübergeglitten, unmerklich, merklich jedenfalls nicht für uns, ohne dass Marksteine wir hätten nennen können. Vielleicht war dies Zufall aber auch nur gewesen. Die schwarzen Heere kümmerten weder zeitliche Zeiten noch Nicht-Zeiten. Die schwarzen Heere zogen heran.

Im ersten Sommer, da zum Kommandanten des letzten Gefechts ich gewählt, da die Kohorten noch jung im Geist und kraftvoll und ungestüm und von Sieg und Eroberung überzeugt, in jenem ersten Sommer waren die Gefechte von wilder, lusterfüllter Grausamkeit gewesen, und von Winterlager zu Winterlager waren wir kaum je an einem Ort geblieben.

Freilich, ich hätte eingestehen es müssen, waren wir in die Gefechte wohl verwickelt, doch hätte ich schwerlich Gestalt, Eigenarten, Vorgehen der schwarzen Heere beschreiben können, so wenig wie ich die Gefechte und das Schlachten selbst hätte beschreiben können. Als gleißende Phalanx sahen wir wohl die schwarzen Heere aus der Entfernung sich aufreihen. In der Schlacht blieben sie unbegreifbar und unbenennbar. Alle Schlachten hatten wir verloren. Und waren so zu jenem Haufen geworden, der wir waren, von den umherziehenden Horden kaum mehr zu unterscheiden.

Doch, der Älteste hatte selbst es gesagt, denn doch machtvoll noch genug, um in dieser Siedlung mit Misstrauen und kaum verborgener Furcht empfangen zu werden. Und es machte mich dieses stolz. Wir blieben doch die Kohorten auf dem langen, auf unserem Marsch ins Winterlager, ich war der Kommandant des letzten Gefechts, und als der Kommandant des letzten Gefechts befahl ich nun, zu unserer Deckung Kundschafter, erprobte, nach hinten zu senden, den Linien der schwarzen Heere entgegen. Es war mir, da ich dies nun befohlen, rätselhaft, warum es versäumt. Doch war auf unserem Marsch vieles schon ins Gleiten geraten, und vielleicht war die Kunst des Gefechts, das simple Handwerk der Kohorten, darunter nicht einmal das wichtigste. Aber dieses wusste ich nicht.

Wir hatten das Mahl beendet, und von hinten aus dem Dunkel traten die Mädchen, die nicht mit uns gegessen, den Tisch zu räumen. Eines der Mädchen streifte dabei meine Wange, unbeabsichtigt und flüchtig. Es hatte der Missklang sich verflüchtigt, ohne dass des Ältesten Frage vergessen. Der Älteste lud uns, die wir in seinem Hause nächtigen sollten, den Weiser und Ludo, Raahael und Mirjam und mich, an einen Kamin, in dem Feuer nun schnell entzündet. Ich war unschlüssig zunächst. Zu vieles war offen, was in den Schlaf zu nehmen nicht gut. Die Gefangenen, die Frau unter ihnen. Zechiel und Nathanael. Der Kristall. Alle diese Vorkommnisse, alle diese Geschichten. Doch bedeutete mir der Weiser, dass es gut sei, und Ludo nickte dazu, und Raahael, die eng neben mir stand, sah mich an, voll und schweigend. So sollte es denn sein. Etwas widersetzte sich in mir, ein anderes aber zog mich hin. Eine Lust auszuatmen, ganz die Luft aus mir entweichen zu lassen, willenlos zu sein und ohne Gedanken.

Wir lagerten in einem Halbkreis, vom rasch lodernden Feuer nun beschienen, doch halb im Dunkel, nur manchmal holte eine hochzüngelnde Flamme ein Gesicht oder mehrere für einen Augenblick, einem Blick der Augen, aus dem Dunkel heraus. Hinter dem Ältesten, gänzlich im Dunkel, kauerten die Mädchen. Ein Becher, tatsächlich, von Rauschgetränk, den Ludo hatte herbeischaffen lassen, denn in der Siedlung gab es solches nicht, kreiste, und verloren nippten wir daran im Schweigen, bevor weiter wir ihn gaben.

Freilich hielt das Schweigen, das angenehme, träumerische, leere nicht lange. Denn dass und warum der Weiser es eilig gehabt, dass zumindest einen Grund er hatte, und er mochte mehrerer Gedanken voll sein, war nun das, was zu erwarten nicht schwerfiel, und worauf Ludo selbst schon gewartet.

Es war die Chronik, von welcher der Weiser gesprochen und von Anbeginn begierig war, mehr zu erfahren. Es war diese Gier, seinen Geschichten, die sich in ihm woben, neu verknüpften aus vielen Anfängen, Knoten und Enden, den Geschichten, die in ihm bunten Blättern der Herbste und Schneeflocken gleich wirbelten zu immer neuen Haufen, all diesen Geschichten und Erzählungen und Bruchstücken und aufblitzenden Erscheinungen eine neue hinzuzufügen oder den Stoff dieser Geschichte oder Geschichten einzufügen in diese eine große Geschichte, die er selbst war und mit ihm wir alle waren. Waren wir denn anderes als des Weisers Gesicht und Geschichte, eine von vielen, eine, die stets neu entstand? Und lebten wir nicht nur als eine dieser Geschichten und wussten nicht, dass diese Geschichte eine andere sein konnte in jedem Moment? Und dann wiederum: war der Weiser selbst nicht Geschichte und den Gesichten eines anderen entsprungen? Mochte so sein. Tat nichts. Für den Augenblick.

DIE Chronik der Siedlung. Es ließ sich der Älteste von einer der jungen Frauen das Buch bringen. Sie trug schwer daran. Als sie sich beugte, das Buch zu reichen, sie tat es ehrerbietig und vorsichtig, sah ich – ich saß neben dem Ältesten – für einen Moment ihre kleinen Brüste, die Warzen spitz, wie erigiert, aber gleich schloss sich, als sie sich aufrichtete, der Ausschnitt wieder wie der Vorhang, der Fetzen, den die Gaukler nutzten, ihr Spiel von der Welt zu trennen.

Es war das Buch gar kein Buch. Eine Kladde eher, mit zwei fingerbreiten Holzbrettern als Deckel, von Lederriemen gehalten, der obere Deckel von grobem, unebenem dunklem Holz, doch blank poliert oder blank geworden durch lange Nutzung in der langen Kette der Ältesten, mit einer Schnitzerei, die nicht ich erkennen konnte. Darin aber ein gewaltiges Bündel von Papier, unterschiedlichem Papier von unterschiedlichem Alter, jedes Blatt dicht beschrieben in verschiedenen Handschriften. Wann hatte ich zuletzt, wann hatte ich je so viel Papier gesehen? Und war dies auch nicht ein Buch, wie wir es in Erinnerung hatten, so war diese Chronik jenen doch vergleichbar, die wir kannten, und mochte mehr als jene am Ende sein.

Mit beiden Händen hatte der Weiser nach der Kladde gleich gegriffen, doch hatte der Älteste sachte sie zurückgezogen. Es sei nun in dieser Kladde das Geschick der Siedlung gebündelt. Nicht von Anbeginn wohl, denn die ersten Aufzeichnungen, kaum ihm mehr entzifferbar und noch weniger verständlich, dunkel in vielem, ließen darauf schließen, dass die Siedlung fest schon gegründet gewesen seit Generationen und wie selbstverständlich vorhanden. Wo doch sicher und selbstverständlich gar nichts sein könne, unser Marsch und unsere Berichte von den schwarzen Heeren und unserem Kampf gegen diese zeigten es. Und, wir würden anderes nicht erwarten, der weitaus größte Teil dieser Chronik sei ebendieses: eine Aneinanderreihung der vielen kleinen und selten größeren, nie großen Vorkommnisse, die das Leben in der Siedlung seit je ausgemacht. Unser, des Weisers Interesse ehre ihn und die Siedlung selbst. Verstehen, er gestehe es, könne er es nicht recht. Sei doch die Chronik, ihre schiere Existenz, wichtig zwar für die Siedlung selbst. Sie helfe auf eine ihm selbst nicht recht klare Weise, die Geschicke des Tages und der Sonnenläufe voranzutreiben. Dieses auch dann, da niemand in ihr lese, nicht lesen dürfe und auch längst nicht mehr könne, da die Chronik der Ordnung gemäß in seinen Händen zu bleiben habe und er selten und immer seltener daraus vortrüge. Wozu am Ende auch? Es sei ja in ihr wenig mehr niedergeschrieben, als was sich im Leben der Bewohner ohnedies so oder ähnlich immer wieder ereigne, in den äußeren Dingen ebenso wie in den Erfahrungen des Schmerzes, des Verlustes, der Überraschung und manchmal der Freude. Doch sei es für eine jegliche neue Generation wichtig, ebendieses aufbewahrt zu wissen. Und so auch zu wissen, dass das eigene Leben und damit der eigene kleine Schmerz und die kleine Freude aufbewahrt sein würde in diesen Papieren, die damit den immer weiter wachsenden Boden bildeten, auf dem und in den die Siedlung gegründet. Aus ebenjenem Grunde glaube er aber, dass die einzelnen Geschichten der Chronik nichtssagend seien für uns. Sei unser Boden doch, es sei ihm dieses gewiss, ein anderer.

Es möge der Älteste da irren, entgegnete der Weiser. Es gebe keine Geschichten, die nichtssagend seien, es schließe gegenseitig sich dies aus. Eine jede Geschichte, die geschrieben, die weitergetragen, in den Wind hinein erzählt, sage, und jegliches Gesagte wirke. Gut verstehe er, der Weiser, was vom immer weiter wachsenden Boden, vom sich erweiternden und vertiefenden Fundament, das die Chronik für die Siedlung sei, er, der Älteste, erkläre. Doch möge er bedenken, dass die Chronik, allein dass wir von ihrer Existenz Kenntnis genommen, schon in unseren eigenen Boden, der in der Tat und notwendig ein anderer sei, eingepflanzt und diesen verwandelt. Eine kleine Verwandlung, der Wahrscheinlichkeit und Erfahrung nach, aber es seien die kleinen Verwandlungen in der Summe die wirkmächtigen. Und so würden also die Geschichten in der Chronik, sich in uns wandelnd, da mit unseren Geschichten sich verknüpfend, wiederum uns wandeln. Darin liege unser Interesse.

Er könne, so nun Ludo, wenig dem folgen. Es sei eine lange, eine in vielem bedenkenswerte Etappe gewesen, die der vergangene Sonnenlauf uns gebracht. Er sei nun müde. Dankbar sei er Raahael, dass in ein Haus sie uns gebracht. Auch danke er dem Ältesten für das Mahl, das wir genossen und das einer Erinnerung wert. Es verlange ihn, so dies möglich, lediglich nach einer Geschichte für den angenehmen Übergang in einen Schlaf, der zur Kräftigung uns allen nötig. Keine Debatten und Geschichten über Geschichten. Dann schlafe er lieber gleich.

Es lächelte Raahael. Der Ton Ludos, des Fahrensmanns und Haudegens, schien ihr wohler zu tun, als ich es im Gespräch je getan. Dass sie wisse, so wandte sich Raahael an Ludo direkt, dass in der Chronik dieser Siedlung vieles, was sowohl dem Weiser als auch ihm, Ludo, Genüge tun würde in Fülle. Es habe wohl, wie sie wisse von ihren Besuchen und Aufenthalten und Gesprächen, die sie habe führen dürfen mit dem Ältesten, dieser wohl manches weggelassen, aus Bescheidenheit und um nicht zu enttäuschen unsere Erwartungen. Doch mögen wir selbst sehen, und Ludo möge hören, wie wir alle eingeladen wären zu hören. Damit nahm sie dem Ältesten die Chronik leichthin aus der Hand, und der Älteste ließ es geschehen, selbst lächelnd dabei, er, der bis jetzt ernst gewesen und wie von der Last, uns aufnehmen zu müssen, gebeugt.

Ich hatte Raahael so nie gesehen. Nie gehört. Zwar war ihr Gesicht geweißt und die schwarzen Streifen darin waren scharf gezeichnet, ihr Haar hatte sie so streng und straff nach unten in einen Knoten gebunden, dass ich meinte, die Kopfhaut schimmern zu sehen, und bis auf dieses Kleid also, das sie trug und das wie bei dem Mädchen die Form ihrer Brüste ahnen ließ, war mir nichts fremd an ihr. Oder besser, es war mir das Fremde, in das sie gehüllt, nichts Neues. Doch war zu diesem Fremden etwas Anderes hinzugekommen, das zu deuten mir schwerfiel.

Wie mir alles Deuten schwerfiel. Mühsam hatte ich gelernt und gegen meinen Willen und gegen das Bild, das ich gerne von mir gemacht, dass das Deuten meine Sache nicht war. Wie der Weiser deutete oder Ludo oder selbst wohl viele junge Krieger der Kohorten. Wohl war es meine Sache, Veränderungen zu spüren, weit vor anderen. Sie mir aber zu erklären und zu erschließen, war wohl etwas, das mir nicht gegeben, und oft hatten mich die Fehlschlüsse, die ich gezogen, zu Handlungen und öfter noch Gedanken verleitet, derer später ich mich schämte.

Als dann auch der letzte Kreis mit Esther vollendet gewesen, lange vollendet gewesen, hatte ich mich zuweilen gefragt, was alles ich wohl falsch gedeutet. Mehr noch freilich, warum der Genuss ihres Leibes mir verwehrt geblieben. Oder ob wirklich er verwehrt mir geblieben. Und nicht am Ende etwas in mir ihn mir sich verwehrt hätte. Ich wusste es nicht. Ich schwankte. Ich bedauerte. Und wusste nicht einmal, ob ich bedauern überhaupt sollte. Denn, so schien mir wiederum und mochte freilich auch dieses eine Fehldeutung sein, vieles in den Kreisen mit Esther, die folgen sollten, war geschehen deshalb, war gesprochen worden deshalb, war in Verbundenheit deshalb geschehen, weil ebendieses ehern: dass in sie dringen ich nicht würde, wiewohl mein Phall schmerzhaft fast nach ebendiesem drängte, dass ihren Schoß nicht ich liebkosen würde, wie ja auch nicht geschehen, selbst bei jenem einen Kusse nicht am Ende des zweiten Kreises.

Es hatte Esther das Dorf verlassen, Dienst anzutreten. Fest gegründet schien der Bund mit dem, dem sie sich versprochen in dieser Jugend. Und war dann doch nur eine Vorbeiziehende gewesen, wie es nötig und der Ordnung und den Bräuchen entsprach. Aber es war am Ende ja gleichgültig gewesen, ich jedenfalls war der nächste nicht geworden, wie es wiederum meiner Ordnung entsprochen hätte. Wäre ich es geworden, so wären wohl die Kreise mit Esther in meinen Gedanken auf dem Hügel und auf unserem Marsch nicht wieder erschienen, und wäre möglich wohl sogar, dass wir uns dann auf dem Marsch überhaupt nicht befänden. Müßige Gedanken aber, denn nichts können wir schließen aus dem, was sich gar nicht ereignet.

Was aber bleibt, ist das Unvollendete. Und es verdunstet, es beginnt zu verschwinden alles, was uns vollendet erscheint nach der Ordnung, in dem Moment, da der Schlussstein gesetzt. Ein merkwürdig Ding. Zeigt aber, wie sehr etwas in uns auf Vollendung gerichtet, immer wieder von neuem, in unscheinbarsten Verhältnissen.

Es hatte Esther also das Dorf verlassen. Briefe hatten wir gewechselt, wie das gewöhnlich gewesen in jenen zeitlichen Zeiten. Briefe. Schreiben. Das

Wort schmeckte mir seltsam auf der Zunge. Eines jener Worte, jener vielen Worte, das die jungen Krieger der Kohorten wohl kaum mehr kannten, sicher aber mit Vorstellung nicht zu füllen mehr wussten. Es waren diese aber nicht nur noch möglich, sie waren üblich und erwartet und die Möglichkeit, sich einer Erzählung zu ergeben. Diese Möglichkeit hatte es noch gegeben, und sie ward genutzt. Das Städtchen, in das Esther also gegangen, war einige Stunden Fußmarsch entfernt, und über weite Strecken waren die Wege schlecht dorthin. Führten unbefestigt durch langgezogene, feindlich schweigende, ja drohende Felder, selten an einsamen Gehöften vorbei, die freilich nicht einladender als die Wände des Waldes; es wäre ratsam nicht gewesen, um Rast, Wegzehrung gar nachzusuchen, und ich tat es auch nicht und wollte es auch nicht. Mochten diejenigen, die in den Wäldern wohnten, in Furcht sein vor den Dämonen des Waldes und unter deren Knechtschaft stehen oder geheimnisvoll mit denen im Bunde sein, so sahen sie misstrauisch auf den Wanderer, der in ihre Kreise trat und wieder daraus verschwand.

Ich war damals schon umhergestreift weit. Ziellos aber nur in den Räumen zwischen der Ankunft zweier Briefe Esthers, Nicht-Räumen freilich eher, in denen, der Not nach, etwas geschehen musste, weil so eben die Ordnung, doch war dieses, was also geschah, unsinnig für mich oder gleichgültig im besten Falle. Stets hatte Sorge ich getragen, dass Esther wusste, wo ein Brief von ihr mich erreicht, und Sorge auch, große Sorge hatte mich getrieben, diese vorbezeichneten Orte zu erreichen, überpünktlich, gequält und erbittert manchmal dort wartend, und wie oft hatte ich vergeblich dieses getan. Es hatte in den Dörfern und Städtchen, die ich so angelaufen, wohl nicht oft, doch immerhin, ein Mädchen gegeben, das sich interessiert für den fahrenden Sonderling und abgeneigt nicht, die Nacht mit ihm zu teilen, wenn der sich zugänglicher gezeigt um ein weniges. Doch hatte ich es keinmal in Betracht auch nur gezogen. Vieles mochte mir auch gänzlich entgangen sein. Hatte sich später, viel später, wieder in Träumen gemeldet oder aus Fetzen und Fäden komponierten Erinnerungen, die schmerzlich mir gewesen. Es schmerzt das Ungelebte, wie das Unvollendete bleibt und ebenso schmerzt, und da Ungelebtes nicht mehr zu leben ist und Unvollendetes selten zu vollenden, sammelt sich der Schmerz. Doch ist er zwar da, wird aber selten und seltener spürbar. Manchmal wusste ich freilich nicht, ob gut dieses war, dass der Schmerz, wiewohl wachsend seiner Natur nach, nicht mehr schrie wie ein hungriges Kind. Manchmal, so dachte ich, mochte gut es sein, Schmerz zu spüren, anstatt nicht ihn zu spüren, da er ohnehin da.

Alle diese Briefe aber, die von Esther mich erreichten, las ich falsch. Später, viel später, als ich imstande, sie wieder zu lesen, wollte ein Schatten mir erzählen, dass anders ich sie auch hätte deuten können. Doch war dieses vielleicht wieder eine Deutung, die später ich verwerfen würde, und was änderte es am Ende, als ebenjenen Schmerz des Ungelebten wachsen zu lassen.

Manche dieser Briefe zitierten mich dringlich herbei. Ich folgte immer. Durch die Wälder und über die Flüsse, an den ungastlichen Dörfern vorbei, jagend und gejagt. Stets kam ich voller Glück, stets ging ich zerrissen. Die Unglücke, wegen derer ich gerufen, waren meist schon verflogen, waren Trübungen gewesen, und nie hatte das, was geschah oder nicht geschah, meinen sich wie Gewitterwolken türmenden Fantasien standgehalten. Doch wie auch wären diese Fantasien zu stillen gewesen? Durch Kuss und Verkehr wohl eine Weile. Aber wohl nur so lange, bis Durst wieder brannte nach etwas, das nicht zu bestimmen.

Wo aber war der, dem Esther sich anversprochen, was so unverbrüchlich mir schien? Er war selbst schon gegangen an anderen Ort und ordnete neu sich. Beschlief Esther aber noch wie sie ihn. Bis dann dieses vorbei und beide andere beschliefen. Der Ordnung nach.

Mochte aber auch sein, dass um und an und in Raahael Veränderung gar nicht war. Dass lediglich ihr Ausspruch, mit wem alles das Lager sie geteilt in dieser Siedlung, einen neuen Blick auf sie mir geöffnet, einen Blick, der unwillkommen mir war durch und durch. Selbst schuld freilich, wer Blindheit sich selbst auferlegt, Unheil dem, der der Blindheit bedürftig. So wie ich es wohl war in vielem, denn es schützt ja die Blindheit auch, so lange zumindest, bis schützen sie nicht mehr kann. Oder soll. Wehe dem freilich auch, dem die Blindheit genommen, obwohl ihres Schutzes er noch bedarf. Anders als jungfräulich konnte Raahael ich mir nicht vorstellen, auch jetzt nicht, und ich ertappte mich beschämt dabei, dass ich an ihrer Wendung, sie habe das Lager geteilt, deutete. Die Vorstellung, sie stöhne in Lust und klammere einen Mann mit ihren Beinen, dass er tiefer noch in sie dringe, peinigte mich. Bewirkte freilich auch wie mit reinigendem Feuer, dass erstmals klar und in unverfälschter Gier ich mir ebendies für mich wünschte. Doch welches Feuer wäre je reinigend gewesen? Kannte ich doch kein Feuer, das nicht verzehrte, und die Feuer, die wir oft abgebrannt, um eine Schneise zu schlagen zwischen uns und die schwarzen Heere, wenn unser Rückzug anders nicht zu decken, hatten verbrannt Schuldiges und Unschuldiges gleichermaßen in gewaltigen Lohen, und den Geruch, die schwarzen Wolken, die schwarze Wand, eine ungeheure Verdichtung hatten wir lange hinter uns noch gesehen. Und war ein Gewitter aufgekommen, hatte es Ruß und Asche auf uns regnen lassen, dass wir verschmiert und gezeichnet von unsrer Tat, von der niemand wusste und niemand hätte sagen können, ob sie eine böse denn eigentlich war. Es wusste niemand von uns ja auch, ob tatsächlich, wie es hieß, aus verbrannter Erde besonders Fruchtbares entstünde. Wir hatten es ja nie gesehen. Denn nie waren wir zurückgekommen.

WAR es noch in den Schlachten gewesen, die wir jenseits des ehedem Donau genannten Flusses geführt, als wir ein solches Feuer, ein nie zuvor gesehenes und niemals mehr danach gelungenes Feuer entfacht? Vielleicht war jenes Feuer der Zenit unserer Kampfkraft schon gewesen. Diesseits des ehedem Donau genannten Flusses war uns ein solches Feuer nicht mehr gelungen.

Es war gegen Ende des Sommers, der trocken gewesen, wie so viele nach ihm. Der Sonnenlauf war schon kurz geworden und tief, in der Kühle des Morgens hatte man Herbst riechen können, der Zug ins Winterlager würde bald begonnen haben. Zwischen uns und den schwarzen Heeren war hügeliges Land gelegen, sanft und ohne jede Schroffheit. Mochte sein, dass hie und da Getreidefelder noch wogten, doch konnte sich das mir vermischen mit Bildern aus zeitlicher Zeit, denn eigentlich konnte kaum es so gewesen sein. Ein Städtchen, ein größeres Dorf eher, kaum versehrt noch von den Gefechten dieser Nicht-Zeiten, lag in einem der Täler, eingefasst von mächtigen Wäldern. Hell waren die Häuser, der Turm des Hauses jenes Herrn überragte alles von der Mitte her, gebieterisch und Schutz zugleich verheißend, wie es wohl gewesen war, seitdem er erbaut. Noch hatten die Häuser hölzerne Fensterläden, und wie Tupfer waren in mein Gehirn ihre Farben gemalt, dieser erinnerte ich mich und an vieles andere nicht. Ich hatte Befehl gegeben, die trockenen Wälder zu entflammen an verschiedenen Stellen. Fast voller Wollust, so hatte mir scheinen wollen, hatten sich die dürren Bäume den Flammen hingegeben, und so war eine Fülle, eine gewaltige Fülle an Feuer über das Städtchen gekommen, eine letzte, nie ersehnte Fülle. Wie vom Irrsinn gepeinigt hatten die Bewohner versucht, noch den Flammen zu wehren, aber vergeblich war es gewesen. Der Turm des Hauses jenes Herrn brannte wie eine Fackel, sein hohes spitzes Dach war eingestürzt, das steinerne Gemäuer, schwarz und zugleich wie glühend, war stehengeblieben jedoch. Die Bewohner, oder jene davon, die es noch gekonnt, waren von unauslöschlichem Schrecken geflohen, wimmelnd, wie aus einem Ameisenhaufen, den der Huf eines Pferdes zerstört nebenbei. Und hatten wohl, zersprengt schnell, die großen marodierenden und herumtreibenden Haufen, die bereits umherzogen, vergrößert.

Lange hatte es gebrannt, lange. Ob es uns genutzt im Kampf gegen die schwarzen Heere, wer mochte es sagen? Wir hatten bedeckt uns gefühlt vom Feuer stets. Doch ob die schwarzen Heere dieses kümmerte, wollte ich seither nicht mehr denken. Ich hatte, nachdem die Feuer erloschen, Marsch ins Winterlager befohlen. Ungewöhnlich früh, wie es dem einen oder anderen Hauptmann erscheinen mochte, doch hatten wir es stets so und dann wieder anders gehalten.

Schrift im Sand

Raahael also hatte, leichthin und heiteren Sinnes, dem Ältesten die Kladde aus den Händen genommen, und es schien fast, als wäre der Älteste froh, eine Last weiterzugeben. Eine Last, die wohl kaum in der Chronik selbst begründet, denn immer war, der von Raahael so genannten Bescheidenheit zum Trotz, der Stolz des Ältesten auf ebendiese Chronik spürbar gewesen. Last wohl eher, dass er sich, vom Weiser, von Ludo, von uns allen, bedrängt sah, uns mit Geschichten zu dienen aus einer Chronik, die dafür nicht gemacht sein mochte. Wofür aber dann wohl. Wozu Aufzeichnungen, die uns dann zu Geschichten nicht wurden? Wozu freilich überhaupt Aufzeichnungen, die in zeitlichen Zeiten so reichlich gefertigt und nach denen fraglos wir uns sehnten, als könnten sie uns wärmen in diesen Nicht-Zeiten? Hatten nicht gehindert, dass die zeitlichen Zeiten in diese Nicht-Zeiten verdunstet waren. Wie auch? Waren ja Dinge, die nicht im Mindesten verknüpft. Vielleicht gar hätte uns die verdorbene, wüste Lust daran, das Leben aufzuzeichnen, Warnung sein sollen. Doch war dies ein vollkommen müßiger Gedanke. Am Ende mochten die Aufzeichnungen und die Lust daran mit unserem Schicksal so wenig zu tun haben wie alles andere aus unserem Erleben in zeitlicher Zeit auch.

Raahael, heiter, nahm diese Last gerne wohl auf sich. Es schien ihr keine zu sein. Sie schien belebt, gesprächig, zu Hause. Einmal habe sie, auf ihrer Wanderung von den Stämmen im Nordosten überrascht von frühem Wintereinbruch, hier das gehalten, was Winterlager wir nennten. Aufnahme habe sie erfahren dürfen und die Wärme der Siedlung und des Ältesten. Als eine Tochter sei sie angesprochen worden. Und in den Nächten, die hier so lange wie in Winterlagern andernorts, doch behaglicher, gleichmäßiger ohne Zweifel, seien die Gestalten aus den oft dürren und lediglich das Äußere notierenden Geschichten hervorgetreten und hätten, an der Grenze zwischen dem Licht des Kaminfeuers und der dunklen Weite des kalten Raumes, ganz so wie jetzt, zu leben begonnen auf eigene Weise und eine solche, die über das in der Chronik Beschriebene wohl weit hinausreichte, dem oft sogar widersprach. Aber was sollte es? Dass Geschichten und Beschriebenes nie als bündig zu verstehen, lehre schließlich der Weiser.

Damit nahm Raahael ein Blatt – oder waren es deren zwei? –, das weit über die Hälfte der Chronik hinaus eingereiht war in diesem mächtigen Konvolut, das sich selbst fortzuzeugen schien von einem dünnen Blatt zum anderen, bis diese mächtige Schicht entstanden, die mir den Aufbrüchen der Erde gleichen wollte, an denen wir oft vorbeimarschierten. Die gewisse Aussicht, dass wir selbst hier würden niedergelegt werden, sobald wir die Siedlung würden verlassen haben, wollte mir nicht recht behagen. Wiewohl es uns doch immer auch darum gegangen war, Spuren zu setzen und zu hinterlassen. Aber ging es mir jetzt noch darum? Und wenn nicht: Worum ging es mir dann? Mochte Winterlager Klarheit schaffen. Aber welche Erwartungen hatten wir an Winterlager schon gerichtet, und waren sie je erfüllt worden?

Ob Raahael zufällig diese Blätter herausgezogen, ob einer Eingebung folgend oder mit Berechnung, ich hätte nicht es sagen können, als ich daneben saß und auch in der Nacht nicht, in der ich mich, mich der Träume erwehrend wie stets, dann unruhig fand.

Es sei also hier, ein Beispiel für viele, der Bericht niedergelegt von einem jungen Mann, der eher noch ein Jüngling war, so wie die junge Frau, die ihn begleitet, eher noch ein Mädchen, ungenommen. Mit dem Mädchen ward der eines Abends mit den Hirten, die hereinzogen, in die Siedlung gebracht. Beide hatten zunächst kaum gesprochen, sie schienen erschöpft und waren offenbar länger umherirrt, abgerissen, hungrig, schmutzig, im Gesicht, am Leib, an der Kleidung und vielleicht auch in Gedanken und Seele. Es bestehe die Chronik, weshalb sie, Raahael, diese Geschichte ein Beispiel nenne, wohl gemessen zur Hälfte aus solchen Berichten von Herum- und Hereinziehenden, die eine Weile geblieben, die Spuren und Eindruck hinterlassen oder eben keine, spurlos verschwunden waren wie sie ankündigungslos gekommen, vergessen schon fast, wenn der Horizont sie noch kaum aufgesogen, jedoch getreulich als (wenn auch dürrer) Bericht in der Chronik vermerkt und so dann wieder als winziges Fädchen zu Geschick und Geschichte selbst der Siedlung beitragend. Am Ende gehe ja nichts verloren, es wirke, beeinflusse, ein Tropfen sei nichts, die Frühlingsregen, aus Tropfen summiert, aber alles und damit der Tropfen wieder unentbehrlich und von eigenem Range.

Es sei in der Chronik nun verzeichnet, dass die beiden in die Siedlung geführt, doch nur als ein Vermerk unter mehreren, die dem Chronisten von Bedeutung. Es hatte in jenen Läuften das Vieh der Siedlung wohl eine seltsame Krankheit befallen, einer Seuche gleich, doch gänzlich ohne Beispiel, gerade die kraftvollsten, die strotzendsten Tiere brachen jäh auf der Weide zusammen und verschieden in schäumendem Todeskampfe, brüllend, blutend aus den Mäulern und allen Öffnungen des Leibs, Wasser in unnatürlicher Menge von sich gebend, stinkend, überströmt. Man hatte derlei nie gesehen und wusste nicht ihm beizukommen. Stets also, wenn die Sonne sich neigte, war banges Erwarten unter den Zurückbleibenden, wie viele diesmal wohl fehlen würden. Es machte ja die Anzahl des Viehs einen guten Teil des Wohlstands und der sicheren Behaglichkeit der Siedlung aus. Dazu war in den Nächten zuvor eine Dienstmagd, selbst der Siedlung nicht entstammend, geschändet von ihrem Herrn. Es war dergleichen zuvor nicht in der Chronik verzeichnet. Nicht wohl, weil es nicht geschehen. Sondern weil erstmals jene Magd es herausgeschrien. So war Zweifel und Ärger unter den Ältesten, wie zu verfahren. Dass der Bauer die Magd ins Lager sich gebeten oder geholt oder gezwungen, seit sie erschienen, war anstößig niemandem gewesen. Wie auch sonst niemandem anstößig, wenn vielfaches Stöhnen der Lust in den Nächten aus den Behausungen drang. Es paarte sich notwendig das Vieh, es paarte sich der Mensch, zum Nutzen, nicht zum Schaden. Die Magd also nun störte diese Ordnung, und in vielfältigen Betrachtungen erging sich der Chronist. So war die Ankunft der beiden fast am Rande vermerkt, und wen wollte es wundern. Die beiden waren länger geblieben, als wohl gedacht oder beidseitig geplant, so die Chronik, es hätten beide sich nützlich gemacht, der Mann insbesondere um das Vieh, die Frau in allerlei praktischen Einrichtungen, die hierorts unbekannt gewesen, und dann seien sie verschwunden, und niemand hätte ihr Fortgehen in der wohl letzten Stunde tiefer Nacht bemerkt. Kurz darauf sei auch die Magd, der man indes Schweigen angeraten, Zufall oder keiner, in Verbindung mit dem Paar oder nicht, mit ihrem Sohn, den schon mit sich sie geführt, als sie gekommen, weitergezogen oder der Siedlung entflohen. Habe aber der Bauer aus dem Heer der Streunenden eine neue gefunden für Stallungen und Haus am Tage und das Bett zur Nacht, mit welcher manche Söhne und Töchter er noch gezeugt, von denen einer, der gewöhnlichen Erbfolge zum Trotz, den Besitz übernommen.

Dass aus dieser Linie, sie dürfe es wohl, so Raahael lächelnd, sagen, der heutige Älteste entstamme. Der Älteste bestätigte es, lächelnd gleichfalls, mit einem Nicken.

Es seien dies also, so Raahael weiter, die verzeichneten und bezeichneten Markierungen vom Kommen, Wirken und Gehen. Zwischen denen sich freilich demjenigen, der sehen könne, dünne Fäden spannten ohne Zahl, farbig, ein Netz, ein Tuch webend, eine Geschichte spinnend, die so sein könne und anders auch.

So möge denn, so Ludo, uns Raahael mit jener Geschichte in die Nacht entlassen, die ihrem Gesichte gemäß. Er, Ludo, zweifle nicht, dass diese die jetzt und für die Nacht Gegebene sei, denn manches verspräche der Auftakt. Gewiss werde diese Geschichte sich angenehm auf dem Lager weitermalen lassen, in jenem Dämmerland, da man nicht wach mehr war nach des Tages Art, doch noch nicht schlief, wie es die Natur befahl, und wer konnte wissen, ob die Träume davon nicht belebt, ob wiederum angenehm oder nicht, das würde man sehen. Ludo, der Fahrensmann, der Kriegsmann. Von einem Dämmerland hatte ich nie ihn reden hören. Es war auch hier Raahael wohl, die diese sonderbare Wirkung ausübte.

Wie denn die Geschichte wirken werde auf jeden einzelnen von uns, könne sie, Raahael, nicht sagen. Wie es sich mit der Geschichte, wie mit allen anderen, auch anders verhalte. Zumal sie die Geschichte, wie dem Wesen von Geschichten gemäß, selbst nicht sehe. Einzelne Fäden daraus, die sich wohl für Unkundige und jene, die sich leicht zufrieden gäben, zum Anschein einer Geschichte würden flicken lassen, die sehe sie wohl. Es sehe jeder von uns solche Fäden, der eine vielleicht mehr, der andere weniger, manche der Fäden würden wohl von den meisten von uns gesehen, andere nur von wenigen oder jeweils nur einem. Doch umso dichter die Fäden geknüpft, desto wahrer die Geschichte für uns alle. Weshalb sie uns einlade und bitte, die Fäden gemeinsam zu verknüpfen. Nicht sie könne, nicht sie solle erzählen, wir alle müssten es tun. Doch wolle sie beginnen, da sie nur für diesen Abend mit des Ältesten Erlaubnis über die Chronik gebiete. Über die Geschichte, welche sie gefunden, habe sie selbst, seit sie mit uns ziehe, mannigfach nachgedacht.

DIE Geschichte des Paares, wie Raahael sie begann: Es waren die beiden, sichtbarlich erschöpft, froh gewesen, nach wohl lange dauerndem Herumirren, Rast, Aufnahme für eine Weile finden zu können. Dass Fremde durch die Siedlung kamen, war hier, nahe der Furt durch den Fluss – sei diese auch nur eine der Tradition gemäß, nicht der Notwendigkeit wegen benutzt, denn der Fluss war aufwärts und noch lange abwärts seicht genug, ihn gefahrlos zu überwinden – nichts Seltenes. Viele, die jenseits des Flusses zu vielfältigen Zwecken zu handeln hatten, nutzen wohl gerne auch die Siedlung, sich zu rüsten, die Vorräte zu ergänzen, zu schlafen. Denn es stand jenes Gebiet, weit vor dem Heraufziehen der schwarzen Heere, im unklaren Ansehen, gefährlich, in jedem Fall unwegsam und dem Wanderer nicht freundlich zu sein. Ohne dass jemand, so er danach gefragt, Genaueres hätte berichten können. Ein Ansehen, ein Gerücht, das sich fleißig und während fortzeugte.

So häufig wiederum war die Ankunft Fremder wiederum auch nicht, dass der Einzug des Paares Beachtung und Auflauf nicht gefunden hätte, nachdem man sich des Viehbestandes versichert hatte. Misstrauen war auch darunter, wie es die Wohnenden den Wandernden entgegenbringen der Ordnung nach, und jetzt nun gar, da das Leben der Siedlung in Unordnung geraten mächtig und ihr Fundament zu wanken schien.

Es waren aber die Verluste an Vieh, hoch genug, zwar nicht gestiegen, aber in Summe dem vorigen Tag entsprechend, darunter allerdings, schmerzlicher noch, einer der kraftvollsten oder kraftvollst scheinenden Stiere der gesamten Herden. So war man denn gereizt genug ob eines rätselhaften Geschehens, dessen Wirkungen man fühlte, dessen Ursachen aber dunkel, so dass Gegenwehr nicht möglich, was, wie menschlicher Sitte es entsprach von jeher, düstere Ahnungen und deuterische Spekulationen mehr und mehr schlingend wuchern ließ unter den Bewohnern und Wissen, Vermutungen, Phantastereien und Ängste zu einem Knäuel verknüpften. Das Verhalten des Paares, einsilbig, ausweichend oder gar schweigend nach dem Wer und Wohin Auskunft gebend, war wenig dazu angetan, diese Gereiztheit zu dämpfen. Wenig hätte gefehlt, sie aus der Siedlung zu vertreiben oder ihnen gar Gewalt anzutun. Doch hatte der damalige Älteste sänftigend gewirkt, auch hatte wohl der Augenschein, dass von diesem jungen Paar, abgerissen wie es war, Gefahr wenig ausgehen konnte, am Ende die Oberhand gewonnen, und so hatte man den beiden eine aufgegebene, halb morsche Kate zum Nachtlager angewiesen. Auch ein Mahl gestand man ihnen zu, nicht erwartend, dass sie es bezahlen würden. War zwar der Sinn der Einwohner auf Lebenserwerb gerichtet, so doch nicht auf Einkommen oder dessen Anhäufung an erster Stelle. Die beiden hatten Mahl und einfachen Trunk hastig und ohne Rest, doch gesittet zu sich genommen. Immerhin hatte der Älteste, der zugegen, aus dem Munde des Mädchens noch erfahren, dass seit der Frühlingsgleiche sie unterwegs, da nun sie hier eingetroffen die Sonne der Herbstgleiche sich näherte. Dass auf Wanderschaft unklaren Ziels sie seien und sie sich zuletzt in den Wäldern verirrt. Dass die Hirten, auf die sie gestoßen, erste Menschen seit langem, dieses Mahl erstes vollständiges beinahe seit ihrem Auszug.

Es war nicht viel, was das Mädchen berichtete. Der Älteste fragte nicht nach. Der Mann war schweigsam fast vollständig geblieben, die kurzen Bemerkungen des Mädchens mit unartikulierten Lauten bestenfalls bestätigend. Gleich nach dem Mahl hatten sich der Jüngling und seine Begleiterin ohne Zeichen auf das Lager begeben und waren sofort eingeschlafen. Der Älteste fand sich immerhin erinnert, dass für das Fest der Herbstgleiche, das in der Siedlung bescheiden gefeiert, einiges noch vorzubereiten. So es denn überhaupt stattfinden sollte angesichts des Unglücks, das das Vieh befallen.

RAAHAEL schwieg. Eines der Mädchen hatte Holz nachgelegt, und das Feuer prasselte neu empor. Die Geschichte Raahaels tat Wirkung, wie eine Geschichte tun soll. Raahael saß, die Arme um die angezogenen Beine verschränkt, sie hatte leise, doch angenehm, manchmal stockend gesprochen, den Blick in das Feuer zumeist gerichtet, solange es gelodert. Ich sah Raahaels nackte Füße erstmals, die Fesseln freilich blieben von dem Kleid verborgen, das sie in ihrer Haltung eng an sich gezogen.

Die anderen hatten sich gelagert, wie es der Bequemlichkeit des Körpers gerade diente, den Geist in wohliger, zielloser Ermattung, der Geschichte folgend oder von manchem Punkte abirrend, mit eigenen Erinnerungen und Bildern verknüpfend, wieder zurückkehrend, anstrengungslos, in einem Fluss, dessen Ufer nicht näher bezeichnet.

In das Schweigen hinein ergriff Mirjam das Wort, umstandslos, an Raahael in so ähnlichem Tone anknüpfend, dass es mir träumerisch eine Stimme zu sein schien am Anfang. Mirjam, die auf dem Marsch, seit auf unserem Hügel ich sie beschlafen, mir aus den Augen beinahe geraten. Der Gedanke an Nathanael musste in den Sinn mir kommen, den Vermissten, den Entbehrten, den Umsorgten, und dass so vieles offen, so vieles zu tun, während vor diesem Kamin ich saß und mich Geschichten hingab, deren Nutzen zweifelhaft mir bleiben würde, sobald sie geendigt. Doch blieb ich, wie die anderen blieben, wie Ludo, der Weiser, die Hauptleute, der Älteste und die Mädchen. Von denen eines, nachdem es das Feuer neu entfacht, sich jetzt neben mich gesetzt, selbstverständlich und achtsam. Mochte aber sein, dass ich mir dieses nur wünschte oder der Wunsch selbst es war, der mir dieses Gaukelbild anzauberte.

Es hatten, so also fuhr Mirjam fort, die beiden sich vom nächsten Morgen an in das Leben der Siedlung eingefügt, das mit erstem Licht begann wie von jeher. Zeigte sich, dass die beiden mit der Lebensweise vertraut. Zeigte sich aber auch, dass die beiden darüber hinaus über Erfahrungen und Kenntnisse verfügten, die der Siedlung gefehlt oder den Menschen dort so kaum bekannt. Unklar freilich blieb, in welchem Verhältnis die beiden zueinander nun standen. Geschwisterlich schien es den einen, von gemeinschaftlichem Schicksal gezeichnetes den anderen, das eines Paares, das sich von der Welt abschloss, wiederum den nächsten, und wechselten diese Ansichten, die ein jeder hatte, und durchmischten sich in rascher Reihenfolge, und war es wohl sehr davon abhängig, wer mit welchem Blick auf die beiden schaute. Denn nicht ausbleiben konnte, dass die jungen Burschen der Siedlung mit begehrlichen Blicken, verstohlen oder weniger verstohlen, auf die junge Fremde sahen, und mochte die Frau durch manche Träume gezogen sein, da sie hier war und erst recht vielleicht, da sie, in Kurzem ja schon, wieder verschwunden wäre.

Es war die Frau unbefangen und heiter, nachdem sie sich schnell von ihrer Erschöpfung erholt. Fand sich in Gespräch und Tätigkeit. Erzählte, während sie mit Mädchen und den jungen Frauen in den Ställen, auf den Feldern, in den Häusern dem nachging, was am Abend geendet und im Morgengrauen neu begonnen, seit die Siedlung bestanden, erzählte also von ihrer und des Mannes, den sie Ludovicus nannte, Wanderung. Wie sie kaum vorangekommen in unwegsamen Gegenden und Wäldern, obwohl vom ersten Grauen des dämmernden Morgens bis in den Sonnenuntergang auf den Beinen. Wie sie ja auch nicht gewusst, wie eine Richtung zu halten und welche, da ihnen doch von Beginn an kein äußerer, kein innerer Weiser eine Richtung auch nur deutungsweise gezeigt. Dass sie froh gewesen, ja, glücklich, ja, dankbar, wenn sie selten genug in einem abgelegenen Gehöft aufgenommen für die Nacht, das Misstrauen spürend und von der Ablehnung kostend. Wie sie bald in Zweifel, ob diese Wanderung eine Sendung, eine Bestimmung oder eine Flucht nicht vielmehr sei. Flucht aber freilich wovor? Und so war der Beginn so unklar wie das Ziel.

Dennoch sei sie, anders als Ludovicus, sicher, ihrer Bestimmung entgegenzugehen. Wenn man seine Bestimmung überhaupt erkennen könne. Es sei denn, man erzähle sich Bestimmung rückblickend zurecht. Mochte sein, dass schon ihre Ankunft in dieser Siedlung und mit ihr der sichere Weggang, der ja folgen würde und folgen müsse, diese Bestimmung seien. Was heiße Bestimmung anderes, als wirkend zu sein? Und auf eine Wirkung, die man kenne, möge es deren zehn geben, die unerkannt blieben. Selbst Situationen und Umstände und Menschen mochten einem selbst und anderen so flüchtig und unerheblich scheinen, dass man sie rasch vergessen, da doch etwas anders geworden war in einem selbst, in anderen Seelen, selbst in belebter, in unbelebter Natur.

Es sei ja schon das Wort Bestimmung eigenartig, sagte die Frau – und Mirjam nannte Agdala sie nun –, während sie wohl Mahl bereitete mit anderen, Kleidung besserte, Schuhwerk fertigte. Den meisten der Mädchen und jungen Frauen waren die Erzählungen und Überlegungen Agdalas wie Singsang, willkommen, kaum verstanden, Fragen aufwerfend manchmal, Ablehnung der Sesshaften gegenüber den Wandernden provozierend hie und da, doch gutmütig und ein wenig herablassend aufgenommen insgesamt. Waren wohl aber ein oder zwei Mädchen, die hinter den Worten Agdalas anderes spürten.

Es sei also schon das Wort Bestimmung selbst eigenartig. Es heiße ja, dass nicht in einem selbst das liege, was Bestimmung bedeuten könne. Dass es ein anderer, etwas anderes festgelegt habe. Könne man dann aber etwas dazutun, Bestimmung zu finden oder zu vollenden.

Der Priester, der sie gesandt, habe das Wort gerne gebraucht und gewendet und geschmeckt. So man von Sendung sprechen könne, denn es habe diese ja nicht stattgefunden der Regel gemäß, habe nicht stattfinden können zum Fest der Frühlingsgleiche und dem Opfer des Stiers, da dieses Fest und die Opferung so gewalttätig entglitten. Es war der Priester schon immer dagewesen, solange sie sich erinnerte. Kaum jemand, keiner im Dorf konnte sich überhaupt erinnern, dass er nicht schon immer dagewesen sei. Es war – anders als viele Priester im weiten Umkreis und tief im Land – ein weißer Priester gewesen. Dem Leben im Dorf gegenüber. Nicht durch Mahnung und Drohung, aus eigennützigem Selbsterhalt und durch Selbsterhöhung Einfluss nehmend. Nur durch die Erzählungen und Geschichten aus jenem Buche jenes Herrn, die er, der stets einen kleinen Kreis älterer und einen noch kleineren Kreis jüngerer, aus denen die zu Sendenden ausgewählt, deutete, auseinandernahm, neu zusammensetzte, in Leben und Geschehen des Dorfes einfügte, dem Leben und Geschehen des Dorfes entnahm.

So sei auch diese Sendung ein Brauch gewesen, dessen Herkunft unentwirrbar und dessen Wurzeln tief gründeten sowohl in den uralt überlieferten Bräuchen des Dorfes wie in jenem Buch mit seinen Erzählungen, und wer wusste, wo sonst noch. Es wachsen die Stämme sichtbar und wuchtig oft, doch mit ihnen die Wurzeln: Was nach oben wächst, wächst tiefer noch nach unten und sucht sich neue Gründe in Dunkel und Unsichtbarkeit, so gibt es nicht den einen Grund und keinen bleibenden.

Es hatte also der weiße Priester, wenn das Fest der Frühlingsgleiche nahte und mit ihm die Opferung des Stiers, stets jene Erzählung aus dem Buche jenes Herrn entgegengesetzt, da der Vater den Sohn, den spätgeborenen, längst schon nicht mehr erhofften, zu opfern angewiesen ward und der Vater, dem Nachkommenschaft ohne Zahl versprochen gewesen, sich mit dem Sohn auf den Marsch machte, dieses fraglos und klaglos zu erfüllen. Wer könne solches fassen, solange er darüber denke? Das Ansinnen selbst und dessen Befolgung, den Befehl aus unerschöpflicher Tiefe und den gleichsam jegliches Maß übersteigende Gehorsam? Wie dann aber, geschliffenes Eisen schon an der Ader des gebundenen Sohnes, die Schlachtung schon vollzogen im Geiste, einen einzigen Zug mit der Hand noch entfernt, der Befehl aufgehoben und ein Widder im Busch zum Ersatz gewiesen und bestimmt, wie es denn geschah. Wozu aber noch der Widder, wenn nicht zum Heil für den Vater selbst? Denn was wollte jener Herr mit dem Widder? Der Vater aber musste zu seiner eigenen Befriedung und Befriedung Opfer nun bringen, da er auf den Weg sich schon gemacht, und so dienten die Opfer, die freilich vollzogen werden mussten, stets den Opfernden selbst, nie welchen Herren auch immer. Anders immerhin, wenn das Opfer anderen, denen der Nutzen für die Opfernden gleich war, zugutekam, das mochte jenem Herrn anders gefallen als ein Widder und selbst ein Sohn. Wer aber hatte je an den Sohn gedacht, da der sich mit seinem Vater auf den Rückweg machte von jener Opferstelle, der er, der Sohn, entkommen?

So sei denn, so hatte der weiße Priester geendet, die Opferung des Stiers ein Seitentrieb – kein glücklicher, kein fruchtbarer! –, tiefen Wurzeln wiederum entsprossen, die Opfer und Gehorsam und Bestimmung zu einem Urgrund machten, der wiederum aus uns selbst nicht stammte.

SOLCHERART waren die Reden Agdalas, wie sie Mirjam erzählte, wohl aber nicht in einem Zuge, sondern von der Besprechung manch alltäglicher Begebenheit unterbrochen und Scherz und Gelächter, denn auch wenn Agdala gesandt und ihrer Bestimmung folgte oder diese suchte, so fügte sie sich doch ein und war eine junge Frau und mochte die anderen jungen Frauen und Mädchen und wurde von diesen wieder gemocht. Bleiben also hätte sie können leicht und wollte es vielleicht auch und erwog es in ihrem Herzen.

Unter den Mädchen, die enger sich an Agdala geschlossen, war eine, der Agdalas Erzählungen von Opfer und Bestimmung nahegegangen. Hatte diese, nach Art der Jugend, auf sich bezogen, wie ein verstreutes Samenkorn wohl aufgeht in dunkler Spalte, nutzlos aber bleibt, da die Ernte des einen Halms den Aufwand nicht lohnt. Das Mädchen hatte früh genommen und früh sich nehmen lassen, mit Furcht zuerst, dann mit Lust, schließlich mit Gier, nicht mit einem, sondern mit etlichen der jungen Burschen der Siedlung, und schließlich hatte es, da es seine Lust zu leben ohnehin willens, Vergünstigungen, Bezahlung erst angenommen, dann gefordert. Es war nichts Seltenes in der Siedlung, dass die Mädchen und Burschen früh den Geschlechtsverkehr übten, und es drohte ihnen keiner, es wurden auch, abgeschieden, die Mädchen unterrichtet, wie Befruchtung zu vermeiden und wie die Burschen anzuleiten, Lust und Befriedigung ihnen zu schaffen. So weit dieses. Doch war wie überall sonst erwartet, dass im Verborgenen dieses zu geschehen habe, da jeder vorgeben konnte, nicht zu wissen, wiewohl er doch wusste und es großenteils anders nicht gehalten hatte und oft noch immer hielt, sei es wie jener Bauer, der jene Magd als Zweitfrau genommen oder geschändet, seien es jene Frauen, die, den immer gleichen Übungen des ehelichen Bettes entfliehend, neu nach Lust verlangten und diese auch fanden. Doch war das Hurenhafte des Mädchens kaum mehr unter dieser von allen straff gezogenen Decke zu halten, und so wie sich jene Magd als geschändet bezeichnete öffentlich und so Unruhe ausgelöst in der Siedlung, so, und noch viel mehr, würde es an der streng beobachteten Ordnung der Siedlung rühren, wenn eine Hure nicht nur bekanntermaßen, sondern eben öffentlich darin lebte. Dabei war der Unterschied gering. Mochte aber sein, dass dieses den Kern der Unruhe und den Quell des Abscheus erst ausmachte.

In dieser Lage also war das Mädchen, das sich kaum einer Schuld bewusst, seine Stellung im feinen Gefüge der Siedlung aber bedroht sah und dies, wie das Mädchen seinem Alter gemäß als sicher annahm, unwiderruflich und auf immer, von Angst getrieben und von Trotz erfüllt zugleich zu Agdala gekommen, von der es Rat und Zuspruch und Bestätigung erhoffte. Denn es phantasierte nun das Mädchen, dass es seine Bestimmung als Hure, unterwegs von bald an zu leben und so das ihm bisher scheinbar vorgezeichnete Leben in der Siedlung zu opfern.

Agdala hatte dem Mädchen, dem dies wohltat, still zugehört. Dann hatte Agdala das Mädchen geküsst, tief. Ihm schließlich erzählt, dass noch nie sie, Agdala, genommen und genommen worden. Nicht, weil sie es nicht wünschte. Sie wüsche es, wisse aber in manchen Augenblicken wieder nicht, ob sie es wünschte. Mit Ludovicus habe sie auf der Wanderung manche Nacht unter dünner Decke verbracht. Wohl habe sie gesehen und oft auch gespürt, dass der Phall Ludovicus sich mächtig und hart ihr entgegengereckt. Doch hätten er nicht und sie nicht weiteres unternommen. Obwohl sie selbst voller Gier gewesen, wie Ludovicus sichtbar es war. In den Nächten, wenn Ludovicus sie schlafen glaubte, sei der dann, mit unterdrücktem Stöhnen, seiner Lust gefolgt, und manchmal sei sein Samen von großer Fülle heiß ihre Schenkel hinab gelaufen. Es sei schwer für sie gewesen und werde schwerer. Je mehr sie wünsche, die Lust zu leben, desto weniger sei es ihr möglich. Wiewohl, sie wisse es wohl und habe stets es gewusst, seit sie die Kinderjahre verlassen, ein Mangel an Gelegenheit nirgends sei, nicht andernorts, nicht hier in der Siedlung. Sie glaube, wisse daher, dass sie, Agdala, dem Mädchen raten kaum könne. Sie beneide es eher. Nähme lieber in Kauf, als Hure angesehen, denn ungenommen zu sein, anders als die meisten, fast alle Mädchen und jungen Frauen. Doch immerhin möge das Mädchen wissen: Sie, Agdala, glaube in diesen Fällen, die in uns und an uns lägen wohl, wie immer auch entstanden, gleichwohl an Bestimmung und an Opfer nicht. Sie glaube, dass eine Bestimmung ihrer harre und dass Opfer von ihr verlangt. Worin diese Bestimmung liege, wisse sie nicht und werde es vielleicht nie wissen. Ihre Jungfräulichkeit aber sei nicht Verzicht und nicht Opfer. Sie sei mitgesandtes Unvermögen. Ein Seitenzweig, unfruchtbar, eine Luftwurzel, wie es Seitenzweige, Luftwurzeln eben manchmal gebe.

Das Mädchen also, so schloss Agdala, tue gut, Bestimmung nicht zu sehen, wo Bestimmung nicht sei und nicht sein könne. Es möge seine Lust weiter leben. Neu leben. Doch in der Siedlung und dem Leben der Siedlung gemäß. Zwar sei sie selbst, Agdala, nur um ein weniges älter. Doch wisse sie freilich und sei zuversichtlich, dass undurchdringlich Bedrohliches sich auflöse, scheinbar unabänderlich Stehendes abfließe mählich, kaum merklich, doch stetig, Wände sich als Nebel entpuppten, hartnäckige Nebel oft, doch mit dem Steigen der Sonne unweigerlich sich auflösend. Alles löste sich auf. Wir merkten es oft nur nicht. Und gelte selbst das Mädchen als eine Hure für eine Weile, wer mochte am Ende schon wissen, wofür dieses gut und was es bewirke? Immer komme es darauf an: was es bewirke und am Ende daraus wachse.

So war das Mädchen, das später, viel später und aus anderen Gründen, die Siedlung dann tatsächlich verlassen – wiedergekehrt aber und Mutter dann eines starken Zweigs der Siedlung –, zur einzigen geworden, die um Agdalas Jungfräulichkeit, von jener als dunkler Makel empfunden, wusste, und zur Bewunderung, die das Mädchen für Agdala ohnehin gehegt, war Zärtlichkeit hinzugekommen.

SO HATTE Mirjam erzählt. Nie zuvor hatte sie so erzählt. Raahael sah ich immer noch an, wie ich sie schon angesehen, während Mirjam erzählt. Ohne Regung hatte sie zugehört, und ich konnte nicht ablesen an ihrem Gesicht, ob sie überrascht von dem Fortgang und den Wendungen, die Mirjam der Geschichte gegeben, deren Fundament sie selbst, Raahael, gelegt, ob sie diese Geschichte billigte und für wahr halten mochte, ob sie die Erzählung von Agdalas Jungfräulichkeit erregt, wie sie mich erregt hatte. Mochte aber auch sein, dass nicht die Erzählung von Agdalas Jungfräulichkeit es war, die mich im Ursprung erregt. Mochte sein, dass es die wellenartig an- und hochflutende Gier nach Raahael war. Mochte auch sein, dass die Gier nach Raahael schon immer in mir gewesen, selbst da Raahael noch gar nicht leiblich vor mir aufgetaucht im Hause jenes Herrn am Fuße unseres Hügels – wann war das gewesen? –, dass also diese Gier, Raahael zu besitzen und von ihr besessen zu werden, die Wurzel all meines Denkens und Handelns war von jeher. Wie aber konnte ich von Gier nach jemanden angetrieben sein, der mir noch gar nicht erschienen, dessen Gestalt und Wesen mir unbekannt, der ganz anders, der ganz andere war? Und wie wiederum hatte ich von dieser Art der Gier nichts merken können oder hatte sie nicht benennen können, da sie mich doch angetrieben offenkundig? Es war dies wieder ein Rätsel, denn dieser Gier nach Raahael wollte nicht Befriedigung einer Lust, die zu befriedigen mir doch sonst jederzeit zu Gebote stand. Befriedigung, die ich freilich oft auch abgelehnt, wie mit Laila geschehen. Es war ein Fehler gewesen, ich wusste es inzwischen, Laila nicht genommen zu haben. Aber es war nichts als ein weiterer Fehler, nicht mehr, und am Ende bedeutete es keinen Unterschied, es machten unsere Fehler ja am Ende nichts. Vielleicht, wie sollte ich es wissen, würde kein Unterschied darin sein, wenn Raahael ich und Raahael mich genommen.

Doch erhob sich in mir auch die Frage, warum diese Geschichte aus der Chronik der Siedlung, von Raahael begründet, von Mirjam fortgeführt, sich entwickelte, wie sie sich entwickelte. Es war diese Frage nach der Ursache der Kern all unserer Geschichten und Erzählungen, von denen wir lebten, in denen wir lebten. Es deuteten die Geschichten ja. Aber was deuteten sie, und warum taten sie es, und wie taten sie es? Nicht ein Wort dessen, was Raahael und Mirjam erzählt, war für denjenigen, der las und lesen wollte, warum immer er dies tun wollte, der Chronik der Siedlung zu entnehmen. Doch konnte kein Zweifel daran bestehen – und keiner der Zuhörer zweifelte daran –, dass diese Geschichte und Erzählung wahr war, auch wenn sie wiederum möglicherweise ganz anders erzählt worden, wenn nicht Mirjam auf Raahael gefolgt, sondern Raahael auf Mirjam. Oder ich auf Mirjam. Oder Raahael auf den Ältesten. Oder ich auf den Weiser.

Tatsächlich war es jetzt der Weiser, der das Wort nahm. Eine Weile waren wir schweigend gesessen. Hatten jener Agdala nachgeträumt, die so geheißen haben mochte. Oder anders. Oder überhaupt nicht. Stets nahmen wir bereitwillig an, dass etwas geschehen war, nur weil es, wie hier in dieser Chronik, in der Schrift niedergelegt. Vielleicht, weil uns die Schrift fremd geworden. Vielleicht, weil wir – magisch – hofften, dass etwas geschehen würde, wenn wir daran glaubten, dass etwas geschehen war. Aber welches Geschehen erhofften wir, in diesen Nicht-Zeiten zumal? Worauf wir immer hofften wohl. Die eine große Wende. Die noch nie gekommen, und die nie kommen würde. Denn nicht konnten wir sie erkennen, da wir selbst in dieser einen großen Wende begriffen, solange wir lebten.

ES FUHR nun der Weiser fort, wie aus fernen Gefilden kommend, in ferne Gefilde den Blick gerichtet. Während sich also Agdala, so der Weiser, dem Leben der Siedlung schnell und innig verbunden, war am Rande Ludovicus geblieben. Wohl war er erschöpft von den Umständen ihrer Wanderschaft, aber es konnte diese Wanderschaft alleiniger Quell dieser Erschöpfung nicht sein. So jung war er wie Agdala. Von kräftigem Wesen dem Grunde nach. Doch schienen ihn die Umstände der missglückten Sendung zu grüblerischer Innenschau zu verleiten. Er schien sich selbst beschädigt. Nicht gut ist diese Form der Innenschau. Sie beschädigt erst, was zu erkunden, zu klären sie vorgibt. Was ohne sie nichts ist als klares Sein. Immer lockt Innenschau auf enge Pfade, die nirgendwo enden oder im Nirgendwo einfach aufhören. Gestaltloses Funkeln im Moor, das Tätigkeit hindert, und allein die Tätigkeit am Tage hindert die Innenschau, ein Kreislauf, dem kaum zu entkommen, der sich darin gefangen.

Wer mochte wissen, so der Weiser, ob diese Nicht-Zeiten nicht auch darin begründet, dass zu viele dieser Kreise sich übereinandergelegt, bis eine mächtige Spur in der zeitlichen Zeit entstanden, die dann ebendiese zeitliche Zeit versenkt in einen Urgrund, den zu beschreiben wir nicht in der Lage? Aus diesem Urgrund wieder mochten erstanden sein die schwarzen Heere, die uns bedrängten und auf diesen Marsch eher wohl geführt als gezwungen. Aus einem Urgrund, in dem sie gewesen vor allen zeitlichen Zeiten und allen Nicht-Zeiten zugleich. Wer könne dies erfassen mit seinem Verstand? Gleichzeitig sei es, unabweislich.

Es habe sich aber Ludovicus, so fuhr der Weiser fort in seiner Erzählung, und auch darin mochte verborgen sein eine Wurzel seiner Untätigkeit als Zweitgeborener, dem die Rolle des Erstgeborenen dann zugefallen durch Unglück, schon immer im Kern geschädigt gefühlt auf freilich nicht benennbare Weise. So war er schweigend in der Siedlung umhergelaufen, so er denn die Hütte verließ, ein Fremder, der Fremder blieb, argwöhnisch erst, dann widerwillig betrachtet, wie das Fremde, das Fremdes bleiben will, Argwohn und Widerwillen in uns weckt seit Beginn.

Einen aber gab es, einen einzigen in der Siedlung, dem sich Ludovicus geöffnet, ein wenig nur, mit heilsamen Folgen freilich für die Siedlung, ein wenig für das Ansehen Ludovicus', kaum für jenen Sonderling, der eher, als Agdala und Ludovicus längst weitergezogen, unter diesem Geschehen, das sich in der Erinnerung der Siedlungsbewohner dann seltsam verzerrte, mehr zu leiden gehabt.

Dieser Sonderling also. Ein Geborener der Siedlung und als solcher geduldet. Unbestimmbaren Alters, jedoch alt wohl nicht. Allein lebte er am Rande der Siedlung in einer Hütte, kaum besser als jene, in der Agdala und Ludovicus untergebracht. Nicht recht willens oder von Grunde auf nicht fähig, sich dem geordneten Leben der Siedlungsbewohner einzufügen, zur Arbeit auf Feld und Weide, im Wald, bei den Meistern nicht zu gebrauchen, ungeschickt für die niederen Tätigkeiten. Vielleicht wollte man ihn gar nicht dazu gebrauchen, obwohl man seine Nichtsnutzigkeit oft lauthals schalt. Mochte wohl dieses, der stete Anlass für Scheltworte, seine Bestimmung sein und sein Wert für die Siedlung. Ein Narr, gutmütig behandelt zumeist, mit milder Verachtung, die jenen nicht mehr schmerzte, der dieses auf sich genommen.

Da aber auch für Narren die Sonne aufgeht und läuft und ihren Lauf vollendet, so hatte auch dieser Narr sein Werk. Nämlich war er, wie der Älteste der Siedlung, zu dessen Amt die Chronik zu führen nun zwangsläufig gehörte, doch wiederum ganz anders als jener mit der Schrift im Bunde.

Wo andere einen Garten, einen Streifen Land hatten, um anzubauen, was nährte, hatte er ein Geviert, von Holz umrandet, dünn mit Sand bestreut. Da saß er und malte Worte aneinander. Strich eines, viele, alle wieder aus. Bereitete, wenn die Sonne ihren Bogen verließ, die Sandkiste wieder vor, indem er sie wie streichelnd glättete, ausgiebig und sorgfältig. Freute sich auf die Träume und Bilder und Worte der Nacht, um ihre Essenz vom frühen Licht an im Sande neu zu bannen. Nichts tat es ihm dabei, wenn nichts blieb. Manchmal freilich, selten, übertrug er vom Sand den Spruch, der entstanden, auf rares Papier, das er vom Ältesten, der das Papier hütete, in guten Momenten erbeten oder erbettelt. Nicht hätte er zu sagen gewusst, wann und warum er dieses tat. Doch hütete er diese papiernen Zaubersprüche als Schatz, der, so selten er sich mehrte, doch mählich anwuchs.

Diesem also gesellte sich Ludovicus, wenn man Gesellentum diese sonderbaren Zusammenkünfte nennen denn wollte. Willkommen geheißen ward Ludovicus zunächst vom Narren nicht. Seinen Spruchschatz zu hüten und zu bergen war dieser eifersüchtig gewohnt und bestrebt, kaum einer der Siedlungsbewohner hatte je davon gekostet. Doch mochte sein, dass just, da Ludovicus aufgetaucht, ein anderes in dem Narren erwachsen, das zu teilen ihm eingab, wie ein jeder seinen Schatz bewundert sehen will von anderen, fürchtend gleich, er könne ihn an diese anderen verlieren. Ist doch ein Reiz eines Schatzes auch sein gedachter, gefürchteter Verlust. Mochte freilich auch sein, dass der Narr in Ludovicus wiederum seinesgleichen erkannte und mit ihm, dass einen Mangel er empfand, den bisher er nicht gespürt.

Ludovicus wiederum, der Zweitgeborene, Sohn des Verfemten, war selbst deswegen oder zum Trotz, deswegen und zum Trotz, der Schrift unglücklich zugetan und hatte sich jenem Priester, der ihn gesandt oder eben nicht gesandt, angeschlossen nicht allein, aber auch deshalb. Schrift kann heilen ein wenig das Unheil, das die Liebe zu ihr mit angerichtet. Doch mag das Unheil auch vor aller Schrift liegen, und die Schrift ist dem gegeben, der ihrer bedarf, und ist sie ihm nicht gegeben, so hängt er sich doch an sie. Wiederum aber, wer bedürfte so der Schrift nicht? Kann aber einer bedürfen das, wovon er nichts weiß und nichts wissen will? Heil also und Unheil, ineinander vermengt untrennbar. Trifft aber dieses zu auf vieles andere ebenso.

Der Narr also entdeckte Ludovicus den Spruchschatz. Begierig las Ludovicus die Zeilen, die wie vom anderen Rande der zeitlichen Zeit auf ihn gekommen, rätselhaft, mit Lauten und Worten durchsetzt, die ihm, Ludovicus, fremd und die er doch wie gierig trank.

ES MOCHTE jener Fürst, auf dessen Spuren wir unterwegs auf diesem Marsch, vielleicht, solche Sprüche gekannt und genutzt. Schrift waren an jenem anderen Rande der zeitlichen Zeit die Sprüche nur geworden in Steinen, die an von den Weisern bezeichneten Orten gesetzt als Mal und Markierung, wie es unsere steinernen Wächter waren, die hinter uns wir gelassen. Die umherziehenden Sippen und Horden wie die des Fürsten und des Mädchens hatten die Sprüche mit sich nur führen können im Kopf und im Herzen. Woher aber diese Sprüche kamen, wie sie entstanden, aus welchen Erfahrungen und Eingebungen und Träumen und Innensichten sie entstanden, das wusste keiner und keiner konnte es wissen. Wurzelte es doch wohl in jenen anderen Nicht-Zeiten und konnte kein Lebender in jene schauen. So war dem Mädchen – ausersehen vielleicht, zur Weiserin zu werden oder, der Not gehorchend, da dem Fürsten kein Weiser mehr anhing, einfach diejenige, die über die Sprüche verfügte –, aufgetragen, sie anzuwenden, wenn es angezeigt, wie die überlieferten Sude und Amulette angewendet wurden, wenn man ihrer bedurfte. Zeigte sich, dass die Sprüche genauer wirkten als die Sude. Erstere mussten aber, dass sie so wirkten, von dem Mädchen selbst gesprochen werden. Wer sonst in den Mund sie nahm, blieb hilflos damit im besten Falle, denn von den wenigen, die aus Übermut oder Eitelkeit oder Eifersucht es versuchten, wurden viele wiederum von rätselhaftem Ungeschick, manche von raschem Siechtum eingeholt. Freilich, so der Weiser, müssten wir, die wir hier saßen und von solchen Dingen nichts mehr wüssten und kaum von Ahnungsnebeln und Traumfetzen davon noch Kunde hätten, eingedenk sein, dass das Mädchen im Besitz jenes Medaillons, und wer von uns wüsste also zu entscheiden, ob es die Sprüche gewesen, die wirkten, oder das Medaillon oder beides zusammen und beides nur in Mund und Hand des Mädchens gemeinsam. Wirkung aber war. Und was sonst zählte?

Ludovicus also saß und las, und der Narr, dem die Verfangenheit Ludovicus wohltat und der sich an ihr wärmte, eine Wärme, die ihm unbekannt geblieben, wies Ludovicus auf Verborgenes hin, das sich dem Unkundigen zeigen nicht mochte ohne Widerstreben. Lange freilich hielt Ludovicus es nicht beim Schauen und Betrachten und Lauschen. Nahm einzelne Worte, ganze Verse, die ihn besonders ansprangen und zum Klingen brachten in nicht begründbarer Weise. Verknüpfte, setzte aneinander, durchmischte, laut lesend, die Verse mit Worten, Versen anderer Zaubersprüche, dass aus dem Alten schnell Neues entstand, dass auf den Ursprung oder die Ursprünge kaum zu schließen mehr war. Unwillig und verängstigt fast sah der Narr und hörte dieses zunächst. Als ob Ludovicus, indem er die Sprüche ihrer ursprünglichen Form entriss, diesen Gewalt antäte und sie ihrer Mächtigkeit beraubte. Doch war er andererseits, der der Schrift Anvertraute, hineingezogen in dieses Spiel, das keines war. So sah, wer an der Rückseite des Hauses vorbeikam – wenige waren es, die ihr Weg von der Weide und aus dem Wald hier vorbeiführte, denn mochte dieser Weg kürzer sein für manche, so war er doch unbequem – die beiden einträchtig sitzen und Worte und Verse aus den Sprüchen in den Sand malen und ausstreichen und neu montieren und wieder ausstreichen. Lange dauerte dies freilich jeweils nie, denn abrupt und wie mitten im Gespräch erhob sich Ludovicus meist und verließ den Narren. Für diesmal. Bis sie dann wieder saßen und siebten. Nichts von dem aber, was sie gesiebt, hatten zu Papier noch sie gebracht.

Darüber lief das Leben in der Siedlung, und Agdala lief mit in diesem Leben, an ihnen jedoch, Ludovicus und dem Narren, lief es wie vorbei. Weiter erntete indes auch die Seuche unter den Stieren und Rindern, dem Schatz der anderen Bewohner, und drohlicher von Grund auf war der mögliche Verlust dieses Schatzes, und war drohlicher auch für den Narren und Ludovicus, als es ausgestrichene oder selbst verlorene Worte sein je konnten. Doch zog auch diese Bedrohung an dem Narren und Ludovicus noch wie vorbei, kaum, dass sie Kenntnis davon nahmen, und wenn, dann interesse- und folgenlos, und mochte man fragen, ob eine Bedrohung, die gar nicht wahrgenommen, eine solche tatsächlich wäre. Für diesen Augenblick.

Konnte das aber so nicht bleiben, dass wie zwei Welten in einer waren. Wuchs mit den Verlusten, von denen die Hirten, die heimkehrten, stets neu berichteten, die Unruhe, die zur Verzweiflung sich weitete und diese zu Angst und diese wiederum zu Misstrauen und Hass, der in den Bewohnern wie an Ketten zerrte, bereit, sich loszureißen und in Mordtat zu entladen, sobald ein Ziel sich böte. Es ging alles dieses, in dieser kleinen Siedlung, nebeneinander, was nebeneinander nicht laufen konnte, das Leben, wie es lief von jeher, von der ersten Dämmerung am Morgen bis in die Düsternis des Abends, das Wirtschaften und selbst die Heiterkeiten Agdalas mit den anderen, der Älteste, der die Verluste und die Ängste und die Verzweiflung treulich verzeichnete, und die Ohnmacht und der Hass, der sich stumm zunächst und unausgesprochen staute in vielen immer höher, bis sich, wie untergründige Kanäle schaffend, der Hass in dem einen vereinte mit dem Hass der vielen, ohne dass dieses im Leben des Tages noch erklärlich. Geschichten aber wurden, Mutmaßungen, Gerüchte, viele sahen Zeichen, verknüpften tatsächlich oder vermeintlich Erlebtes, tatsächlich oder vermeintlich von Bewohnern Begangenes mit den Zeichen und schlossen daraus, dass die Seuche als Folge habe kommen müssen. Denn so schlimm wie Verluste oder schlimmer noch wiegt es, wenn diese unerklärlich und dunkel als Strafe empfunden. Es verlangt der Mensch nach Erklärung immerdar, und ist ihm Nicht-Erklärung nicht lange zu ertragen.

Dass dabei und bei alldem der Narr, der ein Narr war, und Ludovicus, der ein Fremder war, nicht mehr lange in ihrem Treiben und ihrem Suchen und ihrem Leben abseits des Lebens der Siedlung unbehelligt weiter bleiben konnten, war abzuwenden nicht.

Es schien das Werk des Narren, im normalen Leben kaum beachtet oder gutmütig belächelt und achselzuckend geduldet, so manchem nun verdächtig. Gefährlich. Wer mochte denn auch wissen, was die Sprüche, die der Narr entstehen ließ aus dem Sand und wieder im Sand verwischte, wirkten, während sie erschienen und dann wieder verschwanden im Nichts? Und welche Macht gar jener papierene Schatz hatte, dessen Inhalt niemand kannte, um den manches Gerücht sich nun aber, jetzt erst, wild rankte? Mit jedem, der neu etwas darüber glaubte, wurde diese Macht drohender und schwanger von Unheil und krankheitsdrohend wie ein Abszess, der sich füllte und wuchs und drückte und das Gesunde verdrängte.

Alles dieses geschah aber in Kürze. Ein paar Handvoll Sonnenläufe, die zerrannen, währte der Aufenthalt Agdalas und Ludovicus in der Siedlung nur.

Dann verknotete sich, was gründig und untergründig geschah in der Siedlung. Knoten entstehen, immer. Die dünnen und fast unsichtbaren Fäden, die jedes unserer einzelnen Leben zieht, kreuzen sich mit Notwendigkeit mit anderen, und so entstehen im einzelnen Faden Knoten, aneinandergereiht wie an einer nicht endenden Schnur. Oft aber auch wird so ein Knoten in einem einzelnen Faden zu jenem, der den ganzen Faden in sich zu verbrauchen scheint, gierig. Könnte einer zurücktreten, würde er sehen, dass die Knoten, welche die Fäden bilden, wiederum das Netz knüpfen, das in zeitlicher Zeit Schicksal wir genannt und in dem wir so gefangen wie geborgen.

Aber, so der Weiser, seine Erzählung unterbrechend, da mit dem Heranziehen der schwarzen Heere die zeitlichen Zeiten in die Nicht-Zeiten entwachsen, es sei wiederum die Frage, ob dieses Netz, das die zeitlichen Zeiten ja ausgemacht, noch existiere. Denn ein jeder wisse, ein jeder spüre es, es sei ja das Heranziehen eben der schwarzen Heere nicht bloß ein weiterer Faden, und sei er mächtig, ein Strang, ein Tau aus Stahl, der dieses Netz kreuze. Es sei wohl so, da die schwarzen Heere heranzögen, in Schlachten uns verwickelten, auf diesen Marsch uns zwängen oder sogar leiteten, dass jenes alte Netz zerstört, ohne dass ein neues noch geworden und in diesen Nicht-Zeiten vielleicht ein neues nicht mehr entstehen könne. Gefangen, worin auch immer, seien wir wohl noch. Oder vielleicht nicht einmal gefangen. Sondern verheddert im undurchdringlichen Gespinst der nun losen, nicht mehr verknüpften Fäden. Geborgen nicht, nicht mehr, noch nicht wieder. Wer mochte freilich wissen, was am Ende dieses Marsches, bei den Stämmen im Nordosten, im Winterlager auf uns warte, und er, der Weiser, erwarte viel, erwarte wieder viel, doch habe am Ende immer viel er erwartet.

Der Knoten aber, der sich in der Siedlung schürzte, war dieser: An den Triften, da die Rinder und Stiere weideten, war, als die Sonne bereits den Zenit überschritten, ein Karren mählich vom jenseitigen Waldesrand her aufgetaucht. Eingeschirrt waren nicht Ochs und nicht Esel, schon gar kein Gaul, sondern zwei zerrissen gekleidete, doch gebräunte und sehnige Männer unbestimmten Alters. Auf dem Bock aber saß eine Frau mit einem, es war nicht ersichtlich dem ersten Augenschein nach, greisenhaften Kind oder einem alterslosen Gnom an ihrer Seite. Gerade, als der Karren sich näherte, stockend, wenn das Rad in einem Loch versunken, die Achse fast berstend, geschwinder dann wieder, gerade also, als sich aus dem Schema der Ferne die Gestalten sich schälten, war wieder ein Stier zusammengebrochen, einer von jenen, die eben noch so stark geschienen, und war verendet und der Schatz der Siedlung weiter und wieder geschmolzen und kaum mehr zu vergleichen dem, der er einst gewesen. Dass ebenjenes, das Nahen des Karrens und das Verenden des Stiers, wiederum zusammengetroffen, war indes ein weiterer Knoten, wie sich die Schnüre fortknoteten und die Netze sich weiter spannen, aus den Nicht-Zeiten kommend, in die Nicht-Zeiten gehend.

Die Ohnmacht, die Wut der Hirten schwoll an, und den Männern wollte der Karren, der da heranrumpelte, zeichenhaft erscheinen allein deshalb, weil sie, wie so oft zuvor, mit allen anderen, fast allen anderen Bewohnern der Siedlung nach Zeichen eben suchten. Und während sich die einen, wütend tretend, grob zerrend, daran machten, den Kadaver von der übrigen Herde fortzuschleifen, fassten sich die anderen, den Ankömmlingen etwas mit Gewalt zu begleichen, was jene nun unmöglich verursacht haben konnten.

Doch schien ebendiesen Fahrenden solcher Empfang und solches Drohen nicht einmal ungewohnt. Fahrende eben, denen alles, was sie vorfanden von Sonnenauf- zu Sonnenuntergang recht war, ihr Dasein zu fristen, die stahlen und handelten, den Sesshaften erzählten aus der Ferne, was diese zu hören begehrten, Erfundenes, Halberfundenes, fantastisch Ausgeschmücktes oder schlicht Erlogenes, von denen die Frau den Leib hingab gegen Bezahlung, wenn anders das Überleben nicht zu sichern, einmal ungern, dann wieder weniger ungern, es kam auf Art und Fülle der Bezahlung ebenso an wie auf denjenigen, der den Leib wollte, Fahrende, die, selten zwar, vom Überfluss kosteten und den Mangel hinnahmen dann wieder, ohne dass sie es sich schmerzen ließen.

Die Frau, die erkenntlich diesen kleinen Haufen führte, erkannte denn die Gefahr, eher noch: die Stimmung und die Verzweiflung, in der die Hirten sich befanden, mit sicherem Gespür. So besänftigte sie, zeigte sich, die zu erschrecken kaum war, erschrocken, gab sich, die kaum sich fürchtete, furchtsam und, die anzuführen gewohnt, unterwürfig. Zuerst. Reizte dann, wie unabsichtlich, vorsichtig zunächst, wissend, dass eine bestimmte Form der Verzweiflung die fleischliche Gier ebenso anstachelt, wie es die dumpfe natürliche Lust nach langer Enthaltsamkeit tat. Dazu ließ sie durch den Gnom reichlich ausschütten vom Rauschgetränk, das sie – wer mochte wissen, wo? – unterwegs eben hatten mitgehen lassen oder erhandelt oder eingetauscht. Rauschgetränk aber war in der Siedlung sonst kaum bekannt, es gab ganze Generationen, die davon kaum gekostet, kaum einen, der vom Rausch jemals eingenommen, nicht in wohltätiger, nicht in schändlicher Weise.

Freilich waren die Hirten begierig von dem zu kosten, was sie doch kaum kannten. Es brauchte so nicht viel, um die Stimmung der Hirten sich drehen zu lassen, zu leichtern zunächst, Sinn und Blick vom Unglück zu wenden zu dem, was ihnen die Frau bot möglicherweise, vom Verderben weg zum Leben, zu befriedigter Gier. Die Fahrende wiederum hatte rasch erkannt, dass in dieser Seuche – in der Form und im Ausmaß rätselhaft vielleicht, aber für einen, der auf den Wegen und Märschen zu Hause und dort vieles gesehen und gehört und aufgenommen, so ungewöhnlich oder unmöglich nun wieder nicht – dass also in dieser Seuche für sie und ihren Trupp Gewinn stecken mochte, der alles überbot, was ihnen bisher widerfahren. Großes Unglück, großer Gewinn. Und während sie die Männer reizte, kitzelte, sie tränkte, suchte sie herauszufinden, was sie in der Siedlung zu gewärtigen. Schnell hatte sie sich aus den unbeholfenen Erzählungen der Hirten, die zum Erzählen nicht berufen und zum Deuten noch weniger, ein Bild gemacht, hatte, erfahren wie sie war, manche Verknüpfungen selbst vorgenommen und setzte darauf, dass es für ihre Zwecke, die Zwecke ihrer Truppe, am ratsamsten sein mochte, bei den Sonderlingen der Siedlung anzusetzen, und es waren für den Augenblick ohne jeden Zweifel dieses Ludovicus und der Narr. Nicht war es freilich so gewesen, dass die Hirten Ludovicus und den Narren bezichtigten irgendeines Vergehens. Doch verstand es die Fahrende geschickt, den Männern Ahnungen, dunkle Verknüpfungen nahezulegen, die aus trüben Quellen gespeiste Wut weiter aufbrodeln zu lassen und sie mit einem benennbaren Ziel erstmals zu verknüpfen, nämlich Ludovicus und den Narren, und das ungewohnte, reichlich fließende Rauschgetränk tat das seine. Wie auch anders? Kaum hatte die Fahrende die Hirten so aufgewiegelt, hatte sie sich zugleich in die Rolle eines Weisers begeben, einer Anleitenden, die Dinge Deutenden, und die Hirten hatten dieses, ohne es recht zu merken, gerne so übernommen als selbstverständlich und eigentlich zwingend.

Getränk kreiste, die Fahrende sprach, flüsterte fast, eindringlich aber, geübt, Beute im Blick, die Hirten aber schrien bald, kaum artikuliert mehr, scheinbar sinnloses Gestammel, sich gegenseitig wie peitschend in die ohnedies geschundenen Seelen. So machte sich denn wie ein Leib der Haufen mit einem Male auf, die Herde – und damit Stolz, Befriedigung der Siedlung – zurücklassend, der Siedlung zu. Hinterher, mit einigem Abstand, doch eilends, der Karren: ein seltsames Bild. Die Siedlung erreicht, schloss sich den Hirten gleich ein Haufen an, der anschwoll auf dem Wege mächtig. Wundersamerweise – doch konnte von Wunder, recht bedacht, die Rede kaum sein, war es doch ein einziges, dasselbe Unglück, das sich krakengleich in jeder einzelnen Brust verhakt –, nicht wundersamerweise also, ohne dass Erklärungen durch die Hirten vonnöten. Es schien der Weg allen vorgezeichnet und bestimmt. Noch dämmerte es kaum, noch hatte die Sonne ihren Lauf nicht vollendet, aber Fackeln, viele Fackeln waren rasch entzündet, niemand wusste, wer damit begonnen und mit welchem Ziel, doch wussten es wiederum alle.

Es spinnen sich die Fäden, es weben die Dinge, doch erkennen wir es erst, wenn die Knoten geschürzt, und oft erkennen wir nicht einmal die Knoten. Was nahe liegt, bleibt folgenlos, Disparates verknotet sich und wirkt mächtig, aber warum eines geschieht und anderes nicht, das wissen wir nicht.

Um den Sonnenstand, als die Fahrende bei den Hirten erschienen, war in der Sandkiste hinter der Hütte des Narren geschehen, was zuvor nicht geschehen. Beide, der Narr und Ludovicus, waren des Tags ihrem Handwerk nachgegangen und hatten Worte in den Sand gesetzt, hatten gelesen, einmal so betont, dann wieder anders, hatten im Wechsel gelesen und das Gelesene in den Körper sich fahren lassen, bis ein seltsam Gespinst aus Wort und Klang und Bewegung entstanden und hatten dabei dem Rauschgetränk zugesprochen, das der Narr sich schluckweise erbettelt oder auch gestohlen und gehortet, wer wusste, wie lange. Dann hatten sie den Sand wieder geglättet und hatten von neuem begonnen. Doch waren sie, nachdem sie dieses so getrieben, die Sonne hatte ihren Zenit überschritten längst, mit einem Male verstummt, gleichzeitig, und hatten neu gesehen, neu gelesen, neu gespürt, was im Sand entstanden. Was wohl sie hatten entstehen lassen, es konnte ja ein Zweifel nicht sein, was aber als ein Fremdes ihnen prangte, als die Kiste voll und der Spruch also geendet.

Knochen zu Knochen, Glied zu Glied, Blut zu Blut, auf dass die Fesseln gelöst, der Fluch gebannt, die Seele leicht, und immer wieder: Blut zu Blut, durch Blut zu Blut. So ging dunkel der Spruch, immer weiter so, wer so es lesen wollte, konnte von einem Kriegsgott lesen, dessen Gefährt gezogen von sterbendem Stier, konnte aber auch anders alles sein. Oder anders gelesen werden von anderen, wodurch der Spruch dann eben auch anders war und wirkte mit Notwendigkeit.

Ludovicus und der Narr, angerührt und staunend und leise auch von Furcht ergriffen über das, was sie angerichtet oder was angerichtet worden mit ihnen, machten sich denn auf, ohne sich darüber zu verständigen, diesen Spruch und erstmals diesen Spruch auf Papier, das kostbare, zu übertragen. Ludovicus las, der Narr schrieb. Es war eine lange Arbeit, schwierig. Es las Ludovicus langsam. Es verrätselte sich der Spruch beim Lesen, entzog sich, trat neu wieder hervor wie in anderem Gewand, blieb aber doch Spruch, der er war. Und langsam schrieb der Narr, malte fast, hieß Ludovicus von vorne beginnen, wenn er mit der Schrift nicht zufrieden. Holte neues Papier, er, der sparsam damit sonst war bis zum Geize. Es war ja kein langer Spruch, das eben, was die Sandkiste fassen konnte an großen, ungelenken Buchstaben. Und doch mit Mühe nur auf Papier zu bannen, als wünschten sich die Worte zurück in den gestaltlosen Sand, aus dem sie entstanden.

Schließlich aber war der Spruch auf Papier und in den Händen des Narren. Gebeugt darüber waren nun beide, stumm.

Draußen indes war die Menge aufgezogen. Ein mächtiger Stein, der an die Tür gekracht, ein Grollen draußen, drohend spürbar, holte Ludovicus und den Narren zurück. Sie erschraken, doch war das Geschehen ihnen fern einer Deutung. So öffnete der Narr die Tür. Prallte vor der Menge, den blakenden Fackeln, dem Geschrei und Gegröle zurück. Dichter rückte die Menge heran. Fäuste erhoben sich, Flüche flogen, Verwünschungen. Bezichtigt wurden sie, soweit ein Sinn dem dumpfen Lärmen zu entnehmen, die Seuche heraufbeschworen zu haben. Dass ein Ende sein müsse, so oder so, in diesem Falle oder jenem. Dazwischen immer die Fahrende und ihre Gesellen, flüsternd die Vermutungen zu scheinbarem Wissen verfestigend, gellend kreischend darauf die Menge hetzend. Es müssten diese weg, sonst könnten Frieden und Wohlfahrt nicht mehr werden. Es müssten getötet werden diese, sonst werde Verderbnis die Siedlung ereilen und verschlingen bis ins letzte Glied.

Glied zu Glied, Blut zu Blut, auf dass die Fesseln gelöst, der Fluch gebannt, so stammelte der Narr, wie sinnlos, nicht begreifend.

Dung ward aus der Menge mit einem Male, Dung in reicher Menge auf den Verschlag geworfen. Wo kam der Dung auf einmal her? Die Menge, gestaltloser, wie willenloser Leib drängte heran dichter und noch dichter, und die ersten Fackeln züngelten an der Hütte, gestoßen und geschlagen wurden beide, Ludovicus und der Narr. Es lag Mord nicht in der Luft. Mord schien wie ein nächster Schritt, unausweichlich, mit Notwendigkeit, wie mit Notwendigkeit eines aus dem anderen sich gebiert.

Beinahe schon, als das Feuer seinen Fraß unwiderruflich, nicht mehr löschbar begonnen, kam der Älteste der Siedlung heran, mit ihm der Weiser der Siedlung, einige Frauen. Nicht schien es zunächst, um Ludovicus und den Narren zu schützen. Sondern um der Meute vorzuhalten, dass Gefahr unausweichlich sei, mit dem Abfackeln dieser Hütte die ganze Siedlung in Brand zu setzen. Es verfing dieses bei einigen. Die Aussicht, Gefahr zu beschwören, Schaden am Besitz zu leiden war gewichtig auf die eine Schale geworfen und wog die andere, auf der dumpf aus Verzweiflung geborene Wut lastete, beinahe auf. Es ist ja bei vielen, die getrieben halb, halb mitgerissen, in der harten Schale der Wut ein Keim an Hoffnung geborgen, es möge sich das Schicksal wenden. Wenn es sein müsse, eben in und durch die Wut und ihre Zerstörungskraft. Und ist dieser Keim der Hoffnung schnell angeregt – schnell verdorrt freilich wieder auch –, wenn andere Weisung, neue Richtung sich zeigt, sei es tatsächlich, sei es als Illusion.

Glied zu Glied also, Blut zu Blut, auf dass die Fesseln gelöst, der Fluch gebannt, so jetzt auch Ludovicus, der sich in die Hütte zurückgezogen, kaum hör-, gar nicht sichtbar. Hatte zwar der Weiser der Siedlung dem Spruch nachgeschmeckt, dem Haufen aber, so ihn einer daraus gehört, war Ausdruck und Erweis des Wirren er gewesen.

Woher also den Spruch sie hätten, fragte der Weiser den Narren und Ludovicus, während weiter der Älteste die Menge zu mäßigen suchte.

Es habe sich, so der Narr, dem Angst und Qual ins Mark geschrieben, es habe der Spruch wie von alleine sich geschrieben, sei aufgetaucht eben im Sande, wie andere auch, sei geblieben aber gebieterisch, nicht könne er sagen, warum. Und nicht wüssten sie, so hatte Ludovicus angefügt eilig, was bedeuten er solle. Vielleicht und wahrscheinlich und sicher bedeute gar nichts er. Schließlich sei, der Narr habe es gesagt, ein bloßes Gebilde im Sande der Spruch. Aus Spiel entstanden, Langeweile, Einsamkeit. Ja, der Einsamkeit entwachsen, es möge dies die Bedeutung sein: dass der Spruch entstanden sei überhaupt. Nicht, was er sage, es sei unverständlich dies und beliebig, wie zusammengesetzte Worte es seien nun einmal. Kenntlich war dem Ludovicus daran gelegen, den Spruch wie verschwinden zu lassen. Mochte ihm wohl nicht als beiläufig erscheinen, dass Spruch und Aufruhr zusammen erschienen. Nicht von ungefähr war Ludovicus das Ziehkind eines, wenn auch wohl weißen, Priesters. Und Zweitgeborener, der die Stelle des Erstgeborenen hatte einnehmen müssen. Sohn eines Verachteten und Misshandelten, eines, dem wenn auch zu Unrecht schandhafter Betrug um den Opferstier zugeschrieben. War Ludovicus also misstrauisch und ängstlich aus allem diesen. Und schien ihm besser, unscheinbar, unsichtbar zu sein, wenn Gefahr sich zeigte. Es musste Kampf ja kommen. Es war Kampf ja unvermeidlich. Doch wehe dem, den Kampf erreichte, der Kampf anzog! Vom Kampf würde überwältigt er werden, im Kampfe würde umkommen er.

Anders sei dieses gewiss, hatte da der Weiser der Siedlung gesprochen. Keine Betrachtung wert sei es freilich wahrlich, wie der Spruch entstanden. Dass da er sei, zähle. Doch sei nicht Ort, nicht Gelegenheit, dieses zu besprechen. Er würde, er müsse mit dem Ältesten dieses betrachten. Der Narr aber und Ludovicus seien dazu geladen. Es sei dies keine Bitte und keine Aufforderung. Zu bezeichneter Stunde hätten beide sich, bei Strafe der Bindung und Übereignung an die Masse, sich einzufinden. Bis dahin stünden sie unter seinem, dem Schutz des Weisers. Es waren diese Worte vom Weiser der Siedlung eine Drohung, und der Narr und Ludovicus, betäubt wie sie waren, verstanden diese. Doch lag in der Drohung verborgen eine Dringlichkeit, die zumindest dem Ludovicus als Ahnung, Nebel anfuhr. Es beruhigte ihn nicht. Spürte er doch eine Erwartung an ihn branden, die ihn ratlos machte, unklare Furcht wachsen ließ. Ist Furcht ja eine Knolle in der Dunkelheit, die wie verzweifelt treibt und weiter treibt und darüber jegliche Kraft verschleudert und in das zumeist sinnlose Treiben nach Licht, nach Sonne steckt. Machen aber diese bleichen dünnen, langen Triebe selbst die Dunkelheit und erst recht alles, was diese umhüllt, porös und schwammig und breiig. Ist die Kraft der Knolle in der Dunkelheit aber dann erschöpft, sterben auch die Triebe, und zurück bleibt nichts als Gallert. Solchen Wesens ist die Furcht.

Gellte da die Stimme der Fahrenden in das Gemurmel, zu welchem sich der Aufruhr, gedämpft durch den Ältesten und den Weiser der Siedlung und deren kräftige Männer, nun abgeschwächt. Dass es, das Volk dieser Siedlung, sich betrügen nicht lassen solle. Dass Unglück im Schwange, großes dunkles, machtvolles Unglück. Dass jene, Ludovicus und der Narr, und der Älteste und der Weiser im Bunde seien, das Volk dieser Siedlung zu täuschen, zu betrügen, es um ihr Glück, um Fülle zu bringen. Es sei sie, die Fahrende, die Ausgestoßene, Verachtete um der Wahrheit willen, die berufen und gerufen und gesandt, das Volk der Siedlung vor Irrweg bewahren könne. Hatten sich aber ihre Spiel- und Fahrensgesellen unter die Meute gemischt, kaum dass den Erregten, den sonst den Fremden Abweisenden auffiel, dass ein Fremder zu ihnen sprach, und merkten sie es denn, war es ihnen gleich oder hießen es gut als Bestätigung und Siegel. Schürten aber die Spielleute. Hatten Witterung genommen. Wussten wohl nicht, was der Plan der Fahrenden, ihrer Anführerin, die sie geführt auf Höhen selten und durch Täler oft, in den Tälern aber frohgemut. Und waren ebendieses: Spielleute, sonst denn wären sie längst wohl irgendwo am Rande ihres Weges gestrandet, gebrochen und verbittert und ihr Leben karg fristend, so aber waren sie fahrend und unterwegs und dem Spiel zugetan und das Spiel ihnen, und sie waren das Spiel und das Spiel war in ihnen. Und so spielten sie dieses eher: dass sie den Bewohnern der Siedlung Misstrauen einpflanzten mit scheinbar vernünftiger Rede. Dass sie vorgaben, auf ihren Wanderungen geheimes Wissen erlangt, in den Wäldern und den Weilern, von alten, kaum mehr lebenden Weibern auf den Burgen, wo sie gespielt, von Blinden, die ihr Leben in Katen fristeten, die erfüllt von kaltem Rauch. Dass sie gelernt, die Zeichen zu deuten, denn es geschehe nichts ohne Zeichen zuvor. Und so solle ihnen, den Bewohnern der Siedlung, ein Zeichen die Seuche sein wie die Ankunft der Fahrenden eines war, es könne ja ein jeder sehen, ein jeder hören, ein jeder spüren. Umkehr. Neubesinnung. Wenn nicht eine vollkommene Kehre, so sei es jetzt an ihnen und sei es dringlich, den Weg neu zu gehen. Unheil, das nicht mehr nur voraus sei, in dem sie wissentlich ja schon steckten, zu sänftigen, den schlimmsten Schlägen aber, die noch in den Lüften stürzten, deren Sausen aber bedrohlich schon zu hören, deren Einschlag nicht fern, wie alle ahnten, diesen schlimmsten Schlägen also, die alles endeten, noch zu entkommen in einer scharfen Wende. So also die Spielleute, die Untergang spielten und wussten kaum, zu welchem Zwecke.

Die Spielleute also. Die fahrenden Sänger. Die Gaukler und Narren. Die Geschichtenmacher, Wortspinner, Fädenknüpfer. Die unsere Wege kreuzten, da waren eine Weile, verschwanden, untergingen im Strom und schnell vergessen waren. Von deren Samenkörnern, die in uns waren, aber keines verlorenging und manches zu wuchern, zu wachsen, zu blühen begann, wenn wir uns des Urhebers kaum mehr oder nicht mehr erinnerten.

Es hatte mir des Weisers Wortfluss aber wieder die Grenzen, die Ränder aufgelöst, ohne dass ich es gemerkt, es war aber ja dieses, dass nicht ich es merkte, das Wesen dieser Auflösung. Auch war die Nacht nun fortgeschritten, und Müdigkeit des Leibes und der Seele schaffte Zauber- und Gaukelbilder heran, die Erinnerung nicht waren, aber auch nicht Traum. Schatten der Wirklichkeit, Schatten an Wirklichkeit, immer wieder neu Bilder machend, verwurzelt, doch in die Lüfte strebend. Das Mädchen, das mich bedient und mit den anderen an der Wand, im Dunkel fast sitzend, dem Weiser und

Raahael und dem Ältesten der Siedlung gelauscht, mit welchem Verständnis und ob gespannt, ob gelangweilt wusste ich nicht, gelangweilt wohl, sehnend, dass der Abend ein Ende, das Mädchen also schürzte den Rock und spreizte die Beine mir entgegen, doch blieb der Blick auf ihr Geschlecht mir verwehrt, und ich spürte es schmerzlich. Raahaels Schenkel aber rieb sich beim Reiten, eben hatten wir den Fluss gequert, an meinem, kurz nur, länger aber, als dass es unbeabsichtigt, ohne Wollust, sein konnte – oder war dieses Trug wieder, von mir selbst geboren und selbstverliebt, der Gier entwachsen, die sich ihre Verheißung und Erfüllung selbst schuf? Esther mit mächtig gerecktem Phall im Mund, doch welcher Phall an welchem Ort? Und Esther, die stöhnte vor Lust mit verzerrtem Gesicht, gierig nach Samen, nach Frucht, nach Fruchtbarkeit. Einmal hatte nach meinem Samen sie verlangt, nicht nach der Lust, nachdem Dürre sich an ihr, in ihr hingezogen über die Maßen, verlangt im Scherz, so schien es, doch wollte es mir so sicher nicht mehr scheinen. Was aber wäre gewesen, wenn ich den Scherz, den scheinbaren, einfach den Worten nach verstanden und hätte den Samen ihr geboten? Doch war es nicht möglich gewesen, die Worte so zu nehmen. Wann wäre je mir dieses möglich gewesen? Über allem aber der Sendbote aus dem All, gleißend herabsausend, brüllend, am, vor dem anderen Rand der zeitlichen Zeit. Der Fürst mit seinem Mädchen war vorüber hier gezogen, an diesem Krater, den der Bote geschlagen mit unfassbarer Kraft, und bald würden wir selbst vorbeiziehen dort.

EIN Mädchen hatte ein Scheit nachgelegt, Feuer prasselte neu, Geräusch und Bewegung hoben ruckhaft meinen Kopf und öffneten die Augen mir neu. Lange, schien mir, war ich unterwegs gewesen, doch schien der Weiser in seinem Fluss aus Worten weit nicht geschwommen, also mochte es so lange wieder nicht gewesen sein, aber woran maßen wir schon, was lange, was kurz? Am Ende maßen wir ja doch nur eines am anderen. Was aber konnte uns das sagen in Wahrheit?

Der Narr und Ludovicus waren nun im Hause des Ältesten, der Weiser mit ihnen und wohl zwei, drei der bewährten ruhigen Männer aus dem Rat. Was mit der Fahrenden und ihren Gesellen geschehen, hatte ich wohl verpasst für den Moment. Es tat nichts. Sie würde wiederkommen. Alle kamen ja wieder. Tauchten ab, verschwanden, tauchten auf an anderer Stelle, in anderer Gestalt, in anderen Geschichten und Gesichten und Erzählungen.

Es war dann weniger wohl so gewesen, wie erst zu befürchten oder von Ludovicus und dem Narren ängstlich erwartet, dass die beiden in strenges und peinliches Verhör genommen. Vielmehr beugten sich der Älteste und der Weiser tief über den Spruch, der Ludovicus und dem Narren erschienen unerwartet, wohl nicht einmal willkommen. Unbehaglich wurde Ludovicus und dem Narren, da sich niemand mehr ihrer annahm. Doch wagten nicht sie, sich vom Platze zu rühren. Von draußen flackerte hie und da Gegröle, doch sackte schnell es wieder zusammen. Der Älteste hatte zuverlässige Männer bewaffnet, der Ordnung zugetan, welcher auch immer, die allem Lärm und Aufruhr ein Ende schnell machten.

Einmal war der Weiser der Siedlung gegangen, war schnell aber zurück wieder, mit einem dünnen Band, einigen Blättern Papier wohl nur in beiden Händen, diese tragend wie ein Heiliges. Schließlich schien man zu einem Schluss gekommen.

Blut zu Blut, Glied zu Glied.

Am nächsten Morgen, der freilich nach den Beratungen der Nacht fern kaum mehr war, war die Dunkelheit der Nacht doch schal schon geworden, übellaunig, am nächsten Morgen erging Anweisung an die Hirten, die das Vieh zur Weide führen würden wie eh. In den Stunden der Nacht, seit der erregten Dämmerung des Abends, hatte sich manches beruhigt. Eine Nacht kann sein ein breiter Graben. Noch zirkuliert Erregung, ein Rest davon, im Blut. Doch sorgt der Rest nicht mehr für angenehmen, peitschenden Rausch. Sondern für Schalheit im Geiste und auf der Zunge und Schwäche und bei manchem wohl Scham, die aus Schwäche und Schalheit geboren.

Es solle, so erging also die Anweisung, der Schlachter der Siedlung ein Schlachtgestell auf der Weide errichten. Es sei, verende ein Stier erneut an der Seuche, unverzüglich nach dem Ältesten und dem Weiser und dem Schlachter der Siedlung zu schicken. Statt, wie bisher geschehen, schicksalsergeben die Nachricht bei Heimkehr erst in die Siedlung zu bringen, ohnmächtig verzweifelt und halb zerstört an der Seele. Weiteres dann, nachdem jenes geschehen.

Am Abend dieses Sonnenlaufs kehrte die Herde vollzählig heim. Es war kein Tier verendet. Das war ungewöhnlich nach den Erfahrungen, seit die Seuche ausgebrochen. Einzigartig wiederum nicht, es war derlei schon geschehen. Am Abend des nächsten Sonnenlaufs kehrte erneut die Herde vollzählig heim. Kräftig, stark, wie sie ausgezogen, zogen die Stiere ein. Dieses nun war seit Ausbruch der Seuche noch nicht geschehen, und es machte sich Staunen breit bei vielen. Und Hoffnung auch, Gewissheit keimte gar, ist doch das Volk leicht erregbar in jeder Hinsicht und jegliche Richtung, gewillt zu ergreifen, was dienlich schien und seine Sehnsüchte nährte. Dem Ältesten der

Siedlung aber und dem Weiser und einigen wenigen anderen der verständigen Männer zerrten diese hergewürfelten Ereignisse oder eben Nicht-Ereignisse im Mark und wühlten in den Nächten. Es war dieses nicht das Erwartete, und sie wussten – oder hofften eigentlich –, dass dies das Erwartete nach dem Lauf und Gesetz der Dinge nicht sein konnte, sondern nur eine perfide Wendung der allgemeinen Qual, welche die Hoffnung der Bewohner nur desto grausamer enttäuschen würde, mit Folgen vielleicht, die nicht vorhersehbar.

Endlich – endlich? – aber verendete ein Stier erneut. Wie angewiesen wurden nach den Genannten geschickt. Jene eilten denn hinaus auf die Weide, und es folgte ihnen wohl die Hälfte der Siedlung. Wusste auch keiner, was genau zu erwarten, so war doch in allen und über allem eine gestaltlose Spannung, lastend, ohne Ziel, gefährlich in der ihr innewohnenden Kraft, die der Lenkung, der Entladung bedurfte. Der Älteste der Siedlung ließ freilich der Menge weit vor der Weide den Weg sperren, so dass, was auf der Weide dann geschah, keiner später wahrhaftig bezeugen konnte.

Sorgfältig und bedächtig und in allen Handgriffen nach Art seiner Kunst richtete der Schlachter mit Hilfe seiner Gesellen den verendeten Stier her. Rieben sie das vom Todeskampf und wohl der Seuche wie schleimüberzogene Fell trocken und sauber, bis es glänzte wie von Gesundheit strotzend. Hängten sie mit einer Art Winde und geübten Kräften den Stier in das Gestell ein. Brachen ihn auf. Rechtzeitig waren sie noch gekommen, denn stark, Blasen werfend, floss das Blut in Eimer und Bottich. Stumm schaute der Älteste. Die Szene umkreisend, langsam, der Weiser der Siedlung, murmelnd gleichtönig die rituellen Formeln der Schlachtung wie es Brauch, unverständliche, alte Formeln ihrem Inhalt nach, unverständlich auch, weil der Weiser der Siedlung die Worte und Sprüche, so oft gebraucht, kaum artikulierte mehr. Es machte auch nichts. Es war so weit nichts Ungewöhnliches. Bizarr aber, dass der Schlachter ein bereits verendetes Tier gleichsam noch einmal schlachtete, als müsste es der Ordnung nach so sein, und vielleicht war es ja gerade in der Ordnung und also versäumt, bisher, seit die Seuche gedauert. Dann ließ der Älteste ein Feuer, mächtig, entfachen, und hatten die Hirten jetzt zu tun, trockenes Holz, Feuerholz schnell und genügend nach dem Wunsch des Ältesten herbeizuschaffen. Wurde aber, nunmehr ganz anders als sonst, sämtliches Fleisch und Fell und Gehörn des Stiers dem Feuer übergeben, zurück blieb aber das nackte, blanke Gebein. Am Rande rührten gleichmäßig die Knechte, das Blut am Gerinnen zu hindern. Weit zog der Gestank des brennenden Fleisches über die Weide, schwarz erhob sich Rauch. War das

Feuer aber bald niedergebrannt, und vermischte sich die Asche des Fleisches mit der Asche der Wälder. Asche und Blut ließ der Älteste dann vermengen. Kaum war dieses geschehen, brachten die Hirten auf Geheiß des Weisers der Siedlung jedem verbliebenen Tier der Herde eine Wunde in der Flanke bei, nicht groß, nicht tief, ein schneller, scharfer, kleiner Schnitt, von den robusten Tieren mit kaum mehr als einem Schwanzschlag quittiert. Dann bestrich der Weiser der Siedlung, seine Formeln weiter murmelnd, die Wunden mit dem Gemisch aus Blut und Asche. Das Gebein des toten Stiers mahlte man in der Siedlung zu feinem Mehl und mischte dieses unter das Futter der Nacht.

Blut zu Blut, Glied zu Glied.

Nachdem die Behandlung geschehen, trat die Seuche nicht mehr auf. Erst warteten die Bewohner wie atemlos, ungläubig. Schnell aber war die kaum mehr erwartete Normalität, die Abwesenheit der Seuche, selbstverständlich wieder geworden, und das Leben zog sich wie ein Bach nach der Frühjahrsschmelze in sein vordem gewohntes Bett zurück. Um den Narren und Ludovicus aber machten die Bewohner einen Bogen, scheu, misstrauisch und mit schlechtem Gewissen zugleich. Dass das Ende der Seuche erst hatte geschehen können, da jener Spruch entstanden, war allen, wenn auch dunkel nur, verständlich. Aber man liebt denjenigen nicht, der aus dunklen Quellen schöpft scheinbar.

Bald darauf aber waren Agdala und Ludovicus weitergezogen, ihre Bestimmung suchend oder sie eben verfolgend, wer mochte es wissen.

So endete der Weiser diese Erzählung. Lang war sie geworden, und keineswegs war ersichtlich, wie genau diese Geschichte mit der Chronik der Siedlung verknüpft. Daraus entstanden, daraus entwachsen war sie wohl, sonst hätten nicht wir sie ja gehört, und also musste ein Samen wie ein Senfkorn in ihr gelegen haben. Doch hatte jenes Senfkorn schon hineingelegt jener, der die dürren Daten notiert. Oder waren Samen und der daraus keimende Stamm der Erzählung hineingelegt und entwickelt allein durch die Erzählung Raahaels und Mirjams und des Weisers selbst. Am Ende tat es keinen Unterschied. Entstanden war die Geschichte und mochte in jedem von uns Verschiedenes angerührt und bewegt haben und würde es vielleicht weiter tun. Nun aber war sie vorbei wohl und existierte nicht mehr.

Früchte der Nicht-Zeiten

Weit fortgeschritten war die Nacht. Zu weit für uns, die wir auf dem Marsch begriffen. Und zu vieles hatte der Sonnenlauf, der sich in dieser Nacht ergeben, an Unerledigtem, Ungeklärtem, Unbesprochenem zurückgelassen. Es reute mich schon der entgangene Schlaf. Ludo hatte nach dieser Geschichte verlangt, und willig auch war ich ihr gefolgt. Nun waren aber schal mir darüber Mund und Geist geworden. Umstandslos und ohne Gruß suchte ich den Winkel auf, der mir gewiesen. Ich deckte mich und schlief ein, unvermittelt, wie tief und nachwirkend erschöpft und enttäuscht.

Dann in der Nacht, lange bevor die Sonne, noch weit hinter dem östlichen Horizont, mit bleichen, kalten Fingern fahles Licht an den Himmel malt, dann also lockte mich ein Stöhnen, ein Schreien eher, aus Innerem, wo menschliche Stimme nicht mehr sitzt, eruptiv wie eine Entladung. Ich folgte. Alles schlief. Ich verließ das Haus. Im anhängenden Verschlag sah ich Raahael, auf Händen und Füßen, weit das Kleid nach oben geschoben, hinter ihr aber ein Bursche, nackt, mir nicht kenntlich, der seinen Phall in Raahael stieß, gleichförmig, kräftig, schnell. Und Raahael stöhnte wie von Schmerz vor empfangender Lust, und unschlüssig war ich mir, während ich schaute, zornig und schmerzlich erregt nun selbst, unschlüssig war ich, ob diese brünstige Erregung so tief, weil Raahael erstmals genommen oder weil sie tieferfahren darin, diese Lust zu nehmen. Der Bursche stieß vor, Raahael rhythmisch zurück, den Phall, den Stoß zu empfangen. Weit aufgerissen war der Mund Raahaels jetzt vor unterdrücktem Schrei. Ihr weiß und mit den schwarzen Streifen der Sitte gemäß bemaltes Gesicht glänzte, der Schweiß verschmierte es nicht, das Haar hatte so streng sie nach hinten gebunden, dass die weiße Kopfhaut durch das Schwarz hindurch schimmerte. In dem Moment, als Raahael den Höhepunkt kommen spürte, hob sie den Kopf, und unsere Blicke trafen sich.

Ein Rütteln. Die Bilder flossen ineinander und lösten sich auf. Ich erwachte, erschrocken, mit einem gurgelnd unterdrückten Schrei, der gerade noch ins aufglimmende Bewusstsein mir drang. Einer der rückwärtigen Kundschafter war herangeeilt durch die Nacht hindurch, da wir Geschichten uns erzählt, Erzählungen gelauscht und in Traumwelten wir uns gebettet hatten. Fluchten, Szenen, Maskeraden. Ich war wohl als letzter erwacht. Mit Fackeln war der Raum notdürftig beleuchtet. Ludo und den Weiser sah ich im Gespräch. Nicht weit von mir lehnte Raahael an der Wand, fahl im Gesicht, müde, verdrossen fast, das lange Haar ungeordnet und verfilzt herabhängend.

Es erstattete also der Kundschafter Bericht mir, mir, dem Kommandanten des letzten Gefechts. Es seien die schwarzen Heere in breiter Front, von Horizont zu Horizont, vorgedrungen, hätten so bereits unseren Hügel erreicht. Seit die schwarzen Heere den ehedem Donau genannten Fluss überschritten, würden kleine Trupps das Vorfeld durchstreifen. Soweit ersichtlich, seien einige dieser Trupps bereits tief vorgedrungen, auch in der Richtung, in die unser Marsch sich bewegte. Ob freilich die schwarzen Heere gezielt uns nun verfolgten, sei nicht zu sagen. Die schwarzen Heere zögen heran, wie schon immer in diesen Nicht-Zeiten sie dies getan. Es habe unter den rückwärtigen Kundschaftern Verluste wohl gegeben. Es würden diese Kundschafter nicht zurückkehren.

Ruhig sprach der Kundschafter, fast monoton. Es waren diese Kundschafter ja von uns, den erfahrenen Hauptleuten, dem Weiser, von mir am Ende als dem Kommandanten des letzten Gefechts ausgesucht worden deshalb, weil den Gefahren sie ungerührt und unberührt ins Auge sahen. Deswegen waren sie jung allesamt, so wie wir, der Weiser wohl, wiewohl ich es nicht recht wusste, Ludo und einst auch ich Kundschafter waren, als wir jung gewesen. Kundschafter konnte man überhaupt nur sein, wenn man jung war. Wir konnten es ja längst nicht mehr sein, denn unschlüssig waren wir geworden und zweiflerisch und führten viele, alle Dinge, die doch nebeneinander lediglich existierten und miteinander zu tun gar nichts hatten gegeneinander ins Feld, und am Ende wog sich alles auf und war nichts.

Kundschafter zu sein in den Vorfeldern aber hieß, jeglichen Augenblicks gewärtig zu sein, Flucht und Kampf, Tarnung und Täuschung, stetes Spähen nach den Erfordernissen des Augenblicks anzunehmen, auf der Gefahr zu schwimmen, das Kundschaften als die Essenz des Lebens, als das Leben selbst zu verstehen. In dieser Weise war ich selbst Kundschafter gewesen und mein Sohn Nathanael war wohl ein solcher noch, wenn er denn Kundschafter war. Denn wo mochte er sein? Uns voraus wohl. Denn Kundschafter sicherten die rückwärtigen Räume ebenso, wie sie nach vorne spähten.

Kaum entsann ich mich dessen, was ich erlebt, als ich Kundschafter gewesen. Kaum freilich brachte ich überhaupt die Dinge mehr in eine Abfolge, die einen Sinn ergeben konnte. Mochte wohl sein, dass es eine Abfolge nie gegeben hatte, dass der Gedanke, es könne etwas wie Abfolgen geben, selbst wieder Illusion war, selbstverliebt, ein Versuch, sich selbst und die Welt zu erklären, ein müßiger also und nicht der Rede wert.

Kundschafter denn. Gewohnt waren wir es in diesen Nicht-Zeiten ja, Kundschafter und die schwarzen Heere fast schon als eins zu sehen, als einander zugehörig, sich bedingend. Aber das stimmte ja nicht so und anders auch nicht. Denn den schwarzen Heeren, dies war sicher oder schien sicher, waren unsere Kundschafter gleichgültig. Sie vernichteten sie wohl beiläufig, sobald sie ihrer habhaft wurden. Aber auch das wussten wir nicht. Denn wir wussten nicht, was hinter den Linien der schwarzen Heere geschah. Wir wussten ja nicht, ob hinter den Linien der schwarzen Heere überhaupt etwas geschah. Zum anderen stimmte es nicht, da es schon in den zeitlichen Zeiten und bis an den Rand dieser Nicht-Zeiten und wohl aus den Nicht-Zeiten am anderen Rande heraus in die zeitlichen Zeiten hinein Kundschafter gegeben hatte. Kundschafter waren wohl immer gewesen.

War ich also Kundschafter gewesen nach dem Sommer mit Cramalla, deren Scham ich liebkost, die nicht ich genommen, deren Gnom mich beschimpft. War ich Kundschafter vor oder nach den Kreisen mit Esther gewesen, die einmal ich geküsst, deren Brust ich gekost, die nie ich genommen. Am ehesten wohl, wollte mir scheinen, war ich Kundschafter gewesen, als all dies mir schon verdämmert und während ich vieler Mägde Brüste liebkost und in viele gedrungen. Das alles stimmte. Und das alles konnte nicht stimmen. Nach dem zumindest, was mich jetzt bewegte. Doch was hatte ich zu tun noch mit dem, der ich gewesen?

Von Esther war es ja ausgegangen. Zu Esther sollte es ja zurückführen. War nicht unser Marsch, war meine Einwilligung zu unserem Marsch nicht eigentlich getrieben von der Sehnsucht nach Rückkehr, Rückkehr zu Esther, Vollendung, wie auf der Suche nach dem Stein, dem Schlussstein, dem Stein eben, nach dem immer wir suchen? Und wenn nicht nach dem Schlussstein, so doch überhaupt erst nach dem Eckstein, auf den alles zu gründen. Doch war es wiederum unsinnig, einen Eckstein noch einzusetzen, wenn das Gebäude längst entstanden, ohne Eckstein dann eben, es ging ja auch oder schien zu gehen. Eine Suche, die uns treibt, ob im Guten, ob im Schlechten, wer mochte es wissen, wer konnte es wissen? Wer überhaupt konnte schon wissen, was als gut, was als schlecht sich erweisen würde, und in diesen Nicht-Zeiten schon gar. Und wie vieles war allein schon verdämmert, seit wir nur auf diesem, auf unserem Marsch, ein paar Sonnenläufe nur? Doch schon schien mir unser Hügel, der jetzt wohl von den schwarzen Heeren besetzt, fast in den Nebeln unserer Erinnerungen verschwunden.

An Esthers Stelle, die mich lockte, nach der ich mich sehnte, war Raahael getreten ohne Zweifel. Raahael, die mich lockte und reizte, anders, als Esther es getan, die freundlich mir zugeneigt und die mir zuweilen wohl mehr als zugeneigt (aber ich hatte nicht es gelesen und lesen können), anders, aber eben doch immer gleich. Mochte denn auch dieser immergleiche Urgrund es sein, warum in unseren Geschichten und Erzählungen und Gesichten und Träumen und Fantasien und Begierden und Süchten und Sehnsüchten alles, was uns darin geschah oder zu geschehen schien, über den Wassern weggeweht wurde und mit der Sonne unterging oder von den Strudeln, die sich bildeten, wenn die Geschichtsstränge aneinanderstießen und sich verhedderten, in der Tiefe verschwanden, um dann doch wieder, an anderer Stelle mit der neuen Sonne aus Wassertiefen aufzutauchen, neu mit anderen, doch gleich in sich selbst. Es kam alles wieder, es ging nichts verloren, die Sänger, die weißen und die schwarzen Priester, der Beischlaf, den man genossen oder den man versäumt, die Opfer, die Fürsten und Äbte, die Kristalle, die Weisheitssprüche, die Finten und Listen, die Gewalten, die Heere, die Boten, die Kundschafter, alles war eins, alles wendeten diese Nicht-Zeiten, gleichmütig, wie es kam, wie es ging, es war gleich.

So war es denn auch gleich, ob ich vor, während oder nach den Kreisen mit Esther, dem Sommer mit Cramalla, dem Lager bei Ludo, dem Umherstreifen in den Auen, dem Überqueren der Flüsse, der Pirsch in den Wäldern, den Dörfern und Siedlungen und Städtchen Kundschafter gewesen oder ob all dieses nicht schon Teil der Kundschafterberufung und des Kundschafterauftrags gewesen. Vielleicht stimmte ja ebenso, wie es stimmte, dass zum Kundschafter in den Vorfeldern wir nicht mehr taugten, dass wir in anderem Sinne Kundschafter waren, solange wir lebten.

Wie aber würden wir, und wo, und in welchen neuen Geschichten würden dann, nachdem wir dieses Leben als diese eine Geschichte vollendet, wieder auftauchen? Denn da wir Teil einer Geschichte und einer Erzählung und somit immer neuer Wendungen und Möglichkeiten nun einmal waren, auch wenn uns dies nur in seltenen Momenten als neblige Ahnung durch die Seele zog, Ahnung, die schnell sich wieder auflöste, wenn die Sonne stieg, da wir also Erzählung waren, mussten ja wir auch im und mit dem Strudel versinken, um anders und neu wieder zu erscheinen, irgendwann, in gleicher Gestalt oder in anderer, es tat ja nichts.

DIE dräuende Gefahr, von welcher der Kundschafter berichtete, belebte mich stark. Die Gestalten und Gesichter der Nacht verschwanden. Dazu wurde ich, der ich war nun einmal, zum Kommandanten des letzten Gefechts, gewählt und berufen, die Kohorten zu führen, und die mich gewählt und berufen mochten immerhin gewusst haben, warum dieses sie getan.

Es war jetzt viel zu bedenken. Vieles war nach der Ankunft in dieser Siedlung, in die letztlich Raahael ja uns geführt, offen geblieben, mochte es Schwäche des Augenblicks, die Sehnsucht nach Ruhe, Erschöpfung, körperliche und geistige, gewesen sein. Ich untersagte mir Reue deswegen, Bitternis flog nur beiläufig mich an und rasch an mir vorbei. Gut war es, dass zu Müdigkeit und strudelnden Gedanken ich neigte, nicht aber zur Reue und kaum zur Bitternis.

Die Kohorten ließ ich sammeln. Einen Trupp aus erfahrenen Hauptleuten und jungen Burschen sandte ich dem Fluss zur Deckung entgegen. Es waren keine Kundschafter. Auch wenn wir auf dem Marsch waren, auf unserem Marsch ins Winterlager, so standen wir immer noch in Kampf und Schlacht gegen die schwarzen Heere. War am Ende doch der Marsch ins Winterlager Teil dieser Schlacht in diesen Nicht-Zeiten, denn welchen anderen Zweck sollte Winterlager je erfüllen? Mochte der Weiser erzählen, mochte er sinnieren oder im Schilde führen, was er denn wollte. Recht mochte er wohl haben auf seine Weise, doch spielte dieses keine Rolle. Ich war der Kommandant des letzten Gefechts. Sorge zu tragen hatte ich für den Fortgang der Schlacht. Dass die Schlacht am Leben blieb. Dass Schlacht lebte gegen uns, mit uns, um uns, in uns. Nichts sonst.

Einen Abend, kaum eine Nacht hatten wir in dieser Siedlung verbracht. Länger mochte es uns, die wir die Geschichten gehört und uns in die Erzählungen geträumt und uns hatten wegführen lassen von diesen und wieder zurück auch, länger wohl hatte es uns erscheinen können, denn Geschichten hatten ein anderes Maß als die Dinge, die uns widerfuhren, sei es im Lichte eines Sonnenlaufs, sei es im Dunkel der Nacht, aber widerfuhren uns die Geschichten eben auch.

Antreten ließ ich, zum Marsche sich rüsten die Kohorten. Es bestiegen Raahael und Mirjam den Karren, des Weisers und Ludos und mein Pferd wurden vorgeführt, es geschah alles ohne Hast und wie gleichmütig nach den gewöhnlichen Gesetzen der Schlachten und des Kampfes.

Der Älteste der Siedlung wirkte, als wäre er beunruhigt und erleichtert zugleich, in seltsamer undeutlicher Mischung, und mochte in Augenblicken die eine Empfindung die andere ablösen, mochten sich die Empfindungen durchmischen und gleichzeitig durch seinen Kopf und seine Brust ziehen, und mochte der Kopf einmal dieses denken und die Brust jenes fühlen und gleich darauf umgekehrt, es wusste der Älteste der Siedlung nicht mit sich ins Reine zu kommen für diesen Augenblick, da wir zum Abzug bereit.

Von den schwarzen Heeren hatte die Siedlung, bis wir erschienen, kaum, wenn denn überhaupt gehört. Geschichten vielleicht, die ein Wandernder erzählt haben mochte, Gerüchte, vage wie Traumfetzen, geraunt vielleicht am Kamin, wenn die Sonne verschwunden, als eine der Erzählungen, die unklare Ängste, die in uns allen aufstiegen immer wieder, in Worte zu bannen suchten und sie dann oft nur verstärkten. Und wer mochte schließlich, ob nicht insgeheim und von den Erzählenden und Hörenden selbst kaum gewusst nicht die Lust gerade darin bestand, die Ängste intensiver und körperlicher zu erleben, als etwas Reales zu modellieren, dessen Eintritt man stets und unmittelbar gewärtig zu sein hatte. Auch dies freilich einem Banne gleich. Was da ist, herbeigezaubert, ist schließlich dann genau dieses: nämlich da und in der Welt.

Und tatsächlich war es nun so, dass die schwarzen Heere wir gebracht in diese Siedlung. Die schwarzen Heere, so mochte es scheinen, hingen an uns wie wir an den schwarzen Heeren.

So mochte denn dieses den Ältesten beunruhigen. Dass die Siedlung mit unserem Abzug vollends schutzlos den schwarzen Heeren, so diese denn tatsächlich in der Siedlung aufzogen oder der Siedlung es auch nur scheinen so mochte, ausgeliefert. Welcher Art unser Schutz aber hätte wohl sein können, darüber hatte der Älteste kaum Gelegenheit gehabt, sich Gedanken zu machen, seit die Nachricht des Kundschafters uns erreicht. Andererseits zogen wir nun ab, und das Misstrauen des Ältesten der Siedlung und der Bewohner der Siedlung selbst gegen uns, die Kohorten, eine Truppe immerhin bewaffnet, zerlumpt und verkommen in vielem, aber bewaffnet eben und zahlreich immer noch eben doch, war seit unserer Ankunft nicht erloschen. Er, der Älteste, hatte freilich Grund auch nicht gehabt, es erlöschen zu lassen. Und da wir nun abzogen und wir die schwarzen Heere gebracht, verschwand vielleicht – so mochte der Älteste für die Siedlung hoffen – auch die Gefahr, die jenseits des Flusses, über der Furt sich ballte. Doch wer mochte es wissen? Ich wusste es selbst nicht.

Ich hieß, Vorräte reichlich zu requirieren und, vor allem, frisches Wasser zu füllen, Wasser aus dem Brunnen, der wie unerschöpflich die Siedlung zuverlässig versorgte. So schien es, denn so lange ließ ich schöpfen und füllen, bis der Brunnen nur Rinnsale noch bot. Und sahen darob die Bewohner der Siedlung auch finster, so waren die Einwendungen des Ältesten doch nur wie pflichtgemäß. Ein letzter Aufwand, so mochte er rechnen, und die spukhafte Erzählung, die wir zweifellos waren in der Geschichte der Siedlung, wäre nichts anderes mehr als ein dürrer Eintrag in der Chronik.

Es war aber all dieses schnell geschehen. Es gehörte ja nun dem Kriegs-, dem Schlachtenhandwerk an. Raahael im Übrigen hatte in der Zeit weiß ihr Gesicht bemalt und scharf die schwarzen Streifen gezogen, dazu ihr Fahrenskleid, denn dieses war es wohl, wieder angelegt. Das der Nacht, woher es auch war, führte nun in einem Bündel sie mit. Unseren Raub, auch so konnte man ihn nennen schließlich, betrachtete sie, die oft hier durchgezogen, die oft hier gastlich aufgenommen, die oft hier gern wohl gewesen, mit Gleichmut. Als wäre anderes nicht zu erwarten. Als wäre anderes gar nicht möglich. Und so war es ja am Ende auch. So zogen wir denn ab. Nicht gerade durch ein Spalier der Bewohner, aber, wie mir wohl bewusst, von vielen Augenpaaren aus Ritzen und Fensterlöchern verstohlen verfolgt. Mochte vielleicht manch einer darunter sein, der gern uns begleitet. Und wären wir länger geblieben, hätte ich auf Rekrutierung vielleicht gesehen. Denn nach den Gesetzen der Kohorten gerechnet bedurften die Kohorten längst der Auffrischung. Nach den Gesetzen der Nicht-Zeiten, dem Joch, das uns der Kampf gegen die schwarzen Heere auferlegt, war unser Verschwinden und Verdämmern freilich ein unausweichliches und wie einem natürlichen Laufe folgend. So war es, wie es war, und wie es war, war es gut, weil es war, wie es war.

NUR mit Mühe hatte die fingrige Sonne, die ja flach und übellaunig emporkroch, sich schmerzlich dahinschleppte in diesem fast schon selbst verendenden Herbst, wie gewohnt oder erwünscht die Oberhand gewonnen gegen die schlierigen und schmutzigen Fetzen aus Dunkelheit und Nacht, zudem wehte diesiger Dunst vom Fluss her, so dass unser Abzug triumphal und leuchtend kaum zu nennen war. Wann wäre er je dies gewesen? Wann auch wäre unser Aufmarsch triumphal je zu nennen gewesen? Wir siegten ja nicht. Wir kämpften nur. Doch hatten diese Nicht-Zeiten und unser Kampf gegen die schwarzen Heere uns längst gelehrt, darauf nicht acht zu geben. Es war dieses eine Frucht, und nicht die giftigste, dieser Nicht-Zeiten, und sie war mir recht.

Welche Früchte, reife oder unreife, nährende oder eben giftige hatten diese Nicht-Zeiten noch mit sich gebracht, dachte ich bei mir, während ich mich ans Ende des Trosses zurückfallen ließ und als der letzte die Siedlung verließ. Wohl wollte, kam einem dieses in den Sinn, es sich nicht ineinander fügen, dass Früchte in den Nicht-Zeiten, gerade in diesen, gediehen. Und doch, so schien mir nun, waren die Früchte der Nicht-Zeiten vielfältiger, sonderbarer, ungeahnter, als es die Früchte der zeitlichen Zeiten gewesen. Gewesen sein konnten vielleicht, ich wusste es nicht. Vielleicht aber hatten Früchte in den zeitlichen Zeiten oder Früchte der zeitlichen Zeiten gar nicht mehr sein können, da ja alles, ob wir es wussten oder ahnten oder nicht, da ja alle zeitliche Zeit den Nicht-Zeiten zufloss und in diesen aufging und die schwarzen Heere heraufzogen.

Es war Raahael dem Karren wieder entstiegen und hatte ein Pferd sich bringen lassen, und es war dieses geschehen ohne Widerspruch. Wenige Pferde hatten wir und waren diese wenigen vorbehalten, streng gehütet. Als Mann mochte es mir gefallen, dass Raahael suchte, neben mir zu reiten. Als Kommandant des letzten Gefechts sah ich dies mit Widerwillen, zumindest mit Missbilligung. Es war eine Anmaßung, eine Okkupation. Die zwar so von keinem der jungen Krieger benannt worden wäre. Die Begriffe hatten sich aufgelöst bei denen, welche die zeitlichen Zeiten kaum mehr kannten. Aber das namenlose, diffuse Erspüren konnte wirkmächtiger sein als jeder Begriff. Der Aufruhr, den der junge Jodokeel entfacht, war ja nichts anderes gewesen als Ausdruck dieses Gespürs. Jodokeel. Eine der Geschichten, die offen geblieben. Viele Geschichten waren offen, und ich meinte, wir sollten sie schließen, noch bevor Winterlager wir erreicht.

Wieder spürte ich Rahaaels Schenkel an meinem, gestrafft und hart durch das Reiten. Er fühlte sich jung an, jünger als Raahael selbst war, auch wenn ich weder zu sagen gewusst hätte, wie es sein konnte, dass sich Raahaels Schenkel jung mir anfühlte, noch auch nur, wie alt Raahael selbst sein mochte. Ein Mädchen. Eine Frau. Eine Schwester. Alles. Und nichts davon.

Auf einer kleinen Anhöhe verharrte ich. Die Nachhut, die noch vor uns marschierte, ließ ich halten. Ich wählte einen Trupp, eine Handvoll in mancherlei Schlachten und Gängen erprobter Krieger, jung und alterslos zugleich. Ich gab die Befehle. Der Trupp zog ab, gleichmütig, gewohnt und bereit, den Befehlen des Kommandanten des letzten Gefechts zu gehorchen, ohne Einwand, ohne Bedingung. Raahael und ich folgten ihnen mit den Blicken. Der Haupttross war uns derweil bereits aus den Augen.

Nach kurzem ging die Siedlung in Flammen auf, an allen Ecken gleichzeitig. Wir hörten die Schreie, wir sahen das Wimmeln. Es war wie immer. Der Mensch sucht zu retten, wo doch nichts zu retten ist. Raahael atmete heftiger, den Mund halb geöffnet. Es war Glanz in ihren Augen, der nicht vom Feuer der Siedlung rührte. Ich begehrte sie sehr.

Mit der Siedlung verbrannte auch ihre Chronik. Würde je eine neue geschrieben, woran kaum zu denken war, würde sie mit diesem Brand beginnen. Als das Feuer seinen Höhepunkt erreicht und die Vernichtung gewiss, wandten wir unsere Pferde, zügig die Kohorten einzuholen. Die schwarzen Heere, das waren auch wir selbst.

ZWEITES BUCH

Aus dem Buch jenes Herrn

Mochte freilich sein, dass alles ganz anders gewesen und nun auch anders war, als es sich mir, dem Kommandanten des letzten Gefechts, und uns allen darbot. Mochte außerdem sein, dass Marsch in Winterlager dieses gar nicht war. Mochte sein, dass nicht eigentlich die Kreise mit und um Esther, die mich gerufen auf unserem Hügel undeutlich, doch mit starker Kraft es waren, die den Aufbruch bewirkt. Mochte sein, dass Raahael ganz anders selbst und ganz Anderes für mich war. Niemand wusste auch, welches das Geheimnis dieser Nicht-Zeiten war. Konnten Nicht-Zeiten beginnen? Und konnten sie enden, so wie endeten die zeitlichen Zeiten? Woran ersah man es, gab es Ursache dafür, brauchte es überhaupt Ursache, endeten die Dinge und damit auch die zeitlichen Zeiten nicht einfach so?

Was blieb für den Augenblick: Die schwarzen Heere zogen heran. Und wir zogen unseres Wegs. Den Stämmen im Nordosten entgegen. Dass wir diese, dass Winterlager wir je erreichen würden, dass wir es überhaupt vermochten, es erschien mir zweifelhafter denn je. Vielleicht hätte diesen Befehl ich nicht geben dürfen. Vielleicht war der einzig richtige er gewesen. Vielleicht aber, und am gegründetsten schien mir dieses, vielleicht war der eine Befehl so gut, wie der andere gewesen wäre. Am Ende tat es ja wirklich nichts. Und wenn Winterlager wir nicht erreichten, so würde Winter uns eben auf dem Marsch überraschen. Ich war es müde, und ich war es leid. Es waren mir die Kohorten zu viel geworden, ich mochte die Geschichten des Weisers, deren Deutungen und Bedeutungen nicht mehr hören, meine eigenen Erinnerungen und Träume und unausgesetzten Gaukeleien waren mir Last, die drückte. Esther und Cramalla und Mirjam, was gingen sie mich an? Keine Rolle spielte es, ob Laila ich genommen oder nicht, ob Laila den Geschlechtsverkehr geübt und einen, jenen Kristall besaß oder nicht, auf welchen Wegen jener Fürst gezogen, wodurch jener Abt vertrieben. Was ging es mich an? Es war mir die Chronik der Siedlung, die wir verlassen, gleichgültig, so wie ich an Sprüche und deren Macht nie geglaubt hatte, und grimme Befriedigung war es mir, die Siedlung zerstört und ausgelöscht zu hinterlassen. Und da ich Glauben an Sprüche nicht hatte, nicht mehr hatte oder nie gehabt hatte im Tiefsten, wollte nicht mehr ich damit beginnen. Mochten sich die schwarzen Heere auf ihrem eigenen Zug an der Asche der Chronik laben. Der Gedanke freilich machte mich lachen.

Die Sänger und Gaukler, welche die Lande durchzogen und denen ich gerne gelauscht, ich wollte es gestehen, gerne zugesehen und gelauscht und denen ich mich beigesellt wie jenem Lothar, die Sänger und Gaukler also wollten mir nun als das erscheinen, was sie eben waren, Bettler nämlich, nicht wert, Brot von mir zu nehmen. Ich mied Raahael in jenen immer kürzeren Sonnenläufen des Marsches. Ich mied den Weiser und Ludo. Tat mir dieses wohl. Tat nicht es mir wohl. Ich tat es. Es mochte genug damit sein. Irgendwann musste alles gut mit sich selbst sein.

Mit den Hauptleuten umgab ich mich, ich, der Kommandant des letzten Gefechts. Und Zechiel, der die Verbindung zu Nathanael, des fernen, mir war, duldete ich in meiner Nähe. Mit ihnen also begann die Geschichten ich zu ordnen. Würde am Ende verweht es auch sein, so musste ja geordnet werden, und wer sollte es tun, wenn nicht ich? Ich, der Kommandant des letzten Gefechts?

Der Kommandant des letzten Gefechts. Ich, der Kommandant des letzten Gefechts. Ein seltsamer Rang. Eine merkwürdige Aufgabe. Welche Aufgabe war es eigentlich? Was hatte ich zu erfüllen, und welche Erwartung hatten die Hauptleute, die mich gewählt? Mehr noch, was hatten gesehen sie in mir? Vor jeder Erwartung kommt ja das Sehen. Ein Sehen aber, das demjenigen des Auges voraus ist und gestalthaftes Erkennen nicht meint. Kommandant also. Gefecht also. Letztes Gefecht also gar. Stets hatte ich den Titel gebraucht ohne Überlegung. Bevor selbst ich ihn geführt. Und dann auch seit selbst ich ihn geführt. Es schien, als wären Titel und Funktion immer dagewesen. Aber was besagte der Titel wirklich? Wie war ich es geworden?

Zu wenig wusste ich von mir und meiner Geschichte, als dass sagen ich es hätte können. Was ist das eigentlich, die eigene Geschichte? In zeitlicher Zeit wäre dies wohl eine Abfolge gewesen, eine Linie, gerade oder gebogen oder verwirrt, aber eine Linie, an der sich wie Knoten die Ereignisse aufreihten, wie sie sich eben schürzten, verwirrt von sich selbst oder von der Hand dessen geschürzt, der auf dieser Linie unterwegs. Immerhin entstammte ich noch den zeitlichen Zeiten, und vage, immer undeutlicher freilich werdend wollte sich mir so etwas wie eine Abfolge einstellen, manchmal, in den Kreisen mit Esther, dem Sommer mit Cramalla, den Wanderungen durch die Auen des ehedem Donau genannten Flusses, dem Marsch mit Lothar, der Zeugung Nathanaels, Lager bei Ludo und Sendung, es mochte sich mir verwirren all dieses, ineinander und quer zueinander laufen und sich verknäueln unentwirrbar, war aber doch so etwas wie eine Abfolge, kenntliche, undeutlich kenntliche zwar, aber kenntliche Stationen immerhin.

Was sich auflöste, immer konturenloser wurde, je müder sich die zeitlichen Zeiten in die Nicht-Zeiten ergossen. Einem Flusse gleich, der nach langem Anschwellen sich träge und satt, willenlos gleichsam, bereit, sich aufzugeben, ins Meer sich ergoss.

Weit, sehr weit, unerreichbar weit für uns hinter den jetzigen Linien der schwarzen Heere sollte der ehedem Donau genannte Fluss sich auch in ein Meer ergießen, das diesen Namen freilich kaum verdiente. Hatte dafür der lange Lauf sich gelohnt? Aber wer fragte nach Lohn?

Ich sprach mit den Hauptleuten darüber, vorsichtig, deutete an, beiläufig, wenn sich flüchtige Gelegenheit bot auf dem Marsch oder an nächtlichem Feuer, bei Rauschgetränk, das ich reichlicher dann fließen ließ, obwohl auch dessen Vorräte sich neigten. Wie vom Rande eines Strudels näherte ich mich in großen Kreisen. Ich wusste, dass die Hauptleute, die meisten selbst noch mit Geschichte und Geschichten in der zeitlichen Zeit, Fragen, die über die Erfordernisse des Schlachtenhandwerks hinausgingen, nicht liebten. Nicht verstört darauf reagierten, denn gestählt waren sie in mancherlei Schlachten gegen die schwarzen Heere und unterwegs dem Tode oft nur knapp entgangen, nicht verstört darauf reagierten, aber unwillig. Sich wie schüttelnd, die Gedanken und Grübeleien und Phantastereien abschüttelnd. Und kaum einen Zweifel hatte ich, seit die Siedlung wir verlassen und unseren Marsch wir fortgesetzt, dass mit kräftigem und unverbildetem Instinkt das rechte Teil sie gewählt. Sie waren Ludo darin ähnlich oder Ludo war es ihnen. Wiewohl von Ludo ich wusste, dass auf anderen Wegen, durch Erfahrungen und Experimente und Überlegungen zu dieser Haltung – oder war es ein Wissen? – er gekommen.

Als ihr Kommandant wäre ich ihnen in diesem Abschnitt des Marsches, da das Fleisch Raahaels wohl ich noch begehrte (wenn es denn nur das Fleisch war, das ich begehrt), ihre Nähe aber mied und meiden wollte, im Geiste gerne hierin gefolgt. Doch konnte ich es nicht. Ausweg einzig, und war es nicht wie ein Fluch, war Geschichte, eine Erzählung, ein Faden, der sich wob in diesen Schlingungen, in denen auch ich gefangen oder vielleicht geborgen und beschützt und gehüllt, wer mochte es unterscheiden? Doch wozu auch nach Unterscheidungen suchen und Unterscheidungen zu bestimmen suchen, wo es keine gibt nach unserer geringen Fähigkeit, Dinge zu unterscheiden. Farben mochten wir unterscheiden, und selbst diese jeder anders, die Formen der Dinge, den äußeren Gang der Erzählungen, aber kaum die Dinge und die Erzählungen selbst.

Jener Hauptmann, der den Jodokeel verteidigt, warf es ein, als über den weiteren Weg und die Ordnung in den Kohorten ich mich besprach. Es war ihm die Geschichte jenes Abtes nun wohlvertraut aus dem Munde des

Weisers. Doch wie von ungefähr kam er, der Hauptmann, auf jenen Florianus zu sprechen, den Unterführer, den Adjutanten des Abtes, der hochgemut bei Cybilla erschienen, dem die Hochmut aber schnell ausgetrieben worden, der selbst nicht mehr gewusst, ob den Verkehr mit jener Magd er ausgeübt, der nicht einmal gewusst und vielleicht nicht wissen wollte, ob er sich überhaupt wünschen, ob er gutheißen sollte, dass den Verkehr er ausgeübt hätte, und dem jenes Beutelchen, das er erhalten aus unklarem Grunde und zu unklarem Zwecke, auf der Brust nun brannte. Denn sich dieses Beutelchens einfach zu begeben, es wegzuwerfen und damit zu vergessen unverzüglich, dazu sah er sich schlicht nicht gewappnet.

Nach dem zwischen Cybilla und dem Abt Geschehenen, von dem der Florianus nichts wusste, wie nun auch der Abt nicht gewusst, was dem Florianus geschehen – die Geschichte jedes einzelnen war vollständig, so wie diese Geschichte überhaupt vollständig sein konnte, aber eben wiederum diese vollständigen Geschichten zusammen ergaben eine anders vollständige Geschichte, sofern Geschichten für uns vollständig sein konnten – nach jenem Geschehenen also war der Abzug des Abtes und seiner Getreuen kaum anders als eine Flucht zu nennen. Getarnt zwar in Klirren und Stärke, denn natürlich verfügte der Abt über die Kraft, selbst einen Abzug als Demonstration seiner Macht in Szene zu setzen. Für den aber, der sehen konnte und verstehen, dem war es eben das: eine Flucht, Ungetanes, Abgebrochenes, Unerfülltes zurücklassend.

Es schieden aber Florianus und der Abt nach dem Abzug von Cybilla unmittelbar. Es war keine Trennung im Streit, es war keine Sendung des Florianus durch den Abt, es geschah diese Trennung einfach so, wie Trennungen eben geschehen, wenn der gemeinsame Weg zu Ende gegangen, ob erfüllt oder eben nicht. Es wandte sich aber der Abt, ein Ritter, ein Priester, ein Fürst mit seiner Schar nach Südost, sich seinem Kaiser des Reichs anzuschließen und dessen Heeren, die marschierten und segelten an den Rand der Welt, die heiligen Gestade dort zu entsetzen und zu besetzen, blutig und grausam nach Sitte und Gesetz, aber eben auch die Gewissheit schenkend, erlösende Buße zu tun mit diesem Handwerk und Marsch an Ende und Anfang der Welt, eins zu werden mit jenem Herrn, Gnade zu finden vor jenem Herrn, der den Kaiser eingesetzt und die Schicksale bestimmte. Eine besondere Fülle des Lebens, von der wir – oder manche von uns, nicht mehr viele – noch etwas ahnten, nach der wir uns sehnten dunkel und gestaltlos, der wir aber nachjagten oder besser: der wir uns nachschleppten in diesen Nicht-Zeiten vergeblich. Zu jener Zeit der zeitlichen Zeit, zur Zeit des Reichs galt noch

Tat, blutige Tat, als Gegenleistung und Vorauszahlung für ersehnte Gnade. Leistung, die zwar ständig im Verdacht, wohl nicht ausreichend zu sein und immer wieder verzehrt zu werden durch Schuldzins. Aber eben auch Tat, die wirklich erbracht und, vielleicht, angehäuft werden konnte zu stattlichem Vermögen, das in die Waagschale zu werfen. Rechnungen, die uns kaum mehr zu verstehen. Unsere Taten – denn tun mussten auch wir schließlich etwas und taten es mit diesem Marsch und auf diesem Marsch – waren gewichtslos, Federn, Nebel, Atemzüge, nicht zu gebrauchen als Last auf welcher Waagschale immer.

Florianus aber streunte ziellos zunächst, kreiselte. Mochte seine Kreise dehnen, verließ sie aber nicht. Fand schnell sich wieder in die Bedingungen seiner kargen Kindheit und Jugend, gewohnt, auf der Straße und den Wegen und im Feld fast zu leben, sich von Wenigem fristend und das Wenige dankbar zu nehmen. Schnell verweht waren Sicherheit und zwar bescheidene Fülle, die er in Diensten des Abtes durchaus genossen, als wären diese ein Kleid, das man anlegt für eine Weile, das einem aber nicht angemessen auf den Leib und das man wieder ablegt und vergisst, als hätte man nie es getragen. Florianus hatte kein Ziel und keinen Plan und träumte nichts. Beschäftigt waren seine Gedanken noch mit jener Magd und Cybilla. Doch die Kraft seiner Jugend, ihm selbst kaum bewusst, drängte auch die nagenden Gedanken mehr und mehr ins Wesenlose, kaum Glaubhafte mehr. Zumal er, wohltuend, aufmerksam sein musste von jedem Aufgang der Sonne an, sein schieres Leben zu fristen. Es war dieses nicht leicht, das Reich in Unordnung und Aufruhr, wie stets, seit es bestand. Versank ihm rasch aber auch, was ihm widerfahren, so säumte er doch nicht, sich des Besitzes jenes Beutelchens zu versichern immer wieder. Tat es ängstlich. Scheu. Mit Herzklopfen, von dem er nicht zu sagen gewusst, woher es eigentlich rührte. Mit geheimer Lust auch, deren Quelle ihm rätselhaft.

So also war Florianus durch die Auen des ehedem Donaus genannten Flusses gestreift. An beiden Ufern. Sich auch von den Ufern entfernend auf die nördliche Hochfläche, wo in gemessenen Abständen schäbige Burgen Unterhalt für eine Weile versprachen, aber das Versprechen selten hielten. Es war ja Florianus kein Sänger, kein Gaukler, kein gesandter Bote, und selten nur führte er Handelsware mit sich, die er selbst an anderem Orte eingetauscht. Er konnte ja nichts. Er hatte nur das Kriegs- und Kriegerhandwerk gelernt bei jenem Abt. Mochte aber in Dienst nicht sich stellen lassen. Gab wohl Interesse an seinem Handwerk hie und da, da die Herren jener Burgennester in Fehden häufig genug verwickelt, ihrem Dasein einen Bodensatz an

Fülle abzuringen. Noch häufiger aber ging es um Raubzüge gegen Kaufleute, gegen Durchreisende, gegen einfache Wanderer und Pilger, die man selten verschmähte.

Die Kühneren, diejenigen, die größere Bilder sahen und mächtigere Träume träumten, mochten wohl auch einmal einen Kahn, ein Schiff auf dem ehedem Donau genannten Fluss zur Beute erkoren haben, und manchmal, selten, gelang dies sogar, und dann war Fülle oben auf der Burg des Räuberritters. Bis die Söldner, die zur Strafe und Rückgewinnung des Geraubten gedungen, anrückten, was stets geschah. Dann war Belagerung und Not der Ordnung gemäß. Mancher konnte dann noch sich herauskaufen mit ruinösem Aufwand, der ihn zu neuem Raubzug wiederum zwang. Oft wurde die Burg geschleift, der Besitz beschlagnahmt, vielen wurden die Töchter geschändet und als Mägde, Dienerinnen, Sklavinnen dorthin verkauft, wo man nach ihrer Herkunft nicht fragte.

Florianus aber – nichts daran beschwerte sein Gewissen – war aber des einsamen Herumstreifens ohne Ort und ohne Ziel lange noch nicht satt. So war er kaum mehr als ein Bettler, wie freilich viele herumzogen, darauf hoffend, dass von irgendeinem Tische etwas abfallen mochte, sei es auch ergaunert, sei es selbst gestohlen. Stahl selbst, wenn Gelegenheit sich bot. Bot aber in diesen kargen Landen selten genug Gelegenheit sich. Bald neigte sich der frisch-würzige Herbst, dessen Sonne die Steine und Felsen noch kräftig wärmte, in den dunklen und feuchten, und dieser sank bald abrupt und wie ohne Gegenwehr in den Winter. Es wurde also für Florianus Unterkunft dringlich. Nöte, die drängend werden, werden nicht gelindert, nur weil sie drängend werden, und bedrängen eher im Gegenteil. Schon gar nicht, weil man sich dieses dringlich wünscht, und Florianus' Wunsch nach Unterkunft, nach Herberge, nach Heimat, zeitweiliger, im Winter war stark. Es mag der Behauste über die Not des Unbehausten, dessen Wunsch nach (und sei es auch zugiger) Wärme, nach (sei es auch rauer) Haut, nach (sei es auch grimmer) Nähe achselzuckend hinwegsehen. Nichts, was der Behauste sich wünschen würde. Nichts aber auch, was der Behauste als Todesnot ansähe. Denn hatte er, der Behauste, den Unbehausten im Frühling, da Aufbruch, im Sommer, da mühelose Heiterkeit, scheinbar, im frühmilden Herbst selbst noch, da Freiheit von der Mühsal des Erntens, des Einbringens, des rechnenden Lagers, des kühlen Vorausberechnens der Not dem Unbehausten noch war, hatte da also nicht der Behauste den Unbehausten gering zwar geschätzt, aber beneidet heimlich? Und waren nicht Neid und Groll und Verachtung groß geworden und starr über Frühjahr und Sommer und Herbst, dass kommende Not – und Not zumal, die man gar nicht kannte – nichts wog dagegen?

ES KROCH also der Winter heran und tat es gierig, unerbittlich, höhnisch. Die Hütten der Bauern, die Tore der Burgen, im Sommer dem Florianus wohl noch zugänglich, blieben jetzt nahezu allesamt verschlossen. Wohl hätte man, zumindest auf den freilich selbst ärmlichen Burgen, sich kriechende Langeweile und salzlose Ödnis gerne vertreiben lassen von einem Gaukler, einem Geschichtenerzähler, fahrenden Sänger, der Florianus eben nun aber nicht war. Und größer als langweiliges Unbehagen war die Furcht, mit den ohnedies kargen Vorräten einen zusätzlichen, einen unnützen Esser, von dem außer ein wenig Unterhaltung, die sich schnell abnutzte, nichts zu erwarten, der wohl gar, wer mochte es wissen, in den langen Nächten eine der Töchter, die zu lohnender Verheiratung vorgesehen, entjungferte, dass diese unbrauchbar, größer also als das Unbehagen und die Furcht vor Ödnis und Langeweile war die Furcht, einen Esser mehr durchbringen zu sollen.

So hatte Florianus bereits die ersten, schon frostigen Nächte draußen zugebracht, und sie waren hart. Eine Höhle, kaum mehr als ein Felsüberhang, sollte Schutz, Bergung ihm geben, mühsam suchte er sich an kleinem Feuer zu wärmen, seine Kleidung war dünn und zerschlissen und kaum selbst dem Sommer angemessen, Vorräte hatte er keine mehr. Kaum je hatte er welche gehabt. Nach dem einst stolzen, oft nicht wenig hochfahrenden Unterführer des Abtes griff der Tod. Kein Gedanke mehr an jene Magd, die ihn geritten, und als Traumgespinst hätte er mehr denn je dieses ohnehin gehalten, wenn nicht jener Beutel, kaum je berührt und ungeöffnet, an der Schnur um seinen Hals geschlungen und an seiner Brust geborgen.

Die Kräfte schwinden schnell, wenn der späte dunkle feuchte Herbst den Wanderer in seine Obhut wohl kaum, in seine Klauen viel eher nimmt. Reißzähne. Widerhaken, die sich in den Körper, dann in die Seele schlagen. Mochte auch umgekehrt sein, es war nie zu entscheiden. Mochte wohl auch sein, dass erst die Seele zerrieben – und sie war es ja, seit Florianus von Cybilla und der Magd geschieden und den Abt er verlassen, auch wenn er sich so daran gewöhnt, dass nicht mehr er es spürte und meinte, genesen zu sein, ein Trugbild fast immer –, dann der Körper zerschunden.

Dass wir genesen, ist ein Trugbild fast immer. Gewiss kräftigen wir uns neu, immer neu, oft ein Leben lang, es verschwindet Krankheit, und neue Kraft erwächst. Doch ist die erste Krankheit der Seele diejenige, die uns durch das Leben begleitet, und so treu, dass am Ende wir eins werden mit ihr. Mag die erste Krankheit der Seele wuchern und ihre Gestalt verändern, bis völlig unkenntlich sie scheint, so bleibt sie immer doch sie selbst. Mag sie scheinbar unauffindbar sein, mag sie auflösen sich scheinbar wie Nebelgespinst, so bleibt sie sie selbst.

Änderte solche Spekulei freilich nichts daran, dass dem Florianus im spätdunklen Herbst unter dem Felsüberhang, an schmalem Feuer die Kräfte erst und dann die Sinne schwanden. Er konnte, und wusste es wohl, hier nicht bleiben. Er musste Siedlung aufsuchen in jedem Fall, und sei es, dass in dunklem stinkendem Winterstall Unterschlupf er fände. War freilich wenig an Siedlung in dieser kargen Gegend, in die er sich verlaufen wie in ein Schicksal, und noch weniger hatten diese armen Löhner und Froner und Leibeigenen nicht minder karger Herren Vieh und also auch kaum Ställe. Seinen Weg zurück hätte er wohl suchen sollen hinunter an den Fluss, wo größere Dörfer, kleine Städtchen. Es wäre auch dort sein Ausgang ungewiss, doch wäre unterwegs, im Gehen, mit dem Ziel, vielleicht Hoffnung in ihm erwacht. Noch wusste er dieses, doch hatte schon der Geist keine Macht mehr, den Körper zu bewegen. Florianus erstarrte, noch ehe der Frost die kurzen Tage beherrschte. Bald bewegte er von der Höhle, der Nische im Gestein, sich nicht mehr fort.

Fetzen, Bilderschwaden nisteten in seinem Kopf sich ein. Gestalten, die sich zu nähern schienen. Nach ihm griffen, von ihm ab sich wandten. Ihm Grimassen schnitten, ihm drohten, sich zuwandten ihm aber auch hie und da, lächelnd. Woher kam der Sänger, der auf Cybillas Burg, im warmen Saale, zotige Lieder gesungen und der ihm von der Küste jetzt erzählte, von warmen Katen und Hütten, wenn die Nebel heranwaberten und die Menschen der Küste, geduckt, doch geborgen, die Winter an der Küste erduldeten und durchlebten? Der schwarze Priester stand vor ihm und beklagte ergriffen seine, des Priesters, Bürde, der Not und Armseligkeit des Florianus nicht achtend. Jetzt, da er geschwächt und seiner Sinne kaum mehr mächtig, jetzt also erst trat wieder die Magd aus dem Dunkel. Setzte sich auf ihn. Führte ihn ein in sich. Ritt ihn wie ein Alb. Sich selbst sah er auch, als einen der Unterführer des Abtes, stolz, scheinbar weit entfernt von seiner Herkunft, der scheinbar niederen. Sah aber auch, verwirrt, doch seltsam hellsichtig, dass er, Florianus, der sich nicht selten als des Abtes Adjutanten gedünkt, doch am Ende nichts weiter gewesen als eines dessen vieler willfähriger Werkzeuge. Bis es zur Trennung gekommen, sei es durch die Zerrüttung, die der Abt durch Cybilla erfahren, sei es durch den Ritt der Magd, sei es selbst durch das Beutelchen, das dem Florianus beigegeben. Was aber war mit jenem Beutelchen, warum hatte man es ihm beigegeben, war es Fluch, war es Segen, oder konnte man Fluch und Segen gar nicht trennen, umwand sich dieses, verschlang es sich am Ende zu einem einzigen Knoten, und war am Ende der gesegnet, der einen Fluch trug und war einer verflucht zugleich, wenn Segen auf ihm lag? So mancher, der gesegnet, hätte wohl gerne darauf verzichtet, bis dann freilich der Moment kam, und immer kam er dann, dass sich die Last des Segens wandelte in Fülle, Fülle von nie geahntem Ausmaß. Dorthin freilich, an diesen Wendepunkt, den Punkt der Wandlung musste man kommen, durch Verzweiflungen und Schrecknis hindurch, und stand ja doch nie jemand zur Seite, der verhieß, dass Wandlung geschehen werde. Und wann schon gar nicht.

Kaum Schutz vor den Herbststürmen, die zunahmen an Gewalt. Florianus hungerte. Ihn dürstete. Die Nebelgespinste in seinem Kopf verdichteten sich zu Bildern und von den Bildern zu Geschichten. Grellen, schrillen Geschichten. Erzählungen von Dingen, die nie stattgefunden. Oder eben doch. Oder eben Abbild waren von den vielen, vielen Wendungen, die möglich sind immer. Weil eine Geschichte sich nicht verdinglicht in der körperlichen Welt, heißt ja nicht, dass sie von minderer Realität als die eine, die armselige, die geschehen dem Scheine nach. Es hatte die eine sich herausgeschält, sich vorgedrängt, war dinglich geworden und hatte so – so war das Gesetz – Glanz und Geheimnis verloren, hatte beides abgegeben und abgeben müssen. Das war alles. Was die eine, dingliche verlor, gewannen alle anderen. Und umgekehrt. So hätte also auch Florianus ein anderer sein können diesem Gesetze nach. Und wie denn auch nicht.

So also waren die Erzählungen im Kopf des Florianus. Der Abt wurde eins mit dem schwarzen Priester des Sängers und wohl mit allen schwarzen Priestern schlechthin. Oh, es gab deren viele. In den Zeiten, da die Zeiten zeitlich zumal. Sie waren als solche oft nicht gleich kenntlich, aber an ihren Worten und Taten wie ihren Nicht-Worten und Nicht-Taten waren sie wohl zu erkennen demjenigen, der in ihren Kreis und Bann geraten, mit Begeisterung oft zunächst, unwissend, freudig, ungläubig fast ob der Auszeichnung. Bezahlt wird später. Manchmal viel später. Doch bezahlt wird immer.

WÄRME. Geruch von Rauch, beißend ein wenig, angenehm, und von trockenen Kräutern des späten Sommers, ein Schaben wie am Grunde eines Topfes oder einer Pfanne. Ehe noch Florianus emportauchte und die Bilder, die Figuren, die Geschichten, die eins geworden und sinnig im Traum, sich wieder trennten, war es dieses, das den Florianus kitzelte und verführte und es ihn wohlig sein ließen, dass in diesem Träume zu bleiben er wünschte. Doch schnell stößt man empor und tut die ersten Züge wieder, ordnet, lässt die Bilder und Geschichten des Traumes verblassen, vergisst.

So sah denn Florianus, da er die Augen nun denn geöffnet, in das Gesicht eines Alten, der über ihn gebeugt. Wobei freilich das Alter kaum zu schätzen, nicht jung jedenfalls, alterslos eher, gebräunten, glatten Gesichts, scharf und schmal, doch faltenlos. Florianus, verwirrt und erschrocken, fand sich wieder in einer Stube auf einem Lager, geräumig, warm und sauber, spärlich möbliert. Auch war er, wie heftig er feststellte, beinahe nackt, nur den Phall knapp noch bedeckt. Im Hintergrund machte ein Weib an Herden und Töpfen sich zu schaffen. Ein Mädchen an seinem Lager hielt ein Gefäß in Händen, darin eine Salbe von Kräutern, mit der sie den Florianus wohl eingerieben, das Gesicht des Mädchens aber war mürrisch und abweisend, sie hatte es gern wohl nicht getan.

Es war also der Florianus, schon entrückt und in anderer Welt wandernd, gefunden worden. An seinem Lagerplatz vorbei, so abseits er gelegen, waren zwei der Männer dieser kleinen Gemeinschaft, keine Siedlung, kaum ein Dorf, gekommen, in ihrer Gefolgschaft das Mädchen. Regelmäßig durchstreiften sie die Wälder und Flure. Ihr Gebiet abzustecken. Ihren Totems und Wächtern, von denen manche tief im Walde, andere auf Felsvorsprüngen, sichtbar, doch kaum erreichbar, wieder andere auf freiem Felde vergraben waren, zustehenden und geziemenden Besuch abzustatten. Und bei diesen Gängen freilich auch, es verstand sich von selbst, dem nachzugehen, was Leben und Überleben stets gebot. Sammeln. Die Ernte, die aufgestellte Fallen boten, einzufahren. Geringes einzutauschen in den ferner liegenden Dörfern und Städtchen, denn es war dieses Dorf, in das Florianus geraten, weit abgelegen von allen anderen. Es war nun das Jagen und Fallenstellen freilich streng untersagt von der Obrigkeit und denen, die Eigentum an diesen Wäldern für sich beanspruchten schon beinahe vom anderen Rand der zeitlichen Zeit her. Doch hier draußen war schlecht nachstellen zumeist, ab spätem Herbst und frühem Winter gleich gar nicht, zudem genoss der Alte weithin bis in die Burgen und Häuser jenes Herrn einen Ruf, der von Furcht und Ansehen gleichermaßen gespeist, vielen galt als Zauberer er, der binden und lösen konnte, Krankheiten zum Tode aufheben, Schwermut vertreiben, aber Krankheit und Verderben eben zu wünschen in der Lage war nach Belieben. Und da vielen ein Rätsel, warum und mit welcher Ursache das eine er tat und das andere er ließ, mied man ihn, es sei denn, dass Hilfe benötigt dringend. Am Ende dann tat die Entfernung das ihre.

Mit der Zauberei war es überhaupt ein sonderbares Ding. Das Buch jenes Herrn, aus dem gelesen in den Häusern jenes Herrn, und die Geschichten und Erzählungen, die es enthielt, war reich und überreich an Geschehnis und Erlebnis, an Überfülle und bitterer Not, an Wunder und Geheimnis, Auszug und Wanderung, Eingang und Wandlung. Schwarze Priester waren darin reichlich am Werke, jedoch waren sie, da diese Geschichten in ihren eigenen Nicht-Zeiten spielten, schwerer zu bestimmen, noch schwerer, als dies in den zeitlichen Zeiten möglich. Gehurt wurde und gelogen, selbst um Segen betrogen, der aber dennoch gültig blieb und von dem man also glauben musste, dass er von vornherein mit diesem Betrug gerechnet, ja, auf ihn angewiesen. Aus glühend trockenem, steinernem Stein, verschlossen wie für alle Ewigkeit, sprudelte frischer Quell auf den Stoß eines Wanderstabs. Jungfrauen, die ebenso verschlossen wie ein Fels und unfruchtbar von je wie dieser, gebaren. Wiederum züngelten Flammen aus dem Felsen, Opfergaben sichtbarlich anzunehmen. Büsche brannten und wurden doch nicht verzehrt, sondern sprachen und wendeten. Köpfe wurden präsentiert auf silberner Schüssel um der Geilheit eines aufreizenden Tanzes willen, es wurde geschlachtet, geschlagen, gemordet. Im Elend lagen die Helden, tapfer gelitten, vergebens in die Wüste gepredigt. Ein pralles Buch war das Buch jenes Herrn, satt, unerschöpflich, und so waren seine Worte wundertätig für den, der sie zu hören wusste.

Zauberei und Wunder aber hüteten die Priester in den Häusern und Burgen jenes Herrn voller Eifersucht, und so hatte derjenige, der in ihren Geruch, den Geruch der Zauberei und der Segens- und Fluchesgewalt kam, der Häscher und Richter gewärtig zu sein. Doch woher wohl wussten sie, durch wen jener Herr sprach und Zeichen tat? Denn immer wieder, so war es geschrieben in jenem Buch, bediente sich jener Herr der sonderbarsten Gestalten, um zu warnen und zu weissagen, die Sterne zu deuten und Zeichen zu geben. Wenn einer es nicht tat, so mochte der Wal ihn verschlucken. Und wieder ausspeien. Und sollte sich zeigen, dass etwas in ihm verdaut vom Wal und er geläutert und als ein anderer ausgespien. Verschluckt aber vom Wal und wieder ausgespien mit Regelmäßigkeit werden alle, denen ein Schicksal gezeichnet, man soll den Wal daher gering nicht schätzen und fürchten nicht, sofern es dem Menschen möglich ist.

Von Zauberei sah und spürte der Florianus nicht viel. Das Beutelchen aber, das mit sich er führte, das auf ihm lastete und das kratzte, das lassen er aber nicht konnte und wollte wohl auch nicht, war ungeöffnet geblieben. War ihm sorgfältig und mit Wissen und Absicht über den Kopf gehängt, als er, noch nicht wieder bei Sinnen, von dem Mädchen gesalbt. Nach jenem Beutelchen fragte der Zauberer interessiert. Wollte wissen, wie Florianus daran gekommen. Was ihm damit begegnet. Was wohl der Inhalt sei. Was es wohl wirke, in ihm und auch sonst. Und das Mädchen, das nicht viel sprach und dem Florianus gleichmäßig abweisend gegenübertrat, sah begierig, fast wollüstig darauf, wenn sie einen Blick darauf, verstohlen, gewinnen konnte.

Es hätte wohl, und es wäre nicht ihm vorzuwerfen gewesen, der Florianus diese Wollust auf sich beziehen können, doch tat er es nicht. Das Mädchen flößte Scheu ihm ein. Zwar wollte manchmal sein Phall ihm anderes sagen hie und da, denn Florianus war jung und seit dem Ritt der Magd enthaltsam, der sich doch vorher unter den Mägden des Abtes reichlich und ohne Gedanken bedient. Aber Cybilla und ebenjene Magd waren noch mächtig in ihm, und sein Phall kam nicht dagegen auf, wie es sonst vielleicht gewesen. Doch ahnte Florianus gleichwohl, dass das Interesse des Mädchens ihm nicht galt.

Freilich, allzu sehr kümmerte all dieses den Florianus nicht. Er, jung eben, erholte sich rasch. Fügte sich, der doch die Menschen auf seinen Wanderungen gemieden, rasch in das Leben des Dorfes. Gewann viel von seinem Auftreten als bevorzugter Adjutant des Abtes zurück, doch auch wiederum anders. Gleiches, das in Neues gewandelt. War freundlich und die Dorfbewohner waren es zu ihm, bis auf das Mädchen eben. Insbesondere schloss er sich dem Zauberer an, und der ließ es sich gefallen, nahm den Florianus wie einen Lehrling, einen Sohn fast an. Blieb aber immer eine Distanz, auf die der Zauberer genau achtete.

Es sank nun alles in den Winter hinein. Es war jener Winter streng. Es gab so nicht viel zu tun in dem Dorf, das, ohnehin abseits auf kaum mehr als einer größeren Lichtung in den Wäldern gelegen, völlig von allen Verbindungen abgeschieden. Doch wenn es jetzt der Ordnung nach dazu kam, dass in die Burgen die Kälte kroch und die Kammern sich leerten, wenn die Bewohner der Städtchen mit Sorge und Angst sahen, wie Eis das Leben umklammerte, wenn viele Not litten und die Not stets größer wurde, wenn Klage war, so genoss Florianus hier oben Wärme und Behaglichkeit und Mahl fast von Fülle, die Voraussicht und Geschick hier angeschafft durch Frühling und Sommer und Herbst.

Allein der Zauberer war beschäftigt. Florianus, Kind der Straße, Soldat, kaum je jemandem nütze und kaum je willens, nütze zu sein, lernte strenge Form kennen. Es deutete der Zauberer nämlich das Buch jenes Herrn, und er spekulierte die Elemente. Noch vor dem ersten Lichte erhob sich der Zauber. Las, der wohl einzige des Dorfes, der lesen konnte. Gelehrt war er worden in ferner Jugend, da er selbst auf Wanderschaft gewesen, ausgezogen oder gesandt mit unklarem Grund und nicht recht zu benennendem Zweck, ohne rechtes Ziel, mit Willen und Wunsch freilich, auch wenn sich Wunsch und Wille auf nichts richteten. Oder doch auf etwas richteten, ihm selbst aber nicht klar, wie es wohl häufig geschieht. Es war dies, der Umgang mit der Schrift, die einzig ersichtliche Beute, die er, nach vielen Sonnenläufen zurückgekehrt, mitbrachte. Freilich, als Gewandelter war er auch zurückgekehrt, wie es nach Wanderung und Auszug wohl zu geschehen pflegt.

Verlasse sich niemand aber darauf. Wanderung wandelt nur denjenigen, der zu Wandlung bereit, wie ein Klumpen ein Klumpen bleibt, so er sich nicht hingibt, nicht drehen, von Händen, groben oder feinen, geschickten oder ungeschickten nicht Gestalt schenken lässt. Wird aber vom Meister das Zuviel stets entfernt, so dass die Form stets mehr und weniger zugleich ist, als es der Klumpen gewesen.

Es las also der Zauberer, und was er las, durchwob er mit den Traumgespinsten, die ihn des Nachts heimgesucht, und deutete es für sich und Florianus, der zugegen sein sollte, denn der Zauberer war begierig, sein Wort an den Neuankömmling zu richten und so Aufschluss und neue Klarheit zu gewinnen, mochte der Neuankömmling, unerfahren und unbelehrt in diesen Dingen, kaum etwas verstehen oder gerade deswegen.

Da war von gebanntem Schatze die Rede, der gestohlen und in der Erde, unfruchtbar, vergraben, so dass der Zorn jenes Herrn entbrannte und die Heerscharen nicht bestehen konnten gegen die Übermacht, bis der Dieb gefunden und gesteinigt vor allem Volke. Es hatte aber der Zauberer geträumt, dass einem zwei Münzen zugekommen, schwere Münzen von Silber, neu geprägt, noch nicht von Umlauf abgenützt und ermüdet, die Konturen scharf und unverblasst. Es waren ihm im Traume aber die Münzen erfreulich und unheimlich zugleich, war begierig ihres Besitzes, doch ratlos über ihre Verwendung, gewinnbringend, zumal der Besitz der Münzen in jenem Land, von Tyrannen beherrscht, verboten und unter starke Strafe gestellt. Da nahm er die Münzen und gab sie in ein tönernes Gefäß, in dem Unrat des Hauses verborgen, damit er seine Hände rein und leer hatte. Kam aber ein anderer, der dem Gefäß auf den Grund ging mit beschmutzten Händen, des Unrats nicht achtend. Und fand die Münzen und freute sich und zeigte sie, der Tyrannen nicht achtend, und ging hin, eine Hure mit einer der Münzen zu bezahlen und hatte Lust die Fülle. Derjenige aber, der sie zuerst besessen, sah seine Münzen fortgenommen und konnte nicht sagen, dass es ja seine, denn in den Unrat hatte er sie gegeben.

So höre, sprach da der Zauberer: Der Schatz, der dir gegeben, ist der deine nicht. Zu Lust und Fülle ist er bestimmt. Doch kann Fülle nicht werden und Lust nicht, wenn der Schatz verscharrt, denn ein Schatz, der verscharrt in Erde und Unrat kann Frucht nicht bringen. Zum betrogenen Betrüger wirst du und zum Gespött vor dir selbst.

Florianus aber verstand nicht. Zwar liebte er diese Stunde im ersten Lichte, doch war ihm nicht recht wohl, wenn der Zauberer auslegte. Schien selbst angesprochen, doch wie in Rätseln, unentwirrbar, kaum zu brauchen. Rätsel wirken weiter, ungelöst und unlösbar, bis die Unlösbarkeit die Lösung ist, doch das wusste Florianus nicht. Dann hieß der Zauberer den Florianus, das Gehörte zu Papier zu bringen in reiner Schrift, denn dieses hatte Florianus gelernt beim Abt. Schien ihm zwar, dass das Geschriebene trocken und hölzern und ohne Geheimnis, dass es wenig nur noch gemein hatte mit dem Gehörten, doch schien der Zauberer zufrieden. Die Abschriften aber sollte zu sich nehmen der Florianus.

Wohler wiederum ward dem, dem Kind der Straße, Soldaten und Wanderer, wenn der Zauberer begann, die Elemente zu spekulieren. Das tat der, wenn das Licht, nach mittäglichem Mahl und der Ruhe, in die der Zauberer sich zurückzuziehen pflegte, sich schon fast wieder ermüdet und selbst sich zurückzog, hinter den Wipfeln der Bäume verschwand, um anderswo sich noch zu ergießen. Es verschwindet ja das Licht nicht, es ist immer da, nur kehrt die Welt sich ab, des Lichtes überdrüssig. Es war für beides, an entgegengesetzten Enden, eine Hütte errichtet, für die Ruhe und die Spekulei. Die Hütte der Ruhe durfte niemand betreten, denn der Zauberer selbst.

In die andere Hütte, sie war geräumig und wohl eingerichtet, doch kalt, da die Lichtöffnungen groß und der Kamin erloschen stets, denn kalt sollte es sein, um der Aufmerksamkeit willen und zum Schutze dessen, was der Zauberer verwahrte und spekulierte, in die andere Hütte wiederum nahm der Zauberer den Florianus und mit ihm oft auch das Mädchen, ihm zur Hand zu gehen.

Es stand hier aber eine sonderbare Sammlung von allem, so mochte es scheinen, was an Sonderbarem und Sonderlichkeiten sich sammeln ließ. Getier, gedörrt, eingelegt, konserviert, ausgestopft. Teile, Innereien von Getier. Steine mannigfaltig. Merkwürdige Pflanzen und Früchte, in dieser Gegend nie gesehen. Zähne von Mensch und Tier. Pulver in allen Farben, in einem Schränkchen mit vielen Kästchen verwahrt. Hölzer, Gräser, Flüssigkeiten. Da waren funkelnde Kristalle neben übelriechenden Lehmen, Silberadern in großen Brocken, Klumpen erstarrter Metalle in bizarren Formen, wie sie die Erkaltung zufällig geformt. Samenkörner träumten ihrem Aufkeimen entgegen, das vielleicht nie kommen würde. Geschnitzte Fratzen, düster, hingen an den Wänden, und Figuren, verzerrt, mit Gliedmaßen und Körperteilen ohne menschliches Maß drohten den Uneingeweihten aus den Ecken. Eine fast nur aus einem Brett grob geformte Gestalt, mit weit aufgerissenen schwarzen, weiß umränderten Augen kraftvoll bemalt, zierte ein riesiger Phall, der natürlich wie ein Abdruck schien. Sogar lebendes Getier, Gewürm, kleine Schlangen, Nachttiere, Geziefer fanden wohl unwillkommene Heimat in allerdings der Natur nachgeahmten Käfigen und Kästen. Dazwischen Gerätschaften, Pfannen, Tiegel, Zangen, Stoß-, Hebel- und Klopfwerkzeuge, feingliedrige Schlingen und grobes Schmelzgerät. Alles freilich hell, soweit es der Sonnenlauf noch zuließ, und rein, alles an dem Platz, der ihm zugewiesen.

Hier also hantierte der Zauberer. Zu welchem Zwecke war nicht recht ersichtlich. Mischte und brannte, löste und schmolz, trocknete, untersuchte, beobachtete. Tötete wohl auch, offenbar wahllos von dem Getier und schnitt auseinander. Ließ dazwischen wohl auch Salben und Tränke entstehen, die der inneren und äußeren Gesundheit der Dörfler immerhin von Nutzen sein mochten. Der Florianus selbst hatte ja davon profitiert, denn mit einer dieser Salben hatte ihn das Mädchen eingerieben während seiner Ohnmacht, da er in anderem Gefild schon unterwegs. Mochten freilich auch nur Wärme und Berührung und Jugend gewesen sein, die ihn ins Diesseitige zurückgerufen, wer mochte es wissen? Und ob zur Klage oder zur Freude oder am Ende zu keinem von beidem, wer wollte auch dieses ergründen?

Zur Hand also ging Florianus bei diesen unklaren Verrichtungen und oft auch das Mädchen. Zwar liebte Florianus diese Stunde. Doch was geschah, verstand er nicht. Staunte über Farben und Gerüche, Entstehendes und Vergehendes, über das Innere, seltsam schleimig, toter Tiere, oder auch solcher, die, unter dem Messer, geöffnet und malträtiert und gequält, noch lebten eine Weile, bevor die Qual ein Ende hatte. Das Mädchen war in diesem Raum still wie immer, doch weniger mürrisch als sonst, gesammelt, wie nach innen gekehrt, als erfüllte sie kultischen Dienst. Immer wieder war es das Beutelchen, das Florianus gewohnt und seiner kaum mehr gewärtig, um den Hals trug, das sie erregte. Sie bat, mit einiger Überwindung, es in die Hand nehmen, fühlen zu dürfen. Bot dafür Florianus einen Blick auf einen kleinen, ungeschliffenen, kaum funkelnden Kristall, den sie selbst verborgen trug. Florianus sah dabei den Ansatz kleiner fester Brüste, und erstmals seit dem Ritt der Magd spürte er Begierde, gebieterisches Zucken im Phall, das Erinnerungen löschte, an Geschichten nicht interessiert war, denn Florianus war jung. Wollte das Mädchen dringlich, dass Florianus das Beutelchen endlich öffnete, seinen Inhalt zu erkunden. Doch verbot dies der Zauberer, der all dieses zwischen Florianus und dem Mädchen beobachtete, streng. Beide gehorchten, ohne zu fragen. Wiewohl Florianus bereits begonnen, sich vom Banne des Beutelchens zu lösen. War aber etwas anders geworden zwischen Florianus und dem Mädchen, wenn beileibe auch herzlich oder innig nicht.

ZUSEHENDS kräftigte Florianus sich. Ging der Winter, schmolz der Schnee, kam Licht. Es weiteten sich die Kreise neu. Es war der Florianus als ein Vertrauter des Zauberers angesehen, ohne dass man zu sagen gewusst, woran dieses zu erkennen. Denn war zwar der Florianus bei den Spekuleien des Alten häufig dienstbar, so wurde er doch sonst nicht anders behandelt als die anderen. Die Rolle des Pfleglings erst, dann des Fremden, des Gastes hatte mählich sich verflüchtigt. Ein Weg, der am Beginn ungehbar scheint, undenkbar fast, erweist oft sich als banal und selbstverständlich, kaum der Beachtung mehr wert im Rückblick, wenn er gegangen. Ist aber ein Irrtum dies. Am Beginn eines Weges steht man ja nie. Immer ist der Wanderer unterwegs, und mag ihm ein Abschnitt als Beginn erscheinen, so achte er darauf, den ihm gemäßen Zweig der Gabelung zu wählen.

Florianus also war beinahe vollständig und ununterscheidbar im Leben des Dorfes untergegangen, eingetaucht. Fern bereits der Dienst am Abt, und in die Erinnerung an den Ritt der Magd, seltener im Bild, im Traum sich meldend, mischte sich hie und da fast etwas wie ein Kitzel, ein seltsamer Stolz, scheu freilich, sich kaum hervorwagend, gleich verschwindend. Dass an den kurzen Abenden, die mit Geschichten man verbrachte, manches Auge der unverheirateten Mädchen auf ihn geworfen, dass in den langen Nächten manche sich wälzte im Gedanken an ihn in hitziger Vorstellung, erregt von ungestillter, manchmal erster Lust und feuchter Gier, wen wollte es wundern? Doch Florianus enthielt sich. Merkte es wohl nicht einmal. Trug treulich sein Beutelchen auch des Nachts, ohne darüber nachzudenken freilich.

Wenn Frühling fortschreitet, erwacht Leben – auch das des Dorfes – ja nicht, denn es ist immer da, aber wie es vorgesehen, wird der Rhythmus ein anderer, Träumerisches tritt zurück, die Bilder und Geschichten, wiewohl immer wirksam, verblassen, es will die Welt genommen sein. Zur Tätigkeit ist nicht nur gerufen, es will der Mensch auch schaffen und erschaffen. Florianus, aus der Welt gefallen eine Weile, doch der Welt nicht fremd, wie es viele, die meisten der Dorfbewohner waren, war schnell bestimmt, mit einigen anderen, in manchen Fällen das Mädchen darunter, die Dinge des Dorfes draußen zu führen, dort dessen Nutzen zu suchen. Was meist bedeutete, heranzuschaffen, was notwendig und überlebensnotwendig, manchmal aber auch Tand und kleine Kostbarkeit, die freilich zum Leben ebenso notwendig. Es kann dies nur bestreiten, wem das Leben selbst abhanden gekommen in sich, was freilich nicht selten geschieht.

Florianus erwies sich als geschickt. Im Handel. Im Erkennen. Eine Dieberei, so sie sich gefahrlos bot, scheute er nicht. Mit List zwang er kleine, schwach bedeckte Kaufmannsboote auf dem ehedem Donau genannten Fluss, dessen Ufer und Auen von seinen Streifzügen er bestens kannte, zum Anlegen, sie Steuer zu entrichten lassen. Händel mit ebenso umherziehenden Trupps der Herren jener Gegend suchte er nicht, mied sie aber ebenso wenig. Dieses alles nun war neu für das Dorf, vorher nie erfahren, nie erlebt. Mancher sah es mit Misstrauen. Doch geringer Wohlstand bildete sich, scheinbar mühelos, weit entfernt geschaffen, der in das Dorf floss und doch für den Augenblick den Schutz der Abgeschiedenheit nicht gefährdete. Man wusste auch nicht viel, was Florianus mit den wenigen Seinen unternahm. Wollte es wohl, wiewohl auf Geschichten sonst versessen, nicht recht wissen. Der Zauberer, der ahnte, schwieg. Ließ gewähren. Sah. Etwas schnürte, ein Knoten schürzte sich.

Nehmen aber die Dinge ihren Lauf, bis der Lauf gewaltsam gehemmt. In einem der Städtchen, vielleicht einen Tagesmarsch vom dem Dorfe entfernt, wobei zu berechnen war, dass vom Dorfe weg oder zum Dorfe hin der Weg und somit das Fortkommen schwierig und somit das Maß eines Sonnenlaufs wenig aussagekräftig, in jenem Städtchen also wurde Markt gehalten, um das Leichnams- und Wandlungsfest jenes Herrn herum, wie es Brauch. Und da es Brauch, war es mehr, größer als der Markt, der sonst abgehalten; es kamen Händler nicht von weit, aber doch weiter her; Händler mit sonderlicher Ware, die auf gewöhnlichen Märkten sonst nicht feilgeboten. Das Dorf selbst, auch so war der Brauch, handelte auf diesem Markt stets mit, und diesmal sollte Florianus es sein, der zum Nutzen, Frommen und vielleicht ein wenig mehr Früchte und Waren, im Dorf erzeugt, Funde wie glänzendes Gestein, Kräuter, vom Zauberer gemischt, verhandeln sollte gegen Rares, Kostbares, Begehrtes. Kümmerlich genug war ja, was das Dorf zu bieten, jedenfalls unter den prüfenden Blicken der weitgereisten Händler. Da die Absicht von vorneherein friedlich und nicht verwegen, begleitete diesmal das Mädchen Florianus' Trupp. Ein Mädchen, zierlich und ansehnlich, in erster Blüte, jungfräulich, doch mannbar schon, mochte manches Geschäft erleichtern, und ein solches war die sonst oft Ruppige zweifellos.

An jenem Markttage aber war die Stimmung gut für Handel. Es erfreuten sich die Einwohner des Städtchens, von Krieg und Seuche und Pressung der Herren und Äbte erfreulich verschont eine längere Weile, eines bescheidenen Wohlstands, wie er Fleiß und Sparsamkeit hervorbringt. Aber doch eines Wohlstands, der Sinn und Lust zu öffnen imstande, wenn er denn, selten, gekitzelt. So waren Gaukler in dem Städtchen, von Menschenansammlung wie magisch angezogen, Feuerschlucker und Stelzenläufer, Grimassenschneider und Geschichtenerzähler, falsche Herolde, die vom Throne berichteten und zum Throne riefen, Wahrsager, entlaufene Studenten, die sich in der Sternenkunde scheinbar übten, Impresarios, die einen schaudernden Blick auf unglücklich Verkrüppelte im Zelt gewährten, Tierführer, Diebe, Schreihälse, Dirnen. Gebraten wurde und ausgeschenkt. Gefahrlos und ohne Verlust waren die größeren Händler eingetroffen, mit Lust auf Geschäft, auf Waren- und Münzkreislauf. Der Handel ging, und Florianus, der Lust zu solchem hatte und Geschick, fand schnell Vorteil, ohne jemanden übertölpeln zu müssen. Oder zu wollen. Wusste doch, dass geringer Gewinn, regelmäßig erzielt, größer war als einmalig schneller.

Florianus, der die Einsamkeit gesucht und einsam fast gestorben, genoss das Wimmeln, das Treiben, den Lärm. So tat das Mädchen, und manchmal, wie ein Schatten fast, wie eine Erinnerung, wie kaum ihr zugehörig, wehte ein Lächeln scheu ihr übers Gesicht, scheu und auch wie gierig fast, verweht schnell freilich allemal. Half dem Florianus fleißig. Pries an, trieb Preis. Rasch, rascher fast, als dem Florianus recht, war verhandelt, was zu verhandeln war. Gut dafür, die Rückkehr anzutreten, satt, zufrieden, glücklich. Den Florianus freilich drängte es nicht. Entbehrtes, Vergessenes, fetzenhaft, kaum benennbar Erinnertes, mühsam Weggedrängtes – doch warum mühsam weggedrängt? – suchte sich Bahn und Recht. Dirnen lockten. Münzen klimperten im Sack. Doch erinnerte das Mädchen an seiner Seite an Auftrag und Sendung. Landsknecht freilich war Florianus genug, um sich an den derben Späßen der Gaukler noch zu freuen. Und Landsknecht, Kind der Straße immer noch genug, dass ihm der Besuch einer Schenke nicht nur erlaubt und statthaft, sondern regelrecht geboten, natürlich schien. Lud also die Seinen zum Trank, bescheidener Speise. Erachtete es als Lohn, der niemandem, keinem der Dorfbewohner etwas kürzte. Hatte wohl recht damit. Für sich besehen. Der Schenken und Spelunken gab es reichlich in dem Städtchen, oft ein Verschlag nur, eine offene Höhlung zur Straße hin.

In einem krummen, von wärmender erhellender Sonne kaum gestreiften Nebengässchen, durch den Morast des tauenden Winters fast noch watend, fanden sie denn Aufwartung. Einer der Sänger, der Gaukler, der Geschichtenerzähler hatte sich angeschlossen ihnen, aus einer Laune heraus, leichtfertig nach Gauklerart, ein treibendes Holz, das nun einmal in ihren Strudel geraten, nicht sucht man sich ja aus, in welchen Strudel man gerät, und ein Geschichtenerzähler tut es schon gar nicht. Mochte wohl sein, dass Florianus ihm aufgefallen und Stoff für neue Geschichten er sich hoffte. Mochte wohl auch sein, dass ein Auge auf das Mädchen er geworfen, dessen Jungfräulichkeit ihn kitzelte. Hätte manches andere aber auch sein können. Denn das Mädchen war den routinierten Schmeicheleien des Sängers, derb, dann wieder wie traumverloren, nicht bereit oder ließ es so scheinen – wer mochte es sehen von außen, der nicht feineren Blicks, von Wissen gesättigt? Ihr Begleiter Florianus war es, wiewohl dem Mädchen länger vertraut, erst recht nicht. Sah der Gaukler wohl schärfer. War selbst aber nicht lustig, viel Aufwand um die Spröde zu treiben, die nicht wusste, weil nicht wissen sie es konnte, wann der Sprödigkeit Genüge getan.

Die es wollen, können es nicht, und die es können, wollen es nicht.

War aber in der Schenke eine Wirtstochter, wohl im Alter der Spröden, die es nun eben dem Gaukler nicht sein wollte, aber sich auf das Spiel nicht verstand, eine Wirtstochter also, die manch einen hatte kommen sehen und auch wieder gehen und die sich Lust zu schaffen von Fahrenden gewohnt und Fahrenden zu geben und, so es sich fügte, Münze dafür zu nehmen oder eben nicht. Sah dies der Gaukler und war schnell mit der Wirtstochter sich einig. Bald drang aus dem Verschlag hinter dem Schankraum oder Schankhöhle das Stöhnen des Geschlechtsverkehrs, den Verbliebenen wie zum Hohn, der Wirt aber hörte es gleichmütig.

Tat aber nicht gut den Verbliebenen, die fast nur Männer, mit dem Mädchen als einzigem Weibe. Tut Zurückgebliebenen nicht gut, dem Vollzug eines anderen zu lauschen, und dass dabei unbefriedigte Gier angestachelt, mag Unbehagen schaffen dabei, ist aber nicht, was gefährlich. Ein anderer hat, was selbst man nicht hat, aber möchte, nicht um es zu haben oder nicht nur, sondern weil der andere es hat.

War das Mädchen aber, blass und rot, unruhig geworden, erregt zwar auch, und zeichneten sich die Knospen ihrer kleinen Brüste unter dem groben Leinen ab oder heraus, gedemütigt und wie besudelt vor allem. Waren in der Schenke aber noch andere, ein Haufen aus anderem Dorfe, wie viele hier. Sprachen nicht viel, auch untereinander nicht, tranken. Hatten, mit geschwollenem Phall unter dem groben Holzbrett, das den Tisch vorstellte, ein jeder das finstere Auge auf die Junge, die Zart-Spröde geworfen, wie auch anders?

Die selbst, noch ehe die Brunst nebenan geendet, drängte, ohne Worte fast, zum Aufbruch. Florianus, selbst gekitzelt zwar, willfahrte. Sagte ihm der Instinkt des Söldners und Wanderers, dass Gutes aus diesem nicht zu erwarten. So zog die Schar, gesandt aus dem Dorf, denn ab, und da der Handel abgeschlossen, auch gleich aus dem Städtchen hinaus. Schweigen war, wie über etwas Verdorbenes. Waren aber nicht lange so marschiert, zügig, war hinter ihnen mächtiges Klopfen, gebieterisch. Florianus kannte, ahnte, was heranflog. Drängte darauf, ins Unterholz sich zu schlagen, er, der junge, der alte Kriegshandwerker. War aber zu spät. Waren Berittene eines nahen Herrensitzes herbeigestampft, bewaffnet schwer. Bezichtigten das Mädchen hexenhafter Buhlerei. Klage sei erhoben, von Burschen glaubhaft, die verwirrt und verstört. Wurden Florianus und seine Begleiter geschlagen, gepeitscht und gebunden, das Mädchen geraubt. Ein Spuk fast, ein schwarzer Traum, böse, so schnell war dieses gegangen. Florianus wusste da noch nicht, dass der schwarze Herr auf jenem Sitz unweit des Städtchens längst ein Auge geworfen auf ihr Dorf und mit Hass auf den Zauberer sah. Waren also die Klagen jener geilen Burschen wohl recht gekommen den Berittenen, die um die Sache wussten und die Münze nicht nur erhofften, sondern zu erwarten hatten. Dass die Klagen für jedermann ersichtlich unsinnig, dass die Burschen von dumpfer, unbefriedigter Gier getrieben, die zu kühlen sie keinen Weg wussten als ebendiesen, war leicht zu wissen und ebenso leicht zu übersehen. Es kam der Vorwand recht, und falls die Tölpel sich ausgemalt, dass zu ihrem Stich im Spiel sie – in welcher Weise immer – irgendwie noch kämen, so sahen auch darin sie sich getäuscht. Mögen Tölpel sich unter ihresgleichen Vorteil erschachern durch Betrug und List oder das, was Berechnung zu sein sie glauben, so bleiben sie doch immer, was sie sind, nämlich Tölpel, und erhalten Tölpellohn, in diesem Falle einen Tritt und die Drohung, unverzüglich auf dem Herrensitz zu erscheinen und ihre Aussage zu kräftigen.

Ist freilich eine Frage der Betrachtung, wer Tölpel ist, wer Herr, dem der Tölpel für seine Pläne gerade recht. Mag der Herr nämlich sehen, dass nicht selbst zum Tölpel er wird bei anderen, und irgendwann ist jeder jedermanns Tölpel. So geht das Gesetz. So ziehen sich die Kreise. Freilich ahnt selten und beinahe nie einer, dass er der Tölpel, und so freute sich für den Augenblick auch der Herr seines unerwartet zugefallenen Glücks. Sonderbarste, seltsamste Gestalt kann Glück annehmen. Wer schon wollte entscheiden, was dieses sei, Glück? So sah und nahm es also der Zwingherr als Glück, dass dieses Mädchen aus dem Dorf des Zauberers ihm zugefallen. War aber nicht recht ersichtlich, warum dem Zauberer er nachstellte. Anrecht auf Herrschaft über das Dörfchen stellte er, gewiss. Ländereien, Wälder, Dörfer, Untertanen, alles dieses war ihm begehrt, denn Macht wünschte und großen Beritt und Reichtümer, Ansehen, eine Fülle, wie Fülle einzig er denken konnte. Doch war dieses, wie so oft, nicht alles. War aber einmal der Zauberer nicht ihm so zu Diensten gewesen, wie er gewünscht. Hatte nämlich der Schwarze ein Weib gehabt, ihm angetraut, aus der Familie fernerer, wenngleich nicht fernster Verwandtschaft mit Land, das an dasjenige seiner Familie grenzte, und so war früh die Heirat besprochen, wie es der Brauch. Glück mochte so sich einstellen und Segen oder auch nicht, es fragte niemand, und so taten es die Brautleute nicht. Glück war, den Besitz zu runden, ihn zu sichern, zu mehren, weiterzugeben gewachsen an die Nachkommen. Die freilich einstellen sich nicht wollten. Nach Langem gebar die Frau ein Mädchen. Das war nicht das, was der Schwarze wünschte, unterschied sich darin freilich nicht. Doch waren beide, die Frau zumal, noch jung. Noch viele Kinder waren zu zeugen. Hätte aber die Frau dem Schwarzen sich hingeben müssen dazu, den Geschlechtsverkehr dulden zumindest. Tat es aber nicht. Nahm also der Schwarze die Frau mit Gewalt. Nicht um seine Lust zu kühlen, das tat er mit vielen umstandslos. Doch musste der Erbe gezeugt sein. Kam aber mit Gewalt auch nicht. Zudem, je länger also die Frau kinderlos bis auf das Mädchen, beschlich den Schwarzen der Verdacht, dunkel, ein Schatten selbst in der Nacht seiner Seele, ungestaltet, doch hartnäckig und unbezwingbar darum, es sei das Mädchen gar nicht von ihm. Den Kampf gegen Schatten der Seele kann kein kluger Kopf gewinnen, und nicht klug war der Schwarze. Besah sich das Mädchen, an dem er nicht interessiert, genauer. Sah jenes, mochte man meinen, der Mutter wohl ähnlich. Glaubte er. Von sich fand er nichts. Glaubte er. Prügelte die Frau halbtot, immer wieder. Half ihm nur kurz. Und brachte keine Erkenntnis. Hätte auch keine bringen können. Selbst wenn die Frau gestanden, so wäre, nach erster grimmer Leichterung, in ihm wieder der Keim gesprossen, sie habe nur oder nur Falsches gestanden, weil sie gequält. Gestand sie nichts – und sie gestand nichts, weinte wohl, krümmte sich vor Schmerz, aber hatte nichts zu gestehen – gestand sie also nichts, so blieb er im Zweifel, ob zu gestehen nichts war oder ob die Tortur nur nicht groß genug. Im Kopf Taumel, Schatten in der Seele.

Da war er darauf verfallen, den Zauberer zu rufen. Hatte den nicht gesehen bis dahin. Des Raunens und Wisperns war freilich viel in diesen Landstrichen über das, was der Zauberer vermochte, und Raunen und Mutmaßen von Mund zu Mund lässt größer werden, unschärfer, träumerischer alles, was geschehen, so dass Geschehnis schließlich verschwindet und Gespinst, Traum, Raunen die Lande erfüllt. Sollte also der Zauberer richten, wusste der Schwarze selbst nicht recht, was. Das Verworrene lösen wohl. Die Frau gestehen lassen. Die Frau nicht gestehen lassen. Den Bann aufheben, welcher Nachkommen, den Erben hinderte. Das Glück zwingen

Kam also der Zauberer. Sah. Sprach weniges. Über Nacht war er verschwunden, die Frau mit ihm und das Mädchen. Ließ der Zwingherr Berittene hinterher hetzen. Doch vergeblich. Blieben der Zauberer und die Frau vom Raum verschluckt. War nicht einmal gewiss, ob gemeinsam sie gegangen. Oder ob die Frau auf eigenen Weg sich gemacht. Und hatte der Herr zum Schaden des Verlassenen noch den Spott des Gehörnten. Sorgt solches nicht für Frieden. Kann weise wenige machen, doch selbst diese erst am Ende. Kam dem Schwarzen das geraubte Mädchen denn recht. Mochte durch Gewalt über das Mädchen die erlittene Schmach tilgen, was freilich funktionieren nicht konnte. Wusste das der Schwarze aber nicht.

FLORIANUS unterdessen litt eigene Schmach. Nicht nur, dass er die Entführung des Mädchens nicht hatte verhindern können. Nicht nur, dass er sich Mitschuld anrechnete, war er doch, da der Schenke er nicht hatte widerstehen können, in alte Landsknechtmanier, vergessen fast, zurückgefallen. Ihm blieb, ratlos, für den Augenblick nichts weiter, als die Verbliebenen, gedrückt und verängstigt genug, zurückzuführen. Nichts gab es zu tun, was einleuchten ihm wollte, das Geschehene ungeschehen zu machen. Er, zum Händler, Raubritter, Sammler, Jäger geworden, war ohne Macht.

Fiel ihm so das letzte Stück durch Schlucht und Wald, den Raum, der das Dorf schied und schützte, den Nicht-Raum, in den bei winterlicher Wanderung er geraten – wie lange war dies her? –, diesen Raum oder Nicht-Raum zu durchqueren also fiel ihm schwer. Es waren die Wanderungen ja noch in zeitlichen Zeiten gewesen, doch in solchen Erlebnissen, die versunken fast ins Traum-, ins Schemenhafte, schienen die Nicht-Zeiten spürbar, schien der Same der Nicht-Zeiten gelegt, denn es bergen die zeitlichen Zeiten die Nicht-Zeiten wie Samen in sich. Hätte nicht viel gefehlt und hätte er sich dem Nicht-Raum ergeben, endgültig. Doch brennt die Wunde nicht nur, die einem geschlagen. Es ist dieses Brennen auch wieder Leben, das vorantreibt. Ist Schmerz-Leben. Leben, das man sich nicht gewünscht, solange es schmerzt. Schmerz wieder, den heimlich oder gar nicht gewusst man vermisst, wenn er abgeklungen, wie abzuklingen Schmerz eben pflegt. Hinterlässt der Schmerz ein Loch. Das freilich selbst zu ziehen, zu saugen wieder vermag, bis dieses Ziehen zum neuen Schmerz wird. Es ist dem nicht zu entrinnen.

Mare Nostrum

Auf den Marsch hatte ich mich gemacht, und auf den Marsch hatte ich die Kohorten geführt und vom Weiser mich dazu bestimmen lassen. Scheinbar wegen der schwarzen Heere, die heranzogen. Letztes Gefecht hätte sein können und vielleicht sollen, und ich war ja sein Kommandant, und dass letztes Gefecht nun einmal sein musste, wusste ich und wusste der Weiser und wusste Ludo. Oder wussten wir es nicht. Scheinbar also hatte als Kommandant des letzten Gefechts ich entschieden, dass letztes Gefecht noch nicht sein sollte und ins Winterlager wir zögen, dass in neue Gefechte, neue Kreise wir zögen, wenn Frühling kommen sollte. So taten wir denn und in Winterlager marschierten wir. Doch wusste ich und wusste es immer deutlicher, dass nicht als Kommandant des letzten Gefechts ich entschieden. Sondern weil Esther, die freilich nie verschwunden, neu Gestalt angenommen hatte in mir und meinen Träumen und, wusste ich denn dieses, sogar Gestalt angenommen hatte neu in Raahael. Ganz anders. Doch ganz gleich. War freilich Raahael auch nur eine neu in der Reihe. Würden aber, ich wusste es, keine mehr folgen. Wusste ich es, oder hoffte ich es, oder hoffte ich es ganz anders und wusste dann also auch das Gegenteil? So tat ich, was ich tat – ich marschierte und ließ marschieren –, tat es aber aus anderem Grund. Änderte freilich nichts. Wie oft war dieses geschehen, in zeitlichen Zeiten wie in diesen Nicht-Zeiten.

Wo aber war mir Esther geblieben auf diesem Marsch, auf den sie mich ja gelockt und nach einem neuen Kreis mit ihr mich sehnen ließ? Da war sie, doch schon wieder nur schemenhaft. In Raahael war sie, doch war Raahael nicht Esther. Es ist Wirrnis in uns, und verstrickt sind wir. Wirrnis und Verstrickung, die selbst der Weiser zu lösen nicht vermochte mit Worten und Geschichten und den Erzählungen aus den Nicht-Zeiten am anderen Ende der zeitlichen Zeit.

Jener Fürst, dessen Spur wir folgten im Ungefähren. Der sein Mädchen verkauft und der von ihm dann getötet. Jener Fürst hatte also seine Getreuen – wie viele mochten es noch sein, denn gewiss war er ein Fürst eines größeren Volkes gewesen, bis Unglück oder Unmaß oder Wahn über ihn gekommen – jener Fürst also hatte sein Volk auf den Marsch und dann ins Winterlager und danach aus dem Winterlager herausgeführt. Seinem Schicksal entgegen, denn bald würde er sterben. Das aber wusste er nicht. Das freilich war ungewöhnlich nicht. In zeitlichen Zeiten und Nicht-Zeiten ist gleich, dass dem Schicksal wir entgegenlaufen. In welches wissen wir nicht, und da wir es nicht wissen, gibt es jenes auch nicht. Schicksal kennen nur die Weiser und Geschichtenerzähler, die erzählen von Geschichten, die sich so ereignet, wie sie sie erzählen. Oder eben anders.

Freilich: Wer würde in diesen Nicht-Zeiten von unserem Schicksal erzählen oder besser: sich ein Schicksal, das wir ja wünschten uns, zurechterzählen und deuten auf etwas hin, das wir nicht kannten und gar nicht kennen konnten und auch nicht kennen wollten? Die Geschichtenerzähler der schwarzen Heere – so es solche bei den schwarzen Heeren gab – würden sie nach Deutung für sich suchen in unserem Schicksal. Es war kaum vorstellbar. Aber was war schon vorstellbar, wenn von den schwarzen Heeren wir sprachen.

Einmal schien einen Zipfel hiervon ich erhascht. Als der diesseitige Rand der zeitlichen Zeiten ausgefasert war und die zeitlichen Zeiten geglitten in unsere Nicht-Zeiten, als Ludo ich schon verlassen und mein Lothar weitergezogen, anderswo zu gaukeln, zu lieben, in Dienst zu treten und Dienst zu verlassen, als Nathanael ich bereits gezeugt und Mirjam sich mir angeschlossen widerwillig, als sich – es zogen die schwarzen Heere ja heran unaufhaltsam und nicht mehr zu leugnen – aus den sich auflösenden Verbänden wie Dörfern und Höfen und Familien und Freundschaften und Liebespaaren, tatsächlichen, vorgeblichen, die ersten kleinen Kohorten sich gebildet, den schwarzen Heeren entgegenzutreten, keiner wusste recht, zu welchem Zweck und aus welchem Grund, und ich mich einer dieser kleinen Kohorten angeschlossen hatte, was auch wäre mir anderes ein- und beigefallen in diesen Nicht-Zeiten, die sich auf uns gelegt, selbst wenn wir wie Kommendes (das freilich längst da) die Nicht-Zeiten nur spürten, nicht wussten, noch nicht wussten, dass sie da, sie noch nicht erfahren an Leib und Seele und Geist, und ich Kundschafter geworden in den vorderen Räumen, wo die schwarzen Heere wenn nicht zu sehen, so doch zu erahnen, wo die schwarzen Heere Gestalt nicht annahmen, denn die schwarzen Heere hatten ja keine Gestalt, sie waren ja nur Macht und Kraft und Front, gleißend, als also Kundschafter ich gewesen, schien einmal einen Zipfel ich davon, vom Wesen dieser schwarzen Heere, dieser vermaledeiten schwarzen Heere, erhascht, aber es war in Worte kaum zu bringen.

Dem ich mich angeschlossen, der war wohl in zeitlicher Zeit einer jener Herren gewesen, wie sie in Häusern gesessen über Generationen hinweg, ein Zwingherr, ein Schwarzer selbst, inmitten von Ländereien und Wäldern und Auen, bauend und zerstörend, Unheil bringend für viele, Segen bringend für manche, Häuser zum Ruhme jenes Herrn errichtend, brandschatzend, Fehden führend, mordend und vergewaltigend, dann wieder umherfahrende Sänger und Gaukler und Geschichtenerzähler herbergend, fördernd. umgarnend, Bücher vom Buch jenes Herrn sammelnd, Untertanen schützend, Untertanen pressend. ein wüstes Durcheinander, oft in einer einzigen Person, oder wechselnd in der Abfolge der Generationen, es tat ja nichts. Es war jener erste Kommandant in zeitlichen Zeiten ein Söldnerführer schon gewesen, ob der Not gehorchend, denn verarmt allem Besitz und aller gewohnheitsmäßiger Rechte zum Trotz waren viele dieser Zwingherrn, ob aus eingeborener Lust am Streit, am Kampf gegen wen auch immer, Lust am Töten, wen auch immer, ich wusste es nicht.

Jung wohl schon, als zweitgeborener Sohn, war er dem Ruf anderer gefolgt, die vor ihm gegangen über das große Gebirge, denn dort gab es reiche Städte ohne Zahl, mit den Siedlungen diesseits des großen Gebirges nicht zu vergleichen, Städte, die miteinander Handel trieben, und wenn sie nicht Handel trieben, dann eben Kriege führten, auf dass Handel neu beginnen konnte und neue Reichtümer bei denselben oder anderen entstünden. Für diese Fehden und Kriege waren Söldner und Krieger notwendig, und begehrt waren die ungeschlachten und ungestümen von jenseits des Gebirges. Es war aber das Haus des Heinrichs oben auf jener Hochfläche gewesen, nicht weit wohl von den Linien, die nun die schwarzen Heere bildeten, wenn sie denn Linien bildeten und wenn es denn dort war. Der Heinrich hatte sich schnell ausgezeichnet. Als Unterführer zunächst einer jener Kohortenführer, die ihm vorausgegangen und die vom selben Stamm, aus demselben Landstrich wie er. Dann bald selbst als Anführer eines kleinen, aber gewalttätigen Heeres. Nicht gut zu unterscheiden war freilich oft wohl gewesen, ob der Heinrich im Auftrag oder auf eigene Rechnung kämpfte oder beides ineinander verschwamm, Vorteile suchend, die sich ergänzten, sich widersprachen, gegeneinander gewogen wurden. Es hatte der Heinrich, so gingen die Geschichten, ungeheure Reichtümer dabei angesammelt. Bis den Städten, die in Fehde lagen, dann die angeschwollene Macht Heinrichs zu bedrohlich geworden. Die Vorteile, die er einer einzelnen Stadt – vielleicht – bringen konnte, war längst nichts mehr im Vergleich zur Bedrohung, die er, seiner Kraft nach, für alle werden konnte. So hatte man denn Fehden und Kriege gelassen für den Augenblick und hatte andere Söldner in Marsch gesetzt, den Heinrich zu jagen. Nicht wenige darunter, die mit Heinrich einst selbst gekämpft, die aus seinen Landen, von seinem Stamme. Es war wohl, und wie oft geschieht dieses, der Heinrich, um ein Gran vielleicht nur, zu groß geworden und sein Sturz unabweisbar. Hatte sich gezeigt, dass eben ab dem Moment, da der

Sturz eingeleitet, ihm sein Reichtum nichts mehr nützte. War ja der Reichtum selbst zum Ziel, zur Beute geworden. Mochte sein, dass ein solcher Reichtum Teil einer Fülle sein konnte, Fülle selbst war er keinesfalls. Mit wenigen Getreuen, abgehetzt, an Mitteln arm, nachdem entscheidende Schlachten verloren, war es dem Heinrich noch gelungen, an das Ufer jenes Meeres zu gelangen, in das jene Länder tief hineinstachen. Noch war es ihm weiter gelungen, ein kleines Schiff, kaum mehr als ein armseliges Fischerboot mit Gewalt unter seinen Befehl zu zwingen. Eine der großen Inseln in jenem Meere, unserem Meere, wie es genannt wurde, ich wusste nicht, warum, hatten sie erreicht, in Sicherheit für das Leben für den Moment, doch war das Schiff beim Anlanden an der Inselküste zerborsten. Irgendwann war dem Heinrich auf anderem Boote die Weiterfahrt gelungen, allein, in ein anderes Land. Doch nicht ganz allein, denn ein kleines, sehr junges Mädchen, an dem Heinrich gehangen, war stets bei ihm gewesen.

Dann war der Heinrich, die Abwesenheit war lang gewesen, wieder auf der heimatlichen Hochfläche erschienen, verkommen, verroht, doch ungebrochen, von Erfahrung gesättigt, vom Wissen, dass zu entkommen er imstande, aufrechterhalten, herrischer denn je gemacht. Und wieder hatte das Rad sich gedreht. Sein Bruder, der Erstgeborene, war längst gestorben, verblutet an scheinbar geringer Wunde, auf der Jagd erlitten, und zum Erben war der Heinrich so geworden. Zwar nun hatten entferntere Verwandte Haus und Ländereien längst sich geteilt, hatten durch Heiraten neue Netze gewoben, doch war es dem Söldnerführer, der Heinrich war, leichtgefallen, sich mit Gewalt die Herrschaft zurückzuerobern, denn unter den Bauern hatte Gefolgschaft er gefunden, der er manches versprach und von dem er manches auch gehalten, denn gerade als Söldner wusste er, dass nur so Gefolgschaft länger zu sichern. Es hatten gebrannt die kleinen Herrensitze. Es war das Vieh gestohlen, waren manchmal auch kleine Herden, scheinbar sinnlos, einfach nur abgestochen, dass die Kadaver auf der Weide verwesten. Die Märkte waren überfallen worden, Kaufmannszüge, große und kleine, ausgeraubt, bis diese die Gegend vollkommen mieden und der Warentausch zum Erliegen gekommen. Hatte man den Heinrich im einen Tal vermutet und suchte ihm dort nachzustellen, war er wie aus dem Dunkel auf den verwaisten und mit wenig Bedeckung zurückgelassenen Herrensitzen des anderen Tales erschienen, hatte plündern lassen, die Jungfern der Herren vergewaltigen, dass zu nutzbringender Heirat sie nicht mehr zu verwenden, und war im Dunkel wieder verschwunden, noch ehe die anderen Herren davon auch nur erfahren.

Hatte der Heinrich in jenen Zügen wieder mancherlei an Schätzen angesammelt. Nicht so viel, wie er schon besessen. Genüglich aber für jenen Landstrich. Am Schluss, ganz am Schluss, hatte er sein eigenes Haus eingenommen und sich darin verschanzt. Aber wie er berechnet haben mochte, war dieses Verschanzen gar nicht mehr nötig gewesen. War ein Faktum geschaffen, nach dem sich, heimlich zumindest, viele längst gesehnt. Und endlich: Ließ sich ja erklären, rechtfertigen nach außen, da Heinrich der Erbe nun einmal tatsächlich war. So war, wie es in jenen zeitlichen Zeiten nicht außergewöhnlich, bald wieder Verbindung hergestellt und der Heinrich aufgenommen. Sein neuer Wohlstand hatte dabei geholfen, und es fragte bald kaum einer mehr, wie er ihn erworben. Mochte auch im Vater mancher geschändeten Jungfer – und in jener selbst – brodeln der Hass, war doch an eine Revision jetzt nicht mehr zu denken. Jungfrau kann keine, jungfräulich kann nichts mehr werden. Hatte der Heinrich dann sogar noch dafür gesorgt, dass manche doch unter die Haube gekommen. Nicht in den Herrenkreisen. Aber unter Männern, die denen wohl an Geburt nachstanden, nicht aber an Besitz. Viel Drohung oder Geld hatte der Heinrich dafür nicht einmal gebraucht.

Die Bewerber um das Mädchen freilich, das ihn stets begleitet und die längst selbst für Heirat, zumindest das Versprechen, begehrlich war – und so mancher Bursche war begierig darauf, nicht achtend, dass die Herkunft des Mädchens sonderbar unbestimmt – die Bewerber um dieses Mädchen also mussten allesamt wieder abziehen, und mancher hatte es so überstürzt getan, als hätte man ihn Furchtbares sehen lassen. Das Mädchen also war herangewachsen, gefestigt hatte der Heinrich seine Stellung, ins Dunkel hinein verschwanden die Schlachten seiner Jugend wie die Kämpfe um sein Erbe. Es glitten auch für ihn die zeitlichen Zeiten in die Nicht-Zeiten hinein, und die schwarzen Heere zogen heran, waren mehr geworden als bloßes Ahnen, bloße Schemen.

Nie ganz aber vergaß der Heinrich seine Meerfahrten, auf jene Insel und von ihr wieder herunter.

UNSER Meer. *Mare nostrum.* Auch hatte mir der Weiser davon erzählt, und Ludo, der Fahrensmann, hatte gelächelt dazu. Ich selbst hatte es nie gesehen. Lag es an, brandete es hinter den Linien der schwarzen Heere? Keiner, der lebte in diesen Nicht-Zeiten, hätte sagen können, wie es aussah hinter diesen Linien. Ob überhaupt anzusehen etwas gäbe. Von diesem Gefild konnte kein Wanderer zurückkehren, und sollte es, wir wussten ja es nicht, einem Kundschafter, wagemutig, todesmutig oder von mächtig-dunklem Sehnen erfasst, je gelungen sein, einmal die Linien der schwarzen Heere zu durchbrechen, so hatte Nachricht er uns bringen nicht mehr können. Gibt es etwas, existiert jenes, woher Nachricht uns nicht kommen kann? Mag wohl existieren oder auch nicht. Kann es Wirkung haben? Über Erzählung der Geschichten oder Bild vielleicht.

Nie sehen können also hatte ich jenes, unser Meer mit Notwendigkeit. Wusste freilich nicht einmal mit Bestimmtheit zu sagen, ob sehen ich es hätte können, als die Zeiten noch zeitlich und also die schwarzen Heere zwar da, aber weit entfernt vielleicht, vielleicht hinter den großen Gebirgen, hinter dem Meer, hinter den Meeren und Wüsten, den Ebenen und Flüssen, den Dschungeln, Geröllen, Sanden. Da, aber verborgen. In einem Dahinter, dessen Grenzen wir nicht kannten, das aber zwischen uns und ihnen.

Das Meer sehen können. In den Kreisen mit Esther vielleicht, doch waren diese Kreise von anderem bestimmt als Meerfahrt, möglicher oder unmöglicher. Im Sommer mit Cramalla vielleicht, doch war auch der Sommer mit Cramalla von anderem bestimmt. Von ihrer Begierde, von der nichts ich wissen wollte. Meerfahrt mit Cramalla, so dachte ich mir, hätte bedeutet, mich in ihre Begierde zu schmiegen, dieser ihren Lauf zu lassen. Warum auch nicht, so dachte ich mir, warum auch nicht? Wäre dies der Preis für Meerfahrt gewesen, wäre er denn zu hoch gewesen. Doch hätte, so beruhigte ich mich wieder, ihr Gnom ebendieses ja nicht zugelassen. Es ist gut, in der Erinnerung einen Gnom zu finden, der zur Beruhigung taugt. Und dennoch – es ließ sich nicht verleugnen vor mir, es ließ sich schon, doch verleugnete ich es nicht, nicht mehr vor mir, konnte es nicht mehr verleugnen vor mir, wollte es nicht, seit Esther auf unserem Hügel oben aus dem Dunkel heraus neu Gestalt gewonnen hatte, wenn es denn Esther tatsächlich gewesen – schmerzten mich die entgangenen Meerfahrten mit Esther und Cramalla und wem auch immer, wie mich die entgangene Lust mit Esther und Cramalla und wem auch immer schmerzte. Freilich war dieser Schmerz wiederum ein anderer als derjenige, den Schmerz zu nennen wir gewohnt waren. Wer aber wollte die Form des Schmerzes benennen, wer sie erzählen? Konnte derselbe Schmerz ein anderer sein am selben Tag, doch bei anderem Lichte.

Vom Meere also hatte der Weiser erzählt, spärlich. Am späten Tage und in beginnender Nacht im Winterlager, wenn kraftlos die Sonne bald ihren Lauf beendete, wie um Vergeblichkeit wissend. War ja wirklich wie vergeblich, und auftauchte sie nur, so wollte es scheinen, dass nicht vollends wir sie vergäßen. Wenn dann die Dämmerung, kurz nur zurückgedrängt, wieder aus den

Winkeln und Ecken hervorfloss, stetig, unaufhaltsam, gewiss. Wenn Frösteln, das immer in uns war, verborgen, so dass wir es oft nicht spürten, zur Kälte wurde, außen wie innen. Dann wohl mochten wir gekauert sein, in der Höhle mit den Mahren und Alben, den zweigesichtigen Buckelkrotten, den Luftpeinigern, silberfischigen Mondgespinsten mit den Netzköpfen, gekauert wie diejenigen, die wir wohl selbst gewesen in den Nicht-Zeiten am anderen Ende der zeitlichen Zeiten.

Dann also mochte der Weiser, die Augen geschlossen und doch sehend in Fernes, Versunkenes, die Erzählungen und Geschichten begonnen haben. Doch waren es wie so oft keine Erzählungen, wie wir sie kannten, sondern ein Kreisen in immer neuen Anläufen, Malerei, aus der Gestalten sich lösten und dann in Farbe wieder verschwanden.

Meerfahrt, Meerfahrt also, Meerfahrt, die mir versagt geblieben. Der Weiser hatte Licht gemalt mit seinen Worten in den Höhlen, weiße Priesterinnen in fließenden Gewändern hatten in hellen Tempeln gedient, Hitze, sonnenerglühte, schimmernde Hitze, die wir entbehrten, hatte er über ausgedörrte braune Landschaften gelegt, die Mittagsstunden langer Tage in Reglosigkeit fassend wie Stein. Flötenklang, dünn, wie verzagt, nicht zu bestimmen, woher er rührte, mochte über die Triften geweht werden, es war ja niemand, kein Mensch, keine Seele zu sehen, nur die kleinen, halbwilden Herden aus Schweinen, Schafen, Ziegen duckten sich unter der Hitze, sich mählich bewegend, kauend wie vergessen. Doch waren auch Blüten von Fülle, die wir nicht kannten, nie gekannt hatten, Früchte, Rauschgetränk, Milde am Abend, wenn der Sonnenlauf sich vollendet. Dunkle Kraft in ruhigem Meer. Bläue, eine alles badende, durchtränkende, überschüttende Bläue.

Es waren Sehnsuchtsbilder, gewiss. Sehnsuchtsbilder des Weisers selbst, die Sehnsucht wieder in uns zeugten, die wir dieses nicht kannten, nicht kennen konnten, da wir abgeschnitten davon von den Linien der schwarzen Heere. Hatten der Weiser und Ludo die zeitlichen Zeiten gelebt, so waren doch wir, auch ich, doch schon von diesen Nicht-Zeiten erfasst und bestimmt, selbst wenn die zeitlichen Zeiten wir noch gekannt oder geahnt. Nicht konnte ich so wissen, ob das, was der Weiser wachrief, aus Erlebtem, Gesehenem er schöpfte. Oder ob es Bilder, Geschichten waren, die zu sehen er wünschte, einer Sehnsucht wegen, die zu spüren es ihn drängte. Mochte es sein, wie es gewesen, es tat ja nichts. Denn die Bilder und Farben und Geschichten des Weisers erzeugten ja wieder Sehnsucht in uns. Also waren sie wahr, was immer der Weiser wirklich erlebt. Nur Bilder und Farben und Geschichten, die ihr Gegenbild, ihren Spiegel in uns bereits haben, können

Sehnsucht ja erzeugen, und wenn also das eine wahr ist, so ist es auch das andere, ist wahr, was in uns, so ist auch wahr, was von außen darauf trifft.

Zu den weißen Priesterinnen, so also hatte uns der Weiser erzählt, seien die Ratsuchenden und Flehenden oft weit über das Meer gesegelt. In Nachen oder großen Booten, wenig seetüchtig, oder als Flotte, vorangetrieben mühsam durch Ruder, welche die Wellen kaum bezwangen, oder von ihrerseits weißen, mächtig geschwollenen Segeln. Auf den höchsten Hügeln der Inseln hatten die weißen Priesterinnen ihre luftigen Tempel, die Ratsuchenden zu empfangen, und Rauschgetränk, dunkel und schwer, Früchte, Nahrung. Die Fülle brachten jene mit, nicht allein zur Bezahlung wohl, sondern um auch womöglich durch Fülle das Schicksal gnädig zu ordnen. Und Fülle so zurückzuerhalten. Ist dieses ja oft geheimer Sinn in den Häusern jenes Herren oder jener Herren oder ebenjener Priesterinnen.

Fast nie zogen in den endlosen Sommern, die in zeitlicher Zeit schon keine Zeit zu kennen schienen, Wolken über jene Tempel, weit, wie unendlich weit ging von den Gipfeln der Hügel der Blick über scheinbar unbewegtes, schlafendes, in sich ruhendes Meer, und Ankömmlinge wurden früh gesichtet. Friedlich war es, nicht immer feierlich. Friedlich, so wollte es der Weiser, allemal. Auch an jenem Meer, an unserem Meer, über das Meer hinweg waren mit den Booten und Schiffen Sänger unterwegs und Gauklertruppen. Und da die Inseln der weißen Priesterinnen bevölkert von Fremden, die selbst auf der Reise, sich Rat und Heilung und Wendung versprechend, waren sie also guter Ort für jene.

Mancher aber, der Rat und Heilung und Wendung sich versprach, zog glücklich wieder ab. Zog nicht glücklich er ab, dann vielleicht befriedigt, denn im Gefolge der Sänger und Gaukler waren der jungen Huren viele, die Dienst taten für Geld und manchmal auch ohne. Und ging er auch unbefriedigt und unruhig an Leib und Seele wieder, so war ihm nicht zu helfen, hier nicht und woanders nicht. Es war dann gleich, ob und wo er Rat und Heilung und Wendung suchte.

Es empfingen die weißen Priesterinnen jeden. Es gab keinen Zauber wie sonst überall in den Dörfern und Städten auch um jenes Meer, gerade um jenes Meer. Die weißen Priesterinnen hörten. Manchmal legten sie auch Salbe um Seele und Körper. Verlangten nicht. Bekamen vieles. War dieses viel. War dieses alles.

Kein Frieden freilich währt. Mussten die weißen Priesterinnen ungenommen sein, solange priesterlichen Dienst sie taten. Ging dieses nicht immer, doch meist war es, wenn eine genommen, dies zu verbergen. Durch Schweigen. Und durch Drohung mit Fluch dem, der eine genommen. Ging aber auch dieses nicht immer, unter der Sonne am Meer.

Einmal, so fabulierte der Weiser in unserer Höhle, sei wieder mit einer der Flotten ein Krieger gekommen, jung an Jahren, in unbedeutender Stellung, doch vertraut seinem Herrn, dem Kommandanten des Schiffes, und den Fürsten und von jenem begünstigt. War auch auf jenem Schiff ein Sänger, der sich eben treiben ließ wie Holz über das Meer, von Insel zu Insel, und wohin ihn Fürst und Schiff bringen würden. Bis anderes ihn locken würde und das vorige Schiff, der vorige Fürst, vorige Freundschaft schnell vergessen. Suchte also der Sänger keinen Rat und keine Heilung und keine Wendung. Suchte, wenn überhaupt etwas, neu jeden Tag zu leben, jeden neuen Tag aber auch in Nacht gehen zu lassen ohne Wehmut, wie es eben kam, und den neuen Tag zu erwarten, der Lust bringen möge oder eben auch nicht.

Suchte zwar wohl der junge Krieger, wusste aber selbst es nicht. Und also schon gar nicht, was. Doch macht ebendiese Unruhe uns anfällig, und anfällig und unruhig war jener junge Krieger. Hatte sich wohl deswegen dem Sänger näher angeschlossen, dessen Gleichmut und wohl auch Spott ihn anzog und wieder abstieß gleichermaßen. War der Fürst, in dessen Gefolge beide aufgekreuzt, aber nicht allein – oder gar nicht – gekommen, Rat oder Heilung oder Wendung zu suchen. Schien es ihm nämlich günstig, die Macht der weißen Priesterinnen, und eine solche übten diese zweifellos aus, seinen Plänen dienstbar zu machen. War der Plan, den Ratschluss der weißen Priesterinnen zu lenken zumindest in den Fällen, die Macht wiederum und Einfluss des Fürsten befördern konnten, waren die Nöte derer, die in kleinen Booten über das Meer kamen, ihm gleich. Oder anders: Wäre es auch gut gewesen, die weißen Priesterinnen würden ausschließlich solche zum Ratschluss annehmen, denen das Vieh verdarb, denen die Frau unfruchtbar, die Kinder missgeboren, der Phall nicht mehr hart durch Zauberei. So sandte also der Fürst den jungen Krieger mit einer Schar Bewaffneter den Hügel hinauf. Der Sänger, neugierig, war dabei. Es hatte sich dann schnell gezeigt, dass weder die Ankunft erst der Flotte des Fürsten – lange vom her Meer sichtbar –, noch die des kleinen Trupps in diesem Tempelbezirk viel Wirkung gezeigt. Wie stets war dieser Bezirk offen, weit, luftig gebaut, von viel Volks besetzt, das von überall kam. Viele müßig, schlendernd, ruhend, speisend, denn wer nicht hatte, dem wurde gegeben, und viele kosteten die Sonnenläufte und deren Strahlen hier oben, die sich von denen in ihren heimischen Dörfern, den Katen an Meeresufern, den kargen, sonnenverbrannten Hügeln und Schluchten wohltuend, lindernd unterschieden. Zweifellos wäre es dem Trupp leicht gewesen, mit Waffengewalt die Massen zu verjagen. Doch schützte die weißen Priesterinnen ihr Ruf, und Macht wäre so über die weißen Priesterinnen zu erlangen ohnedies nicht gewesen. Und wiewohl der junge Krieger sich begierig bereits viele der Künste seines Fürsten abgeschaut, war er doch zum Diplomaten, wortgewandt und schmeichelnd drohbereit, nicht geboren, überdies zu jung an Jahren, und die sonderbare Lebensweise hier oben, er mochte es sich nicht eingestehen, schüchterte ihn ein. Und dies taten viele der Novizinnen, die ihre spitzen Brüste kaum verhüllten und deren weißer Stoff die Schenkel umflatterte im Wind, aufgeilend, unberührbar, sicher.

Den Sänger freilich plagte derlei nicht. War ihm eher die Unberührbarkeit ein Reiz, der ihn mächtig kitzelte. Ließ seine Künste spielen, routiniert, gekonnt, mit Leidenschaft freilich, es schien ihm lohnend. Wurde immer öfter mit einer der Novizinnen, einem schlanken, zarten Mädchen, allein gesehen. Bis das Mädchen sich um Schutz vor den Nachstellungen des Sängers an den jungen Krieger wandte. Der nicht wusste, was zu tun. Das Mädchen abseits führte, ein wenig über die Hochfläche hinweg, an die letzte steile Wand, die, nicht mehr hoch, zum Gipfel führte. Eher, um selbst zu Ruhe, zu Rate zu kommen, als der Novizin, die ihm unheimlich, zu helfen. Zumal er nicht sicher, wovor eigentlich. Als die Sonne ihren Lauf beendete und es also für die Novizin an der Ordnung, den inneren geschützten Bezirk zur Nacht aufzusuchen, hatte eine Menge bedrohlich sich geballt. Es war, wohl von den hohen Priesterinnen, bereits das Gerücht gepflanzt, es habe der Junge das Mädchen genommen. Ob dieses sich ihm hingegeben, war für das Urteil nicht entscheidend. Eine Novizin zu nehmen, war Frevel, geächtet an allen Küsten unseres Meeres. Auch wenn, wie jedermann wusste oder wissen wollte, so war es tödlich, wenn das Wissen darum in die Welt gesetzt. Der Fürst, der bereits mit dem Aufstieg begonnen, wiederum konnte – erfahren genug – dieses einschätzen. Auf halbem Wege ließ er umkehren, ein schmählicher Abgang. Immer noch klüger freilich, als hier, zumal mit Gewalt, noch etwas zu hoffen für seine hochfliegenden Pläne, die Herrschaft ihm sichern sollten über Handels- und Meereswege.

Der Sänger aber, der am Ende ebenso wenig zum Ziel gekommen, wie der Junge irgendetwas getan, hatte es nach seiner Sängerart leicht genommen. Gar nicht erst waren beide zum Tross des Fürsten zurückgekehrt, und hatten wohl daran getan. Ihr Leben wäre wohl beendet gewesen, noch ehe die Schiffe Fürsten die Ufer der Insel verlassen. So hatten sich die beiden an die andere Seite der Insel geflüchtet, des Nachts und tags über versengtes Land, durch das verbrannte, stachlige Gestrüpp des bergigen Südens, durstig, hungernd, hier lebte kaum jemand, und die wenigen Hirten, die hier lebten einsam, mieden sie. Aus Vorsicht. War zweifelhaft, ob das Geschehene bis hierher schon gedrungen. Ein Fischer in morschem Kahn, dem sie sich als verirrte Ratsuchende, denen Heilung freilich zuteil geworden, ausgaben, hatte sie dann von der Insel weg über das Meer genommen, zur entfernten Nachbarinsel hin, und der Sänger war groß darin gewesen, dem Fischer, der nach derlei Geschichten staunend gierte, von der wundersamen Wandlung ihres Geschicks, das ihnen bei den und durch die weißen Priesterinnen widerfahren, schmückend zu erzählen. War so völlig verkehrt ja auch nicht gewesen. Und wen kümmerte es, ob die Geschichten so oder so waren, wenn nur ihren Zweck sie erfüllten?

Danach aber, so hatte der Weiser die Augen wieder geöffnet, waren beide noch lange über das Meer, über die Inseln, an den Küsten, durch die Schluchten gestreift, nur kurz noch zusammen, dann allein oder in anderer Begleitung, und hatte das Blau, das Meer, die Sonne selbst die Seele des jungen Kriegers geheilt, ohne das Zutun der weißen Priesterinnen, oder am Ende, auf verschlungenem Pfade eben doch, denn ohne das Geschehen auf dem Hügel hätte das Leben des jungen Kriegers andere Wendung genommen zweifellos. Ist aber wie es ist und anders auch: So gibt es ja gar keine Wendung. Geht Sonnenlauf in die Nacht, und aus der Nacht gebiert sich die Sonne neu, und mag Überraschendes auch geschehen, so ist es doch eine Linie, die eine Linie, die aus dem Möglichen hervortritt, und ist das, was wir Wendung nennen, nur in unserem Kopf vorhanden, da wir die Linien, die verborgen bleiben, einfach mitdenken. Wir müssen es tun. Ändert aber nichts.

War aber jener Fürst, wie von einem Fluch verfolgt, bald von seinem Throne gejagt worden und mit wenigen gen Osten geflohen. Wo seine Spur sich bald verlor. Von Morden und Kämpfen, von Gold, Anläufen, vergeblich, neue Macht noch einmal zu gewinnen, wurde an den Küsten eine Weile noch erzählt, bis auch dieses im Ungefähr verschwand und schließlich versandete.

Nur der Weiser griff begierig immer von neuem nach solchen Fäden, knüpfte sie neu, und hätte er noch einmal vom Meer, unserem Meere, erzählt, wäre die Geschichte eine andere, ganz andere gewesen und doch wieder immer gleich.

ZEICHEN DES GRAUENS

JENEM Heinrich also, der Meerfahrt erlebt, hatte ich mich angeschlossen, als er, der alte Söldnerführer, Kohorten gesammelt gegen die schwarzen Heere. Er war es auch, der mich auf Kundschaft geschickt, weit in die Vorfelder hinein, wo die schwarzen Heere heranzogen unaufhaltsam, wenn auch noch fern von den Linien um unseren Hügel herum, weit jenseits des ehedem Donau genannten Flusses, denn noch war es mit den zeitlichen Zeiten noch nicht vollends vorbei, wenn auch die Nicht-Zeiten mächtig sich erhoben.

Weit war ich eines Nachts vorgedrungen, den Feuern der schwarzen Heere entgegen, bis die schwarze Wand ich vor mir sah, undurchdringlich, nah wie nur dieses eine Mal. Von einem Horizont zum anderen schien sich diese Linie zu erstrecken, gestaltlos, reglos, ein Tier, und doch auch keines, ein Stein, und doch auch keiner, ein Alb, und doch auch keiner. Die letzten Büsche eines auslaufenden Waldes deckten mich, und ich starrte hinüber, starrte, aber es war ja nichts zu erkunden, aus dem wiederum Schlüsse man hätte ziehen können, Überlegungen, Pläne, wie weiter vorzugehen sein, denn die schwarzen Heere waren einfach da, sonst nichts. Und dennoch musste ich kundschaften, wie auch die anderen Kundschafter kundschaften mussten, der Sinn des Kundschaftens lag im Kundschaften und Starren selbst. Als schließlich das Licht der Feuer mit dem Grauen des Morgens sich mischte zu etwas Trübem und Trübseligem, einem fahlen Lichtbrei, spürte Bewegung ich neben mir, noch ehe ich sie hörte oder sah.

Nicht weit entfernt sah ich ihn dann, den Gnom, der mit Cramalla gewesen und der wüst mich beschimpft. Oder einen anderen, es sahen sich die Gnomen ja gleich, und in jenem Wald, im ersten Grauen schon gar, wie anders. Dieser freilich beschimpfte mich nicht. Gab überhaupt keinen Laut von sich. Starrte nur auf mich, wie ich auf die Linien der schwarzen Heere es getan hatte, und so, wie ich es reglos getan hatte, tat es der Gnom nun selbst. Musste aber ja von irgendwoher gekommen sein. Obschon viel ich gesehen auf meinen ziellosen Streifereien, Traumseilakten, Nebeldunstwegen, obwohl Gnome mir begegnet in Erzählungen und Geschichten und leibhaftig sogar, Zauberer und Feen und Frauen mit dem Schwanz eines Fisches und Männer mit Aalköpfen, doch auf zwei Beinen, die sich gepaart hatten mit den Frauen mit dem fischigen Unterleib und gezeugt hatten so Nachkommen, die einmal von seltsamst berührender Anmut, ein andermal von Hässlichkeit, die Übelkeit machte, obwohl mir auch begegnet waren Palmengeister, Sandgräber, Riesen, die schattengleich und ohne Körper an Felsen, gewaltig, lebten, sich nährend vom Schrecken derer, die vorbeikamen, nach Erschrecken dürstend, weil davon lebend, den Schrecken hassend wiederum, weil die Riesenschattenexistenz er bestätigte, obwohl mir also alles dies begegnet in Erzählungen, Geschichten, Träumen, im Spuk, der auf langen Wanderungen, in den Einsamkeiten mancher tiefer Nächte Raum gewinnt und Körper, so war doch dieser Gnom vor den Linien der schwarzen Heere, der schweigend unverwandt mich anstarrte und auf den, angezogen, abgestoßen, erschreckt, wie von kaltem Hauch im Inneren berührt, voll Furcht, doch unnennbarer Vertrautheit auch wieder, auf den also ich starrte unbewegt, doch sonderbar, wie vordem und nach dem mir kaum etwas sonderbar.

Wir sehen, wenn wir so sehen, immer uns selbst, und ist es uns fremd, so ist es das Fremde, das uns zugehörig und so immer nur uns zugehörig. Und auch das, was jener Gnom in mir sehen mochte, war das wiederum, was wir sehen konnten von uns, nichts anderes, ein anderes ist uns niemals zugänglich. Mochte der Gnom also, was ich nicht wusste, denn ich wusste nicht, ob Gnomen erschrecken konnten, mochte der Gnom also Furcht empfinden vor mir, so konnte dieses nichts anderes sein, als die Furcht, diejenige (war es mir bekannt oder nicht, war ich einverstanden mit der Furcht oder nicht), die vor mir selber ich hatte.

Ich wusste nicht und konnte es nicht wissen, ob der Gnom und wenn, in welcher Weise er den schwarzen Heeren attachiert. Da ich aber hier an den äußersten Rand des Vorfeldes vorgedrungen, nah an den schwarzen Heeren wie wohl kaum einer vor mir, wie in jedem Falle ich nie zuvor und nie mehr danach, war mir dieses unmittelbar sicher im Augenblick der Begegnung. Hatte dann aber wieder daran gezweifelt, als die Episode vergangen, und mich gefragt, ob ich sie geträumt, was einen Unterschied freilich nicht gemacht hätte.

War dies ein Glimmen in den Augen des Gnoms, das anwuchs langsam und mich aufzufordern schien, ihn, den Gnom, auf meine Schultern zu laden und zurückzutragen, von den Linien der schwarzen Heere fort? Aber hieß, was ich „Zurück“ nannte, für ihn, wenn er denn ein Kundschafter der schwarzen Heere, nicht ein „Voran“? Und wäre dem so, was würde dies bedeuten, über das Misstrauen, das der Krieger in mir spürte, hinaus? Doch hatten die schwarzen Heere Kundschafter nicht, oder sandten jedenfalls keine. Warum auch? Zu welchem Zwecke? Es waren die schwarzen Heere ja da, sie waren es aus sich selbst und aus eigener Gewissheit, was brauchten sie wissen, was vor sich her sie trieben? Das zwielichtige Grauen des Morgens war unmerklich in das Licht des Tages übergegangen. Über den Punkt des

Rückzugs, den das Licht bestimmte und den ich nach guter Kundschaftersitte stets beachtete, war ich gefährlich hinaus. Der Gnom war, obwohl ich den Blick niemals weggewandt, verschwunden, ohne dass ich sagen hätte können, wie oder wann. Doch trug ich den Gnom auf der Schulter zurück, ich trug ihn seither immer, auch schien mir, als hätte zuvor ich ihn schon getragen, in den zeitlichen Zeiten und in den Nicht-Zeiten erst recht, ohne ihn vor jener Begegnung an den Linien der schwarzen Heere als Gnom freilich anzusprechen, ansprechen zu können, benennen zu können; immer tragen wir die Gnome, und wir laufen lange Straßen.

Es hatte der Heinrich befohlen und gestraft mit harter Hand, wie er es gelernt und gewohnt. Dem zum Trotze hatten die Kohorten, die sich bildeten um und unter ihm reichen Zulauf aus der Umgebung und fern davon. Noch waren ja die zeitlichen Zeiten nicht gänzlich verdämmert, flackerten wie verglimmende Glut, in die der Nordwind blies, auf wohl sogar noch einmal hie und da, wenn eine scheinbare Schlacht scheinbar erfolgreich wir geschlagen, und unsere Nicht-Zeiten hatten ihr Regiment, bleiern, noch gänzlich und unangefochten nicht angetreten. Es kamen die Söhne und mit den Söhnen auch die Töchter, es kamen, die ohnedies gekommen, wenn Kohorten sich außerhalb der Mauern sich sammelten, weil in den Mauern sie zu bleiben nicht wünschten, es kamen, die viel zu verlieren, es kamen, die nichts zu verlieren, es kamen die Satten und die Hungrigen, aus der Fülle, aus der Not. Es kamen die Huren, und Gaukler und Sänger folgten dem Tross, es stand das Land diesseits des ehedem Donau genannten Flusses noch in dem, was Blüte wir von unserer Warte nannten, und da wir Kohorten waren, nahmen wir, was uns zufiel. Fülle, Rausch, Verströmung. Wussten freilich nicht, welches Maß an Fülle, an Rausch, Verströmung. Haben doch Fülle und Rausch und Verströmung Maß immer erst, wenn sie verflogen, blasse Schemen an grauer Wand. Es war unser Leben gewesen, ein Leben zweifellos, vielen hatte es gefallen, und es hatte mir gefallen, hart war es gewesen und ein Spiel.

Zulauf also hatten die Kohorten des Heinrichs reichlich gehabt, da sich, von den Rändern her, doch immer rascher in die Mitte, den Kern dringend, alles auflöste, was ehedem scheinbar fest gefügt. Veränderlich und sich verändernd immer, doch eben in der Veränderung und durch die Veränderung hindurch fest gefügt. War aber dieses ja die Täuschung gewesen, fatal, schicksalsträchtig am Ende der zeitlichen Zeiten. Dass Veränderung und Wandlung schütze vor der Auflösung. Gibt aber den Punkt, von dem an

Auflösung, die kommen will, machtvoller als jede Wandlung. Kennen wir ihn nur nicht.

Waren freilich viele auch, da der Heinrich hart regierte, wieder verschwunden und versickert in Nacht und Wald, und wer mochte um ihr Schicksal wissen? Denn hart und voller Entbehrung, voller Hunger war gewisslich auch jenes, denn unsere Nicht-Zeiten zogen heran, wie die schwarzen Heere es taten, und wir entkommen ja nie, ob wir dieses tun oder jenes lassen.

Es ging dieses also durch die Sonnenläufe hindurch. Es kamen Frühlinge, und wir verließen Winterlager hinaus ins Feld, die Sommer, so sie Sommer waren, sahen uns Nötigstes nur unternehmen, was unserem Erhalt diente, Rauschgetränk, das wir vorfanden und das uns geboten wurde reichlich, damit abzögen wir wieder, nahmen wir, ohne auf das Maß zu achten oder achten zu müssen, denn noch gab es reichlich davon am Rande der zeitlichen Zeiten, wenn die Vorräte auch schwanden, ohne dass wir es merkten oder merken wollten. Wir bedienten uns der Huren, der Halb-Huren, der Mägde, die für eine Nacht nur zur Hure wurden, oft ohne es selbst zu wissen. Es war ja an diesen Rändern den Kohorten der Beischlaf noch nicht verboten, es achtete der Heinrich im Gegenteil darauf, dass den Kriegern Gelegenheit geboten, und so waren die Lager erfüllt des Nachts von trunkenem Geschrei und Streit und Stöhnen der Lust, wehe dem aber, der weder von einem noch vom anderen genug, der hören musste, aber fühlen nicht durfte. Es kamen die Herbstwinde und die Nebel und der erste Frost, die uns zeigten, dass neues Winterlager wir suchen uns mussten. Immer aber sandten wir Kundschafter, unsere Schlachten aber waren Scharmützel, gemessen an dem, was die vollendeten Nicht-Zeiten uns bringen würden, aber das wussten wir nicht, woher sollten wir es wissen? Wussten wir doch nicht einmal, dass Nicht-Zeiten uns bevorstünden.

So war es gegangen. Im Tross folgte Nathanael mit seiner Mutter, und ich sah ihn selten. Dann aber war der Heinrich verschwunden. Nicht gefallen war er im Gefecht. Nicht gestorben, wie Alter und Verletzungen seiner Schlachten- und Lebenszeiten es wenig überraschend gemacht hätten. Verschwunden war er in Nacht, Schlucht, Fels und Wald. Hatte er sich, der wählerisch sonst nie gewesen, als der Frühling schon endete und Sommer wuchs, eine der Huren oder Halb-Huren wie zur Frau genommen. Es mochte diese aber sein eine Tochter eines jener schwarzen Herren, deren Häuser sich nun leerten wie von geheimem Zwang getrieben, obwohl doch die schwarzen Heere noch weit und kaum mehr als eine Legende. Oder war sie die Tochter einer jener Hexen, die ihr Dasein abgeschieden lebten und kümmerlich fristeten, es war schon am diesseitigen Rande der zeitlichen Zeiten gleich und änderte nichts. Sie war schön und die Gier nach ihr groß, doch war es wohl das nicht gewesen, was den Heinrich so gefesselt, dass er nur noch diese nahm. Wenn er sie denn nahm. Von Zauberei war unter den Kohorten schnell die Rede. Was nichts machte, denn wäre es selbst Zauber gewesen, so hinderte dieser den Heinrich freilich nicht, weiter mit harter Hand zu regieren und jede entfernte Gesetzlosigkeit zu bestrafen unbarmherzig.

War da aber noch das Mädchen, Heinrichs Mädchen, herangewachsen längst. Hatte ihre Bettgenossen längst selbst reichlich gewählt, wie es der Heinrich vordem mit seinen Nachtgenossinnen getan, ohne sich an einen näher oder länger zu verschwenden, wie es auch der Heinrich getan, und es wehrte der Heinrich dem Mädchen nicht, sondern betrachtete ihr Tun mit Wohlwollen und wohl Stolz, und es sah das Mädchen ohne Widerwillen, wie die Mägde und Herrentöchter dem Heinrich die Gier stillten. Wiewohl man weder bei dem Heinrich noch bei seinem Mädchen zu deuten gewusst, was nun wirklich Lust, was wirklich Gier, unaufhaltsam, unaufschiebbar, was bloßes Aufzeigen der Macht oder Gewohnheit gar.

Erfüllte aber das Mädchen, Heinrichs Mädchen, die neue Wendung, die Frau des Heinrichs – denn als solche ward bald sie angesehen in den Kohorten und als solche behandelt, mit Furcht, mit Schmeichelei, mit Unterwürfigkeit, und wer unter den jungen Männern, den Gauklern, den Sängern verwegen oder dumm genug, versuchte gar, sie für ein einziges Mal zu gewinnen, sei es auch nur eine einzige Liebkosung zu erhalten, sei es auch nur, sie flüchtig selbst zu liebkosen (nie war es gelungen) –, die eingedrungen, die Raum forderte, mit Widerwillen. Es hatte nach des Mädchens Wunsch und Bild und Wille der Heinrich ja keusch zu bleiben, keusch gerade darin, dass er fast wahllos nahm und sich nicht erinnerte, wenn die Sonne im Zenit stand, welche den Phall ihm behandelt zur Nacht, ihn geritten, in welche er sich ergossen. So wie das Mädchen ja sich diejenigen, die selbst sie geritten zur Nacht, wegschickte ins Vergessen am Morgen, und sie tat es mit Leichtigkeit.

Hatte ihr aber nichts zu Gebote gestanden, den Heinrich zu kurieren. Es blieb das Mädchen Heinrichs Mädchen unbedingt, aber es blieb die Frau auch die Frau Heinrichs, allen Vorhaltungen zum Trotze, und nicht half, dass das Mädchen Huren, Halb-Huren, Einmal-Huren heranführen ließ aus weitem Umkreis, denn sie hatte die Macht dazu.

Dann aber war erst die Frau verschwunden gewesen, und gefunden worden war sie in unwegsamer Waldschlucht, einer Spalte fast nur, sichtbar fast nur dem, der kurz davorstand, selbst hineinzufallen, wenn er sich denn erst durch fast undurchdringliches Gestrüpp gekämpft hatte, aus welchem Grund auch immer. Die Frau war in der Schlucht gelegen mit gebrochenem Genick. Doch war das Genick nicht nur gebrochen, es war der ganze Kopf gedreht und hatte nach hinten gesehen, und ihr Unterleib war, fast reinlich, vollständig entblößt gewesen, der starke und zugleich wie fein modellierte Venushügel hatte die Blicke der Finder unwillkürlich auf sich gezogen, ehe Schrecken sich in sie ergossen.

Es war das Entsetzen groß gewesen in den Kohorten, denn immer schon, in zeitlichen Zeiten und in Nicht-Zeiten noch mehr, achteten alle, aber Kohorten im Kampfe noch mehr als andere, auf Zeichen, suchten begierig nach Zeichen, wünschten Deutung, verehrten diejenigen, die Deutung boten, die Weiser und Erzähler, die Gaukler selbst und Sänger, die geborenen, die gewordenen, die falschen, es war ja gleich, Deutung konnte gut sein vom Falschen und falsch vom Geborenen, es kam auf den an, der sie hörte und die Deutung für sich deutete. Und die Frau des Heinrichs mit gebrochenem Hals und gedrehtem Kopf und entblößtem Unterleib in der Schlucht, was anderes als Zeichen, schlechtes Zeichen, unheilvolles Zeichen sollte dies sein, so mächtig, dass Deutung fast nicht mehr vonnöten?

Schnell war das Raunen gewachsen, die schwarzen Heere hätten bereits ihre Vorhut, ihre Kundschafter in unser Lager geschickt. Es sei die getötete Frau Drohung und letzte Warnung. Auch sei ja schon geweissagt – von welchem Sänger? welchem Gaukler? –, dass die Art und Weise, wie die Frau hingerichtet und ausgestellt, Signum und Siegel der schwarzen Heere sei von jeher, dass aus dem Verlauf vergangener Kampagnen alles auf dieses Vorkommnis jetzt weise und dieses Vorkommnis darauf, dass mit Notwendigkeit Schlachtung uns bevorstünde und was derlei mehr sein mochte, und wie es Art dieser Gespinste war, verknoteten und verknäuelten sie sich, bis so unentwirrbar sie waren wie gestaltlos und nicht mehr zu greifen.

Es war Unsinn dies alles gewesen. Wir wussten ja nichts von den schwarzen Heeren, bis eben auf dieses eine, dass die schwarzen Heere heraufzogen von Südwesten her und dass sie anders waren und anders handelten als wir, gänzlich, und das schloss ein, dass wir nicht einmal wussten, ob sie überhaupt handelten, gemessen an dem, was Handlung wir nannten und was ja selbst schon wieder pure Gewohnheit, stillschweigende Übereinkunft war, gewachsen durch die zeitlichen Zeiten lange hindurch und, wie so vieles andere, mit hineingewachsen in diese Nicht-Zeiten. Was aber in den zeitlichen Zeiten kaum mehr gewesen irgendwann als poröser Kitt, war in diesen Nicht-Zeiten völlig zerbröselt und ohne Funktion, vorhanden immer noch, Ruinen der

Gewohnheit, gleichwohl, wie ja auch wir noch da waren, da waren und wir waren. Und doch nicht dieselben. Denn was hatten wir noch zu tun mit denjenigen, die wir gewesen zweifellos oder mit jedem denkbaren Zweifel? Es war ein Rätsel, immerwährend und nicht zu lösen.

Unsinn war also, was unter den Kohorten unter dem Eindruck des Grauslichen umlief. Unsinn auch dem tieferen Grund nach, denn es setzten eben die Kohorten unsere Kämpfe, unsere Schlachten, die wir geschlagen mit den schwarzen Heeren gleich mit all den Kämpfen und den Schlachten, von denen die zeitlichen Zeiten voll gewesen der Natur gemäß, und was sollten sie auch anderes tun? Aber es waren ja diese Kämpfe und Schlachten gar nicht zu vergleichen, was irgend wir erlebt und gelebt. Wir kämpften und verknäuelten uns in die schwarzen Heere, sahen diese aber nur als Wand von fern, mochten die Heere auch inmitten unserer Reihen sein, wir schreckten auf des Nachts, doch wussten nicht wir warum, denn niemand war um uns. Wir litten, doch wir konnten nicht sagen, wodurch und was Leid auslöste. Wir starben, doch wir wussten nicht, auf welchem Schlachtfeld. Es war ein Kämpfen und Schlachten, das wir bereits verloren, noch ehe die zeitlichen Zeiten in die Nicht-Zeiten geglitten, doch kämpften wir aufs Neue und ließen uns schlagen aufs Neue, wir zogen unsere Kreise enger und zogen sie weiter, wir verließen sie und kehrten in unsere Kreise zurück. Weggefährten, zum Schaden, zum Nutzen, erinnerlich oder schnell vergessen, kamen, verschwanden im Dunkel, tauchten aus dem Dunkel wieder auf für einen Sonnenlauf oder irgendwo in uns, an einem Ort, den wir selbst nicht kannten, und immer kämpften wir und schlachteten wir und wurden geschlagen.

DIE schwarzen Heere kümmerten unsere Kundschafter nicht, und noch weniger kümmerte sie die Frau unseres Kommandanten, wenn von weniger – oder mehr – trefflich die Rede sein konnte überhaupt. Doch waren jene Kohorten des Heinrichs ja noch aufgewachsen in den zeitlichen Zeiten und konnten anders kaum denken und konnten kaum andere Bilder sich machen und andere Geschichten sich erzählen. Meine Kohorten waren längst andere geworden und kannten dieses andere Kämpfen, dieses andere Schlachten nicht anders mehr, es war ihr Blut, ihr Leben, ein anderes hatten sie nicht, nicht einmal Fetzen der Erinnerung, wie diese durch mich oder Ludo oder den Weiser oder vielleicht manchen Hauptmann zogen. Es war ja gut so. Es konnte ja anders nicht sein. Es sollte ja anders nicht sein.

Vielleicht war ja deshalb dieser Marsch ins Winterlager ein Fehler. Oder war es genau deshalb nicht. Wer schon mochte es entscheiden? Nicht einmal das, was heraus dabei käme, würde es entscheiden können.

Aufregung und Angst legten sich. Immer legen sich Aufregung und Angst. Am Ende legt sich ja selbst Verzweiflung, auch wenn kein Verzweifelter dies jemals geglaubt, ganz am Ende also wird Verzweiflung müde, wird mild und zuweilen ihrer selbst überdrüssig. Doch wo Aufregung ist und Angst ist keine Verzweiflung, und so konnte von Verzweiflung die Rede längst noch nicht sein unter den Kohorten des Heinrichs.

Verzweiflung aber war bei dem Heinrich, und es war der Heinrich Verzweiflung. Der Kriegsmann, der Söldner und Söldnerführer, der keine Grausamkeit verschmäht und dem vor keiner Hinterlist gegraut, der ganze Landstriche verwüstet und seine heimatlichen Landstriche zerstört, um der Gerechtigkeit wie seines Eigennutzes willen, der Frauen genommen und Frauen vergessen, war selbst zerstört in Jammer hinein und brüllend vor Zorn und trunkener Rachsucht zugleich. Irrte, schlagend, wütend, schreiend aus der Tiefe, in zerfetzten Kleidern durch das Lager, das leer vor ihm, denn keiner wagte, seinen taumelnden Gang zu kreuzen. War wohl nicht nur der Verlust der Frau, der Geliebten, der Bettgenossin, seiner Wärme in der Nacht, deren er längst bedurfte. War wohl auch, weil die Tötung der Frau seine Macht bestritt und an deren Fundament, unantastbar scheinbar, rüttelte, und mochte es ihm auch nur vorkommen, so war es doch damit schon in der Welt.

Wuchs aber heran, nie wusste man ja, wo es wuchs und wie es wuchs, immer war derlei da auf einmal und nicht da zugleich, das Gerücht, wisperte es, man wusste nicht, von welchen Stellen, dass das Mädchen des Heinrichs in die Sache verwickelt geheimnisvoll. Zog sich etwas um das Mädchen des Heinrichs zusammen. Man konnte es Worte nicht nennen, nicht Erzählung, und war doch greifbarer und fester als jene, und unerbittlicher allemal.

Bald waren dann, niemand hatte es gesehen, niemand wusste, wann und wie, der Heinrich und sein Mädchen verschwunden. Alles, bis auf das, was auf dem Leibe sie getragen, und das war wenig, war zurückgeblieben. Verschwunden wie im Nebel, wie aufgelöst selbst im Nebel. Erst Winterlager später und nach wer weiß wie vielen Kampagnen gegen die schwarzen Heere, nachdem die Kohorten bis auf alte Fahrensmänner und Hauptleute längst ausgetauscht mehrmals und der Heinrich ferne Erzählung, Geschichte geworden, die so ausging oder so – wie meine Erzählung und meine Geschichte nur ein in der Nacht aufblitzender und schnell verglimmender Schein davon –, nachdem Tod und Verrat und Mangel längst unsere gewohnten Begleiter, nachdem die

Kreise, in denen wir uns mit dem Heinrich bewegt, längst verlassen, längst mit anderen Kreisen vertauscht wir hatten, die unsere jetzigen Kreise längst nicht mehr waren, nach alledem erst war der Heinrich gefunden, mit einem Pfahl dort im kaum mehr kenntlichen Leib, wo das Herz einst gewesen, sein Mädchen, das Mädchen des Heinrichs hatten wir nie mehr aber gesehen und nie mehr von ihr gehört. War sie tot, war sie lebendig, waren unerkannt wir ihr begegnet? Lebte sie nahe, in den Kreisen, die wir durchzogen oder in ganz anderen, vor den Linien der schwarzen Heere oder dahinter? Wir wussten es nicht.

NACHDEM also der Heinrich verschwunden, nach der Furcht, nach der Lähmung, nach der Ratlosigkeit und Verzagtheit hatten wir denn einen neuen Kommandanten gewählt. Nach der Ordnung, es musste ja nach der Ordnung gehen. Dann wieder einen und wieder. Und nachdem also eine nicht mehr zu übersehende, nicht mehr erinnerbare Reihe an Kommandanten gekommen und wieder gegangen der Ordnung nach, hatten die Kohorten denn also mich zu ihrem Kommandanten gewählt, mich als einen der letzten, der vom diesseitigen Rand der zeitlichen Zeiten noch übrig. Ich weiß nicht, ob mit Überzeugung, aber einer musste der Kommandant sein, und ich hatte mich nicht gedrängt danach, und ich wusste nicht, wie dieses zu tun. Aber sie hatten ja gewusst, wen sie wählten, und so also war ich ihr Kommandant, der Kommandant des letzten Gefechts, wie alle Kommandanten vor mir Kommandanten des letzten Gefechts gewesen.

Und so hatte ich die Kohorten in die Schlachten geführt und aus diesen heraus, in unseren Kreisen, durch unsere Kreise hindurch, in andere Kreise hinein, in die Winterlager und in die Sommerkampagnen, zurückgedrängt stetig von den schwarzen Heeren und auf diesen Marsch in ein anderes Winterlager, wie vielleicht keines gewesen sein würde oder in eines wie alle anderen zuvor.

Ich also, der Kommandant des letzten Gefechts. Ich war auf dem Marsch und befehligte die Kohorten auf diesem Marsch. Und wir kamen voran. Es kam die Sonne, wenn auch immer flacher, und wir marschierten los, und es ging die Sonne wieder, und wir suchten uns Lager, besseres, schlechteres, es tat nichts, wir legten uns zu unruhigen Träumen oder traumlos, wir erhoben uns gestärkt und seltsam erfrischt oder zerschlagen erst recht, es tat nichts, wir marschierten, wenn die Sonne kam, und legten uns nieder, wenn sie ging, und ich befehligte die Kohorten auf dem Marsch. Und ich war auf dem Marsch, doch tat ich gut daran, mich nicht auf dem Marsch zu verlieren.

Vieles war offen. So vieles war offen, und dass je es sich schließen würde, auf dem Marsch oder im Winterlager selbst, war mir zweifelhaft und konnte mir nichts anderes sein als ebendieses.

Die schwarzen Heere zogen heran. Die schwarzen Heere kümmerten unsere Irrtümer nicht und nicht unsere Illusionen. Der Weiser hatte gedrängt, sich auf den Marsch ins Winterlager zu machen, wie wir uns ehedem auf den Marsch ins Winterlager gemacht hatten. Um Rat zu halten. Zu Kräften zu kommen. Die Wiederkehr der Sonne zu erwarten, um in neue Kampagne zu ziehen, neues Gefecht, neue Schlachten, die doch die alten stets waren und stets sein würden. Ich hatte mich zum Marsch bewegen lassen, ohne Überzeugung. Doch war Esther, waren die Kreise mit Esther mir aufgestiegen und mit ihnen manche und immer mehr Erzählungen und Geschichten und Gesichte. Dinge bekamen Kontur, wie von scharfem Lichte gemeißelt. Dann wurden die scharfen Kanten abgeschliffen von sinkendem Lichte, bis in Dunkelheit die Dinge versanken. Gestalten, tatsächliche, erzählte, durch Erzählung tatsächlich gewordene, als Erscheinung Erzählung, waren aus ebenjenem Dunkel erschienen, waren wieder verschwunden, wieder aufgetaucht als andere, hatten jenes getan und das Gegenteil auch.

Und jetzt war ich auf dem Marsch, weil eben auf dem Marsch ich war, oder weil Raahael es war, zu jenen seltsamen Stämmen im Nordosten, von denen kaum ich wusste und als deren Sendling Raahael mir erschienen. Raahael aber war auf diesem Marsch, und sie war nicht da. Sie ritt nicht mehr. Ihren Platz bei Mirjam auf dem Karren hatte sie wieder genommen, mochte es wie fügsam sein, mochte es aber auch wie trotzig sein.

Aber es war ja Zechiel ebenso von den Stämmen im Nordosten, und Zechiel ging nun voran, den Weg uns zu weisen. Viele Geschichten und Erzählungen waren über ihre Ufer getreten und hatten uns überschwemmt. Aber um Zechiel, den ich ausgelöst von den Horden und der mit Raahael mir zugefallen, noch ehe den Marsch wir begonnen, dem sich Nathanael angeschlossen und der mit Nathanael hinausgezogen, der wie alle und alles andere freilich nicht dagewesen und dann erschienen und dann verschwunden und dann wieder aufgetaucht, in allen Dingen um und an Zechiel war stets ein Blinder ich gewesen. Es waren jene Stämme im Nordosten ja die Hüter jenes Buchs jenes Herrn, und Zechiel hatte als Kundschafter und Sendling der Stämme im Nordosten uns so vage wie es nur sein konnte von jenem Buch berichtet – mehr als Raahael jemals es getan, falls überhaupt je sie es getan –, und der Weiser und auch Ludo und selbst ich waren begierig gewesen von jenem Buch zu erfahren, doch hatten alle Geschichten und Gesichte, alle

Träume, Erzählungen, Ängste, Fantasien und Spekuleien nun immer den Gedanken an jenes Buch überdeckt und übermalt. Das Buch jenes Herrn an den Rand gestellt, wie etwas, wozu immer noch Gelegenheit wäre, wenn andere Traumwelt uns nicht umfing oder wenn nicht von Schlacht und Kampf wir beansprucht, wenn nicht wir uns sehnten, nicht Mahl wir nahmen, nicht liebten, nicht Liebe flohen, nicht hassten, nicht den Verkehr übten oder gerade ihn übten, und wie oft war es uns geschehen, dass die Dinge, die wir an den Rand gestellt, da wir vermeinten, noch Gelegenheit genug dafür zu finden, erst die Farbe des Randes angenommen und dann im Rand aufgegangen und selbst zum Rand geworden, aus solchen Rändern, in solchen Rändern, die immer enger sich um uns legten, bestand das Leben so mehr, je länger es uns wurde. Die Ränder des Vergeblichen, des Verflossenen, des Nicht-Wahr-Gewordenen, des Unerfüllten, des immer nur möglich Gebliebenen oder des Tatsächlichen, das, vergangen, selbst ins nur Mögliche zurückgesunken. Sonderbar: Aus dem tatsächlich Gewesenen wird der Humus des Möglichen, wie aus verfaulenden Pflanzen reiche, trockene Muttererde wird, in der gänzlich anderes wachsen kann und wachsen wird, bis das Gewachsene selbst wieder vergeht. Aus Vergangenem aber bestehen wir, aus Getanem, weit mehr aber aus Nicht-Getanem. Wie aber kann sein, was nie gewesen?

AUF dem Marsch jetzt erzählte Zechiel von dem Buch uns, dem Weiser und Ludo und mir, Geschichten, viele unglaubliche Geschichten. So enthielt das Buch Geschichten von Männern, die ihr Haus verlassen auf Geheiß jenes Herrn. Von dem Mann, der seinen Sohn opferte auf Geheiß jenes Herrn und dem der Sohn aber geschenkt wurde dann, eben weil er gehorsam (wüsste man vorher, dass Gnade folge?) ihn opfern wollte. Von Verführung und Ehebruch und Verrat, von Kriegen und Beischlaf, von Lug und Trug, von Verheerung, Zorn jenes Herren und Gnade, von Wundern ohne Zahl, von Männern, die nicht gehen wollten und die folglich vom Fisch verschluckt in der Tiefe und Dunkelheit und Einsamkeit des Meeres gelandet, von Fülle, unglaublicher, nie gesehener, nicht mehr fassbarer Fülle, von peinigendem, hautschindendem Mangel, von Folter, Qual und Verlorenheit, von all dem und mehr erzählte Zechiel zuerst, und wir sahen, dass unsere Geschichten, all unsere Geschichten und Gespinste und Mären nichts dagegen, oder anders: nur abgeleitet waren, blasser Abglanz, lediglich ein Schimmer jener urtümlichen alten, ersten Geschichten, die am Anfang und am Ende ja niemand anders als jener Herr erzählt, geordnet, erträumt. Geschichten, die wie alle Geschichten so nie stattgehabt, die aber wahr waren dennoch und deshalb, wie unsere Geschichten wahr waren, dennoch und deshalb. Es waren aber Geschichten, die nicht einmal mehr in den Nicht-Zeiten am anderen Rand der zeitlichen Zeit gespielt, sondern in einem anderen Raum, den wir nicht kannten und den wir doch spürten und immer gespürt hatten, dem wir uns nähern konnten, wir wussten nicht wie, in den einzudringen uns aber verwehrt, wir wussten nicht warum.

Es hatte also das Buch jenes Herrn oder ein Buch jenes Herrn bei den Stämmen im Nordosten überdauert, vollständig oder nicht, keiner wusste es, es gab ja kein anderes. Freilich wusste Zechiel nicht zu entwirren, er hatte nie nachgedacht darüber, ob die Geschichten lebten und mit ihm jener Herr unter den Stämmen, weil das Buch überdauert und die Priester der Stämme im Nordosten daraus lasen. Oder ob umgekehrt das Buch überdauert oder da war, weil vorher die Geschichten und mit ihnen jener Herr da war. Der Weiser stellte in immer neuen Anläufen diese Frage, doch wusste Zechiel keine Antwort. Und suchte auch keine. Gerne gab er Auskunft und erzählte von den Erzählungen und wie diese lebten unter den Stämmen, doch waren ihm solcherlei Fragen gleichgültig und nicht wert, verfolgt zu werden. Mancherlei, was uns wert und wichtig, war ihm einerlei und unwichtig, stellte sich aber erst heraus dieses auf dem Marsch.

Was Zechiel uns entwarf, schien uns schön für Winterlager, und so machte es uns, Krieger, die wir waren, misstrauisch auch. Kaum glaublich, dass es solches gäbe in diesen Nicht-Zeiten, da die schwarzen Heere heranzogen und Mangel herrschte und Schlachten war, da wir froren und der Fülle entbehrten, die kaum noch zu benennen wir wussten und von der die jungen Krieger kaum mehr gehört. Mochte sein, dass diese, wenn die Alten wie der Weiser, Ludo oder ich, der Kommandant des letzten Gefechts, von Fülle sprachen oder genauer von deren Mangel, dies als eine der Erzählungen und Geschichten nahmen, die so stattgefunden haben konnten oder auch nicht. Gleichwohl wussten freilich auch die jungen Krieger, dass diese Geschichten und Erzählungen wahr immer waren, die Geschichten und ihr erzähltes Gegenteil auch und ihre unzähligen Varianten, Sonderstränge, Möglichkeiten. Wir wussten es ja, nicht erst die Nicht-Zeiten hatten es uns gelehrt, dass Wahres nicht wirklich, Wirkliches nicht wahr gewesen sein musste, und was war ebendieses überhaupt je gewesen, Wirkliches? Und hatten wir und wenn ja, was noch zu tun mit dem, was „wirklich“ wir nannten aus Gewohnheit und um eine Brücke zu bauen in die Vergangenheit, in der wir ja nur scheinbar gründeten?

Was Zechiel uns entwarf also war anziehend und wie in die warmen Farben eines Tages getaucht, da der Sonnenlauf flach geworden und die Bäume ein letztes verzweifeltes Fest, orgiastisch, bevor sie sich in sich zurückzogen, um stumm winterliche Anfeindung zu erdulden und dann, wenn der Sonnenlauf sich wieder hob, neu zu leben. Wozu also am Ende dieser Orgasmus, diese Verzweiflung? Doch was also Zechiel entwarf, tat er nüchtern und nicht, um uns zu locken. Von Fülle sprach er, einer anderen als jener, die wir ersehnten, von Frucht, Freude. Doch lebten auch die Schatten in seiner Erzählung, und er verschwieg sie nicht.

Der schwarze Priester

Es verstanden die Stämme im Nordosten zu träumen in besonderer Weise. Denn aus dem, was Traum war in den Stämmen, entstand, was Wirklichkeit zu nennen wir anderen gewohnt, wenn sich diese freilich uns, je fester wir zu greifen sie suchten, entzog, uns entglitt, sich auflöste und in ein anderes überging. Aus diesen Träumen der Stämme im Nordosten nun war ein schwarzer Priester gekommen, anders als die Weiser, die den Stämmen jenes Buch jenes Herrn auslegten, doch war Auslegung der Schrift bei den Stämmen durchaus nicht den Weisern vorbehalten, so legte dar es Zechiel, sondern ein jeder sei berufen und fühle sich berufen, und von jedem werde es erwartet, wie man eben Mahl halte und liebe, streite auch, Rituale vollziehe wie jenes Scherbenfest mit den zerstoßenen Krügen, die neu zusammengesetzt wurden, um dann wieder zerstoßen zu werden, das Vieh hüte, dem Land abgewinne von seiner Fülle, sein Leben friste, wie Leben eben gefristet, wie Leben auch wir gefristet, als unsere Zeit zeitlich noch gewesen, und wie wir es fristeten, anders und doch gleich, in diesen Nicht-Zeiten (es kümmerte das Leben ja nicht, ob die Zeiten zeitlich oder eben nicht). Doch machte die Auslegung jenes Buches jenes Herrn, vielfältige Auslegung zwangsläufig, das Leben der Stämme im Nordosten satter als anderswo, so also Zechiel, von anderer Fülle und doch eben von Fülle. Stimmt wohl, dass es nicht eine Fülle nur gibt am Ende.

Es hatte also jener schwarze Priester bewohnt ein Haus, das auf einem Hügel am Rande der Siedlung gebaut, aus dunklem Holz und groß, ein Haus, wie ein Haus eben ist, doch auch der Siedlung nicht recht angemessen, man hätte lange überlegen müssen, um zu sagen, warum. So man es hätte ergründen können. Eine Festung, eine Burg, doch waren die Stämme im Nordosten keine Erbauer von Festungen, und keiner hätte zu sagen gewusst, wann und durch wen sie errichtet. Mochte sein wohl, dass auch dieses Haus aus den Träumen der Stämme im Nordosten entstanden und dass es verschwunden sein würde, wenn die Träume ihren Zweck erfüllt.

Es sind ja Träume heilsam, und sie sind es immer, wenn wir das Heilsame nur empfangen. Alles ist Medizin, und nichts ist Medizin. So sind Träume wie Erzählungen und Erzählungen wie Träume. Gewaltig kann Traum sein, voller Schrecken, doch in Gewalt und Schrecken heilsam; oft spüren wir es, wenn wir daraus erwachen, oft auch nicht, ist aber das Heilsame nicht abhängig, ob wir es spüren oder nicht.

Der schwarze Priester, in und mit den Stämmen lebend, zugleich aber immer außerhalb und wie nicht da, hatte schnell eine große Anhängerschaft, zumal unter den jungen, sehr jungen Männern des Dorfes, die fast noch Kinder, wenn nicht den Jahren, so dem Geiste, der Seele nach. Lag vielleicht an seinem Ursprung im dunklen Traume, dass Anziehung er ausübte. Die bestehen blieb, wenn viele auch gleichzeitig vom Hochfahrenden abgestoßen.

Nach Kurzem war in das Haus des Priesters eine Frau gezogen mit ihrem Kinde, die lange Wanderschaft, langen Marsch von ferner Küste hinter sich gebracht. Die gehofft, hier Unterschlupf zu finden nach Schicksal und Härte, aber nicht oder nicht mehr vorfinden konnte, was Erwartung und Erinnerung und Hoffnung ihr vorgegaukelt. Ihr Knabe war still, zumal in ihm fremder Umgebung, doch gehärtet zugleich von dem langen Marsch von der Küste herunter, der entbehrungsreich, kalt und gefährlich gewesen, und es war ihm der Vater erschlagen worden, dort oben im Nebellande, von dem keiner wusste, wo es genau lag und ob es überhaupt lag. Vom Nordmeere wussten wir ja, aber anders als das Meer des Heinrichs, unser Meer, von dem der Weiser uns träumte, war es uns fremd, obwohl wir beide nie gesehen.

Es nahm also, da niemand sich sonst erbarmte, auch unter den Stämmen im Nordosten nicht, und Zechiel verschwieg diesen Umstand nicht, sondern erzählte nüchtern, es nahm also der schwarze Priester Frau und Knaben in seinem Hause auf. Diese verrichtete dort, fügte sich bald in das Leben der Stämme ein, war als Fremde bald nicht mehr angesehen. Wurde selbst aber, in ihrem Inneren, nie recht heimisch, denn Herz und Seele waren an der Küste geblieben, da entschlossen sie sich davon abgewandt, ohne zurückzublicken, nachdem der Mann ihr getötet. Dem Jungen blieben die Geschichten und Erzählungen seines Vaters, die Meerfahrten, die schwarze See und das Salzgebraus, doch mengte sich dies alles mehr und mehr selbst in Nebel ein, verlor seine inneren Zusammenhänge, löste sich in Bilder, Geräusche, Gedankenfetzen auf.

Es wurde der schwarze Priester, der ja da, wichtig für den Knaben, wie es natürlicher Gang. Fürchtete sich der Knabe vor dem schwarzen Priester und zog es ihn hin, zog es ihn hin und fürchtete er sich, denn der schwarze Priester legte sich über, auf ihn, drückte, presste ihn. Es waren seine Fragen Examinationen, Verhöre vor dunklem fremdem Kapuzengericht, fremd, nicht erklärlich, undurchschaubar, ein Gericht, dem man keinesfalls entgehen konnte, dem zu entkommen unmöglich. War dieses aber eingekleidet meist in freundlichen Ton, schien den meisten zumindest der schwarze Priester Vaterstelle, Bruderstelle, Freundesstelle vertreten zu wollen, den Knaben zu fördern, zu ziehen. Den meisten. Denn der schwarze Priester näherte sich seinem Zenit unter den Stämmen oder hatte diesen erreicht. Leutseligkeit und Ungreifbarkeit und Sicherheit, scheinbar, machten den schwarzen Priester anziehend für viele. Gab aber schon manche, wenige, die dieses Auftreten misstrauisch machte, es mit Widerwillen sahen, unbegründet vielleicht, aber mit gesunder, tiefreichender Wurzel. Waren oft aber jene, die dem Buche jenes Herrn besonders zugetan und Gespür hatten, dass die Predigten des schwarzen Priesters im Dunklen, im Verborgenen nicht auf dem Buche gründeten, sondern woanders. In Schluchten und Klüften wohl des schwarzen Priesters selbst, und Grund in eigenen Schluchten und Klüften ist guter Grund nicht.

Ging die Mutter des Jungen aber ihren Geschäften und Aufgaben nach und war bald wohlgelitten, als wäre sie geboren hier und immer hier gewesen.

Pein aber litt der Junge. Oft war der schwarze Priester auch abwesend, keiner wusste dann, wo. Der Junge wusste wenig von dem schwarzen Priester, aber der, so schien es dem Jungen, alles von ihm. Es widerstrebte der Knabe im Innern und wollte zugleich selbst wie der schwarze Priester sein, ahmte ihn nach bis in geringe Eigenarten der Sprache, was ihm mehr als einmal Unverständnis erntete, doch verstand es der Junge nicht. Der schwarze Priester war ihm wie gesandt von anderswo her. Mochte dies sogar stimmen. Doch war dieser Anderort in der Wahrheit ein ganz anderer, als dem Jungen schwante? Immer aber war Ungenügen und Minderwert. Viel später erst, der Junge war längst zum fahrenden Sänger geworden, lange erst, nachdem der schwarze Priester aus dem Leben des Jungen verschwunden war – aus dem greifbaren Leben, aus jedem anderen seiner Leben verschwand er nie mehr –, machte sich Bahn, was neben der Verehrung und der Demütigung der jungen Jahre mitgewachsen, nämlich Wut, tief untergründig schwellend, und Kampf und

Wehr. Hätte dieses früher obsiegt. Es war aber jener schwarze Priester den Knaben zugetan, war aber eigentlich allem zugetan, was sein Geschlecht, oder eigentlich: die Gier hinter dem Geschlecht, die Gier nach Nahrung und Sattheit wieder und wieder und wieder befriedigte. Lebte es aber nicht. Braucht aber das Verheimlichte, Verborgene, Geleugnete eine Kraft ohne Maß, und holte sich der schwarze Priester diese Kraft von überallher, einem saugenden Untoten gleich, und eben auch aus dem Jungen, dem wiederum dieses alles dunkles Geheimnis, wofür aber die Schuld, so meinte er, bei ihm zu suchen. Erst als Sänger, als Gaukler, unterwegs auf den Straßen, in den Dörfern und Städtchen, in den Burgen, selbst in den Häusern jenes Herren, kam ihm, durch seine Lieder und in seinen Liedern, in seinen Träumen, in der Entrückung, wie sie manchmal durch lange Wanderung, langen Marsch entsteht, ahnungsvoll etwas von dieser Wahrheit nahe. Dauerte aber fast sein ganzes Leben, brauchte weit bis über den Zenit seines Lebens, als schon so manches vergaukelt, vieles unwiederbringlich versäumt, unzählige Male falsch abgebogen gewesen, sich verirrt und verlegen, bis dieses so klar und deutlich Gestalt aus dem Nebel nahm, wie es vonnöten und unersetzlich.

Bald aber hatte der schwarze Priester den Zenit seines Wirkens und Ansehens überschritten. Konnte man in solchen Fällen nie genau sagen, woher solches kam und wie es entstand und wer im Untergründigen daran beteiligt. Gerüchte um Ansichten und Auftritte waberten durch die Siedlung mit einem Male. Wurden die Stimmen derer lauter, die von Anfang an misstrauisch, und ließen sich diese durch hochfahrende Sprachgewalt des schwarzen Priesters nicht mehr einfach übertönen. Mochte es freilich auch zugleich sein, dass der schwarze Priester ausgesogen, was für ihn auszusaugen war. Die Stämme im Nordosten erwachten aus ihrem Fiebertraum, aus dem der schwarze Priester ja erst unter sie getreten, aus wilden, wüsten Träumen heraus, wie es sie zur Heilung manchmal bedarf, und so war der schwarze Priester dann verschwunden, ohne Abschied, für immer.

Dem Jungen aber war das Verschwinden Erleichterung und Qual, und sollte es dieses für immer bleiben, wenn neu ein Mensch verschwand. Er selbst machte später, als Gaukler, als Fahrender, das Verschwinden, immer neu zu gebärendes Verschwinden zur Lebensweise. Kam unverhofft, und wenn vage erhofft als derjenige, der Neues bringt, neue Liebe auch, neuen Samen, neuen Körper, dann doch nie in seiner Person, denn man kannte ihn ja nicht, und kaum je oder gar nie durchkreuzte er eine Landschaft zweimal, und verschwand wieder. Ein Seltsames ist es ja um dieses Verschwinden, nie oder lange nicht ist ja der, der verschwindet, gänzlich nicht mehr da, ein

Umriss bleibt, die Erwartung, wenn auch falsche Erwartung, bleibt stets, dass der Verschwundene nur eben nicht sichtbar und jederzeit wieder erscheinen könne. Verschwindet aber jener Umriss im Außen irgendwann, so bleibt er doch in der Seele dessen, der zurückgeblieben, bildet einen Hohlraum, der sich kaum je mehr füllt, und so bestehen die Seelen, wenn sie gehen am Ende des Lebens, fast nur noch aus Hohlräumen, und vielleicht macht sie dieses leicht und bereit erst für die Reise.

BEI den Stämmen im Nordosten sah man es gerne, wenn die Heranwachsenden jung sich paarten, den Geschlechtsverkehr übten im eigentlichen Sinne, die Partner wechselten, bis dann der eine, die eine sich gefunden, herausgebildet Stück für Stück. Sollten diejenigen, die sich dann gefunden, aber zusammenbleiben, taten sie es meist auch. Wuchs der Junge aber nicht hinein in diesen Brauch, und während seine Altersgenossen begannen, sich zu paaren und neu zu paaren, blieb er alleine in dem großen Haus des schwarzen Priesters, sonderlich, mit Geschichten, Nebelbildern, Klageliedern. Unterwegs dann später freilich, auf seinem Marsch, seinen Wanderungen sollte ganz anders es werden, er nahm Lust, wohin er kam, gab sie, vergaß sie, teilte Lager für eine Nacht oder zwei und manchmal drei, verschwand im Morgengrauen. Zwischen den Beinen derer, die er verließ, blieb aber lange der Umriss seines Phalls, ein Hohlraum, ein Sehnsuchtsraum auch dieses, der von späteren Phalli nie mehr ganz zu füllen. Dem Sänger aber, dem Gaukler aber blieb kein Umriss in der Seele, vielleicht hatte er dafür gar keine, denn es sind ja viele verschiedene Seelen in uns für viele Erlebnisse. Und oft fällt uns kaum auf daher, wenn eine stirbt.

Die schwarzen Priester. In allen Geschichten, allen Erzählungen, allen Fantasien der zeitlichen Zeit, tauchten sie immer wieder auf, in den verschiedensten Gestalten und mit den verschiedensten Funktionen, überall waren sie, deutlich sichtbar oder im Verborgenen oder als schwarze Priester gar nicht erkennbar oder erst in langem Rückblick. Immer wirkten sie verderblich, sonst wären sie ja schwarze Priester nicht. Immer nahmen sie, saugten die Kraft, die sie brauchten, verzweifelt brauchten, sich selbst zu erhalten, von denen, die kaum Kraft hatten. Es war dieses ja eigenartig und kaum zu begreifen, und doch war es so und ist es so: dass die ohne Kraft jene nähren, mächtig nähren, blutvoll, die sich dieses Blut einverleiben, ohne zu zögern. Wer freilich würde zögern, da es ums Überleben ihm geht?

Oft sind die schwarzen Priester da, wo Wege sich gabeln. Oder werden sie dort erst zu schwarzen Priestern. Muss dieses freilich aus Ur-Zeiten schon in ihnen gesteckt haben, sonst könnten bei diesen Gelegenheiten sie es nicht werden. Wie es dem Knaben ergangen, war das Wirken des schwarzen Priesters verschleiert lange Zeit. Schwarze Priester dienen und dienen sich an als der Nachahmung wert, sie ziehen heran, lösen die Bande aber nie, wie es notwendig, um dann zu verschwinden. Ein Trieb aber, der hochgeschossen, ohne fest im Erdreich, tief im eigenen Erdreich verwurzelt zu sein, verkümmert und verdorrt schnell. Was in die Höhe schießt und aus eigenem Triebe wachsen will, muss in die Tiefe wachsen in gleichem Maße, der Stamm muss vom Stock, an den er gebunden, sich lösen ohne Ausnahme. Wer aber an Stöcken schon gewachsen oder wer seines Weges schon geht mit Sendung oder weil ihm der Weg vorgezeichnet oder weil er an den Gabelungen wählt nach Gutdünken und sich zurück an diese Gabelung dann auch nie mehr sehnt, der wird kaum den schwarzen Priestern in die Hände fallen. Eine kurze Irritation, vielleicht. Eine Anziehung wie ein Klicken. Danach wird jene guter Instinkt aber leiten, den Weg fortzusetzen schleunigst und aus dem Bannkreis des schwarzen Priesters zu gelangen. Meist werden jene sich kaum Rechenschaft ablegen und ablegen können. Ein Unbehagen werden sie spüren, wie kalter Wind auch die Seele frösteln lässt, kaum benennbar, augenscheinlich – aber was schon sehen Augen – von nichts verursacht. Doch wer gesund ist, braucht Gefahr nicht zu benennen; sie zu spüren und sie zu meiden, das ist eben, was gesund: Gesundheit gebiert sich aus sich selbst heraus und schafft Gesundheit neu, wie Verderbnis und Unordnung wiederum Unordnung und Verderbnis nach sich ziehen wie mit Notwendigkeit. Jene erkennen schon an den äußeren, noch sanften, kaum kenntlichen weiten Kreisen, dass ein Strudel sich bildet. Wenige aber, wie der Knabe, spüren vielleicht noch früher diese äußeren Kreise des Strudels schon auch. Aber etwas in ihnen und aus ihnen und außerhalb von ihnen drängt sie nach innen, auf die immer schnelleren, engeren Bahnen, bis sie aus eigener Kraft dem Strudel zu entkommen nicht mehr in der Lage, und sind sie fast schon komplett hineingezogen, reichen oft auch fremde Kräfte, woher immer diese kommen könnten, nicht mehr dazu aus.

SO ALSO erzählte Zechiel vom Leben der Stämme im Nordosten, während sich unser Tross auf dem Marsch in ebenjene Richtung, auf die kleinen Gebirge im Nordosten zubewegte, gleichmütig, gleichmäßig, gleichförmig. Da aber Zechiel die Schattenseiten, die schwarzen Priester, die überall ja waren, nicht verschwieg, erschien uns das Leben der Stämme im Nordosten desto heller, geordnet und friedlich, von einer Fülle, die anders war als jene, die wir suchten stets und nach der wir uns sehnten. War aber vielleicht eine Art von Fülle, die besser wir hätten suchen sollen. Wenn wir es denn gekonnt hätten. Doch waren uns ja die schwarzen Heere aufgezogen und war uns der Kampf auferlegt, und so war die Fülle, derer wir bedurften oder die zu bedürfen wir glaubten, von anderer Art nun einmal als jene, aus der die Stämme im Nordosten schöpften. Sollten wir Winterlager dort je erreichen, so würde fraglich es sein, ob mit dieser Fülle wir etwas würden anfangen können, so verlockend sie uns jetzt auch erscheinen mochte. Ich hatte Zweifel. Fülle lässt sich für die wenigsten durch das bestimmen, was gerade vorzufinden. Die Vorstellung, was Fülle sei, ist mitgeboren vielleicht, in jedem Falle aber bestimmt von dem Leben, in das wir geworfen, jenes eine, das sich materialisiert im Gegensatz zu den tausenden möglichen Leben, die Möglichkeit geblieben, seien diese Leben allerdings auch immer gleichzeitig zum materialisierten Leben vorhanden und nicht einfach nichts. Fülle ist immer Gegenpart und Gegenentwurf. Raum und Ziel der Sehnsucht. Doch sehnt ein jeder sich anders, und jegliche Sehnsucht, die scheinbar gestillt, gebiert eine neue. Sehnsucht verschwindet nicht, also lässt sie sich nicht stillen.

Oft kam mir, da Zechiel erzählte vom Leben der Stämme im Nordosten, jenes Städtchen in den Sinn, durch das mit meinem Lothar ich gezogen, wo Lothar die Wirtstochter genommen und wo Nathanael ich gezeugt, in einem anderen, dem vorigen, dem vorvorigen Leben, längst entschwunden und aufgelöst im Nebel und erst vergangene Nacht zugleich. Nicht wusste ich, von woher und warum dieser Vergleich mir herwehte, denn wenig Ähnliches schien darin zu sein auf den ersten Blick. Ordnung vielleicht, die längst ungewohnte, dazu Enge und Gleichmaß. Vielleicht aber lag in den Erzählungen Zechiels eine mir noch verborgene Verheißung, eine Hoffnung – oder weckten die Erzählungen Zechiels in mir die Hoffnung auf eine Verheißung, denn alle unsere Hoffnungen sind in uns von Anbeginn wie Samenkörner, die auf ihre Reife warten, viele aber, die meisten, sind verworfen auf steinigem Grund und in Dornen und werden sprießen, gar gedeihen nie –, welche die geile Lust der Wirtstochter und die Zeugung Nathanaels aus dem Dunkel zurück mir holte in ein wenn auch dämmriges und unklares Licht.

In dieser Phase sah ich Raahael kaum. Auf dem Karren saß sie, eng an Mirjam geschmiegt und jene an sie, oft hatten die Frauen die Arme aneinandergelegt. Raahael hatte jetzt wieder jene Gestalt angenommen, die sie im Hause jenes Herrn in jenem zerstörten menschenleeren Dorf am Fuße unseres Hügels gehabt, da ich erstmals ihr begegnet. Nichts ließ ihr grobes Kleid von ihrem Körper ahnen, das Gesicht glatt geweißt ohne jede Pore, ohne jeden Riss, die schwarzen Streifen scharf und sorgfältig gezogen, das Haar in festem Knoten in den Nacken gelegt, die Linie des Halses, das Fleisch, die Haut sorgsam bedeckend. Fern, unendlich fern, dass ihren Schenkel ich an meinem gespürt, rätselhaft und vollkommen jenseits der Vorstellung, dass Raahael sich jenem Burschen geil in jener Siedlung hingegeben, gierend nach dem Phall, stöhnend, kommend, und sei es in meinem Albtraum nur so gewesen. Wenn freilich auch sonst nichts ich wusste und wissen konnte, so war mir durch die Kreise mit Esther, die Wiederkunft Cramallas und alles Ziehen und Wetterleuchten und Fließen in und um und an mir vertraut genug, dass dieses, wie es war, so bleiben nicht musste, bleiben nicht würde. Und doch anders wieder: Wäre je ein gegenwärtiger Zustand als fließender mir vorstellbar gewesen, obwohl mir alles, was geworden, in und aus mir, zeigte, dass er ebendies war, fließend, veränderlich, verdämmerndes Nichts schon im Moment des Entstehens? Schien mir doch jeglicher Zustand als festgefügt, starr, durch die Nicht-Zeiten hindurch und an deren Ende, wenn Nicht-Zeiten denn ein solches haben könnten. Wusste, dass es anders war. Und konnte anderes doch nicht glauben. Wie sonderbar! Wir schwanken zwischen diesem Wissen, das wir uns selbst nicht glauben, und jenem Nicht-Wissen, dem wir nachspüren, bis wir im Glauben enden. Und sind Wissen und Nicht-Wissen, Glauben und Nicht-Glauben, Ahnung und Gegenwart noch nicht einmal abgegrenzt in uns, wechseln sich auch nicht ab, sondern fließen ineinander wie Nebel, mischen sich, färben sich gegenseitig oder nehmen sich gegenseitig die Farbe, unentwirrbar, kein Grund, nirgends, die Nicht-Zeiten immer, immer die Nicht-Zeiten. Wie aber, wenn auch diese Nicht-Zeiten nur ein Fließendes und also mit Notwendigkeit in zeitliche Zeiten wieder hineinfließen würden? So dachte ich bei mir vage, doch schreckte mich der Gedanke und beunruhigte mich, und ich suchte, ihn mir zu entfernen.

UNSER Marsch war, von Sonnenlauf zu Sonnenlauf mehr, Gewohnheit uns geworden, wie es in der Sommerkampagne das Schlachten es uns gewesen, kaum mehr wahrgenommen, kaum mehr als Frage verstanden. Wenn die rückwärtigen Kundschafter uns erreichten, so wussten weniger denn je sie von den schwarzen Heeren zu berichten. Die schwarzen Heere, die uns offenbar so nahegerückt, schienen zurückzufallen oder andere Wege sich zu suchen oder andere Ziele zu verfolgen, wenn die schwarzen Heere denn Wege überhaupt suchten oder Ziele überhaupt kannten, denn wenn wir Wege suchten oder auch Ziele eher suchten, als sie verfolgen zu können, so sollte dieses wohl eher die Ahnung in uns wecken, dass Wege und Ziele nicht das waren, was die schwarzen Heere suchten, denn die schwarzen Heere mit unseren Worten und Begriffen einzufassen, war uns unmöglich.

Gewohnheit also der Marsch wie in den Kampagnen der vielen Sommer das Schlachten, das Sengen, das Kundschaften, unsere Kreise. Gewohnheit war es freilich auch, in Winterlager zu gehen, wo mehr noch als in den Sommern wir uns in Träumerei und Gedankenverschwendung verloren, doch ahnten wir alle, dass dieser Marsch in Winterlager mit anderen nicht vergleichbar.

Freilich waren wir aber ebendieses, nämlich auf dem Marsch, und uns selbst hieß das Ziel eben Winterlager, einen Namen musste es ja haben, und reine Täuschung war es schließlich auch wieder nicht, denn Winterlager war nun einmal, was anstand mit Notwendigkeit. Es gibt sie ja ohnedies nie, die reine Täuschung. Reine Täuschung wäre Wahrheit eigener Art, wie reine Wahrheit Täuschung wäre. Weder sind uns reine Wahrheit noch reine Täuschung gegeben in den Kreisen, die wir in unserem Leben durchwandern müssen. Wieder ist es dieses Ineinanderfließen und Zerfasern, auch der Täuschung, auch der Wahrheit, wir können es nicht unterscheiden, weil gar nichts zu unterscheiden ist, es nimmt eines dem anderen Kraft und Substanz. Deshalb begehren wir die reine Täuschung, und glücklich die Narren, die Gaukler, die in reiner Täuschung verharren. Doch sind wenige mit reiner Täuschung gesegnet, und niemand mit reiner Wahrheit, denn die, so heißt es bei denen, die auf jenes Buch jenes Herrn sich gründen, sei allein vorbehalten jenem Herrn, und dieses war etwas, was mir einleuchtete immerhin, sah ich doch, dass ich, dass wir alle selbst Wirklichkeit nicht erkennen konnte – war sie dieses? war sie jenes? –, weil jede Erzählung Wirklichkeit war, und jede Erzählung hundert Wege gehen konnte. Wie also sollten wir Wahrheit erkennen? Es sei denn, dass wir in den Wirklichkeiten, in den Erzählungen das Wirken der Wahrheit ahnten. Aber wie weit führen schon Ahnungen?

VIELES war liegengeblieben. Immer bleibt vieles liegen, das meiste, und weil es liegenbleibt, verschwindet es nicht. Manches wird Humus, Muttererde, Mutter Erde, manches verrottet nicht und verwandelt nicht sich, sondern bleibt, schwarze steinerne Gäste des Lebens, wächserne Leichname, denen Verwesung verwehrt.

Waren unter uns, bedeckt, aber die Gefangenen jenes Überfalls, deren Richtspruch der Weiser verhindert, und mit ihnen die Frau, die als Mann sich gegeben. Verweht schien mir jener Überfall schon fast, in den Strudeln der

Erzählungen und Geschichten verschwunden, und wann war jener Überfall eigentlich gewesen? Doch gehörte unzweifelhaft er zu unserem Marsch, war Bestandteil des Marsches ja geworden, und zeugten die Gefangenen davon. Ich hatte angeordnet, dass ebenjene Gefangenen in der Mitte des Zuges marschierten, gebunden, hinter dem Karren mit Mirjam und Raahael. So war geschützt und bedeckt von starken Kräften also, was uns schützenswert ebenso wie das, was uns bedrohte, sei beides jeweils tatsächlich so oder nur angenommen.

Das Urteil aber, das nicht gesprochen, gehörte zu den Dingen, die lasteten. Am Abend eines Sonnenlaufs, als die Etappe wir früh geendet, denn Dunkelheit umhüllte uns jetzt immer schneller, und selbst die ebenen Wege waren schwerer zu finden. Zudem war uns die Gewohnheit des Marsches ein zwiespältig Ding, hielt sie uns am Marschieren doch einerseits, ermüdete uns schneller aber andererseits, schneller in jedem Fall, als uns das Ausweichen vor den schwarzen Heeren, der Kampf mit den schwarzen Heeren, das Auskundschaften der schwarzen Heere in den Frühlingen und Sommern, den Kampagnen unter der Sonne ermüdete. Willkommen also waren uns frühes Dunkel, frühe Rast, beides Zeichen der inneren Müdigkeit, denn unsere Leiber, zäh und sehnig und die Entbehrung gewohnt, brauchten diese Rast nicht. Selbst die Kohorten hatte Müdigkeit erfasst. War auch die Ordnung auf dem Marsch, im wenn auch fahlen Licht des Tages, ohne Fehl, so wurde doch das Verbot des Beischlafs häufiger missachtet als sonst; ich wusste es wohl, der Kommandant des letzten Gefechts, der Weiser wusste es und Ludo und die alten Hauptleute wussten es, schließlich war es zu hören in den Nächten, mehr aber noch beinahe war die Geilheit und Gier der Kohorten zu spüren, eine dumpfe amorphe, wie rüttelnde Kraft. Wir wussten es und sahen es und spürten es, taten aber diesmal nichts dagegen und wussten selbst nicht recht, warum. Taten nichts, was streng wir sonst ahnten. Wie streng hatten wir – wann war dieses gewesen? – so nah, so fern, Laila bestraft, die sich dem jungen Krieger hingegeben, wohl weniger, so dachte ich mir aus Geilheit und Gier und Lust, denn aus – ja was? – Eigensinn wohl, so dachte ich mir, Sinn für das Eigene. Laila, die mir Ludo angeboten, die Nacht mit mir zu teilen und die ich verschmäht. Verschmäht aber auch nicht wiederum, ich war daran vorbeigegangen, interesselos, wie an anderem auch. Worum kreist man am Ende immer nur, in welchen Strudeln bleibt man gefangen, woran treibt man vorbei. Was dir nicht bestimmt, bindet. Du bewegst dich durch die Kreise, immer neu, immer gleich. Oder der Strudel erfasst dich und zieht dich hinein. Nie bist du es in diesen Fällen, der sich bewegt, du wirst bewegt, erst aber und nur dann, wenn dich etwas trifft mit Härte, gerätst du aus den Kreisen und bewegst dich wieder, vielleicht, bis dich die nächsten Kreise und Strudel binden, vielleicht ist dieses ja unvermeidlich, wie es unsere Nicht-Zeiten sind und wie die schwarzen Heere eben heraufgezogen und uns in die Kämpfe und Schlachten verwickelt und sich nie gekümmert hatten um unsere Irrtümer und Illusionen.

Laila mit dem Kristall aber, so hoffte ich, lief uns jetzt voraus, so hoffte ich, mit Nathanael, hoffte es aber nicht, sondern wusste es. Jene Kristalle aber! Das Buch! Esther! Alles war immer da, verschwand scheinbar, tauchte wieder auf, verwandelt oder nicht, herrisch oder weich. Kam es aber weich, so war das Verdämmern nah. Sicher aber konnte niemand je sein.

Nützte auch nichts. Was zu tun offen geblieben, musste getan sein, ich war ja der Kommandant des letzten Gefechts, doch wer wusste freilich, ob dies nicht mein letzter Marsch in Winterlager war? War aber wiederum vielleicht der erste Marsch anderswohin, und oft ist das erste Mal noch schwerer zu erkennen als das letzte Mal. Tat aber nichts.

ZECHIEL, dem die Gegend heimischer wurde mehr und mehr, hatte bereits, kurz nachdem die Sonne ihren schwächlichen Zenit überschritten, vom eigentlichen Weg ein wenig abgeführt. Wenn es uns auch schwergefallen wäre, jenen eigentlichen Weg zu benennen, es gab ja keinen Weg, nur eine Richtung, Nordost, und die war vage genug. Ohne Zechiel oder eben auch Raahael wären wir kaum viel mehr als herumgeirrt, und selbst ob dieses tatsächlich anders nun war, konnten mit Bestimmtheit wir ja nicht sagen, nicht einmal mit der uns überhaupt möglichen Bestimmtheit, denn unsere Kreise hatten wir ja verlassen. Zechiel aber führte uns zu einem Hügel, der ein wenig aus dieser ohnehin sanft hügeligen Landschaft herausragte, nicht sehr, genug aber immerhin, um die Erhebung seit Beginn der Etappen vor Augen zu haben, eher nach Osten freilich denn nach Nordost. Zeigte sich, dass Zechiel wohl daran getan, bereits um die Mittagszeit den Weg zu verlassen. Ist ein sonderbares Ding, auf einen Hügel oder einen Berg gar zuzumarschieren. Immer scheint der Hügel nahe, schnell erreichbar, wird auch größer und klarer, wenn man ihn anläuft, doch scheint der Weg nicht kürzer zu werden, bis der Lauf dorthin manchmal etwas verzweifelt Erschöpftes bekommt, aber schließlich erreicht man ihn dann doch. So taten wir, sogar im wenn auch letzten Licht der Sonne noch.

Ein wenig glich dieser Hügel jenem, von dem wir aufgebrochen, erhob sich wie jener ein wenig abseits von einer Kette oder Kante anderer Hügel, war aber, der Landschaft hier angemessener, sanfter, weniger hoch und bis knapp unter die Kuppe mit Wald bedeckt. Zechiel führte uns zum Einstieg auf einen recht breiten Weg, der zeigte, dass der Hügel wohl, von wem auch immer, zu welchem Zweck auch immer, oft aufgesucht war. Am Fuße aber, wovon ebendieser Weg ausging, standen einige Häuser, Wohngebäude offenbar, in denen Stallungen mit untergebracht. Waren diese aber verlassen und kein Mensch zu sehen. Schienen lange aber noch nicht verlassen, und geplant verlassen, denn es waren diese Häuser gut erhalten, ohne Fensterhöhlen oder hängende Türen, verschlossen, als wären die Bewohner zu einem Fest nur in ein Nachbardorf gegangen und würden in der Nacht oder am nächsten Morgen wieder erscheinen, den gewohnten Faden des Lebens neu aufzunehmen und wieder daran zu spinnen. Wer konnte freilich wissen, ob diese Bewohner nicht ihrerseits Kundschafter uns entgegengesandt? Und, so dachte ich bei mir, vielleicht uns für die schwarzen Heere oder deren Vorhut gehalten, der zu entfliehen ihnen ratsam scheinen mochte?

Ein lächerlicher Gedanke. Einerseits. Ein zwielichtiger, nicht recht zu fassender aber andererseits. Denn dass gegen die schwarzen Heere wir gestellt in diesen Nicht-Zeiten, das wussten wir. Niemand sonst. Wenn es aber, noch ein wenig blieb ich bei diesem lächerlichen Gedanken, denn er erheiterte mich und machte mich leicht auf nicht recht fassliche Weise, wenn es aber immerhin möglich war, eine Möglichkeit, eine Geschichte wie viele andere auch, dass wir für andere die schwarzen Heere waren, was wären dann, ohne dass wir es ahnten, die von uns so genannten und als solche erkannten schwarzen Heere für uns?

Vorsichtig und allgemein sprach ich Zechiel darauf an, während wir langsam, doch recht bequem den Anstieg begannen. Doch schien Zechiel nichts Sonderbares an dieser Frage. Antwortete eher nebenbei, dass bereits eine Gegend erreicht, in der von den schwarzen Heeren, wenn überhaupt, kaum mehr als eine Ahnung, ein Gedankennebel bekannt, und selbst dieses nur von wenigen, kaum von den Weisern, von Sonderlingen und Sterndeutern eher, deren Gesichten und Geschichten die Bewohner gutmütig lauschten, die ernst aber niemand nahm.

GEORDNET, in langem Zuge hintereinander, erreichten wir die Kuppe, die sich uns, von unten nicht erkennbar, als sanfte Senke einladend bot. Sorgfältiger ließ ich Lager errichten, als wir es sonst gewohnt waren auf dem Marsch. In letztem Licht inspizierte ich die Kohorten, ich, der Kommandant des letzten Gefechts. Kohorten? Ein Haufen Geschlagener, eine Ansammlung fast schon verlumpter junger Krieger, die etwas anderes als Niederlage und Verlust kaum kennengelernt. Die das, was wir Älteren an Fülle gekannt oder wenigstens erhofft, nicht einmal ersehnten, da sie mit dem Wort selbst schon anzufangen nichts mehr wussten. Dazu der kleine und immer kleiner werdende Tross an Frauen und Mädchen – immer wieder blieb eine am Wegesrande, am Marschrande zurück, unwillig, uns weiter zu folgen, Glück vielleicht bei einer der umherstreifenden Horden zu finden oder allein den Tod zu erwarten, warum auch nicht am Ende? Wir marschierten einfach weiter und ließen hinter uns, was zugehörig uns nicht sein wollte –, verhärmt und abgemagert, bleich unter der Bräune, wie sie das Leben im Freien mit sich brachte, lange schon, lange ohne die Gesichtsweißung und Streifenzeichnung, wie sie Raahael immer wieder und hartnäckig trug, keinem Mann zugehörig, keinem Mann zugetan, sieht man von den hastigen, heimlichen, verbotenen Verkehren ab; ein maroder Trupp, den ich anführte, doch fühlte ich mich ihm verbunden in diesem Moment wie nichts sonst, ich war ja sein Kommandant des letzten Gefechts, ich hatte ja nur ihn, sonst nichts.

Neu spürte ich das Bedürfnis nach Ordnung, danach, selbst zu ordnen, wohl wissend, dass die Ordnung das eigentlich Unnatürliche, das Fragile, das Künstliche und Gekünstelte ist, da sie, kaum errichtet, wieder in die Unordnung übergeht, träumerisch, selig, beseelt. Dennoch drängt es uns immer wieder, Unordnung zu beseitigen und Ordnung zu schaffen. Freilich: Was ist Ordnung? Mag sein, auch nur ein besonderer Zustand der Unordnung, wir wissen es nicht recht. Und doch haben wir alle, mag sie vage sein und neblig, eine ungefähre gemeinsame Vorstellung davon, was Ordnung sei. Sind eben vom selben Stamm. Dass es überhaupt so etwas wie Übereinstimmung gebe, ist so ja nur erklärbar.

Ich ließ das Kommandeurszelt, das Zelt des Weisers, Ludos an der Stirnseite der Kuppe, nach Südwesten hin, errichten. Unter den Bedingungen des Kampfes wäre das sträflich, eigentlich auch unter den Bedingungen des Marsches in Winterlager, denn die Zelte waren weithin sichtbar, zumindest im noch so fahlen Licht des Tages und damit willkommenes Signal und Wegmarke für Angreifer, marodierende Horden, die schwarzen Heere selbst, wenn auch seit je völlig unklar, ob die schwarzen Heere unser überhaupt achteten, selbst dann, wenn wir uns in den Weg ihnen stellten. Doch waren die Bedingungen dieses Marsches nun einmal andere. Und die Kundschafter, die zurückkehrten, wussten Bedrohliches nicht zu berichten. So wenig, dass es uns, dass es mich misstrauisch machen sollte. Doch schob ich dieses für den Augenblick von mir. Und auch den Gedanken, eine Ahnung eher, ein hie und da unmerklich sich verdichtender Schwaden in mir, dass vielleicht aus der Siedlung, die abbrennen ich hatte lassen, einige Tapfere, Verzweifelte, tapfer Verzweifelte, und solche fanden sich immer, in den zeitlichen Zeiten wie selbst in diesen Nicht-Zeiten, uns verfolgten, Rache an uns, an mir zu nehmen, Unglück uns, Unglück mir zu bereiten. Wer hätte es ihnen verübeln wollen, ich jedenfalls tat es nicht. Angst war es freilich nicht, was ich, wenn dieser Nebel sich ballte kurz, bevor er verflog, wer wusste wohin, empfand, denn wir hatten das Fürchten verlernt. Uns schützten die Nicht-Zeiten, wir mochten fallen in den Schlachten und sterben an unseren Wunden, solange wir lebten aber und marschierten, waren wir unverwundbar, und was ging uns, solange wir marschierten und lebten und kämpften, das Sterben und Fallen schon an?

Ich lud zum Mahl den Weiser, den Immerwährenden, und Ludo, den Fahrensmann, der einst mich gesandt, und die alten Hauptleute, von denen manche schon in zeitlichen Zeiten um mich gewesen. Mirjam und Raahael aber waren irgendwo im Lager unter den Kohorten, ich wusste nicht recht, wo, und wollte es nicht wissen. Im Augenblick. Denn dass Mirjam und Raahael, jede für sich und gemeinsam auch, zu dem gehörte, was liegengeblieben, ward mir dringlicher mit jeder Etappe, die wir seit der Siedlung zurückgelegt, mochte ich es wollen oder nicht, und ich wollte es nicht.

Lange, wollte mir scheinen, waren wir so zum Mahl nicht vereint gewesen. Wir sprachen nicht viel. Aßen. Tranken. Ich spürte den Marsch des Tages, und müde war ich, doch es war, kaum kannte ich dieses mehr, eine angenehme Müdigkeit, eine solche, die heilsame Träume ankündigte und schon in sich barg.

Da nahm Ludo das Wort in das Schweigen hinein, das sich ausgebreitet nach dem Mahl und dem wenigen an Rauschgetränk, ein so geringes Maß, dass es uns zwar öffnete, aber uns das, was in uns kam, hellgesichtig aufnehmen ließ.

Dass wir also, so der Ludo, nun endlich versammelt, um Ordnung neu schaffen, die Fäden, die ein Muster nicht mehr webten, nicht mehr weben konnten, da sie nur verknotet, wie zu Klumpen verknäult und für Erzählung kaum mehr taugten, zu entwirren, dass sie sich neu nun knüpfen konnten oder eben für sich nur wehten und blieben im Winde. Sei dies aber unwahrscheinlich, denn einen jeden Faden drängt es, sich neu zu verknüpfen, mit anderen, vielen anderen, Muster, Geschichten, Ahnungen neu zu bilden. Wolle er, Ludo, aber uns eine solche Ahnung zuerst, bevor ans Werk wir uns machten mit Notwendigkeit, berichten, eine Ahnung, die in ihm geboren seit jenem Überfall, den es zu verhandeln und abzuhandeln galt immer noch, die in ihm geboren oder auch nur wiedererwacht und wieder gewachsen und wieder Macht gewonnen. Mochte sein, so Ludo, dass uns diese Ahnung dienlich, mochte das Gegenteil aber auch sein, er wisse es nicht.

Der Weiser wollte hier das Wort ergreifen, und ich wiederum meinte zu wissen, weshalb. So fiel ich ihm ein mit einer sachten Handbewegung, und der Weiser, dem das Sprechen und Erzählen und Deuten schwer zu unterbinden, da das Deuten und Erzählen und Sprechen und Weben seinem Willen kaum unterlag, der Weiser also schwieg tatsächlich. Mochte er wiederum selbst oder das, was in ihm erzählte, wissen, warum.

Dieses aber war die Ahnung Ludos, wie sie Ludo erzählt: Noch in den zeitlichen Zeiten, fern, dass sie für ihn, Ludo, und auch uns, die wir seine Erzählung hörten, fast Nicht-Zeiten schon wieder waren, denn zeitliche Zeit ist im Sterben, wenn sie aus der Erinnerung schwindet, wiewohl sie ja Nicht-Zeit nicht gewesen, in diesen fernen zeitlichen Zeiten also war Ludo, jung an Jahren, von Kriegswirren, derer es unablässig gab und ohne Zahl, vertrieben auf zielloser Wanderung. Jenes Kriegen aber und Schlachten und Brennen und Morden aber war Signum und Siegel der zeitlichen Zeiten von den jenseitigen Rändern bis zu jenen, in denen wir in diese Nicht-Zeiten geraten, jener Fürst war in ihren Diensten gestanden und jener Abt und der Florianus und jener Heinrich und der Weiser und Ludo selbst, Schergen und Söldner ohne Zahl und namen-, wiewohl nicht tatenlos, das am wenigsten; es war dieses unausweichlich, war Leid und Schmerz und Tod und Klage gewesen, doch war es, wie es war, und da es nicht endete, mochte es seinen Grund haben, mochte es gegründet sein in uns, die wir noch in den zeitlichen Zeiten gelebt und allen, die vor uns in den zeitlichen Zeiten gelebt, den Ahnen, auf deren Spuren wir gewandelt oder deren Spuren wir fortgeführt in geheimnisvoller Bahn, mochten unsere Kreise enger, mochten sie weiter sein. Hatten sich aber jene Kriege unterschieden von unserem stets vergeblichen Kampf gegen die schwarzen Heere, unsere Niederlagen, unsere Verluste, denn hatte jenes Mordbrennen in den zeitlichen Zeiten Zwecken gedient, war es um Macht oder um Raub oder auch um die Verwirklichung des schieren Bösen gegangen, so war schon uns der Zweck unseres Kämpfens völlig unbekannt, und ob die schwarzen Heere einen Zweck verfolgten, ob dies überhaupt eine Kategorie war, der die schwarzen Heere unterlagen, oder ob die Frage nach einem Zweck etwas war, was nur uns eignete in zeitlichen Zeiten, die schwarzen Heere aber jenseits jeglichen Zwecks, wie wir ihn verstanden –

verstanden wir ihn denn? – handelte, das musste völlig im Dunkeln uns bleiben.

Wir kämpften gegen die schwarzen Heere, weil die schwarzen Heere da waren. Weil sie aufzogen. Weil uns der Kampf aufgetragen und auferlegt, wir wussten freilich nicht, von wem.

Ludo aber war stets wohlgemut gewesen. Er war das jüngste von fünf Geschwistern, vier waren Schwestern, und er war derjenige, der gekommen, als keiner mehr mit einem Kind, einem Sohn gar, gerechnet. Konnte man sich kaum vorstellen, dass dieses nun Herkunft und Geschichte des alten Haudegens. So wuchs also Ludo auf als Hätschelhans, als Wiegenbabbel, Schnurremond von vier Schwestern und seiner Mutter. Dennoch und wunderlicherweise oder deswegen und folgerichtig machte es dem Ludo nichts aus, als es soweit war. Die östlichen Horden, die aus welcher Ursache auch immer dem Grundherrn feindlich gesonnen, hatten sich dem Dorf, in dem Ludo aufgewachsen, brennend genähert, waren aufgezogen in Schlachtordnung, die der Nicht-Bedeutung, dem Nicht-Reichtum, der Nicht-Sonderheit des Dorfes nicht gemäß, ein Hohn, eine Parodie auf etwas, was freilich noch gar nicht dagewesen, ein Satyrspiel vor dem Bocksgesang. Nicht eine Parodie war freilich der Sturm, die Ur-Gewalt, das Walzenhafte, mit der jene Horden das Dorf zerstört, die Frauen, so in Gewalt sie noch zu bringen waren, wegführten, die Männer mordeten, langsam, den Säuglingen die Schädel zerschmetterten, Vieh aufschlitzten bei lebendigem Leibe und Gedärm entrissen zu nichts als schleimanimalischem Vergnügen, aus Raselust und Selbstbefeuerung.

Ludo also, der mit einer Schwester und wenigen anderen noch das Dorf hatte verlassen können, denn sein Stern war gut, Ludo also war wohlgemut. Und war nicht allein. Nie war Ludo allein gewesen. Denn Ludo war kein Sänger und kein Gaukler und hatte nie einer sein wollen. Hatten ihn Sänger und Gaukler wohl angezogen als Kind und hatte an den Kunststücken Gefallen er gefunden, wie jeder, und hatte von Abenteuern er geträumt, die selbst er als Sänger und Gaukler bestehen würde, doch war er dann aufgewachsen und hatte sich die Lust daran ausgewachsen, wie bei den meisten. Wohl war ihm die Lust an Abenteuern geblieben, doch waren diese andere geworden, und wie die meisten schaute er auf die Sänger und Gaukler mit Wohlgefallen aber herab. Gut so war das gewesen, denn kein fahrender Sänger, kein wandernder Gaukler, keiner, der Fäden zu Geschichten webt und diese wieder auflöst und neu verknüpft wird ebendieses, wenn er nicht in seinem natürlichen Wuchs gehindert und also im Singen und Gaukeln und

Erzählen dem Wachsen helfen will, was freilich nie gelingt, weswegen sie fahren und wandern und weben und singen und gaukeln und erzählen, und eine Freude wird es kaum ihnen sein.

Gleichwohl, der Ludo wanderte ja auch, doch eben aus anderem Grunde und vorläufig ohne greifbaren Zweck, außerdem eben demjenigen, auf der Flucht zu sein. War ihm aber recht so. War ihm immer recht, was gerade war, mochte es ihm auch nicht immer gefallen. Flucht ist Flucht ja immer nur am Anfang, bald wird, was als Flucht begonnen, zum Leben selbst, und die Erinnerung an Anfang und Grund verblassen. Mochte man, was man tat, Flucht vielleicht noch nennen, aus Bequemlichkeit und weil das einen Namen eben brauchte, wie alles einen Namen braucht, eine Übereinkunft, mit der schnell alles abgetan. Die Dinge zu benennen heißt ja, sie abzutun, um neues Namenloses zu finden und wieder zu benennen, wer ebendieses vermag, und viele vermögen es nicht, doch dem Ludo war diese Gabe mitgegeben, ohne dass er es auch nur ahnte. Ludo, jung, tat und ahnte wenig.

Freilich war dieser umherschweifenden sonderbaren kleinen Horde aufgegeben, was allen anderen aufgegeben, es wollte auch dieses Leben gefristet sein. Immer schon waren die Umherschweifenden verdächtig den Sesshaften, und in jenen zeitlichen Zeiten, da böse Gefahr für Leib und Leben, Hab und Gut in jedem Augenblick aus dem Waldesrand hervorbrechen konnte, die Dörfer zu verwüsten, den einsam Ackernden zu erschlagen, den mutig Wandenden zu berauben waren Verdacht und Furcht angezeigt und vernünftig, waren Schutz und Hut ersehnt. Noch freilich war der Sommer jung und wurde groß. Ludo und die Seinen nahmen eben, was sich bot. Des Überlegens war wenig, und war so jeder neue Sonnenlauf eine Freude. Mochten sie gemessen selbst an dem, was ihr armes Dorf geboten, was immerhin das ärmste Dorf zu bieten, eine Hütte und Wärme und Mahl, wie karg immer, verloren sein, so spürten sie doch Fülle, lebten in ihr, ohne sie als solche zu erkennen, und als sie später diese so benannten, war sie längst verschwunden.

War freilich auch den Misstrauischen schnell ersichtlich, dass von dieser Horde Gefahr kaum ausging. Zudem zeigten sich die Männer und Frauen, Burschen und Mädchen eher noch, freundlich und fast kindlich, zudem wusste Ludo beredt vom Schicksal seines Dorfes und seiner Flucht, die längst ja keine mehr war, zu erzählen, und so öffnete sich manche Tür, die sonst und für andere verschlossen wohl geblieben. Ludos Horde dankte es, indem beim Abschied die Diebstähle sie auf das für die nächste Etappe notwendige Maß beschränkte und manchmal, wenn geschenkte Zehrung, Kleidungsstücke, einige Münzen in seltensten Fällen großzügig gegeben, sogar ganz unterblieben. Waren viele sesshaft in jenen zeitlichen Zeiten, waren aber auch viele auf den Wegen, in den Wäldern, auf den Flüssen. Brachten Kuriere Botschaften, transportierten Händler Waren, waren Späher und Kundschafter unterwegs, die Sänger und Gaukler ohnedies, marodierten Horden, die sich von ihren Verbänden gelöst, um auf eigene Faust Glück und Unterhalt zu suchen und selten zu finden, waren Entflohene auf den Straßen, wörtlich dem Kerker Entronnene oder solche, die sich den Umständen, in die sie geboren, nicht fügen konnten, vom Unglück Gezeichnete, Krüppel, Geschlagene, Verfolgte, Vertriebene, von Menschen und Geschick und Geburt Gedemütigte ohne Zahl, manchmal alles oder vieles davon in einem einzigen Menschen, und in diesem wiederum mochten wechseln die einzelnen Anteile oder blieben graniten festgefügt das Leben lang.

Waren aber auch, jenen zeitlichen Zeiten gemäß, viele Diener jenes Herrn unterwegs, weiße und schwarze, auch Diener der Äbte, die Priester selbst sein konnten oder auch nicht, die Äbte mit großem oder kleinem Gefolge selbst, mit Streitmächten oder kleinem schnellem Trupp, wie gehetzt von etwas, was Schuld sein mochte oder Gewissen oder anderes, und manchmal, seltener, auch deren Mägde, denen Weihe und Priesterschaft verwehrt, empfangende und gebende Lust und Mutterschaft noch dazu, so sie sich an dieses Gebot denn hielten; es taten aber viele so. Auch unter diesen Dienern und Mägden jenes Herrn, die unterwegs, waren Ursachen und Ziele der Wanderung so vielfältig, oft verworren, ineinander verknäult, kaum mehr erkennbar, oft sich widersprechend wie bei allen anderen, welche die Wege und Wiesen und Wälder bevölkerten auch. Waren manche dieser Diener und Mägde unterwegs, um reale und oft brutale, auf Macht und Gewinn ausgelegte Ziele ihrer Äbte und Fürsten und manchmal Fürstinnen zu befördern, Bündnisse zu schmieden oder zu befestigen, arglistig Täuschung zu betreiben, guten oder schlechten Rat zu überbringen oder selbst zu erteilen, alles gewandet in die Kutte des Heiligen und des Priestertums mit dem stets behaupteten Segen, oder als Drohung, wenn diese angezeigt schien: Un-Segen jenes Herrn. Waren aber auch viele, die tatsächlich gesandt als Priester, schwarze oder weiße, als Diener oder Mägde, um andernorts zu wirken und beizustehen und zu dienen und ließen sich diese senden meist willig, sei es aus Demut, sei es aus Angst, sei es, wie bei den schwarzen Priestern, dass Unrast, Verderberlust und Verderberzwang und Selbstvergottung in beidem sie dazu trieb, doch lassen sich schwarze und weiße Priester nicht schnell unterscheiden dem, der nichts davon weiß. Und waren auch viele, die ohne jede irdische Sendung, ohne Auftrag eines der Herren, oft ohne sichtlichen Anlass und benennbare

Ursache unterwegs zu heiligen, oft weit entfernten Stätten jenes Herrn, über Gebirge hinweg, durch Einöden und Wüsten hindurch. Heißt aber nicht, dass es Anlass und Ursache nicht gegeben, nur weil diese nicht sichtlich oder nicht benennbar. Noch weniger als andere, die unterwegs, sei es den tiefen Furchen der Ochsenkarren folgend, die noch nie andere Bahn gezogen, sei es durch die Wälder quer hindurch, sei es gerade, sei es mäandernd, sei in Kreisen es, noch weniger als andere aber glichen sich diese untereinander.

Waren nun aber auch viele, dem Gesetze, der Notwendigkeit entsprechend, die sich aufgemacht, frohgemut oder geknickt, die unterwegs Auftrag und Ziel vergessen. Gab wohl für den, der es sah oder sehen wollte, manches am Wegesrand, das die Rast lockend, ja unaufschiebbar machte, und wurde nicht selten aus dieser Rast ein Bleiben, das den Marsch, seinen Anlass und sein Ziel in Nebel am Ende sich auflösen ließ, dass mancher schnell vergessen, was einst auf den Marsch ihn getrieben, sei es Auftrag oder Not oder Begierde. Gab es auch Geschickte, die Rast, die zum Bleiben geworden, als ihr eigentliches Ziel, das ihnen zu Beginn verborgen, zu erkennen vermochten. Mochte manchmal klug sein. Geschickt war es immer.

Auf einen von diesen nun trafen Ludo und seine Horde. Ziellos genug waren diese unterwegs, trieben wie Holz, noch von keinem Strudel gefangen, oder wussten jedenfalls kein Ziel, denn ein Ziel ist ja immer und auch wieder nicht. Wenn nämlich das Holz, so es nicht gestrandet, so nicht herausgefischt für handfeste Zwecke, so nicht zerborsten an Klippen, in Schnellen, ins Meer entlassen ist, kann man von Ziel dann eigentlich reden? Denn was ist dann? Und kann man Ziel nennen, was mit Notwendigkeit kommt wie die Mündung ins Meer? So ziellos also waren sie unterwegs, dass alles, was ihnen widerfuhr oder was sie widerfahren ließen, schon wieder eigene Notwendigkeit hatte, die Notwendigkeit des Augenblicks. Mit jener Notwendigkeit, die mancher Zufall nennen mochte, doch gab es diesen ja nicht, waren sie auf jenen sonderlichen Gesellen getroffen, einen Diener jenes Herrn, Eigenabt, Fürst seiner selbst. Nichts anderes ist diese Notwendigkeit des Augenblicks, als dass eine Geschichte aus dem Moment heraus, aus dem Nebel, dem großen Geschlinge heraustritt und greifbar wird und damit andere mit Notwendigkeit eben nicht.

In ihrer großen Flucht, die nur noch behauptet als Lebensgerüst, waren sie ja immer wieder auf kleinen Fluchten, wie es ihre Diebereien oder anderes, das den Sesshaften missfiel oder jene nur misstrauisch machte, mit sich brachten. Waren so – der Sommer hatte sich in Größe noch einmal geflüchtet, wissend, dass er sterben würde – vom Wege, dem ohnedies schmalen, abgekommen und hatten weglos in Wald sich geschlagen. Nicht ungewohnt war dieses, eher so gewöhnlich, dass Sonderliches nicht zu erwarten. Erwartete aber ohnedies keiner von ihnen etwas, als den Sonnenlauf zu genießen, mit Wärme, mit Spiel, mit Mahl, so vorhanden, und Rauschgetränk, so erbeutet oder erstanden, und die Nacht zu verbringen geruhsam. Den Sonnenlauf genießen. Mahl. Spiel. Rauschgetränk. Die Nacht geruhsam, mit Traum, zu rasten. Sollte es denn so sein, einmal einen Sommer! Sollte ja für Ludo und seine Horde nie mehr ein solcher Sommer kommen!

DAS VERSCHWUNDENE MÄDCHEN

WAR ein Sommer mir noch einmal gekommen wie jener im ersten Kreis mit Esther, und hatte sich der erste Kreis mit Esther nicht beschränkt auf jenen Sommer und war der erste Kreis mit Esther nicht eigentlich nur dieser Sommer gewesen. Längst hatte ich vergessen, ob das so stimmte oder auch stimmen nur konnte, es vermischten sich mir ja die Kreise, es gab Kreise, die ich gegangen, waren aber Kreise auch nur in meinem Kopf, die für gegangene ich halten mochte. Hatte ich ja vom ersten Kreis gar nicht wissen können, dass es ein erster Kreis war, und wie konnte ein Kreis überhaupt ein erster sein, wie konnten Kreise überhaupt enden, ein Kreis, der endet, ist ja keiner, und rätselhafter noch war die Frage, wie nach vollendeten und damit verschwundenen Kreisen ein neuer, ein zweiter, ein dritter entstehen überhaupt konnte. In unserem Kampf gegen die schwarzen Heere hatten unsere Kreise immer wieder wir ja verlassen, wie wir auch auf diesem Marsch unsere Kreise, alle Kreise, weit bereits hinter uns gelassen, aber der Kampf selber gegen die schwarzen Heere war immer ja gleich geblieben. Und vielleicht, so dachte ich bei mir, war es Täuschung zu glauben, dass uns dieser Marsch aus unserem Kreis herausführte, vielleicht würde sich, wenn wir Winterlager erreicht, herausstellen, dass unser Marsch, die Idee unseres Marsches eitel war und selbstverliebt erneut. Mochte wohl sein, so dachte ich weiter, dass auch die Teilung in Kreise blanke Illusion, Gaukelwerk, Werk des Gaukelns und der Gaukler, tauglich für Geschichten, behagliche oder unbehagliche, an den Feuern, wenn die Herbststürme aufkamen, taugliche Geschichten, um eine Nacht unterzukommen oder zwei oder drei, unter einem Dach, in einer Ecke, verköstigt, mit einer Jungfer vielleicht, selten, die unter die Decke kam, mochte also wohl sein, so dachte ich bei mir, dass die Kreise, an die wir uns erinnerten oder die zu durchlaufen wir vielleicht gar meinten, Abschnitte lediglich waren des einen großen Kreises, den zu erkennen wir freilich nicht imstande.

Sei es! Jener erste Kreis mit Esther, der Sommer. Schwer zu bestimmen ist der Beginn des Sommers, nicht selten weht durch den ersten Frühling, fast noch den ermattenden Winter, ein früher Gluthauch wie Sommer, hochmütig fast, bezwingend, den kraftlosen Winter zurücktreibend dorthin, woher er gekommen, in die Berge, in den Norden, in die Eis- und Waldessteppen des Ostens, wo die Sturmwinde ihre Heimat hatten, an der fest sie hielten machtvoll, unbesiegbar. Der Sommer hat kein Gedächtnis, es ist ja nicht der eine Sommer, sonst wäre weniger hochmütig er. War ja abhängig von der Sonne, ihr untertan winselnd, und die war übellaunig und wankelmütig und bereit, selbst begierig schnell Abschied wieder zu nehmen, und dann würde der Sommer wieder der Vertriebene sein, hat aber, anders als der Winter, der Sommer keine Heimat, die ermattete Kräfte aufrichtet und Wunden verbindet, wie Heimat eben tut. Winter zieht sich zurück. Sommer stirbt.

Mochte also der Sommer mit Esther mit einem solchen Gluthauch im frühen Frühling begonnen haben oder nicht, ich wusste es nicht mehr. Was aber war das Aroma, waren Duft und Essenz jenes Sommers gewesen, der ja in zeitlicher Zeit wohl stattgefunden, also zu schmecken, zu riechen, zu fühlen gewesen sein muss. Zeitliche Zeit waren die Augenblicke mit Esther, waren Geruch und Klang, war selbst der Schmerz des wütenden Phalls, dem sich in Esther zu ergießen verwehrt. Längst schon freilich waren mir Grund und Ursache hierfür verdämmert, ich wusste selbst nicht mehr, ob es Grund und Ursache überhaupt gegeben oder warum Grund und Ursache so stark, dass jene selbst einen wütenden Phall zu bändigen imstande. Freilich wiederum hätten sich die folgenden Kreise mit Esther nicht aufgetan, hätte sie dem Phall sein Recht? sein Unrecht? zukommen lassen, aber welcher Weiser sagte, dass das stimmte? Und hätte die zeitliche Zeit überhaupt sich in die Nicht-Zeiten ergossen wiederum selbst, hätte jener Sommer anders geendet, hätte Esther meinen Phall genommen und für mich sich entschieden oder sich für meinen Phall entschieden und mich genommen.

Eine Deutung, vergeblich. Wir brauchen Deutungen für den Marsch, den zu gehen wir haben, aber wir müssen wissen, dass es Deutungen sind, nur dazu da, den Marsch zu beginnen und ihn durchzuhalten und ihn zu beenden. Die schwarzen Heere, die heraufzogen, kümmerten unsere Geschichten nicht, keine davon, auch meine Kreise mit Esther nicht und nicht, ob Esther ich stöhnen gehört und ich ihren Schweiß gespürt und ihre Haut ich geschmeckt, während ich tief in sie drang, verzweifelt und gierig. Kümmerte mich selbst ja nicht mehr. Aber die Erinnerung an den Sommer mit Esther war geblieben und wieder erschienen auf unserem Hügel wie der Sommer mit Cramalla wieder erschienen, und wenn Erinnerung erscheint, erscheint immer der Gedanke, quälend, wie die anderen Wege ausgesehen hätten, und wüssten wir noch so gut, wie leicht wir uns verwirren und verirren. Nicht-Zeit schon in jenem Sommer der zeitlichen Zeit war aber, wenn Esther nicht da und sie mich nicht rief und ich den Phall traktierte, damit er nach kurzer Erleichterung nur desto wütender und gieriger aufbegehrte und ich vor Schmerz zu vergehen meinte. Wie oft aber meinen wir das und ist doch nicht so. War ja eigentlich gar kein Sommer, wenn ich es auch so nannte, waren Inseln in diesem Sommer mit Esther, Augenblicke, die aber wieder den ganzen Sommer in sich bargen, und so war es eben doch ein Sommer, ein ganzer Sommer. Waren andere Sommer gefolgt, selbst mit Esther im zweiten Kreis, als sie von den Männern mir erzählt, deren Phalli sie nach unserem ersten Kreis genommen, und war der kurze Sommer des zweiten Kreises gut gewesen, so war doch kein Sommer mehr verweht mit dem Aroma und dem Duft des ersten Kreises mit Esther, aber ist ja ebendieses Signum einer zeitlichen Zeit, während wir in diesen Nicht-Zeiten einen Unterschied zwischen den Sommern nicht erkennen können. Manchmal mahnen uns freilich unsere Träume, der Unterschiede zu achten, und wer wusste schon, ob ich nach Winterlager, so wir solches denn jemals erreichten, nicht an einen Sommer mit Raahael denken würde und Erinnerung an Raahael in mir keimen würde, ich wusste aber nicht, ob ich mir wünschen dieses sollte. Oder ob ich mir wünschen sollte, dass solches gerade nicht geschah, keine Erinnerung, nur diese nicht.

Am besten von allem aber ist, sich nichts zu wünschen.

KAUM hätte man sagen können, ob nun Ludo und die Seinen auf jenen trafen. Oder ob nicht vielmehr jener umgekehrt Ludo und die Seinen an sich gezogen. Denn da die Horde, auf kleiner Flucht, sich in den Wald geschlagen und, frohgemut nach bestandenem Abenteuer, auf einer Lichtung rastete, wurden sie angerufen aus dem Wald heraus. Wollte es ihnen so scheinen jedenfalls und dann wieder auch nicht, eine rätselhafte, zwielichtige Sache, irrlichternd zwischen Da und Nicht-Da. Geschehen solche Anrufe häufiger freilich, als einer glaubt. Hört sie dieser aber nicht, weil erst er sie nicht hören will und dann nicht mehr hören kann. Kann aber nicht sagen, er hörte das Nicht-Da nicht, denn das Nicht-Da ist anders als Nichthören.

Immer machen bestandene Abenteuer, kleine, gefahrlose viel mehr als die großen, die mörderischen, denen kaum und nur durch Fügung man entkommt, immer machen bestandene Abenteuer frohgemut und leicht. Das Gras, fast schon Heu, Schilf auf dieser Lichtung stand hoch, von der Größe des Sommers fast getrocknet, von betörendem Duft, dem Duft der Wärme, des Lebens. Im Schatten der Bäume selbst war es noch hell, noch hatte das Dunkel, das Schwarz hier wenig Raum, aber es war die Helligkeit milde und nicht grell, und aus dieser Art Schatten heraus sieht man gerne und leicht in die Sonne, ins Licht. Still wohl war es, aber ohne die Dämonen, die der Glutsommer sendet, die mit dem Gluthauch kommen und im Glast wohnen, lastend, lauernd, bereit zu packen den Wanderer, der unvorsichtig oder unbekümmert oder dumm genug, durch diese von Dämonen besiedelte Landschaft laufen zu wollen, einem vermeintlichen Ziel entgegen, das nie er sehen würde, denn diese Art Dämonen lassen ihrer nicht spotten. Sie spotten dem Wanderer.

Ging leichtes sprudelndes Reden, wie immer nach bestandenem, nach kleinem Abenteuer, auf gelungener kleiner Flucht. Dann breitete sich träge Behäbigkeit aus, das Reden war zu vertraulichem Flüstern abgesunken zwischen zweien, andere schwiegen in Gedanken oder keinen, ein Mädchen hatte die Kleider abgelegt bis auf einen schmalen Schurz um die Scham, ein anderes blieb bekleidet, aber es war keine Gier und keine Geilheit, geschwisterlich war man ja zueinander und die Nacktheit des anderen nicht fremd. Es ist ja das Fremde, was Verlangen schürt, wenn aber dieses fremde Verlangen anfuhr die Burschen und Mädchen im Geiste, so half ein jeder ihm ab, ungeniert. Das Mahl, das erbeutet, war verzehrt, es war reichlich gewesen, aber keine Völlerei. Satt waren sie, doch nicht im Übermaß. Zwar hatte die Sonne ihren Scheitel schon überschritten, doch war ja der Sommer noch groß genug, dass sie noch ein gutes Stücks Weg vor sich hatte, ehe auch dieser Lauf vollendet. Dennoch bedurfte es keines Ratschlags, dass hier die Nacht zu verbringen, der Ort war gut, friedlich, abgeschieden genug und entfernt genug, dass rückwärtige Gefahr nicht mehr zu befürchten.

Da also geschah dieser Anruf. Oder eben auch nicht. War das Da und eben das Nicht-Da. Das nackte oder fast nackte Mädchen hörte ihn zuerst oder meinte zu hören ihn. Hob den Kopf. Richtete sich, die hingelagert wie alle, auf. Lauschte. Schüttelte dann den Kopf, wie verneinend und zugleich doch so, als müsste aus dem Ohr sie etwas entfernen, das gut, das scharf zu hören sie hinderte. Starrte über die Lichtung hinweg in den Wald, und die anderen, verstummt, folgten ihrem Blick, doch war nichts zu sehen als eben das reglose, nicht sehr dichte Unterholz, durch das sie sich den Weg auf diese Lichtung gebahnt. Erhob sich das Mädchen dann langsam und leise, sofern man leise oder laut sich erheben kann. Sie war hochgewachsen und sehnig, knabenhaft muskulös fast, und ihre kleinen Brüste standen hart. Auch die anderen lauschten jetzt und griffen nach dem wenigen, das sie mit sich führten, gestohlen oder nicht. Der Schrei eines Habichts zog einen klaffenden Riss durch die Stille, ob sie vorher nur nicht darauf geachtet oder ob der Raubvogel aufgeschreckt von Unbekanntem, das sich Weg bahnte, wussten sie nicht. Verfolgung war ja immerhin zu gewärtigen, und wenn auch ihre Diebereien meist maßvoll waren oder was sie für maßvoll hielten, oft auch kaum über Schelmerei hinausgingen, so war doch zu gewärtigen, dass die Dieberei selbst einen Bauern so in Wut versetzte und die Rachsucht lodern ließ, dass er die Mühen einer Verfolgung nicht scheute. Hinter solcherart Rachsucht steckt ja Neid, der Neid des Sesshaften oder Gebundenen oder sich auf der Erde und um das Erdhafte sich Plagenden auf die Fahrenden, denen Plage scheinbar fremd. Stets ist die eigene Plage unvergleichlich.

Da und Nicht-Da. Alle hörten es jetzt und dann wieder nicht. Es kam vom jenseitigen Ende der Lichtung. Doch wenn sie genauer hinhörten, hinlauschten, sich hindehnten mit ihren Leibern, dass in seltsame, nicht mehr körperliche, sondern pflanzenartige Verrenkungen und Verwachsungen diese erstarrten, dann kam es aus der anderen. Kam dann gleichzeitig aus verschiedenen Richtungen, verstummte, summte, lockte, drohte, sang… was nämlich das Da und das Nicht-Da eigentlich, war nicht zu benennen. Sprache schien es, wie von fern hergeweht, dann aber wieder nur amorphes Tongemisch, dann wieder schien es, als sei es nichts anderes als natürliches Waldessäuseln, wenn sanft anhebt der Wind im letzten Viertel des Sonnenlaufs und mithin alles, was sie zu hören und zugleich nicht zu hören meinten, nichts anderes, als die Töne, die in ihnen wohnten und die sie, vom Augenblick verführt, gemeinsam in den Wald warfen und aus diesem, ihnen schon nicht mehr kenntlich, zurückerhielten. Jetzt kauerten sie dichtgedrängt, wie die Urhorden in den Nicht-Zeiten am jenseitigen Ende der zeitlichen Zeiten gekauert haben mochten, wenn Unbegreifbares und Unbenennbares aus den Himmeln ihnen widerfuhr. Denn was sonst als unheimlich sollte auch ihnen, Ludo und den seinen, diese Erscheinung sein? Allein das Mädchen stand weiter hoch aufgerichtet und starr, und immer wieder hoben die Kauernden den Blick an ihrem Körper empor, und schien ihnen das Mädchen so höher gewachsen, als es ohnedies war. War ihnen aber diese Größe auf ihrer Flucht sonst nie aufgefallen, und überragte das Mädchen die anderen Frauen sonst auch nur um ein Weniges. Dann aber setzte das Mädchen sich in Bewegung, auf den Waldesrand zu, aus dem es gekommen, langsam, Schritt für Schritt, nicht wie aus sich selbst heraus, doch zögerlich nicht, hoch aufgerichtet, die Schultern angezogen, nackt fast, barfuß, mager. Dann nahm der Wald das Mädchen auf, und die Rede oder der Gesang, jener Anruf, das Da und das Nicht-Da verstummte. Die Zurückbleibenden also horchten wieder und konnten bestimmen, dass nichts zu hören war. Doch machte dieses das Verschwinden des Mädchens nur drohlicher. Als wäre es verschluckt. Aus der Welt genommen. Aus ihrer Welt genommen.

Den Urhorden am anderen Ende der zeitlichen Zeiten, da mählich die Nicht-Zeiten aus sich selbst heraus die zeitlichen Zeiten geboren – war dieses schmerzvoll und unter Wehen, war dieses unmerklich geschehen, wie diesseits die zeitlichen Zeiten in unsere Nicht-Zeiten gelaufen, ohne dass je wir eine Markierung benennen konnten, ob so oder so also, wir wussten es nicht –, den Urhorden mochten diese Erscheinungen und Anrufe und undeutbaren Offenbarungen erschreckend gewesen sein, wie sie Ludo und seine Horde erschreckend waren. Mag sein aber auch vertraut, denn noch waren vielleicht die zeitlichen Zeiten nicht geboren vollständig, und kann wohl sein, dass man in den zeitlichen Zeiten lernen muss stets, mit dem Schrecken zu leben, in den Nicht-Zeiten oder an deren Rand aber lebt man im Schrecken, der Schrecken war Leben, und Leben war der Schrecken und der Schmerz dazu, was aber heißt vielleicht, dass der Schrecken weniger Macht besitzt als in den zeitlichen Zeiten, denn er ist kein Gegenüber.

Sonst mochte die Urhorden wenig von uns unterschieden haben. Fürsten und Weiser waren, und es trieb die Gier nach Leben, nach Mahl, nach Besitz, geschlechtlicher Vereinigung, Macht, Kampf und Abwehr, nach Heiterkeit, wenn die Faulsten und Unbrauchbarsten der Horde an einem Stück toten Holzes schnitzten träumerisch und diesem – zur eigenen Überraschung und der staunenden und fast erschrockenen Überraschung aller, denn erschreckend war zunächst alles, was unbekannt – Töne entlockte, und mochten dann abends von den Feuern weg und aus den Höhlen heraus Töne geflohen sein, die nichts und niemand je gehört, die aus dem Nichts in die Welt gesprungen. Mochte sein, dass diese Töne ähnlichen Schutz boten wie das Feuer, wenn nicht vor den jagenden Katzen, den unbezähmbaren Kolossen, dem Gewürm des Bodens, so doch vor den Dämonen, den Wendefratzen, deren Gesicht zerfloss in ein anderes, wenn man es ansah, den Krallenkörpern, die aus Klauen nur bestanden, den Bleichmondgeistern, die rückwärts sich näherten und in Gifthauch schlichen. Nicht geheuer waren diese Klänge, das Unerhörte, den Dämonen, und sie mieden sie. Bewahrten deshalb dennoch Macht genug, denn nicht immer war Klang, und eigentlich war Klang fast nie. Manchmal, selten eher, wurden aus jenen Unbrauchbaren und Faulen die Weiser der Horde, nur aber, wenn der vorige Weiser gerade diese erwählt und in die Zucht und die Weisheit genommen, wie es später, in der Mitte der zeitlichen Zeiten, Aufgabe der weißen Priester gewesen wäre, während die schwarzen Priester unfruchtbar nicht nur leiblich und sengend in den Seelen zur eigenen Nährung, unersättlich, denn ist dieses eine Gier, Kannibalengier, die nicht zu stillen.

Hatte keiner aus den Urhorden jenen Sendboten aus dem All gesehen, der ja vielleicht, wer wusste es schon, mit der Gewalt seiner Faust die Geburt der zeitlichen Zeit eingeleitet, und nicht hatten sie die Drachen, die Flugschlangen, die Meerestiger der Nicht-Zeiten gesehen, doch lebte alles dieses in ihrem Urgrund, wer wusste, wie und woher, so wie es in unser aller Urgrund lebt, und wir wissen es nicht, bis es hochsteigt aus dem Urgrund machtvoll, uns überschwemmt und in den Spalten, die es selbst durch Druck gerissen, wieder versickert.

All dieses aber, was den Urgrund ausmachte und den Schrecken, der das Leben war, der ihr Leben war, gab der Urhorde ein, wie all diese Gewalt vielleicht zu sänftigen. Mochte gleich danach oder sogar unmittelbar beim Entstehen eine Ahnung beteiligt gewesen sein, ein Hoffen, ein dumpfes Wünschen, dass man diese Gewalt nicht nur sänftigen, sondern vielleicht sogar dienstbar sich machen könnte, wäre das Opfer nur selbst erschreckend genug. Musste aber diese Ahnung schnell aus sich selbst hinausgeworfen werden, denn solche Ahnungen, würden der Gewalt sie bekannt, zögen unerbittlich Strafe, mörderische, niemals vorher erlittene Strafe nach sich. Ahnungen der Seele aber wachsen nach wie Würmer, nie lassen ganz sie sich hinauswerfen auf andere. Bleibt ein Wurmkopf zurück, von dem der ganze restliche Wurm abgerissen, aus dem wühlend ein neuer Wurm wird und immer so weiter, vererbt, bis auf uns der Wurm gekommen, und mit jener Urhorde am anderen Rand der zeitlichen Zeiten hatten wir in unseren Nicht-Zeiten mehr gemein, als wir wissen wollten und lieb uns sein konnte. Der abgerissene, nach außen geschleuderte und gespiene Wurm, sei noch so groß er, stirbt rasch, der Wurmkopf aber, kaum mehr kenntlich, lebt und wächst aus sich selbst heraus neu, immer neu, immer wieder. Was aber könnte ein schreckenderes Opfer sein als einen aus der Urhorde zu nehmen und die Sänftigung der Gewalt zu bezahlen mit ihm? Geschah solches im Anfang wohl, wenn Blitze schlugen, wenn Feuer drohten, wenn zu viel Wasser oder zu wenig, wenn nichts mehr zu finden an Mahl, wenn die Jagden erfolglos, Krankheiten und Unglück die besten wegnahmen, wenn Feindeshorden (und jeder Urhorde war die andere Horde feind) Übermacht gewannen durch bessere Zauberei, dass in einem einzigen Aufbruch einer gepackt und die Kehle ihm durchschnitten ward bis an den hinteren Wirbel und der Körper aufgehängt mit dem nur noch an Hautfetzen baumelnden Kopf nach unten, dass Blut in mächtigem Schwall auf heiligen, furchteinflößenden Stein stürzte und mehr zu sein schien stets, als nur entfernt ein Mensch an Blut jemals hätte fassen können. Wie sich alle in der Urhorde, ohne Verabredung, in einem einzigen Augenblick gemeinschaftlich auf den Erwählten stürzten, ihn zu töten, war Mysterium. Blieb nicht so. Bestimmten die Weiser dann. Und töteten den, der ihnen nach ihrer Bestimmung zugeführt. Wurden dann Väter bestimmt, die den Erstgeborenen zu töten hatten auf dem Stein und über dem Stein mit eigener Hand und selbstgeschliffenem Messer.

Die Tötungen. Glaube keiner, dass sie unter uns nicht mehr gängig, auch wenn wir nicht die Erstgeborenen nahmen und heilige Steine nicht mehr kannten, auch wenn wir selbst kaum noch wussten, dass Tötungen wir vornahmen, denn nicht gleich ersichtlich waren diese wie in der Urhorde, aber Tötungen waren freilich sie geblieben.

Ein jeglicher Schrecken aber, so er sich nicht steigert, verliert an Macht und Einfluss, auch wenn derselbe er bleibt. Nachdem also das Mädchen im Wald verschwunden und verschwunden blieb und nichts sonst geschah, löste sich die Starre langsam, in die Ludo und die Horde gefallen. Flüstern setzte wieder ein, erst sprach ein jeder leise für sich, wie versuchsweise, ob Sprache noch zu Gebote, dann untereinander, dann lauter und durcheinander, bis tatsächlich Ratschlag begann. Was also tun. Frage, in die jegliches Leben gestellt mit jedem Sonnenlauf neu, so unvermeidlich und selbstverständlich, dass erst sie bemerkbar sich macht, wenn ein Schrecken einschlägt, aber da ist sie immer. Dabei ist sie einfach und bringt sogar immer die Antworten auf sich selbst mit sich, denn es sind immer genau zwei: fliehe oder kämpfe, gehe entgegen oder weiche aus. Das zu klären aber wiederum ist unendlich schwer, und gibt es so viele Arten und Weisen, wie es Schrecken gibt. Schließlich gibt es auch ein Kämpfen im Fliehen, eine Flucht im Kampf, Kampf, der verkleidete Flucht ist und wieder umgekehrt, es gibt kluge Arten des Kampfes, es gibt panisches Fliehen und wieder eine Flucht, die bereit macht für den nächsten Kampf, wer soll sich darin auskennen? War nicht unser Kampf gegen die schwarzen Heere und unsere Flucht vor den schwarzen Heeren ein immerwährendes Bild dafür, dass wir erwiesenermaßen, da darin gefangen, zu deuten vollkommen unfähig? Vielleicht aber konnte es der Weiser. Vielleicht konnte es auch der Ludo, wie er jetzt bei uns war, nicht wohl hätte es der Ludo der Horde gekonnt. Ich aber, der Kommandant des letzten Gefechts, konnte es nicht.

RATSCHLAG ward also gehalten. Sollte man nun, da Gefahr offensichtlich um sie war auf dieser Lichtung, das Mädchen zurücklassen? Das hieße am Ende: es lassen dort, wohin selbst es sich begeben, geopfert – oder geopfert eben auch nicht – zur Sicherheit der Resthorde. Wobei andererseits: wo könnte Sicherheit schon sein? Oder sollten sie folgen dem Mädchen, es zurückholen oder, ganz anders, im Gegenteil sich als Horde dem Mädchen wieder anschließen, sehen jedenfalls, was geschehen? Dem Ding, wie man sagt, auf dem Grund gehen? Erkennen, was ist, berge diese Erkenntnis auch neuen Schrecken, der durch das Erkennen erst entfesselt und neue Macht gewann? Schwankte ein jeder, und ein jeder für sich. Der eine Entschluss ausgesprochen, lockte oder drohte schon der entgegengesetzte und schien der einzig mögliche. Am Ende war, wie es häufig vorkommt, ein Entschluss nicht gefällt. Sondern die Horde war, Ludo vorneweg, noch während sie debattierten und ohne dass sie dessen zunächst gewahr wurden, in Bewegung geraten, auf den Rand des Waldes zu, von dem sie gekommen und in den das Mädchen wieder verschwunden. Als den Waldesrand sie dann aber erreicht hatten, waren Entschluss und Entscheidung ihnen abgenommen, und sie verstummten. Der Wald schien anders ihnen, drohend-schweigend, hintergründiger, als sie ihn vorher durchlaufen, aber wen sollte das nach dem Geschehenen wundern? War der gleiche Wald wohl, mit den gleichen Lauten oder der gleichen Stille, aber sie waren anders geworden, zumindest für den Augenblick. Eines der Mädchen versuchte ein Rufen, das über ein dünnes Rinnsal aus Klang nicht hinauskam und rührend, fast aber schon lachhaft wirkte angesichts des Waldes, der dies einfach wegschluckte.

Unvermutet trafen sie dann auf einen Esel. Ludo stieß auf diesen Esel fast buchstäblich, lief in ihn hinein, stolperte über ihn, als wäre aus dem Unterholz dieser Esel gewachsen oder als wäre er mit dem Gebüsch verwachsen, selbst wie ein Teil des Waldes, aber eben doch ein Esel. An dem Tier war nichts ungewöhnlich, wenn man auch selten einem solchen im Wald begegnet, doch mochte es vorkommen, dass hie und da ein Esel sich davonmachte von seinem Hofe und seinem Besitzer und nach gehöriger, wie im Traum zurückgelegter Strecke nicht mehr zurückfand in den Stall, der immerhin Unterkunft und Sicherheit ihm geboten, oft auch gute Behandlung, denn in jenem

Abschnitt der zeitlichen Zeiten war solch ein Tier wertvoll, so wertvoll, wie es uns in diesen Nicht-Zeiten gewesen wäre, doch hatten wir kaum je ein solches. Ohne Überlegung suchte nun Ludo, da er nun einmal auf den Esel geprallt, diesen zu besteigen, wie er es wohl als Kind immer wieder getan. Doch widerstrebte das Tier, gutmütig zwar, fast sanft, so dass Ludo bäuchlings nur, quer, dann einen Moment auf dem Rücken zu liegen kam und gleich wieder auf der Seite, mit dem Kopf vorab, hinabrutschte auf den weichen Boden des Waldes. Dieses Zwischenspiel, sonderbar wie es war, machte lachen, und Ludo lachte selbst, denn es war diese Horde zum Lachen begabt und Anlass stets schnell gefunden. Lachen kann Angst, die tief sitzt, nicht bezwingen. Aufwühlen vielleicht, lockern, durchlässig machen, aber nicht bezwingen. Doch saß die Angst in Ludo und den Seinen nicht tief genug, als dass die Starre, die Kopf und Seele zweifellos befallen, nicht gelöst durch das Lachen. Freundlich und heimisch schien wieder der Wald, ihre Stimmen wurden kräftig und übermütig, obwohl doch das Mädchen eben erst verschwunden. War das eben erst gewesen? Was hatte man schon gehört oder nicht gehört? Hatte Traum sie gemeinschaftlich befallen aus gemeinsamem Grund, aus einem Urgrund heraus? Obwohl also diese Stimme oder Nicht-Stimme, das Da und das Nicht-Da, durch sie hindurch und über sie hinweggegangen war und sich von hinten durch das Gras wieder an sie herangemacht hatte, so hatte das Lachen dieses doch schon wieder in Nebel geweht, galt das Lachen dem Schrecken schon, und mochte das Mädchen hier irgendwo verborgen sein und sie beobachten und selbst das Lachen sich verbeißen.

Allein das Mädchen blieb verschwunden.

Hatte der Esel sich in Bewegung gesetzt mittlerweile, und gedankenlos folgte ihm die Horde. Hatte Ludo dann aber tatsächlich es unternommen und mit mehr Geschick, auf das Tier zu steigen, und es wehrte sich nicht. So zogen sie eine Strecke dahin – war es der Weg, den sie gekommen, war es ein anderer? Sie wussten es nicht, und sie achteten nicht darauf, wussten ja kaum mehr, zu welchem Zwecke und ob überhaupt zu einem Zwecke sie solcherart unterwegs. Zeigte sich aber, dass offenkundig der Esel sein Ziel kannte und mitnichten seinem Stall und seinem Herrn er entlaufen.

War es eine kurze, war es eine lange Strecke? Es war ihnen unbestimmt. Aber dann standen sie vor jenem, der hier seinen Marsch einst unterbrochen und dann beendet: Ein Diener jenes Herrn war er gewesen und scheinbar in dessen Dienst unterwegs, als wandernder Bote zwischen zwei Äbten, verschwiegen, ohne Schriftstücke, die immer gegen den Urheber sich richten konnten, hätte dieser selbst seine Pläne und Absichten mehrfach geändert. So war er, der Bote, also hineingenommen in kühne Vorhaben, Fantasien von Größe und Macht, in Träumereien am Ende und Vergeblichkeiten. Hätte dieses aber keiner hinter und in jenem vermutet, denn unscheinbar schien er in allem, im Reden, im Wandern, im Tun, und wie er waren so viele unterwegs. Hielt sich sogar an die strengen Regeln seines Dienstes, und das immerhin wäre geeignet gewesen, Aufsehen zu erregen, denn so taten unter den Wanderern wenige. Dann aber wohl mochte Bote und Kundschafter er nicht mehr sein. Und hatte damit nicht etwa aufgehört, Diener jenes Herrn zu sein. Sondern war es recht vielleicht sogar erst geworden. Hatte erst, ohne dass ihn einer der Fürsten und Äbte berufen hätte, ein kleines, fast vergessenes und verfallenes Haus jenes Herrn versehen, hatte sich dann aber eingerichtet. War, wo er nun hauste seit ungezählten Sonnenläufen, dem Fremden kaum findbar. War aber umgekehrt den Kundigen und Bewohnern der Gegend leicht erreichbar, und dass er den Dienst jenes Herrn versah, war diesen genehm. War begehrt. War es diesen in jener Phase der zeitlichen Zeiten so wichtig wie Mahl, dass einer den Dienst jenes Herrn versah, so hatte dieser Diener doch auch auf seinen vielen und langen Wanderungen vieles gesehen, vieles sich angeeignet, vieles gelernt und sich dann selbst weitergezogen in Dingen, die hier nützlich: Heilkunde, Traumdeutung, Recht und Rat, Lesen der Zeichen, die das Geschehen in der Welt bot und wie darauf zu reagieren sei. So hatte er Achtung sich mehr und mehr erworben, bis kaum noch jemandem bekannt, dass eigentlich in diese Gegend er nicht gehörte. Gut war es, wie es war, für alle, die davon betroffen. Und doch blieb ein unbenannt Zwielichtiges, nie zu Klärendes um jenen Diener jenes Herrn. Lebte ja, wenn auch im Einvernehmen, am Rande. Und war ja nie klar, ob er seinen Weg, auf den er gesandt, abgebrochen. Oder ob dieses kleine Haus jenes Herrn und der Dienst darin an jenem Herrn und für jenen Herrn und durch jenen Herrn sein eigentliches Ziel gewesen, vorgeschrieben ihm von weit jenseits dem Rand der rückwärtigen zeitlichen Zeiten. Wer aber wüsste selbst mit Bestimmtheit das eine oder das andere von sich zu sagen? Und wenn der Diener jenes Herrn die Antwort wusste oder auch die Frage nur sich stellte, so sprach er nicht darüber, mit niemandem, auch nicht mit sich selbst, vielleicht nicht einmal mit seinem Herrn, vor dem er sich, wer konnte es wissen, vielleicht verbarg, gerade indem er ihm diente und mit ihm sprach.

Gibt Begegnungen, die wenden, und ist es erst nachher, oft um ein vieles nachher, ersichtlich, dass diese Begegnung es war, welche die Wendung begonnen. Fällt ein Samenkorn, wie es eben fällt, und geht auf beinahe sichtbarlich im Augenblick, fällt ein anderes daneben und geht auf im nächsten

Sommer oder im übernächsten, fällt ein weiteres und geht auf und fruchtet, wird aber überwachsen und bleibt im Schatten wilden, fremden Krautes, und fällt noch eines auf warmen, sonnendurchglühten Stein und wurzelt in willkommener erdgefüllter Ritze und tränkt sich von den weichen Regen des Sommers, lässt es emporschießen aus sich selbst in ungeahnte Höhe, blüht, lockt, zieht an, trägt Frucht, doch nimmt das so gestaltete, wohlgestaltete Gewächs der erste Wind des späteren Sommers mit sich, denn so stolz es über den Felsen in die Ebene sich gewiegt, so schwach sind seine Wurzeln, denn unter dünner Krume ist wieder Fels. Können Wurzeln, die Samenkorn entspringen, wohl, zäh, anhaltend, mit Kraft Gestein zersprengen. Um den Preis aber, dass in die Höhe es nicht schießen kann und Frucht nicht bringen. Was aber besser sei, wer wollte es entscheiden? Nach unten und nach oben gleichmäßig wächst sich dasjenige Samenkorn nur aus, dem vorher die Furche gezogen und das eben nicht fällt, wie es fällt, sondern in die Furche fällt mit Vorbedacht dessen, der die Furche gezogen. Weiß aber das Samenkorn, kein Korn, davon nichts.

Gibt also Begegnungen, die wenden, und eine solche wurde diese wohl für Ludo, der wie ein Narr, ein Gaukler, auf dem Esel hier einritt. Mag sein, dass aus Narrenritten Eselsgeduld manchmal erwächst.

LUDO und seine Horde wurden empfangen. Worte waren nicht viel. Hatte der Diener jenes Herrn diese ja nicht nur erwartet – war Gejohle ja genug gewesen –, sondern hatte sie gerufen und gelockt, ohne dass diese es gewusst. Allerdings hatte es jener Diener jenes Herrn selbst auch nicht gewusst.

Wir wissen wenig über die Rufe, denen wir folgen. Am Ende des Lebens, so sagt man, seien die Rufe noch einmal zu hören, jene, denen wir gefolgt, jene, die wir nicht einmal gehört oder die zu hören wir nicht gewünscht und die zu überhören wir große Kraft aufgewendet, oft das ganze Leben lang. So sagt man. Aber wer sagt das eigentlich? Denn diejenigen, die diese Rufe noch einmal gehört, sind dann ja nicht mehr und können es uns also nicht sagen. Ist aber vielleicht etwas, das in uns ist an Wissen. Wie wir bereits alle wussten von jenem Sendboten aus dem Himmel, der mit zerstörerischer Wucht die zeitlichen Zeiten begonnen, mit einem Inferno, das die Welt, wie sie gewesen, erst einmal auslöschte, bevor sie begann, obwohl ja diesen Sendboten kein Mensch je gesehen.

Der Diener jenes Herrn: Erst später, um einiges später, als der Sommer sich niedergelegt und selbst der Herbst schon fortgeschritten und erster Schnee gefallen, erst später hatte er sich Alarius genannt. Nie war sich Ludo gewiss, ob dies sein richtiger Name, aber es kümmerte ihn auch nicht weiter. Was ist schon ein richtiger, was ein falscher Name, fragte er sich, möge sich ein jeder nennen, wie ihm beliebt. Alarius also wies Ludo und den Seinen eine Schlafstätte, sein Haus, erbaut neben dem Hause jenes Herrn, ein wenig zurückgesetzt zwischen Bäumen, mit der Rückseite an einen Abhang wie geschmiegt, erwies sich innen als erstaunlich geräumig und zwar karg, doch nicht unbehaglich eingerichtet. Hier lebte ein Mann schon lange, und er wünschte wohl freundlich zu leben in einer Welt, welche die seine war und die gegen andere Welt, hienieden, eintauschen er längst nicht mehr wollte und wohl konnte. Auch bot er ihnen ein wenig abseits einen steinernen Trog mit klarstem Wasser, sich zu reinigen. War auch schwerlich zu leugnen, dass dieses notwendig, sie sahen es jetzt, da mit den Augen eines anderen sie sich ansahen ja selbst, sahen die Krusten auf der Haut, die zerschlissenen Gewänder, das verfilzte Haar, und insgeheim mochte sich wohl schämen ein jeder für sich, aber nicht sehr und nicht lange. So stiegen sie in jenen Trog, einzeln und gemeinsam, sich zu reinigen, danach aber sich an die Tafel zu setzen und das Mahl zu halten mit Alarius. Ein Gnom, tatsächlich mit einem Buckel, huschte dabei, kaum zu bemerken, herum, sie zu bedienen, und mochte wohl irgendwo eine Magd im Hause sich zu schaffen machen, um den Dingen ihren Lauf zu geben. So einfach begann, was zumindest für Ludo sich alsbald zu vielen Sonnenläufen des Bleibens und wohl auch des Reifens auswuchs. Von manchem weiß man im ersten Beginn, dass mit diesem ein Neues sich ankündigt, bei vielem täuscht man sich darüber, bei den meisten ersten Begegnungen und Begebnissen erkennt man es nicht. Mag wohl daran liegen, dass es auf dieses erste Begebnis gar nicht so ankommt, sondern darauf, was daraus erwächst buchstäblich. Wie oft jetzt schon waren Ludo und die Seinen, seit sie ihren Flucht genannten Marsch begonnen, irgendwo angekommen und waren von Irgendwo weitergezogen in ein neues Nichts? Denn Nichts bleibt schließlich, was keine Folgen zeitigt. Sei es denn, dass alles seine Folgen zeitige und diese Folgen, ungeordnet und nicht zu erkennen und zu bewerten schon gar nicht, im Zweifel Vorbereitungen seien? Aber das möge glauben, wer zu glauben dieses wünsche, und dann solle es auch so sein.

Ludo jedenfalls sah schnell, dass dieser Ort für Winterlager wohl sich eignen mochte. Weit war der Sommer ja fortgeschritten, und wenn auch die ersten Herbstnebel, die alles sich in sich verschließen ließen, fern schienen, so konnten sie doch jetzt mit jedem neuen Sonnenlauf einfallen. War nie gut für den, der gezwungen war, auf seinem Weg zu sein oder überhaupt auf einem Weg zu sein, und vom Winter war da der Gedanke noch gar nicht. Dass aber

Ludo dieses sah, hieß ja noch nicht, dass einen Plan er verfolgte. Ludo war jung, und Pläne mochte viele er haben, oder mochte er glauben, dass er viele hatte, sollte ihm aber bald auffallen, dass mit Plänen diese Wünsche und Sehnsüchte oder bloßen Gaukeleien und Fantastereien wenig zu tun haben. Machte aber ja nichts. Sind Sehnsüchte und Gaukeleien genauso gut wie Pläne, und oft ist das eine vom anderen ja nur im Nachhinein zu unterscheiden. Oder wird je nach dem, wie sich das Leben gewendet, benannt. Oder wird überhaupt nicht mehr benannt. Weil keine Rolle es am Ende dann mehr spielt.

Ludo und sein Haufen also machten sich zu Winterlager bereit, und der Alarius nahm bereitwillig sie auf. Das Mädchen aber blieb verschwunden, und weder Alarius noch sein Gnom wollten sie gesehen haben. Stellte sich später zwar heraus, dass Alarius, der Diener jenes Herren, und auch sein Gnom nicht stets die Dinge erzählten, die geschehen. Sondern welche Folgen und welchen Nutzen Dinge haben konnten, seien sie geschehen oder nicht. Denn hatten sie den beabsichtigten Nutzen, so waren sie auch geschehen, gleich, ob sie es tatsächlich waren oder nicht. Wer wollte es schließlich unterscheiden, was tatsächlich war und unter welchen Bedingungen?

Am Ende ist tatsächlich ja nur, was uns mitgeboren, aus dem Vorrat, der sich aus den Nicht-Zeiten am anderen Ende der zeitlichen Zeiten, vor dem Einschlag jenes Sendboten und der Wandlung, die jener mit sich gebracht, aufgestaut hatte, dass er sich ergieße in uns in den zeitlichen Zeiten und wohl auch in unsere Nicht-Zeiten jetzt. Der Schmerz, der unstillbare, und die Sehnsucht, die nicht zu erfüllende, und jener Herr, der zeitliche Zeiten und Nicht-Zeiten wohl sonderte nach seinem Plan, wir wussten aber nicht, welchen und konnten es nicht erkennen, manchmal aber mochte eine Ahnung uns aufsteigen aus der tiefen Dunkelheit unserer Träume oder im Schmerz selbst oder in der Sehnsucht selbst. War dann das Da und das Nicht-Da, jenseits unserer Erfahrung und Möglichkeiten der Erfahrung ohnedies, und doch erfahren, jenseits des zu Benennenden und doch wieder benennbar, wer mochte dieses ergründen, in den zeitlichen Zeiten und in diesen Nicht-Zeiten. Alle Erzählungen aller Weiser mochten stets um das unbenennbar zu Benennende ja kreisen, damit sie in diesem Kreisen einen Funken schlügen, der aufglomm und rasch verglühte, noch ehe man ihn sah, aber eben doch aufglomm. Damit sie Samenkörner würfen, die im Dunkel des Erdreichs verschwanden und dort unauffindbar blieben und ohne Keim, dieses aber doch.

Freilich fragte ohnedies keiner nach dem Mädchen, das sie einen Frühling und Sommer begleitet. Ihre Gefährtin gewesen in den Tagen und in den Nächten. Ihre Komplizin bei Schelmerei und Dieberei, die freundliche Worte für jeden von ihnen gehabt hatte und vertraut gewesen war und vielleicht geliebt, wie man manchen und manche lieben mag, ohne es recht zu wissen und wissen zu wollen, eben weil er oder sie eben vertraut und da. War jetzt also weg, und niemand fragte nach ihr.

LUDO und die Seinen also richteten sich ein. Machten sich aber die anderen nützlich in dem wenigen, was im Winterlager zu tun war, und da es bequem war und warm und Mahl, wo nicht in Fülle, so doch genug, wo nicht in vielfältigem buntem Überfluss, so doch nicht eintönig, langweilten sie sich bald, entdeckten einander, übten den Beischlaf, waren enttäuscht von ihren Entdeckungen, übten den Beischlaf mit dem nächsten, der neue Entdeckung versprach, und da sie dieses so übten, kamen sie in Streit und zerfielen, da sie doch ohnedies wenige waren, in immer neue Grüppchen, und da das Winterlager vorbeizog, verließen sie es einzeln mit erstem noch falschem Frühling, enttäuscht und einsam, doch älter geworden und gereift und bitter, älter als es dieses eine Winterlager tun konnte, und ihre Spuren verloren sich rasch.

Da unsere Winterlager aber immer karg gewesen und uns an Tod und Verderben oft nur knapp vorbeiführten, waren wir von Streitigkeiten zumeist verschont geblieben und waren zusammengeblieben, bis auf diejenigen, denen eben aufgegeben, uns zu verlassen, aus welchen Gründen immer.

DAS BUCH

LUDO aber war geblieben. Schon im Winterlager war es gewesen, dass Alarius ihn an das Buch gewiesen und ihm das Buch entdeckt. Nie zuvor hatte Ludo ein Buch gesehen, und lesen hätte er es ohnedies nicht können, und vom Buch jenes Herrn hatte nie er gehört, denn Priester, weder weiße, noch schwarze, waren nie in sein Dorf gekommen, doch lockte ihn das Buch, das Alarius hütete. Groß war es und schwer, groß wie ein Kind, mächtig wie die Spanne einer Hand, die viel gearbeitet hatte, mit kunstvollen Lettern in scharfer Schwärze und kostbaren Abbildungen auf rauchweißem Papier verziert. Meist lag das Buch in der Kapelle jenes Herrn auf einem aus grobem, kaum entrindetem Holz gezimmerten Pult, und man stand davor, wenn man darin las oder die goldenrot schimmernden Bilder betrachtete. Ein Band, der in dieser Abgeschiedenheit fehl am Platze schien. Vor den Augen jener, welche die Dienste jenes Herrn durch Alarius beanspruchten, blieb er durch einen Vorhang verborgen, und bis Ludo gekommen, war Alarius der einzige gewesen, der sich daran gefreut. Dennoch wiederum hatte es auf geheime Weise seine Richtigkeit, dass das Buch jenes Herrn leuchtete in der Einsamkeit, wie wir unsere Wächter in die Einsamkeit und Verborgenheit gestellt, und ragten mächtig deren Phalli, von niemandem gesehen, doch von uns gewusst. Ist das Verborgene ja da, und ist auch da für die, die es nicht sehen und für die, die es nicht sehen wollen und für die, die nicht einmal davon wissen.

Wie anders als auf sonderbare Weise war Alarius zu diesem Buch gekommen? Als er noch als Bote unterwegs gewesen, zu weben und zu knüpfen die Fäden zwischen den Mächtigen und denjenigen, die werden es wollten mit Sehnsucht und Gier, auf dass ein großes unsichtbares Netz über das Land geworfen, hatte Nachricht und Absprache und Werbung um Gunst und Förderung er mit Notwendigkeit dem Abt gebracht, dessen Burg mit dem mächtigen Haus jenes Herrn, weithin sichtbar und dunkel gegen die Sonne, die weiten Lande des Südwestens beherrschte. War jener Abt einer jener Diener jenes Herrn, die Macht ausübten mit solcher Lust, dass sie als Diener jenes Herrn kaum mehr kenntlich. Mehr noch: Jene Äbte nutzten ihren Stand, den sie ererbt zumeist oder selten mit Geschick erworben, vielmehr dazu, ihrer Macht, die ihnen durch Reichtum und Besitz zugefallen, noch Glanz zu geben, der blenden sollte, die Bedürftigen ohnehin und Beladenen, die stets bezahlten und ehrfürchtig es meist auch taten, wie auch die Rivalen, die den falschen Glanz wohl erkannten, offen dagegen aber kaum je vorgehen konnten, ohne ihre eigene Macht zu unterhöhlen. Im mächtigen Hause jenes Herrn in der Burg jenes Abtes also war jener Band prunkend ausgestellt, Tag und Nacht, für jeden der Pilgernden und Fahrenden, die Zuspruch sich hofften und den Erweis von Gnade in jenem Haus, sichtbar, einschüchternd, denn in jenen zeitlichen Zeiten war Prunk Zeichen, dass Gnade und Heil und alles überragende Macht eins seien und dem Pilgernden und Fahrenden nur in Demut und Bettelei – als Brosamen – zugänglich, erwarten aber sollte er dieses nicht. Lag dieses Buch jenes Herrn auch nicht auf grob gezimmertem Pult, sondern auf großer, schräggestellter Tafel, eingefasst von filigransten Goldborten, von Edelsteinen übersät. Wer aber steht, fällt, und wer läuft, sehe zu, dass er nicht strauchle selbst über Schlingen, die nur der Wilddieb gelegt und in die sonst kein Hase läuft. War dem Abt, es wusste niemand recht, warum, die Macht genommen oder hatte er ihrer, von Heimsuchung oder Traumbildern oder Strafen jenes Herren gepeinigt, entsagt, viel wurde geraunt und wenig gewusst, oder hatte er, in jäher Wendung oder Wandlung gar, Glück und Macht und Bestimmung anderswo vermutet, in jedem Falle war er, nach kurzem Kriegs- oder Hirtenzug, was oft dasselbe gewesen, mit wenigen Getreuen verschwunden aus seiner Burg und der Mitte seines Spinnennetzes, in dem er lange wohl gelebt, mit Befriedigung des Geistes und des Fleisches und mit Glück, das er selbstverständlich und selbstgewiss genossen. Zurückgekehrt war er nie. Möglich wäre es kaum auch gewesen. Hatte sich gezeigt, dass die Ordnung brüchig. Nachdem sich, nach einiger Vorsicht und mit Misstrauen genug, dann doch erwiesen, dass wohl nicht zurückkehren würde der Abt, war Sturm losgebrochen in den Landen im Südwesten. Beraubt und zerstört auch an sinnlosester Stelle, die Lust an Zerstörung selbst kaum gewähren konnte, wurden Burg und Haus jenes Herrn mit mörderischem, kaum mehr artikuliertem Geschrei von ebenjenen Pilgernden und Fahrenden, die sich eben noch demütig und verhärmt, auf Brosamen hoffend, auf dem Boden rutschend genähert hatten. Der Alarius, auf Boten- und Kundschaftergang, war unter ihnen gewesen, wie immer unerkannt und unbeachtet. Münzen, die für anderes gedacht, für Bestechung und Kauf von Söldnerheeren eines anderen Herrn, hatte er reichlich bei sich geführt, und so war es ihm gelungen, mit Hilfe gutmütiger vierschrötiger Kerle das Buch erst zu bergen und dann des Nachts im Eselskarren fortzuführen. Später wohl, als Sturm sich gelegt und diejenigen, die gestürmt und auch diejenigen, denen man es nur zuschrieb, mit wütender Gewalt bestraft, hatte wohl man danach gesucht. Doch blieb das Buch verschwunden und lebte manchmal nur noch in den Erzählungen der Alten und bekam wundertätige Züge, da ihre Geschichten priesen, welches Heil und welche Gnaden es bewirkt, als da es noch gewesen und dass wiederkommen werde es mit jenem Abt, dessen Herrschaft golden den Alten jetzt erschien, voll der Ordnung, reich an Fülle. So sind solche Erzählungen und Geschichten immer. Und andersherum auch.

DEN ganzen Winter über nun, vom Sonnenaufgang an, stand Ludo mit Alarius vor dem Pult in der Kapelle jenes Herrn. Ludo hätte selbst kaum benennen können, was ihn an dem Buch anzog. Gewiss der Prunk, doch der war es nicht allein. Gewiss die sichtbarliche Ehrfurcht, mit der Alarius mit dem Buch umging und die Neugier wohl wecken mochte. Doch die war es nicht allein. Schien in Ludo, der das Buch ja nicht kannte, der Urgrund angestoßen, auf dem alle wir schwimmen, der Urgrund eines jeden einzelnen, doch keinem einzelnen zuzuschreiben. Wie die Wellen eines Erdbebens am anderen Ende der Welt spürbar sind, spürbar zum Nachsinnen, doch ohne Schaden. Alarius wiederum schien froh, einen Schüler zu haben nach all den Sonnenläufen in der Einsamkeit, die er erst gesucht und dann ohne Bitternis ertragen.

Ludo also hörte. Geschichten voller Ungeheuerlichkeit, zermalmend manchmal, furchteinflößend, und Ludo, der die Geschichten hörte zum ersten Mal, wunderte sich, dass Alarius sie gleichmütig vortrug, wie es schien zumindest. Mochte sein, dass dem Alarius diese Geschichten zu vertraut geworden, da er sie las Sonnenlauf um Sonnenlauf, seit seiner Jugend, und er sie vielleicht schon als Kind von den Alten gehört. Mochte freilich auch sein, dass Alarius gelernt hatte, diese Geschichten anders zu lesen, Bezüge zu erkennen, auf sich und andere, die dem Ludo verborgen. Ludo aber nahm die Geschichten, wie sie waren. Es ist gut, Geschichten zu nehmen, wie sie sind. Da ging der Vater, seinen Sohn zu töten, weil es ihm jener Herr, sein Herr, so geheißen, den Sohn, der nach der Verheißung den Segen doch tragen sollte. Da steckten welche in glühenden Öfen, wurden von Brüdern in die Grube geworfen und in die Fremde verkauft, Gesalbte gaben ihrer Geilheit nach, ohne sich zu kümmern, und ließen die Männer sterben, gehurt wurde und geköpft und getötet, aber auch geheilt und geliebt und zurück aus dem Tode ins Leben gerufen, krause Geschichten, verwickelt, aussichtslos und dann am Ende doch wieder nicht, Wale verschluckten die Weiser, es versteinerte, wer zurückblickte und sich nicht lösen konnte von vergangenem Leben, aber aus winzigem Samen erwuchsen auch mächtige Bäume. Gelitten wurde, ohne dass ein Grund erkennbar, wann jedoch wäre ein Grund je erkennbar für Leid? Aber es wurde auch überschüttet mit Fülle, mit Reichtum, mit Lebensglück, die Diener und Streiter jenes Herrn waren oft müde zum Sterben, nachdem sie offenbar doch alles getan für jenen, für ihren Herrn, geleugnet und gelogen wurde, aber verziehen auch und verbunden, Wunden wurden geheilt, Lahme und Verkrüppelte standen auf, Stumme sprachen, und gegen alle Hoffnung taten Meere sich auf.

Oft erschienen dem Ludo die Geschichten und Gestalten, neu gewebt, wieder im Traume, und ratlos erwachte er, aber tief befriedigt und wie gereinigt. Geschichten hatte Ludo wohl einige gehört in seinem Dorfe, dem er entflohen, Geschichten waren ihm vertraut, aber solche hatte es nicht gegeben. Wohl waren jene Geschichten wie alle Geschichten von finsteren Mächten und Kräften und Dämonen beseelt, aber doch nicht von jenem Herrn kommend, aus ihm fließend, zu ihm führend, die ganze Welt, beseelt und nicht beseelt, in einen Rahmen spannend und in eine Ordnung, die freilich niemand vollständig erkennen konnte. In dem Buch und seinen Geschichten waren aufgehoben die zeitlichen Zeiten und die Nicht-Zeiten, die Dinge, die waren und die Dinge, die nicht waren, Verstand und Nicht-Verstand und Über-Verstand, wer denn mochte solches ergründen?

Ludo lernte. Rasch und leicht lernte die Schrift er lesen, und die der anderen, fremden, alten Sprachen auch. Zeigte sich bald, dass Ludo zu denjenigen wohl gehörte, die Schrift und Sprache anflogen, weil sie wohl selbst Schrift und Sprache waren. Wohnen Schrift und Sprache in manchen, oft unerkannt freilich für ein Leben, wenn aber das eine Wort gesprochen, der Fels mit dem Stab berührt, dringen Schrift und Sprache hervor wie in mächtigem Strahl. Wie aber mochten Schrift und Sprache hineingekommen sein in einen kleinen Mensch? Denn klein ist der Mensch, wer immer er sei. Bald überholte Ludo seinen Meister Alarius in Schrift und Sprache, und der sah es gern. Nicht freilich, solange Ludo lebte mit Alarius, es war freilich nicht lange, ward er jenem gleich an Kraft der Deutung, denn schöpft die Kraft der Deutung aus anderen Quellen. Oft mochte es Ludo scheinen, als deutete Alarius gerade das Gegenteil von dem, was da zu lesen, doch schien es verständig begründet, und schnell verwirrten sich dann Ludos Kopf und seine Seele, und er hatte Ahnung, dass viele Welten sich mischten ineinander, und bleib doch jede dieser Welten, wiewohl sie ineinander vermischt, eine Welt für sich.

Bald war Ludo von den Menschen der Umgebung, es waren ja viele nicht, die den Weg zu dieser Klause überhaupt fanden, als Gehilfe des Alarius angesehen, selber etwas wie ein Diener jenes Herrn und vielleicht der Nachfolger des Alarius, und Ludo wusste sich in diese Rolle und Erwartung zu finden, weil er es wollte, es gefiel ihm, es schien ihm seine Flucht hier ein vernünftiges Ziel gefunden, wie es dem Alarius so erschienen sein mochte, aus welchem Grund am Ende immer, vielleicht mochte man seine Wanderungen und Botengänge und Kundschaften ja Flucht auch nennen. Jeder, der unterwegs, und sei es nur im Geiste, ist ja auf der Flucht auch und sucht sein Ziel, ob vernünftig oder nicht, aber wer wieder wollte das entscheiden? Es war also Ludo einverstanden mit sich, und Alarius war es mit ihm.

Beinahe also war es zwangsläufig, dass anders es kam. Hüte dich, das, was ist, nach vorne zu schreiben auf gerader Zeile. Wenn wir nichts wissen, so wissen wir doch dies und tun es stets dennoch. Tun es auch dann, wenn das, was ist, Leid uns bereitet, denn sonderbar ist unser Herz. Besser freilich wäre es, auf krummer Zeile weiter zu schreiben, doch kennen die rechte

Krümmung wir ja nicht, und so mochte es am besten sein am Ende, überhaupt nicht zu schreiben.

ANDERS also kam es. Der zweite Sommer, da Ludo bei Alarius, mochte sich schon wieder neigen, als das Mädchen zurückkehrte. Das Mädchen, das verschwunden, über die Lichtung hinweg und in den Wald hinein, das dagewesen und dann nicht mehr dagewesen und das von der Horde, von Ludos Horde, geborgen worden und geliebt und das selbst Ludos Horde geliebt und einen Teil Geborgenheit ihr wieder geschenkt, das Mädchen also, das Ludos Horde vergessen beinahe in dem Moment, in dem im Wald es verschwunden, kam zurück, und es kam nicht allein. Das Mädchen kam an der Spitze eines Trupps, einer kleinen Kohorte, und eine Brust trug es immer noch frei, als hätte es nie mehr anderes getan, sein Kleid sonst aber war schlicht, einem Krieger angemessen, neu und unverletzt. Ob das Mädchen diesen Ort wieder gesucht, ob die Kriegsläufte im Lande es durch Zufall hierher geführt, denn Kriegsläufte waren ja immer, oder ob es den Ort, den es verlassen hatte und dort verlassen worden war, gesucht hatte, wie es überhaupt in zwei Sommern zu dieser Kohorte und an deren Spitze gekommen war, wie der Gnom, der um das Mädchen war, beinahe Tag und Nacht, jedem seiner Winke gehorchend, seine Winke vorwegnehmend, es bedienend, schützend, bewachend, in seine Nähe gekommen, es blieb dieses alles rätselhaft. Auch sprach das Mädchen, wenn von Mädchen überhaupt noch die Rede sein konnte, nicht darüber. Es sprach überhaupt nicht viel. War es lange Zeit träumerisch gewesen und weich und den Stimmen des Tages und der Nächte gefolgt ohne Widerstand, schien es nun des Befehlens kundig geworden. Nicht nur dieses wohl: hatte sich gezeigt, dass die Befehle, die das Mädchen gab, seiner Kohorte Fülle schenkte, und Fülle sichert Gefolgschaft, zumindest für eine Weile.

Das Mädchen machte Ludo keine Vorwürfe. Warum am Ende auch? Gegangen war es selbst, gerufen von jener Stimme aus dem Da dem Nicht-Da, die ihrer beider – nun, Schicksal wohl nicht, doch aber ihrer beider Lauf verändert.

Einmal hatte Ludo den Alarius nach dieser Stimme, diesem Da und Nicht-Da, das sie gerufen auf jener Lichtung und nicht auch gerufen, gefragt, denn immer hatte Ludo den Verdacht gehabt, dass der Alarius damit zu tun haben könne, wenn nicht gar der Urheber er gewesen sei, wie auch immer er dieses bewerkstelligt haben mochte. Doch hatte Alarius nicht direkt darauf geantwortet. Es sei wohl so, dass die Welt stets erfüllt sei von jener Stimme.

In diesem Sinne sei sie auch immer „Da". Aber eine Stimme, die keiner höre, sei dann eben auch wieder „Nicht-Da". Jenen Sendboten aus dem Himmel, der das Gebiet nicht weit von hier, von dem er, Ludo, ja stamme, geformt habe und der diese zeitlichen Zeiten ja in Gang gesetzt habe möglicherweise mit unvorstellbarer Gewalt, jenen Sendboten habe ja kein lebender oder toter Mensch je gesehen. Sei aber doch da gewesen. Und in den Köpfen und Seelen. Und so komme es vor wohl, dass auf einmal, selten, jene Stimme zu hören an einem bestimmten Punkt der Wanderung, und möge es sein, dass Ludo und seine Horde einen solchen Punkt erreicht hätten. Man könne das vorher nicht sagen. Und nicht einmal danach. Und möge sogar sein, dass er, Alarius, beigetragen habe, dass diese Stimme sie hörten und nicht hörten, wie aber dieses geschehe, wenn es geschehen könne, sei unserem Verstande längst zugänglich nicht mehr. Ludo möge sich hüten, Dingen nachzusinnen, die dem Verstand nicht zugänglich, ebenso Dingen, die nicht ändern er könne. Auch möge Ludo sich hüten, Verstand oder Unverstand oder Seele und die Handlungen, die sich daraus ergeben mochten, zu ergründen, denn es werde ihm nicht gelingen, und dunkle Gedanken und Schmerz würden die Folgen sein. Solle er aber nachsinnen immer tiefer, wie die Geschichten jenes Buches in ihm sich spiegelten und wie er sich in seinem Denken und Fühlen und Ahnen und Spüren und Wünschen und Hoffen und Ängstigen und Nicht-Hoffen und Nicht-Ängstigen spiegele in den Geschichten jenes Buches. Das sagte Alarius, der Diener jenes Herren.

DIE Kohorte des Mädchens hatte sich in der Klause eingelagert. Still verhielten sie sich, weit stiller, als man es von einem marodierenden Trupp erwarten mochte, und dieses war es, was dumpf lastende Gefahr, dräuendes, unmittelbar bevorstehendes schweres Unheil intensiv spüren ließ. Ludo spürte aber mehr noch als Angst. Ludo spürte Gier. Gier nach jenem hochgewachsenen Mädchen mit der einen entblößten, festen Brust. Die ihm ja nicht nur die fremde Kohortenführerin war. Fremd freilich war sie ihm auch geworden, aber auch und immer noch war sie ja Gefährtin der Kindheit und Jugend gewesen, hatte mit ihm den gleichen Geschichten gelauscht, war mit ihm träumerisch auf jener Flucht gewesen, und war das Verhältnis so eng und selbstverständlich gewesen, dass Lust und Gier erst gar nicht wachsen konnten. Lust und Gier brauchen Fremdheit, um entzünden sich zu können. Das Mädchen wiederum, das, seit die Horde es verlassen, offenbar gelernt hatte, begehrt zu werden, nahm Ludos Gier gelassen, ohne ihr nachzugeben. Wusste die Gier Ludos gekonnt für sich zu nutzen. Denn kein Zweifel war, dass das Mädchen diesen Ort vernichten würde, ohne Hass und ohne Aufwand. Eher wie eine Aufgabe, die zu erledigen marodierenden Truppen nun einmal auferlegt, wodurch und von wem auch immer, einem Plan folgend, den einer ersonnen, von dem niemand wusste, wer er war. Einem Plan, dessen Ziel und Absicht keiner erkennen vermochte und der also für die, die ihn ausführten, gar nicht als solcher kenntlich sein konnte. Ludo also wusste, dass es geschehen wurde, und Alarius wusste es, keiner aber wusste, wann es geschehen würde.

Ein paar Sonnenläufe vergingen so scheinbar gleichmütig, fast heiter. Ludo führte, mit Besitzerstolz, dem Mädchen das kostbare Buch vor, und Alarius sprach davon eindringlich, wie jener Herr gedemütigt und gefoltert, ein Gott am Kreuz, bespuckt und ausgelöscht mit Wut und Verachtung und Aufruhr, und gerade dadurch ebenjener Herr, dem er, Alarius, dienen (es fasse dieses, wer es fassen könne). Menschliches Verständnis und die zaghaften Ansätze von Einsicht, die dem Menschen gegeben, manchmal, selten, reichten ja dafür nicht aus, so sprach Alarius, und nur von fern, in seltenen Momenten, senke sich auf die und in den Lernenden und sich Bemühenden eine Ahnung sich, wie dies alles zu verstehen, und dass anders zu verstehen es gar nicht ginge, aber kurz nur sei selbst der, der sich ein Leben lang danach verzehre, in jene Ahnung gehüllt, wie in einen Nebel, der freilich schnell und ohne Spuren sich jedes Mal wieder auflöse. Man wisse ja, dass Nebel es gebe. Aber wer hätte jemals Nebel greifen, halten und bewahren können?

In der Nacht, bevor es geschah, träumte es dem Ludo: ein breites, längst vertrocknetes und sogar schon mit Gräsern und jungen Bäumen bewachsenes Flusstal hinauf zogen Frauen, weiß gekleidet. Priesterinnen gleich, weißen Priesterinnen, doch waren sie dieses wohl nicht, denn sie schickten sich an als Kriegerinnen in wohlgeordneten Reihen die Höhe zu erstürmen, die – Ludo sah jene nicht im Traum – von feindlichen Mächten wohl gehalten wurde. Gesichtslos, doch stark wohl, schwarz, und in immer neuen Wellen ergoss ein Meer von brennenden Pfeilen sich auf die empor sich arbeitende Kohorte der weißen Frauen, auf allen vieren oft, sich im Geröll, das der Fluss einst hinterlassen, Hände und Füße blutig reißend. Kamen aber in Ludos Traum hinter den weißen Frauen mit einem Mal gesichtslose, nackte Männer mit ragenden Phalli, welche die Priesterinnen von hinten nahmen, und war viel Geschrei und Stöhnen in diesem Flussbett, ob vor Lust oder Todesangst unter den prasselnden Pfeilen, wer schon wollte es unterscheiden? Als Ludo erwachte, hörte er das Mädchen stöhnen, wie verzweifelt, doch im Schlaf und nicht aus Lust.

Im Morgengrauen dann sammelte das Mädchen die Kohorte, es geschah still und gefasst, wie andächtig. Ludo und Alarius standen abseits. Wie entfesselt, wilde Tänze aufführend, fuhr alleine der Gnom herum, fratzenhaft, mit tiefer Stimme, die man aus diesem Körper nicht erwartete, Laute ausstoßend, die keiner als Sprache deuten konnte. Verstummte aber sofort, hielt, wenn auch zitternd, still auf einen Wink des Mädchens. Dann hieß das Mädchen das Buch aus der Kapelle holen. Ließ es entzünden. Das schwere Buch kokelte erst nur, doch dann fingen die dürren Blätter das Feuer, saugten es fast auf, gierig verzehrte das Buch das Feuer wie das Feuer das Buch. Ludo, getroffen tief, wollte stürzen, das Buch zu retten, doch hielt Alarius ihn zurück. Mit seltsamer Ruhe, lächelnd fast, wie erleichtert, betrachtete Alarius die Szenerie, er, der Diener jenes Herrn, der mit diesem Buch Umgang gepflegt, seit er geflüchtet selbst hierher in diese Einsamkeit.

Ludo verstand nichts. Am wenigsten, warum das Mädchen tat, wie es tat. Dann aber zogen die Kohorten, von dem Mädchen geführt, ab, am Ende war alles geschehen wie nebenbei, als wären es einige von den vielen nebensächlichen Handgriffen, die zu erledigen eben waren vor dem Aufbruch. Ludo starrte nur. Fühlte dann aber von Alarius sich angerührt, und mit Blicken wies der Alarius dem Ludo den Weg, sandte ihn der Kohorte hinterher. Und so gesellte sich Ludo dem Mädchen wieder bei, wenn auch ganz anders als auf ihrer gemeinsamen Flucht zwei Sommer zuvor. Ludo wurde in neuer Wendung und Wandlung zu dem Kriegsmann, der bleiben er sollte. Dann war das Mädchen wieder verschwunden, und mit ihm der Gnom. Bog auf ihrem Marsch einfach ab, und einfach führte Ludo die Kohorte weiter. Der Liebhaber des Mädchens war nie er geworden. Und das Mädchen war nie mehr erschienen.

Die Verhöre

So war die Ahnung Ludos, und still hatten wir sie gehört. Es war dem Weiser Behagen abzuspüren, manche Frage, manchen Einwurf mochte er gehabt haben, während Ludo redete, aber der Weiser hatte an sich gehalten, wie wir alle. Ich wusste, dass der Weiser aus der Geschichte, die Ludo ihm und uns geliefert, hundert neue machen würde, genauso wahr, mit anderen Windungen und Endungen und Enden. Fast schon war ich versucht, erneut das Verhör zu verschieben, dessentwegen wir zusammengekommen waren, doch hielt ich diesmal der dämmrigen Müdigkeit, in die Geschichten uns versetzen können, stand. Es musste ja weitergehen. Es sollte ja weitergehen. Es sollte dem Ende ja zugehen.

Also ließ ich bringen vor uns die Gefangenen, die wir seit jenem Überfall mit uns führten. Hatte ja der Weiser das Urteil aufgeschoben oder uns, gegen den Willen und auf das Murren der Kohorten hin, gehindert, es zu vollstrecken. Aber konnte dieses ja so nicht bleiben. Mochte jener Überfall beinahe schon unserem Gedächtnis entschwunden – was entschwindet alles unserem Gedächtnis, stiehlt sich davon, versickert, bleibt aber da, wirkmächtig, und treibt uns in Handlungen, deren Ursprung wir längst nicht mehr erkennen, und Unglück ist die sichere Folge, und vielleicht hat auch das Unglück dieser Nicht-Zeiten eine Wurzel drin, dass wir die Urgründe aus unserem Gedächtnis haben entweichen lassen oder vielleicht sogar entweichen haben lassen müssen, um weiterzuleben, wir leben weiter, aber um den Preis des Unglücks – mochte jener Überfall also beinahe schon unserem Gedächtnis entschwunden sein und die Gefangenen, wiewohl gebunden und bewacht, uns keine große Beschwer machen, so musste doch auch dieser lose Faden in unsere Erzählung gewoben sein, denn er war nun einmal da. Wir müssen ja dieses tun: die Fäden weben. Die Geschichten erzählen. Die eine Geschichte erzählen in vieltausendfältig unterschiedlicher Gestalt.

Zuerst ließ ich jene Frau vor uns treten, die in Männerkleidung unter jene Horde sich gemischt. Sie trug die Männerkleidung nicht mehr, sondern ein Kleid, das dem Raahaels ähnelte, sie mochte es bekommen haben, woher und von wem auch immer, vielleicht von Raahael selbst, ich wusste es nicht. Auch war ihr Gesicht geweißt und sorgfältig mit den scharf gezeichneten schwarzen Streifen versehen, von den Schläfen über die Wangenknochen bis an die Winkel des Mundes, wie es der Brauch wollte und wie auch Raahael sie gewöhnlich trug. Genau genommen wusste ich nicht, wann dieser Brauch eigentlich entstanden, die Frauen und Mädchen, die mit uns zogen, machten nie ihr Gesicht zu dieser Maske, oder selten, an Festtagen vielleicht, und solche hatten wir nicht. Nie hatte Esther sich so gezeigt, nie Cramalla. Eigentlich, so fiel mir bei, waren es immer nur solche gewesen, die zu uns gestoßen, und wohl erst, als die zeitlichen Zeiten bereits in diese Nicht-Zeiten übergegangen, ohne dass wir es recht gemerkt, da ja die schwarzen Heere noch fern waren, und es erschien mir nun rätselhaft, dass als herkömmlichen Brauch ich es stets ungefragt hingenommen.

Bevor die Befragung aber wir begannen, geschah dieses, und sonderbar genug war es: Es trat der Junge Jodokeel hervor, welcher Raahael als Hexe bezeichnet mit halbkindlicher Angst, vielleicht mit kindlicher Klarsicht auch, vielleicht mit einer ununterscheidbaren Mischung aus beidem, denn Angst schafft Klarsicht, manchmal jedenfalls und manchmal auch das Gegenteil. Längst hatte ich diesen Jodokeel aus den Augen verloren auf unserem Marsch, der ja so lange gar nicht ging, der aber so reich geworden an Geschichten, und freundlich sah ich auf ihn, wie zum ersten Mal. Ähnlichkeit mit Nathanael, dem Verschwundenen, schien er mir zu haben, und ich nahm mir vor, ihn in meiner Nähe auf den kommenden Etappen dieses Marsches zu halten. Von den restlichen Etappen hätte ich beinahe gesprochen vor mir selbst, aber hätte dieses ja geheißen, dass dem Winterlager wir uns näherten, und Zweifel war mehr denn je mir, so gut wir auch vorangekommen während der vergangenen Sonnenläufe.

Er erkenne, so also sprach der Junge Jodokeel und tat es mit fester Stimme, der man freilich anhörte, dass sie fest sein sollte, er erkenne diese Frau als Mutter, und es möge ihm, der Ordnung nach, gestattet sein, ihr beizustehen. Auch wenn, und endlich brach ihm die Stimme in den Normalton zurück, er wohl viel beitragen nicht könne.

Das war nun anders.

Wie er, fragte nun der Weiser, dazu komme, dass diese Frau seine, Jodokeels, Mutter. Selbst habe er, Jodokeel, ja erzählt, dass er den Kohorten als Kind übergeben worden in einem Alter, da von niemandem, selbst von der Mutter nicht, Erinnerung er oder Wissen haben könne.

Dass das wohl stimme, so Jodokeel. Wie solle er, dem ja nur erzählt, dass im Korb er zurückgelassen und er bei den Kohorten und in den Kohorten und für die Kohorten aufgewachsen, der zum Kundschafter nicht bestimmt, der aber kundschaften werde, als Gesandter des Kommandanten des letzten Gefechts, wie solle er Wissen und Erinnerung haben? Er müsse ja gerade ohne Wissen sein, um als Kundschafter gesandt werden zu können. Dass es ohnehin ja dabei bleibe, dass die Kohorte seine Heimat und der Marsch, der ihm längst bekannte Marsch ins Winterlager, so etwas wie Bestimmung sei, auch wenn die alten Hauptleute anders dieses sähen.

Dass Ahnung deshalb aber sehr wohl sein könne in ihm, erklärte Jodokeel weiter. Oder anders: dass Ahnung am stärksten, wirkmächtigsten, am Ende richtigsten dort sei, wo Erinnerung und Wissen ihr Recht nicht nur verloren, wo Recht Erinnerung und Wissen nie besessen. Dabei sei Ahnung dem Wissen, und er, der Weiser, habe dies gelehrt immer wieder, ebenbürtig und, als eine erzählte Geschichte, überlegen. Wissen sei für den Augenblick, Ahnung eine kleine Welle jenes machtvollen Rundstroms, auf dem wir führen, und zwar in den zeitlichen Zeiten, die er nicht kenne und unter denen er kaum etwas sich vorstellen könne, ebenso wie sogar in diesen Nicht-Zeiten, die ihm vertraut seien und richtig erschienen.

WER hatte dem Jungen nun dieses beigegeben? Zwar hätte dieses vom Weiser selbst stammen können, und es war ja kein Zweifel, dass der Weiser selbst das, was vermeintlich wir gar nicht dachten, bestimmte, unser Denken, so es ein Fühlen war, denn jedes Denken war im Anfang Fühlen, ist sprachgewordenes Fühlen, das freilich beinahe vollständig seinen Ursprung vergessen und in dem das Fühlen selbst kaum mehr kenntlich. Und doch war zu hören, dass der Junge nicht nur nachsprach, was er gehört oder was in ihn eingesickert, unmerklich. Vielleicht war es der Geist dieser Nicht-Zeiten selbst, so es einen solchen gab, der aus ihm sprach. Mochte dieses aber alles sehr viel einfacher sein. An einen Geist dieser Nicht-Zeiten war ja nicht zu denken, und ob von einem Geist der zeitlichen Zeiten die Rede hatte sein können, war mir zweifelhaft, je weiter wir uns davon entfernten und uns mehr und mehr schemenhafte Erinnerung nur blieb, und Erinnerung ist, je schemenhafter sie wird, desto mehr an Deutung. Mochte dieses alles also sehr viel einfacher sein, denn ich wusste, und der Weiser wusste, und Ludo wusste, und die alten Hauptleute wussten, dass wir die jungen Männer der Kohorten, welche die zeitlichen Zeiten nicht mehr kannten, kaum mehr verstanden, mochten sie auch dieselbe Sprache, dieselben Worte nutzen, wie wir es taten. Sonderbar war dieses immer schon gewesen, dass wir uns verständigten, mühelos, aber doch uns nicht verstanden.

War dieses nicht schon so gewesen in den Kreisen mit Esther? Was hatte ich nicht verstanden, als zu verstehen ich meinte? Ich hatte, bevor in einer unserer Schlachten ich sie wohl oder auf meinen Streifzügen um den ehedem Donau genannten Fluss verloren oder in den Winterlagern oder als Kundschafter in den Vorfeldern nahe der Linie der schwarzen Heere, denen so nahe ich gekommen wie kaum einer der überlebenden Kundschafter, jene Notizen, Briefe, mit denen Esther mich gerufen, gelesen immer wieder von neuem. Hatte Dinge gelesen, die da nicht standen, weil lesen ich sie wollte. Hatte nach Bedeutung hinter den Worten gesucht und hatte sie gefunden. War aber, jedes Mal neu, eine andere. Ließ mich die eine trunken sein vor Glück, vor Hoffnung, zitternder Erwartung. Schenkte mir die andere Bitternis und Enttäuschung. Am Ende hatte dort eben gestanden, was gestanden hatte, der Ruf, schnell verweht, und sonst eben nichts, und so war es ja immer, und irgendwann waren auch diese Briefe verschwunden.

Ach, Esther, Esther! Verschwunden bist aber nie du ja, mögest du auch verborgen gewesen sein in mir in so vielen Kreisen, so vielen Schlachten, so vielen Winterlagern! Auf diesen Marsch hast du mich ja gerufen, oder war es der Marsch, der dich aus mir herausgerufen, oder war es Raahael? Es gibt kein Davor und Danach, nie hat es ein Davor und Danach gegeben. In Raahael, Esther, aber bist nicht du zurückgekehrt, mochte manches danach so aussehen in mir, aber ich will nicht dir, Esther, Unrecht tun mit den Irrtümern, denen ich erlegen. All diese Irrtümer, die wie mit Notwendigkeit aufeinander gefolgt waren, hatten mich ja in diese Lage gebracht, und so war jetzt eben ich der Kommandant des letzten Gefechts. Aber wahrscheinlich war ja selbst dieses ein Irrtum, ein selbstverliebter dazu, dass meinen Irrtümern Notwendigkeit innewohne, und es war völlig gleichgültig, ob ich mich geirrt hatte und wie oft oder eben nicht.

ABGEIRRT war ich erneut. Immer weniger konnte ich, ich spürte es lange ja schon auf diesem Marsch, folgen den Dingen, die mir begegneten. Stattdessen dachte ich Bilder. Oder waren es die Bilder, die Empfindungen, die Geschichten, die mich dachten? Wir machen ja unsere Erzählungen, wie unsere Erzählungen uns machen, und aus dem, was die Erzählungen mit uns gemacht, machen wir dann wieder neue, und die Erzählungen verzweigen sich und machen aus sich selbst neue, bis alles, wir eingeschlossen, gemeinsam zurückfließen in den großen Urstrom, in dem und aus dem alles ist.

Als ich zurückkam, hatte die Frau das Wort ergriffen, längst wohl hatte der Weiser, der ja erst dafür gesorgt, dass ohne Bestrafung wir sie mit uns geführt, sie befragt nach Herkunft und Geschichte, begierig, und ich hatte Mühe, mich zu finden. Und das reimte ich mir zusammen aus dem Wirren, wie mir schien, das die Frau erzählte, leise, doch mit klarer und überraschend melodischer Stimme: dass sie Ziehkind eines Zauberers sei, aus einem Dorf, ferne, über dem Fluss, hinter den Wäldern. Habe gelernt, die Elemente zu spekulieren, vor allem aber, wie aus Kräutern und Rinden und Gräsern, aus Erden, Fetten, Blut, Schleim, Herzen und Nieren und Hirnen eigens gezüchteter und nach strengem Ritual geopferter Tiere, darunter Lurche, Schlangen, Vögel, Böcke, außerdem aus Samen und Sekret Arzneien und Salben herzustellen, die ins Leben zurückriefen denjenigen, der beinahe es schon verlassen und in anderes Gefild getreten, auch die Empfängnis zu hüten, den Mädchen und Frauen unbekümmerte Lust zu schaffen, umgekehrt die Empfängnis zu fördern, den Burschen und Männern die Kraft des Phalls zu bessern, den Erguss lange zu hindern, die Lust bei beiden zu tierischer, verstandloser Brunft zu steigern. Hatte, wenn auch versteckt in abgetrenntem Raume, mit dem Zauberer zusammen, beobachtet, wie ihre Künste wirkten, wenn die Mädchen und Frauen die Burschen und Männer ritten in malmendem, alles in sich ziehendem Verkehr. Ihr selbst aber sei vom Zauberer streng verboten es gewesen, von ihrer eigenen Kunst zu kosten.

Sei dann ein Söldner erschienen, jung an Jahren, alt, überalt an Erfahrung des Kriegshandwerks, des Marodierens, des ziellosen Wanderns wohl. Zurückgeholt habe sie ihn, der schon fast vollständig gegangen war, wohl, weil er gehen wollte, müde der Einsamkeit und vielleicht der vergeblichen Suche, sie habe aber nicht gewusst, wonach. Habe sich erwiesen, dass die Ankunft jenes Söldners ihr nicht wohlgetan. Habe sich auf widerwillige Weise angezogen gefühlt von jenem, der schnell neben ihr zum Lieblingsschüler des Zauberers avanciert, der dessen Künsten staunend begegnet und der doch nichts verstanden, weil verstehen er nicht wollte. Oder nicht konnte. Wollen nicht konnte, können nicht wollte. Wer wolle dies je unterscheiden? Sie selber habe nie ja sagen können, was sie zu jenem Söldner nun hinzog, was sie wollte, habe sie nicht gewollt, und was sie nicht gewollt, dahin habe es sie gezogen, immer das Gegenteil dessen, was gerade sie gefühlt und gedacht in sich. Möge wohl sein, dass die Kraft, der sie sich widersetzte und hingab oft im selben Atemzug, von jenem sonderbaren, nie geöffneten Beutelchen ausging, das der Söldner stets auf der Brust trug, über dessen Herkunft er nicht sprach und das mit Begierde sie schon betrachtet, als sie ihn salbte, ihn zurückzuholen. Habe bemerkt, dass er, nachdem der Winter gegangen, zuweilen ihre Brüste betrachtet. Mit Widerwillen habe sie es bemerkt, während andererseits in vielen Nächten sie sich gewünscht, dass ihr Lager er teile. Doch habe sie, die Spröde, zur Beobachtung und Zauberei Gezogene, von allem diesem nach außen nichts dringen lassen, es wäre diese Pein eine größere gewesen in ihrer Vorstellung als diejenige, die sie tatsächlich litt.

Hatte dies aber alles nichts getan am Ende. Wie ja auch? Wandlung war bereits im Gange gewesen, unmerklich, und hatte der unmerkliche innere Vorgang den gewalttätig äußeren vorbereitet, wer mochte es wissen, wie solches geschah? Ist sonderbar mit den Wandlungen. Niemand spürt diese kommen. Oft ersehnen wir sie. Wissen aber nicht, ob erhoffen wir sie sollen.

Es hatte der folgende Sommer kaum begonnen, da die Frau, das Mädchen, geraubt worden war regelrecht von Reitern, und konnte der Söldner dem nicht wehren. Entführt wurde sie in die Burg eines jener schwarzen Zwingherren, von denen niemand recht wusste, woher eigentlich sie kamen, die von den Früchten lebten, die sie wie selbstverständlich Land und Leuten abpressten, deren Sinn darauf ging, Macht und Gewalt und Einfluss auf die Geschicke auszudehnen, was aber werden sollte aus diesen Geschicken, das spielte keine Rolle. Weit, sehr weit waren ja noch die schwarzen Heere, die durch ihre Heran- und Heraufkunft allein diesem Herrschen ein Ende bereiten würden, es liefen die zeitlichen Zeiten ja scheinbar ungestört, wenn auch in ihnen, unerkannt, die Wandlung schon verborgen sein mochte, der Samen der Nicht-Zeiten ist ja immer gelegt und keiner konnte wissen, wodurch er geregt zu keimen und zu wachsen und durchzubrechen. Vielleicht ist es gerade solche Gewalt, die jenen Samen, der träumend gelegt, erst wachsen lässt. Keiner, kaum einer jener Zwingherren würde Kohorten gegen die schwarzen Heere führen, und veröden würden die Burgen und stürzen, hatten wir während unserer Kampagnen und Heerzüge und Schlachten genugsam davon gesehen und hatten, was noch nicht vollständig zerstört, oft genug selber noch geschleift und zerstört und niedergebrannt, mit Gründen, weil das kunstvoll behauene und nach kluger Regel kühn geschichtete Gestein für grobe, ungeschlachte Wälle wir benötigten oder zu benötigen meinten, öfter ohne oder ohne zu benennende Gründe, weil diese Burgen und Häuser und auch Siedlungen von etwas kündeten, was das Unsere nun einmal nicht mehr war, und sollte uns nichts und niemanden sonst an solches erinnern.

War freilich ein sonderbar Geschick, dass jene schwarzen Herren, oft genug mit schwarzen Priestern im Bunde, wenn nicht, in jenen zeitlichen Zeiten gar nicht selten, die schwarzen Priester zu solch schwarzen Herren selbst geworden waren, dass jene also von den schwarzen Heeren vertrieben und ihrer Macht beraubt.

War das geraubte Mädchen also gebunden in raschem Ritt zu dem schwarzen Herrn gebracht worden. Mehr als sie zu binden tat man ihr zunächst nicht an, die Reiter wussten wohl, dass Lohn, reichen Lohn sie zu erwarten, wenn unversehrt ihre Beute sie brächten. Dass aber unklug es wäre, Hand anzulegen an das, worauf der Schwarze Anspruch erhob. Tölpel sind schlau nur Augenblicke lang und angsterfüllt auch, und mancher mochte wohl sein Lebtag sogar glauben, dass seine Rechnung aufginge. Angst mag den Verstand nicht schärfen, geschmeidig macht sie allemal. Nicht gut ist es, Angst zu haben. Aber geschmeidig möchten wir oft sein, und manchmal ist das eine ohne das andere nicht zu haben.

ES SAH also der schwarze Zwingherr seinen Raub vor sich geführt. Ließ sie befragen nach ihren Künsten und denen ihres Mentors und sie der Magie und Zauberei, die ja verdammenswert, anklagen. Es bekam so der Raub den

Anstrich einer gerechten Sache, doch interessierte den Schwarzen nicht das eine noch das andere. Eine Fehde hatte er mit dem Zauberer, und Groll, verbitterter, nagte in ihm, und so sann er danach, Genugtuung sich zu schaffen, sollte der Raub des Mädchens, ohne dass er es wusste oder so wusste oder auch nur wissen wollte, ihm zur Heilung dienen. Denn ohne Erstgeborenen war er und überhaupt ohne Nachkommen, ein schlimmes Omen, das er dem Zauberer zurechnete und das, so mochte es dumpf in des Schwarzen Seele rechnen, mit dem Mädchen als Pfand aufzuheben wäre und damit wie ungeschehen. Für die Herren jener zeitlichen Zeit war der Erstgeborene etwas, wofür ihren halben Besitz sie aufgeben würden, damit der Nachkomme die andere Hälfte wieder fülle und sie weiterlebten und immer weiterlebten, und war es nicht der Erstgeborene, so sollte der Zweitgeborene es eben tun, und ein Mädchen konnte immer noch man verschachern. Auch wenn man nicht weiterleben konnte darin, so konnte man den Übergang des Besitzes immer noch steuern, eine schlechte Lösung, aber eine Lösung. Der Schwarze aber hatte nichts, denn es waren Frau und Tochter ihm verschwunden. Das geraubte Mädchen also sollte ihm, wenn auch auf unklare Weise noch, also nichts weniger als sein Weiterleben sichern.

Kam aber anders. Kommt ja immer anders. Das Mädchen, die Spröde, die Schöne, die Jungfrau, erholte sich rasch davon, mit Gewalt ihrem Leben entrissen zu sein. Sind oft die Jungfrauen, die Spröden, die eigenwillig sich behaupten, wo andere willenlos brechen. Den Verhören der Priester, die bei dem schwarzen Zwingherrn Dienst taten, begegnete sie aufrecht und geschickt und listig. Leugnete nicht ihre Kunst. Wusste sie als dem Willen jenes Herrn gemäß darzustellen und nicht etwa als von der Unterwelt verliehen. Stand, das schmale blasse Mädchen, dem Schwarzen aufrecht gegenüber. Erinnerte ihn, leise, doch entschlossen, dass seine Macht begrenzt, wie groß diese innerhalb seiner Grenzen sein auch möge. Und dass der Zauberer und mit ihm der Söldner und der Trupp, den letzterer zu führen imstande mit List und Kraft und Erfahrung, ihre Entführung, deren Ursprung zu erraten nicht schwer, hinnehmen nicht würden. Es war eine Drohung. Angesichts dessen, dass das Mädchen gefangen, alleine, verlassen, umstellt von Kerlen, von denen jeder einzelne begierig, Gewalt ihr anzutun, ging das über Vernunft und Verstand hinaus. Gibt aber Umstände, da es nicht nur gut, sondern geboten, dem, was Vernunft uns vorgeben will, nicht zu folgen. Vernunft setzt engen Rahmen, tauglich, gut tauglich dem, der in engem Rahmen sich bewegt. Zeitliche Zeiten geben einen solch engen Rahmen vor, sie sind selbst ein solcher Rahmen. Doch waren die zeitlichen Zeiten, in denen das Mädchen sich bewegte ja noch, da eingebettet in die Nicht-Zeiten, ja selbst durchzogen von Momenten und Szenerien, in denen es ratsam, nach herkömmlicher Vernunft nicht zu handeln, schrie der gewohnsame Verstand auch danach bis zur Quälerei in Kopf und Seele, und das Mädchen hielt sich instinktiv daran, und ohne darüber nachzudenken. Mochte sein, dass es der Zauberer dieses gelehrt in den Wintern und den Sommern, bei den Spekuleien und Unterweisungen, ohne dass es selbst dieses gemerkt.

Nun war dem schwarzen Zwingherrn, der es gewohnt, Macht auszuüben, grob und gewalttätig, seiner Lust nach Gewalt hemmungslos nachgebend, wenn ihn danach verlangte, nicht leicht zu drohen. Dass er sich vor Anschlägen des Söldners, dass selbst vor den Künsten des Zauberers er sich fürchtete, wiewohl er offenbar dessen Kraft ja gekostet, war ferne. Dennoch gab und gibt es selbst in den glattpolierten, granitenen, aufgetürmten Seelen der Schwarzen feine Risse, winzige Spalten, Unebenheiten, in die ein Samenkorn manchmal geweht wird.

Worte und Auftritt des Mädchens waren wohl solch ein Same, der in einen Riss fiel. Sich festhakte, nicht abzuschütteln. Solche Körner kratzen. Und weil sie klein sind, unsichtbar, weiß keiner, was dieses unbehagliche Kratzen eigentlich verursacht, und man bekommt es nicht los. Was tun wir alles, um Unbehagen zu wandeln, Angst zu sänftigen, Schmerz zu lindern? Winden uns. Und kämpfen mit dem, was sich uns entgegenstellt. Und fliehen. Und wechseln Ort und Mensch. Doch bleiben oft Unbehagen und Angst und Schmerz. Und wir wissen nicht, warum. Tun wir vieles. Geben wir vieles. Tun ist gut, und geben, wenn richtig es geleitet ist. Doch wie können wir das wissen, wenn den Samen wir nicht sehen, der Unbehagen wachsen lässt und Ängste uns macht? Wäre dann besser, nicht zu tun und nicht zu geben. Sind dafür aber nicht gemacht. Wir müssen ja tun, auch wenn dieses Unbehagen und Schmerz und Angst nur wachsen lässt, und wir wissen, dass jenes wächst, doch wissen wir nicht, warum.

Andersherum können wir selbst niemals berechnen, ob und wo und wie mit unseren Worten und Taten wir säen. Tun es wohl öfter, als wir ahnen, doch erfahren wir es nicht. Und versuchen wir es, wird das Korn, das wir werfen, in Riss oder Spalte nicht fallen, und fällt es in Riss oder Spalte, wird es nicht wachsen, und wächst es, wird es überwuchert. Das Beste aber ist zu säen, was in Händen wir halten. Und zu sehen oder nicht zu sehen, ob etwas wächst und was. Eigentlich aber, den Samen zu vergessen, sobald er aus unserer Hand, und ein Wachstum nicht zu erwarten. So tat das Mädchen, ohne Überlegung, ihrer selbst gemäß, und so war es gut. Hätte anders auch kommen können. Kann ja immer anders kommen.

So aber war dem Schwarzen unbehaglich. Mehr nicht im Augenblick. Aber war ihm schon dieses sonderbar. Dem Gewalttätigen ist Unbehagen ja fremd. Zudem wusste er nicht recht, wie weiter er nun vorgehen sollte. Das Mädchen hatte er also, aber wie jetzt mit diesem Pfund wuchern? Hätte er sonst kaum gezögert, die Befragung des Mädchens peinlich und mit sich steigernder Gewalt fortsetzen zu lassen. Es den Knechten zu überlassen. Oder selbst sich Lust an ihr zu schaffen, sie zu nehmen mit Gewalt, wäre die erste Jungfrau in seiner Macht nicht gewesen.

Doch ließ er das Mädchen fortschaffen, unwirsch, unzufrieden, einsperren wohl, doch nicht in ein Verlies, sondern in eine Kammer, bewachen wohl, doch mit strengem Befehl, sie nicht anzurühren, sei es selbst für alltäglichste Verrichtungen, karg halten wohl, doch ausreichend ernährt. War bei alldem wütend auf sich selbst. Fühlte sich in sich gebunden, seiner Macht, eines Teils seiner Macht beraubt. Ließ es seine Gefolgschaft spüren und wütete wilder denn je in seinen Landen. Rasch, wie es zu geschehen pflegt, da die Menschen nach Deutung suchen für scheinbar Unerklärliches, Willkürliches, weil Deutung ja sein muss, um Ordnung selbst in den Schrecken zu bringen, rasch also machte unter den Bauern die Runde, dass eine junge Hexe wohl auf der Burg des Herrn Einzug gehalten habe, die jenen besäße. Immer war der Schwarze ein harter Herr gewesen. Doch lag nun in den Jagden durch die ohnedies kümmerlichen Felder, den Strafaktionen ohne Anlass, dem Brennen, dem Peitschen, Vergewaltigen, Töten selbst ein Rasen, das über alles hinausging. Neues dabei freilich entstehen ließ, neue Räume öffnete. Hätten alle aber gewünscht, es wären diese Räume verschlossen geblieben, aus denen Dämonen jetzt, Ungeheuer, Schlangen hervorkrochen, das dreischwänzige Lurchenmaul, der kammborstige Hörnerbock, der blindbleiche Höllenbote, die alle in den Gründen und Schlünden der Seelen lauern, geduldig, träumend, sich nährend, stets bereit aber, durch die feinen Risse sich zu zwängen und aus den verschlossenen Kerkern ins Freie zu stürmen zu furchtbarem Regiment. Sannen also die Bauern und Taglöhner und Bettelweiber auf Abhilfe bald, aber nicht gegen den Schwarzen richteten sich ihre nebligen wirren Gedanken, sondern eben gegen die Hexe, das Zauberweib, das mit den Untermächten wohl im Bunde. War zunächst aber nichts zu machen, denn kaum je war auf der Burg etwas so gut bedeckt und bedient auch immer mehr wie ebendas Mädchen, die Spröde, die Schöne in ihrer Kammer.

Das fügte sich. Scheinbar. Zwar war sie eingeschlossen. Zwar blieb sie allein. Doch lässt sich, trotz Drohung, Isolation kaum vollständig aufrechterhalten. Zumal der Schwarze weiter nicht wusste, wie vorgehen. Weder erschien der Söldner mit einem Trupp, noch hatte der Zauberer Maßnahmen ergriffen, das Mädchen zu befreien. Wie vergessen war sie, und niemand fragte nach ihr, verschwunden, als wäre nie sie dagewesen. So wollte alles dieses scheinen jedenfalls, und dem Schwarzen zumal. Kurz nur war seine Rachlust befriedigt gewesen, als das Mädchen er in seiner Gewalt gesehen. Hatte aber keinen Vorteil bisher. Und war unsicher geworden. Was nun, wenn der Zauberer gar nicht wusste, wo das Mädchen zu finden? Ließ also in den Spelunken der Städtchen, in den Marktdörfern, von Fahrenden heimlich erzählen, dass auf der Burg des Schwarzen eine Gefangene verborgen. Wusste aber eigentlich immer weniger, was er sich davon erwartete. So gingen das späte Frühjahr, der hohe Sommer, selbst der Herbst wollte sich schon wieder in den Winter neigen, und kalt wurde es und dunkel und immer stiller in der Welt draußen, und auf der Burg des Zwingherren ohnedies. Manchmal, selten, ließ der Schwarze das Mädchen vor sich führen. Spürte dann stets Wut in sich aufsteigen. Doch auch geheimnisvolle Scheu, die ihn hinderte, der Wut nachzugeben. Mochte auch der schwarze Priester, dessen perfiden Ideenreichtum, Macht und Vermögen zu vermehren, sonst der schwarze Zwingherr schätzte, immer wieder Vorhaltungen ihm machen, dass mit der Hexe anders zu verfahren, denn natürlich hatte der schwarze Priester, da es ihm nützlich schien, das Gemurmel und Geraune der Bauern und Tölpel und Bettelweiber längst aufgenommen. War aber schwer zu erklären – und ist es stets, solange schwarze Priester ihr Wesen treiben –, was eigentlich diesen einen dazu antrieb, seine Gewalt auszuspielen. Was trieb ihn, das Mädchen zu verfolgen, da ihm, der er klug genug, klar war, dass nicht nur die Anschuldigungen der Bauern zumindest in ihrer Grobheit unsinnig, dass auch die gesamte Unternehmung, die Entführung und wenn auch kommode Einkerkerung, der Sache des Schwarzen nicht dienlich?

Ist wohl so, dass die schwarzen Priester sich nähren müssen von der Gewalt, die sie ausüben. Grundlegend nähren. Sie verhungern, wenn Gewalt sie nicht ausüben, geistig und geistlich und körperlich auch. Üben die schwarzen Priester den Geschlechtsakt ja nicht aus um ihrer Lust willen, sondern um sich ihrer Gewaltfähigkeit zu versichern, immer wieder neu. Denn wie aufhört zu existieren, wer nicht isst und nicht trinkt, hört der schwarze Priester auf zu existieren, wenn Gewalt er nicht ausüben kann.

Hexe, Magd und Gaukler

So waren mit dem Aufziehen der schwarzen Heere, mit dem Durch- und Einbruch dieser Nicht-Zeiten nicht nur die schwarzen Zwingherren verschwunden, sondern die schwarzen Priester gleich mit, wiewohl beide doch wie wütend daran gewirkt, ohne es zu wissen, dass heraufzogen die schwarzen Heere mit unbezwingbarer Macht. Mochte freilich sein, dass unter den zerlumpten Haufen, die draußen herumirrten, noch der eine oder andere sich verbarg, erkannt, unerkannt, seiner Wiederkunft harrend. Mochten hüten wir uns.

Dem Mädchen auf der Burg des Zwingherrn derweil brachte eine Magd, nicht viel älter als es selbst, die Nahrung, und, da es sich hinzog, verrichtete Dienste, wie sie nötig nun einmal waren, wenn Lebendes sich einer der Herren hielt. Scheu zuerst und ängstlich ob des Fluches des Herrn und des Rufs der Schönen, der Spröden. Dann aber zutraulicher, denn Umgang und Beobachtung und Erfahrung lindern Angst, wenn Angst nie sich auch gänzlich besiegen lässt. So wusste das Mädchen, was draußen vor sich ging. Und zeigte sich, dass das, was ihr nachgeredet draußen, hier drinnen seine Vorteile auch hatte. Denn nachdem die Magd gesehen, dass nichts sie zu befürchten, jedenfalls nicht unmittelbar, fragte sie, verschämt und verdrückt zuerst, sich Hilfe erhoffend, nach den Künsten des Mädchens. Das tat bereitwillig Bescheid. Ging um Harmloses im Beginn. Hatte der Vater in der Hütte, der die Magd entstammte, einen Fußmarsch von hier in einer winzigen Siedlung im Wald gelegen, ein stetes Röcheln, und das Mädchen auf der Burg wusste einen Sud. Musste ein Stier zum Opferfest hergerichtet werden, und sollte der Vater der Magd jenen herbeischaffen mit hellen Mitteln oder, da anders es ja nicht ging und kaum wohl anders erwartet, mit dunklen, so riet das Mädchen, wie dieses anzustellen nicht nur. Sondern auch, wie sich der Stier für die kurze Weile zumindest bis zu seiner Hinrichtung präsentieren ließ als wilde Bestie und wie aus Urgründen herauf stoßend, obwohl minderwertig und des Opfers nicht würdig er doch war. Denn in jener Gegend, der die Magd entstammte, beging man das Opferfest zum Frühlingsfest noch mit Urgewalt, und das Dorf wurde zu einem Fleisch von dampfender Geilheit. Wünschte sich die Magd aber diese Lust herbei, gierig und unbedingt, wünschte aber nicht schwanger zu werden davon, um, wenn der Rausch vorüber, heiraten nicht zu müssen, denn so wollte es das Gesetz, dass den Unverheirateten, die aus jener Nacht schwanger hervorgingen, ein lediger Bursche zugeteilt, mochte der Beischlaf mit jenem stattfinden oder nicht. Was kaum je freilich festzustellen, denn die Männer besprangen, nach Brauch und Ordnung des Frühlingsvollmonds, die Frauen mit Masken aus Leder und in Tierhäute gehüllt. Und das Mädchen aus der Zwingburg hatte Kenntnis genau gegeben, wie Trank und Salbe zu bereiten, so dass die Empfängnis verhindert und gleichzeitig der Phall hart gehalten und angestachelt über Besessenheit hinaus.

So sorgte das Mädchen, das selbst von einem Manne nie gekostet, für die Lust der Magd, wie wiederum jene sie vorher kaum oder nie gekannt. Dieses verbindet: dass das Mädchen von der Lust der Magd nicht nur wusste, sondern diese befeuert, wenn nicht erst ermöglicht. Dass das Mädchen der Magd diese Lust sogar beschreiben konnte mit Worten, welche die Magd selbst nie gefunden. Dass sich so in allem die Hilfe der Hexe bewährte, bis in die Schluchten des Leibes und der Seele hinein. Schlägt leicht solches und das Wissen um solche Macht über einen selbst auch in Hass um. Doch zuerst verbindet es, vor dem Hass kommen Ehrfurcht und Staunen und Dankbarkeit, und dankbar war die Magd, denn sie nutzte das Wissen, nachdem die Nacht des Frühlingvollmondes und die Opferung des Stiers vorbeigezogen und sich Härte und Hunger und Entbehrung und Verzicht in der Siedlung wieder breitgemacht und der Beischlaf pflichtgemäß, auf vertrautem Lager lustlos, wenn überhaupt vollzogen wurde.

So also wurde die Magd abhängig, ohne es gleich zu merken, war aber staunend dankbar zugleich, grenzte doch, was sie empfing – anders vermochte ja sie es nicht zu sehen – tatsächlich an Zauberei, gute, wohltuende Zauberei, wie sie an Körper und Seele empfand, der zuteil zu werden sie, deren Leben hart nach Landesbrauch von Kindheit an, niemals erhofft. Zwar blieb ihr ob des ihr Unerklärlichen und offenkundig unerklärlich einfach Bewerkstelligten immer auch ein Gran Furcht und ein Keim des Grauens, auch bestanden ja Befehle und Drohungen des Herrn weiter, doch im Alltäglichen tritt derlei in den Hintergrund, zumal, wenn auf verschiedene Weise angewiesen aufeinander man ist, und so redeten Magd und Mädchen bald vertraut. Redete die Spröde vielleicht mehr, als sie jemals in ihrem Dorf geredet hatte, und sprachen die beiden nicht nur über Lust der Magd und Schicksal des Mädchens, sondern wohl auch Gewöhnliches, das Dies und das Das, das Da und das Nicht-da, welche das Leben eben erst ausmachen und woraus Leben besteht, dieses grobe, graue, unscheinbare Leinen, für mancherlei Zwecke nutzbar, sich zu bedecken, die Mauerlöcher zu verhängen, um vor Zug sich zu schützen, als Tuch, rasch hingeworfen, kaum beachtet, das es aber braucht, um die violetten, goldenen schillernden Fäden recht zu erkennen und zu verfolgen, die darin eingewirkt, manchmal.

Sprach das Mädchen, zögerlich, von dem Söldner. Erzählte die Magd, dass die Burschen, die haben sie konnte, sie wohl begehrte für Nacht und Lager, dass aber sie träumte von einem Mann anderen Schlags als jene Burschen ihres Dorfes, dass ein solcher ihr aber unerreichbar wohl. Von einem jener, die gesandt wurden hinaus und die vorher von den Priestern unterrichtet wurden und eingeführt in Wissen, das ihr verborgen blieb. Nach dem sie sich, dunkel und ungeübt, mehr sehnte, von dem sie sich mehr versprach, als ihr es irgendeiner ihrer Burschen bieten könnte, sei es in noch so langen Nächten.

Dass sie, die Magd, von solchem Wissen sich zu viel nicht versprechen möge, sprach da das Mädchen, die auf der Zwingburg Festgehaltene. Zweifellos habe sie selbst ja von ihrem Lehrmeister einiges an Wissen mitbekommen, mehr als die meisten. Doch was nütze dieses Wissen ihr in ihrer Lage, und wer mochte schon wissen, ob nicht gar dieses Wissen, das von ihrem Meister auf sie gekommen oder das eben einfach da und von ihr mitgetragen, sie nicht eben erst in diese Lage gebracht?

Erwiderte die Magd, dass vielleicht Wissen, wie alles andere auch, unnütz dem erscheine, der es habe. Möge das Mädchen sich, ausgesprochen oder nicht, eingestanden oder nicht, nach Vereinigung mit dem Söldner verzehren oder vielleicht auch nur nach dem Beutelchen um seinen Hals, so wisse wiederum sie, die einfache Magd, dass befriedigte Lust sich schnell neu rühre, weil Lust eben nicht befriedigt werden könne, nur gekühlt, gedämpft vielleicht eine Weile, es biete Genüge das Leben nicht, und nicht einmal Fülle. Andererseits stimme es ja nicht, dass das Wissen sie nicht schütze, denn wiewohl sie gefangen, habe sie noch keine Gefangene gesehen wie sie. Es stimme alles und wiederum auch nicht, jeder Rede Gegenrede möge so wahr sein wie ihr Gegenteil.

Dass dann allerdings auch die Sehnsucht der Magd nach dem Wissen, so wiederum das Mädchen, dann ja wohl unmöglich zu stillen sei.

Man wolle wohl, was haben man nicht könne, sagte da friedsam die Magd, und so drehten sich die Gespräche, die führten die jungen Frauen, im Kreise einerseits und brachten sie doch näherzusammen.

BLIEB aber freilich nicht nur Rede. Bestimmte das Mädchen die Magd, eine Nachricht hinauszubringen. Bedurfte es mancher Vorhaltungen und Drohungen, der Magd mit Wissen und Kunde nicht mehr beizustehen, sogar mit ganz unbekannter, kühner Hexerei ihr beizukommen. Immer ja blieb das Verhältnis mit Misstrauen und Furcht unterfüttert, mochte Vertrautheit auch wachsen. Oder mochten Spuren, Fäden von Vertrautheit das Misstrauen und die Furcht durchwirken. War damit freilich kaum anders, als es jemals gewesen.

Schließlich also nahm die Magd den Zettel, den das Mädchen vorbereitet, an sich. In jene Schenke sollte sie ihn tragen, in der das Schicksal seinen Anfang genommen, wenn man vom Anfang eines Schicksals überhaupt je hat sprechen können, denn wo und wie sollte ein solcher Anfang bestimmbar sein? So also war auch in zeitlichen Zeiten Schicksal in den Nicht-Zeiten verankert, Schicksal ist so greifbar gewordene Nicht-Zeit. Unsere Nicht-Zeiten hielten damit kein Schicksal mehr für uns bereit, waren doch Nicht-Zeiten und Schicksal eins geworden.

Wie oft, so zeigte sich auch diese Furcht als unbegründet. Niemand interessierte sich für die Magd, jedenfalls nicht mit anderem Interesse als dem, das Frauen gilt, die im Rufe stehen, Huren zu sein, denn als solche wurde jene angesehen. Mischt sich in Verachtung immer auch Attraktion, und sind in Attraktion Spuren des Verächtlichen zu finden. Das hinderte, dass bei der Magd, wiewohl sie bei dem Mädchen, der Hexe, aus und ein ging und aus und ein gehen musste, die Männer der Burg etwas anderes vermuten konnten oder wollten als Dienste niederer und eben auch geschlechtlicher Natur. Anders tat der schwarze Priester, der längst selbst sich die Magd zu Diensten machen wollte, diese auszuhorchen gegen die Hexe, und – wer mochte es wissen? – wofür immer sonst noch, denn stark sind die schwarzen Priester, es ist eines ihrer Kennzeichen, vom Phall bestimmt, der auf alles und jeden sich richten konnte. Aber dieses war nun etwas, woran scheiterte seine Gewalt, denn die Landsknechte der Burg, die Tölpel, waren Männer und als solche immerhin nicht gewillt, den schwarzen Priester auch noch auf diesem Feld weiden zu lassen.

Brachte also die Magd den Zettel in die Schenke. Übergab ihn der Tochter des Wirts. Möge diese ihn demjenigen geben, der ihn abhole, so war der Auftrag des Mädchens. Ein sonderbarer Auftrag dem Augenschein nach. Wie sollte jemand etwas holen, von dem er nicht wusste und nicht wissen konnte, dass es existierte? Die Magd aber wunderte sich nicht, denn dem Mädchen traute manches sie zu, wovon träumen sie selbst nur mochte und darüber hinaus. Die Wirtstochter wiederum nahm den Zettel gleichmütig, ohne Erstaunen, und verwahrte ihn nicht im Wirtsraum, sondern in der Stube dahinter, wo sie schlief und wo nicht selten die Burschen sie empfing, die bezahlten dafür mit kleiner oder größerer Münze, und manchmal empfing sie auch ohne Bezahlung, wenn die Lust ihr es eingab oder auch nur eine Laune oder Mitleid gar. Denn viele trieben sich herum auf den Straßen und Wegen und in den Wäldern und aus den Dörfern, die ausgehungert am Leib, zermürbt in der Seele und voller Sehnsucht nach Wärme und Haut und voller Gier des Fleisches. Verstanden sich die beiden jungen Frauen ohne viele Worte, so dass auch danach die Magd oft noch und ohne Auftrag in die Schenke kam. Erlaubte ihr die Wirtstochter, verborgen in der Kammer zuzusehen, wenn die Burschen sie ritt, und die Magd war begierig darauf, so begierig, wie selbst auf die Burschen in ihrem Dorfe sie war. Wem es brennt, dem wird nicht gelöscht, das gilt für alle und alles, in den zeitlichen Zeiten und in den Nicht-Zeiten.

Kam einmal, Handel war wieder in dem Städtchen und Markt, ein Spielmann, ein Gaukler, ein fahrender Sänger freilich in die Schenke, mit dem das Schicksal sich wendete. Ein mürrischer, schweigsamer Geselle, dem anzusehen schwerlich war, dass er geübt auf dem Platze, die Menge zu erstaunen und zu erschrecken mit Geschichten und Kunststücken und Anzüglichkeiten, welche die Frauen, wie empört und angewidert sie sich gaben, kitzelten und die Männer wütend machten, ohne dass sie sagen hätten können, worauf. Und da sie dies nicht konnten und so dem Spott nicht aussetzen sich wollten, denn nichts weckt Spottlust mehr als Wut wegen scheinbarer Nichtigkeit, und weil Ohnmacht sich in ihr zeigt, und deshalb schwiegen sie, und wurden sie noch wütender. Ihre Frauen sollten zu spüren es bekommen und nicht zur Freude, danach, wenn die Kunststücke vorüber.

In der Schenke aber war der Sänger stumm, und übellaunig zählte er die wenigen Kupfermünzen, die ihm seine Kunststücke und Geschichten und Zoten eingebracht, wie fast immer waren es wenige, und wie immer waren es viel weniger, als er sich stets erhoffte. War nicht so, dass die Sänger und Fahrenden, die unstet auf den Wegen unterwegs und bleiben nirgends wollten, an ihren Gaukeleien und Gesängen und Geschichten Genüge hatten oder an den Mädchen, die ihnen zufallen mochten oder auch nicht. Gingen sie nach Brot und Vorteil und klingender Münze, wie alle anderen auch, und wie sollten sie auch nicht? Ist niemand von Geschichten satt geworden, es seien denn die Weiser, aber für die ward ja gesorgt, und sie wussten auch, dass gesorgt wurde für sie. Dazu hatte der Sänger, der in jener Schenke nun saß, andere Träume und Begierden und Hoffnungen längst und war des Singens müde, wenn er auch recht lassen davon nicht konnte. Will mancher keine Geschichten mehr erfinden und erzählen und muss tun es doch, und was einer tun muss, will er wiederum auch, es kannte ja niemand aus sich mit den Erzählern und sie sich mit sich auch nicht und wollten es nicht, denn kennten sie sich aus mit sich, wäre die Quelle der Geschichten versiegt im selben Moment.

Der Wirtstochter freilich gefiel, was sie sah in dem Sänger, und ließ ihre wohlgeübten Künste spielen. Ist ja etwas Eigenartiges um die Anziehung. Keiner weiß, was sie auslöst. Und so mochte sein, dass auch die Wirtstochter in dem Sänger angezogen wurde von dem, was in ihr selbst war oder eher noch: was nicht in ihr selbst war. Zu ergründen aber, warum dieses jener Gaukler nun ausgerechnet stillen könnte, war ohnedies nie.

Was hätte die unmittelbare Anziehung auch begründet, die dann so viele Kreise mit Esther ausgelöst und die mich in diesen Kreisen und Kreiseln gehalten? Wie ließe sich je dieses beschreiben anders als mit wahlweise kahlen oder rätselhaften Worten? Ist ja sonderbar, dass allen Worten, allen Geschichten, allen Knüpfungen und Gesängen, allen immer neuen Anläufen, neuem Weben, den Schriften, den Überlieferungen und Deutungen auch immer neu der Grund oder der Kern oder das Fluidum dessen, was das Geschehene ausmacht, unsagbar bleibt. Alleine deshalb gibt es wohl dieses stetige Knüpfen und Anlaufen immer wieder. Steter Versuch, das Nicht-Bannbare zu bannen, deshalb, auch deshalb sind die Sänger unterwegs und erzählen die Weiser. Am nächsten wohl noch kommt man den Kernen in den Träumen und Ahnungen, doch sind es wiederum diese, die uns am fremdesten und am wenigsten deutbar.

Zeigte sich der Wirtstochter freilich, dass mit wohlgeübten Künsten sie nicht recht weiterkam, jedenfalls so nicht, wie sie es gewohnt. Männer, die kamen, Männer, die gingen, zu wählen und zu nehmen nach Belieben, all dieses war ihr ja selbstverständlich beinahe seit früher Jugend. Der Sänger aber, auf Straßen und Wegen und Flüssen, auf Märkten, in Häusern und Höfen und Burgen unterwegs schon so lange, dass er seinen eigenen Beginn nicht mehr erinnerte, hatte von jenen Künsten genug gesehen und gelernt, selbst wohl auch geübt zur Genüge und war ihrer überdrüssig, wie er so vielem anderen müde und überdrüssig war. Mochte auch sein aber zusätzlich, dass der Wirtstochter die Künste nicht schlafwandlerisch, ohne Überlegung, gelingen wollten wie sonst, denn berührt war sie von dem Sänger wie sonst eben nicht, und Absicht verfolgte sie, sollte der Sänger wahrnehmen sie ganz, über ihre Lust hinaus, und Berührung und Absichten stehen den Künsten entgegen.

Sah nun die Magd, spürte es eher, was vorging in und mit der Wirtstochter. Ihr selbst war der Sänger ein Mann unter anderen, tauglich für die Nacht oder auch nicht, wer wusste das vorher, schnell vergessen, kaum erinnerlich, wenn gegangen er, mochte der nächste kommen oder eben auch nicht. Doch stachelte und reizte das die Magd, ihr Glück selbst zu versuchen, ohne dass eingestanden sie dieses sich hätte. Wäre aber gar nicht auf die Idee gekommen, solchen Antrieb bei sich zu suchen. Unterschied sich darin in nichts von allen anderen, denn wer wüsste schon, warum er dieses tut und jenes nicht, ihn eines schmerzt, was dem nächsten völlig gleichgültig und umgekehrt, warum wir am Kreuzweg diese Abzweigung wählen und die andere eben nicht, weil eine wir nun einmal wählen müssen, was sollen wir tun auch sonst?

Aber da die Magd nun einmal den Sänger nicht begehrte im Herzen und dieses wiederum immer spürbar ist, war der freundlicher und zugänglicher zu ihr, als er es zur Wirtstochter war. Ließ sich ein auf übliches Geplänkel, routiniert, nebenbei, mehr nicht. Mochte ihm die Magd zufallen, wie viele vor ihr ihm zugefallen, oder würde eine andere es sein, längst war es ihm gleichgültig. Zweifellos interessierten ihn die Münzen, oder wie er an mehr von diesen kam, damit es ein Ende habe mit der Gaukelei, weit mehr. Hätte aber nicht recht gewusst, was ein Anfang danach sein sollte, und so (der Sänger wusste es selbst) würde bleiben es, wie es war, würde seine Fahrten er machen, durch die Flüsse waten, durch die Wälder gehen, um auf den Plätzen und in den Burgen seine Geschichten zu erzählen, seine Lieder zu singen, Grimassen zu schneiden und Zoten zu reißen, unentwegt, als wäre es ein Fluch, und hatte er doch selbst es sich ausgesucht. Wenn es jemals stimmen kann, dass einer sich etwas aussucht. Oder ob nicht ausgesucht wird vielmehr dieses, wovon, durch was, durch wen auch immer.

Da hatte einen Einfall die Magd und wusste nicht, woher er ihr kam, etwas Dunkles, das emporstieg in ihr aus welchen Klüften immer, in Worte, gar in Erklärung hätte fassen sie ihn nicht können, war aber dieses nun nichts Ungewöhnliches, denn Frau des Wortes und der Erklärung war die Magd einmal nicht und darin allerdings den meisten gleich. Es holte die Magd, wusste sie ja, wo er verwahrt, den Brief des Mädchens, der Hexe, den selbst sie hergebracht als Botin und der Wirtstochter übergeben, aus der Kammer hinter dem Schankraum, wo die Wirtstochter lebte und liebte laut und ungeniert genug, und übergab diesen Brief, dessen Inhalt sie ja nicht kannte, dem Sänger, dem Gaukler, dem Fahrenden. Der zwar nicht begierig, sich in die Geschäfte und Händel und gar Eifersuchts- und Liebeswirren dieses Städtchens sich ziehen zu lassen, aber dafür erfahren und lange genug unterwegs auf den Straßen und Wegen, um zu wissen, dass Partei zu ergreifen, sei es unbeabsichtigt oder besten Willens, dem Fahrenden selten oder nie bekommt. Andererseits wiederum zu neugierig von Person und Profession wegen, um nicht eine Geschichte, Anstoß, Samen vielleicht um einer derben Zote, einer Szene willen zu wittern, so dass den Brief des Mädchens, der Hexe, er öffnete und las. Nebenbei, mit Miene des Belästigten, dem Gestus des Gelangweilten, des Herablassenden, und doch gekitzelt, wie immer, wenn ihm die Läufte etwas zuspielten, und kam dieses öfter vor, als selbst er sich Rechenschaft darüber ablegte, weil gewohnt er es ja war zum einen und mehr, immer mehr davon er sich wünschte, danach verlangte und begehrte, als ihm zustand.

Las da in schamlosen derben Worten, wie begehrt er von ihr werde. Wie sich hingeben sie sich ihm würde. Dass er wohl wisse, dass der erste er sei und sie gierig, dass in sie er sich verströme in wilder Entladung. Nehmen also solle er sie, endlich, heftig, aber holen müsse er sie, und jetzt bald.

Konnte ja offensichtlich dieser Brief des Mädchens an ihn, den Sänger, nicht gerichtet sein. Und konnte es in geheimnisvoller Weise doch wieder sein, denn eine namenlose Frau schrieb an einen namenlosen Mann, und schien es dem Sänger, als könnte sich angesprochen fühlen, wer denn dieses wolle. Eine Geschichte in jedem Falle, die den Sänger, voller Geschichten und Fantasien nun einmal trotz seiner Unlust, aus seinem Missmut holte. Vor sich, schnell entzündbar und schnell entzündet, sah er die geheimnisvolle Gefangene, schön und unerlöst und harrend der Befreiung in mancherlei Hinsicht, eine Geschichte, die er so oder so ähnlich schon routiniert zum Besten gegeben, sich eine Statt für die Nacht, eine warme Mahlzeit, etwas Rauschgetränk zu verdienen auf den Burgen, in den Höfen, einmal so, ein andermal so ausgeschmückt, ohne große Anstrengung, Handwerk, nicht einmal großes. Doch bekam eine solche Geschichte anderen Geschmack, wurde neu, aufregend, erregend, da selbst er zum Handelnden darin wurde.

In der Nacht nahm, beobachtet von der Wirtstochter, die, wütend, eifersüchtig, enttäuscht doch nicht lassen konnte davon, er die Magd, und nahm sie mit lange nicht gekannter Leidenschaft, da er mit der Magd die andere zugleich nahm. Die Magd selbst, erfahren und gierig genug, zusätzlich noch erregt davon, dass diesmal es die Wirtstochter war, die sie beim Geschlechtsverkehr beobachtete, bog selbst sich dem Sänger hin mit Unbedingtheit, laut, mit Stöhnen, das aus einem Inneren zu kommen schien, das ihr selbst gar nicht mehr zugehörig, aus dem Urgrund, der allen gemeinsam. Nachdem sie geendet, nicht lange war es gegangen, und unbefriedigt blieb die Magd, kam, allen Stolz fahrend lassend, die Wirtstochter nackt ins Lager, sich ihren Teil zu holen, und der Sänger machte auch Anstalten, wie gewohnt er es war, doch hatte er sich verausgabt wie selten, und so drang nicht mehr in die Wirtstochter er ein. Er selbst behielt dieses kaum in Erinnerung, so unwichtig war es ihm. Die Wirtstochter aber würde sich erinnern, und sie würde sich gut erinnern.

AM NÄCHSTEN Morgen machten die Magd und der Sänger sich gemeinsam auf. Einer Verständigung durch Worte hatte es hierzu nicht bedurft. Es hatten die Leiber ja gesprochen. Nicht gesprochen hatten sie zwischen der Wirtstochter und dem Sänger. Oder hatte der Leib der Wirtstochter gerufen, aber ins Leere hinein. Ließ sich aber, eben graute der Morgen, nichts anmerken die Wirtstochter von der tiefgehenden Enttäuschung, die in ihr bohrte und fraß zum ersten Mal, sondern verabschiedete die beiden sie, leicht, obenhin, auf baldiges Wiedersehen.

Sänger und Magd aber nahmen den Weg auf die Burg zu, einsilbig, fast schweigend. Ist ja ein sonderbar Ding. Heftig war der Beischlaf gewesen, doch hatten sie ihn, jeder aus anderen Gründen, ja nicht ausgeübt aus Lust aneinander, auch nicht aus je eigener Gier und Geilheit, die gestillt werden wollte, egal womit, egal mit wem. Wollte ja die Magd, uneingestanden, der Wirtstochter den Mann, diesen Mann voraushaben, weil die Wirtstochter ihn begehrte. Wollte der Sänger in der Magd jene Unbekannte nehmen, die seine Phantasie, die leicht entflammbare, entzündet. Und war die Magd unbefriedigt dazu, und den Phall in sich gespürt zu haben ohne Befriedigung, machte sie unwirsch noch am nächsten Tag, und es war dabei gleichgültig, mit welchem Manne sie dieses erlebt.

Waren aber nun einmal gemeinsam unterwegs, und – die Sonne ging bereits gen Mittag – beinahe unwillkürlich begann der Sänger mit Schnurren und Zoten und Geschichten, als flössen sie aus ihm heraus ohne Kontrolle, er mochte mürrisch sein und abwesend wie er wollte, hier war ein Publikum, und die Profession und das Leben, das er gewählt, wollten in ihm Gestalt und Gestaltung annehmen, seiner selbst nicht weiter achtend. Die Magd wiederum, tatsächlich, war Publikum genug, um auf des Sängers Gaukeleien zu reagieren wie gewohnt und gewünscht. Bescheidenes Publikum noch dazu, mit Brosamen zufrieden, die Brosamen kostend, denn allzu weit entfernt war das Leben eines Fahrenden, eines Sängers von dem ihren entfernt, allzu selten kam sie in den Genuss solch scheinbar heiteren Geplänkels, als dass sich durch diese Kunststückchen hindurch der Mann dahinter sich nicht doch wieder angenähert hätte, sie zumindest in jener seltsamen Spannung zwischen Anziehung und Befremden und so etwas wie Bewunderung hielt, die dem

Sänger stets überall die Türen und mehr, selten aber die Börsen geöffnet. Die den Gauklern geben wollen, können es meist nicht, die ihnen geben, überreichlich geben könnten, wollen es selten, denn gern, mit Verachtung untermischt, nehmen sie Kitzelei, doch ist diese ihnen so wenig wert, wie ihnen die eigenen Träume nichts wert sind, und bleiben ungereinigt so ihre Seelen. Merken es freilich fast nie selbst und leben also gut damit. Sterben unter dem Schmutz die Seelen, doch ist die Seele ein lebensnotwendiges Organ offenbar nicht für denjenigen, der ohne sie wohl leben kann.

KNAPP hatte die Sonne den Zenit dieses Laufs überschritten, da die beiden rasteten. Einen Kanten Käse hatte mitgenommen die Magd und Brot, und vom Rauschgetränk führte der Gaukler im ledernen Schlauch stets mit sich. Groß war der Sommer schon gewesen und neigte sich ja bereits hinüber, doch war warm es noch fast überständig, hoch war hier gewachsen am Weges- und Waldesrand das Gras, strohen fast nach vergeblichem Wuchs, nochmals wie melancholisch letzte kräftige Aromen verströmend, doch nachgiebig, weich, den Körpern anschmiegsam. Behaglich ist es zu rasten unter der Sonne nach strammem Marsch, bei Mahl und Trank, und selbst dem mürrischen Sänger ward leichter. Wurde nun milder, was Magd und Sänger sich zu sagen hatten, gewöhnlicher, hatte die Vorstellung Pause, und war der Sänger Sänger nicht mehr und die Magd nicht mehr Publikum, auch war deren Erinnerung an die Nacht soweit verblasst, und hatte sich unbefriedigte Geilheit soweit gedreht, und hatte der Sänger die Magd neu oder erstmals verzaubert, dass neuer Verführung die Magd nicht abgeneigt. Doch war es jetzt an dem, dass der Sänger erstmals, seit den Brief er gelesen, Näheres wollte erfahren, die Senderin geschildert wissen, die zu befreien oder was auch immer er sich ja schließlich aufgemacht mit der Magd. Erklärte schamlos, dass allerdings nicht einmal genau er wisse, was ihn treibe, was ihn ziehe. Dass freilich selten dieses nicht sei und nicht neu für ihn, denn noch nie habe er gewusst, was genau ihn auf die Straßen und Wege getrieben, über die Flüsse und in die Wälder. Gab der Magd, die ja vom Inhalt gar nichts wusste, den Brief zu lesen, doch konnte die Magd ja gar nicht lesen. So also las der Gaukler den Brief ihr vor, und ein wenig Ernüchterung, Abkühlung erfasste ihn, während er laut las, weit weniger geheimnisvoll und schillernd erschien ihm dieses als bei erster Lektüre, und bevor die Magd er genossen. Wirkte aber nicht so stark, als dass seinen Entschluss er rückgängig gemacht hätte, in diese neue Geschichte, die eine alte ja war, einzutauchen und herauszufinden, welche Rolle darin ihm wohl zugedacht. Oder eben auch nicht. Was eine Rolle allerdings ja auch wieder wäre. Eine Rolle ist ja immer, unabweislich.

Erzählte aber die Magd, da sie schon lesen nicht konnte, und sie erzählte gut. Davon, dass das Mädchen im Rufe einer Hexe, weil Künste sie beherrsche, die nach Vorwurf und Anklage des schwarzen Priesters nicht der Ordnung gemäß erworben und von schwarzen Quellen inspiriert. Dass es aber wohl, so die Magd unbedarft, bei dem, was ein schwarzer Priester Ordnung nenne, stets ja nur um die Ordnung gehe, die der schwarze Priester selbst gesetzt und die einzig seiner Macht und damit der Selbsterhöhung diene. Was aber der schwarzen Priester Macht und Selbsterhöhung gefährde, werde von ihnen bekämpft unerbittlich. Angst sei bei den schwarzen Priestern, und Angst verbreiteten sie. Dass das Mädchen klug sei. Anzuschmiegen sich wisse dem sonderbaren Zustand, geschmeidig sich winde, ohne doch nachzugeben oder zu brechen, wie gebrochen ganz andere vor ihr waren. Grobe, starke Männer. Dass es, möge tatsächlich mit seiner Hexenkunst dieses zusammenhängen, eigenartig auf den Schwarzen, den Herrn, wirke, was dem Gesinde und der Gefolgschaft freilich nicht wohl bekomme. Und dass das Mädchen (wiewohl es selbst raten könne, wie die Lust zu steigern, und die Lust es mit Worten gar beschreiben in der Lage, wie selbst sie, die Magd, es nicht sei) einen Phall selbst noch nie in sich geborgen. Dass es wohl bereit, jenen Söldner solcherart zu empfangen. Doch sei das leicht und ein wohlfeiles Begehren wiederum, denn jener war weit und nicht zu haben, und so war diese Gier gefahrlos, denn sie, die Magd, wisse nicht zu sagen, ob es tatsächlich der Phall des Söldners sei, nach dem das Mädchen verlange, wenn selbst es dieses freilich glauben und sich selbst glauben machte wolle. Zwar, schloss die Magd, sei das Mädchen, die Hexe ihr in allem voraus und in Gefilden, die sie, die Magd, nie schauen würde. Doch in diesem sehe – oder besser, fühle – sie tiefer und spüre stärker, was das Mädchen in diesem wolle oder eben nicht wolle, als dieses wohl selbst, und nicht überhöhen wolle sie damit sich.

Was alles des Gauklers Glut, aus der Geschichten und Szenen und Lieder er in Fülle entfachte, neu und stärker noch anblies. Er spürte, oder wollte es spüren, wie eine Kraft, die nicht bestimmen und noch weniger benennen er konnte, ihn rief zu dem Mädchen, dessen Gestalt in seinem Kopf und seiner Seele immer neu sich wandelte. Zu welchem Zweck und mit welchem Ausgang, das freilich sah er nicht. Hätte besser er es gesehen. Doch ist das ein unsinniger Gedanke, denn diese Geschichte war, wie sie eben war, und gehörte das Nicht-Sehen diesmal eben zu dieser Geschichte, das nächste Mal würde es eine andere sein. Es machte ja nichts, kamen alle Geschichten ja mit Notwendigkeit, wechselten sich ab, durchdrangen sich, setzen die einzelnen Bausteine neu zusammen, sodass sich aus den Bausteinen zweier Geschichten eine dritte und vollkommen unterschiedliche Geschichte ergab, doch vom selben Stoff, aus demselben Urgrund.

Mit Zartheit und gar ein wenig Zärtlichkeit sah der Gaukler da auf diese Frau, simpel und ein wenig grob und schlau, was ihre Wünsche betraf, die ihm diese Geschichte und Geschichten geweckt, und hinter dem jungen, wenig auffälligen Gesicht meinte er ein zweites zu sehen, das bedürftig auf ihn blickte und auf das strömende Wärme in ihm antworten wollte, können solcherart die Wirkungen von Geschichten ja sein. Gerade diejenigen, die Geschichten vorstellen, sind empfänglich dafür. Doch wischte der Gaukler, der Sänger die Empfindung rasch hinweg, und der Magd selbst war diese Anwandlung verborgen geblieben und hatte auch nichts derlei erwartet. Manches mochte hoffen die Magd, doch erwartete sie wenig und gar nicht, dass ihr etwas geschenkt.

Nachdem das Mahl sie beendet und sie weitergewandert, brach wie aus dem Nichts ein Gewitter über sie herein. In Augenblicken war die eben noch recht hoch stehende Sonne von Schwärze verschluckt, von irgendwoher hatten sich gewaltige Berge dunkelster Wolken gestaut, und aus drohlichem Grummeln des Himmels war übermenschlicher Donner geworden, ein Krachen und Tosen, überwältigend, vergewaltigend, selten zu erleben, der Empfindung nach schwer zu überleben. Noch bevor auch nur unter einem Baum am Wegesrand ein wenig Schutz sie gesucht, waren Magd und Gaukler durchnässt nicht bis auf, sondern fast wie unter die Haut, es floss und triefte über sie hinweg, durch sie hindurch, kaum erkannten sie durch das Wasser hindurch sich selbst, wiewohl an der Hand sie sich hielten, und in einem einzigen Moment war ihr eben noch staubiger, wie sperrig verschlossener Weg zum Morast geworden, auf oder in dem den Marsch fortzuführen ohnedies unmöglich.

Immerhin ortskundig war hier ja schon die Magd, und so wusste sie von einer Höhle, kaum mehr als eine Einbuchtung in einen immerhin mächtigen Felsen, der übriggeblieben wohl von einem Gebirge in den Nicht-Zeiten am anderen Rand der zeitlichen Zeit und der die nun kommenden Nicht-Zeiten erwartete, Festigkeit und Größe kaum merklich, doch stetig verlierend nach dem Unmaß der zeitlichen Zeiten, sich wohl aber immer noch mächtig genug hinüberrettend. War nur wenig vom Weg entfernt, doch so überwuchert mit grünem Geschling, verbarrikadiert fast mit fauligem Holz und geschüttetem dürrem Laub, dass tatsächlich nur der Kundige noch die Öffnung dieser kleinen Höhle fand. Dicht stand der Wald zwar, doch rauschte das Wasser vom Himmel in derartigem Schwall, dass es auch aus den Bäumen zu regnen schien, stark und wie unaufhörlich. Kaum in der Höhle angelangt, legten Magd und Gaukler die Kleider ab, um loszuwerden die Nässe, im Tiefen wohl auch, um loszuwerden, zu bannen die Drohung für Leib und Seele, die in der Flut stets auch dem Menschen rauscht, das Wasser bringt Leben, im Wasser liegt Tod. Nackt kauerten da Gaukler und Magd aneinander, Wärme suchend, Wärme gebend, ohne jegliche Gier. Der alte Fahrensmann, der Gaukler immerhin war so gut ausgestattet, dass Zeug zum Feuermachen in dichtem Behältnis er mit sich führte, und so war ein dünnes Feuerchen aus Laub und Ästchen und Stroh rasch gemacht, das zuerst eher die Illusion von Wärme erzeugte, denn die Wärme selbst, aber darauf kam es ja nicht an. Kommt darauf ja nie an – wer wollte schon unterscheiden, was Illusion ist, was Feuer? –, und ist eine Geschichte, welche die Weiser erzählen, umso wahrer, je weniger davon geschehen.

Nach jeglicher bestandener Gefahr schwingt das Leben zurück in den Atem des Gleichmaßes und damit leicht in die Langeweile, die gering niemand schätzen möge, gerade weil Gefahrlosigkeit sie anzeigt. Freilich ist die Langeweile fruchtbarer Boden, in der Geschichten und neue Gefahr sprießen.

Das wütende Donnern draußen hatte sich, wiewohl mächtig noch, in Grimmen und Grummeln gemäßigt, auch das peitschende Prasseln des Wassers war in heftigen, doch gewöhnlich-gleichmütigen Regen zurückgeführt. Da begann erneut zu erzählen die Magd. Dass bei den Alten der Gegend Sage gehe um diese Höhle. Dieses, so wusste wiederum der Gaukler, der die Landschaften weit durchstreift, war ungewöhnlich nicht, war er doch an kaum einer Höhle vorbeigewandert oder, wie eben, selbst in einer solchen gekauert, die nicht von Sagen und Geschichten umwoben. Schien ihm manchmal so, als stiegen die Sagen und Geschichten selbst aus den Höhlen hervor oder aus Klüften aus den Tiefen dieser Höhlen und kröchen von dort her in die Seelen und begännen in den Seelen und durch die Seelen zu leben und gewännen Gestalt und wanderten in die Höhlen zurück.

Dass, so die Magd, eine geringe Frau hier gelebt, eine Magd wohl vordem, wie sie selbst vielleicht, doch ganz anders, Dienerin und doch nicht Dienerin im Dienste der Herrin dieses Landstrichs, deren Beraterin und Freundin beinahe, aber eben beinahe nur. Habe die Herrin mit der Magd manchen Sommer fast gänzlich hier verbracht, die eine Frau die andere lehrend, die eine von der anderen lernend, in welchen Künsten aber, das wisse man nicht genau, und sei viel des Geredes gewesen in der Landschaft, von schwarzen Künsten und widernatürlichem Verkehr, wenn aber um Verkehr es gehe in den Köpfen und mehr noch in den Lenden der Menschen, sei ja nie den Phantastereien, den Geschichten und Bildern eine Grenze gesetzt, bunt und wüst, grell und geil und verwoben und verknüpft mit den eigenen Begierden und Wünschen und Träumen, die beim ersten Licht des Tages verstoßen und verbannt, bis an anderer, scheinbar weit entfernter Stelle, scheinbar völlig entstellt und unkenntlich in den Tätigkeiten, den Gedanken und Plänen des Tages sie wirkten, und niemand mehr wisse und wissen könne und wissen wolle, auf welchen und aus welchen Gründen das Geschäft und Tun des Tages tatsächlich gebaut. Sei also geraunt worden viel und hätten die schwarzen Priester gedroht und angestachelt, wie immer drohend, wie immer furchtsam, doch sei die Herrin die Herrin nun einmal gewesen, ihrer Herrschaft sehr bewusst und sicher darin, diese zu wahren und durchzusetzen, auch habe sie in seltsamer Verbindung gestanden mit dem Abt, dem Fürsten jenes Herrn der Gegend, eine Verbindung, über die niemand Genaues wusste, die es aber sogar den schwarzen Priestern ratsam scheinen ließ, ihr Hetzen über eine Grenze nicht dringen zu lassen. Sei ja jener Abt mächtig gewesen, einer der großen Fürsten jenes Reiches, gewalttätig, unberechenbar.

Es seien aber, so erzählte jetzt die Magd behaglich weiter, wie es geschieht, wenn in einer Geschichte einer sich eingerichtet und sich gewärmt fühlt davon und fortspinnt fort und fort, es seien aber auch hier wie immer der Tag der Tag und der Abend und die Nacht eben Nacht und Abend und Dämmerung gewesen, es sei ja auch die Höhle, wie der Gaukler selbst merke, abgeschieden gewesen und wieder nicht, so dass die Bewohner des Landstrichs tagsüber sich ihres Zürnens gegenseitig versicherten, des Abends und in der Nacht viele aber die Frauen aufsuchten um Rat und Linderung und Beistand und Heilung, und seien ja viele, seien ja alle der Heilung und des Beistands bedürftig. Hätten die Frauen, habe speziell jene Dienerin Rat und wohl auch Tat nie verweigert, habe Lohn sie nie gefordert, wohl aber genommen, Weniges vom Rauschgetränk, Nützliches, Kupfermünzen manchmal, selten ein Huhn, und hätte in linden hellen Sommernächten manche kuriose Begegnung sich ereignet, wenn auf dem Weg schwarze Priester, Bauern, Tagelöhner, die sich des Tags ihrer Abscheu versichert, sich hier unversehens getroffen, der eine kommend, der andere gehend, weil der Dienerin anzuvertrauen sie sich wünschten. Brannte der einen die Haut, dem anderen die Seele, war Gier unerfüllt oder waren Überdruss und Kälte, waren es dem einen Malaisen des Körpers, waren es der anderen Sehnsüchte,

Wünsche, Träume, die drückten und zogen mächtig, ohne Gestalt annehmen zu können am Tage, ohne Dickicht aufreißen zu können und Bahn zu weisen, freizumachen ins Tal, ins Weite, ins Grüne, und sollte die Dienerin, ihre Wunderkraft, von der man sprach, dieses tun, was den Menschen zu tun nicht gegeben. Habe aber all dieses, was die Dienerin an all denen tat, und habe sie es getan ohne Ansehen des Standes und ohne zu unterscheiden, ob nun die eine Beschwernis oder die andere Ängstigung gewichtiger als die andere, wer aber hätte auch jemals unterscheiden können dieses, habe aber all dieses in ebendieser Höhle, da sie, Magd und der Gaukler, nackt aneinander geschmiegt, die eine mittlerweile den Phall des anderen fassend, der andere die Scham der einen kosend, ohne Gier, interesselos freundlich, die Wärme des anderen kindhaft neugierig kostend, in ebendieser Höhle also habe all dieses stattgefunden.

Sei viel Wesens und Raunens gemacht worden in den Katen und Hütten, den Höfen und Burgen und Häusern jenes Herrn in diesem Landstrich um die Zusammenkünfte mit der Dienerin in dieser Höhle. Gerade diejenigen, die besser es aus eigener Anschauung wissen ja mussten, taten sich hervor: wie Dämonen wie der schwarzschwanzige Flederpilz, die milchgläserne Lähmejungfer mit den stechenden Krallen, deren Herz man wild als Schatten schlagen sah, das siebenfüßige Schleimmaul herbeigerufen wurden von der Dienerin und wie die Un- und Schattengestalten selbst der Dienerin zu Diensten sein mussten, heulend und drohend und klagend, ihr Schicksal verwünschend, doch machtlos durch die Künste der Dienerin, wie die Dienerin also etwa den Brechreiz lösende Tränke, stinkende Salben, glühend heiße, spitze Holzscheite anwendete in diesen schwarzen Sitzungen und was der Geschichten mehr war. Wurde vielen geholfen, und erfuhren Linderung die meisten, und gingen leichter und bürdeloser die meisten, als sie gekommen, und erfanden doch, zurückgekehrt in ihr Leben, wie unter Zwang solch merkwürdige Begebenheiten, die so kaum stattgefunden, und wussten selbst nicht recht, warum. Wussten es nicht. Und mehr noch: glaubten selbst, während sie davon raunten, dass jenes so stattgefunden, und war es damit zu eigener Wahrheit ja geworden. Glaubt und traut der Mensch der Heilung nicht und kann sich, wiewohl er den neuen, anderen Weg sucht, wiewohl er ja darum bittet und bettelt und sich, einerseits, sehnt danach, diesen nicht vorstellen oder misstraut ihm oder scheut davor, den ersten Schritt auf ihm zu tun, da doch das Ende unbekannt; bekannt aber und somit tröstlich ist das Unglück, mit dem zur Dienerin sie gingen, und muss es daher ja Angst machen, wenn das Unglück gemildert, und können also nur finstere Mächte dahinterstehen.

Es habe, so immer weiter die Magd, nach den Geschichten, die durch den Landstrich liefen und die in den Wäldern und auf den Feldern wohnten, einmal regelrechter Aufruhr und Kriegszug begonnen durch eine Behandlung, welche die Dienerin durchgeführt. Was freilich davon wirklich geschehen, wisse längst keiner mehr zu sagen, mochte auch diese Geschichte gesponnen sein wie aus den winzigen, fast unsichtbaren Fäden, die herumschwirrten im Sommer und Herbst durch die Gräser – Fäden, die gar nicht zusammengehörten und dann doch irgendwann ein Ganzes, Sichtbares, untrennbar Verknotetes bildeten. Es sei, so war erzählt worden, jener Abt, eine Handlung oder Behandlung der Dienerin als Vorwand nehmend, auf deren Herrin mit Kriegsleuten und Söldnern gezogen. Sei unmittelbar nach dem Treffen aber der Abt, der mächtige, eigensinnige Mann, aus der Gegend verschwunden, und sei auch darüber wieder viel Raunens gewesen in dem Landstrich, von magischen Ritualen viel war Rede und Mutmaßung, und wie der Abt verstrickt tiefinnerlich und unentwirrbar mit jener Herrin, von Hexenkünsten und Teufelsritten wurde geraunt in der Landschaft, und so gebären sich Geschichten und Erzählungen und Phantastereien aus sich selbst heraus und aus dem Nichts, Räume fordernd, Räume schaffend, wo vorher kein Raum zu finden, jenseits aller zeitlichen Zeiten und selbst der Nicht-Zeiten. Was war wirklich? Was war wahr? Und was wiederum ist immer neu? Doch was wirklich ist, muss wahr nicht sein, und stets ist Wahrheit hinter, über und vor allem, was wirklich ist.

WAREN, während und indem die Magd erzählte, die Eruptionen des Himmels in sich versunken, in das Himmelsloch gefallen, das sie selbst aufgerissen (wie wir selbst ja in die Gruben fallen, die wir selbst gegraben, stets zur Überraschung, stets zur Verwunderung, Schicksal auch dieses nennend), und gleichmäßiger, fast zärtlicher Regen, beruhigend, war geblieben. Indessen war die Sonne, wenn auch unsichtbar, unbeirrt ihrem immer neuen, immer gleichen Lauf gefolgt, auch hatten die Erzählungen der Magd zu jener Anregung des Geistes geführt, zu jenen Träumereien, die Ermattung des Körpers mit sich führen, und obwohl der Regen einem Marsch nicht hinderlich, beschlossen Gaukler und Magd, die Nacht hier in der Höhle zu verbringen. Tat es ja nichts, wartete ja niemand, und wenn das Mädchen auf der Burg sie etwa erwartete, so würde in der Rückschau diese Nacht ohne Bedeutung sein, kamen die Geschehnisse ja ohnedies, wie zu kommen es ihnen beliebte.

Längst waren die Kleider getrocknet, ein wenig klamm noch, doch frisch auch, und so bekleideten sich Gaukler und Magd wieder, und war mehr Verlegenheit und Scham fast beim Ankleiden, als es beim nackten Kauern und dem Kosen ihrer Geschlechter gewesen war. Unruhig schlief der Gaukler, die Dämonen der Höhle spürend, körperlich wie auf einer seiner Bühnen wurden ihm die Erzählungen der Magd, die selbst tief, mit ruhigen Zügen ruhte, wie durch ihre Erzählung befreit.

Hatte kaum erstes Licht den Eingang der Höhle gestreichelt, da sich beide aufmachten, den Marsch zu vollenden, hungrig, doch neu gekräftigt, und selbst der Gaukler, wiewohl sich mühsam nur von den Traumfetzen der Nacht befreiend, blickte auf das, was nun kommen sollte, heiter und freudig, erregt fast. Selbst schwere Nacht und unruhiger Traum reinigt ja, und muss wohl schwer und unruhig sein manchmal, wenn das, was zu reinigen ist, schwer und unruhig und dunkel selbst ist. Und noch bevor die neue Sonne, sichtbarlich jetzt, im Zenit, sahen die Burg des Schwarzen sie auf dem jenseitigen Hügel, nah, schien es, doch war der Fahrensmann, der Sänger, der Gaukler, gewitzt genug, um zu wissen, wie sehr die Strecke Weges täuscht, wenn einem Hügel, einem Berg man sich nähert. Ist tatsächlich ja so, dass der Hügel, der Berg zurückzuweichen scheint, je mehr man voranschreitet, und immer länger scheint der Weg zu werden mit jedem Schritt, wird also der Berg größer und entzieht sich zugleich, was der Natur nach nicht sein kann und nicht so ist, und ermüdet der Schritt des Wanderers, mürbt seine Seele so schneller als es der Fall sonst ohne solch sichtbares Ziel wäre. Ein dunkler massiver, gestaltloser Brocken, Feindseligkeit dünstend, schien in diesem ersten Augenblick die Burg des Schwarzen, doch während sie einerseits mit jedem Schritt der Wanderer deren zwei, höhnisch, zurückzuweichen schien, offenbarte sie zugleich mehr und mehr, langsam, stetig, ihre scheinbaren Geheimnisse. Lockerte sich die Schwärze in erdige Schattierungen hinein, wurden gebrochene und nie mehr aufgebaute Zinnen sichtbar, in Rissen des Mauerwerks wuchsen Birken gar, zart, schwankend, aber sie wuchsen, und auch das Zarte, Schlanke treibt Wurzeln zäh vor, in Mauerwerk hinein, und das, was wächst und lebt und treibt, wird das, was starr und fest und tot zermürben und zerbröseln unausweichlich, kann anders nicht sein selbst in diesen Nicht-Zeiten, und waren sogar ja zeitliche Zeiten, da der Schwarze regierte, und blieb die Burg so zwar Burg, doch eine, die zu taumeln schien, wie sich einer, entkräftet oder betrunken, auf den Beinen hält.

Hatte der Gaukler andere gesehen. War aber auch in dieser Hinsicht klug genug, um aus dem ersten Schein, den ein Mauerwerk machte, nicht zu schließen, ob im Inneren Macht oder Ohnmacht, Gewalt oder Güte herrschen, ob die Herrscher gastfreundlich und der Sänger harrend oder verschlossen, misstrauisch, von Härte des Herzens. Erst recht aber, auch dieses wusste der Sänger und wusste es gut, war aus diesem Anschein auch und erst recht nicht zu schließen, wie er die Burg wieder verlassen würde. Was immer ja geschähe, was immer ihn erwarten würde, da er ankam, er würde auch wieder gehen, und stürbe er selbst auf der Burg, von fremder oder von eigener Hand oder weil sein Leben eben dort abgemessen, was wäre dieses anderes als ein Verlassen? Von dort, wo einer ankommt, wird er auch gehen. Niemand bleibt, nirgends. Und wünsche niemand sich zu bleiben. Wer ankommt, geht, und wer geht, mache bereit sich anzukommen erneut. Weiß ein jeder dieses, doch vergessen diejenigen es, die auf einem, ihrem Marsch sind, wie es diejenigen vergessen, die Haus und Hütte und Landstrich und Freundschaft nie verlassen. War der Gaukler schon hart empfangen und mit Wärme verabschiedet worden, mit vollem Beutel und leicht in den Lenden, von Fülle verwöhnt und verführt, und war ein andermal sehnsüchtig er erwartet worden als einer, der mit Neuem aus der Welt, mit Sang, Geschichten und Gaukelei das zähe, trübe Einerlei fließen machte und wohl auch Jungfern und Mägden die Einsamkeit, die Ängste und Kälte der Nächte vertrieb, und war dann verjagt worden, harsch und gewalttätig, musste fliehen mit kaum mehr als dem, was auf nacktem Leibe er trug, froh, überhaupt davonzukommen, und musste dahinhetzen wie ein Stück Vieh, ein verwundetes niederes gejagtes Wild, um aus dem Machtbereich zu entkommen, der groß sein konnte. Und kam so etwas auch nicht selten vor, so konnte man sich gewöhnen daran nicht und blieb stets ein Striemen, eine Kerbe auf der Seele zurück und manchmal auch am Leib. Dazwischen aber gab es so manche Schattierung des Willkommens und des Abschieds, das wenigste davon aber blieb in Erinnerung, und war dieses ein gutes Zeichen.

Zog sich also der Weg, doch verging er beiden angenehm. Hatte die Nacht in jener Höhle, die unter Gewitter, in Nässe und Kälte, bei schleichenden Dämonen verbrachte Nacht sie über Worte, ja über Gefühl hinaus nahegebracht, wie sie der Geschlechtsverkehr in der Nacht zuvor eigentlich voneinander getrieben. Hatte der Gaukler zur Seite gelegt für diesen Weg sein mürrisches Wesen, das er vielen zeigte, so er nicht auftrat mit seinen Gaukeleien, und hatte die Magd sich zurückverwandelt in das Mädchen, das sie war, sanft, anschmiegsam auch, die Harmonie suchend, nicht immer neue, lüsterne Sensation, musste also der Gaukler unnahbar sich nicht zeigen, sondern zugewandt und anschmiegend, musste die Magd nicht geben sich geil und verschlingend, eine seltsame Verkehrung ihrer Rollen, die sie sonst spielten in ihrem Leben, und hatte sich dieses in der Höhle, da Geschichten erzählte die Magd und lauschte der Gaukler, sich so ja schon gezeigt. Erzählte der Gaukler also viel auf dieser ihrer letzten Etappe von seinen Fahrten, aber nicht so, wie er für Münze und Bett, für Brot und Rauschgetränk, um der Wirkung willen also erzählte, sondern tat es wie einer, der zurückgeblieben in den Hütten und Dörfern und Siedlungen staunend auf den Fahrenden sieht, und da mit diesem Blick so manche Sonderbarkeit und Kuriosität zu sehen ist und der Gaukler gut erzählen nun einmal konnte, so hatten sie manches zu lachen, und heilsam ist es, die Seelen salbend, gemeinsam zu lachen und über sich selbst zu lachen. Erzählte aber auch die Magd, wie wenig heimisch sie sich fühle in ihrem Leben und wohl nie heimisch sich darin gefühlt habe, von den Mühen, die es ihr machte, auf der Burg des Schwarzen zu sein, nicht nur, aber auch als Bedienerin jener Hexe, der sie zugetan sei und vor der sie sich fürchte und die sie bewundere und verachte und die ihr nah und die ihr fremd und mit der teilen sie würde Bett und Nächte wie mit einer Schwester und vor deren zufällig-alltägliche Berührungen sie dennoch fliehe und alles zugleich in einem Augenblick, erzählte sie auch von den vielen Nächten, die mit so vielen Männern sie verbracht, davon, dass sie giere nach diesen Nächten, stets aber leer daraus in den neuen Sonnenlauf ginge, enttäuscht, traurig, da sie doch auf einen hoffe, den sie aber, sie wisse es ja, in diesen Nächten nicht finde und nicht finden werde. Mochte sein, dass der Gaukler solcherlei Klagen oft genug gehört hatte, bevor selbst eine geteilte Nachtstatt er verlassen, hörte sie nun aber wie neu und hörte sie aufmerksam. So lief das Gespräch zwischen dem Gaukler und der Magd, während sie wanderten, berührte vieles, löste sich, begegnete sich wieder, ging in die Höhe und in die Tiefe, heiter und traurig, mutig und verzagt und sorglos und beladen, und kamen Magd und Gaukler sich nahe fast wie in jenem und bis in jenen Urgrund, der die Seelen und selbst die Leiber und die Empfindungen und die Gedanken in den zeitlichen Zeiten und selbst den Nicht-Zeiten am jenseitigen und diesseitigen Rand der zeitlichen Zeiten verbindet, alles eins in eins.

WAR der Sonnenlauf schon weit fortgeschritten, und spürte man schon, wie aus den Winkeln, Wäldern, Klüften Dämmerung und Dunkelheit sich ballten, um hervorzukriechen, das Licht des Tages in sich zu verschlucken, zu bergen und zu hüten, um es, wie freudig oder widerwillig auch immer, wieder freizugeben, wenn unabweislich die Sonne neu ihren Lauf begä, war also der Sonnenlauf schon weit fortgeschritten, als Gaukler und Magd in der Burg des

Schwarzen ankamen. Triumphal hätte ihren Einzug man nicht nennen können. Die Gänge der Magd, Weggang, Aussendung und Wiederkunft war gewohnt man ja, und würde die Neuigkeiten, die allenfalls mit sie brachte, früh genug erfahren, und ihren Begleiter, der als Gaukler immerhin an Kleidung und Auftreten kenntlich, betrachtete man mit müder, kaum gestachelter Neugier, was dem Gaukler selbst immerhin ungewöhnlich, denn üblich war doch, dass seine Künste willkommen waren, einen Riss in die Eintönigkeit zu schneiden, durch den Anderes, Farbenvolles, Freudiges schimmerte. Doch schien es, als hätten die Insassen dieser Burg selbst die Sehnsucht danach längst verloren, kein gutes Feld für Gaukler und Sänger und Geschichtenerzähler. Wo die Sehnsucht fehlt, gedeihen Geschichten schwer. Sandiger ausgedörrter Boden, der das Grün verkümmern lässt. Wie es Brauch immerhin, wurde der Gaukler zum Schwarzen geführt. Der wiederum misstrauisch ihn empfing, da ihn nicht erst, aber besonders seit die Jungfrau er gefangen hielt, böse Ahnungen des Tages und schwere Träume in der Nacht von aufziehendem Unheil plagten. Nach kurzem Augenschein freilich entließ er den Gaukler mit unwirscher Gebärde, zu narrenhaft erschien ihm der, als dass Gefahr von ihm drohen könnte, und hatte der Gaukler selbst diese Einschätzung des Schwarzen mit allerhand seltsamen Reden, Zuckungen und sonstigen sonderbaren Bewegungen gewitzt befeuert, was ja nicht brauchen er konnte war gar zu genaue Beobachtung. Lassen sich die Kriegs- und Zwingherren, die vertrauen ihrer Kraft, ihren Waffen, ihrer Rücksichtlosigkeit und Härte, leicht täuschen, und fehlt ihnen buchstäblich die Fantasie dafür, was ein Gaukler und Sänger, dessen Beruf es ist, Geschichten zum Leben zu erwecken und in das, was die sicht- und greifbare Realität genannt wird, hineinzustellen, ohne Waffen und Macht erzielen kann. Wenn denn er es wollte. Meist aber ist das Wollen Sache der Gaukler nicht.

Er solle, so wurde beschieden ihm, Mahl sich auftischen und Schlafstatt bei den ledigen Knechten weisen lassen, wie es der Brauch nun sei einmal, ungebetener, lästiger Brauch, möge aber er mit dem ersten Hahnenschrei verschwinden, woher er gekommen oder eben anderswohin, in jedem Fall aber die Grenzen der Herrschaft verlassen rasch, wenn nicht – in Rage redete sich der Schwarze, und wusste selbst nicht, warum, fragte sich freilich auch nicht danach – wenn nicht mit Schweißhunden gehetzt er werden wolle. Mit seinen Mätzchen möge die Burg er verschonen. Und vor allem aber seine Hände von den Röcken der Mägde lassen. Wer wem ins Stroh krieche, das zu bestimmen sei einzig ihm, dem Schwarzen, vorbehalten. Haupthaus und Turm seien ihm mit Dämmerung, die einfalle ohnedies gerade, verboten.

In einer Kammer des Haupthauses neben einem schmalen, später erst gebauten Korridor zum Turm aber wurde die Jungfer gehalten. Der Gaukler wusste dies bereits von der Magd. Der Schwarze wiederum wusste freilich nicht, dass der Gaukler wusste, warum ihm das Haupthaus verboten. Verzog aber der Gaukler keine Miene, deswegen nicht und auch sonst nicht. Hatte er ja vieles erlebt, genossen oder überstanden, Drohungen und Schmeicheleien, Lockungen und Gleichgültigkeit, und war nur anders, dass er nicht hier war, um seine Künste zu zeigen, um Münze, Mahl, Lager wegen. Hatte ihn ja gerufen die Jungfer, das Mädchen, wusste er aber selbst nicht, wie und wozu und welcher Ausgang zu gewärtigen. Suchte der Gaukler, gleich nachdem mit demütiger Verbeugung er sich zurückgezogen, die Magd. Wünschte sie sogar, und gestand sich dieses ein, kommt doch der Mann der Landstraße nur weiter durch sein Leben, wenn mit Offenheit er sich, sich als einzigem freilich, begegnet, wünschte also die Magd eine Spur sehnlicher sich herbei, als es die Bequemlichkeit gebot, sich an das einzig bekannte Gesicht in dieser tatsächlich grauen Umgebung zu halten. Die Nacht in der Höhle, das nackte Kauern und gierlose Umschlingen und Betasten, die dunstige Wärme, die sich gegenseitig sie geschenkt, erst recht aber der Marsch des Tages hatten ihm die Magd nähergebracht, nicht einmal seinem Herzen, sondern dem Urgrund seiner Seele, seiner Künste und seines Existierens nähergebracht als die allermeisten zuvor, und waren wahrhaftig andere darunter gewesen und waren dieses nicht solche gewesen, die nur geschlechtlich er begehrt oder genossen.

Blieb ihm aber die Magd zunächst aus den Augen, denn so wie er fremd war hier, so war sie ja hier wenn nicht zu Hause, so doch heimisch, im Guten wie im Schlechten. Mochte es gedrückt hier zugehen, mochte der Schwarze drücken und pressen und wüten, mochten die Bewohner selbst, die Knechte und Mägde und Söldner, da voller Angst, berechtigter oder unberechtigter Angst, was im nächsten Augenblick ihr Los sein würde, mochten also die Bewohner selbst untereinander misstrauisch und feindselig und sprachlos sein, zu jeder Intrige, jedem Verrat um eigenen Vorteils willen bereit, mochte Lohn ausbleiben, Mahl kärglich bis zum Hunger sein, mochten Schlamm und Verfall das Leben hindern, mochte der schwarze Priester der Gegend zusätzlich drohen und saugen, so war es am Ende ein Platz in der Welt, der Platz in der Welt und in der zeitlichen Zeit, den die Magd und alle anderen hier kannten, wo noch so kümmerliches Auskommen sie hatten, wo, wenn der Sonnenlauf begann, sie wussten, wohin am Ende des Sonnenlaufs ihren Leib sie legen würden. Liebt der Mensch, was er kennt. Steigen wohl Träume auf wie Dunst, wie Luft vollgesogen ist mit Feuchtigkeit, schwül, und werden die Träume selbst so wieder zur Last, doch lieben die meisten, was sie kennen, und bleiben somit, wo sie sind. Auf den Straßen und Wegen, in den Wäldern sind die Gaukler, die Fahrenden und Fliehenden, diejenigen, die nirgends und nie ankommen, weil sie eigentlich auch nie von irgendwo aufgebrochen. Gaukler und Fahrender und Fliehender, das ist man immer und schon dann, wenn der Fahrende sich aufgemacht noch gar nicht hat und selbst es nicht weiß, dass Fahrender eigentlich er ist.

Fand der Gaukler also die Magd nicht. Fand aber ein anderer oder eine andere, es war nicht recht zu entscheiden in dem Dämmer, der schon in die Burg gefallen, wenn er je recht daraus gewichen, fand also ein anderer ihn, den Gaukler, und war dieses ein Gnom, der, so mochte es scheinen, wie direkt aus der Erde ihm in den Weg gewachsen. Aber mochte dies daran liegen, dass der Gaukler mit den Blicken in der Luft, wo die Jungfer er vermuten wohl konnte, wo Mauern, teilnahmslos, kaum mit Fensterlöchern versehen, schwarz und selbst die Schwärze in sich saugend, er sah.

Sprach der Gnom nicht eigentlich laut, doch mit sonderbar schriller Stimme den Gaukler an. Dass er, der Gnom, ihn, den Gaukler, nun da er schon einmal da sei, ungerufen, zu leiten und zu weisen habe. Habe jemand etwa ihn gerufen? Oder wer habe ihn gesandt, und dann noch hierher? Müsse einer, der hierher sende seine Schutzbefohlenen, von sonderbarer Art schon sein. Noch sonderbarer aber derjenige, der solcher Sendung oder solchem Ruf folge, und da dies angehen kaum könne und in seinem, des Gnomen, Kopf sich fügen wolle keineswegs, müsse also er, der Gaukler, von eigenartigem Sterne geleitet. Wünsche ihm wohl braver Mann und brave Frau nicht zu begegnen, aus Vorsicht, auf den Wegen, in den Wäldern. Sei es, wie es war, aber er sei ja nun einmal hier. Habe der Herr wohl, und billige er, der Gnom dieses nicht, habe der gute Fürst sein Auskommen zur Nacht wohl befohlen. Möge er ihm also folgen. Als hätte man besseres nicht zu tun, ja, als wäre nicht jedes Nichts-Tun besser als dieses. Und so krächzte der Gnom und gellte immer weiter.

War der Gaukler anfangs eher verblüfft, dann fast schon erheitert von der Litanei des Zwergs. War ihm solche Art nicht oft, doch hin und wieder schon begegnet. War diese Erheiterung aber auch grundiert von Misstrauen und einem nicht leicht zu beschreibenden Grauen, denn immer schwang eine Macht und eine Kraft in diesem Gebrabbel mit, deren man sich zu versehen hatte. Und die Wendungen bewirken konnte, die niemand sich vor der Begegnung mit dem Gnom hatte vorstellen können. Und die willkommen kaum je sein konnte.

Inzwischen hatte der Gnom mit dem Gaukler im Gefolge – ein wunderliches Bild für denjenigen, der es beachtet und beobachtet hätte, tat aber keiner, und so war es auch keines – Stallungen erreicht, die an das Wohngebäude angelehnt. Wollte der Gaukler fragen den Gnom nach der Magd und tat es, doch bekam er zurück nur ein scheckerndes Grunzen, das zu deuten kaum war.

Hatte der Gaukler behagliche Unterkunft in dieser Umgebung, gedrückt und düster, erwartet wahrhaftig nicht, und war ihm dieses auch gleichgültig. War er deswegen ja nicht hier, wenn auch immer noch er nicht wusste, warum er hier, ja, wie eigentlich hierher er gekommen. Wusste natürlich vom Weg und dem Marsch mit der Magd und hätte den Weg ohne Mühe wieder gefunden, aber nur, weil einer den Weg kennt, den er geht oder den er gegangen, weiß noch nicht lange er ja, was ihn auf diesen Weg geführt und wie er diesen Weg gegangen und konnte so wissen nicht, wie er angekommen und wo, wenn von Ankommen man überhaupt reden kann in solchem Falle und bei einem Gaukler und Sänger und Geschichtenerzähler zumal.

Doch war das, wohin der Gnom ihn führte, selbst Stallung kaum zu nennen. Schien gar nicht wenig geräumig zwar, wenn die Ausmaße in dieser Dunkelheit, die sich hier festzukrallen schien, um hellstes Sonnenlicht selbst zu überleben, auch nicht zu übersehen demjenigen, der durch die morsche Tür, das Loch, das Tür nicht zu nennen war, eintrat. Morsch. Schlammig. In einer Ecke war angebunden ein dürrer Esel mit Löchern im Fell und Schwären, der blind sein mochte, wie dem Gaukler es schien vom ersten Augenblick, wiewohl er sehen das ja schlecht konnte, und in einem Verschlag lagen, entkräftet, zwei Säue in diesem Morast, der hier alles zu bedecken schien, und der Gestank verschlug selbst einem Mann des Marsches den Atem. War dies verwunderlich durchaus, denn, so wusste es der Gaukler, auf den verkommensten Höfen und in verzweifelten Katen ließen dem Vieh die Besitzer Aufmerksamkeit zumindest, meist aber Achtung und Pflege angedeihen, bessere Pflege oft, als sich die Besitzer selbst schenkten, denn wertvoller Besitz war das Vieh ja, und Nutzen, Nahrung, Tauschwert sollte es bringen. Hier aber schien völlig gleichgültig dieser Besitz und dieses Pfund, mit dem ein wenig zu wuchern gewesen wäre, überdrüssig schien man der Tiere und bereit, sie endgültig als lästig zu vergessen, was wiederum wunderte, denn dass Reichtum, Fülle hier auf dieser Burg nicht zu Hause, sah, spürte noch eher jeder, der durch das Tor gekommen, und so auch der Gaukler. Andererseits schien hin und wieder doch einer zu kommen, die Kreaturen zu füttern, zu tränken, sonst würden ihr Dasein sie nicht mehr fristen. Wozu aber dann wieder der Aufwand, da offensichtlich nichts man sich ja davon versprach? Waren dies aber keine gefertigten Gedanken, die dem Gaukler durch den Kopf wohl gingen. War wie benebelt, betäubt er regelrecht von dieser Umgebung, die Gedanken gar nicht fassen ihn ließ, dass auch den Gnom er aus den Augen verloren.

Der wiederum sich durch ungeduldiges Zischen und Brummen bemerkbar machte. Irrten erst herum die Blicke des Gauklers, bis einen Schemen, schwebend, er am anderen Ende zu erkennen meinte. War auch tatsächlich der Gnom, der freilich nicht schwebte, sondern mittlerweile auf eine Art Galerie emporgestiegen war, und hieß der Gnom den Gaukler von oben herab mit herrischer Gebärde, ihm die anlehnende Leiter hinauf zu folgen. Hier oben, schien es dem Gaukler, war es wohl, wie auch anders, immer noch dunkel wie in der gesamten Stallung, doch sauberer, trockener, wenn so sagen man konnte, und nahm der Gaukler an, der Gnom wolle Schlafstatt ihm hier weisen. Nun also. Hatte der Gaukler besser schon genächtigt. Aber auch mit zerrissenem Gewand im Graben, geschlagen, vom Regen benässt eine Nacht hindurch. Der Fahrende nimmt, was ihm beschieden, er nimmt es sich oder er empfängt – was soll tun er auch? – und verlernt darüber, nach all dem zu fragen.

War aber nicht so. Schien der Gnom sich bestens, intim, wenn man so will, auszukennen hier, denn an und durch eine halbmannhohe Tür, niedriger eher (selbst der Gnom musste bücken sich, um hindurchzukriechen), war längst er getreten, die dem Unkundigen selbst bei Licht kaum sichtbar gewesen. Folgte, gehorsam gleichsam, der Gaukler. Führte die Tür in einen Hohlraum, kaum zwei Schritte im Quadrat, in dem der Gnom gerade so stehen, der Gaukler aber kaum kniend einfügen sich konnte. Nachdem der Gnom die Tür, durch sie gekommen, sorgfältig wieder verschlossen, ward dem Gaukler diese niedere Enge so bedrückend wie selten zuvor, und eine Welle an kaum benennbarer Angst rollte in und über ihm und durch ihn hindurch. Doch bevor sich Angst entlud, öffnete der Gnom wiederum eine noch schmalere Tür über ihnen, und schnell erhob sich der Gaukler, steckte den Kopf in das Dunkel über ihm, und war ihm gleichgültig, was in dem Dunkel verborgen sein mochte, Raum aber sollte, musste sein, der Raum, in dem er stand noch, war kaum höher als seine Knie. Zügig, doch ohne Eile und sicher, als wäre er wie oft schon diesen Weg gegangen, war es wohl auch, erklomm der Gnom den Boden, der sich auftat, von irgendwo aber schien ein diffuses dämmriges Licht, stark genug gerade, um Konturen zu erkennen, viel zu schwach, als dass auch nur hätte ahnen können der Gaukler, wo er sich befand und wohin sein Weg ging. Voran ging weiter der Gnom, unentwegt Unverständliches, dem Klange nach Drohliches vor sich hin brabbelnd, sabbernd fast, so hörte es sich an zumindest, denn der Gaukler sah es ja nicht. Durch Räume ging es, den vorigen ähnlich, über etwas wie Flure oder Durchgänge, so schmal, dass seitlich hindurch zwängen musste der Gaukler sich, dass die Haut es ihn durch die Kleidung hindurch schürfte, und manches Mal musste der Gnom, der natürlich einfach es hatte, ungeduldig und wie wütend an ihm ziehen, damit weiter sie kamen. Das schien dem Gaukler lange so zu gehen, als hätte nie es begonnen und würde nicht enden, er schwitzte vor Anstrengung, und weil unwohl ihm war, zugleich aber war er nicht überrascht und nahm dieses hin, war einverstanden, wie mit etwas, das anders ja gar nicht sein konnte.

Endlich aber, und wohl kam dieses Ende schneller, als empfunden, denn recht bedacht waren in der Burg sie ja unterwegs, wenn auch wohl an deren sonderbarsten Orten, endlich aber hatten Höhe sie gewonnen, und am Ende der steinernen Wendeltreppe, durch die letzte niedere Tür hindurch, betraten sie einen Raum, der leer zwar nahezu war, doch reinlich und offenkundig für herkömmliche Zwecke genutzt wurde, an den Tagen und in den Nächten. Ein Fensterloch sogar ließ letztes Licht herein, und der Gaukler sah ins Weite auf liegendes Land, nichts Besonderes eigentlich, kommt der Fahrende immer wieder ja an solche Punkte, und doch spürte der Gaukler Sehnsucht in diesem Augenblick, die ihn in dieses Land zog, schien ihm dieses einen Frieden zu verheißen und Ruhe, von der freilich selbst er wusste, dass es sie ja nicht gab. Würde immer und überall neuer Ausblick ja sein. Herrschte der Gnom ihn nun an, er möge seine Kleidung, die Fetzen ja ohnedies nur seien, ordnen und den Schweiß, der sein Gesicht überströmte, wie es nur bei Leuten passiere, die dem Leben nicht gewachsen, mit Wasser aus einem Krug, der in einer Ecke stand, hinwegspülen. Tat der Gaukler, wie ihm geheißen, es war ja schon gleich. Spürte, wie das frische, noch nicht abgestandene kühle Wasser tatsächlich flugs aus jener zwielichtigen Stimmung ihn holte, in die ihn dieser Weg gebracht, und fühlte er sich gekräftigt und wie zurückgekehrt zu sich selbst.

Hatte der Gnom, während der Gaukler noch über Krug und Schüssel gebeugt, eine Tür, eine letzte Tür geöffnet. Und trat nun also der Gaukler, ehe er sich dessen recht versah, in den nächsten Raum, und war in diesem das Mädchen, die Jungfer, die Gefangene, diejenige also, die ihn gerufen oder die nicht ihn gerufen, wegen derer er sich auf den Marsch gemacht, ohne recht zu wissen, warum und zu welchem Ende. Schien die Jungfer weit weniger überrascht, als es der Gaukler war. Mochte daran wohl liegen, dass die Jungfer von der Magd, die auch zugegen, längst vorbereitet, mochte auch sein freilich, dass die Gesichte und Geschichten, die in der Jungfer waren von Anbeginn und gewuchert immer weiter im Dorf, beim Zauberer, in den stillen Morgen und einsamen Frühlingen, den Sommern, wenn die Herbstnebel wieder von den Hügeln flossen und die Geister und Schemen wieder erwachten und die Geschichten spielten und spannen, die sie im Sommer erträumt. Raunzte aber der Gnom und zog und schob am Gaukler und schimpfte im Allgemeinen über die Läufte und über die Blödigkeit und das Ungeschick und das Ungeschick des Gauklers im Besonderen.

„Ihr kommt spät, Herr", sprach da die Jungfer, „längst habe ich erwartet euch, denn lange schon seid ihr gerufen." Sei er zwar ein anderer, fügte sie hinzu, und doch der gleiche immerdar. Da aber der gleiche er nun einmal sei, sei es daran, dass gemeinsam sie unternähmen, was nur scheinbar dem anderen vorbehalten.

Wusste der Gaukler wenig dazu zu sagen, denn er verstand nicht nur nichts, er verstand gar immer weniger, was er hier machte und machen sollte, wie er überhaupt hierhergekommen, und wäre ihm dieses wie ein Traum erschienen, ein dunkler nebliger drückender, hätten seine Augen nicht Halt gefunden an der Magd, die ihn immerhin daran erinnerte, dass alles dieses eine Geschichte ja hatte und deshalb wahr war, wenn auch nicht unbedingt wirklich, aber dieses konnte nicht unterscheiden er in diesem Augenblick. Sah aber immerhin, widerwillig fast und wie von der Seite, dass schön die Jungfer er fand, von ebenmäßigem Gesicht, rein, durchgearbeitet über ihre offensichtlich jungen Jahre hinaus, nicht groß, doch von schlankem, fast schmalem Wuchs, und ließen sich ihm die Brüste, mädchenhaft wohl, unter dem groben, sackenen Kleid ahnen, so viel immerhin taxierte der alte Fahrensmann, beinahe ohne es zu merken.

Dass es also daran sei, gemeinsam der Burg zu entfliehen. Er, der Gaukler, könne hier ohnedies nicht bleiben, nicht in der Burg, in ihrem Gefängnis schon gar nicht, denn, sie sage es ungescheut, fände man ihn hier, wäre der Verbringung ins Schuldloch er sicher, und ob diesem er je wieder entkäme, sei ungewiss, verfaulen würde er, viel Mann hoch unter der Erde, vergessen wie Vieh.

Zwar, sprach die Jungfer weiter und tat es wie gedankenverloren, den Blick nun in Ferne gerichtet, in innere Ferne, denn nichts ist ferner als das scheinbar so nahe Innere, zwar seien sie vergessen und verloren alle von

Anbeginn, doch müsse ja niemand dieser Vergessenheit und Verlassenheit noch ein weiteres hinzufügen.

Das waren drastische herbe Worte, die umso drastischer und herber klangen, als sie aus diesem mädchenhaften Mund kamen, von Lippen, die leicht glänzten, ruhig und fast leise und ihrer selbst gewiss. Waren aber gerade diese Worte, die den Gaukler weniger erschreckten, als ihn zurückbrachten, sich finden ließen in Ort und Lage.

Dass er ja, sprach der Gaukler und glaubte es selber, dass er, der er ihren Ruf vernommen durch die Magd, dass er ja gekommen, eben um von der Burg sie zu holen. Ein Gaukler sei er zwar, kein Krieger, doch könne er den Krieger wohl besser spielen, als mancher Krieger Krieger sei. Möge die Jungfer sich bereithalten für die Stunde, da die Nacht am schwärzesten und kurz davor, in den jüngsten Morgen zu fließen. Und mit ihr, so fügte hinzu er, die Magd. Lachte da die Magd, ein wenig spöttisch, hatte sie doch das sichere Gefühl, dass der Gaukler weit mehr sie benötige als sie ihn.

Im Moment, so der Gaukler, möge der Gnom ihn zurückführen. So geschah es. Rasch war der Gaukler wieder in jener Stallung, in die ihn der Gnom zuerst geführt. Was dem Gaukler so lange scheinen mochte, wie die Hälfte seiner Fahrten gedauert, war der sinkenden Sonne kaum mehr als einen Ruck zum Horizont hin und als der Gaukler, vom Gnom so rasch verlassen, dass er es gar nicht bemerkt, oben auf jener Balustrade über dem verlorenen Vieh zu sich kam, war er sich sicher, dass er all dieses, von der Anstrengung des Tages und des Marsches für kurze Weile übermannt, geträumt und kaum erlebt. Konnte solches nicht erlebt er ja haben – wer erlebte derlei, dass ein Gnom einen durch Räume und verborgene Gänge führe in das Verlies der Jungfer hin? Und hatte die Jungfer seines Traums nicht ganz anders ausgesehen, anders gesprochen, anders sich verhalten als jene, welche die Magd im Wachen ihm beschrieben? Gleichwohl war wahr wiederum ein jeglicher Traum, oder ließ wahr werden ein Traum das, was in ihm geträumt, wird zu Geschichte und Traum, was wahr war, und wahr wird, was Geschichte und Traum einst gewesen.

Am Ende sind eins ja stets Geschichte und Traum und Erlebnis, und ob tatsächlich oder nur im Traum ein Gnom ihn aus diesem Loch und Stall und Kellerverschlag in das Verlies der Jungfer hoch oben geführt durch Dunkelheit und Enge und er dort oben, vielleicht, ein Gespräch oder Nicht-Gespräch er geführt, was tat es? Jetzt war er hier, jetzt war zu überlegen. Wo die Magd bloß geblieben, die doch Auskunft, zweideutige zumindest, ihm geben könnte? Fürs erste aber blieb die Magd verschwunden. Der Gaukler überlegte. Er wusste immerhin, dass er hier war, um die Jungfer mitzunehmen, und hatte er dieses vorher gewusst, wie ja alles Wissen in uns kommt und ist vom jenseitigen Rand der zeitlichen Zeiten, und so war nun in jedem Fall Entschluss gefasst. Wobei freilich wiederum nicht er hätte sagen können, woher dieser Entschluss rührte. Sind aber diese Spürungen an den Kettengliedern unserer Gedanken und Handlungen am Ende nutzlos, denn immer kann man noch einmal fragen und noch einmal und dann noch einmal und sich so, schnell sogar, in jenen Nebeln verlieren, in denen jegliche Handlung und jeglicher Gedanke im nicht mehr Sichtbaren sich verliert.

Die Jungfer also mitnehmen. Aus der Burg herausführen, warum und wohin und zu welchem Zwecke, es spielte ja keine Rolle. Würde sich finden. Oder auch nicht. Schnell musste, war dieses dem Gaukler klar, es gehen, noch in dieser Nacht wohl oder früh am Morgen, hatte der Schwarze ja Zweifel nicht gelassen, dass loszuwerden er ihn wünschte und auf seine Gaukeleien nichts gab. Wurde wohl misstrauisch beobachtet, wer wusste schon, ob nicht eben in diesem Moment, da vor fremden Blicken auf der Balustrade in dem dreckigen und verkommenen Stall er sicher sich wähnte, und Unbehagen, Misstrauen seinerseits empfand jetzt der Gaukler, da er an den Gnom dachte. Wer mochte schon wissen, was dieser tatsächlich im Schilde führte? Denn sind auch doch die Gnomen zu allerhand zu gebrauchen und den Jungfern und Mädchen und Frauen oft gerne zu Diensten, so sind sie allen anderen zugleich undurchschaubar und eine Gefahr, tödliche oft genug.

Gab sich dann eines zum anderen, wie immer, fast immer es ja so ist. Verließ der Gaukler, in Gedanken, den Stall und traf im Hof auf eine Gruppe von Knechten und Mägden, die neugierig, ablehnend und doch erwartungsvoll ihn musterten. Verfiel der Gaukler wie so oft zuvor, ohne über dieses nachzudenken, in seine Späße, Zoten und Grimassen, machte zweideutige Andeutungen auf Kosten einzelner, karikierte, sprang und tanzte, dass sein wenn auch kleines Publikum schnell freudig bewegt war und zugleich auch, wie stets, ein wenig herablassend auf ihn sah, der mit solchem Unernst und solch Gaukelei sich abgab und das Leben gar zu fristen suchte. Lockte freilich dieses Johlen schnell die Büttel der Burg, die Schergen des Schwarzen, und befehlsgemäß griffen sie den Gaukler aus der Menge, seinen Kunststückchen heraus und warfen ihn in den Turm, an den die Kammer der Jungfer sich lehnte. War da Furcht unter denen, die ihm zugesehen. Aber bei dem einen oder anderen auch innerer, verborgener Grimm auf diejenigen, die solch geringe Freude ihnen nahmen. Das sollte nützlich sein dem Gaukler, der Jungfer, der Magd und dem Gnomen, denn diese waren es, die in dunkelster

Stunde sich fanden in jenem Durchgang, geleitet vom Gnomen, und die wenigen, denen wach zu sein befohlen, sahen es nicht oder wollten es nicht sehen, wer mochte es wissen, und so bestieg die Jungfer jenen Esel aus dem Stall, und führte diesen die Magd, und hielt der Gnom am Schwanz sich fest, und lief der Gaukler daneben, wie nicht recht zugehörig und füllte damit seine Rolle. Ein seltsamer Zug, ein seltsames Bild! Und wunderlich, wie einfach all dieses gegangen am Ende. Dass zu fragen gewesen wäre, wenn einer gefragt denn hätte, warum nicht viel früher alles dieses geschehen, hätte die Antwort aber nur sein können, dass früher es hätte eben gerade nicht geschehen können, sondern all dieses erst mit dem Zugang des Gauklers. Wenn Ersehntes dann tatsächlich geschieht, worauf hoffen freilich niemand sollte, dann geschieht es oft leicht, sanft und schnell.

SIE hielten sich stramm, dem Beritt des Schwarzen und seines schwarzen Priesters zu entkommen. Denn daran konnte kein Zweifel sein: Sobald ihr Verschwinden bemerkt würde, wären von den Bütteln und Schergen und Knechten sie verfolgt, die selbst wiederum angetrieben und bedroht von grimmigstem Zorn. Traf sich also, dass die Magd durch ihre Gänge in dem Landstrich, durch die vielen Nächte, die sie in oft entlegenen Katen bei ihren Knechten und Hirten und Fallenstellern, den Fahrenden, den Kundschaftern verbracht, der Wege und Triften so kundig war wie wohl kaum eine zweite aus dem Gesinde des Schwarzen. Gab die Magd also, sicher und fraglos, den Schritt und den Weg vor, denn als einzige hatte sie ein Bild, wohin sich zu wenden. Schlugen sich so abseits der Wege, mieden die kleinen und größeren Siedlungen und erst recht das Heimatdorf der Magd und liefen geradewegs, offenes Gelände freilich meidend, auf die kleinen Gebirge am nordöstlichen Horizont so, die von hier aus milde wirkten, sanft, bläulich schimmernd. War dieses wohl auch die ungefähre Richtung, in der sich das Dorf des Mädchens mit dem Zauberer und dem Söldner finden mochte, doch hatte das Mädchen ungefragt ihrerseits wissen lassen, in knappen, kargen Worten, dass vorläufig nicht zurückzukehren es gedenke und dieses als Wanderschaft und Marsch ansehe, dessen Ziel ihm wohl unbekannt. Sie ahne aber, dass sie es würde erreichen müssen, da ihr dieses vorbestimmt sei – zu welchem Zwecke und Ende wiederum, werde zeigen sich oder auch nicht, es sei dieses vielleicht überhaupt nicht wichtig. Für den Augenblick möge die Magd sie führen, wohin es jener richtig erschien.

Hinterher trottete der Gaukler, dem zu Zweck und Ende der Unternehmung eigene Gedanken und Empfindungen sich einstellten. Wohl waren sie alle, kaum entkommen, in Gefahr an Leib und Leben nach wie vor, und hatte sich dieses kaum geändert. Wie auch? Und meinten, den Atem der nachrückenden Schergen bis tief in ihrem Inneren zu spüren. Und doch schafft Laufen und Marschieren und selbst eine Flucht schnell Gleichmaß und Gewohnheit, und Gewohnheit schafft Spalten in Kopf und Seele, und was auftaucht und aufsteigt durch solche Spalten, das ist nicht immer gut. Mag ähneln dem, was in den Nächten in uns geboren, was uns lähmt und ängstigt, mag sich ähneln also, weil es in den gleichen Urgrund reicht oder jenem entstammt, ist aber nicht gleich, weil von unten andere Wege es gegangen.

Was er bis jetzt eingetauscht, so dachte missmutig wie so häufig der Gaukler, was er also bis jetzo eingetauscht, war nun tatsächlich nicht, was er erwartet, und dass er gar nicht hätte sagen können, was er denn eigentlich erwartet, machte seine Übellaunigkeit nicht besser. Wir wissen nicht, was wir erwarten, aber was wir bekommen, ist nicht, was wir wollen, und ob die Übellaunigkeit daraus entsteht oder ob umgekehrt die Übellaunigkeit der Grund für diese Trübung in Kopf und Seele ist, wer schon mochte dieses wissen?

Mit Ruhe und wie seit je, dachte sich der Gaukler, könnte er kaum beachtet und unverfolgt seiner Wege über die Landstraßen, durch die Furten und Wälder, hin zu den Burgen und Städtchen ziehen, könnte lieben, seinem Phall zumindest zuliebe, könnte spielen, erzählen, prassen und trinken und dann eben wieder ziehen, war das doch ein Leben, wie immer er es sich gewünscht. Währenddessen er jetzt, ohne zu wissen wie und warum, um sein nacktes Leben laufen musste, diesem sonderbaren Trupp hinterher, der kaum ihn beachtete und dem nützlich er wohl auch nicht sein konnte in diesem Augenblick, und achtete die Magd, nach der er sich, wütend und schamerfüllt konnte nicht er es sich verbergen, in der Burg gesehnt, und nicht einmal oder nicht einmal nur geschlechtlich, und achtete die Magd also mit kaum einem Blick auf ihn, sondern auf den Weg, der vor ihnen lag, und war der schwer genug zu finden, was hätte sie übrigens in der Lage, in der sie alle miteinander waren, tun sollen auch? Vergaß der Gaukler aber in seinem Missmut, dass er wenig zuvor das Leben auf den Landstraßen, das er inhaltslos und gleichförmig, ohne Bindung und damit ohne ein Müssen freilich auch geführt, längst satt gehabt. Münze aber, größere oder kleinere, dachte der Gaukler trotzig vor sich selbst, wenn immerhin eine Ahnung ihn anfuhr, Münze aber würde es hier, wie es aussah, so schnell erst recht nicht geben. Dachte schon daran, sich in die Büsche zu schlagen, dachte gar daran, grimmig, sich durch Verrat Ablass zu erkaufen, als Wendung und wieder neu Wendung geschah, doch ist Wendung ja immer neu und macht neu, auch wenn zum Alten sie zurückführt, und ist erhofft oft, doch bringt sie das Erhoffte selten. Wie auch? Wendung geschieht ja mit uns und manchmal durch uns, aber bleiben wir ja, wer wir sind, wohin also sollte Wendung führen, als zu uns selbst? Manchmal aber erfuhr einer Wendung auch, wie von jenem Herrn gekommen, und die war dann anders, mächtig, hinwegfegend gebieterisch und von Grund auf, Wendung, die mit Fülle überschüttete, jeden Verstand, jede Planung, jede vordem gaukelnde Fantasterei überschreitend wie eine Welle, eine gigantische Woge, die jeglichen Damm als Spielzeug, kindisch und lächerlich erscheinen ließ, Wendung, von der kaum je Erzählung wurde oder auch nur Sprache, weil menschliche Sprache, Gesang, Geschichte, Gaukelei, Spiel und Ahnung nicht ausreichte und ausreichen nicht konnte, weil menschliches Maß, sei es kühnes, übersteigertes, verschrobenes, wahnsinniges, aber eben stets menschliches Maß es bei weitem überschritt. Sollte man sich solcherlei Wendung überhaupt wünschen? Und doch tun alle es, wünschen es in den Nächten und Träumen und haben Furcht davor, mit Gründen, guten Gründen.

IM FALLE des Gauklers, dem Missmutigen, auf Weg und Marsch und in Weg und Marsch gefangen, ging es billiger zu, mit kleiner Münze, nimmt man aber auch kleine Münze, wenn große nun einmal zu haben nicht ist. Wandte sich, unversehens, die Magd an ihn. Dass, so sie weiterkämen wie bisher, erklärte die Magd, sie ihr Ziel erreichen würden, noch bevor die Sonne ihren Lauf geendet. Oben auf den Triften und Matten, hinter den Wäldern, schwer und nur den Kundigen erreichbar, in einer Landschaft, die wohl dem Schwarzen noch zugehörig war dem Recht oder auch nur der Tradition nach, die aber vergessen beinahe war und so wiederum dem Schwarzen kaum mehr zurechenbar und in diesem Sinne außerhalb von dessen Gewalt, in dieser Landschaft lebte einsam ein Hirte seit Menschengedenken. Von den Wenigen, die überhaupt noch wussten von ihm, mieden wiederum ihn die meisten. Mochte sein, dass tatsächlich lange Einsamkeit den Hirten sonderbar gemacht, wunderlich, und unfähig oder unwillig oder beides, um mit den Menschen des Tales üblichen Umgang zu pflegen. Mochte sein freilich auch, dass gerade andersherum die lange und ja zweifellos von ihm gesuchte, wenn vielleicht nicht geliebte Einsamkeit seinen Geist und seine Ahnungen so weit gemacht hatten, dass über das, was die Menschen in der Ebene und den Tälern ängstigte, er einfach hinwegflog. Die Fremdheit freilich, ob aus dem einen, aus dem anderen Grund, blieb am Ende ja die gleiche. Sie selbst, die Magd aber, sei immer wieder einmal auf ihren Wanderungen bei ihm geblieben für einige Sonnenläufe, einmal fast einen heißen Sommer lang, als aus allem sie wie herausgeworfen, und es habe, nach ihrer Rückkehr sei ihr schmerzlich dieses gewesen, keiner nach ihr gefragt. Verschwunden sei sie für die Welt eben gewesen, und dann eben wieder erschienen, nichts davon groß des Gedankens, der Überlegung wert. Habe andererseits der Sommer mit dem Hirten gut ihr getan, habe sie gekräftigt, gereinigt habe sie sich gefühlt, an Seele, im Kopf, sogar am Leibe, denn reinigte die Arbeit mit Vieh und Heu auf sonderbare Weise, war Arbeit ja gewesen, die ihr von früh auf vertraut, und hatte dort oben aber doch andere Wirkung. War alles Geschlechtliche, das sie so oft antrieb unten, und war alles Sehnen rasch verschwunden, verdunstet beinahe, und wusste sie nicht, wohin. Und hatte nichts ihr gefehlt, bis am Ende, eigentlich aber doch am Höhepunkt jenes Sommers, Gier und Geilheit sich mit jedem Schritt, den sie sich der Ebene und den Tälern näherte, wie unbezähmbar neu sie erfasste und sie, wild, lüstern, unbefriedigt, nicht zu befriedigen, mit dem erstbesten Holzknecht, der ihr begegnet, im Wald sich wälzte, schreiend und stöhnend wie ein Tier, das waidwund zwar, aber nicht in der Lage zu sterben.

Erzählte die Magd alles dieses aber, wie es ihre Art war, leise, fast monoton, selbstverständlich, ohne Scham und ohne Scheu, und dem Gaukler, nicht zimperlich wahrhaftig, grob zupackend, schnell vergessend, wenn ihm danach war, wurde wie schon oft, seit die Magd er kannte, sonderbar im Gemüt. Hörte aber sein Phall diese Geschichten gerne einerseits, und war doch erschrocken darüber andererseits.

Es sei nun so, fuhr die Magd fort, dass es dem Hirten unbequem sein möge und misstrauisch und rabiat er reagieren möge, wenn ein ja nun tatsächlich schwer zu deutender Trupp wie der ihre auftauchte, und rabiat könne der Alte sein und müsse es wohl auch. Wie er freilich überdies friedlich und freundlich und zugewandt sein könne, und große Ruhe konnte von ihm ausströmen und sein Gegenüber erfüllen, wie eine Quelle einen ausgedörrten Gebirgstopf speist. Gut wohl wäre hier, wenn der Gaukler seine Künste spielen lassen könne. Zwar sei sie, die Magd, dem Hirten ja bekannt. Doch möge es nützlich sein, wenn der Gaukler schon von weitem, noch ehe sie sichtbar, wobei nie ganz klar war, ab wann ihr kleiner Trupp eigentlich sichtbar sein würde und damit ihr Kommen bemerkt, dass also der Gaukler schon von weitem die Klänge seiner Flöte vorausschicken möge, sie anzukündigen. Der Hirte selbst beschäftigte sich ja mit Klängen und war diesen zugetan in begieriger Weise, sammelte sie, soweit man Klänge sammeln kann, die Klänge, welche die Natur hervorbrachte, in den Wäldern und Bächen, wenn Geröll sich löste, der Himmel ächzte, Vieh schrie, es raschelte und wisperte, sanft sich zurief, brutal Stille, die ja selbst Klang war, zerriss, und die Klänge, die keine Natur je erzeugt, sondern die hergestellt von ihm mit Überlegung oder gefunden im Vorbeigehen, wenn durch ein Rohr er blies, Steine auf gespannte Häute warf, metallene Scheiben, die grob er sich geschmiedet, mit rauem Keil zum Tönen brachte. Mochte also sein, dass die Flötenklänge, die über die Triften und Matten zu ihm wehten, ihn anlockten und besänftigten zugleich, und wäre ihr Eingang auf diese Weise gut, so würde sich alles neu und gut finden.

So also geschah es. Nachdem sie miteinander gesprochen, war der Missmut dem Gaukler wie ausgeblasen, sodass er nun unweit, an einer von der Magd bezeichneter Stelle, damit begann, die Flöte zu spielen. Gehörte die Flöte ja zum wenigen Handwerkszeug, das als Gaukler er brauchte, leichtes Gepäck, einfache Kunst, verweht schnell und vergessen und doch nie ohne Wirkung auf ihn selbst und auf andere. Gespielt hatte er schon für sich, wenn er rastete auf der Wanderung, kurz immer nur – und hatte selbst nicht gewusst, warum –, mit zartem Klang hatte er derbem Vortrag auf dem Marktplatz Kontrast gegeben oder mit schrillem Gellen Gefahr beschworen, hatte, wenn in den Wintern zwangsweise er sich verlegen (Winter ist nicht gut für Gauklerwanderung), die Töchter seiner adligen Wirte becirct und beblasen, und die hatten gerne sich das gefallen lassen und hatten geächzt und geseufzt und Tränchen verdrückt oder verdrückt auch nicht, in die Betten aber hatten ihn diejenigen unter ihnen genommen, denen derb er gekommen und nicht lyrisch. Es hatte nicht ihn überrascht. Hatte aber die Zarten er als Publikum genommen, um Wirkung zu erproben für das Frühjahr und den Sommer und die Erntefeste, oder wenn die Stiere geopfert wurden zur Feier der Frühjahrsmonde oder wenn die Burschen und Mägde gesandt wurden, wenn draußen er also war und er fuhr und sich gaukelte von Ort zu Ort. Hatte, so schien es ihm nun, lange nicht mehr gespielt und geflötet so, und selten, vielleicht nie gespielt mit so klarem Auftrag und solcher Berechnung. Freute darüber er sich und ging voran der Jungfer auf dem Esel und der Magd am Zügel und dem Gnomen am Schwanz, und wehten die Töne zart, doch in ihrer Zartheit widerspenstig und dauernd, vom Waldrand her, den sie gerade verließen, die sanfte, doch zähe Steigung der Matten und Weiden hinauf, und war oben, von der Mulde des Gipfels fast verborgen, Haus oder Hütte des Hirten schon zu sehen. Denn zwar war Haus oder Hütte des Hirten auf dem Gipfel dieses Berges erbaut, wenn vom Gipfel dieses freilich eher kleinen Berges man reden denn wollte, dort aber wiederum in diese Mulde oder leichte Senkung hinein, sodass man unten den kahlen Gipfel leicht, Haus oder Hütte des Hirten aber nur schwer oder gar nicht sehen konnte. Vereinzelte Schafe, wenige Ziegen, eine Handvoll Kühe, wenn überhaupt dieses, waren verstreut zu sehen, und mochte sogar sein, dass ein einzelner Stier hier unruhig oder nicht, schnaubend oder nicht, wütend oder nicht, missmutig, auf Kampf lauernd oder nicht, zu finden wäre, aber das wusste die kleine Schar des Gauklers nicht, zerbrach nicht sich den Kopf darüber und wollte es schon gar nicht wissen.

Eine grüne Aue. Ein finsteres Tal. Stecken und Stab. Hier oben, auf dem Weg nach oben besser, die Flöte blasend, wollte es dem Gaukler freilich so vorkommen, als ob seine Füße sich auf weiten Raum stellten, als ob Fülle, kaum beschreibbar, sich kaum mehr als ahnen, spüren ließ. Doch schien dem Gaukler gar nichts, er hatte keinen Gedanken davon, kein Spüren, keine Ahnung, und war es doch da, unbenennbar. Gingen also den Pfad, hintereinander, auf die Kuppe zu. Auch diesmal wieder wollte der Gipfel näher scheinen, als er tatsächlich war, und dem Gaukler gingen mittendrin nicht nur die Melodien aus – aber das bedeutete nichts, spielte er eben vorne oder eben das, was ihm einfiel –, sondern der Atem wollte nicht mehr recht. Selbst für kleine Kunst, die handgeschnitzte Flöte, schnell gefertigt, schnell verspielt, ist Atem nötig, manchmal ein langer sogar. Das ließ einen Tropfen an Unbehagen fallen in des Gauklers aufgeräumte Seele, geheimnisvoll, macht doch gerade dies die selten oder nie gekannte Stimmung tiefer und wertvoller. Wie immer die Stimmung freilich war oder nicht war: wenn des Gauklers Spiel eine Wirkung hatte, so die, dass von einer Wirkung in jedem Falle nichts zu spüren war. Das weidende Vieh nahm die Töne gleichmütig, mochte hie und da ein Schaf, eine Kuh den Kopf wenden, interesselos, weder geängstigt noch neugierig in jedem Falle, mochte ein Ziegenbock wie zu einem Angriff auf den Esel, dessen Geruch hier ungewohnt, die Hörner senken, es dann aber doch lassen, zu sehen war sonst nichts, nicht im Guten, nicht im Bösen, nichts Drohliches lag in der Luft, nichts war aber auch, das ihnen den Weg besonders einladend machte, eher war es so, dass sich etwas einschläfernd Gleichgültiges breitmachte, nicht unangenehm, gewiss, aber doch gefährlich auch, waren immerhin doch Verfolgte sie und gefährdet, das Leben zu lassen, wenn sie erhascht, und auch wenn die Magd auf abgelegene Pfade sie geführt haben mochte, immer noch waren sie auf dem Gebiet des Schwarzen, dem Papiere, der Idee nach, immerhin.

Schließlich hatten jenen Rand, der den Gipfel bildete, sie erreicht und sahen in die Mulde hinab, die Hütte, eigentlich schon Anwesen des Hirten barg. War auch hier niemand zu sehen, doch wirkte sauber alles, hergerichtet, neu fast, die tatsächlich kleine Hütte, die kaum mehr als einen Raum für den Hirten bieten mochte, eine kleine Stallung, ein Unterstand eher, ein Käfig mit einer Handvoll Hühner, die für mäßigen Laut, mäßige Bewegung sorgten in diesem stillen Bilde. Friedlich jedoch ist im Friedlichen meist Verlassenheit auch, und in Verlassenheit steckt dann doch wieder namenlose ungreifbare Bedrohung, der ausweichen man nicht kann, weil eben benennen sie man nicht kann, und so ist jedem friedlichen, stillen Bild mit Misstrauen zu begegnen.

IN DEN Ebenen und auf den Hochflächen des fernen, des wohl nur geträumten Südens, an den weißen Gestaden unseres Meeres, wo die Priesterinnen welcher Götter auch immer vom Wind sich liebkosen ließen in weißem Kleid und von olivenfarbener Haut, wie der Traum es will nun einmal, dort, auf den Hochflächen, in den Tälern, an den salzigen Küsten mit holziger Nahrung für das Vieh, das dort nun einmal war und Nahrung finden musste, dort also überall, so gingen die Geschichten, dort und in den sehnsüchtigen Erzählungen in unseren Höhlen, im Grau, im Nebel, in steinerner, beinerner Kälte, wenn Hunger wir hatten und des Trostes bedürftig wir waren, dort also überall mochte in der Ruhe streng gebieterischer Sonne der Flötengott über die Triften gehen, in Reglosigkeit und Stille, Schrecken, unnennbaren, verbreitend, die Schweine, das Vieh rasend machend, und mit seiner klanglosen, sichtlosen Drohung die Hirten in Verzweiflung treibend, in Trauer, Verbitterung allüberall. Und ging, in den Ebenen, auf den Hochflächen, in den Tälern, der Flötengott doch vorüber, immer ging er vorüber, denn nicht blieb ja die Sonne in ihrem Zenit, nie tat sie solches, hatte sie solches nicht getan in den zeitlichen Zeiten und tat sie es noch weniger in diesen Nicht-Zeiten, ging vorüber also der Flötengott und verschwand, so erholten die Schweine sich von ihrer Qual und lächelten die Priesterinnen, empfingen die Fremden, entließen sie, liebten, entliebten sich, blieben Jungfrauen meist, aber nicht immer, taten ihren Dienst an den Göttern wie vorgeschrieben, und gingen dann, manchmal mit einem der Fremden, meist zurück in ihre Dörfer, und war bald ihr Dienst nebliges, verschwommenes Raunen nur, Gerücht, fast nicht geglaubt, vergessen.

Ach, dieser Süden, diese Küsten, unser Meer, das geträumte, das abenteuerliche, das geliebte, die weißen Priesterinnen, der Wind, der vom Meer her erzählte, der Flötengott, die Schweine! Wie ahnten wir doch, dass wir träumten, wie sicher, wie gern, wie unbedingt träumten wir unsere Ahnungen, dass all dieses Traum! Aber sind die Träume so wahr, wie es unsere Geschichten, Erzählungen, Gesichte, Ahnungen in unseren tropfenden, kalten Höhlen sind, wo wir uns wärmen, auch mit Träumen und Geschichten, denn nichts, nichts wärmt und belebt mehr, als es Geschichten und Träume nun einmal tun.

Mochte also die im Friedlichen drohliche Stille den Süden, unser Meer in den Seelen dieses Trupps, des Gauklers, des Mädchens, des Gnomen, der Magd, hervorrufen – es war ja nun einmal jener Süden nicht, und nicht alles, was schön, ist drohlich, und nicht alles, was drohlich, ist schön.

WAR von all dem die Magd freilich am wenigsten ergriffen. Der Gaukler mochte solch Gespür, unbenannt, in sich haben, denn vom Fahren war er es gewohnt, Stimmungen zu spüren und darauf zu antworten, die Stimmungen in Gaukelei zu übersetzen und so zu bannen womöglich, mochte freilich auch sein, dass dieses stete Spüren oder die unstillbare Gier nach diesem Spüren ihn erst auf die Straße und auf die Fahrt getrieben und so umgekehrt das, was er erspürte, Antwort auf seine Gier, das Gespürte von seiner Gier erst erzeugt und geschaffen war.

Vielleicht auch war die Jungfer ergriffen oder gefesselt oder erschreckt, doch wohl aus anderen Gründen, denn mochte sie beherzt auch den Widerfahrnissen in der Gewalt des Schwarzen getrotzt haben, klug und überlegt, so war sie Mädchen und Jungfer doch auch, unerfahren, weltabgewandt erzogen und wie von einem Fausthieb von der Gewalt gepackt und in andere Welt gerissen, auf der Flucht jetzt, auf ungewissem Marsch, ihres Lebens noch weniger gewiss, als sie es vordem gewesen und so der Bedrohungen, möglicher oder tatsächlicher, unmittelbarer gewahr als ein anderer.

Angst und Gier, die Jungfrau und der Gaukler.

Ängstigte sich die Magd aber sonderlich nicht, und ging ihre Gier auf anderes. Auch war ihr die Szenerie unvertraut ja nicht, war ja hier schon gewesen, hatte einen Sommer bei dem und mit dem Hirten verbracht und schritt so zügig voran und in die Mulde hinab und in das kleine Anwesen hinein. Dass der Hirte, so sprach leichthin sie zu den Zögernden, nicht erschienen, sei eher wohl ein gutes Zeichen und weise darauf hin, dass ihn des Gauklers Klänge selber beruhigt. Mochte er auch sein, wo er wolle, sie wisse es nicht, es sei von großer Bedeutung auch nicht. Sie halte den Trupp sicher für willkommen, so der Hirte etwas und jemanden überhaupt willkommen heiße. Sei der aber weit weniger scheu, als unten oft erzählt, was aber im Sinne des Hirten sei und diesem unlieb nicht.

Gerüchte gibt es ja, die falsch sind und die dennoch schützen.

Hieß die Magd ihre Begleitung also unter einem Dach mit kleinem Verhau, der Kniehöhe nicht überschritt, zu lagern, Mahl und Trank zu nehmen, und so zögerlich der restliche Trupp war, so sehr lockten dann doch Ruhe und Rast, deren sie bedürftig waren über das Maß, hatte – wie anders? – doch die Flucht gezehrt an ihren Leibern und ihrem Geist.

Vollendete die Sonne jetzt rasch ihren Lauf, wenn sie auch lange (von hier aus gesehen) stand über dem Horizont, und abendliche Kälte floss in die Mulde. Der Gaukler meinte, in der Entfernung die Burg des Schwarzen auf einem Hügel zu ahnen, aber sicher war er nicht, und die anderen sahen nicht darauf. Nachdem karg sie Mahl gehalten und getrunken, kauerten sie eng aneinander unter groben Rossdecken, welche die Magd von irgendwoher besorgt, nach Stall und Vieh dünsteten diese wie betäubend, eng lagen sie und schliefen der sonderbaren, der gefährlichen Lage zum Trotz rasch ein. Gefahr, ab einem gewissen Punkt, ermüdet auch, oder ist es vielmehr so, dass Geist und Leib, von andauernder Gefahr zermürbt, in Schlaf und Traum sich flüchten, mochte Schlaf unruhig sein und Traum selber drohlich, so war anders doch dieses.

IN NACHT und Traum, mochte sein schon gegen Morgen hin, da die grauen Lichtnebel des dämmernden Morgens sich vermengten unauflöslich mit den zerfasernden Fetzen der Geschichten, welche die Fürsten und Königinnen der Ander-, der Neben- oder Hauptwelt erzählten im Kopfe des ruhig oder unruhig (es spielte keine Rolle) Schlafenden, in sich ergebende, sich aufgebende Nacht also, in zerfließenden Traum hinein drangen Flötentöne in das Ohr des Gauklers, der, nach erstem Erwachen, die Melodie meinte geträumt zu haben, denn als er sich, aus der Umarmung mit der Jungfer sich lösend, die wohl unbemerkt in der Nacht sich an ihn geschmiegt, wach dann gänzlich erhob, war von Flötenmelodie zu hören nichts mehr. Von der Umarmung, der Umschlingung fast, in die das Mädchen ihn genommen im Schlaf offenbar, wusste er nichts, spürte Widerhall in sich kaum und dachte sich wenig, verblüffte ihn doch das Treiben auf dem Hof oder in der Mulde, auch wenn daran für sich genommen, für eine ländliche Szene, deren er auf seinen Fahrten und Märschen ja viele gesehen und fast stets gesehen ein Leben lang, Sonderbares wenig war. Die Magd lief bereits emsig, fütternd, tränkend, besorgend umher, ein dunkler, offenbar kraftstrotzender Mann, verschattet und unbestimmten Alters, schichtete Holz, das hier oben kostbar und das bei Sonnenuntergang am Abend zuvor niemand gesehen, und ein Alter, der Hirt wohl, hochgewachsen, doch nicht ausgemergelt und greisenhaft, wie es das

Leben oben auf den Kuppen und Bergen, mehr noch aber in den Tälern und Ebenen oft bringt, trieb Schafe und Ziegen aus den Ställen, die am Abend zuvor noch leer. Oder hatte der Gaukler falsch gesehen, oder wie ging dieses zu? Sah der Gaukler wohl, dass eine Flöte dem Alten, dem Hirten im Gürtel steckte, ob aber darauf er gespielt und der Gaukler also von der Melodie tatsächlich geweckt oder ob die Melodie, die vermeintlich er gehört, nur Traummelodie gewesen, die freilich ihn dennoch geweckt, wer mochte dieses sagen? Fühlte der Gaukler sich, was selten vorgekommen in seinem Leben, fehl, überflüssig, nicht einmal unwillkommen, sondern schlicht übersehen oder, wenn wahrgenommen, dann nur flüchtig und kaum gleichgültig, und suchte also Blick und Aufmerksamkeit der Magd. Wurde ihm diese auch zuteil nach geringer Weile, und begrüßte ihn die Magd freundlich und selbstverständlich zum Morgen, als wäre seit langem sie hier zugange, wenn nicht zu Hause. War es ja, der Gaukler rief es in Erinnerung sich, fast auch so, war sie ja nicht hier zum ersten Mal, und hatte sie ihren kleinen Trupp, ihre Horde am Ende hierher geführt ja. War ihnen von der Magd kleines Mahl zum Morgen rasch gebracht, der Gnom hielt sich wie selbstverständlich an den Hirten, der die Herden, so dies Wort nicht viel zu tönend war für die jeweils Handvoll Tiere, auf die Triften und Hänge trieb, einige der Tiere waren freilich draußen geblieben über Nacht, und vermochte der Gaukler nicht zu erkennen, welche Ordnung in dieser Hirtenwirtschaft eigentlich herrschte, eine schlechte freilich war es dem Augenschein nach jedoch nicht. Zurück blieben, ratlos, der Gaukler und das Mädchen, und hatte bis auf die Magd keiner mit ihnen gesprochen. Das Brot, das die Magd gebracht, war rasch verzehrt, die Milch der Ziege, streng, nährend eher, denn Gaumen und Kehle netzend, schnell zur Neige. Unbehaglich war ihnen beiden, dem Gaukler besonders. Nicht zum ersten Male haderte er damit, dass verführt hatte ihn die Magd mit ihrem Geschlecht, mehr noch mit ihrer Erzählung, ihn weggelockt von seinem Wege, den er in Frieden, in Gaukelei und Spiel jetzt gehen könnte, und spürte zugleich, wiederum zum ersten Male nicht, die sonderliche Bindung an diese Magd, die, schlicht, einfach ihren Weg ging, Lust sich nahm, Lust gab, aber Befriedigung kaum verspürte. Folgte der Gaukler mit Blicken ihr, wenn die Mulde sie durchquerte zu welchem Geschäfte, welcher Tätigkeit auch immer, und war unwillig, dass wiederum sie ihn kaum beachtete. Das Mädchen derweil hatte die Arme um die Beine geschlossen, sprach kaum oder nichts und war erschöpft sichtbarlich. Fühlten beide sich, jeder für sich und anders also jeder und unausgesprochen, sich als gefangen, mehr in jedem Falle, als bei dem Schwarzen oder sonstwo in ihrem

Leben sie gefangen sich gefühlt hätten, gefesselt und gebunden unsichtbar und nicht zu benennen und nicht zu begreifen, denn niemand hinderte sie hier oben, und mochten bewegen sie sich, wie sie wollten. Taten es aber nicht. Eine Lähmung. Ein Bann.

Allein, es ging auch dieses vorüber. Geht ja alles vorüber, geht weiter, verschwindet, kommt wieder, in gleicher, in anderer Gestalt, und ist doch dasselbe, in engen Kreisen, in weiteren Kreisen, in Kreisen, dass fast oder gar nicht mehr sie als Kreise erkennbar. Und sind sie es nun einmal doch, bestehen alle Erzählungen, alle Geschichten, alle Widerfahrnisse, Gespinste, Verknotungen ja aus nichts anderem als Figuren und Empfindungen, an zwei Händen abzuzählen – und wäre dieses viel – in freilich so unendlich vielen Verkleidungen und Verwicklungen, wie sie die Sandkörner aller Strände an unserem südlichen Meere nicht messen könnten.

BEWEGTE sich die Sonne auf ihren Zenit zu, rascher, als es dem Gaukler und dem Mädchen scheinen mochte, als der Hirte und mit ihm der Vierschrötrige zurückkehrte. Hatte die Magd wiederum einfaches Mahl bereitet, da die Männer zurückkehrten, und jetzt auch sprach der Hirte zum Gaukler. Hieß ihn willkommen. Fragte ohne Misstrauen oder Neugier, doch zugewandt und offenkundig interessiert nach des Gauklers Hergang und Wanderung und Marsch. Hatte, knapp, manches anzumerken, was dem Gaukler wie genaue Kenntnis, eigene Erfahrung und Anschauung schien, und in jedem Falle nicht den weltgeflohenen und weltvergessenen Eindruck machte, wie es der Gaukler aus eigener Reimerei, aber auch nach den Erzählungen der Magd erwartet hätte. Aber was eigentlich hatte die Magd groß erzählt? Und so blieb denn tatsächlich die Frage, ob nicht alles Erwartete auf seine, des Gauklers Fantasie, das schnurschnelle Weben einer neuen Geschichte zurückging. Mochte dieses sein, wie es wollte, wer wollte es auch ergründen im Ende? Kamen dem Gaukler, redend und erzählend und sich in seinem Reden und Erzählen anerkennend womöglich willkommen geheißen, kamen also dem Gaukler rasch Laune und guter Mut zurück. Redete. Strich dieses heraus. Ließ jenes weg. Ließ es, Erzähler, der er war, an Anekdoten von Widerfahrnissen auf seinen Wanderungen nicht fehlen und wusste die Spitzen so zu setzen, dass nicht immer gut vordergründig er aussah. Wusste er wohl nach so langer Erfahrung, dass ihn dies, auf Umweg, in desto weicheres, milderes Licht setzen würde. Nicht zuletzt bei der Magd, die freundlich, wie wohlwollend beinahe, immer wieder auflachte, wenn drollig von Missgeschicken er erzählte. Wie die Kugel, die für ein Kunststück er brauchte, ihm entglitten und unter das Kleid eines der vielen Mädchen auf den Burgen rollte. Was weiter nicht schlimm, wäre es nicht unter den Augen des Vaters geschehen, welcher der Burgherr, der wiederum Spiel oder Versehen nicht sehen wollte, so dass der Gaukler sich unversehens, buchstäblich bei Nacht und Nebel, in Wildnis wiedergefunden. Von dem Diener jenes Herrn, der, ebenso auf Wanderschaft, auf den Straßen unterwegs in jedem Falle, besessen davon, mit allerlei Zauberei Gold zu machen und ihn, den Gaukler, verdächtigte, Wissen zu horten, weil einmal unvorsichtig er, der Gaukler, von einem Buch erzählt, das er in Verwahrung gegeben an sicherem Ort bei verschwiegenen vertrauenswürdigen Menschen. Habe tatsächlich er wohl einmal ein Buch besessen oder zwei und tatsächlich diese zurückgelassen, um die Wanderung zu beschweren nicht damit, es reiste sich leichter mit leichtem, mit keinem Gepäck, keinem Besitz, auch nicht des Geistes, hätten aber dieses Buch oder diese beiden Bücher von Gold und Schätzen und Goldmachen und Schatzfinden nicht gehandelt auch nur von fern, wollte aber der Diener jenes Herrn, besessen, dieses glauben nicht, eben, weil er es glauben nicht wollte, und sei in ihn gedrungen über viele Etappen, ihm das Geheimnis zu entlocken, ihm, dem Gaukler, die kühnsten, unvorstellbaren Genüsse mit edelsten Jungfern ohne Zahl vorstellend, die mit dem Gold, dem gemachten, dem Flitter-, Katzen-, Teufelsgold kaufen sie sich könnten und kaufen sie sich gewisslich würden, denn darum, so schien es dem Gaukler, schien es dem Diener jenes Herrn zu gehen, Lust, Geschlechtsverkehr sich zu kaufen, sich in Lust fallen zu lassen wie in ein unendliches Meer, und musste der Gaukler, der so viel Lust und Verkehr gekostet, dass beidem er überdrüssig, herzlich lachen über diese fiebernde Phantasterei, wie überhaupt er sich die Begleitung jenes Dieners jenes Herrn eine Weile gerne gefallen ließ, denn war das Treiben dieses Dieners aus demselben Urgrund gespeist, wie das der schwarzen Priester, so war er doch in Figur das genaue Gegenteil, wie ein Zerr- oder Spiegelbild, angenehm, harmlos, amüsant in seiner vollkommenen Verbohrtheit, und wusste der Gaukler den hitzigen, verhitzten Geist oft zu nutzen auf den Marktplätzen, sahen die Menschen, die Diener, Mägde, Tagelöhner, Knechte, Söldner auch jenem sonderbaren schreienden, hilflos geilen Diener jenes Herrn gerne zu, und der merkte kaum, warum, und wenn, berührte es ihn nicht.

Von dem Huhn erzählte der Gaukler, das ihm, so ließ er seine Sage gehen, in Treue zugelaufen, das späterhin aber seinen Gaul wohl eifersüchtig gemacht, so dass im Tumult er, der Gaukler, beide verloren. Wie überhaupt nicht zu zählen, was nun also alles er verloren auf den Wanderungen, seit ausgezogen er von seinem Dorfe, das längst nicht mehr er finden würde, wenn selbst er danach suchte. Erzählte aber nicht er von den schwarzen Priestern seiner Jugend, von der Ödnis auf den Wegen, über die Furten, in den Wäldern, erzählte nicht von Langeweile und Einsamkeit, von Zurückweisung und Verachtung, von denen empfangen er reichlich und aus dem die Ursuppe war, in der er schwamm und aus der er kroch nur manchmal zu Gaukelei und Spiel und Erzählung. Warum auch hätte er erzählen davon auch sollen, auf diesem Berg, bei diesem Hirten, vor der Magd, die sich so sichtlich und spürbar heimisch hier fühlte, wie wohl sonst sie heimisch sich nirgends gefühlt. War freilich dieses genau dem Gaukler unbehaglich, und wusste er nicht, warum, und wollte dieses nicht wissen.

Fragte nun der Hirte, der den Gaukler, der sich immer mehr in seine Profession hineingeredet und hineingespielt und nicht recht merkte, dass nicht recht am Platze dieses auf diesem Gipfel war, geduldig hatte sich erschöpfen lassen, bis nur noch Überhitztes und Zerfasertes kam, fragte nun also der Hirte den Gaukler geradeaus, was sein Vorhaben, wie seine Pläne nun seien. Habe die Magd ihm, dem Hirten, erzählt, im Umriss, was geschehen. Könne keinen rechten Reim darauf er sich machen, von der Geschichte der Jungfer bis zu ihrer Entführung, von des Gauklers sonderbaren und kaum recht begreiflichen Wünschen und Begierden bis zu ihrem – jeder für sich, alle gemeinsam, es spiele keine Rolle – Vorhaben, von dem als solchem ernsthaft die Rede kaum sein konnte. In Kürze, schwer sei es zu entwirren, was dieses für eine Geschichte sei und wie die einzelnen Fäden dieser Geschichte liefen und warum sie so taten. Wisse er, der Hirte, aber, dass am Ende wenn doch nicht alles, so doch vieles entwirren sich lasse. Stelle freilich sich dann oft heraus, dass die Mühe es nicht verlohnt hatte. Ließ er es meist also, fast immer bleiben deshalb, seien die Dinge eben, wie sie waren nun einmal.

Enthebe freilich nicht dieses, sich über Nächstes Gedanken zu machen und nicht nur Gedanken sich zu machen, sondern, stets sei dieses das Wichtigste, Tun vorzubereiten, was Tun selbst schon sei, ins Tun aber vor allem zu kommen, vor allem (der Hirte wiederholte es ruhig, ohne die Stimme zu erheben, ohne Betonung eigentlich) ins Tun zu kommen, dieses sei das Dringlichste. Er selbst, der Hirte, kenne den Schwarzen schon so lange, dass eigentlich nicht er oder nicht mehr ihn kenne. Genauer gesprochen, könne man nicht sagen, dass den Schwarzen er schon lange kenne, denn lange: das habe einen Anfang und, womöglich, ein Ende. Doch sei der Schwarze schon immer dagewesen, wie er, der Hirte ja schon immer dagewesen. Gleichwohl brauche er, der Hirte, den Schwarzen auch gar nicht zu kennen, wiewohl er ihn kenne in seiner Art naturgemäß, um nicht erwarten zu können, dass dieser die Schmach, die Flucht der Jungfer, die als Schmach der Schwarze nun einmal empfinden werde – sei es ja auch eine tiefgehende, tief schmerzende –, ungerächt nicht zu lassen in jedem Falle versuchen würde. Sei eine Frage, wann die Spur er fände. Werde wohl aber allzu schnell nicht sein. Habe die Magd sie gut geführt. Klug. Umsichtig. Sie würden hier erscheinen. Das sei gewiss. Doch seien sie, die Magd, die Jungfer und der Gaukler, geladen und willkommen geheißen, bis dahin zu sich zu kommen, denn auch dieses sei notwendig und unabdingbar, um Tun, kommendes, vorzubereiten. Würde gut es freilich sein und erwartet, dass sie sich dabei nützlich machten. Um ihrer selbst willen, denn nicht gut sei es, allzu müßig zu sein und in Gedanken zu schwimmen, und sei dieses überall gefährlich, so doch besonders hier oben, auf dem Gipfel, da die Sicht dem Ungeübten so weit, dass der sehe und doch nichts sehe. Und eben darum, dass um des Lebens Fristen und Unterhalt gearbeitet werden nun einmal müsse in den Ebenen, so mehr noch hier oben.

Damit erhoben sich Hirte, der Vierschrötrige, die Magd von diesem Mahle, das längst beendet. Wohl aber hatte die Unterredung, wenn man so nennen wollte dieses denn, gedauert lange, denn die Sonne hatte ihren Zenit ein gutes Stück bereits überschritten.

So kam es dann, wie der Hirte angeordnet. Fügten sich, selbst der Gnom, mühsam freilich der Gaukler, in Gang und Rhythmus. Fanden die Magd und das Mädchen schnell ihre Bestimmung, hier oben zumindest, wenn man denn von Bestimmung reden will, da es um die einfachen Aufgaben ging, die das Leben stellte, eben um, denn um dieses ging es ja auch hier oben, das Leben selbst zu fristen. Hielt sich die Magd, wie sie es gewohnt, seit fast stehen sie nur konnte, an das, was unten, was immer sie getan, besserte, scheuerte, bereitete Mahl, schleppte, tat dies ohne zu klagen, gleichmütig, ruhig, und tat es immer häufiger mit dem Vierschrötrigen, was der Gaukler wohl sah. Das Mädchen wiederum war um den Hirten selbst beinahe von Anfang an, ohne dass zu sagen jemand gewusst hätte, was sie tat. Sprachen beide nicht viel, manchmal, selten sah den Hirten von fern man zwei Sätze oder drei, mit langen Pausen, auf das Mädchen einsprechen, welchselbige wiederum, fast verstummt, kaum mehr antwortete als mit einem Nicken, einer Geste, oft nicht einmal das. Mehrfach waren Hirte und Mädchen auch verschwunden und blieben es über Nacht, und der Vierschrötrige, der selbst kaum sprach, mochte wohl an nächtlichem Mahle murmeln, abgerissen, dass der Alte in einem Unterschlag nicht weit von hier, doch abgelegen und dem Kundigen kaum findbar die Elementa spekulierte, dieses seit vielen Sonnenläufen wohl, mochte dieses ungehinderte Spekulieren ein Grund gewesen sein, dass es ihn, vor Gedenken fast, hier oben hin gezogen, mochte auch sein, dass ihn ebendieses Spekulieren unten in den Ruch der Zauberei gebracht, dass ihm die Flucht an immerhin eine Art Ende nun nicht gerade der Welt, aber doch des Zugriffs der Schwarzen, der Herren, der schwarzen Priester allzumal getrieben und gejagt, und waren die schwarzen Priester nun wahrhaft mit mancherlei Zauberei im Bunde und im Wissen, dass sie derlei bei anderen mit schwerer Strafe verfolgten. Schien also so, wollte so scheinen, als ob, als wäre nichts widerfahren ihm seit jener gewalttätigen Entführung, wollte so scheinen also, als ob das Mädchen den Lebensfaden einfach dort wieder anknüpfte, wo sie ihn, bei jenem Zauberer, in jenem Dorfe, aus der Hand gelegt oder von wo er ihr entrissen.

Wie auch die Magd nicht nur, wenn vom Lager sie sich erhob, sobald Licht den Gipfel streichelte, ihren gewohnten Tätigkeiten nachging, sondern ihren Leidenschaften, Lüsten, Gier und Geilheit, und war es nicht – und sollte es wohl auch nicht – zu überhören in den Nächten, wenn der Vierschrötrige sie nahm, ohne Stöhnen, ohne Geräusch fast, doch wohl mit Wucht und schmerzhafter starker Gewalt, dass zwischen Lust- und Schmerzensschreien der Magd kaum zu unterscheiden. Doch im Lichte, wenn die Sonne lief, sahen es die wenigen hier oben und sah es wiederum zu seinem Schmerz, es war nicht zu leugnen, der Gaukler am tiefsten, dass die Magd erstmals wie aus sich selbst zu leuchten schien, und war es bald, wenn allerdings der Hirt mit dem Mädchen verschwunden, an dem, dass ihr Spiel im Lichte sie trieben und kaum die Mühe sich machten, sich vor den Augen der anderen zu verbergen, als wollten gesehen sie werden, wie der Vierschrötrige, viehisch, die Magd besprang, immer schweigend, kaum heftiger atmend, doch brünftig wohl wie ein Stier, dem lange die Herde unerreichbar, weil zum Opfer am Fest er ausersehen und dabei und wohl auch sonst die Magd schlug, mit einer Gerte, mit bloßen Händen, ein sonderbares Schauspiel, wild, allem spottend, Urgründen entsteigend. Dass ein wenig sie sich zurücknahmen, Magd und Vierschrötriger, wenn der Hirte und das Mädchen zugegen, lag freilich nicht an Scham oder kaum. Doch konnte es, wie überall, einen Herrn nur geben, und dass das Treiben von Magd und Vierschrötrigem, diese urgründige Macht, diese brachiale Kraft Herrschaftswillen wohl hatte, es war jedem zu spüren, und so betrachtete es der Gaukler mit Widerwillen, mit Schmerz, mit Ekel manchmal, doch gebannt und wie angezogen wohl auch. War ja schwerlich zu leugnen, und tat der Gaukler es auch nicht mehr oder kaum mehr, dass die Magd, nachdem in jener Schenke wie nebenbei er sie genommen, mehr und mehr gerade dadurch, dass gleichmäßig und kommod sie blieb, natürlich, so wie sie war, und in jener Distanz, die ihr eben gemäß, wiederum ihn gefesselt. Hatte auf unklare Weise sie sein Sehnen nach jenem ihm ja völlig unbekannten Mädchen, der sonderbaren Jungfer geweckt, hatte sie ihn gar der Jungfer zugeführt, so war auf dem Marsch, beim Schwarzen, danach des Gauklers Auge und des Gauklers Seele und des Gauklers Phall von der Jungfer weg auf die Magd gerichtet, und dass diese aber, von jener einen, der ersten Nacht abgesehen, Gebrauch davon nicht wünschte zu machen, war ihm, dem ja nie etwas gefehlt in dieser Hinsicht, am Ende im Gegenteil eher, schwerer lastend, als je er damit gerechnet. Blieb aber, wie es war. Zunächst.

Besah also der Gaukler, der am wenigsten von den Neuankömmlingen hier oben zu tun, sich am wenigsten in Tätigkeit einfinden konnte und am wenigsten es auch wollte – der Gnom hatte sich den Ziegen ergeben regelrecht und hütete diese eifersüchtig und ausschließlich und mit Hingabe –, war ja auch wahrlich kein Ort für einen Sänger und Gaukler hier oben, wo seine Kunststücke schal und seine Geschichten fad, ihm selber am meisten übrigens, doch anderes konnte er nicht und wollte er ja nicht am Schluss und konnte es nicht, weil er es nicht wollte und wollte es nicht, weil er es nicht konnte, das alte Gauklerlied, das alte Sängerschicksal, unentwirrbar, unentrinnbar, besah also der Gaukler sich den Vierschrötrigen näher. Ist dies immer eine schlechte Idee. Folgt dies immer dem Zwang zur Qual. Wer so sieht mit scheelem, gepeinigtem Blick, sieht schlecht, und wer schlecht sieht, quält sich selbst. Muss aber so sein dieses vielleicht, weil derjenige, der Schmerz spürt, am Leben ja ist und bleibt, solange er eben spürt jenen Schmerz.

Redete der Vierschrötrige kaum. Sei es, dass manches zu verschweigen er Grund hatte – und weswegen sollte am Ende hier oben er sein? –, sei es, dass ihm sprachliche Mitteilung überflüssig, wenn gefährlich nicht gar erschien, gleichmütig und schweigend ging seinem Werk er hier nach. Musste wohl schon so manchen Sonnenlauf hier oben bei dem Hirten leben. War dabei nicht unfreundlich und behandelte des Gauklers Trupp mit Achtung, während er die Magd mit Gier, doch wie selbstverständlich nahm. Ob ihm die Ankunft der Magd ersehnt oder eine Wendung, der nach den Regeln zu folgen er nun einmal hatte, wer hätte entscheiden es wollen, und der missgünstige Gaukler und Sänger und Spieler schwankte wild, welches schmerzlicher, unwillkommener ihm sei. War bei Lichte diese Frage aber unwichtig oder eben dem Gaukler nur wichtig, kein anderer, die Magd nicht, der Vierschrötrige nicht, mochte sonst im Herzen sie tragen, und wäre wohl, hätte man sie denn gestellt, in der Mitte irgendwo zu beantworten oder hätte einer, der Hirte vielleicht, eine Antwort gegeben, zu der eine vollkommen andere Frage hätte finden man müssen.

Wenn der Hirte mit dem Mädchen wegblieb, setzte sich der Vierschrötrige manchmal zum Mahl. Und mochte wohl hie und da einen Brocken, Halbsätze, Gemurmeltes, einen halben Kommentar oder weniger zu dem abgeben, was gesprochen wurde unter den anderen, den Besuchern, den Gästen, den Flüchtenden, wie wollte man sie auch nennen, alles zugleich und mehr noch oder nichts davon und weniger. Ließ der Vierschrötrige sich auch auflegen von der Magd, reichlich, selbstverständlich, gleichmütig. Aus alledem, wenig genug für sich genommen, aber reichlich, gefährlich reichlich in seinen nicht recht fassbaren, einzeln versprengten Bruchteilen, sonderbar fahl funkelnd dem, der flüchtig hinschaute, splittrig scharf dem, der wie der Gaukler die Splitter in die Hand nahm, um sie zu besehen, aus alledem also setzte der Gaukler, unglückselig begabt damit und gewohnt daran seit Jugendtagen, an die Erinnerung freilich kaum er hatte und wenig haben wollte – dachte freilich auch kaum je darüber nach, ob haben er sie wollte oder sollte – aus alledem also nun und am Ende setzte der Gaukler eine, seine Geschichte zusammen oder seine Geschichten, die wie alle Geschichten immer anders aussahen, je nachdem, von welcher Seite sich einer diese besah und abhängig davon, wie der Gaukler selbst die Splitter zusammensetzte.

Empfängnis des Vierschrötrigen

Stammte also, so ging eine dieser Geschichten, der Vierschrötrige wohl von den Küsten, den entfernten, den hinter den Nebeln verborgenen Küsten des Nordens. An den Küsten aber und in den Küstenstädtchen und Dörfern, in den Buchten, unter den Klippen, an den Stränden und Deichen und dahinter, auf den kleinen Inseln, die vorgelagert, näher oder weiter, besiedelt oder nicht, waren nicht nur die Fischer und kleinen Handels- und Seefahrer. Die Küstenstreifen waren kleiner Teil der Ländereien mächtiger Fürsten und Herzöge, die sich weit von den Meeresküsten weg ins flache Land hinein erstreckten. Eines solchen Fürsten oder Herzogs Sohn, illegitim, nicht recht rechtens, wie ansah man es, war also der Vierschrötrige, gezeugt im Nebenbei, wie viele andere, auf einer Jagd des Fürsten, einem kleinen Streitzug, auf diplomatischer Mission, vielleicht auf dem Weg zu des Reiches Herrscher oder einem der Fürsten der Diener jenes Herren, zu einer Hochzeit, die

Tochter zu versippen mit einem der Nachbargeschlechter, so wiederum Macht und Einfluss der eigenen Sippe zu mehren, wer mochte es wissen? War nichts Ungewöhnliches daran, streuten die Herren eben ihren Samen in ihren Ländereien, und tat es ihnen nach die Gefolgschaft, und standen die schwarzen Priester, die unvermeidlich im Gefolge sich bewegten, in nichts nach, dem Volke freilich Enthaltsamkeit in allen Dingen dabei predigend, wie auch sonst, was auch sonst, sich immer jenem Herrn, dem angeblich und nach der Form sie dienten, gleichsetzend, wenn überhaupt einen Gedanken an jenen tatsächlich verschwendend. War, zumindest für diese Nachkommen der Fürsten und auch diejenigen, die sie geschwängert, die Mütter, nichts Unehrenhaftes, oder nicht sehr oder nicht mehr, als so manches andere unehrenhaft im Leben, gerade der Armen, die sich solche Fragen stellen kaum mochten, und mochte manchmal, je nach Fürst, der sich verströmt und der gezeugt erneut, gar nicht einmal übellaunigstes Schicksal sein, ein mancher ließ nach Lust und Befriedigung und Zeugung Brosamen zurück, die für die Zurückgelassenen mehr als Brosamen sein mochten hie und da, und manchmal, selten, durfte ein so Gezeugter und in die Welt Geworfener gar hoffen, dass ihm der Lebensweg ein wenig geebnet werde, wenn auch von sämtlichen Ansprüchen er sonst ausgeschlossen naturgemäß der Regel nach.

War dem Vierschrötigen das eine nicht, nicht das andere beschieden. War seine Mutter keine der Mägde, Ganshirtinnen oder Dienstbotinnen, Jägerstöchter, Fischerfrauen oder Tagelöhnerinnen, uneheliche Tochter eines verrufenen Kräuterweibes in einer halb verfallenen Kate im Wald oder sonst eine, wenn auch hübsche junge Bettlerin oder raffinierte Tagelöhnerin oder sonstwie Anziehende gewesen, wie es die Fürsten zu nehmen beliebten. Sondern zweitälteste Tochter immerhin eines fast schon Fernhändlers und jedenfalls Ratsherrn des wenn auch kleinen Städtchens, durch das der Fürst mit seinem Gefolge gezogen, da ihn Ratschlag in entfernterer Pfalz und wohl auch Lust und Spiel und Gaukelei erwartete. Dass der Fürst sich einquartierte, wo es ihm am bequemsten und kommodesten schien, hatte keinen verwundert, und die Bewohner nahmen, mehr noch die dünne Schicht derer, die herrschten im Städtchen dem Rang und dem Namen nach oder heimlich und weil Verbindungen und Vermögen dies so natürlich machten, nahm es eher als Gelegenheit, lästig für sich, doch nicht völlig unwillkommen, da man Münze, real nun oder als Regale künftig, am Ende doch würde versuchen können daraus zu schlagen.

Der Fürst also quartierte sich ein, und die Tochter, die zweitälteste, wartete auf. Der Mode oder den wiedergewonnenen Erinnerungen oder den dunklen Sehnsüchten gemäß war neben dem alten, dem herkömmlichen Städtchen eine Stadt aus Zelten errichtet, deren weiße Wände sich leicht im Abendwinde bauschten und die, bei im letzten Feuer verschwindender Sonne, welche den Kampf gegen das Dämmern trotzig zunächst, dann eilends aufgab, wie eine Fata Morgana, unwirklich, unstofflich, nicht greifbar und doch da, aus jenen Landen wirkte, nach deren Vorbild man sie gebaut, eine Zeltstadt, wie aus Traum errichtet, wie von Träumen, die nach den Gestaden unseres Meeres gingen, nach Hause gebracht in die nördliche waldige kalte Ebene. Denn wenig anderes war es ja, keiner mehr wusste, wie der Funke, den die Heimkehrer von jenen östlichen und östlichsten Gestaden unseres Meeres mit sich brachten, als einziges, von ihrem oft fast buchstäblich nacktem Leben abgesehen, anfing zu glimmen und irgendwann diese Zeltstadt errichtet wurde und man, verächtlich fast, verlegen, auf die alte Stadt zurück- und hinunterblickte, die doch allen in den Herbst- und Winter- und selbst Frühlingssonnen Wärme und Schutz leidlich schenkte. Waren jene Söldner auch nackt, geschlagen von der Fahrt ins Land jenes Herrn zurückgekehrt, mochten sie auch gezeichnet sein an Leib und Seele mit Striemen von den Schlachten und Strapazen, so war doch ein Funke in ihren Herzen von jener Sonne, von jenem Sand, von den weißen Zelten, von der Landschaft jenes, ihres Herrn, gesättigt von Wundertaten, von Reichtum des Geistes und wiederum der Seele, und war es nicht so, dass inmitten ihrer Schlachten, die sie verloren allesamt, inmitten der Hitze, die kaum sie überstanden, in Hunger, Krankheit, Siechtum, Armut, Verlust, Tod sie von diesen Wundertaten spürten, inmitten all jenem, nicht trotz, sondern wegen all jenem, war es nicht so gewesen am Ende, und sangen die Fahrenden und Sänger, die ja auch mit ihnen gewesen, nicht von alledem genauso am Ende. Mochte unverständlich dieses sein, denen, die zurückgeblieben. War aber beglaubigt. War eben nicht Liebeslied und nicht Schauergeschichte, gesungen und erzählt und vergessen in einem. War dunkel unbenennbar wahr.

Und hatten nicht nur die weißen Zelte gesehen im Sande, im gleißenden, dickflüssigen Lichte, die wie Träume flirrten, die atmeten im Winde, der die Hitze der Wüste durch sie hindurch ziehen ließ, dass man kaum sie empfand, die weißen Zelte, die sonderbar jugendlich, frisch, mutig sich ausmachten gegen die steinernen Kolosse, die zu erobern und zu verteidigen sie ja ausgezogen waren, mit Erfolg ja, wie es schien zunächst, und in knöcheltiefem Blute wateten sie im Namen jenes Herren, doch mochte der wohl dieses Blut nicht gar zu lange sehen, denn ein Hohn war es ja und ein Spott seiner. Und liefen, segelten also diejenigen, die übriggeblieben, viel waren es nicht, denn die weißen Zelte waren viel weniger grausam nicht als die steinernen Drachen, über unser Meer, so sie auf den Fußmarsch sich zu machen gezwungen nicht waren, gen Westen und passierten die Inseln, wo unter blauem Himmel die Tempel auf den Hügeln standen und wo die Priesterinnen, die jungfräulichen, den Dienst versahen, und taten sie dieses wiederum in den weißen lichten Gewändern, wie sie unserem Meere eigen und angemessen. Unser Meer, *mare nostrum*. Wäre wohl mancher dieser Verwundeten, Geschlagenen gerne geblieben, denn auch dieses, unter der Sonne, unter dem Himmel, am sanften Meer, an fruchtbaren Hügeln schien wie ein erdgewordener Traum, ein Zwischenreich, unantastbar rein, zwischen dem Blut, das sie geflohen, fliehen hatten müssen, und dem Elend, das ihrer, der meisten, wartete, ist doch der Verlierer, der Geschlagene in den Augen derer, welche die Kate nicht verlassen, welche die Scholle niemals verlassen, mit Elend bestens bezahlt. Doch dringt man nicht einfach ein in ein Traumreich, und versucht man es, löst es sich auf allzu leicht in Nebel, in Schwaden, in Gespinste und ekle Fäden, Sand hält mancher in den Händen, einen fauligen Geschmack hat er im Mund und schwere Schatten auf der Seele, und so machten die meisten sich rasch wieder auf gen Norden auf mühsame, traurige Fahrt. Freilich: einzelnen gelang es, wie es einzelnen immer gelingt, fiel vielleicht verbotenerweise auf einen das Auge, die Lust, die Augenlust, einer der Priesterinnen, selten, wusste einer sich nützlich zu machen den Herrschenden der Windesinseln, selten, fand einer das rechte Gaukelspiel, die rechte Geschichte, den rechten Ton, selten, denn auf den kommt es an ja, den rechten Ton, die rechte Geschichte, im rechten Augenblick, verrutscht nur eines um ein geringes, so kann alles, so kann ein ganzes Leben ins Rutschen geraten. War übrigens nicht bei allen, denen zu bleiben auf einer jener Inseln im Meer, unter blauem Himmel, bei den weißen Priesterinnen gelungen, ausgemacht, dass sie glücklicher am Ende als diejenigen, die heimgekehrt, weil heimkehren sie mussten, das Elend hat viele Kleider und viele Maskeraden. Doch wirken und weben die Geschichten aus sich selbst heraus, wie sie denn wollen. Fristeten die Elenden, die Geschlagenen, die Verlierer, Täter des Bluts, Opfer des Bluts zugleich, ihr Leben mit genauer Not, so fielen ihre Geschichten von den weißen Zelten, die hier oben im Dunklen, am Rande der Wälder und der rauen Ebenen, in den Herbst und Wintermonden wie winzige Samenkörner in die Seele mancher, die sie hörten. So winzig, so unscheinbar, dass zunächst keiner, der damit besamt, auch nur wusste oder spürte, dass ebendieser Same in ihm. Doch wo sich ein Same, sei er klein und unscheinbar und kaum oder gar nicht sichtbar, eingenistet, da wächst er, langsam oder schnell, wächst, verdrängt, lässt sterben, was um ihn ist, mit ihm wachsen will, und wächst schneller selbst so, immer schneller, bis auch dieses Wachsen ein Ende haben wird. So denn waren, lange nachdem die Söldner ausgezogen und heimgekehrt wieder, lange nachdem viele von ihnen umgekommen, nach den Frühlingsmonden, nach den Opfern, die weißen Zelte in den Feldern vor der Stadt entstanden, wenige erst, dann mehr von Frühling zu Frühling, zwischen den Feldern genauer zunächst, auf unwirtlichem, unfruchtbarem Lande, denn gebraucht und bebaut wurden ja die fruchtbaren Felder, Nahrung und Mahl zu schaffen und womöglich Reichtum zu mehren, wenn die Natur wohlgesonnen einmal in einem Sonnenlauf. Doch mehr und mehr, da Leben, Siedlung fast in den weißen Zelten zum Zwange wurde, wurden die fruchtbaren Felder besiedelt, von den Reichen des Städtchens zuerst, die damit wohl auch zeigen konnten, dass sie über die erdliche Grundlage ihres Seins längst erhaben, von den anderen dann auch, wurde der Acker missbraucht, wurden die Wurzeln gekappt, und würde zeigen sich so, dass die Geschichten, die Träume aus dem Osten, falsch gelebt, das Städtchen von innen heraus zerstören würden. Ist nicht gut, fremde Träume zu leben, gerade dann nicht, wenn mit den eigenen einer sie verwechselt, und mochte manch späterer Sänger, nachdem verweht die weißen Zelte, verfallen die Mauern, von der Rache der Elenden, der geschlagenen Rückkehrer fabulieren, war der Same, den ihre Geschichten geworfen, erst gertenschlanke Lilie, dann alles verdüsternder, mit seinem Wurzelwerk Boden und Bauten sprengender Baum geworden, der selbst freilich fallen würde bald, auch so konnte gehen es ja, ganz anders freilich auch, und wer weiß, vielleicht wird auch diese andere Geschichte erzählt von einem Fahrenden, gespielt von einem Gaukler, von einem Sänger gesungen an Abenden im späten Herbst, wenn es draußen so unwirtlich, dass selbst die kahlen Räume und Nischen heimelig scheinen wollten, aber eben nur scheinen.

Noch aber standen die weißen Zelte auf den nördlichen Feldern und an den Wäldern, und noch waren weithin sie berühmt und noch stand ihr, der Stadt aus weißen Zelten, die im Sommerwind wehten, der Zenit noch bevor. Und so also hatte der Fürst auf dem Heereszug sich einquartiert im größten, im bequemsten der Zelte, im Zelt jenes Fernhändlers, das hallen-, häusergleich. Wiewohl es einfach schien, barg es, raffiniert, in sich doch verschiedene abgetrennte Bereiche, Zimmern ähnlich. Und wartete also die Zweitgeborene dem Fürsten auf. War ein dem Anschein nach scheues Kind, zart, fast durchsichtig, schweigsam und durchaus nicht, wonach dem Fürsten sonst gelüstete, und an jenem Abend gelüstete ihm, gelüstete seinem Phall, nach gar nichts. Wenn überhaupt, dann nach einer jener Mägde, die hinten im

Dämmer, an der rückwärtigen Wand des weißen Zeltes, die Kessel auftrugen – reichlich Kessel waren es, voll, überbordend voll, und Wein, der Herr hier war Fernhändler ja und stets bestens versehen auch für seinen eigenen Gebrauch –, aber auch auf jene nicht, denn griesgrämig war er, der Fürst. Es hatte ihn, was vorkam oft, die schwarze Melancholei angefallen, und Gier und Lust stechen nicht durch die Decke, welche die Melancholei erstickend wirft. Hatte der Händler an festlichem Gepränge sparen durchaus nicht wollen, mit Absichten, mit guten Gründen. Waren auch die Noblen des Städtchens erschienen, so diese Bezeichnung, gemessen am Gefolge des Fürsten, nicht gar zu verlegen machen wollte. Und war auch für Gaukeleien, Kunststückchen, Gesang, Zaubereien gar, reichlich gesorgt, auch für Tänzerinnen (der Haut, den Haaren nach vielleicht von jenen fernen Gestaden unseres Meeres, gaben sich aber viele so aus, weil klingende Münze dafür lockte, und das Leben der Hirtenmädchen sorgte ja von selbst für dunkle Haut, und war auch jenes Haar nicht selten). Doch stocherten, da der Fürst wenig geneigt, Gespräch und Unterhaltung lustlos vor sich hin, und was ist peinsamer, als wenn geplante Lustbarkeiten ins Leere gehen völlig?

War der Abend denn auch rasch zu Ende. Ein misslungener Abend. Zog zurück sich der Fürst in einer der Kammern dieses großen weißen Zeltes, und war ihm unbehaglich dabei, und wusste er selbst nicht, warum. Hatte er ja überall schon geschlafen auf Kriegs- und Prunkzügen, hinter dicken düsteren Mauern, in behaglichen Häusern, in Hütten, in Zelten, unter Bäumen im Dickicht und in Gruben unter freiem Himmel, am Feuer gar, und war ihm dieses selten schwer gefallen, hatte gleichsam schulterzuckend er es genommen, wie es kam nun einmal. Hatte sein ganzes Regieren er ja so genommen. Obwohl durchaus mit harter Hand, schlau, gerissen er regierte, Ungerechtigkeiten, Unbarmherzigkeiten nicht scheuend, wenn es ihm diente, sei es dem Zuwachs an Reichtum, an Macht, an Lust. Täusche sich keiner! Kann ein jeder leben mit Gewalt und durch Gewalt, wiewohl ihm keine Freude macht die Gewalt und ihm eigentlich die Gewalt sonst zuwider in der Seele. Und was nicht alles vereint ein jeder in sich, Widersprüchlichstes, das bekämpft sich nicht einmal und manches Mal sich gar zu einem Neuen ergänzt?

Trug sich aber die Zeugung des Vierschrötrigen so zu, und war sonderbar und nie gehört vorher dieses, dass es staunen machte die einen, die es glaubten, weil glauben sie es wollten, und ungläubig und lachend zurückließ die anderen, die ungläubig eben bleiben wollten, weil sie es mussten.

Hatte nämlich der Händler, dies alles doch noch irgendwie zu retten zu seinem Vorteil und zum Vorteil aller im Städtchen, von dessen oberer, handelnder, verhandelnder Schicht, zwei der Tänzerinnen dem Fürsten hinterhergeschickt, dass, wo irgend möglich, sie diesem doch geschlechtlich zu Diensten und also für Befriedigung sie sorgten. Denn wo Befriedigung geschlechtlich, ist nicht immer, doch oft der Geist auch befriedet und zugänglich zugleich mancher Einflüsterung. Gelang den Mädchen, geübt, da ihr Leben und das ihrer Horde sie nun einmal fristeten mit derlei Künsten, den Fürsten, der um die Absicht natürlich wusste, Verführung. Doch ist Verführung am Ende nun einmal – und die Tänzerinnen gingen langsam und geschickt vor – mählich zu erregen. Bearbeiteten beide den endlich hoch aufgerichteten, strotzenden Phall ausgiebig, ausdauernd, abwechselnd. Schließlich entlud der Fürst sich mit fast wütendem Stöhnen. In diesem Moment, da sich der Samen ergoss, trat das Mädchen, die Zweitgeborene, die Jungfer, die (es war ja einfach in diesem Zelte) in diese Tuchkammer gekrochen und, ununterscheidbar im Kleide vor der leinenen Wand, zunehmend erregt, schließlich selbst dem Höhepunkt nahe, ohne dass sie selbst Hand angelegt, das ganze verfolgt, auf den zuckenden Fürsten zu mit hochgeschürztem Kleide, rieb ihr Geschlecht und nahm so den Samen in sich auf, um sodann die Kammer sofort zu verlassen, ein so schneller, so unwirklicher, wie aus Traumfäden gewirkter Vorgang, dass keiner derer, die ihm beigewohnt, Fürst und Tänzerinnen, völlig sicher beschworen hätte, dass er tatsächlich stattgefunden. Das Mädchen selbst, die zweitgeborene Tochter, hätte auf Befragen kaum zu sagen gewusst, warum sie getan wie sie getan, und wäre – und war auch – voll der Scham gewesen, bis das ganze selbst sie weggeschoben in das Reich, in dem geschlechtliche Phantasterei regiert mit Macht und ohne jeglichen Widerspruch. Fragte sie aber keiner. Wie auch? Wer auch? Hatten zwar viele im Zelt das Stöhnen des Fürsten gehört, und mochte dieses auch die Lust des einen oder anderen Paares befeuert haben, wussten aber ja alle von den Tänzerinnen und niemand von dem Mädchen. Und diejenigen, die dabei gewesen, schwiegen – vorerst.

Blieb aber nicht lange verborgen, dem Mädchen nicht, dem Vater nicht, der gesamten Einwohnerschaft nicht, dass die Jungfer mit einem Kind, dem Vierschrötrigen, sich trug unzweifelhaft. Machte nicht geringes Aufsehen. War ja immer Sensation, da alle, die sich empörten, voller uneingestandenem Neide den Akt, der zu einer Schwangerschaft nun einmal notwendig, sich gleich mitdachten und schwül meist heftiger imaginierten, als sie je einen Akt selbst erlebt.

Eigentlich sollte ein jeder besser wissen es ja: Und doch meint ein mancher, meinen viele, meint ein jeder wohl hie und da, dass Leben überall bunter, kraftvoller, reicher blühe, dass Leben aber nie da, wo selbst man sich aufhalte gerade und wo ungünstiges Schicksal einen hingeweht und was selbst man tue, und so unterstellte mancher dem Mädchen ungeahnte kühne, kaum vorzustellende geschlechtliche Genüsse, und da es nun ausgerechnet die als fast schon zu scheu, als gar zu sittsam bekannte zweitgeborene Tochter des Fernhändlers getroffen, der wohl angesehen einerseits, wegen seines Reichtums aber insgeheim auch misstrauisch und missgünstig beobachtet, machten schnell, unter den gewohnten Siegeln, Andeutungen, Gerüchte, halblaut hingeworfene und wie gleich wieder zurückgenommene Bemerkungen die Runde, von unnatürlichem Verkehr war die Rede, abartigem, tierischem, teuflischem Verkehr.

Wäre dem Mädchen früh, und erst recht noch dem Vater, ja leicht möglich gewesen, eine der hexenhaften Kreaturen, der kundigen Weiber, der weisen Frauen hinzuzuziehen, die, des Tags verachtet, in den Nächten aufgesucht, sich auf derlei und viel mehr verstanden – nicht gar zu entfernt lebte gar eine hohe Frau, mit der der Händler Geschäfte machte hie und da, die mit einer jenen Frauen offenkundig regelrecht so vertraut, dass sie manche Sommer fast vollständig in der Hütte im Wald verbrachte und selbst wohl beinahe in den Ruch der Zauberei geraten war, doch schützten sie wohl Rang und Reichtum und Klugheit, auch hielt ein Fürst jenes Herrn seine Hand darüber, und gegen diesen, einen gewaltigen und gewalttätigen Mann, stellten selbst die schwarzen Priester sich nicht –, doch wollte das Mädchen, das stumm blieb im Übrigen, davon nichts wissen und selbst auch am Ende der über die Maßen empörte und wütende Vater nicht, der durch dieses sein Ansehen, schlimmer aber noch, Macht und Einfluss und Geschäft bedroht sah. War aber etwas in ihm, das ihn zurückschrecken ließ, bis es (schnell geht das) ohnehin zu spät war, weil zu offensichtlich geworden, was passiert. Wie so häufig enthebt das Zaudern der Entscheidung, wenn Zaudern nicht Entscheidung schon selbst ist. Waren dann freilich am Ende, wie stets in diesen Dingen, überflüssige Besorgnisse, geht die Welt schnell über Sensation und Skandal hinweg, gab ja selbst in jenem abgelegenen Städtchen, gelegen in der Senke, die der Wald gerade freigelassen aus Müdigkeit oder Überdruss, Skandal genug, ließ sich immer etwas finden, Größeres, Kleineres, Erfundenes, halb Erfundenes, Phantasiertes, das zu kurzer oder längerer Erregung taugen mochte, bis auch dieses vorbeigezogen, den Fluss hinunter, drüben in den Wäldern vergraben. Wirklich getroffen aber war die Erstgeborene, die bereits so gut wie verlobt, und zwar mit einem der engen Gefolgsleute des Fürsten, ein altes, sehr altes Geschlecht, das in Urgründe zu reichen schien, reich dennoch, keine Selbstverständlichkeit, und wäre diese Verbindung eine gewesen, die das Ansehen des Händlers und seiner Familie gemehrt hätte, wie es sein Vermögen, und wüchse es in welche Höhen, niemals gekonnt. Das aber war nun fatal. Und giftete und klagte und hasste die Erstgeborene, denn sah sie sich, ohne Schuld, betrogen und um unermessliches Fortkommen gebracht. Waren sich die Schwestern seit Kindheit sonderlich gewogen ja nie gewesen. Und mochte auch hier hinzukommen, dass die Ältere der Jüngeren wiederum Erfahrungen zuschrieb, die sie selbst nie gemacht, denn jenen Sitten gemäß hatte sie den Nachstellungen und Bedrängnissen nicht nachgegeben. Oder hatte sie doch. Vielleicht konnte und wollte sie gerade deshalb auch nur einen Aufschub, gar, wonach es allerdings aussah zunächst, eine Absage der Vermählung nicht dulden. Wozu dann tatsächlich es nicht kam. Wurde viel dem Großmut des fürstlichen Gefolgsmanns zugeschrieben. Beobachteten manche aber, die tiefer zu sehen in der Lage oder gewohnt, dass dem Gefolgsmann noch einmal ein Zuwachs an fürstlicher Zuwendung, mit Ländereien, Mühlen, Fischgründen, Wäldern zugewachsen. Die Erstgeborene, vermählt nun, kam dann, ungewöhnlich früh, selbst mit einer Tochter nieder, mochte diese wohl gleich in der Vermählungsnacht gezeugt worden sein, was die Fruchtbarkeit dieses Paares immerhin zu zeigen schien. Wurde übrigens die Verbindung, die so rechenhaft zunächst angebahnt und dann so aufgeregt fast verhindert, eine nicht unglückliche, späterhin glückliche sogar, unglücklichere oder gleichgültigere jedenfalls gab es zuhauf. Und würde die Geschichte diesem Kreis nun folgen, würde der Faden von hier sich umschlingen mit jenen Fäden von dort, so möchte wohl, in den Träumereien des Tages, den Bildern der Nacht, jener Adels- und Gefolgsmann einmal eintreten in den Dienst eines anderen Fürsten, eines Fürsten jenes Herrn, der, niemand wusste recht, warum, sei es einer Frau wegen oder keiner Frau wegen, auf einen Zug mit nur wenigen Getreuen gen Osten, Südosten sich aufgemacht vielleicht, wer mochte es wissen, jenen Inseln in unserem Meer entgegen, auf denen, entlegen, aber mächtig doch, steinerne Burgen und Festungen für jenen Herrn erbaut, und war jener Adels- und Gefolgsmann und mit ihm seine ihm nun glücklich durchaus verbundene Frau angezogen von jener abenteuerlichen Unternehmung, die keinen Verstand in sich zu bergen schien, wie Unternehmungen eben, so sie nur scheinbar jenseits eines jeglichen Verstandes – was etwas anderes, als dumm einfach oder ohne Sinn – liegen, manchen anziehen magisch, was immer heißt: deren eigenstes, innerstes, unerkanntes, unbekanntes Wesen treffend. Und wie sie übersetzten auf die Inseln bei stillem Meer und einem Himmel von einem solchen Blau, so tief, so unendlich, unermesslich nach oben, wie es die Urgründe nach unten, und neu ein Reich gründeten, von dem niemand je gehört, und das bestand in ihnen, und das unterging mit ihnen, da es aber bestanden hatte, war es ja da und konnte nie mehr verschwinden und war jetzt auch in dieser Geschichte. Solche Geschichte also würde entstehen, würde diesem Kreis einer folgen, ein Sänger, ein Gaukler, ein Fahrensmann, und würde solches Muster gewebt, wenn die Fäden so sich schlängen. Tun es aber nicht. Dieses Mal nicht. Sind noch andere Kreise. Und sind doch alle Kreise, die wir gehen, verschlungen ineinander und gleich am Ende.

SO WURDE also, nach der Sitte, die Zweitgeborene den Blicken entzogen bis zu ihrer eigenen Niederkunft. War abgelegen vom Städtchen, dem Händler gehörig, eine Mühle, in welche die Tochter, die weiter hartnäckig und wie trotzig jegliche Auskunft verweigerte, wie an das Kind sie gekommen, geschickt wurde, und die schweigsame, blasse und unscheinbare Jungfer fand sich dort draußen, wohl aufgenommen von der Müllersfrau, die erfahren genug, um zu wissen, dass es gerade in diesen geschlechtlichen Dingen alles gab und so eben auch solches, an einem rechten, ihr gemäßen Platz. Brachte hier also dann den Vierschrötrigen zur Welt. Blieb mit dem Knaben einen Sonnenlauf noch dort draußen. Dann aber war der Knabe weggebracht über Nacht, ohne der Mutter Wissen, zu einem Hirten, der auch entfernt in des Händlers Diensten stand. Wie man das eben so sagt: Hirte, denn eigentlich war ein Stierzüchter jener schon, doch weit abgelegen, hinter den Wäldern, fern. Dort also wuchs der Knabe auf, ohne Vater sowieso, ohne Mutter auch, an die Erinnerung ihm schnell geschwunden. Wurde gut er behandelt, nahm ihn der Hirte, der Züchter der Opferstiere, ihn wie den Sohn, den nie er gehabt. Die Münze, die stets kam, wenn Herbst ward und der Sonnenlauf in den Winter sich neigte, mochte willkommen sein, tat aber am Zusammenleben, einem guten, zu dem Magd und Knecht allein noch gehörten, nichts. Im Frühjahr, wenn das Fest der Opferung nahte, trieben Hirte und Gesinde und späterhin der Vierschrötrige die ausersehenen Stiere, wenige, an alten Platz, an Blutplatz, wo die Tiere von den Ältesten, den Gesandten der Dörfer weit herum, erstanden wurden, und dann war wieder Einsamkeit und Stille im Gehöft des Hirten, und das Leben ging und das Leben floss, unmerklich, mochte man meinen, doch floss es eben doch und wob, wob eine Geschichte, von der niemand merkte, dass sie entstand.

Wuchs der Vierschrötrige heran, und die Arbeit mit den Tieren, auf den Weiden, in den Gründen machte ihn ja erst zu dem Vierschrötrigen, der werden er sollte und der er war seiner Bestimmung nach. Wuchs freilich irgendwann – wie wächst so etwas, von dem nie die Rede, von dem nichts erzählt, denn nie war Erzählung ja von seiner Herkunft gewesen, und die Abstammung war unbekannt dem Hirten, wie allen anderen? –, wuchs also irgendwann freilich Sehnsucht, unbenennbar, vage, in dem Knaben, der fast keiner mehr war. Und draußen, auf den Weiden, in den Gründen, da nie oder fast nie und wenn, dann nur von fern, ein Mensch zu erblicken, war dem Vierschrötrigen manches zu sehen, zu hören, wenn die Flöte er blies, was selbst er sich gelehrt: Dann drehten sich dort, an den Ufern des Baches, die Mägde mit einem Tänzer, und Gaukler spielten, und Markttreiben herrschte, wo doch nichts war als eben noch Einsamkeit und Stille. In diesem Brausen, aus diesem Brausen tauchten Figuren auf, die seltsame Fragen ihm stellten.

Saß also der Vierschrötrige an der Furt, die hinüberführte in die Welt jenseits derer, die kennengelernt er hatte bei dem Hirten und in der er aufgewachsen und welche die seine also war, obwohl sie die seine ja überhaupt nicht war andererseits. Aber welche Welt ist die unsre schon, und welche ist es nicht? Mag so mancher glauben, es sei die Welt, in der ist, die seine nicht, und sei seine Welt anderswo, und wäre er selbst dann in jener aber, zeigt sich, dass seine Welt wieder anderswo ist. Am Ende ist ein jeder eben, der er ist, und ist er nicht in sich, ist er auch nicht und niemals in der Welt, in welcher auch immer. Durch die Furt hindurch war der Vierschrötrige, seit er hier lebte, zumindest seiner Erinnerung nach, nie gegangen, bis hierher hatte er oft die verhandelten Opferstiere mitgeführt, welche die Boten und Priester und Weiser dann heimführten, der Bestimmung entgegen.

Am Ufer, in der Furt selbst, sah also wimmelndes, lautes, gar obszönes Treiben der Vierschrötrige, in das er wie blicklos schaute. Fontänen schienen aus der Furt zu steigen, wenn sich Menschen und Wagen hin und her wälzten, wenn Fuhrleute von ihrem Bock in das Wasser fielen, Gespanne die Fluten wühlten, und die Sonne schien sich in jedem einzelnen der Tropfen selbst gefangen zu nehmen und dieses gerne, spielend, spielerisch (wie war solches, wie mochte solches sein?), die große unbegreifliche lebenspendende Sonne, Anfang und Grund von allem, der belebten, der unbelebten Natur, und fing sich selbst ein in diesen Tropfen, als machte gar Freude es ihr und sei es ihr Glück.

Kam jetzt einer aus dem Gewimmel auf den Vierschrötrigen zu und war gehüllt in einen langen, bis zum Boden reichenden schwarzen mantelartigen Umhang, aus dem die Spitzen der Stiefel kaum ragten. Auf dem Kopf aber trug er einen altertümlichen Hut, Richtermütze, Landsknechtbarett, Herzogshut gar, alles zusammen in krauser Mischung und nichts davon, kaum so kraus aber wie die Maske, die im Gesicht er trug und die dieses gänzlich bedeckte, weiß, doch mit einer waagrechten schnabelartigen, dolchartigen schon fast, wiederum schwarzen Nase, deren Öffnung nach unten gebogen, die weit dem Gegenüber, dem Vierschrötrigen also, entgegenragte, diesem drohend und ihn auf Abstand haltend gleichermaßen. Mit sich führte er auch eine Kutscherlaterne, die angezündet war, wiewohl ja die Sonne in ihrem Zenit stand, und in der anderen Hand einen mächtigen Stock.

Dass Heilung ihm schon gelungen sei in aussichtslosen Fällen, begann der Fremde unvermittelt und ohne Gruß auf den Vierschrötrigen einzureden, und Heilung scheine ihm, dem Vierschrötrigen, auch vonnöten. Sehe ein Arzt, der Könige, Fürsten, Erzpriester, dazu Jungfern, hohe Frauen ohne Zahl behandelt, mühelos. Hauch sei schließlich Hauch, am Ende sei ja alles Hauch, ob des schwarzen Todes, ob der Melancholei, sei es selbst solche der tiefwurzeligen, an ihren Stämmen und Blättern und Blüten, die dem Sonnenlicht entgegenwuchsen und im Winde sich wiegten, nicht erkennbaren Sorte. Sei übrigens er, der Arzt, der einzige Überlebende. Doch sei keiner derer, die von ihm behandelt, an der Krankheit gestorben, weshalb sie sich an ihn gewandt, das sei sicher. Rieche er das. Habe er ja Nase dafür, und unter der Maske lachte es ein geckerndes, fast weiblich hohes Lachen. Sei aber notwendig, dass er, der Arzt, ihn, den Vierschrötrigen an geheimen Platz führe, wo Kräuter wüchsen und seine Töchter so manches wachsen ließen, er wolle ihm, dem Vierschrötrigen, auch leuchten mit der Laterne, über die Furt, hinaus ins Tal, ein Marsch endlich, ein kleiner Marsch, doch ein Marsch – auf, auf, mache er sich auf! Und lachte der Arzt schrill und schwenkte die Laterne und war verschwunden im selben Augenblick und mit ihm alles Marsch- und Marktgewimmel, das der Jüngling eben noch leibhaftig gesehen, in der Furt, jenseits der Furt und am diesseitigen Ufer.

War ein andermal kein Gewimmel und kein Marktgeschrei. Kam – von weitem erkennbar über die Furt und in das Land hinweg – ein Elendszug, ein Bettlerzug, einer hinter dem anderen, unsicher die meisten die Schritte setzend, den Kopf gesenkt alle, ob aus Demut, ob aus Scham, ob aus Andacht, ob, wie es häufig so geschieht, aus einer Komposition aus dem Disparatesten, in der die Gewichtung der einzelnen Elemente sich wohl fließend verschoben, diese immer aber ein Ganzes ergaben, war von hier dem Vierschrötrigem, dem Jüngling, der Knabe ja fast noch war, nicht ersichtlich. Zeigte sich aber, dass der Zug ausschließlich aus Frauen bestand, mit Mädchen vielleicht gar noch unter ihnen, doch war deren Alter nicht einfach zu bestimmen, und sah der Vierschrötrige auf eines der Mädchen ein zweites Mal, wenn den Blick er schweifen hatte lassen, so war ihm diejenige, die jung, mit einem Hauch, einem Hauch nur an Morgenfrische, mochte auch imaginiert diese sein, ihm erschienen, uralt nun und vertrocknet und umgekehrt, und oft ergab sich dasselbe Vexierspiel mit derselben Frau mehrmals untereinander. Alle waren im gleichen Gewand sie, unförmig, ohne Farbe, nicht weiß gar, nicht braun, nicht einmal grau, ohne Farbe gänzlich, und wenn Brüste sie hatten, so waren diese verborgen gänzlich, und wenn Haare sie hatten, so waren diese nicht zu sehen und nicht zu ahnen unter den Kapuzen der Kutten, die auch unter der Sonne im Zenit sie abnahmen nicht und niemals wohl.

Schwankten sie auch einzeln, so gingen sie als Kette den Weg doch gerade, langsam, doch so, als wären entschlossen sie. Hatten endlich die Furt erreicht und zögerten nicht, hineinzusteigen in das Wasser, das einer nicht sehr groß gewachsenen Frau bis an den Nabel reichen wohl mochte. Sahen, je näher sie kamen, dem Vierschrötrigen alle gleich aus, und müsste dieses doch umgekehrt sein, schafft Nähe ja die Unterscheidung. Geschlechtslos, alterslos, doch eben als Frauen gerade kenntlich. Wandte also, sobald die Furt sie durchquert, die Anführerin, so es überhaupt die Anführerin war und nicht einfach die erste in der Reihe zufällig oder nicht zufällig, sich an den Jüngling mit leiser Stimme, klagend im Ton, doch überraschend fest und dunkel, überraschend, weil diese Stimme zu der ausgemergelten, fast ausgehöhlten und ausgezehrten Gestalt kaum fügen sich wollte.

Möge der Jüngling den Weg ihnen weisen in die Weite, ins Grüne, ins Tal hinter ihm. Seien sie Bettlerinnen, Jungfrauen allesamt, die einen Mann nie gespürt in sich. Und suchten ihre Kinder nun, ihre Söhne, ihre Töchter, habe eine jede der Ziehenden einen Sohn, eine Tochter, nur einen Sohn, nur eine Tochter, doch seien diese genommen, gestohlen ihnen und seien sie somit um alles betrogen. Und langte dabei nach ihm, fingerlos, mit einer einzigen, verhornten Kralle die Hand, und war diese Kralle spitz und hornig hart und gallertartig weich zugleich. Umringten jetzt auch die anderen den Jüngling und wurden immer mehr und bedrängten den Vierschrötrigen, dem seine Kraft nichts nützte hier, gegen solche Bedrängnis nützen Kraft nicht und Verstand, eher schon die aus den Traumfäden herrührenden Handlungen, die gespeist werden aus den Urgründen. War ein anschwellendes Kreischen mit einem Male, immer wieder nur ein Wort, beschwörend, jammernd, höhnisch, unheilvoll, „Hirtenland, Hirtenland“, und dann rückte der Jüngling, der Kräftige, der Vierschrötrige den Kopf, und da war nichts als das langsame, in sich versonnene Fließen des Flusses, nichts war in die Herden gefahren, gleichmütig käuten selbst die Stiere und schienen in Traum versunken selbst, und wer mochte wissen, ob in den Urgründen, in die der Traum führt, unendlich tief wohl, aber gleichwohl, mit den Stieren wir uns treffen und wir sie opfern und schlachten aus diesem Grunde?

Ein drittes Mal am Ende kam, und wieder durch die Furt, in einer Sänfte getragen von sechsen in unterschiedlicher, doch üppiger Tracht, bewaffnet ein jeder mit Schwertern und Dolchen, und ließen sich von der Strömung des Baches und seinem Untergrund nicht beeindrucken in der Sicherheit ihres Tritts, kam also wieder durch die Furt ein mächtiger Mann wohl, auf dem Kopf den Hut, den hermelinbesetzten Hut, den Herzogshut. Vor dem Zug aber und hinter ihm drein lief langsam eine kleine Karawane, mit Kriegspferden, Kamelen, die hier nie gesehen, einigen Eseln, manche bepackt, manche geritten von knabenhaften Mädchen. Ließ der Herzog die Sänfte halten vor dem Vierschrötrigen, der nun auch sah, dass mit dem Herzog eine Frau in der Sänfte getragen wurde, feingliedrig und zart, während der Herzog recht mächtig von Gestalt, doch wiederum an Länge kleiner, als es in der Furt den Anschein gemacht. Schien dem Vierschrötrigen friedlicher dieses alles ohnehin, als es zu befürchten gewesen, da sich dieser Zug näherte.

Wolle er, der Herzog, so sprach der Herr zu dem Jüngling, ein Versprechen nun erfüllen, dass er der Frau, die seine nicht sei vor dem Gesetze, ein Haus jenes Herrn erbauen wolle, in dem ein Kult und Ritus für jenen Herrn solle nach dem Wunsch und dem Glauben der Frau gefeiert werden, der wiederum seiner nicht sei, aber was tue das, als Herzog sei ohnehin in einen Ritus er ja förmlich hineingeboren und wisse mithin gar nicht, was sein Glaube sei oder ob überhaupt einen er habe. Was tue es, am Ende? Nicht groß solle jenes Haus sein, aber errichtet müsse es werden. Seien sie nun einzig unterwegs, den rechten Platz zu finden, und ihm scheine es, als wäre er, der Vierschrötrige, der Jüngling, der rechte, jenen Ort, der ein gesegneter sein müsse, zu weisen, und sei dieses Land jenseits dieser Furt eben das Land, das lange sie gesucht, die Frau zumal, denn er selbst, der Herzog, habe ja nur eine ungefähre Ahnung, wonach eigentlich sie suchten.

Blinzelte der Jüngling noch einmal und richtete sich auf und hatte sich der ganze Zug zurückverwandelt in das Licht, aus dem er gekommen. Oder konnte sein es, dass es eine jener Spiegelungen war, von der ihm der Hirte, der weit gereist, erzählt? Dass solches sich in weitesten Weiten in jenem Augenblick zugetragen? Doch wie wäre dann er in dieses Bild gekommen? Oder konnte es sein, dass aus den Geschichten, die der Hirte und die Seinen erzählten reichlich, sich einzelne Stücke gelöst und sich neu gefügt und ihr

Glück hier, greifbar, an der Furt gesucht hätten? Wer mochte es sagen, und der Vierschrötige war längst der Mann noch nicht, es zu sagen, und würde es nie werden.

War er ja kein Geschichtenerzähler, der Vierschrötige, ein Gaukler nicht und auch kein Fahrender. Und wusste er sich die Besuche an der Furt nicht zu erklären und schämte sich ihrer, als täte er, der doch gar nichts tat, Schmerzendes, Wildes, das nicht hierher passte. Erzählte auch nichts in den Nächten, da erstmals er Geschichten doch hätte beitragen können, wo Geschichten so reichlich flossen und Fäden so viele gewirkt und geknüpft wurden. Denn war Hirtenland auch Geschichtenland und war es immer gewesen. Vertraute sich auch niemandem an, auch dem Vater nicht, denn dieser war ihm der Hirte ja. Doch wirken Geschichten unausweichlich. Fiel noch einmal die Sonne kraft- und mutlos in den Winter und stand im Frühling keck, hochmütig fast wieder auf, war der Jüngling noch einmal im Winter und Frühling kraftvoller geworden, als er sich aufmachte auf den Marsch über die Furt hinweg, und wurde er gesandt von dem Hirten, der immer gewusst, dass dieses unausweichlich, mochte es schmerzen den einen wie den anderen.

Kam er nicht weit zunächst, in der Weise jedenfalls nicht, wie er es geplant haben mochte. Hatte er aber ja nichts geplant, was hätte er planen sollen, und ohne es zu wissen, tat er so ja richtig, zumindest aber nicht falsch: Planung tut not, aber nicht zu planen bringt am Ende genau so weit oder genau so kurz, als hätte einer so lange geplant, dass er nur mit Mühe oder gar nicht begonnen. Konnte ja nicht ausbleiben, dass der hochgewachsene kräftige, kantige Bursche auffiel, wenn durch die Dörfer er marschierte. Und hatte ja einen, seinen oder seinen ersten Marsch immerhin begonnen, und brauchte es kein Ziel, um auf dem Marsch zu sein, kein reales, kein imaginiertes, und keiner wusste ja, ob es nicht überhaupt nur imaginierte gab.

Wer sollte auch besser wissen als wir, dass ein Ziel es nicht brauchte, um auf dem Marsch zu sein?

War nämlich das Land jenseits der Furt von Kriegszügen entvölkert und verwüstet erneut, war das Land geopfert also, zusätzlich zum Stier oder an seiner Statt, war dies die zweite Hälfte des Mondes, die folgt auf die Phase des Bauens und Gedeihens und friedlichen Erntens, und machen beide Phasen erst den vollen Mond. Richtete mancher Blick sich also, taxierend, misstrauisch auf den Vierschrötigen. Die Hände, der Rücken waren zu gebrauchen, wenn man erst herausgefunden, dass dieser Kanten Böses, Dunkles nicht im Schilde führte, was freilich eigentlich zu erwarten. Waren auch die

Misstrauischsten aber bald überzeugt, dass eher der Bursche vor ihnen – was zutraf so halb, denn konnte passieren, dass der Vierschrötrige um die und in den Scheunen, so sie überhaupt noch standen und nicht längst abgefackelt, wieder Begegnungen hatte, die nach einem Ruck des Kopfes, einem Blinzeln der Augen auf sich lösten in das Licht, eins wurden mit diesem – sich fürchtete oder lieber sie mied, als es umgekehrt notwendig gewesen wäre.

Blieb der Jüngling wohl auch einmal über Nacht, sogar einige Sonnenläufe, legte gerne auch Hand an, aus Verlegenheit fast, denn aus Gefälligkeit, und fing man überall rasch an, um ihn zu werben, denn ziehen wollte man ihn nicht lassen, und manche Jungfer, die es sich gerne, mehr als das, geschehen ließ, wurde als Lockung, der kaum zu widerstehen, ihm vorgeführt und versprochen, jetzt noch, gleich sollte die Kopulation stattfinden. Tat es manchmal auch. Was den Vierschrötrigen zum Bleiben aber nicht zu bringen mochte, war ihm ja fremd die Idee, dass nach erfolgter Kopulation das Schicksal besiegelt und Ort und Bestimmung und Lauf des Lebens festgelegt lange, wenn nicht ewig, und wäre selbst es fremd ihm nicht gewesen, so hätte nicht kümmern darum er sich können.

Denn mochte er auch rasten, mochte Irrwege er gehen, auf dem Marsch war dennoch er ja.

Wusste also nicht, wohin es ihn zog, und wusste nicht, was ihn zog, und wusste nicht, was er suchte und warum, so war doch er unterwegs. Mochte freilich sein, dass das gar nicht stimmte oder jedenfalls so einfach nicht stimmte. Mochte es der Vierschrötrige nicht wissen, so doch vielleicht das in ihm, das ihn ja erst auf diesen Marsch geführt und gelockt. Ein Namenloses, eines unter, über und in all den Dingen, den Vorgängen, vor den Geschichten, in ihnen und nach ihnen, aus den Urgründen aufgestiegen und in den Himmel, tief in den Himmel reichend, wieder aus diesem kommend, und weiß dieses Namenlose das Ziel und warum es führt, wie es führt und wohin.

VORLÄUFIG trieb er, der Jüngling. Wörtlich manchmal. Kam hinunter an den ehedem Donau genannten Fluss im Frühjahr, nachdem er den Winter gut verbracht in einem Weiler auf den Höhen, einsam. Hatten sich die Häuser geduckt in eine Senke wie ein Tier, das Strafe erwartet, schwere Strafe. Oder hatten sie sich geschmiegt in die Senke hinein, zärtlich fast, ihres Willkommens, ihrer freudvollen Aufnahme hier gewiss. Wer mochte es entscheiden? Mochte es ankommen auf denjenigen, der es sah und wie er es sah und wann er es sah. Hatte der Vierschrötrige kraftvoll mitgeholfen bei der späten, der letzten Ernte, die vom Wetter schon schwer bedroht und eingebracht werden musste dringlich, war auch sonst, wie schon gewohnt auf seinem Marsch, anstellig, dass ihm die Leute im Weiler ungefragt Obdach und Obhut geboten über den Winter, und war der Winter schwer geworden, war bald und schnell der Schnee hochgekrochen bis an die Dächer, und war Stille und Reglosigkeit gewesen, unterbrochen nur von den wenigen Tätigkeiten, die blieben, Winterarbeit, zu der Geschichten gehörten, immer weiter, von allen weitergesponnene Geschichten, die farbiger wurden, wilder, wüster, sehnsuchtsvoller, je tiefer sich das Leben in diese Häuser zurückzog, je gleichförmiger weiß die Landschaft des Tages gleißte – wenn sie gleißte, denn selten drang hervor die Sonne, war ja andernorts unterwegs, hatte andernorts zu tun, wo das Leben, das sie selbst machte, ihr angenehmer scheinen mochte –, je unzugänglicher der Weiler, kein Hinein, kein Hinaus, je gehinderter jede ganz simple Bewegung, von einem selbst geringen Fußweg, gar in das nächste Dorf, zu schweigen. War aber ein Winter, und hatte der Vierschrötrige dazu ja geholfen, da einmal die Vorräte nicht so knapp wie sonst, war Brennholz da und, wer mochte es glauben, hatte wohl einer und noch einer heimlich schweres Rauschgetränk gebrannt, dass es angehen mochte, wenn auch Langeweile und Enge gefährlich wurden manches Mal, aber das tun sie immer. Hatte der Vierschrötrige also reichlich Geschichten gehört in diesem Winter, ohne, erneut ohne, dazu beizutragen, obwohl man gierig und immer drängender danach verlangte, war ihm aber der Mund wie versiegelt für Geschichten, war selbst fraglich, ob ihm das, was ihm unterkam – und war nicht weniges ja dieses – für Geschichten selbst zu taugen schien. Mochte auch sein, dass in dem Vierschrötrigen der Geist der Geschichten nicht oder im Gegenteil zu sehr lebte, denn sah er eine Geschichte, erschien es ihm als Betrug, sie zu erzählen, sie also leben zu lassen, als Betrug an den vielen anderen, tatsächlichen oder möglichen.

Gleichwohl hatte jener Winter, wie sonst, ein Ende genommen, und Frühling hatte begonnen, wie ein Winter nun einmal endet und ein Frühling beginnt. Und fast schon wie es der Brauch der zeitlichen Zeiten wollte – kannte der Vierschrötrige aber keinen Brauch –, nahm er seinen Marsch wieder auf, da die Sonne stieg und ihr Lauf hier oben länger wieder wurde, und fast mit dem schmelzenden Schnee nahm er seinen Weg nach unten, ins Tal, ins Weite, und gelangte also an den ehedem Donau genannten Fluss. Der nun freilich etwas anderes war als der Fluss oder Bach, an dem er oft gesessen, als die Stiere seines Hirten, seines falschen Vaters – oder war es der eigentliche, der richtige? – er geweidet. Machte sich Gedanken keine, wer richtiger, wer falscher Vater sei, denn kannte seine Geschichte er ja nicht und wusste er seine Träume und Begegnungen nicht zu deuten.

Auf dem Fluss aber waren die ersten Kähne wieder unterwegs. Ist ja, wenn der Winter, auch schwerster Winter schon vorüber, erst recht schwer für die Menschen, wenn die Vorräte, so sie bis hierher nach guter Ernte und klugem Wirtschaften überhaupt gehalten, dann doch sich neigen und neues Mahl noch schwer zu finden. Handel tat not, und waren diese Kähne mit ihren Eignern unterwegs wohl um des Erwerbs willen, auch mochte oft genug Gier in die Segel blasen und die Ruder führen, so dienten sie (gewollt oder eher so ungewollt von den Schiffern) doch auch dazu, die erste Not des jungen Frühlings zu lindern. Frühling bringt Erwachen wohl, Not aber auch, stets war es so gewesen ja.

Hatte der Vierschrötrige am Abend eine kleine Höhle in der recht steilen Böschung entdeckt und sich dort, kaum nahm ihn die Vertiefung auf, zum Schlafen gelegt, erstmals wieder alleine nach dem langen Winter in der Enge des Weilers, den kleinen, belegten Räumen, ohne Stöhnen, sei es vom Alb, sei es des Geschlechts, denn beides hatten Winter und Enge und Kälte und Dunkelheit und Untätigkeit ja befeuert, den Albtraum und die Geilheit.

Als zurückgekehrt die Sonne und neu, gestärkt, ihren Lauf sie begann, blickte der Vierschrötrige auf den Fluss, wie er ehedem auf den Bach, seinen Bach, und die Furt geblickt, wo die Gestalten und Kräfte und Mächte ihm erschienen. Nun sah einen Kahn langsam er herankommen und, sei es durch Ungeschicklichkeit des Schiffers, sei es wegen fataler Strömung, ungewollt gerade vor ihm anlanden und auflaufen. An ein Weiterfahren war so nicht zu denken, da der Kahn tief in den Kies der Uferböschung gelaufen. Da war der Vierschrötrige gerade recht und anstellig und willig genug, den Kahn in tiefere Wasser wieder zu bringen. Worauf der Schiffer ihn zu einem Morgenmahle lud.

Das Treiben auf dem Fluss gefiel dem Vierschrötrigen über die Maßen. Und da er ohnehin ohne Ziel unterwegs, blieb er. Der Schiffer konnte ihn wohl gebrauchen. Er blieb viele Sonnenläufe. Trieb den ganzen Fluss hinunter, zum Meer und dann, durch die feuchte Enge hindurch, gar zu unserem Meer, und handelten sie sich von Insel zu Insel, das wenige, was sie eigentlich brauchten, sich zu verdienen. Blieben einen Sommer und einen Meereswinter auf einer Insel der weißen Häuser, mit Tempel und Priesterinnen weit oben, und gefiel der Vierschrötrige, der Jüngling, wohl so mancher von den Priesterinnen. Waren milde, sorglose Tage oben in dem Tempelbezirk. Weit wurde sein Blick und weit ging sein Blick auf das Meer hinaus, das von hier oben blank und regungslos und spiegelnd aussah, und manchmal schienen ihm Riesen übers Meer zu schreiten, sich zu messen im Ringkampf, doch war ihm das nicht drohlich, war etwas, was mit Interesse und bald auch Kennerschaft er sich besah. Des Tages baute er an den Tempeln, versorgte das Vieh, das hier reichlich von Opfernden gebracht, das aber entgegen den Bräuchen seiner Heimat nicht getötet, des Nachts schlief er bei den Priesterinnen, die Lust, ungeahnte, ihm schenkten und stillten, wie er ihre Gier stillte, jugendlich, heftig, rammend. Freilich auch dieser Winter ging. Hatte mehrere der Priesterinnen zu Müttern er gemacht, so dass diese den Hain verlassen mussten mit Schmach der Sitte gemäß. Und auch ihn rief neu sein Marsch. Der Schiffer, der sich, unspektakulär, mit einer der jungen Dienerinnen, die reichlich hier oben zur Hand waren, zusammengetan und lebte das Leben friedlich, unaufgeregt, hatte freilich seinen Platz, den Hafen gefunden. Blieb. So heuerte der Vierschrötrige auf einem der Schiffe an, die hier, in unserem Meere, dem blauen, dem weiten, reichlich unterwegs waren. Vieles widerfuhr ihm und dann wieder nichts, was nicht auch anderen widerfährt der Regel nach. Schließlich, irgendwann – wer mochte schon sagen, wann? –, denn wiewohl die Welt noch im Maße und nach der Bestimmung der zeitlichen Zeit lief, bewegte sich der Vierschrötrige doch längst in seinen eigenen Nicht-Zeiten, auch dieses ist möglich mühelos, die Nicht-Zeiten fragen nicht, wen sie sich erwählen sollen, schließlich also, irgendwann, überquerte der Vierschrötrige, schon beinahe kein Jüngling mehr, die großen Gebirge von Süden her. Den Hirten, dem er jetzt zu Diensten, wenn man dieses so nennen kann oder will, den Hirten traf er beinahe an derselben Stelle des ehedem Donau genannten Flusses, von der er einst losgesegelt. Und als er den Hirten dort traf, schien es, als wäre diese große Schleife, dieser eine Kreis, den er gewandert und auf seinem Marsch verbracht, nie geschehen.

Vielleicht ist das ja so mit unseren Märschen. Sie lösen sich auf, löschen sich selbst. Und doch müssen wir sie gehen. Was sollen wir tun?

ALS der Vierschrötrige auf den Hirten getroffen, war jener selbst noch auf der Wanderschaft, mit kleiner eigener Herde aus Schafen und Ziegen und einem Ochsen wohl dazwischen, und dazu stellte er sich in die Dienste der Bauern und Besitzer, die misstrauisch ihn beäugten, denn der Sesshafte liebt nicht den Wanderer, bedarf seiner aber. Wie häufig, wie fast immer kam der Vierschrötrige, kräftig, schweigend, hilfsbereit, dem Hirten da als Hilfe gerade recht. Zum einen, den gerade in den Herbsttagen noch einmal anschwellenden Herden gerecht zu werden. Zum anderen, der Hirte ruhte bereits so fest in sich, dass er zugestehen sich selbst dies konnte, um Einsamkeit nicht zu leiden ohne Unterlass und die Anfeindung zu bestehen auf Dauer. Packte der Vierschrötrige also an, und weideten sie die Herden links und rechts des ehedem Donau genannten Flusses, tief in die Ländereien beider Ufer hinein. Waren, wie selten es geschah, einige ruhige Sonnenläufe. Zog der Ochse ihren Karren, in dem Zuflucht sie suchten, wenn ohne Dach, ohne Wärme bleiben sie nicht konnten. Führte der Hirte ein Buch mit sich, oder Fragmente davon, wer mochte wissen, wie diese zusammengehört einstmals, wenn sie denn zusammengehört, denn zerfleddert war das Buch und so unterschiedlich in seinen Teilen, da diese sonderbare Sammlung sich aus einstmals mehreren Büchern zusammengefunden, zusammengewürfelt, verknotet, wie die Stränge und Fäden einer Geschichte, eines Gewirkes von Geschichten. Und las also der Hirte im Karren vor, denn der Vierschrötrige war des Lesens nicht kundig, noch nicht kundig, las aber auch, wenn die Sonne am Himmel stand und ihren Lauf ging, auf den Weiden, in den Tälern, an den Tränken. Ist dieses aber sonderlich: Bleiben die Geschichten, die vorgelesen ein Leben lang und wirken so lange, Geschichten aber, die einer selbst gelesen oder denen nur gelauscht er, wenn ein anderer erzählt, sind, nicht immer, doch verweht oft schnell, mögen freilich wirken sie weiter, ohne dass einer merkt es und ohne dass geringste Erinnerung er hat, und tauchen auf in den Träumen, die neue Geschichten gebären. Und so hörte der Vierschrötrige diese Geschichten mit Staunen, fremd waren sie auch ihm und, da zum ersten Mal er sie hörte, grausam und voller Schrecken, der bis ins Mark ihm drang und von dort in Gehirn und Lenden weiterfuhr. Geköpft wurde und rasend geschlachtet, ans Kreuz geschlagen, der Sohn unter Schlachtmesser gelegt, es wurde gehurt und Inzest getrieben und gehungert und gelitten und maßloser Völlerei sich hingegeben und geträumt und gezaubert und geweissagt und herrenfürchtig gelebt dann und immer wieder waren sie unterwegs, auf dem Marsch, einzeln, alleine, in Gruppen, als Volk, auf dem Marsch durch Meere und Wüsten, geschlagen, verfolgt, hungernd, siegreich, kreuz und quer, ankommend nie, aufbrechend immer, zu welchem Ziele, wer mochte es wissen? Von den Kundschaftern hörte der Vierschrötrige erstmals, Land kundschafteten sie, das barst vor Fülle, wo Trauben sie schnitten, die Einwohner hochgewachsen, stark, Riesen, Land, in dem es floss und triefte und das im Überfluss seine Einwohner, die Riesen, fraß. Und lockten die einen Kundschafter, so warnten die anderen und hatten alle recht mit allem, was sie sagten und was sie taten. Dann aber war auf dem Marsch das Volk wieder, und beinahe schien es gleichgültig, was die Kundschafter berichtet, denn Marsch musste ja sein,

Marsch musste wohl sein, sei es in die Fülle, sei es in Verderbnis, sei die Fülle das Verderbnis und liege, Geheimnis, Fülle im Verderben, denn wo etwas verdirbt und verrottet, kann Neues erwachsen. Muss aber nicht. Niemand weiß es ja, und gibt keine Regel, kein Gesetz, nach dem Fülle oder Verderbnis zu berechnen im Voraus.

Doch waren dies Gedanken, die dem Vierschrötrigen noch fremd, und fremd sollten sie ihm lange bleiben.

ZOG solcherart der Vierschrötige mit dem Hirten durch die Auen, den ehedem Donau genannten Fluss entlang und immer wieder tief auch in die Länder über den Fluss, in die Wälder, um die Sauen, die manches Mal auch sie mitführten, wenige eigene, manche in Obhut, zu weiden, und ging so mancher Sonnenlauf, zählte sie der Vierschrötrige nicht und der Hirte nicht. Konnte freilich so kaum ausbleiben durch ihre Wanderschaft, dass manch groß Gehöft, manches Haus, manche Burg jenes Herrn, manche Burg freilich auch der schwarzen Priester und der schwarzen Zwingherren auf ihrem Weg lagen, manches ihnen willkommen, weil Schutz und Mahl und Auskommen es ihnen bot, und manchem waren sie willkommen, oft aber, sehr oft war Misstrauen und Gewalt, und war, nicht selten, auch Abneigung und Widerwille in ihnen, wenn sie sahen, was sie sahen und spürten, was sie spürten. So waren sie auch in die Burg jenes Schwarzen gezogen. War ihnen unwohl gewesen schon von weitem, wie den meisten, die jene Burg von fern schon auf dem Hügel erblickten. Doch waren sie des Weges müde, auch hatten sie die Schergen des Schwarzen schon gedrängt und wussten sie wohl aus Erfahrung, dass es klüger und sogar gedeihlicher, dem zu folgen, mit dem Gedränge zu schwimmen, als sich dagegen zu stellen.

Als der Burg sie sich genähert mit der Herde, die kleiner war als sonst, kaum mehr als ihre wenigen eigenen Tiere, von denen ungewöhnlich viele sie in jenem Sommer durch Krankheit, Unglück, Wolfs-und Bärenriss verloren, ging der Vierschrötrige voraus, um zu erkunden, was sie erwarten möge. War ihr Kommen ja längst gemeldet, und so wurde der Vierschrötrige zum Schwarzen geführt und Verhör unterzogen. Scheinbar. Denn war sich ja der Schwarze seiner Macht zu gewiss, als dass er einem Zug ärmlicher Hirten viel Interesse geschenkt hätte. Verschmähte der Schwarze zwar kaum etwas, so es ihm leicht zufiel. Doch hatte er just, als die Hirten, ferne von hier aus schon, in seinen Beritt kamen, anderes im Sinne. Denn um den Hirten waren, weit flussauf, weit flussab, weit in die Länder hinein Gerücht und Sage, die längst schon alleine und wie von ihm losgelöst ihm voran eilten und hinter ihm seinen Fortzug deckten, die sich nährten, reich, die Fülle nährten, was in den Katen, in den Gehöften, den Weilern, den kleinen Städtchen, auf den Märkten, bei den Wöchnerinnen, lendenschwachen Männern, den Unglücklichen, Gierigen, Geilen, den Glückssuchern und Trauernden, den an Leib und Seele Kranken und denen, die unbefriedigt, stets unbefriedigt von der Suche nach Fülle, dem Bade im Blut, dem prasselnden Segen von ihm geraunt, dass nämlich er, der Hirte, mit mancherlei Zauber im Bunde, manche Geister des Dunkels und des Lichts ihm zu Diensten, manches Wissen ihm zu Gebote, herrührend aus der Ferne, aus der Tiefe, bis zu dem, was die weißen Priesterinnen übten und jene Diener jenes Herrn nahe des Landes jenes Herrn in den Wüsten und Wüstenburgen. Ist nun so, dass Gerücht und Sage zu Wahrheit werden irgendwann aus sich selbst heraus, und so wirkten Wissen und Erfahrung des Hirten, die sich freilich reich in ihm gesammelt und in ihm gewachsen, die er sich erworben auf und mit seiner Wanderschaft, die er gefunden unverhofft und unvermutet und mit der er, manchmal, unverdient, wie er selbst wohl wusste und es dem Vierschrötrigen sagte, begnadet in einem einzigen Moment, wirkte also alles dieses Wissen und diese Erfahrung und dieses Ahnen wundermächtig und ändernd bei denen, die es so wollten und so erwarteten.

Dem Schwarzen aber war, da Hirte und Herde heranzogen, unbehaglich nicht in mancher Weise – war dies ja immer so –, sondern war ihm unbehaglich in seinem Grunde und bis in einen tiefen Grund hinein, dorthinein, wo der Grund aufhört, der eigene zu sein und in jenen Urgrund hineinreicht, in dem alles und alle verbunden. Kam also der Hirte ihm recht, dass der, auf zauberhafte Weise, Recht ihm verschaffe, gegen wen und gegen was auch immer, der Schwarze wusste ja ebendies kaum zu sagen. Konnte vieles, wie es der Brauch, ins Feld führen für dieses Unbehagen und tat es auch, wie es viele tun, sei es Holzknecht, sei es Gänsejungfer, sei es Fürst oder schwarzer Priester. Da seine Herrschaft nicht unangefochten von den schwarzen Nachbarn war und an den Rändern zerfaserte, schien es ihm, dass er selbst zerfasere an seinen Rändern und Klüfte und Schluchten in ihm aufbrachen oder in sich zusammenstürzten, es kam auf die Betrachtung an. Dass der Nachfolger, der Sohn, auf sich warten ließ und Töchter er bisher nur gezeugt, welche die Herrschaft, den Reichtum, die Fülle schmälern würden möglicherweise in nicht geahnter Weise, wobei – ein Nächstes – ebendiese Fülle, dieser Reichtum nach des Schwarzen Wunsch und Wille der Anhäufung ja erst noch harrte und im Moment kaum davon noch die Rede sein konnte. Wobei der Schwarze, wie meist es geschah, Reichtum und Fülle in eins setzte, nicht einmal ahnend, dass, solange dies geschah, Fülle ihm nicht geschenkt und Reichtum ihm Genuss nicht verschaffen würde. Dass die Frau, ihm verbunden zur Mehrung des Besitzes und zur Festigung und Steigerung von Macht und Einfluss beider Clans, sich ihm immer heftiger entzog und alles daran setzte, ihn nicht mehr eindringen zu lassen, was ohne Lust ohnedies er stets vollzogen zuvor. Lust und Mut schließlich kühlten ihm andere, die leichter zugänglich seinem Phall, seinem Gemüt, seiner Seele waren, derber, fordernder, ihn, den Schwarzen, den Fürsten, den Herrn ungerührt beschimpfend, schlagend, beleidigend beim Verkehr, waren sie selbst niedersten Standes. Doch hatte Stand bei Stillung der Lust noch nie eine Rolle gespielt, es regierte der oder die, die Lust auf die Spitze treiben, erfüllen und Erfüllung selbst in tiefstem Maße kosten konnten, der Urgrund mithin regierte. Und dem Urgrunde waren Stand und Geschichte und selbst Geschichten gleichgültig, wohl entwuchsen Geschichte und Geschichten dem Urgrunde, doch war der Urgrund selbst Nicht-Zeit und ohne Geschichte und ohne Geschichten.

Der Urgrund war. Er webte nicht. Lust also wollte der Schwarze nicht empfangen von seiner Frau, und ob Lust sie empfing, war gleichgültig ihm. Zeugen wollte er den Sohn und Macht zeigen, Macht spüren zudem. Nahm also die Frau mit Gewalt. Und entlud er sich auch, so gelang es der heftig sich Wehrenden, Schreienden, Klagenden, Schlagenden doch, dass nicht nur keine Lust er empfand selbst in dem Moment, in dem alles Gewesene und Kommende, alles Erlebte und Erwartbare gleichgültig und hingenommen und für gut geheißen, was es auch sei, sondern dass zusätzlich hinterher schalen Geschmack und schale Seele er spürte an und in sich, gewiss nicht aus Scham, gewiss und schon gar nicht, weil ein Gewissen ihn plagte, sondern weil Niederlage er und gar Demütigung fühlte, denn schien ihm die Frau, wiewohl an der sichtbaren Seite der Wirklichkeit er seinen Willen ihr wohl aufzwang, ihm an der unsichtbaren und tiefer, tief reichenden Seite ihm mühelos überlegen. Auch hatte er sie im Verdacht – eine Art von Verdacht, die Wissen sein wollte unbedingt, aber zum Wissen auswachsen sich nicht konnte –, dass längst sie die Hexen, die Rauchgebieterinnen, die Bilderbeschwörerinnen, die in den Wäldern hausten, zu Hilfe gerufen, um ihren Leib zu versiegeln und seinen Samen zu vergiften, schwarz zu machen, wie reich er auch quellen mochte, denn auch jene, welche die Lust ihm molken und dadurch schenkten, empfingen nicht oder nicht mehr, wie sie vordem empfangen. Denn Söhne hatte ja schon gezeugt der Schwarze, voll der Geilheit und die Geilheit büßend mit gewaltiger Lust, doch eben keinen Erben, der folgen konnte nach Brauch und Sitte und festem Gesetz. Hatte der schwarze Priester, ratschlagend anscheinend, doch voll hämischer, freilich gut verborgener Befriedigung, wie es Art der schwarzen Priester einmal war, den schwarzen Zwingherrn auch bestärkt darin und wie es zuging, wenn die Hexen dem Rauch geboten und die Bilder beschworen in den Wäldern, über dem Fluss, in den Höhlen. Würden durch den Rauch, der geboren und genährt durch Mischungen von Harz und Giftkraut und Innerei und Gekröse und Balg und Luder, Bilder an die Höhlenwand geblasen, Bilder des Schwarzen, von kleiner Gestalt, doch mit riesigem Phall, und würde der Phall zur Unfruchtbarkeit gebannt, ihm zum Hohn, denn ein schwellender Phall, der unfruchtbar und einen Sohn zu zeugen nicht vermöge, mache lächerlich ja noch dazu. So jedenfalls verkündete der schwarze Priester, hohnvoll wie stets und sich nährend wie stets vom Ungenügen und Unvermögen und der Unfruchtbarkeit, ist doch nichts und niemand unfruchtbarer, fruchtloser, denn ein schwarzer Priester, und so nähren sie sich denn geil und gierig, indem an dem anderen sie saugen und beim Saugen Gift in den anderen träufeln.

Spürte der schwarze Zwingherr zwar Hohn und neue Demütigung durch den schwarzen Priester, hörte er andererseits dessen dunkle Beschwörungen und düstere Beschreibungen, was angeblich geschah nicht ungern. Was sollte er tun schon gegen finstere Mächte?

Sann also auf Gegenzauber, dass Zeugung, Erschaffung, Leben ihm gelinge. Und ging den Vierschrötrigen so an, ruppig, unwirsch, drohend, obwohl oder weil er ja begierig nach Ausflucht suchte. Der Vierschrötrige nun war lange genug inzwischen, viele Sonnenläufe von Herbst bis wieder Herbst mit dem Hirten unterwegs gewesen, um wenn nicht zu wissen, so doch zu spüren, dass gefährlich, gefährlicher als manches andere diese Lage hier ihnen werden könne. Ein Schwarzer, mächtig, angefüllt mit Gewalt, die herausbrechen wollte dringlich, der nach Gegenzauber verlangte, weil er unbefriedigt nicht am Phall, sondern vom Leben selbst, weil seine Wünsche aller seiner Macht und Gewalt nicht zugänglich und untertan, mochte und würde umso wilder, unerbittlicher zuschlagen, wenn diejenigen, die Erfüllung ihm schaffen sollten, ebendies nicht konnten. Oder wollten. Stak wohl tief in dem Schwarzen wüstenhafte Dürre, die nach Wasser gierte, dass Fülle entstehe, Leben, Leben sprieße, doch kann so Regen nicht befohlen oder herbeigezaubert werden durch andere.

Antwortete der Vierschrötrige also ausweichend, geschickt aber so, dass vorläufig die Erwartung des Schwarzen nicht gedämpft und sein Zorn also, über seine Ruppigkeit und Drohlichkeit hinaus, nicht loderte. Freilich konnte im Augenblick dies ja helfen nur, denn der Hirte, auf den der Vierschrötrige verwiesen, zog ja heran und würde mit den kümmerlichen Resten ihrer Herde eintreffen, nicht lange wohl, nachdem die Sonne ihren Lauf erneut begonnen, nahe ihrem Zenit vielleicht, kaum danach. Und wiewohl der Vierschrötrige aus Anschauung und Erfahrung, aus den erzählten Geschichten in den Nächten und aus dem, was selbst an Geschichten und Fantastereien er erschuf in Seele und Herzen und zuletzt wohl gar im Kopf, wiewohl er also dem Hirten manches, was anderen nicht zugänglich und unmöglich, zutraute, Enden von Geschichten zu erwirken, auf die keiner sonst kam, schien ihm hier, in dieser düsteren feuchten Burg, im Angesicht des Schwarzen, mit dem lauernden schwarzen Priester im Hintergrund, fast in der dunklen Mauer verschwindend, schien ihm also die Gefahr so türmend, dass nach Tun es ihn drängte. War ja der Vierschrötrige bei aller Empfänglichkeit für und Empfängnis von Bildern, Ahnungen, Träumen, Gestalten, Geschichten einer, der als Findling fast, Fremdling vielleicht, Verschenkter, Hinweggeworfener gelernt hatte, hinzulangen mit den Händen, tatsächlich oder bildlich, wo Geschichten, im Augenblich zumindest, durch der Hände Tun ergänzt oder gefördert oder mit neuer Wirklichkeit genährt werden wollten und sollten und mussten. Suchte also, hier dann freilich doch wieder eher einer Ahnung, denn einer Überlegung nachgebend, die Frau des Schwarzen. Wurde tatsächlich, nicht selbstverständlich, empfangen. Gefiel ihm die Frau, etwas an der Frau auf unklare Weise. Sah, spürte, dass er, etwas an ihm, der Frau wohl gefiel. Sprach er also. Von dem Wenigen, was tatsächlich der Schwarze ja geschildert. Von dem Vielen, dem furchteinflößend Unmöglichen, das offenkundig, sicher er erwartete und dem durch keine Zauberei, so mächtig sie sei, beizukommen.

Sprach also die Frau. Dass seine Ahnung, seine Angst kein Hirngespinst. Dass dem, was sei, nicht beizukommen, durch Zauberei welcher Art schon gar nicht. Dass vom Schwarzen sie nicht empfangen mehr werde, nachdem die Tochter sie empfangen. Obwohl mit Gewalt er sie nehme oder weil mit Gewalt er sie nehme, am Ende aber, so sprach die Frau, sei sogar für ihren Schluss und Willen gleichgültig, ob mit oder ohne Gewalt er beiwohne ihr, den Phall in sie bohre roh, seinen Samen entlade in ihr in mächtigem Strahl oder unfruchtbarem Rinnsal, denn vor und nach ihr bespringe der Schwarze wahllos die Mägde, die Töchter seiner Kumpane und deren Frauen, die mit Geschmeiden zu bezahlen er sich keine Gedanken mache, Bettlerinnen, Handleserinnen, fahrende Weiber, die wohl gerne sich nehmen ließen von dem, der immerhin Herr war, oder die sich wehrten, es war ein Wüten und nur ein Wüten – wer mochte wissen, was zeigen wollte der Schwarze, was und wem? Fiel freilich nicht auf sonderlich, denn viele seiner Kumpane und erst recht die schwarzen Priester, wenn auch jene nach ihrer Art scheel und heimlich, doch in der Heimlichkeit mit großem Wort versehen, trieben es ganz ähnlich.

Lust spüre sie so nicht und anders auch nicht und habe Lust mit anderem Manne auch nie verspürt. Ändere nichts daran, dass empfangen sie nicht mehr wolle und werde vom Schwarzen. Sondern darauf sinne, diesen Kerker, in den sie getrieben als Jungfer, der ihr zuwider gewesen von Anfang an und den ertragen sie nicht mehr wolle, so zu fliehen, dass – was die Gefahr sei, die der Vierschrötrige ja ebenso richtig sehe – der Schwarze ihrer habhaft nicht mehr werden könne, denn jenes möge Folter unendlich nach sich ziehen, ohne dass der Tod Erlösung. Den Tod aber wolle sie nicht, sondern das Leben wolle sie, gierig, mit Lust oder ohne, es hänge ihre Gier nach Leben, dem bislang gestohlenen, vorenthaltenen, von geschlechtlicher Lust nicht ab. Glaube sie. Sie wisse es ja nicht. Sei ihr nicht dringlich, darüber nachzudenken. Ob er, der Vierschrötrige, Lust genossen über bloße Stillung der Geilheit hinaus?

Hatte sich der Vierschrötrige diese Frage nie gestellt. Oder besser, hatte sich die Frage nie vor ihn, nie sich ihm in den Weg gestellt, denn nicht wir stellen uns ja Fragen, es sind die Fragen, welche die Landschaften, die Wälder, die Dörfer, die Burgen bevölkern und die uns sich aussuchen, ob wir Antwort parat hätten, Antwort, die paart sich oder paaren sich kann mit der Frage wiederum. Wer herrscht, Frage oder Antwort? Wer wüsste es zu entscheiden? Kann ja jeder gute – oder vom anderen gesehen: schlechte – Gründe anführen: der Einzeller, Krankheit bringend, unsichtbar. Der Mensch. Die Frage.

War hie und da unterwegs, als ließe es sich vermeiden nicht, eine Jungfer, eine Magd, eine Bauers- oder Herrentochter gar gewesen, welcher der Vierschrötrige gefallen. Auch wenn Sänger und Gaukler und Geschichtenjongleure und Geschichtenweber und Geschichtenwirker und Geschichtenbewirker sie nicht sind, üben die Fahrenden auf manche ja Reiz aus und Anziehung, und manche wohl, nicht viele, selten, aber doch, hätten das Lager des Nachts wohl mit ihm geteilt. Doch hatte vermieden stets der Vierschrötrige dieses, scheu, wie er sonst des Tages, beim Hüten und Treiben und Zupacken nicht war. War nicht so gewesen, dass ihm so manche nicht selbst gefallen, und des Nachts, in seinen Träumen, meldete sich manche bei ihm, lockend, vorwurfsvoll, kokett, klagend, nackt, gierig, sich verweigernd, geil, demütig selbst oder demütigend ihn und oft, wie es der Traum will und wie es dem Traum selbstverständlich, beides zugleich, und wenn aufwachte er dann aus dieser Art unruhigem fiebrigem Schlaf, spürte er den Phall mit einer

Härte, die ihn schmerzte, ein Schmerz aber, der von tief innen zu kommen und über den harten Phall nur wie nach außen geleitet schien, und es brauchte nur weniger Züge, um gewaltige Entladung, Erleichterung für den Moment herbeizuführen, denn mochte der Vierschrötrige scheu sein, ein Jüngling, dem die Geilheit eingeboren, war er wohl auch. War aber auch eine, der nicht einmal in Gedanken der Geilheit zu nähern er sich wagte. Die ihn aber selten, viel zu selten, fast nie im Traum besuchte, von den anderen gar nicht so sehr unterschieden, wenn sie, ohne zu sprechen, lächelnd nur, ihn küsste mit libellengleicher Zungenspitze, seine Hände an ihre Brüste nahm und zwischen ihre Schenkel schob. Waren der Hirte und er ein Frühjahr, einen Sommer, selbst in den Herbst noch hinein, ungewöhnlich, in enger Gemarkung geblieben um eine Siedlung, kein Dorf mehr, noch kein Städtchen, mit Markt, mit Festen, die anlockten die Fahrenden, ein fruchtbarer Ort, ein freundlicher Ort, in dem Apfel und Kirsche blühten reichlich zur rechten Zeit, und da alles wuchs und gedieh und wie hervor- und herausgehoben aus der Nachbarschaft, ein Kreis, wie speziell golden beschienen, da alles in reicher Fülle, mühelos fast zu greifen war, waren Wissen und Rat und Hände und Geschick des Hirten und seines Vierschrötrigen in mancherlei, seien es zum Vieh oder anderem, wohl gelitten, gerne gefragt und ohne Handeln über unvermeidbares Maß hinaus bezahlt. Waren freilich Hirte und Vierschrötriger ohnedies keine begabten Händler, besser noch: keiner wusste, ob oder ob eben nicht, denn für Mahl, für Trank, für saubere und dienliche Kleidung, für den Sommer, für den Winter konnten stets Sorge sie tragen und machten vieles, fast alles selbst mit Hand und Geschick und Überlegung, stets verdienten und bekamen sie die kleine Münze auch, die für das sonst unabdingbar Notwendige sie brauchten, nichts fehlte ihnen, mehr als das, was ihnen nicht fehlte, wollten sie nicht, waren niemandem schuldig und wollten es nicht werden und begehrten nicht mehr, als sie hatten oder was ihnen erreichbar zumindest und in dieser Weise zugedacht.

Stimmte in jenem Sommer, was den Vierschrötrigen anbelangte, nicht ganz, und Unglück war die Folge. Stimmt ja nie alles ganz. Wie sollte es auch, und warum? Unstimmiges aber, auch Unstimmiges, schafft Risse, breite, haarfeine, sichtbare, unsichtbare, in denen die vom Winde verwehten Samenkörner des Unglücks sich festkrallen. Und wachsen. Und gedeihen. So kommt es, dass an und aus scheinbar so festgefügten, so glatten Felswänden Bäume, Birken, schlank, über schwindelnden Abgrund wachsen, dass fremde Blüten in exotischen, in diesen Breiten nie gekannten Farben ins Land, weit ins Land hinaus glühen, dass Früchte gar reifen, von den Vögeln geerntet, süße, giftige, und Moose, die Teppiche und Mäntel der alltäglichen Misere, bedecken bald die Felswände, die Mauern reich, mit Fülle. Ob aber Moos oder Frucht oder Birke, die Wurzeln, die zarten Wurzeln sorgen unerbittlich dafür, dass, nicht bald, nicht jeder, wenige gar, denen es geschieht, erleben es, dass also die Wurzeln die Felsen sprengen, in sich stürzen lassen, und so ist aus dem und mit dem Unstimmigen, aus dem Unglück gewachsen, eine neue Landschaft geworden, die fruchtbar wiederum werden kann, aber eben nicht muss, Spalten und Risse für neues Unglück sind aber bereitet bereits, wen mochte wundern es.

Elassa

In jenem Sommer, der ein glücklicher hätte sein können oder der gerade deshalb sogar ein glücklicher war, eben weil er es nur hätte sein können, traf der Vierschrötrige auf Elassa, und er begehrte sie sehr. War aber Elassa, wiewohl Tochter eines der Begüterten des Ortes, unter der Hand, wie man sagt, zweifelhaft beleumdet und, wenn der Vater nicht zugegen, scheel angesehen allemal. Hieß, das Mädchen sei leicht zu haben den Fahrenden, und pflege, als Mädchen, sonderbare Verbindungen aus dem Ort hinaus und weit ins Land, ins Reich hinein, mit Männern und Frauen, die verwünschte Spekuleien und verbotene Wissenschaften trieben, darüber hinaus werde von ihrem Vater sie verzärtelt, dass lebenstauglich sie werden nicht könne. Dass der Vater dem Mädchen Unterrichtung in mancher Weise angedeihen ließ, Sterndeuterei, Traumerkundung, den Fang der schwirrenden Melodien mit einem Gitternetze, dass auf Papier sie gebannt seien, schadete dem Ruf des Mädchens mehr noch, als dass es nutzte. Der Vater bekam, nach Väterart, wenig davon mit, und was er bemerkte, nahm er nicht ernst. Mächtig, reich immerhin, war er genugsam ja, um Anfeindungen zu wehren, und tatsächlich reichte dieses ja im Moment und an der Oberfläche des allgemeinen Verkehrs. Auch dem Mädchen tat man nichts, aber es spürte die grummelnde Feindseligkeit, die wie dem Urgrund entstieg und heftete sich nun einmal an sie, ohne dass sie, wiewohl mit den Sternen im Bunde, deuten oder auch nur benennen dieses hätte können. Und so bewirkte, wie oft geschieht, gerade die Ablehnung, dass sie sich, ohne es zu wissen, gerade so verhielt, dass die Feindseligkeit in ihrer scheinbaren Begründung ihrer selbst sich bestätigt fand. Indem die Nähe der Fremden, der Hirten sie suchte.

Dort war sie freundlich empfangen. Kannten die Hirten die Geschichten von und über Elassa ja nicht oder nicht mehr davon als das, was ihnen zugeweht wie die Samen der Bäume und Gräser, und ihre Herkunft, ihr Stand beeindruckte sie wenig. Hatten viele Geschichten gehört auf Wanderung und Marsch, wahre, halbwahre, falsche, Gerüchte, Ansichten, Meinungen, und nahmen also die Dinge und Menschen, wie sie sie vorfanden. Blieben ja selten lange und nie für immer. War im Übrigen so, dass die Gerüchte, die das Mädchen umschwirrten, auf schmalem Fundament gebaut. Begegnete das Mädchen den Fahrenden mit Neugier und, wie zumeist der Vater, mit offenem Haus und Gastfreundschaft, so hatte es sich keinem hingegeben und traf als Jungfer auf die Hirten, wie alle anderen oder zumindest fast alle anderen ihres Alters in dem Ort Jungfern waren, wie es der Brauch. Keiner fragte danach, ob und wie der Brauch gerechtfertigt, auch Elassa nicht. Und da sie von anderer Formung und anderer Bildung und durch ihren Vater von kommendem Reichtum, so mochte es dem unbefangenen Betrachter, dem wandernden Gast nicht weiter verwunderlich sein, dass sich, von Angst und Neid und Unbehagen genährt, mancherlei um das Mädchen rankte, dessen Geflecht nicht mehr zu entwirren und dessen Wurzeln kaum mehr bestimmbar.

Kam also Elassa immer öfter, meist schon, kurz nachdem die Sonne sich erhoben, und blieb über deren Zenit hinaus. Der Hirte sah das Mädchen gerne kommen und sprach mit ihm über Traum und Deutung, über Himmelserzählungen und Sternenkräfte, über Kräuterdämpfe und Ziegenschlaf. Furchtsam, als ob er sich wünschte, dass nicht käme Elassa, sah der Vierschrötrige ihr Kommen und voller Sehnen zugleich, dass eben sie käme, wie es eben auch dieser Brauch und dieses Unglück. Kam also vor, dass Elassa und der Vierschrötrige gemeinsam von der Herde weg liefen, über den Bach und in die Wälder hinein, ohne dass recht bemerkten sie es, bis einsam auf einer Lichtung sie lagen, Beeren vielleicht sie abstreiften und Elassa sang, was selbst sie ersonnen, und dazwischen spielte auf einer Flöte, die ein Knecht ihr geschnitzt, und klein und immer kleiner fühlte sich der Vierschrötrige, wenn er saß und lag bei dem jungen Mädchen und ihren Geschichten lauschte, die sprangen vom einen zum anderen, heiter, sorglos, klug, doch ohne Überlegung, mit Wissen, doch ohne Ziel, fühlte sich nicht richtig in seinem Körper, in sich selbst, doch schien dieses Elassa nicht zu bemerken oder wollte es nicht, der Vierschrötrige gefiel ihr, ohne dass ernsthaft in Erwägung sie ihn zog, wusste ja vielleicht nicht einmal, was dieses war. Doch als der Sommer, der Herbst eigentlich schon, gefallen, küssten sie sich, heftig und immer heftiger, die kleinen, spitzen Brüste koste der Vierschrötrige zart, wie diesen Händen niemand es zugetraut. Mächtig war ihm der Phall geschwollen, und er spürte wohl, wie hart wurden auch die Brüste. Es blieb dabei. Wenig später, die Dämmerung setzte ein früh bereits, liefen sie zur Herde zurück, plaudernd das Mädchen, schwer atmend vielleicht, in jedem Fall noch ungelenker als sonst der Vierschrötrige. Wie immer, herzlich, hatte sich Elassa von beiden verabschiedet, eilends, denn es war später geworden diesmal. Das weiße, fast zu sommerliche Kleidchen schluckte die Nacht.

Danach war sie nicht mehr gekommen, und bald, ungewöhnlich, hatten sie, in den aufziehenden Winter hinein, die kleine Herde weitergetrieben in Winterlager, das der Hirte nach zügigem Marsch dann auch sicher bestimmte. Ein Sommer des Glücks und des Unglücks. Beides muss zusammenkommen, dass ein Sommer unvergesslich. Selten, viel zu selten, fast nie besuchte Elassa ihn im Traum, und ohne zu sprechen, lächelnd nur, küsste sie ihn wieder mit libellengleicher Zungenspitze, und seine Hände wanderten, im Traum, von ihren Brüsten zwischen ihre Schenkel, die sich spreizten gierig. Aber Elassa mochte im Traum ihn besuchen und die Schenkel spreizen, es tat ja nichts, es war vertan dieses und würde nicht mehr kommen, und scharfe Reue durchschnitt den Vierschrötrigen im niedrigen Zenit der Wintersonne, wenn auf die Herde er sah, wenn aus dem Karren er blickte und wusste, obwohl wissen er nicht wollte, dass für einige Wimpernschläge ein Spalt sich ihm geöffnet, durch den er nicht gegangen, warum auch immer. Oft wachsen Geschichten in diesen Spalten, Rissen und Furchen, und die Samen, winzig, waren auch in des Vierschrötrigen Seele gelegt. Das aber wusste er nicht und spürte es nicht und würde lange es nicht wissen.

Konnte man also sagen, dass der Vierschrötrige Lust genossen über die bloße Stillung der Geilheit hinaus? War nicht einfach zu entscheiden, wie immer in diesen Dingen. Immer war ja in diesen Dingen beides angelegt, und so konnte auch in der Versagung, die den Vierschrötrigen getroffen, eine geheime Lust liegen, die freilich derjenige, dem es zustieß, nicht sehen, spüren wollte und konnte. Und sprudelte dennoch und mochte bewässern und Frucht fördern, bei anderen aber wirkte diese Quelle, so ihr Wasser nicht fließen, abfließen konnte, nichts als Sumpf, Moor, in dem Getier, Kröten, Schlangen, Giftinsekten sich selbst züchteten.

DASS aber der Vierschrötrige und die Frau des Schwarzen so sprachen, war nicht gewöhnlich. Nicht war der Vierschrötrige der Frau im Range gleich, sondern ein junger, wandernder Hirte, nicht war er ihr gleich oder auch ähnlich nur in den Erfahrungen, und nichts wusste sie davon, was es hieß, in die

Welt geworfen, zum Marsche bestimmt zu sein, ob einer annehme diese Bestimmung oder eben nicht, nicht jeder, der dazu bestimmt, begibt sich auch auf den Marsch, auf seinen Marsch, wer aber dazu bestimmt und sich nicht begibt auf den Marsch, wird vom Marsch, von seinem Marsch eingeholt sicher, in jüngeren Jahren, wenn es gut geht, in späteren Jahren, wenn es schlecht geht, und meistens freilich geht es schlecht ja. Wissen müsste man, ob auch ein umgekehrtes gelten könnte, dass einer sich auf einen Marsch begebe, zu dem er nicht bestimmt und wie dieses ende, dieses aber wissen wir nicht.

Entscheidet derlei, nämlich ob eine solche Art seltener Verständigung beginne und gelinge, ein Augenblick. Wie vieles muss zusammenkommen! Erkannten wohl der Vierschrötrige und die Frau in dem einen Blick im anderen nicht sich selbst, denn dieses würde nicht genügen, sondern den gemeinsamen Urgrund, aus dem sie emporgestiegen. Um dieses freilich in und mit diesem Augenblick zu erkennen, mussten beide wiederum in genau diesem Moment ihren Lebensfaden und Geistesfaden und Seelenfaden bis zu einem Punkt gesponnen haben, dass wie mit Notwendigkeit er sich um genau jenen anderen schlinge und zu einem der Knoten schürze, die das Gewebe haltbar und sichtbar und erinnerbar machten, für eine kurze Weile zumindest. Und frage sich einer und staune er und wundere er sich, wenn zum Wundern, was ihm zu vergönnen sehnlich, er begabt, wie selten dieses passiere.

Wundert sich ja in unseren Nicht-Zeiten keiner, weil unsere Nicht-Zeiten diese Begabung ausgelöscht wie alle anderen auch, wundert sich keiner mehr über sich selbst, was er denkt und tut und nicht denkt und nicht tut und was ihm widerfährt und nicht widerfährt, und erst recht nicht über die Wunder, die ihm begegnen, denn Wunder geschehen selten, sehr selten, und sie geschehen in jedem Augenblick und immerzu dem, der sie sehen kann und will und mit ihnen rechnet, ohne sie zu berechnen, wer aber mochte dieses verstehen? Gehört es aber den zeitlichen Zeiten an, mit Wundern rechnen zu können und Wunder zu erkennen.

Gefährliches Unterfangen

Der Vierschrötrige und die Frau freilich machten derlei Gedanken sich nicht, da selbstverständlich ihnen war, was ihnen geschah. Ein Knoten, der sich schürzt, schürzt eben traumwandlerisch und wie selbstverständlich sich. Und da sie darüber hinaus geschlechtliche Anziehung nicht spürten – denn wer aus gemeinsamem Urgrunde wird geschlechtliche Anziehung weder spüren noch spüren wollen, ohne es zu wissen, und will nicht genießen sie und könnte es auch gar nicht –, war es ihnen leicht und selbstverständlich, über geschlechtliche Lust und gestillte oder ungestillte Geilheit zu reden und gegenseitig und miteinander Geschichten davon und darüber zu weben. Zu erzählen und zu weben, das war es wohl, was Lust ihnen bereitete mehr, als sie eine Vereinigung ihnen geschenkt hätte.

Was also nottue, so fuhr die Frau fort, sei, dass sie und der Vierschrötrige dem Schwarzen scheinbar willfahrten, in Wahrheit aber ihre Flucht so vorbereiteten, dass rasch aus seinem Kreise, zumindest aber an dessen äußersten Rand sie rasch gelangen konnten.

Ob es da nicht ratsamer, fragte der Vierschrötrige, und dass er fragte so, zeigte ja, wie sehr er sich der Frau, die er nicht kannte und doch näher kannte als alle, verbunden, ob es da nicht ratsamer also, dass er sich fortmache gleich zu dem Hirten, der heranziehe, ihm berichte und sie sich durch die Nacht, die milde, die deckende, hinwegschlagen sollten, wenn nötig, indem die ohnedies kleine Herde unter einem Vorwand an einen Mietling sie übergäben.

Längst sei es dafür, erwiderte da ruhig und beinahe lächelnd die Frau, zu spät. Sei das Geschehen schon dabei abzulaufen nach der Ordnung. Es halte niemand dieses auf und solle es nicht und dürfe es nicht. Und wenn einer dies wisse, sei es wohl der Hirte selbst, von dem ihr, wie jedem und jeder in den Ländereien aufwärts und abwärts des Flusses und um die Ufer des Fluss herum, so vieles an Geschichten und Erzählungen zu Ohren gekommen, dass er wohl, wie sie nicht zweifle, einen Weg auch durch dieses drohlich dornige Dickicht würde finden, mit Wissen und Gaukelei, mit schwarzen oder weißen Mächten, mit Zaubersprüchen oder Heilungszauber oder allem zugleich, es sei ja auch gleich im Ende. Widersprach da der Vierschrötrige nicht, wiewohl er wusste, dass der Hirte – so gezeichnet – schlecht getroffen. Am Ergebnis, zu dem Zutrauen die Frau hatte, deutelte er freilich so wenig wie sie. Was also bedurfte es da der Rede?

Gleichwohl, es war der praktisch-ursprüngliche Sinn des Wandernden, schien es dem Vierschrötrigen angezeigt, den Hirten vorab wissen zu lassen, was ihn erwarte, denn hatten sie auch nicht viel Gutes erwartet, so war doch das, was jetzt als Aufgabe vor ihnen stand, gefährlicher möglicherweise als alles, was ihnen bisher begegnet. Schickte also die Frau vielleicht den einzigen Knecht, der ihr hier, auf der Burg des Schwarzen, ergeben, einen verwachsenen Buckligen unbestimmbaren Alters, den kaum man sah, wenn er im

Raume, nicht einmal, weil er so klein, sondern weil zu den Menschen er gehörte, die unsichtbar sich machen konnten oder wollten oder mussten. Und da der Vierschrötrige des Schreibens nicht mächtig, war es die Frau selbst, die mit knappem kühnem Strich dem Hirten, den sie nie gesehen, schilderte, was vor ihm, was vor ihnen lag. War ein gefährliches Unterfangen, sie wussten beide es. Doch kam der Bucklige, unsichtbar, durch zum Hirten, wo vielleicht sonst keiner durchgekommen wäre. Die Buckligen. Die Unsichtbaren. Die Übersehenen, die Verachteten. Zäh oft, unbeirrt, stärker, stark oft am Ende. Keiner wusste ja recht zu sagen – machte sich freilich keiner auch Gedanken darüber –, was in den Buckligen, den Gnomen, den Mondbleichen vorging, was sie fühlten, dachten, planten, denn zumeist sprachen sie ja nichts, und wenn sie, wie die Gnomen, sprachen und schrien, sagten sie ja nichts.

Erhielt also der Hirte die Nachricht und zögerte, wiewohl bedrängt von den Reitern des Schwarzen, seine Ankunft unter Vorwänden noch eine Nacht hinaus. Lag im Karren, sinnend, nicht anders als sonst. Spürte, wie die Wärme des simplen Ofens, ein Kessel, ein Rohr, sich um ihn schmiegte, bis Wärme sie gar nicht mehr war, sondern wie ein Urelement des Lebens, in dem alles schwimmt und schwebt. Am Anfang ist Leben so einfach und im Ende, schwimmend, schwebend. Sehe es, wer sehen es kann. Doch sind zu sehen wir nicht begabt, nicht einmal zu fühlen, wiewohl stets wir es glauben wollen, und so deuten wir falsch oder bleiben ratlos.

Wo aber ist Rat?

Wie stets auch dachte der Hirte nicht nach und überlegte nicht. Schwamm und schwebte und ließ auch seine Gedanken schwimmen, ineinanderfließen, dass die Farben der Gedanken sich vermischten, die Konturen unscharf wurden. Sich aber, mit ebendiesen und durch diese unscharfen Konturen neue Bilder und Figuren sich bildeten, unvermutet, kühn, nie zuvor gesehen und auch einmal nur gesehen, aus dem Urgrund, in dem immer sie gebildet und in dem sie aufbewahrt in den Nicht-Zeiten vor aller zeitlichen Zeit und noch vor den Nicht-Zeiten selbst, erscheinend nur in diesem Augenblick und zurückkehrend in den Urgrund. Ging dieses Schattenspiel und Farbenspiel und Konturenspiel immer weiter, langsam und träge, doch stetig, wie ein sattes, immer weiter kauendes Tier, mahlend, selbstverloren und dadurch erst in eins mit sich selbst, seiend aus sich selbst heraus, setzte sich fort in den Träumen, die folgten mit Notwendigkeit, und bildeten die Träume das Schattenspiel, wie das Schattenspiel die Träume bildete, und mit dem Licht des neu beginnenden Sonnenlaufs erwachte der Hirte, gekräftigt, gereinigt wie stets. Kühl war es geworden, während er geschlafen im Karren, ein frischer, neu belebender

Hauch, der bestimmend ihn anblies. Nicht hätte sagen er können, welcher Plan ihm geworden im Spiel aus Schatten und Traum, doch spürte er, dass Plan ihm geworden und dass Rede ihm werden würde im rechten Moment, wie es gewesen von Anbeginn. Spannte also den Karren an den Ochsen, wie es Hirtenart, seit Hirten es gab und solange Hirten es geben würde. Trieb zusammen die kleine Herde, nicht schneller, nicht langsamer, denn er es getan, seit er auf seiner Wanderung und seinem Marsch, mochten die Reiter des Schwarzen, selbst den Grimm des Fürsten fürchtend, ihn drängen und mit ihren Lanzen drohen. Tun am Ende, wusste ja der Hirte und lachte darüber, tun am Ende konnten sie ja nichts, hätten gar mit Leib und Leben ihn decken müssen, denn wehe ihnen, hätten sie den Hirten unbeschadet nicht vor den Schwarzen gebracht!

War aber nun dieses, was aus den Schatten und Farben und schwimmenden Konturen und Träumen und den Geschichten und Erzählungen und Splittern von Geschichten und Erzählungen, in die er gewoben und deren ein Teil, ein Splitter er selbst ja war, dem Hirten eingegeben in der Nacht im Karren, bevor vor den Schwarzen er trat und jener Auskunft und Zauberei begehrte, dass ein Sohn, ein Erbe ihm geschaffen. Fortzuzeugen und fortzuwirken wünscht ein jegliches sich, und so das Schwarze, das Dunkle, auch und gerade dieses.

Solle also, so sprach der Hirte, damit er der Unfruchtbarkeit und verzauberten und lähmenden Unlust der Frau Herr würde, der Schwarze einen Opferstier beschaffen. Einen der Stiere aber, die in jenem Dorf weit jenseits seines Beritts zur Frühjahrsgleiche geopfert würden, auf dass dort wüste, jegliche Grenze und Schränkung vergessen machende Paarung, Fest und Anbetung der puren Geilheit beginne und durch die Opferung des Stiers in Gang komme. Geilheit, Paarung, Zeugung: die Dreiheit, aus der sich alles erneuere mit dem Frühjahrsmond, und eben dadurch unabdingbar, denn Erneuerung beginne und entstehe nur, wo jegliche Grenze überschritten und jede Beschränkung aufgehoben, sei es nur für diese Nächte. Solle der Schwarze einen seiner Kundschafter senden zu dem, der die Opferstiere für die Feste zu besorgen hatte und besorgte mit welchen Mitteln auch immer, ihm, dem Hirten, wohlbekannt von vielen Hütezügen, ein Mann, der am Rande lebte und im Schatten, ohne solche Männer aber könnten nicht stattfinden jene orgiastischen Feiern der Verschmelzung und Vermischung. Solle der zweitgeborene Sohn jenes Mannes, ein anstelliger Knabe, helfen, den Opferstier mit dem Kundschafter, der zurückkehrte, hierher zu treiben.

Dem Schwarzen wollte dieser sonderbare Plan durchaus einleuchten. Dass anders als mit krausen Mitteln dem Unheil, das ihn, wie er meinte, getroffen, nicht beizukommen, lag ihm auf der Hand. So geschah unverzüglich, wie der Hirte angeordnet. Ein Kundschafter, beritten mit einem der besten Pferde, ein finsterer, schweigsamer Mann, dem Vierschrötrigen nicht unähnlich im Habitus, wurde, peinlichst instruiert, losgesandt in jenes ferne Gebiet, ins Land des Frühlingsmondes, der orgiastischen Feier.

Derweil aber, da der Kundschafter unterwegs, hoben bedrückte Sonnenläufe an. Denn wiewohl es ja, scheinbar, dem Schwarzen zu Willen ging, blieb dieser, der er war, misstrauisch, reizbar, gewalttätig. Von Gastlichkeit konnte entfernt ja nicht die Rede sein, immerhin aber hatten der Hirte und der Vierschrötrige nun, da unwirtlich es wurde mehr und mehr, ein Dach und Schutz vor den Wettern, die aufkamen, auch Mahl erhielten sie regelmäßig, karges zwar, aber sie waren anders es kaum gewohnt, und immerhin wollte der Schwarze an seiner Tafel sie nicht haben. Viel sprach der Hirte mit der Frau. Oder eigentlich die Frau mit ihm, denn ausführlich erzählte sie ihm ihre Geschichte, und nur manchmal fragte der Hirte nach oder gab halblaut und vorsichtig und wie tastend etwas, das Rat sein konnte, aber nicht musste. Und da sie in einer der Nischen saßen, die in die Mauern eingelassen und die von einem fernen Baumeister für heiterere Ausblicke ins Land hinaus geschaffen, deuteten sie die Schatten und Zeichen, die sich, von schmalem Fackellicht an die Wände geworfen, zu einer Geschichte fügen wollten. Und da sie saßen und redeten immer wieder, immer neu, da sie in dieser Dunkelheit, die sie hüllte, kaum mehr sichtbar für solche, die flüchtig und in Gedanken den Saal durchstreifen mochten – gab aber solche auf der Burg des Schwarzen gar nicht –, da sie so also saßen und deuteten, ward etwas wie ein Plan, unscharf, den Bildern gemäß, abhängig nicht zuletzt davon, wohin die Fackel, durch zufälligen Windstoß bestimmt, flackerte, konnte dieses also sein oder jenes oder eben ein drittes auch. Nur aber, weil mancherlei Deutung in den Sinn dem Betrachtenden kommen mochte, waren die Geschichten nicht beliebig freilich, sondern hatten wohl Richtung und Ziel, leiteten an, waren genau, wenn auch von anderer Genauigkeit, als sie die Dinge am Tage zu haben zumindest schienen, und brauchten die Rauch- und Schattengeschichten Deuter, die lesen sie konnten und vor allem wollten. Willen nämlich braucht es auch dazu, denn Geschichten, welche Geschichten auch immer, alleine führen nie weiter. Doch anders wiederum: Geschichten, Rauchgeschichten, Schattengeschichten werden ja erst zu Geschichten durch denjenigen, der sie deutet, und deutet die Geschichte den Deuter, wie der Deuter die Geschichte.

KEHRTE der Kundschafter nicht zurück. Wohl hatte er seinen Auftrag soweit ausgeführt, dass einen Opferstier er von jenem, der ihm bezeichnet, dem Zwielichtigen, kaum Greifbaren, erlöst. Oder besser: Hatte dem Zwielichtigen seinen Wunsch offenbart. Denn natürlich musste erst der Zwielichtige die Stiere beschaffen, woher und wie auch immer, denn dieses blieb im Dunklen stets. Anders, ganz anders ging dies zu als bei jenem, bei dem der Vierschrötrige aufgewachsen und von dem jeder wusste, dass die Stiere er zog. Aber wohl deshalb hatte der Hirte nach dem Zwielichtigen gesandt. Der wiederum richtig einen solchen Stier herangeführt, den der Kundschafter nicht reich, doch immerhin üppig bezahlte von den Münzen, die ihm mitgegeben. Auch begehrte er, wie ihm aufgetragen, den Sohn des Zwielichtigen, den Zweitgeborenen, der die Stelle des Erstgeborenen eingenommen, als Begleiter bei seinem Marsch zurück, ihm den Stier zu treiben, mit dem der Knabe ohnedies vertrauter sein mochte, als es ein Kundschafter, der sich an den vorderen Linien zu bewähren hatte, es sein konnte nun einmal. Dem Begehr gab der Zwielichtige nach, als wäre es nichts Besonderes, und auch der Knabe machte gleichmütig auf den Weg sich mit dem Fremden, als wäre solches, dem Fremden zu folgen, ihm gewöhnlich von Kindesbeinen.

Schnaubte der Stier unterwegs hie und da, so war er doch folgsamer, als es ein Schaf, ein Ziegenbock, ein Esel sein mochten. Freundeten sich so, da so einfach alles zu gehen schien, der Kundschafter und der Knabe ein wenig an, so dies eben möglich war. Ist, wie es immer ist und gewesen war stets eben, und scheint solches unausweichlich und wie vorgezeichnet: Sah der Knabe wohl in dem Kundschafter den Gefahrenbesteher, den Kriegsmann, den Furchtlosen, der gerne er sein wollte. Sah der Kundschafter in dem Knaben das, was verloren er oder besser wohl: nie gehabt, mit der Möglichkeit immerhin, dass der Knabe anderen Weg beschreiten konnte und so der Kundschafter mit ihm. Woben also die beiden sich gemeinsam in Gespinste ein behaglich, und wiewohl es unwirtlicher wurde auf ihrem Marsch beinahe mit jedem Schritt, so wussten sie, jeder in seiner Weise vielfach erfahren, sich nach den kurzen Sonnenläufen wohl einzurichten, in einer Höhle, im schirmenden Wald, auf einem einsamen Hofe fernab, den nur ein Knabe oder ein Kundschafter finden konnten. Oder der Opferstier, der erregter war als sonst, wenn auch deshalb bei weitem nicht feurig, wie gesagt wird. Brüllte zwar und schüttelte sich und schnaubte, wie tun er es vielleicht musste. Und zurück kam aus dem Wald ein Brüllen und Rufen und Locken.

Trieben der Kundschafter und der Knabe den Stier eine kleine Anhöhe durch den Wald, schon im Dämmer, letztes Licht schluckend unten und oben verwehen lassend, um unvermittelt fast, in einer Senke voraus, vor jenem Hof zu stehen, leicht zu erreichen, bevor Nacht vollends in dieses kleine Tal geflossen, wie kalte Luft hineinfließt in Senken. Kamen freilich nicht überraschend. War das Brüllen des Stiers längst auf Ohren, nicht nur der wenigen Kühe, gestoßen. Sondern hatten den letzten Weg schon, unbemerkt, spähende Augenpaare, versteckt im bergenden Dickicht, sie verfolgt und begleitet. Wurden dennoch oder gerade deshalb willkommen geheißen von dem Wirt, dem Herrn und Hüter des Hofs, einem Mann, hochgewachsen, unbestimmten Alters, kräftig, mit sonderbar feingliedrigen und weichen, zu seiner sonstigen Erscheinung kaum passenden Händen und Fingern. War mit wenigen Worten dem Stier ein Unterstand gewiesen, auf dass geschützt sei das kostbare Tier vor den kalten Nachtwinden, wenn auch keiner hätte sagen wollen, dass der Stier, zahm, fast zu zahm vielleicht, doch kräftig und sicher robust, wie es eines Stieres Natur nun einmal war, solcherlei nötig gehabt. Drückte ihr Wirt solcherart aber, undeutlich ahnten es Knabe und Kundschafter, vielleicht so etwas wie Respekt oder Ehrfurcht aus vor ihrer Mission, die als heikel er erkannt haben mochte, noch bevor er selbst die Gesendeten zu Gesicht bekommen. War, andererseits, freilich auch ein sonderbarer Zug, mit Kundschafter und Stier und Knaben.

War dem Stier also der Unterstand gewiesen, und ein Mädchen, die Tochter, eine Magd, ein Mündel, es war nicht zu entscheiden, sorgte, dass der Stier fraß, so wurden Kundschafter und Knabe gebeten zum Mahl, einfach, zusammengestellt ersichtlich, schmeckbar, was Land und Tierwelt darauf eben boten, aber nicht karg, nicht eintönig, nährte das Mahl, doch ging es über Nahrung bloß hinaus, als hätten Herz und Hand mehr dahinter ersonnen, und dem Kundschafter mochte es scheinen, dass er lange derlei nicht mehr gekostet.

Weit herumgekommen war der Kundschafter in den Diensten des Schwarzen. War in den Zügen, die der Schwarze geführt, zwischen Linien unterwegs gewesen. Hatte in menschenleerem Gefild übernachtet. Hatte sich aber Zugang auch verschafft in Bürgerhäusern, gewaltsam fast, und hatte ohne zu zögern ausgenutzt die Angst der Bewohner vor Brandschatzung und Panik, des Guts, des beliebten, des geliebten, beraubt zu werden. Konnte ja ein Kundschafter ein Zögern sich nicht leisten, wenn weiter er leben wollte. Nicht viele Kundschafter waren es ja, die zurückkehrten, denn voller Gefahren war ihr Auftrag.

War in Fischerhütten, die Schutz kaum boten, geladen worden, war bei Mägden und Mädchen gelegen, die selbst auf den Wegen, durch die Wälder, über die Flüsse auf dem Marsch, mit Ziel oder ohne, mit Sendung oder nur unklarem Sehnen, auf der Flucht vor etwas, das tatsächlich etwas war oder eben nicht, mit Grund oder ohne oder mit Grund und Ursache, die längst vergessen. Hatte der Kundschafter da, wer mochte es wissen, er jedenfalls nicht, gezeugt oder, ihm wahrscheinlicher, konnte er gar nicht zeugen, hatte er gar nach jenen Nächten gestohlen oder eben mit sich genommen von den Mädchen, was gerade ihm brauchbar, hatte er alles dieses gelebt und erlebt und gespürt und geliebt wohl auch als solches, als eines, des Kundschafters, der er war, angemessen und richtig, so wurde ihm doch diese Einkehr nun, mit dem Stier, mit dem Knaben, wie eine Heimkehr, ohne dass auch dieses Wort in den Sinn ihm gekommen wäre.

Wie aber und zu welchem Ende wird einer denn Kundschafter? Und wird einer überhaupt Kundschafter, oder ist einer Kundschafter von Anfang an? Wer geht hinaus zwischen die Linien, und wer deckt die Märsche, und wer beobachtet und berichtet und streift durch die Lande und die Wälder, über die Flüsse, in Gegenden, die verbrannt von denen, die heraufziehen oder verbrannt von denen, die sich zurückziehen oder verbrannt einfach, wie nebenbei, von denen, die auf jeweils ihrem Marsch? Einem jeden Heere und einer jeden Horde sind die Kundschafter unentbehrlich, alleine die schwarzen Heere mochten Kundschafter nicht senden, denn die schwarzen Heere waren wohl sich selbst Kundschafter genug.

Wohl aber konnte man nicht sagen, warum einer Kundschafter war oder Kundschafter wurde. Konnte ein jeder dazu bestimmt sein. Selten aber, nie am Ende, ließ einen, der einmal Kundschafter gewesen und zwischen den Linien unterwegs, das Kundschaften wirklich los jemals.

Diesen hier hatte wohl einfach es hinausgetrieben aus Enge und Qual und Armut am Leibe und am Geiste und in seiner Seele, von der er freilich kaum wusste. Aber was hieß schon hinausgetrieben? Ehe er etwas gedacht, hatte ihn der Schwarze oder wohl einer von dessen Schergen erstmals hinausgesandt, weil gerade am Wegesrand und zur Hand er war, oder weil ihm anzusehen, dass zum Kundschaften er taugte. Kundschafter wird, wer im Mangel, im Ungenügen, in der Not tief gründet, und gibt genug der Schergen, die sehen können dies und spüren und gute Kundschafter so auswählen mit sicherem Blick. Tut gerne einer etwas, kann gerne einer etwas tun, wonach er niemals gefragt. Denn der Kundschafter lebte einfach, was er tat, ohne zu fragen, ob er dazu berufen oder gar, ob er dieses Kundschafterdasein nun wollte oder eben nun nicht. Er war Kundschafter, und nur so konnte Kundschafter einer sein. Nun aber, beherbergt in jenem Gehöft, spürte er mehr, als dass er wusste (spürte stark aber), dass Kundschafter er nun nicht mehr sein wollte und also schon damit nicht mehr war. Nach Hause gekommen war, der nie behaust gewesen, denn unbehaust ist ein Kundschafter von Anbeginn, lange, lange, von den Urgründen her, bevor er Kundschafter ist. So blieb er denn also, und nach wenigen Sonnenläufen der Rast trieb allein weiter der Knabe den Stier, oder war es so, dass der Stier führte den Knaben.

BEIN ZU BEIN, GLIED ZU GLIED

DIE Sonne hatte, da der fahle Herbst längst sich schon legte und Winter seiner selbst gewiss wie immer die Hand auf das Land legen würde in Kürze, ihren Lauf am Nachmittag gerade beendet, mürrisch, unlustig, da doch anderswo schönerer, längerer, lohnenderer Lauf sie doch lockte, Regen hatte eingesetzt, durchdringend, eisig fast schon, dünn und schneidend, als der Knabe mit dem Stier richtig auf die Burg des Schwarzen kam. Wurde erst kaum beachtet, denn dass ein Hütejunge aus der Gegend, aus dem Beritt des Schwarzen, der sich verlaufen oder den die Nacht überrascht oder das Wetter gedroht, um Schutz und Einkehr auf die Burg kam, war nicht selten, wenn auch, da es sich um den Schwarzen handelte schließlich, seltener als es anderswo gehen mochte. War also ein kaum beachteter Einzug, und der Knabe tat wenig, um auf sich aufmerksam zu machen. Mochte er das dunkle, ungreifbare, umso härtere Lasten auf dieser Burg deutlicher spüren als andere. Mochte ihn das Schicksal des Stieres, sein nahes Ende, seine Opferung drücken. Denn war ihm auch dieses Geschäft, das sein Vater trieb auf oft dunklen Wegen und in verborgenen Weisen, seit Kindheit vertraut, und waren ihm Leben und Sterben der Opferstiere selbstverständlich und dem natürlichen Laufe gemäß, wie er sich erhob am Morgen, wie er aß und trank, wie er seinem Vater folgte und abends sich, ängstlich manchmal und manchmal auch nicht, in die Nacht selbst schmiegte, um die Träume zu erwarten, die ihn stärken und bilden würden, auch wenn sie ihn erschreckten. War ihm alles dieses also vertraut, so floss doch immer auch ein wenig Trauer in sein Herz, und schmerzte es ihn, wenn das Ende eines Stiers, den er ja getrieben, den er geschlagen und auch liebkost zuweilen, wenn also das Ende eines Stiers nahe war, weil dessen Bestimmung für den höheren Zweck, den er, der Knabe, benennen nicht, kaum ahnen konnte, nun einmal gekommen der Ordnung gemäß, nach den gesetzten Regeln der Weiser seit alters, seit den Urgründen, aus den Urseelen heraus.

Traf aber auf ihn der Vierschrötrige, der, in tiefer Nacht beinahe schon, über den Hof ging und an dem Stall vorbei, dem man dem Knaben und seinem Tier gewiesen, beiläufig, verächtlich, wobei freilich der Stall ein morscher Verschlag nur war, der, keiner hätte zu sagen es gewusst, vielleicht bei einem der fernen Vorfahren des Schwarzen einst zu Sinnvollem gedient, der nun aber verrottete und den herzurichten – wozu? – sich niemand die Mühe machte, und auch nicht, ihn – wozu? – abzureißen vollends, dass Neues entstehe oder auch nur Raum werde, denn keiner dachte an Raum und Neues auf der Burg des Schwarzen. Wozu?

Hatte sich der Knabe aber geschmiegt an den Stier und wärmte sich an ihm, und da dem Stier Stroh vorgeworfen und dem Knaben von einer Magd mitleidig ein Kanten Brot, ein Stück wenn auch harten, beinahe schon vollends verdorbenen Käses zugesteckt, fühlten Tier und Knabe wohler sich, als es den Anschein haben konnte. Hatte der Vierschrötrige den Knaben auch nie gesehen, so kannte er ihn doch gleich und wusste also, wer und was angekommen, ob er und der Weiser und die Frau des Schwarzen, der Schwarze gar selbst darauf gewartet oder nicht.

Mussten die Dinge aber nun weitergehen endlich und taten es, da die Sonne wieder aufgegangen. Der Schwarze, zitternd, da der Stier endlich da und also, wie er glaubte und glauben ja durfte nach dem, was ihm erzählt von dem Hirten, seine Pein ein Ende haben würde in Kürze, die Pein des vermissten Sohnes, die er, der Schwarze benannt, spürte, die Pein vielleicht auch des Körpers und der Lenden, welchen Gedanken der Schwarze allerdings kaum vor seine Stirn kommen ließ, und die Pein, die in den Tiefen seiner Seele fraß, was der Schwarze aber nicht einmal vergessen musste, denn er wusste davon nichts.

Bestimmte also der Hirte die Opferung des Stiers auf den nächsten Neumond, zur Verärgerung, zum Wüten des Schwarzen, denn gerade eben war Neumond gewesen und hatte der Mond eben erst wieder zart und kaum noch sichtbar Lichtfett angesetzt, ein voller Zyklus fast lag noch vor dem Schwarzen und der Zeugung des Sohnes, wie nun einmal erwartete der Schwarze und es wusste, weil wissen er es eben so wollte. Konnte der Schwarze hier aber wüten, wie er denn wollte, es war ja doch der Hirte, der wusste und festlegte den Regeln gemäß, was zu geschehen hatte, und der Schwarze wusste es selbst, was noch wütender ihn machte, sodass die hochlodernde Wut ihm seine Ohnmacht immer noch deutlicher zeigte und immer so fort. Bekamen seine Untertanen diese Wut, fast ebenso den Regeln auf dieser Burg gemäß, drohlichst und auf neue, nie zuvor dagewesene Weise gewalttätig und grausam mitgeteilt, Schläge, Tritte, Hiebe, Schmach, Schande, umso mehr, als dem Schwarzen jegliche Lust, jegliche Geilheit, die sonst an den Mägden er stillte, vollkommen vergangen.

Nicht aber rührte er an den Hirten und den Vierschrötigen und die Frau auch, ja, er sprach kaum mit ihnen und ging ihnen aus dem Weg.

Indessen der Hirte dem, was ja kommen musste, einen Rahmen zimmerte. Besser war es, die Dinge, die ja kommen mussten, in den eigenen Rahmen fließen zu lassen, sei er grob, sei er schief, sei er haltbar kaum, aber waren stets die Dinge in diesem Rahmen sichtbarlich und, da sichtbarlich, verloren sie von ihrer Dunkelheit und Drohung. Im Verborgenen, viel nicht, aber oft, redete er mit der Frau, gab Rat, ließ Rat sich geben.

Schließlich kam auch dieser Zyklus an sein Ende, wenn denn ein Zyklus als ein Kreis ein Ende überhaupt finden kann, schließlich ließ zur Opferung des Stieres er laden. Und lud nicht nur. Übergab dem Schwarzen das Buch, das er gefertigt, während der Zyklus seinen Kreis lief, in dem der Ablauf der Opferung beschrieben und wie wirken sie würde, wenn die Opferung, wie zu erhoffen, so sagte der Hirte, von Erfolg, von glücklichem Ende, von Segen gar am Ende gekrönt. Einschränkungen, die der Schwarze hören nicht wollte und unwirsch beiseiteschob.

War aber das, was in dem Buch geschrieben: Sollte und musste die Opferung außerhalb der Burg stattfinden, da diese mit Unfruchtbarkeit und Kälte und Vertrocknung aufgefüllt bis in jegliche Pore, bis in ihren letzten, obersten und untersten Rand. Sollte und musste der vom Hirten zu wählende und bezeichnende Platz draußen hergerichtet sein, wie vom Hirten bezeichnet, und war dies genau niedergelegt, niedergeschrieben in erstaunlich zierlicher, dichtgedrängter, fast nur dem Kundigen, demjenigen, der sich eingelesen, lesbarer Schrift. Musste anwesend sein, wen der Hirte bestimmte, und wenig waren dieses nicht, und mussten diese gekleidet sein, wie der Hirte es vorschrieb, und war dies für manche, da Winter doch war und in Winternacht stattfinden sollte und musste die Opferung, unnatürlich leicht. Wie die Szenerie zu beleuchten. Welches Hilfsgerät vonnöten. Wer dem Hirten als dem Opferpriester für diese Neumondnacht zur Hand gehen sollte. Viele Bestimmungen waren es und Anweisungen und Beschreibungen und Beschwörungen selbst schon. Mochte aber der Schwarze, immer gereizter, alles dieses nicht hören und wissen erst recht nicht. Hieß den Hirten, der Gehilfen zur Vorbereitung sich ausbat, voranmachen. Gab ihm jedoch, da der die Burg zur Kundschaftung des Opferplatzes verlassen wollte und musste, misstrauisch, argwöhnisch, ein Fähnlein erprobter Söldnern, am Sauspieß, am Schwert, am Dolch, mit der Faust selbst gierig in Diensten des Schwarzen und seines Vaters schon womöglich, da von der gleichen Schwärze in sich trugen sie, zur Bedeckung, zur Bewachung mit. Erfüllte aber der Hirte seine Aufgabe und kam, nachdem eine Nacht er mit Gehilfen und Söldnern auf Kundschaft verbracht, in die Burg zurück. Wo ihn Frau und Vierschrötriger und Knabe ohnedies ja erwarteten.

KAM Neumond. Und geschah, wie der Hirte angeordnet. Ein nicht kleiner Zug verließ, da die in nebligem Dunst kaum sichtbare Sonne eben ihren ohnedies niedrigen Zenit überschritten, die schwarze Burg, die Burg des Schwarzen. Vornweg führte der Knabe in neuem warmem Gewand, das seine alten Fetzen ersetzte und das ihm auf Geheiß des Hirten hatte geschneidert werden müssen, den Stier, der wiederum vom Nacken ab bedeckt war mit kostbarem schwarzem seidenem Tuch, auf der Stirn, zwischen den Augen, überglänzte ein Kristall beinahe die allerdings fahle Sonne, die freilich kaum zu erkennen und kaum mehr als ein diffuser Fleck am Himmel. Dahinter aber schritt der Hirte mit Stab und Schwert, ein Stück, in dessen Knauf Edelsteine eingelassen und das in der Familientradition des Schwarzen gegangen war von Sohn zu Sohn. Tatsächlich war dem Schwarzen beim gierigen Wunsch nach einem Sohn dies, dass nämlich er, der Schwarze, dieses Schwert weitergeben müsse und wolle, wichtiger noch als die Vererbung der Burg, des Beritts, des Vermögens. Ging die Legende um die Burg, dass einem der Vorfahren, einem der Schwarzen, von denen freilich niemand mehr sagen konnte, ob Schwarze sie schon gewesen, dass also einem der Vorfahren dieses Schwert verliehen vom Kaiser jenes Reichs, das längst untergegangen, da er in Treue gedient in jenem Land jenes Herrn am Rand unseres Meeres, wo die Wüstenhitze von Osten kam und die Sonne gleißte und schwer lag die Hitze auf den Rüstungen. Hatte jener Vorfahr, so ging die Erzählung, so ging eine der Erzählungen, denn viele waren der Erzählungen und Geschichten und Legenden in der Gegend, mächtig gewuchert von Generation zu Generation, über viele hinweg, einen der großen Fürsten, des Kaisers Kanzler, ein Abt jenes Herrn, mächtig, eigenwillig, mildtätig und grausam, klug und unberechenbar einreißend in einem, in einer Schlacht, die verloren war, herausgekämpft aus auswegloser, dem Tode bereits geweihten Lage, und da jener Abt, des Kaisers Kanzler, ebenjenem Kaiser unentbehrlich in mannigfacher Weise, wurde ebenjener Vorfahr emporgehoben und jenes Schwert ihm verliehen, mit einem ersten Edelstein versehen zum Zeichen, dass ein Verteidiger des Glaubens das Schwert trage, und ging die Legende, dass in die Klinge eingearbeitet, sichtbar nicht, vom scharfen glatten Metall geborgen, heiliges Holz und das Schwert selbst somit wunderkräftig, wenn der, der es führte, es in diesem Glauben und in dieser Kraft denn führte. Aber dieser war der Schwarze sicher nicht, und mochte glücklich man sein, dass das Schwert weiterzugeben er immerhin gedachte.

Söldner des Schwarzen waren in dem Zug, Mägde, und in der Mitte, auf einem Ochsenkarren stehend, in einem nach oben spitz zulaufenden Käfig aus schmalen Holzlatten, einer Glocke, einer Kuppel nicht unähnlich, wurde die Frau mitgeführt, angetan lediglich, der Kälte zum Trotz, mit einem dünnen schmeichelnden, fast durchsichtigen Kleid ohne Kragen, schmaler anrührender Hals, und fielen aber die glatten hellen Haare spielerisch auf die Schulter. Eine zerbrechliche Gestalt, wie der sah, der sehen wollte, die nicht zu dem entschlossenen, fast harten Auftritt zu passen schien, den an den Tag sie sonst legte. Sind ohnehin wir aber leicht auf falsche Pfade zu führen, weil einfach und schnell wir es lieben, und nehmen das, was wir sehen, für Wahrheit und schließen daraus auf das Wesen von Dingen und Gedanken und Menschen, wiewohl wir wissen oder wissen könnten, dass das, was wir sehen und das, was ist, zufällig höchstens miteinander bekannt. Da wir aber nicht wissen wollen oder können, müssen wir tun so eben, da wir schließen und folgern nun einmal müssen, was bliebe uns auch übrig.

Erreichte der Zug den vom Hirten bezeichneten Platz. Links und rechts stiegen in sanftem Schwung Hügel auf, theaterhaft, als wäre geschaffen der Platz für das Spiel fahrender Gaukler. In der Flucht stießen die Hügel beinahe zusammen, ein Waldrand versperrte den Weg, wie es scheinen wollte, so dass der Platz also nach drei Seiten abgeschlossen. Auf einer einfachen Tribüne, nicht viel mehr als ein Podest, nahm der Schwarze Platz auf einem grob gezimmerten Stuhl, dessen Dimensionen freilich den weder kleinen noch schmalen Schwarzen kindhaft fast erscheinen ließen. Ein Kreis aus Steinen war gelegt, in dessen Mitte eine große natürliche Steinplatte, uneben, doch flächig genug, gesäumt von hölzernen Gestellen mit Lederriemen unklarer Bestimmung, an den Rändern wohl zum Feuern geschlichtete Haufen aus Holzscheiten, riesige Töpfe, allerhand Küchengeschirr, Messer und Beile auf einem aufgerichteten Brett, ergab all dieses eine sonderbare Szenerie aus Abgeschiedenem, der Welt Entzogenem und Profanem, aus Zauberei und alltäglichster Mühseligkeit. In jede der vier Himmelsrichtungen hin hatte der Hirte Bündel aus alten, für Kampf und Jagd wohl nicht mehr brauchbaren

Lanzen und Spießen stellen und anzünden lassen. Brannte das (wer mochte wissen, seit wie vielen Sommern vor sich hin dörrende) Holz schnell und lodernd, späterhin aber, da durch die hölzernen Schäfte metallene Stangen gezogen, würden wie Skelette sie glühen, ausgebeint, dürr, zerbrechlich scheinend, doch ausdauernd, und die ebenso glühenden metallenen Spitzen und Klingen würden wie kaum zu enträtselnde Zeichen in Nacht und Dunkelheit stehen, wie es scheinen würde, losgelöst, an nichts mehr gebunden, ein schwebendes Leuchten, Licht und doch Licht auch wieder nicht, in sich gekehrt beinahe, Hitze aber wie wütend von sich gebend. Dazu ließen, weit auseinandergezogen, Fackelträger das Schwarz dazwischen tiefer noch, verstörender empfinden, eher den Schatten Raum und Leben geben, als dass sie den Schauplatz beleuchteten.

Wie zur Probe, doch festgeschriebenem Ablauf folgend, ließ nun der Hirte ein mitgeführtes, mit Versen bemaltes Schwein um den Kreis führen und sodann an einem der Gestelle an den Hinterläufen aufhängen. Waren mehrere kräftige Männer und der Vierschrötrige dazu nötig, das todesängstliche Tier zu bändigen. Schnitt, nachdem er, um das Tier schreitend und alte Worte sprechend, das Schwein mit Wein aus zinnenem Krug besprengt, mit einem tiefen Zug die Kehle durch, und in derselben Bewegung brach das Tier er auf. Schwallend ergoss sich Blut, dampfend, auf den Stein, dazu fielen die Innereien aus der Körperhöhle, und der Hirte löste, ziellos fast, doch mit kräftigem Messer Herz und Leber, Gedärm, Niere, Blase und hieß dem Schwarzen eine gewaltige Kupferschüssel gefüllt mit den verletzten, stinkenden, blutenden Innereien bringen. Herz aber und Nieren ließ vorher er weglegen und, nur diese beiden Organe, die verletzt waren freilich beide ebenso, in den Käfig der Frau legen. Sollte der Schwarze mit Händen, Armen, ja dem Gesicht dieses Geschlinge spüren und riechen und kosten, und tat der es, widerwillig, geekelt, doch gebannt bald, mit seltsamer Gier. Ließ die Frau aber ihr Wasser, hoch aufgerichtet, stolz, und suchte nicht, es zu verbergen. Kannte jeder hier Schlachtung, und hatte jeder Schlachtung beigewohnt und fand an Schlachtung kaum mehr bemerkenswert, als dass fetteres Mahl sie, selten genug, versprach. Diese Form des Tötens, die nicht einmal vorgab, des Fleisches und des kommenden Mahls zu achten, war anders, und obwohl bisher nichts weiter geschehen, als dass ein Schwein bei Neumond getötet, war Unbehagen, ein nicht leicht zu benennender Schrecken in manchem selbst der Söldner, deren viele wiederum selbst schon in den Kämpfen und Schlachten mit Beilen, Schwertern und Spießen gewütet grausam und eben wie schlachterhaft, doch war ihnen dieses hier anders und unheimlicher, als eine Schlacht mit ihren Wirkungen sein es konnte.

War der Stier, während dies geschah, unruhig und unruhiger geworden, da den Tod der Mitkreatur er spürte und Blut und Innerei er roch, brüllte, zerrte, rüttelte, stieß mit den mächtigen Hörnern, mit der ganzen Kraft des gewaltigen Nackens, doch ins Leere hinein, denn mit Bedacht war der Stier vielfach gebunden und gefesselt und geschnürt, dass nicht einmal diesem Tier wie aus Urgründen heraus eine Befreiung gelingen konnte. Kreatur ist Kreatur und weiß, wann Tod der einen Kreatur dem eigenen Tod vorangeht, und so wusste es der Stier, da aber, nachdem Urgrauen über ihn hinweggerollt und nichts daran zu tun offenkundig, stand er still, bockbeinig zwar, doch wie lethargisch und als hätte er sich eben dem Schicksal, das der Kreatur beschieden, gefügt. Im Augenblick immerhin. Würde sich dies ändern und wieder und noch einmal anders werden, und wussten dies der Hirte und der Vierschrötrige, der mit Opferstieren ja aufgezogen, und da beide sie dies wussten, waren sie ruhig, und da sie ruhig waren, war es gut.

Sprach aber der Hirte nun die Worte, mit der die Opferung des Stiers eingesetzt wurde, vertraut jedem, auch dem Schwarzen, aber keinem bekannt, auch dem Schwarzen nicht, dem Schwarzen gerade nicht. Dass Bein zu Bein, Blut zu Blut, Glied zu Glied. Beinrenkung, Blutrenkung. Dass aus Haftbanden Leben entspringe. Dass Blut heile, Blut löse die Glieder.

Und so vielfach, bald gemurmelt, bald geschrien, einschläfernd, aufreizend, den Stier umrundend, den Stier besprechend, den Stier beträufelnd, den Stier schlagend mit jener schweren Dornkugel, dass der schwarzkostbare Seidenumhang mehr und mehr in Fetzen von dem Stier fiel und das Fell, schnell blutig, gelöchert war und schwärte. Schmerz, tierischer Schmerz der Kreatur, und zitterte der Stier wieder und schrie, dumpf, dunkel, verzweifelt. Zog an den Stricken vergeblich und Fesseln, die noch fester, noch enger gespannt. Ließ Wasser in schier unaufhörlichem Strahl und Kot. Mächtig, unwirklich, schwoll ihm der Penis, der Unterarm eines kräftigen großen Mannes, letztes Zucken, wie aus Todesangst zu letzter Zeugung bereit.

Und während all dieses geschah und das Tier gequält ward bis aufs Blut, ließ Flaschen der Hirte herumreichen, vom Vierschrötrigen und vorher bezeichneten Helfern, mit heißem Sud, den selbst er zubereitet, und hieß Kraut, gemahlenes, und allerlei Gestrüpp und sonderliche Mischung aus Fetten und Horn und gemahlenem Getier und Stein und Erden in die Feuer streuen, die loderten, dass widerlicher und doch zugleich im Abstoßenden erregender Gestank den Platz erfüllte, und tat dies Wirkung, denn vom

Rande, dorthin ein Schein des Lichts nur in der Vorstellung noch reichte, kam unverhohlen, nicht unterdrückt, eher mit absichtsvoller Gier noch lauter herausgeschrien das Stöhnen des nicht mehr zurückzuhaltenden Geschlechtsverkehrs, und fielen so immer mehr, von außen bis an den Steinkreis fast, über sich her, angetrieben von unstillbarer Geilheit, die schon Lust niemand mehr nennen konnte noch wollte, wenn irgendwer überhaupt noch etwas benennen hätte wollen oder können. Den Schwarzen selbst auf seinem Podest hielt es kaum mehr, die Frau im Käfig zu bespringen, da doch die Zauberei des Hirten erfolgreich hörbar, sichtbar, spürbar. Doch war der Stier geopfert ja noch nicht, und tatsächlich ließ der Hirte den Schwarzen, den Fürsten immerhin, packen grob und zurückhalten wiederum von denen, die er zuvor bezeichnet, und der zog und zerrte zwar wie der Stier, besann sich aber, konnte sich aber seiner Fürstengewalt nicht mehr besinnen und beugte sich so der Kraft dieser Männer, die als wenige von diesem wüsten, geilen Verlauf der Neumondnacht kaum beeindruckt.

Und war es nun so, dass mit einem Streich zweier Männer der Stier nun geopfert. Indem der Vierschrötrige mit dem einen Hieb den Schädel spaltete und der Hirte zugleich mit glühender Lanzenspitze ins Herz stach und ein letzter, kaum irdisch mehr zu nennender Schmerzensschrei den Platz durchschnitt. Den Platz durchschnitt einen Augenblick lang, aber einen Augenblick nur das stöhnende Treiben, sodass fast unnatürliche Stille herrschte von einem Moment auf den anderen, als hielten Welt, Nacht, Zeugung voller Schrecken, voller Urgrauen den Atem des Lebens an, bis, wie es dem Atem des Lebens zu eigen in allen Ewigkeiten, in allen zeitlichen Zeiten, in allen Nicht-Zeiten vor den zeitlichen und nach den zeitlichen Zeiten, die dampfende schreiende, klagende Geilheit neu anhob, lauter noch und in sich selbst kreisender, als zuvor sie es hatte sein können.

Rasch ging es jetzt, und viele Hände arbeiteten am Stier, der ausgeweidet wurde wie vordem das Schwein. Rasch auch, nicht sauber, nicht glatt, wurde das Fell abgezogen, und türmte sich auf dieser unebenen Felsenplatte ein amorpher Haufen aus Fleisch und Knochen und Blut, mit dem gespaltenen Kopf des Stiers ohne jeden glaubhaften Bezug zu diesem Körper- und Innereien- und Kothaufen dazwischen, Dampfen und Gestank und Schleim und Ekel, und wurde die Frau im Käfig in dieses Fell gehüllt und verschnürt, dass nichts mehr von ihr zu sehen, und wurde der Wagen, am Schattenrand, um den Steinkreis, um den Opferplatz gefahren und wurde dann das Fellbündel vor den Schwarzen gelegt, mit einem kleinen Loch, und in dieses rammelte der Schwarze, kaum mehr bei Sinnen hinein und hinein und hinein, bis mit selbst tierischem Schrei er ejakulierte und ihm darauf die Sinne schwanden tatsächlich und ohnmächtig auf das Fellbündel er sackte.

WAR die Sonne schon wieder gestiegen und beschien fahl den wüsten Ort, das Theater, die Stätte wie von Fluch und Albtraum ersonnen, schien auf den Schlachtplatz, das blutige Geschlinge und Gekröse, die Betäubten und Verausgabten, die langsam erwachten und wirr und unverständig zunächst sich umsahen, bis in ihren Hirnen vage Bilder der vergangenen Nacht wieder sich aus Dunkel schälten, einzelne Splitter sich aneinanderreihten und bei manchem Scham mit sich brachten, bei den meisten aber verhohlene oder weniger verhohlene, vor sich selbst prahlende Befriedigung. Auch der Schwarze erwachte neu, sah unverständig und ratlos zunächst auf das Fell des Stiers, sah Fleisch darin und besah es näher und fuhr dann zurück mit würgendem, gurgelndem Schrecken. Beschlafen, besprungen, gestochen hatte nicht, wie er sah, die Frau, von der selbst doch er gesehen, wie sie in das Fell verschnürt. Besprungen hatte er mit geilstem Phall, befeuert von den Räucherwaren und Tränken des Hirten, ejakuliert hatte er in kunstvollst drapierten Darm und Herz des Stiers, und war bald dieser Ort erfüllt von brüllender Klage, wie sie kaum ein Mensch je erhört und kaum eines menschlichen Mundes je entwichen, wütend, gedemütigt, von brennender Rachsucht schon entzündet.

Hatten aber Hirte und Vierschrötriger sich und zwei Getreue oder drei gleich, nachdem sich alles in Geilheit und Gier aufgelöst, und die Frau eben auf die Flucht gemacht eilends, auf vordem berechnetem und ausgekundschaftetem Wege, der die Verfolgung schwer, unmöglich machen würde und sollte. Denn die Frau war, wie anders, gestohlen worden sozusagen, als der Käfig im Halb- oder eigentlich Dunkel um den Kreis gefahren, und gegen die vorbereitete Attrappe für den Geschlechtsverkehr des Schwarzen und die sich entladende, nicht mehr steuerbare Geilheit ausgetauscht, die nur noch mit dem fast noch dampfenden Fleisch gefüllt.

War also alles, alles dieses nicht Zauberei, nicht Beschwörung, nicht Heilung gar, nicht geheimer Kult, war alles dieses Gauklerspiel, Theaterei, Blendwerk, Lüge, wie auch sonst, wirkungsvoll aber und den Zweck erfüllend, tiefer, besser, gründlicher erfüllend, als simple Flucht es je hätte getan, so sie denn möglich überhaupt gewesen.

EINIGE Sonnenläufe, unter vielen Windungen, falsche Fährten legend, Bäche querend, laufend, wo Lauf eigentlich kaum möglich, über die Flüsse, in die

Wälder, blieb die kleine Schar noch zusammen, kurz immer nur ruhend, weniges an Mahl und Trank nehmend, in tiefster Nacht, ohne Feuer, einige unruhige, traumzerfetzte Augenblicke schlafend, wenn anders nicht mehr es ging. Vieles an Raum erschufen sie so. Viel redeten wie zuvor im Anfang, und als wäre nie jenes Gespräch vom Anfang unterbrochen, der Vierschrötrige und die Frau. Wachte wohl so etwas wie Sehnsucht in dem Vierschrötrigen, das Lager der kurzen Nächte mit der Frau zu teilen, und hätte wohl, ohne groß Worte zu gebrauchen, der Hirte es gerne so gesehen, denn wäre dem wohl diese Verbindung zu einem Fleisch Rückkehr ihm in die Spur des wohltuend Natürlichen gewesen. Doch blieb die Frau, hier zumindest, ihrem Vorsatz treu und entwand sich, sachte zwar, doch bestimmt, jeglicher geschlechtlicher Gier, die an sie getragen.

War dann bald an der Trennung. Nachdem über letzten Fluss sie gesetzt, wandte sich die Frau nach Nordosten, und zwei der getreuen Söldner begleiteten sie, den kleinen Bergen zu, den Stämmen dort, von denen erzählt ihr die Kundschafter und Boten, und wo gute Heimat sie spürte für sich, die verschlossen bleiben wollte jedem Mann nun und inskünftig. Das würde immer nicht so bleiben, wie oft anders, völlig anders alles kommt, als man dringend und heißersehnt sich vorgenommen und als Bestimmung erfahren und als Schicksal geglaubt, und ist doch richtig und gut und stimmig und Schicksal und Berufung dann ebenso, niemand kann vorher dies benennen, und wäre also besser stets, sich nichts vorzunehmen.

Ist dies aber ein anderer Kreis, der sich öffnet, doch mag der auch wie jeder Kreis locken, ihn zu gehen, mit sirenengleichem Gesang um die nächste Windung, den nächsten Felsen herum, Wunderbares, Unerhörtes, Niegesehenes versprechend, eine Fülle und Überfülle an Geschichten und Erzählungen und Erlebnissen und Gedanken – immer ist ja jegliche Fülle und Überfülle und Aberfülle um den nächsten und dann wieder nächsten Felsen, die nächste Windung des Weges.

OHNE die Frau waren Hirt und Vierschrötriger weitergegangen, auf ihren Hügel, ihren Gipfel zu, direkt, in strammen Märschen, ohne Aufenthalt. Dort lebten sie viele Sonnenläufe lang, abgeschieden, hoch oben, in Frieden. Da sich freilich Ruf und Ruhm des Hirten verbreiteten in der Gegend und darüber hinaus, wie abfließend von der Spitze des Gipfels weit in die Täler und Ebenen hinein, so erreichte Nachricht irgendwann auch den Schwarzen. Geschah aber nichts darauf. Raum und Ferne hatten ihres getan im Moment, wie pflichtgemäß mochte der Schwarze einen Kundschafter senden, der sich grimmig zeigen sollte zur Erinnerung, dass der Schwarze nicht vergessen hatte, aber sonderbarerweise blieb es dabei, und insbesondere kein Kriegszug machte sich auf, dem Schwarzen Recht, wie er es verstand, zu verschaffen, und mochte in eine Art Recht er ja auch gesetzt sein, wer mochte es richten?

Vierschrötriger und Hirt lebten fortan ruhig mit und von dem, was das Vieh hergab, manchmal, selten, unten in einer versteckten Siedlung, den Marsch eines Sonnenlaufs, wenn gut es ging, vom Gipfel entfernt Notwendiges eintauschend, im Winter oft lange abgeschnitten von allem. Lebten karg, wie sie es gewohnt, und so ohne Entbehrung. Und hatten beide vordem erlebt und gesehen und gespürt und ersonnen Geschichten und Erzählungen genug, waren bedroht ja auch gewesen genugsam an Leib und Seele, dass nach den Abenteuern und Erlebnissen sie nicht mehr dürstete und nur in den Winterträumen, wenn Schnee steil um Haus und Hütte jagte, manches wieder aufgerührt wurde von dem, was versäumt, was unerledigt geblieben, was nicht gelebt tatsächlich oder vermeintlich, und mochte wohl die Frau des Schwarzen durch diese Winterträume des Vierschrötrigen ziehen, in dieser Gestalt oder einer anderen, lockend, drohend, sich hingebend, sich verweigernd.

Waren der Vierschrötrige und der Hirte dagegen weniger abgeschieden in den Monaten des Sommers, als glauben man es mochte und sie selbst wohl es sich wünschten. Kamen aus den Tälern und oft weit aus den Ebenen, mühseligen Aufstieg, Gefahr, nicht scheuend, solche, die Rat suchten oder Heilung an Körper und Seele oder die auf der Flucht waren, oft, und oft ohne es zu wissen, vor sich selbst, und manchmal war ihnen zu helfen, manchmal auch nicht, mochte der Weg allein, der Aufstieg heilsam sein, und war er es nicht, was wäre dann dem Hirten zu tun geblieben? Machten manche sich gleich mit nächstem Sonnenaufgang auf den Heimweg, blieben andere fast bis in anbrechenden Winter hinein, wurde keiner gedrängt zu gehen, aber keiner auch genötigt zu bleiben. Kamen Kundschafter, die ausgesandt waren von ihren Herren oder kundschafteten auf eigene Faust, weil dieses ihr Schicksal nun einmal war, kamen die Boten von den Stämmen im Nordosten, die in allen Landschaften die Geschichten jenes Herren säten, nicht achtend genau, wohin der Samen fiel, denn konnte man dieses ohnehin nicht wissen – fruchtbar scheinendes, fettes Land erwies sich als unfruchtbar und verdorrt, in die Ritze eines Felsens, dem Auge nicht sichtbar, klammerte ein Samenkorn sich und daraus wuchs ein Baum, mächtig genug, den Fels zu sprengen – die Geschichten also säten, die aufbewahrt und weitererzählt und ausgelegt eben dort bei jenen Stämmen im Nordosten, in den kleinen Gebirgen, und fühlten sich gerade diese Boten, im Zwiegespräch mit dem Hirten und mit dem

Vierschrötrigen, heimisch, waren aber diese Boten auch diejenigen, die am kürzesten blieben, denn ihr Auftrag, die Sendung, ließ weilen sie nicht. Und kamen und bleiben länger oft die Zerrissenen eben, wie eben die Magd.

Die zurückgekehrt nun ja, mit dem Gnom und dem Mädchen und dem Gaukler. Und die nun erst sich hingab oder hingeben sich konnte dem Vierschrötrigen, der erst sie nahm oder nehmen sie konnte, und verbargen sie die Wucht, die aus den Urgründen heraufsteigende und hervorbrechende Kraft und Macht ihrer Geilheit nicht, versuchten es nicht und dachten nicht einmal daran, dass versuchen sie es könnten oder einer es erwarten könnte von ihnen. Und erwartete ja auch keiner, und nur der Gaukler strich missgünstig und bedrückt und scheelen Blicks über den Hügel und um die Hütten.

KAM aber bald, wie der Hirte es vorhergesagt. Zogen, zu ahnen war es erst, und wo Ahnung ist, da ist bald Sehen, die Heere des schwarzen Zwingherrn heran und gaben bald, oder schienen es zu geben dem, der hier oben sah oder sehen eben wollte, ein einziges Bild unteilbarer, schier unbezwingbarer Macht. Hatte der Hirte es vorhergesagt. Doch hatten sie nicht die Heere, die von Süden heranzogen, dann so schnell doch nicht hier erwartet oder wollten es nicht. Ein Irrtum mehr oder eben keiner, all die Irrtümer oder eben keine hatte ja sie hierhergeführt, und Irrtümer würden wieder weg sie führen, woandershin, in anderem Zustand, in anderer Gemeinschaft oder eben in Einsamkeit, tat dies alles ja nichts. Es stimmte ja: Die Heere des Schwarzen kümmerten ihre Irrtümer nicht und nicht ihre Illusionen und nicht ihre Gemeinsamkeiten und nicht ihre Einsamkeiten. Die Heere des Schwarzen zogen heran.

Von den Hügeln sieht weit einer in die Ebenen, und wer in den Ebenen marschiert, sieht weit auf die Hügel. Doch macht er stets die Erfahrung, dass die Hügel zurückzuweichen scheinen, je mehr er sich nähert oder zu nähern scheint. Dem auf dem Hügel wieder mag es scheinen, als stünde die Ankunft der Heranziehenden unmittelbar hervor, denn Raum schrumpft, vom Gipfel gesehen. Am Ende, und Hirte und Vierschrötriger waren erfahren genug, um dieses abzuschätzen zu können, zwei Sonnenläufe noch, vielleicht auch drei.

Nicht viel mehr gab es zu tun. Beratungen. Ruhig blieben alle. Doch an allen zerrte es untergründig, und sorgte dieses Zerren für eine Spannung, die sich entlud und entladen musste. Wild. Gewalttätig. Ungeahnt. Nie gekannt.

Für nächsten Sonnenaufgang hatten ihren Abstieg sie verabredet, und mehr als ebendiesen Abstieg hatten sie als Plan nicht gefasst, wie der Hirte vorhergesagt. Saßen also sie in der Hütte, im Hause des Hirten, und mächtiger und scheeler begehrte der Gaukler die Magd, denn da die Gefahr wächst und im Näherkommen größer wird und an der Tür, der windgeprüften und windschiefen, rüttelt und stößt, desto mehr wächst die Begierde und die Geilheit, die Sehnsucht aber auch und vor allem, dass diese unerfüllt, und melden sich die Erinnerungen, etwa daran, wie der Gaukler die Magd genommen und sie seinen Phall in ihrer Hand geborgen, und dass daraus ganz anderes erwachsen oder besser nichts erwachsen, und aus Geilheit und Enttäuschung und Wut und Bitternis wird ein Gebräu, das als erstes freilich den vergiftet, in dem es brodelnd entsteht. Andererseits spürte das Mädchen, die Entführte, jene Geilheit in sich, wie sie der Gaukler spürte und die Magd, die sie spürte mit und ohne Gefahr, und der Vierschrötrige wohl und am Ende der Gnom, ein Weniges, genug aber. Hatte der Hirte vom Rauschgetränk geteilt, von dem geringe Vorräte freilich ohnedies er nur hatte, doch waren alle hier oben entwöhnt, vollständig entwöhnt, oder hatten kaum je oder nie davon gekostet, und so suchten Angst sich und Wut und Ohnmacht und Unbehagen und die durch die Gefahr befeuerte Geilheit und Gier nach Leben und Lust, letzter Lust im Leben und am Leben vielleicht, Bahn, in Reden erst, in Handgreiflichkeiten. Verstohlenen zunächst, griff grob der Gaukler nach der Magd, entblößte ihre Brüste, ihre Scham, und der Vierschrötrige wehrte dem nicht, wie auch die Magd sich wehrte nicht, die eher geneigt, sich dem Gaukler erneut hinzugeben, warum auch nicht, mochte sie denken und mochte der Vierschrötrige denken, der dem Mädchen erstmals sich zuwandte und die sich ihm, warum auch nicht, mochte sie denken, die nie von einem Mann gekostet, angesichts der Gefahr, die vor der Tür, vor dem Hügel stand, und warum auch nicht, ging es wohl nun bei dem Mädchen dem Vierschrötrigen durch den Sinn, da er doch von solchen Mädchen stets sich ferngehalten, weil er hatte es müssen, aus welchem Zwang auch immer. Einzig der Hirte besah sich dies Treiben, versonnen fast, ohne Leidenschaft in jedem Fall, herbeigeführt hatte er ja, ein wenig zumindest, befördert aber sicher, und schon mit seiner Ankündigung, dass die Heere des Schwarzen kommen würden, hatte er jenen, hatte er diesen Abend, dieses Stück, dieses Gaukelstück, unwirklich, wie unernst, ein Kinderstreich, ein Bubenstück, und doch so handgreiflich, wirklich, brutal, real, vorausgesehen.

Nackt nun wälzte sich längst der Gaukler mit der Magd, stöhnend, brünstig, wütend, und suchte einzudringen in sie, die sich entzog, aber nur, um beider Gier anzustacheln, den groben, leinenen Rock hatte da längst das Mädchen geschürzt und erwartete, dass der Vierschrötrige zustieß und ihrer

Jungfernschaft ein Ende bereitete, aber noch war dieser nicht bereit, walkte aber das Mädchen mit seinen rauen Händen, kraftvoll, grob, zärtlich… als mit einem Male der Gnom über dem Mädchen stand, mit mächtigem Phall, der an Größe ihn selbst beinahe übertraf, und aus dem Samen wie in mächtigen Strömen auf die wollüstige Scham des Mädchens sich ergoss… und war dies das letzte, was tat der Gnom, denn brüllend vor Zorn warfen sich sowohl der Vierschrötrige wie der Gaukler, der selbst in seiner Gier und benebelten Geilheit dies Unerhörte noch gesehen irgendwie, auf den Gnom und zerrissen ihn förmlich, wenn je das Wort zerrissen berechtigt gewesen. Die Überreste des Gnoms aber warfen sie zu den Ziegen. Danach aber war die Geilheit gestillt und selbst die Angst betäubt. Sittsam fast, leise, vorsichtig, wie auf Zehenspitzen, so konnte man sagen, legte alles sich zur Ruhe, bekleidet längst wieder, nüchtern, ohne Wut, ohne Sehnsucht, die Geilheit und Gier nicht einmal fernes Wetterleuchten, sondern zurückgefallen in die Nacht, in das Dunkel, in den Urgrund, aus dem sie ja emporgestiegen.

DIE Flucht gelang am Ende. Das Mädchen trug, schnell, schneller als gewöhnlich, wusste jeder es, sah jeder es, ein Kind von dem Gnom, diejenige, die einen Mann bis dahin nie erkannt und nie mehr einen erkennen würde. Würde entjungfert werden durch diese Geburt und keine weitere. Bald, schon da die Sonne während ihres ersten Laufes nach begonnener Flucht ihren Zenit erst kurz überschritten, waren abgebogen der Hirte und der Vierschrötrige. Hatte der Hirte den Verbleibenden den Weg noch gewiesen, in Richtung Nordosten, zu den Stämmen in den kleinen Gebirgen. Hatten dann aber die beiden ihren Marsch wieder aufgenommen, ohne Eifer, ohne Zorn, ohne Leidenschaft, gleichmütig, und wäre wohl die Magd gerne gefolgt, hatten dies aber Hirte und Vierschrötriger unterbunden, ohne Aufwand, ohne Gewalt, ohne Schmerz, doch unmissverständlich.

Waren die anderen dann noch um ein Weniges zusammengeblieben, doch ohne noch viel miteinander zu tun zu haben, und so empfanden sie es. Nahm der Gaukler bald sein altes Leben wieder auf. Suchte die Magd unterzukommen auf einem Hofe und fand Unterkommen mühelos. Und wanderte das Mädchen weiter, ohne Begleitung, mit Begleitung, schloss sich Horden an, die am Rande der zeitlichen Zeiten, da die zeitlichen Zeiten in die Nicht-Zeiten hinüberglitten wie willenlos, begann umherzuziehen, teilte das Lager mit Kundschaftern, die durch die Wälder, in den Hügeln, in den Ebenen streiften, übergab einmal, nach einer Nacht, den Knaben, der schon gewachsen ein wenig, einem jener Kundschafter, und Jodokeel also war es nun, der jenes Mädchen, das längst Frau geworden und als Frau suchte, ihr Geschlecht zu verbergen in den Horden, Jodokeel also suchte jenes Mädchen als seine Mutter zu verteidigen. Schien also nun ein weiter Weg, ein großer Marsch gewesen von dem Mädchen und dem Lehrling des Zauberers bis zu dieser Frau und Mutter – vielleicht –, die in Kriegerlumpen mit den verzweifelten oder schon nicht mehr verzweifelten Horden herumtrieb durch die Wälder, über die Flüsse, in den Ebenen, um das Leben in diesen Nicht-Zeiten zu fristen irgendwie, zu welchem Zwecke auch immer oder auch zu gar keinem.

Das Pfeilorakel

Nicht recht wusste ich, wussten wir, was nun mit dieser Geschichte anzufangen war. Oder war sie bloße Fantasterei? Falls sie dieses war, wo lagen aber, immer wieder, die Grenzen gegeneinander? Konnte ja eine Geschichte wirklich gewesen sein und wahr, aber doch nur in der Fantasterei, und andersherum gerade ebenso und mit so vielen Schattierungen dazwischen, dass dem schwindlig werden mochte, der zu genau hinsah, aber vermied dieses ein jeder ja. Was denn nun also tun damit? Dunkler, dunkel war es nicht gewesen, und ich war von einer Müdigkeit, die allein von dieser Dunkelheit und der Anstrengung des Marsches an diesem Sonnenlauf herrühren konnte nicht, wie so oft. Müde, ob von dieser Art Müdigkeit oder anderer, waren wohl alle, die diese Geschichte gehört, einzig, wie sonst, der Weiser schien belebt und funkelnd fast vor Freude.

Mochte das Dämmern es sein oder die Geschichte, die nach Geschichtenart träumerisch in mir sich fortspann und selbst weiter aus sich selbst heraus sich gebar, so schien mir die Frau mehr noch als zuvor Raahael ähnlich, wie sie im Dämmer kauerte, angetan mit dem groben, doch nicht zerlumpten und sogar sauberen Kleid, dem grellweiß getünchten Gesicht mit den scharf gezeichneten schwarzen Streifen, die ich freilich jetzt nur ahnte und ahnen vielleicht wollte.

Wo war Raahael? Wo war Esther? Esther war freilich verschwunden, und hier, da die Frau vor mir kauerte, wollte mir schien, dass sie verschwunden war schon lange, schon immer, dass vielleicht nie sie dagewesen, dass Bild und Geschichte und Erzählung mir Esther gewesen von Anbeginn, aus mir selbst gewebt und in mich hinein gesponnen. Mochte freilich dieser Gedanke selbst mir wieder zu Geschichte und Fantasterei werden, denn dass ich von Esthers

Lippen gekostet und dass ich ihre Brüste gekost und dass mein Phall ihre Nippel zum gierigen Blühen gebracht und dass ich unterwegs gewesen auf einen Ruf hin, den sie selbst kaum wohl ernstgenommen, alles in jenen zeitlichen Zeiten, die uns Verheißung und Fluch, dieses war ja gewiss, und keine Windung und Wendung meines Gehirns mochte daran etwas ändern, nicht lag dieses ja in meinem Belieben. Oder war auch dieses nicht sicher, wer mochte es wissen?

Auf diesen Marsch, diesen langen mühseligen Marsch, auf dem Grausamkeiten wir taten und Grausamkeiten wir erlitten, so war es mir ja geschienen, hatte Esther mich ja geschickt, da sie wieder aufgetaucht in mir, Gestalt angenommen, Gestalt erzwungen, lockend, lieblich, schön, wie immer sie gewesen in mir, sanft, lachend, doch unerbittlich. Dennoch mochte mir jetzt, da ebendiese fremde Frau, die mit Esther nichts, gar nichts gemein, nicht in ihrer Geschichte, nicht, wie sie sich gab und sprach, was sie erlebt und nicht erlebt, getan und nicht getan, mir wie Raahael und diese mir wie Esther scheinen wollte, doch mochte also mir jetzt aufgehen – und wahrhaftig, gefürchtet hatte ich mich davor, ohne es so zu nennen oder auch nur nennen es zu können –, dass keinesfalls Esther mich auf diesen Marsch geschickt oder gerufen und eben nicht Esther oder auch nur die Erinnerung an Esther in mir gelebt oder gewoben, sondern dass ich neu ein Bild mir selbst geschaffen, eine Geschichte mir geschaffen oder eben eine Geschichte sich aus sich selbst heraus gebären lassen in mir und mich dann führen und locken und leiten lassen von ebendem Bild, das ich selbst mir erschaffen, aus welchem Grunde auch immer.

Aber Raahael, Raahael war doch hier! Aber war sie es denn? Wo war sie? Und war hier sie gewesen, mochte ich gespürt haben auch ihren Schenkel, so musste es der Raahaels doch nicht gewesen sein. Was also, so nur musste die Frage sein nun, hatte ich gesehen und warum hatte so ich es gesehen und zu welchem Zwecke und zu welchem Ende? Leiblich ja war Raahael da, in verschiedenerlei Gestalt und verschiedenerlei Auftreten, zweifellos war leiblich jene Frau da, aber waren es nicht Bilder auch, die ich sah und verwirrten mich die nicht, mehr, als je es gut tun meiner Müdigkeit konnte und weit mehr, als leiten es mich sollte, jemals hätte leiten sollen, mich, den Kommandanten des letzten Gefechts? Der wieder freilich ich nur ja geworden war, weil Bilder und Träume und Geschichten es waren, die lockten mich, die sich in mir spannen und aus mir heraus webten und die wohl diejenigen, die mich gewählt und gerufen – und gewusst hatten sie, wen sie gewählt und gerufen, konnte ein Zweifel daran bestehen (konnte freilich, wie an allem) – selbst wieder gelockt, wie Geschichten locken so manchen, dass neue Geschichten und Erzählungen wieder sich entspannen in den Köpfen und noch mehr in den Seelen, am allermeisten dort aber, wo die geschlechtliche Lust wohnte, denn alle Geschichte und jegliche Erzählung ist im Anfang der geschlechtlichen Lust entsprungen und mündet in geschlechtliche Lust wieder hinein, mochte dazwischen sich entspinnen myriadenhaft Anderes, Neues, Gesehenes und Nicht-Gesehenes, Gehörtes und Unerhörtes, und weil aber eine jegliche Geschichte der geschlechtlichen Lust entspringt und in ihr mündet, werden Geschichten eben als Geschichten verstanden und begehrt von einem jeglichen.

DA ICH nun die in den Dämmer hineingleitende, kaum mehr vom Dämmer zu unterscheidende Frau betrachtete, dachte ich nicht, ich spürte die Kreise, die vielen Kreise die ich, die wir gegangen. Kreise, welche die manche Strecke ineinanderliefen, sodass nicht mehr zu unterscheiden sie, dass ein Kreis sie schienen, wo doch mehrere sie waren, die dann wieder auseinanderliefen, in weiten Wendungen, und dann wieder sich berührten beinahe, sich verschlangen und verwirrten, neue Kreise aus sich selbst entließen und gebaren, Kreise, die sich eingruben, Kreise, die versandeten buchstäblich, verweht, Kreise, die erst zu Kreisen werden wollten und nie es wurden, und immer wieder führten diese Kreise zu uns und zu mir selbst und zu unserem Marsch und zu dem Platz, an dem gerade ich saß, wie zufällig, wie beliebig auch immer. Und war auch alles zufällig, war auch alles beliebig, so waren doch wir es, immerhin wir, denen zufällig und beliebig es zustieß. Doch wer am Ende wollte sagen, was zufällig und was auch nicht?

In das Schweigen hinein sprach der Weiser die Frau an und tat es leichthin und heiter, wie seine Art es sein konnte. Wie überhaupt der Weiser von jeglicher Art sein konnte, ich wusste es ja, und mochte also dieses abhängen, von welcher Art derjenige, der den Weiser betrachtete, gerade selber war. Fragte also der Weiser die Frau, wo denn der Kristall abgeblieben, den sie zweifellos getragen, bis zu ihrer Besamung durch den Gnom jedenfalls, er sei sich dessen sicher, ganz gewiss. Einen solchen Kristall, sehe er aus, wie er wolle oder auch gar nicht, es komme auf Sichtbarliches ja nicht an, müssten die und nur die tragen, die dazu ausersehen, und wie erneut sich zeige an ihrem Weg und ihrer Geschichte und ihren Geschichten, seien die Windungen und Wendungen, die ein Kristall wirke, von sonderlicher und zeighafter Weise, nicht abgesondert, sondern lehrhaft, sei das Lehrhafte aber wieder nur wenigen zu entschlüsseln.

Ich wusste nicht, wie nun der Weiser auf den Kristall kam. Hätte ich an selbigen jetzt, auf dem Hügel, zuletzt gedacht. Fiel mir aber zu, wie sehr der Weiser diesen Dingen nachsann, von ihnen angezogen wurde und sie selbst anzog. Hatte jene Laila, fast vergessen auf diesem Marsch, die mit dem Sohn – vielleicht, wer mochte es wissen – noch vor uns zog, einen solchen Kristall getragen von je oder gefunden und dann getragen? Aber konnte einen solchen Kristall denn man finden? Oder wie kam man an einen solchen Kristall denn überhaupt? Es war mir diese Geschichte rätselhaft, wie mir alle Geschichten rätselhaft waren und immer rätselhafter mir wurden, je länger wir unterwegs. Hatten wir denn ein Ziel noch, hatten wir je eines gehabt tatsächlich?

Laila, die also wieder aus dem Dunkel erschien, wie ja nichts jemals ganz im Dunkel blieb, mochte es uns auch so scheinen, und bliebe es selbst im Dunkel, so wirkte es ja von dort, aus dem Dunkel, aus dem Nicht- oder Kaum-mehr- oder Kaum-noch-Sichtbaren heraus, Laila also, Laila, die Geliebte oder Tochter oder Frau Ludos, die Wilde, die Ungebärdige, die den Geschlechtsverkehr geübt als Aufstand gegen die Ordnung der Kohorten und der Lust wohl dieses ebenso bereitet wie der Geschlechtsverkehr selbst, die wir bestraft und gezüchtigt und verstoßen von uns, mochte Laila also von dem Kristall so getrieben sein, wie sie von ihm geschützt wurde. Und wer mochte wissen, ob am Ende unseres Marsches nicht ebenjene Verstoßene, Ungebärdige auf uns warten mochte, zu unserem Nutzen, zu unserem Schaden, wer mochte es wissen? Und mochte sein ja, dass uns dann jene Laila mit und durch ihren Kristall beschützte vor den Fährnissen, die auf uns warteten.

Laila. Oder war es eine andere, die den Kristall trug, mit anderer Geschichte, anderem Geschick? Oder ein anderer? Wer mochte sich erinnern, da Erinnerung doch nichts war, was diesen Nicht-Zeiten eignete?

Am Ende unseres Marsches. Sonderbarer, sonderlicher Gedanke, unbehaglich fast, fremd, die Haut uns kratzend, obwohl wir, dem Scheine nach, in Winterlager doch zogen. Jenes Buch jenes Herrn immerhin erwartete uns wohl auch, davon ja hatte Raahael gekündet, und ich war begierig ja auf diese Geschichten aus jenem Buch jenes Herrn. Waren es ja die Geschichten, die aus dem Urgrund nicht nur aufstiegen, sondern die der Urgrund selbst waren, Wort, Erzählung gewordener Urgrund, aus dem alle wir kamen, in dem alle wir uns fanden, selbst jene vielen jungen Krieger und Kundschafter und Mägde und Huren und Diebe, die von jenem Buch jenes Herrn als solchem nie mehr gehört, wie hätten sie auch sollen, da kaum jemand mehr davon erzählen konnte und erzählen wollte.

Kreise. Diese vielen Kreise. Die Knoten, die sich schürzten, sich auflösten oder auch nicht. Waren aber die Knoten, die Knäuel ja notwendig, dass das Gewebe der Geschichten entfalten sich konnte.

Wo denn war Zechiel, der mir Geschehenes, die Knoten noch kaum so entwirrt, wie ich entwirrt es haben musste? Doch war es eben so, dass mancher Knoten gar nicht entwirrt werden kann, nicht entwirrt werden darf, um das Netz, das über alles geworfen und in dem wir uns bewegen, fest zu halten und zu zerstören nicht.

Das Ende des Marsches. Das Ziel. Ich glaubte nicht daran, hatte nicht geglaubt daran vom Abmarsch an, als unseren Hügel, jenen Hügel wir verließen. Nun freilich, hier, jetzt, in diesem Dämmer, das kaum mehr die kauernde Frau erkennen ließ, sehnte ich mich zum ersten Mal nach dem Ende des Marsches oder gestand es mir ein zum ersten Mal, und ob ich daran glaubte, machte daran nichts. Oder war es so, dass derjenige, der sich sehnt, glaubt ja schon, ob selber er es wüsste oder nicht?

„Ja", antwortete da die Frau, und ich erschrak.

Schien mir doch mein Grübeln lange mich entfernt von diesem Ort und seinen Umständen, dass sicher ich mir sein nicht konnte, ob die Frau nicht längst schon weiter in ihrem Sprechen. Doch täuschte das wohl, denn sie antwortete eben erst klar auf die Frage des Weisers, und jenes, mein, unser Grübeln hatte messbare Ausdehnung ja nicht, nicht im Raum, nicht in den zeitlichen Zeiten und in diesen Nicht-Zeiten, in denen diese Grübeleien gediehen wie nirgends sonst, erst recht ja nicht. Grübeleien waren aus keinem Stoff, erst recht nicht aus dem für Geschichten, am Ende mochten sie fruchtlos und unfruchtbar sein, und ich sollte auf die Frau und alles, was anstand, meine Gedanken und Sinne, meine Gier, mein Leben richten.

Habe der Zauberer, sprach die Frau nun, bei dem aufgewachsen sie und der sie gelehrt in jenem fernen Dorf, jenseits der Flüsse, der Wälder, Berge und Hügel, bis – glücklich, unglückselig – jener Söldner aufgetaucht, den sie gesalbt zum Leben zurück, zu ihrem Glück, zu ihrem Unglück, habe der Zauberer also nicht nur die Elementa spekuliert, Heilsames gekocht, gerührt, angewandt, den Dörflern und Bauern das Wirtschaften und Leben erleichtert und selbst mit mancherlei Künsten, durch die Münzen er verdient abseits, zur Wohlfahrt aller beigetragen, habe also der Zauberer, wie weithin bekannt in die Lande, in die Städtchen, auf die Burgen, mancherlei Magie getrieben, Amulette hergestellt, Pyramiden aus Knochensplittern und Kupfer geformt, welche die Kraft der Sonne und des Windes und des Feuers und der Erde zogen, Zauber- und Schutzsäckchen gefüllt, deren Inhalte selbst sie nicht gekannt, denn wenn Magie er getrieben, habe ihre Gegenwart nicht er geduldet, habe endlich der Zauberer eine Münze, die aus der Erde er einst gegraben an bestimmtem Ort, zu dem altes Buch ihn gewiesen, ihr gewählt. Hatte das Motiv, eine Muschel, eine Auster, noch einmal nachgearbeitet mit feinem Stift. Eine Muschel oder Auster oder auch ein Fürstenkopf, der eines Mannes und einer Frau zugleich. Hatte dann Blut, Stierblut in verschwenderischer, fast wahnwitziger Fülle über diese Münze fließen lassen, dass sie gereinigt werde, wie er sagte, und neu geweiht und mit Kraft neu geladen, war aber Stierblut, wie alles vom Stier und durch den Stier von größter Kostbarkeit, dort oben in jenem Dorf hinter den Wäldern, in den Bergen zumal. Diese Münze sei ihr Kristall gewesen, beschwerlich, Unglück ziehend, wie das Schwert, ein Steigbügel gar nur den Blitz zog, wenn so sein sollte es denn für Krieger und Reiter, zugleich aber schützend, bergend, den Feinden wehrend, dass nicht gar aus es sollte mit ihr werden. Habe das Medaillon, die Münze, den Kristall an dünner, doch fester Kette um die Hüfte getragen und habe das Medaillon ihre Scham fast verdeckt. Habe ja einen Mann nie erkannt. Und habe dieser Kristall sie begleitet bis zu jenem Hirten auf dem Berg, bis der Gnom sie besamt, bis den Kundschafter sogar sie getroffen, der das Lager mit ihr geteilt, ohne sie zu beschlafen, dem sie den Knaben, den Jodokeel, übergeben, und mit dem Knaben den Kristall als Münze oder Medaille, auf dass der Kristall mit ihm, nicht mit ihr mehr sei. Hätte aber wissen müssen, dass so einfach es nun nicht ginge, und sehe es ja. Oder sehe es nicht. Eindeutig, so sagte die Frau, sei dieses ja nicht und sei es ja nie gewesen. Denn die Macht eines solchen Kristalls könne eindeutig nie sein. Möge sogar sein, dass die Macht eines Kristalls wirke und zugleich und im selben Augenblick nicht, dass dieser schütze und ins Verderben führe zugleich, dass sich Gegensätze in ihm nicht aufhoben zur Wirkungslosigkeit, sondern steigerten zu drohlicher dunkler Kraft.

Habe sie den Jodokeel, ihren Sohn, gleich erkannt, den Verlorenen, den Hinweggegebenen, den aus der Ferne Geliebten. Habe ein Kreis, der große Kreis, jetzt sich geschlossen für sie und für ihn und für beide zugleich. Möge tun und richten ich, der Kommandant des letzten Gefechts, nun, wie mir richtig erschien.

DIE Wachen hatten außerhalb und rund um diese Gerichtsstätte – so es eine war denn – Feuerhaufen entzündet. Obwohl ja die Tage noch mild, solange die Sonne in ihrem wenn auch niedrigem Zenit, und trocken, trocken selbst im Maßstab dieser Nicht-Zeiten, die doch die Erde und die Seelen ausdörrten und gerbten und die es uns schwer und mühevoll machten, klares, gesundes, nicht fauliges, nicht vergiftetes Wasser zu finden, so wurde es doch in den Nächten nicht nur kühl, sondern kalt, selbst uns, die wir Kälte doch gewohnt, und war ja schließlich einer der Vorwände dieses Marsches, dass in Winterlager wir uns aufmachten. In Winterlager, das, nach diesem Marsch, eines sein musste, wie wir Winterlager noch nie gehalten hatten. So wir denn ein Winterlager überhaupt erreichten. Erreichten wir es aber nicht, so warteten ohnedies Schlachten gegen die schwarzen Heere im Frühling, der kommen würde, unser nicht mehr, und wäre in diesem Fall, der mir mehr und mehr am sichersten, unser letztes Gefecht schon geschlagen, ohne dass wir wüssten dieses.

Solle, sprach der Weiser da, die Frau die Münze, das Medaillon wieder anlegen, denn Jodokeel habe es treulich in diese Kohorten gebracht und er, der Weiser, habe aufbewahrt es seiner Bestimmung, ihm unbekannt, entgegen. Sei diese zweifellos nun gekommen. Werde er noch in dieser Nacht das Medaillon im Gedärm eines gejagten und geschlachteten Tiers neu reinigen lassen, wie es der Zauberer mit dem Blut des Stieres getan. Noch bevor die Sonne aufging und bevor weiter wir zogen, solle sie das Medaillon wieder anlegen, genau so, wie sie es so lange und so lange her, wie in zeitlicher Zeit fast, getragen habe, fast über der Scham, denn einen Mann werde sie auch in den Kohorten nicht erkennen und nicht erkennen dürfen, bis Winterlager, bis die Stämme im Nordosten wir erreicht. Zu diesen Stämmen solle und werde sie uns, kraft ihres Kristalls, nun führen. Dann und dort möge den Kristall sie ablegen, in Frieden diesmal, und möge einen Mann sie sich nehmen oder mehrere, es würde jener Fluch, der sie begleite unausgesprochen, dann genommen von ihr durch die Schrift jener Stämme, und würde sie sich ihres Schicksals, das sie hierher geführt, kaum mehr erinnern, wenn erinnern sie sich nicht wolle, doch rate er, der Weiser, weder zu einem Mann noch zum Vergessen, wenn aber, dann zu beidem.

Nicht nötig sei es, dass ein Kristall, ein Aberglaube, ein aberwitziger Glaube uns den Weg weise, denn der Weg sei nun beinahe geebnet, und die Kreise, die uns wohl gefangen halten ein Weilchen noch, seien durchmessen fast und durchlaufen oft genug, und die Geschichten und Erzählungen und Gesichte und Träume, die Fäden, die geraden und glatten wie die verworrenen und verknoteten, geknüpft zu einem Netz, das uns tragen würde über diese Nicht-Zeiten hinaus, und würde nicht uns tragen es, so würde eine Geschichte, ein Kreis, ein Faden mehr daran nichts ändern.

Also sprach Raahael. Die an der Stimme kaum ich erkannte, denn ich sah sie in diesem Dunkel, das mich, das uns umgab, den Feuern zum Trotz, die wenig Wärme wohl gaben, aber das Dunkel durchdringen gänzlich nicht konnten, in diesem Dunkel also sah ich Raahael nicht. Nur Stimme war sie, wie im Hause jenes Herrn, da zuerst mir sie erschienen, ob zum Segen, ob zum Fluch mir, ob einfach eben so, weil nun einmal etwas oder jemand manchmal erschien – oder auch nicht – um die nächste Biegung des Weges herum, wenn einen Fluss wir durchquert und Wälder durchschritten oder einfach so, ohne dass wir gingen und taten, oder eben einfach nicht nun einmal, und konnten unsere Gedanken auf gleicher Bahn immer wieder darum kreisen, und war mir dieses zuwider geworden, weil immer vielleicht es mir zuwider gewesen, ohne dass ich gewusst hätte davon.

Möchte wohl sein, sprach da Ludo, von irgendwoher in diesem Dunkel, obwohl nahe bei mir er sitzen musste – doch erinnerte ich mich nicht –, möchte wohl sein, dass ein Kristall wir nicht mehr bräuchten auf den letzten Etappen während der letzten Sonnenläufe unseres Marsches, wie bisher kein Kristall wir gebraucht hätten. Falls dieses wahr sei. Denn wie gesagt worden sei und wie es geschrieben stehe, ein Kristall, den einer trage, sei da, ob im Zeichen und in der Substanz oder nicht darin, es komme ja auf die Gestalt oder Nicht-Gestalt keinesfalls an. Sei denn ein Kristall sichtbar einmal, so sei es anders ja nicht als zeichenhaft, mahnend oder ermunternd oder kräftigend oder erschreckend demjenigen, der ihn sah, demjenigen, der ihn trug. Notwendig sei das Zeichenhafte und Sichtbare aber nicht. Und ihm selbst, Ludo, schwane, als wäre ein Kristall oder einer, der einen Kristall trug, unter uns, seit wir auf dem Marsch und habe diesen Marsch vielleicht gar bewirkt.

Sei auch notwendig, sprach da wiederum der Weiser, dass näher wir Einblick nähmen in die Schrift, die den Stämmen im Nordosten, in den kleinen Gebirgen gegeben, und von der Zechiel, von der Raahael berichtet, wie beide ja berichtet hätten, dass von dort sie gesandt. Nicht kämen wir ja mit dröhnenden Stiefeln, und hätten wir unsere Mäntel auch durch Blut geschleift in den Schlachten, während unsere Kreise und andere wir durchmessen, auf den Märschen in die Winterlager wie auch auf diesem Marsch nun selbst, so waren uns die Mäntel verbrannt doch stets, wie wir selbst Feuer und Feuersbrünste gelegt hätten, Zerstörung und verbrannte Erde hätten wir hinter uns gelassen, wie Verwundung uns und Tod selbst getroffen. Jetzt aber seien wir auf dem Marsch in neues Winterlager und in anderes, als wir es gehalten hätten je, und sei das letzte Gefecht ja geschlagen noch nicht und sei ihm, dem Weiser, zweifelhafter denn je, ob letztes Gefecht überhaupt je geschlagen würde. Und sollte. Im Winterlager aber, das erwartete uns, und gerade dieses neue und andere Winterlager nach den Schlachten dieses Sommers und nach diesem Marsch, in diesem Winterlager würden auch eine neue Art der Ruhe wir finden, und Ruhe bedeute Sammlung, und Sammlung bedeute neuen Ratschluss, und würden wir mithin, mit neuem Ratschluss, mit neuen Erzählungen und Geschichten und Gesichten neu in die Kampagnen ziehen, so denn unsere Geschichte und unsere Geschichten nicht ganz neue Wendung nähmen, immer sollten wir dessen, der Möglichkeiten nämlich, der Fülle und Überfülle an Möglichkeiten gewärtig sein. Vor Sonnenaufgang noch sollten wir die Pfeile sammeln, dass wir sie schössen, und wo sie lägen hinwärts, hinter den Steinfeldern in der steinernen Wüste, die vor den kleinen Gebirgen, dem Gebiet der Stämme im Nordosten lagen und welche die Stämme im Nordosten abseits wohl, aber geschützt eben auch leben ließen in Frieden, dorthin sollten wir in gerader Linie, ohne neue Kreise eilen nun, denn Winter läge in der Luft, und gut sei es, im Winter in Winterlager zu sein und geschützt und in Ruhe und in Frieden.

Sprachen also die Gefährten, und wollte mir scheinen, als hätte lange ich sie nicht gehört. Aber auch, als hätten immer sie gesprochen und nie geschwiegen, und es war ja beides eins. Müde war ich geworden, und der Kopf war mir schwer.

Mit neuem Sonnenlauf, so sprach ich also, sollten wir tun, wie der Weiser geraten. Vor Sonnenaufgang sollten die Kohorten sammeln sich in guter Ordnung, in ihrer besten oder nun, nach all diesen Etappen, den ihnen noch bestmöglichen. Mochte ja sein, dass die letzten Etappen, die vor uns jetzt noch lagen, die schwersten werden würden. Erstmals vielleicht wollte mir scheinen, dass die Kohorten, Raahael, der Weiser, Ludo und alle, die es so in ihren Herzen sahen oder auch nur es sich so sehr wünschten, da sie Winterlager sich ersehnten nach all den Schlachten und der Kampagne von Frühling und frühen Sommer und späten Sommer, dass all diese die Stämme im Nordosten erreichen konnten und würden. Ich aber nicht, nicht ich, der Kommandant des letzten Gefechts. Doch tat es ja nichts.

Ich tat, was zu tun war, was mir aufgegeben. Hieß die Wachen Posten beziehen. Wählte Kundschafter aus, die mit neuem Lauf der Sonne rückwärts gehen sollten, den schwarzen Heeren entgegen, von denen immer seltener Zeichen und Anzeichen wir gesehen. Und Kundschafter, die nach Weisung der Frau oder Raahaels den Weg nach vorne uns finden und bereiten sollten. Die Frau selbst aber solle gelöst sein und frei mit uns ziehen, und sei auch

Jodokeel von den Diensten in den Kohorten entbunden, vorangehen aber müsse sie uns.

ABSEITS auf diesem Hügel, doch innerhalb des Kreises unserer Wachen hatte mein Zelt ich errichten lassen. Mein Bursche hielt schon die grobe Plane mir offen. Bevor im Zelt ich verschwand, sah ich am Rand eines Feuerscheins noch, wie der Weiser und Raahael flüsterten, die Köpfe fast aneinandergeschmiegt, ruhig sich austauschend, im Gleichmaß atmend. Fast noch im Niederlegen schlief ich ein, mächtige Träume erwartend, Träume, die neuen Aufbruch oder Gefahr und Tod kündeten, so ahnte ich und spürte, wie sich Bilder und Gestalten und Geschichten in mir bildeten und gebieterisch riefen nach Leben und Wirken. Und mochten wohl leben und wirken in mir, wie sie es immer taten, um zu reinigen Seele und Geist. Auch fühlte ich mich, vor Sonnenaufgang erfrischt und getröstet, mochten also Bilder und Gestalten und Geschichten ihr Wirken vollendet haben glücklich für diese Nacht, doch waren die Träume zurückgewichen in Dunkel und anderes Leben mit erstem Lidschlag und ließen nicht sich erinnern. Mochten sie jetzt dort sein, wo die Sonne war, wenn den westlichen Horizont sie verlassen, und mochten die Träume jetzt anderswo und in anderen und als ganz andere wirken, jenseits des Horizonts, in einem anderen Blau und anderen Schwarz, und mochten die Träume sich zeigen auch immer anders und wie neu, so stammten sie doch aus demselben und dem einen Urgrund und waren so immer eins und uns allen zugehörig. Vielleicht aber war es so auch ja, dass wir Traum waren und als eine der Figuren der Traumgeschichten agierten und als Traum jenen Träumenden heilten oder schreckten, und dass unsere Schlachten und Märsche und Brandschatzungen und Notzüchtigungen dienen, vergeblich dann wohl dienen sollten, uns selbst zu zeigen, dass wir seien im Fleisch und nicht nur als Gespinst. Wusste ich wohl, dass dies dem Scheine nach unsinnige Gedanken in mancherlei Hinsicht, wusste es, aber spürte es nicht voller Überzeugung, denn wer denn könnte oder wollte vom Gegenteil uns überzeugen? Vielleicht dass einmal, nach den Schlachten, nach den Kämpfen, wenn – vielleicht – zeitliche Zeiten erneut anbrächen, aber kaum mochte den Gedanken ich denken, vielleicht also dass einmal wir wüssten, ob wir träumten oder ob wir geträumt würden. Doch wäre das dann, käme dieses so, auf andere Weise nicht wichtig, wie es unwichtig war nun. Und stand in jenen Schriften, in jenem Buch, jenen Büchern jenes Herrn, woher, aus welchen Gründen, mochte die Erinnerung mir steigen, da doch von jenen Büchern kaum ich wusste, stand in jenen Schriften nicht niedergeschrieben also, dass es mehr zeitliche Zeiten gab, als zählbar, und wohl mehr Nicht-Zeiten, als je wir auch nur denken konnten? Und dass zeitliche Zeiten und Nicht-Zeiten in den Händen jenes Herrn und zeitliche Zeiten und Nicht-Zeiten undenkbar andere wären, als wir je sie erfahren konnten?

Galt aber all dieses für die schwarzen Heere auch. Welcherlei zeitliche Zeiten, welche Nicht-Zeiten mochten herrschen dort und waren die Bezeichnungen oder die Erfahrungen und Ahnungen, die damit bezeichnet, dort entfernt nur gültig in der Weise, in der für uns sie gültig waren? Ich wusste es nicht. Eine Wehmut sonderbar war in mir, als der schwarzen Heere ich so gedachte, der Schlachten, des Blutes und des Todes. Immer während der Sonnenläufe in diesen Nicht-Zeiten war es ja so gewesen, dass mit den langen Schatten, dem Frost, der Kälte in Winterlager wir zurückgezogen uns hatten und Ruhe eingekehrt war, eine Art Frieden, vorläufiger, trügerischer Natur zwar, aber Ruhe und Besinnung und Sammlung und neuer Ratschluss. Und wenn die Sonne mit ihren Läufen vom Süden, von der anderen Seite, von tief unten erst, dann über unser Meer wieder heranzog, über die Inseln, die weißen, auf denen dienten die Priesterinnen, die weißen, und früh die Blüten, groß und bunt und schwer, wie träumerisch, wie mit Absicht, berechnend, betäubend duftend, wie früh die Blüten sich streckten nach Befruchtung, dass die Hitze des Sommers groß mache die Frucht, die dann im Winter, der mild war auf den Inseln, aber Winter eben doch, zum Mahle dienen möge, wenn also die Sonne mit ihren Läufen vom Süden herzog, waren wir im Frühling in neue Schlacht, in neuen Schmerz gezogen, wie es unsere Kreise nun einmal waren, und mochte uns dies peinigen oder nicht, so hatten im Inneren ja doch wir gewusst, dass ebendieses unsere Bestimmung in diesen Nicht-Zeiten und so eben nicht gut, aber richtig, nicht heilsam, doch schützend, wer wusste, vor welchem Ungemach.

Von den zeitlichen Zeiten in die Nicht-Zeiten waren wir geglitten ja und hatten nicht es bemerkt oder wollten es oder konnten nicht, denn die Ränder, das konnte sagen man ja jetzt, waren unscharf, waren Ränder eigentlich nicht, sondern flossen die zeitlichen Zeiten in die Nicht-Zeiten und umgekehrt, wie Ebbe und Fluten sich verhalten wohl an den Stränden des Nordens, wo derjenige, der klug und geduldig und ruhig und wissend genug ist, sich von der Flut einfach wieder spülen lässt an den Strand, in den Sand, wenn die Ebbe vorher ihn mit sich gerissen, und mit den Nicht-Zeiten waren die schwarzen Heere herangezogen und hatten in die Schlachten uns gezwungen.

Oder war es umgekehrt gewesen? Waren die schwarzen Heere herangezogen und hatten die zeitlichen Zeiten gelöscht oder in sich gesogen und in sich in die Nicht-Zeiten verwandelt? Immer konnte alles ja umgekehrt sein. Oder war beides zugleich gewesen, ineinander verwoben, durch einander bedingt? Oder war beides zugleich gewesen und hatte ursächlich doch nichts miteinander zu tun, zwei Fäden, die von irgendwoher, aus dem Nichts sich spannen und sich hier, ausgerechnet in unseren Kreisen, verknoteten, weil ihre Fäden sich kreuzten nun einmal und knoten sie sich eben mussten? Und wenn dieses, was hieße dann „ausgerechnet in unseren Kreisen."

Hatten mir, hatten uns die schwarzen Heere, ob eingestanden wir es uns oder nicht, die Nicht-Zeiten uns gefüllt, sie erfüllt mit etwas, das Sinn man wohl nicht gut nennen konnte, doch uns Aufgabe war, mochten wir das Schlachten, das Sterben, die Entbehrung, den Mangel, die entgangene, gar nie erlebte Fülle verfluchen und uns hinwegträumen auf die Inseln unter der Sonne im ungefleckten Himmel, so konnten wir die schwarzen Heere in diesen Nicht-Zeiten doch nicht entbehren.

SPÄT, nicht zu spät erwachte ich, wie oft aus unklaren Träumen, und ob sie heilten immer, ob sie schwächten, wer mochte es wissen. Sonnenaufgang stand bevor, als ich das Zelt verließ, und der Weiser hatte alles gerichtet für das Ritual, an dessen Ende die Pfeile fliegen und uns die Richtung weisen sollten.

An der Kante des Hügels hatten die Bogenschützen Aufstellung genommen, nackt beinahe, trotz der noch nächtlichen Kälte, doch mit Lehm wie eingemantelt, und ging der Weiser von einem zum anderen, um ihm schweigend das Medaillon auf die Stirne zu drücken. Dann hielten die jungen Männer – denn um solche, um junge Männer, handelte ausschließlich sich es – die Spitzen der Pfeile zugleich über das Feuer, aus dem schwerer Geruch stieg, denn mit sonderlichem Kraut, das vom Weiser bestimmt und das die Sinne benebelte, wie es Rauschgetränk kaum konnte, und Tierblut war das Feuer gefüttert, sonst aber loderte simpler Reisig, der hier oben zusammengeklaubt, und ließ das Feuer krachend und knackend in die nächtliche Höhe steigen. Bald aber hatten die Pfeilspitzen Feuer gefangen, und auf ein Zeichen des Weisers hin, der ein Fell, löchrig, abgeschabt, wer wusste, von welch magerem, kranken Tier, über seinem Kopf kreisen ließ, wendeten sich die Krieger dem Land zu, das noch im Dunkeln lag, und ließen die Schützen gespannten Sehnen schnellen, und zogen die vielen Pfeile eine feurige Bahn durch das Dunkel, schrieben eine Schrift in fremden, keinem lesbaren, doch jedermann unbenennbar verständlichen Zeichen, wie aus den Urgründen emporsteigend, wohin aber, ins Dunkel, ins leere, schwarze Nichts, denn in den Himmel, das konnte man vor Sonnenaufgang nicht gut sagen. Nachdem aber ihre hohe Bahn sie bezeichnet, verglühten sie, wie es schien, weit vorne, und verschwanden auf oder in der Erde, der schwarzen Erde, so schwarz wieder Himmel.

Längst ja, wie oft war die Rede davon gewesen auf unserem Marsch, hatten unsere Kreise wir verlassen, hatte ich meine Kreise verlassen, die vielen Kreise verlassen und waren wir, war ich nicht in jene zurückgekehrt und konnten wir, konnte ich es nicht. Und doch war mir, als die brennenden Pfeile ich fliegen und schreiben sah, erstmals so wie Abschied und Sehnsucht nach den Schlachten des Frühlings und des Sommers, den wiederkehrenden, rückwärts schaute ich, der so viele Abschiede genommen und so viele Abschiede gegeben, dass zu zählen sie nicht mehr, und warum hätte ich, hätte jemand, hätte der Weiser, Ludo, die Hauptleute sie zählen sollen? Esther vielleicht, aber beinahe war die ja schon ganz am Anfang der Abschiede gestanden, so aber mochte ich es mir jetzt zurechtlegen, weil zurechtlegen ich es mir wollte. Und mochte am Ende das Bild der brennenden Pfeile allein deshalb etwas in der Seele mir rühren, weil ein Bild eines Traumes sie zeichneten oder das Bild aus einem Traum leben ließen, einem Traum, der längst mir nicht mehr erinnerlich oder mir nie erinnerlich gewesen.

Konnte es Abschied von den schwarzen Heeren denn überhaupt geben? Waren denn nicht die schwarzen Heere immer da, und zogen heran sie nicht schon immer und würden nicht heranziehen sie, ob wir unter Winterlager marschierten oder eben nicht? Und war ich nicht der Kommandant des letzten Gefechts, gewählt von den Kohorten, und bestimmt dazu, die Kohorten dann eben auch in letztes Gefecht zu führen? Würde je aber letztes Gefecht stattfinden, wenn den brennenden Pfeilen wir folgten? Ich wusste es nicht, ich wusste es ja nicht. Musste ich es auch wissen? Ich hatte, es war nicht zu leugnen vor mir selbst, und wollte ich es auch nicht leugnen vor mir selbst, ich hatte Sehnsucht nach unseren Kreisen, nach Esther, die, auf dem ersten, auf unserem Hügel – oder war es schon in den Schlachten zuvor? – erst in mir neu aus den abgelegten, den schlummernden Schemen neu Leib mir geworden in mir und die doch nun in Schemen sich wieder verwandelte, in Ahnung von etwas nur noch, nicht Ahnung von ihr oder auch nur von irgendwem, hatte Sehnsucht nach den Schlachten, mochten Tod und Grausamkeit und Hunger und Einsamkeit sie auch bringen, hatte Sehnsucht nach der Suche, der oft verzweifelten, nach Winterlager, mochte es auch in Eis und Erstarrung vorüberziehen und wiederum Hunger und Not, mochte es uns behaglich fast finden, in Ruhe und voll der Geschichten und Erzählungen, des Webens und Knotens, das wir so wenig entbehren konnten wie das Brot und Rauschgetränk. Und, wer mochte es wissen, hätten wir das Buch noch gehabt in jenen Winterlagern oder Teile nur davon oder Fetzen selbst nur, wer weiß, ob wir aus einem solchen Winterlager neu ins Schlachten gezogen wären? Doch warum dachte ich über diese Möglichkeit, die ja gar keine gewesen, überhaupt nach, von woher wehte mich dieses an? Es war ja müßig, und hatte ich, zu meinem Wohle, so dachte ich zumindest, keinen Gedanken daran verschwendet.

AM ÖSTLICHEN Rand, tief und hinten und tief hinten, zeigte sich so etwas wie ein fahler Lichtstreif, den der Sonne, dem Licht keiner zurechnen mochte, der als fahler Streifen aber nun einmal da war und neuen Sonnenlauf kündete. Die Kundschafter, es waren gute, es waren bewährte, es waren geschworene Kundschafter, die ausgewählt, sandte ich rückwärts, den schwarzen Heeren entgegen, dem Brauch gemäß. Immer in diesen Nicht-Zeiten, während der Schlachten und Kämpfe war dies der Brauch gewesen, und immer, wenn Kundschafter ich gesandt, war es zweifelhaft, wer von ihnen zurückkehren würde, und konnte ich so jeden von diesen zum letzten Mal sehen. Zum letzten Mal aber auch, so ahnte mir, sandte ich nun diese Kundschafter dem Brauch gemäß gegen die schwarzen Heere, woher aber die Ahnung mich anwehte, dieses wusste ich nicht.

Dann ließ die Kohorten ich sich formieren, dem Brauch gemäß, und die Hauptleute, die Krieger, der Tross mit den Mägden ordneten sich zum Marsch, in Lumpen, die der Kälte dieses späten Herbstes und erst recht des Winters nicht würden trotzen können. Raahael und die Frau, das Mädchen, und Mirjam saßen auf dem Karren und hatten die neue Farbe mit den schwarzen Streifen der Ordnung und dem Brauch gemäß im Gesicht, und ich, der Weiser und Ludo, der weiße, der alte Fahrensmann, setzten uns an die Spitze, und in guter Ordnung verließen wir, auf unsere Schritte achtend, doch zügig hügelabwärts, in die Richtung, den die Pfeile uns gewiesen. Auf dem Karren, dem die Mitte des Zuges ich gewiesen, der Ordnung gemäß, saßen nun, enger noch aneinander gekauert, Mirjam und Raahael und die Frau, die Mutter Jodokeels, die nun mit uns zog – viele hatten unterwegs verloren wir, durch Tod, mehr noch blieben zurück am Wegesrande, entkräftet am Körper, viel öfter aber an der Seele, müde, ausgezehrt bis in ihr Innerstes, und ich verstand diese mehr als alle und alles andere, wenige aber, sehr wenige blieben zurück, um eigenen Marsch zu beginnen und ihren Weg sich zu bahnen, einen Weg, den sehen wir nicht konnten, oder der offen uns nun einmal nicht stand, viele also verloren wir, aber immer wieder kamen uns ja neue hinzu, und war mir dieses fast unbegreiflich, wie mir freilich vieles unbegreiflich blieb –, und hatten die Frauen, so verschieden, so gleich, die gleichen härenen, groben Kleider an, sauber aber, wie über Nacht gewaschen, was wohl kaum möglich, und hatten sie, der Ordnung gemäß, die Gesichter glatt geweißt, makellos, und scharf und prangend fast die schwarzen Linien gezogen und die Augen umrandet.

Hatte von je mich dieses angezogen, erregt auch, ein Anblick, gewohnt nun, gewiss, doch immer noch, unerwartet oft, auf einen Blick hin, mächtig genug, Blut, Samen in den Phall schießen zu lassen, da ich doch einzig Raahael beschlafen wollte, doch selbst dies wusste ich nicht und wollte es wissen nicht. Nicht mehr wusste ich, wann die Mädchen, die jungen Frauen begonnen hatten, ihr Gesicht in Weiß zu kleiden und hinter Weiß zu bergen, und ob die schwarzen Streifen Zierde oder Drohung oder Lockung oder alles zugleich sein sollten oder einmal dieses mehr und jenes weniger, ich würde der letzte sein, dieses zu ergründen. In zeitlichen Zeiten, so wollte es mir scheinen, vage und dunkel, hatte dieses noch nicht es gegeben. Oder kaum. Oder trog erneut mich Erinnerung, der Dieb und Schelm und Gaukler und Vagabund, der mit Lust nachts einbrach in uns hinein und stahl und soff und fraß und den sorgsam oder weniger sorgsam geordneten Haushalt verwüstete vom Keller aus bis ins Dach hinauf, grinsend, drohend, bramarbasierend?

Erregte mich die Maske, welche die Frauen trugen, das glatte Weiß, das Verbergende und, mit den und durch die Streifen, Lockende und Drohliche zugleich, so spürte ich, bei und durch Raahael, den im Umgang mit ihr mir eigenen Widerwillen, wenn ich durch dieses sah, dass Frau sie ja war und also als solche sich gab, wie ich doch andererseits als Frau sie begehrte, nichts anderes, und ihr Stöhnen, ihre Lust, ihre Gier keinem anderen gönnte und ich eiferte, wenn ich daran dachte, dass und wie anderen sie sich hingab, wie schwächlich war dieses, wie schambehaftet schwächlich, schmerzen aber Scham und Schwäche grausam und schneidend und dringen vor in die Träume und machen Schlaf bleiern oder hindern Schlaf, und wehe der Seele, die nachts von Scham und Schmerz übergossen! Ob die Frau das Medaillon, ihre Münze wieder angelegt, das wusste ich freilich nicht, wie hätte wissen ich es sollen, und warum auch hätte ich es wissen müssen? Jene Kristalle, die wirkten, es gab sie, ich wusste es ja, wenn auch nie einen ich getragen, soweit ich wusste jedenfalls, und man wusste es selten oder auch nie, waren Kristalle schon die Ausnahme, so waren es sichtbare vielleicht noch mehr, jene Kristalle, Medaillons, Zeichen, Schriften, es hatte sie gegeben am jenseitigen

Rand der zeitlichen Zeiten in jene hinteren Nicht-Zeiten hinein, und es hatte sie geben in den zeitlichen Zeiten, und aus den zeitlichen Zeiten hinaus in unsere Nicht-Zeiten und bis in unsere Nicht-Zeiten hinein hatte es sie gegeben und gab es sie, mochte also die Frau das Medaillon über ihrer Scham tragen, wie der Weiser ihr geheißen oder eben nicht.

Wer von denen, die je um mich gewesen, hatte wohl einen getragen, ohne dass ich es bemerkt? Esther oder Cramalla, die Tänzerinnen, die Gaukler, die schwarzen, die weißen Priester? Und obwohl Esther, obwohl Cramalla am rückwärtigen Ende in meiner Brust, in meinem Herzen, in meinem Kopf mir entschwanden – konnten immer aber, nach jeder traumdurchpflügten Nacht, wieder aufwachsen zu leibloser, wirkend dunkler Größe –, war doch der Gedanke einen Augenblick lang mir kitzelnd, mir tröstend, dass einen Kristall, ein Medaillon sie getragen über ihrer Scham, mir nicht sichtbar. Mit welcher Kraft und zu welchem Zweck sie ihn denn aber hätte tragen sollen, dieses wusste ich nicht. Vielleicht, sicher schützte so ein Kristall, so ein Medaillon, schützte und fluchte er nicht nur dem, der ihn trug, sondern bestimmte viel vom Schicksal desjenigen auch, der ihm, erlaubt oder unerlaubt, gewusst oder ungewusst, zu nahe kam, und mein Phall immerhin war beiden nahe gekommen, der Esther und der Cramalla, mehr aber auch nicht. Nicht war mein Phall Raahael nahe gekommen, nicht hatte gespürt sie ihn und würde es nie, dieses wusste ich ja, immerhin, doch flossen sie mir in eins, Esther und Raahael und auch Cramalla, die Unglückliche, der Unglück ich gebracht, ach, hatte in mancherlei Erscheinung nicht allen Unglück ich gebracht, doch war wohl auch dieses Irrtum, ein selbstverliebter noch dazu, denn in Wahrheit mochte es Esther und Cramalla und Raahael nicht gekümmert haben, was mir mit ihnen und ihnen durch mich geschehen oder nicht, alle kamen wir ja und begegneten uns und gingen wir wieder, und war eine jegliche Geschichte nützlich uns, so sollten wir uns doch in ihrem Gewebe nicht verheddern und uns Fesseln anlegen mit ihren Fäden.

Nun, Abschied war, und so wollte und sollte und musste und konnte ich die Frage, ob jene ein Medaillon über der Scham getragen oder einen Kristall sonstwo, sichtbar oder unsichtbar, ruhen lassen endlich, auf sich beruhen und, was am besten war, selber sich befragen.

Den Stämmen im Nordosten entgegen

WIR waren auf unserem Marsch, und ich wusste, dass dieses der letzte Hügel, den wir verlassen, den ich verlassen als Kommandant des letzten Gefechts. Die Luft war, Winter stand jetzt, man konnte riechen es, an der Schwelle, klar, kühl, doch nicht einmal kalt, nicht so, dass wir froren, selbst in unseren Lumpen und Fetzen nicht, das nun reich hereinfließende Licht von seltener Reinheit und meißelnder, bildhauender Kraft. Langsam zogen wir, doch geordnet und stetig, und hatten, als der Sonnenlauf seinen Zenit erreichte, den Hügel schon so weit hinter uns gelassen, dass wir ihn zwar sehen noch konnten, so wir uns rückwärts denn wandten, wir aber kaum mehr zu schätzen gewusst hätten, in welcher Entfernung der Hügel tatsächlich hinter uns lag, es hätte uns dieser halbe Sonnenlauf sein können, hätte freilich einer behauptet, es seien deren elf gewesen, hätten wir dieses wägend für möglich, unmöglich nicht jedenfalls gehalten.

Was er nun meine, fragte ich den Weiser, übermütig fast, und ohne Antwort eigentlich zu erwarten, was er nun meine, ob auf dem rechten Marsch, dem richtigen Weg wir nun seien.

Möge jeder Weg so lange der richtige sein, solange auf ihm wir uns nur bewegten mit Entschlossenheit, erwiderte der Weiser, der, wie es seine Art, meine Stimmung gespürt und meine Gedanken gelesen, mochten ihm die Sprache dieser Gedanken auch fremd sein. Und war jeder Weg der falsche, den zögerlich wir gingen oder von dem gar wir abirrten.

War dies umgekehrt ein Antwort, die nach des Weisers Art alles bedeuten konnte, ja, die, wenn überhaupt, zu Bedeutung erst wurde und werden konnte durch die Stimmung und die Gedanken desjenigen, der sie hörte. So konnte also ich hören, dass letztlich ein jeder Weg der richtige sein konnte oder der falsche, vielleicht sogar beides zugleich, denn was sich widersprechen und ausschließen mochte, konnte zusammen ein Neues doch bilden und war dann eins. Unumstößlich. Doch fasse es, wer fassen es kann. Und fassen es will.

Wie konnten denn Nicht-Zeiten – nicht Zeiten – sein, da doch die Sonne aufging und ihren Lauf begann und ihren Zenit erreichte und versank und wir doch unseren Marsch mit oder gar vor der Sonne begannen und ihn endeten und wir Schlachten schlugen und verloren und liebten – so wir liebten – und Liebe verloren, in unseren Kreisen wir gingen und diese verließen und in neuen Kreisen gingen, die dann – dann aber erst, doch wieder, vielleicht – in die alten Kreise zurückführten, wenn denn neue Kreise recht eigentlich sie je gewesen, wenn also alles dieses, das kaum der Rede wert und doch schier wahnhaft war, also geschah, unabweislich, fühlbar, sichtbar, wie also konnten wir doch von diesen Nicht-Zeiten reden, diese Nicht-Zeiten spüren, diese Nicht-Zeiten als schwarzes schweres Loch spüren in unseren Köpfen und Seelen? Wie? Denn waren ja Nicht-Zeiten, unabweislich wiederum, und alles, was wir taten und unterließen, konnte ja nur sein in und mit diesen Nicht-Zeiten. Wie also konnte sein, was war? Mochte ich, der Weiser, Ludo, die Hauptleute, die Kundschafter, die jungen Krieger sagen, was sie wollten, sagten jene freilich anderes nicht, zumeist aber gar nichts. Da anderes sie gar nicht kannten, und wie über etwas reden, dessen Existenz einer nicht einmal ahnt und nicht einmal ahnen kann?

Auf unserem Marsch, während unserer Kampagnen im Frühling und im Sommer und im Herbst waren wir an den Häusern jenes Herrn vorbeigezogen. Trutzig waren manche gewesen und, wenn besser einer es nicht wusste, wie unbehelligt, fest und groß, von Macht kündend, schief und klein und halb eingefallen andere, wie träumend und nach innen gekehrt viele von ihnen, herausgefallen aus den Läuften, in Nicht-Zeiten gefallen wie wir, doch in Nicht-Zeiten ganz anderer Art und aus ganz anderem Stoffe, denn was mir, was uns eine Nicht-Zeit ist und bedeutet, ist es demjenigen, dem wir begegnen, noch lange nicht, und mag wohl sein, dass so viele zeitliche Zeiten und Nicht-Zeiten es gibt, wie es noch Menschen gibt, die auf dem Marsch. Wir hatten in den Häusern jenes Herrn genächtigt, und manchmal hatte uns durch die löchrigen Dächer des Nachts der Regen überrascht, und wir waren erwacht in den Pfützen, die sich gebildet und die mit dem unberührten Staub aus wie vielen Sonnenläufen einen zähen Morast gebildet, ein andermal genossen wir die Stille und die Kühle, den Schutz vor stechender Sonnenglut, in manchen hatte Mirjam ich beschlafen oder andere, und manchmal hatten die Krieger, verbotenerweise, wild den Geschlechtsverkehr mit den Mägden aus dem Tross oder den Mägden, die herumstreiften, geübt, laut und roh, geil und verzweifelt, und manchmal hatte gelitten ich es, manchmal nicht und hatte dann, nachdem ermattet Mann und Frau, ein Strafgericht erlassen, dem nicht wenige schwer gezeichnet nur entronnen. Rauschgetränk hatte ich ausgeteilt manchmal und Brot, und oft hatten wir gehungert, am Leib und an der Seele, bevor weiter wir gezogen, in die nächste Schlacht oder in Winterlager hinein. Manchmal hatten wir an den Mauern jener Häuser jenes Herrn gelagert, denn oft waren Haine, verwildert jetzt freilich, um die Häuser jenes Herrn, aber angenehm, wenn die Sonne im Zenit, und manchmal hatten Bäume und Sträucher wie berstend Frucht noch getragen – wie selten waren solche Funde in unseren Nicht-Zeiten doch geworden! Wir hatten dort gelagert also, waren durch diese Häuser jenes Herrn hindurchmarschiert buchstäblich und über sie hinweg, viele hatten zu Staub wir gemacht, viele hatten wir gebrannt, wenn weiter wir gezogen, dass die Flammen loderten wie in den Himmel hinein, in die Nächte und durch die Nächte hindurch, und war dieses Feuer in der Nacht hell und gleißend, wie es das der schwarzen Heere am Horizont am Tage gewesen.

Manchmal, doch war manchmal viel zu viel gesagt, selten, fast nie, aber eben doch, hatten wir Schriften gefunden, einzelne Blätter, übriggeblieben durch welche Wendungen auch immer aus dem Buche, den Büchern jenes Herrn, mit jenen Geschichten, die, wie der Weiser, gierig, sagte, uns hin- und hinabführten in den Urgrund aller Geschichten, in den Urgrund selbst und damit in den Urgrund in uns selbst und in uns allen.

Einzelne Seiten waren es nur gewesen, die wir gefunden, abgerissen die Geschichten, dunkel ohnehin, nicht viel verstand ich davon, und der Weiser suchte sie mir wieder zusammenzusetzen zu einer, der einen Geschichte und auszulegen diese dann mir, doch war ich mir nie ganz sicher, ob mir der Weiser nicht, die Fetzen und Fragmente wie ein Fundament nutzend für das eigene Haus, das zu errichten er suchte und zu errichten er gezwungen, eine, seine eigene Geschichte und seine Geschichten er erzählte mir. Mochte freilich, war ja der Weiser unergründlich, seine Absicht genau dies sein, nämlich dass wiederum ich die Fetzen und Fragmente nahm, um wiederum eigene Geschichten daraus zu entwickeln, Gesichte, die mir kommen sollten, Geschichten, die mich leiteten, denn wozu waren Geschichten anders je gedacht, als dass Leitung sie und Trost sein sollten? Und konnte Trost sich auch einstellen, wenn durch den Schrecken wir erst gegangen, dieses freilich mussten wir tun.

Dunkel also waren mir diese Fetzen oft und drohlich oft auch, zugleich aber vertraut auf unnennbare Weise in ihrer Dunkelheit und Drohung. Wie es brennt und lodert in den Wüsten, aber niemals zu Asche wird. Wie etwas ist und nicht ist zugleich. Wer, erneut, sollte dieses fassen? Und wie, erneut, sollte dieses anders als eben so sein eigentlich?

Ging – und waren dies, wie anders sollte auch dieses sein, fast die liebsten der Fragmente mir – ging oft um Wanderungen und Märsche und Fluchten die Erzählung, durch Meere hindurch und in Wüsten hinein, über die Flüsse und Seen, auf die Berge und Hügel, und in Wäldern und Gärten und Hainen ward Schutz gesucht und Versteck, aber auch Liebkosung und heimliche Befriedigung und verratene Lust. Und wie aber war mir dieses, dass derjenige, der auf jenen Marsch hinaus führte, ein Mörder war und vielleicht ein solcher sein musste? Wie war mir dieses, dass die Eitlen und die Gecken in schwindelnde Höhen der Macht kamen, und wie, dass unsagbare Züchtigung, Aussatz, Einsamkeit, Schmerz, Verlust und Verrat diejenigen traf, die, widerwillig oft, schimpfend, klagend, fluchend gar, doch verführt waren und gerufen und nicht fähig und nicht willens, sich Verführung und Ruf zu widersetzen? Von Fülle, Überfülle, jedes menschliche Maß überschreitend, las ich, lasen wir, gierig und voller Sehnsucht, denn was uns fehlte und wonach wir uns sehnten, war selbst nur ein Abglanz jener Lebensfülle, von der wir ahnten, dass geben es sie mochte, die in diesen Nicht-Zeiten uns vollständig aber entglitten. Vielleicht aber waren wir einem Irrtum nur erlegen, der erste wäre es nicht gewesen, und ein Gaukelspiel war es, das uns fesselte und band und unseren Geist und unsere Seele loslassen nicht wollte. Lasen freilich auch von Kargheit und Not und Lebensbedrohung und Todesangst, von Hunger wiederum in Geist und Seele, von Demütigung und Geißelung und Vegetieren in Kot und Müll. Und wiederum geschah all dieses, das eine und sein Gegenteil, ein und demselben, und – wer wusste es? – vielleicht oft zugleich. Und – wer aber mochte dieses wieder wissen? – vielleicht war gar dieses Zugleich die Lebensfülle, und vielleicht sollten wir uns sehnen nicht gar zu sehr nach ihr. Sehne dich nicht zu sehr, denn du weißt, wie oft deine Sehnsucht gestillt wird und wie dann es dir ergeht.

Hatte nach den Schriften jener andere sich nach dem Sohn gesehnt und war ihm dieser, weit jenseits aller Hoffnung, jenseits aller Fruchtbarkeit, tief, wie tief in den Wüsten des Leibes und des Geistes und der Seele, dort, wo nichts wachsen mehr kann, da von Salz und Stein der ausgedörrte Boden bedeckt, war also ihm dieser geschenkt worden von jenem Herrn, und wurde ebendieser Sohn als Opfer wieder gefordert, ein Entsetzen, wie nur in den Urgründen es denkbar und nur in den Urgründen lösbar.

Mehr und mehr spürte ich, wie sie in dem Weiser und in Ludo lodern mochte und wie die Gier nach jenem Buch jenes Herrn auch in mir brannte: die Gier nach dem ganzen, unzerfetzten Buch, und hatten nicht Zechiel und Raahael davon gesprochen, dass bei den Stämmen im Nordosten, in den kleinen Gebirgen eines, eines wenigstens noch unverfälscht und vollständig in Gebrauch? In Gebrauch tatsächlich, denn so wenig ich es verstand, so sehr leuchtete mir ein, dass jenes Buch jenes Herrn mit Lesen allein nicht zu fassen, dass gebraucht es werden musste und dass gebrauchen es selbst den Leser wollte, in Gang setzen, auf den Marsch senden, aussenden.

Wer konnte dieses aber, dass ein solches Buch in unseren Nicht-Zeiten noch existierte, glauben? Doch freilich: warum und mit welchem Ziel sollten

Zechiel oder Raahael uns solches vorgaukeln? Kaum hatten sie etwas davon, wenn Winterlager bei ihren Stämmen sie suchten. Hätten selbst in anderem Falle nicht rechnen damit können, dass jenes Buch als Lockung geeignet. Oder hätten für die Krieger, die wir waren (immer noch waren), am Ende stärkere Lockung erfinden können, von Fülle, Überfülle des Fleisches, des Rausches, des Mahls, der Geilheit. Konnte aber auch sein, und ich rechnete immerhin damit, dass das, was sicher mir erschien, als simple Gedanken, die mit Notwendigkeit aus sich heraus aufeinander folgten, gerade vollkommen verkehrt war und jedem anderen als geradezu lächerlich unwissend erscheinen mochte.

DIE letzte Etappe nun denn also. Eine Heiterkeit war in mir, etwas, das sich vom Grunde löste und schwebte, und vielleicht gingen mir die Befehle, die zu geben nun einmal waren, klar und kantig von den Lippen. Gleichmäßig marschierten die Kohorten. Keinen gebahnten, auch nur ausgewaschenen Wegen folgten wir hier, auch nicht dem, was Weg selbst einmal gewesen sein mochte. Leer schien das Land, leer von Menschen, von Siedlungen, selbst von den Horden, derer wir doch immer gewärtig sein mussten, war keine Ahnung und keine Spur. Was ja nicht hieß, dass jene Horden nicht da waren, wussten wir doch, wie sehr sie uns, wie sehr sie gar die Sonne scheuten – die Nächte sie freilich noch mehr in Furcht versetzten – und zuschlugen erst, Beute erhoffend, wenn Verzweiflung sie trieb oder wir offenbar Gelegenheit boten. Wollte mir aber dennoch scheinen, dass jene Horden ihre Kreise nicht verlassen und in dieses Gefild nicht vorgedrungen, welcher Grund sie dazu bewegen wollte oder eben nicht. Dennoch schien das Land mir wie geordnet und gut bestellt, sauber, wenn von Land einer das sagen kann, und sauber schien das Wasser, das reichlich hier war, in kleinen Bächen, in fetten Wiesen, befeuchtet schien die Welt, und die Nebel, in die bei Sonnenaufgang wir ritten, schienen etwas in sich zu bergen, das gut uns atmen machte, wiewohl die Nebel uns einsam machten, wie jeder andere Nebel auch. Nebelherbst, Herbstnebel, spät erst von zaghafter Sonne vertrieben, Sonne aber, die noch wärmen konnte ein wenig, eine kurze Spanne während ihres Laufes und uns angenehm und wohltuend war, da die kommende Kälte der Wintermonde wir doch schon ahnten und eine Ahnung schreckender, einschüchternder ja sein konnte als die Kälte selbst, der wir, wie es der Plan, ja in der leidlichen Sicherheit und Wärme eines wie immer gearteten Winterlagers zu entkommen hofften. Freilich, Herbst war hier, auch hier, und das hieß, dass Früchte des Feldes und der Bäume und Sträucher und des Waldes reiften nun und glänzten und leuchteten, nicht in Fülle und Überfülle, dieses nun gerade nicht, doch weitaus anders und weitaus mehr, als wir es in unseren Kreisen, die wir hinter uns gelassen, lange, lange gesehen, am Rande zu den zeitlichen Zeiten wohl hin, mir selbst waren diese Düfte, diese Farben, diese Säfte nur vage noch geläufig, ein fernes, ergrauendes Bild, und unter den jungen Kriegern war so mancher, der erstmals derlei sah und schmeckte, und so sah ich in manch ungläubiges, nicht selten erschrockenes misstrauisches Gesicht.

Die Kundschafter, die zurückkehrten – jene, die rückwärts ich ausgesandt hatte, und unter ihnen war Jodokeel – berichteten, dass die schwarzen Heere gleißend in einer einzigen Front die Horizonte in großem Bogen füllten, Licht strahlend, das blendete, wie es die Sommersonne nicht könnte. Doch sei bei all dieser Macht und Gewalt eine Stille, die sichtbar und greifbar fast. Es erwarte, es fürchte derjenige, der es sah, der Kundschafter, derjenige, der bei Feldarbeit davon überrascht, dass ja aus dieser sichtbaren Stille und Unbeweglichkeit der Luft, des ganzen Lebens Sturm und Vernichtung herausbreche und herausbrechen müsse. Doch schien nichts zu geschehen, außer dass die schwarzen Heere heranzogen, wie sie es stets getan. Schien aber, so berichteten die Kundschafter wie ungläubig und ihrer selbst nicht sicher, dass die schwarzen Heere immer mächtiger, immer größer zwar, aber in gleichbleibendem Abstand, wenn sich der Abstand zu uns nicht gar vergrößerte, und sei nicht auszumachen, in welchem Teil unserer früheren Kreise sie sich bewegten, wenn überhaupt in einem solchen. Sonderlicher Gedanke, dass die schwarzen Heere, die heranrückten und gegen die wir in so vielen Kampagnen in diesen Nicht-Zeiten gezogen, Raum nicht einnahmen und dennoch machtvoll im Raume standen und uns kein Wissen ließen, was hinter ihren Linien sich abspielte, so hinter ihren Linien überhaupt Leben war.

Mochte sein, so sprach ich zum Weiser, während zügig, doch nicht eilends wir marschierten, mochte ja sein, wir wüssten es ja nicht, dass Leben, wie wir es nannten, wie wir es kannten, hinter den Linien der schwarzen Heere ging, wie wir es vor diesen Linien lebten. Spiegelbildlich vielleicht, und, mochte ja sein, dass unsere Spiegelbilder gerade in die andere Richtung zogen, gen Süden, dem Meere, unserem Meere entgegen.

Mochte freilich auch sein, entgegnete der Weiser, und tat bedächtig es, sinnend, vorsichtig die Worte schmeckend, mochte freilich auch sein, dass jenseits der Linien der schwarzen Heere tatsächlich die Fülle herrsche und Überfülle, nach der wir suchten immer verzweifelter. Weil könne sein alles, was als Webfaden der Geschichten denkbar, das könne sein, weil gerade hinter den Linien der schwarzen Heere, nachdem die schwarzen Heere über das Land und die Nicht-Zeiten fortgezogen, die zeitlichen Zeiten wieder in Gang gesetzt und mit ihnen Handel und Wandel und bebautes Land, mit Dörfern und Städtchen, die bewohnt und die wuchsen, während wir abnahmen, ob wir den Geschlechtsverkehr verböten oder ob eben nicht. Auch wenn ja völlig unsinnig uns es erscheinen mochte: unsinniger war der Gedanke, dass die Nicht-Zeiten währten – konnten freilich währen über uns hinaus, dieses wüssten wir nicht. Denn am anderen Ende waren ja die Nicht-Zeiten ebenso in die zeitlichen Zeiten übergegangen, als jener Fürst auf dem Marsch war mit seinem Mädchen, und mochte wohl sein, dass die Nicht-Zeiten wie eine Welle ausgelaufen in den zeitlichen Zeiten, als jenes Mädchen jenen Fürsten getötet.

Hatte ich derlei schon gehört. Welcher Faden war dies? Ich wusste es nicht, und gleichgültig war es auch, es war ein Faden in dem großen Gewebe, wie jeder Faden unverzichtbar und einzigartig, doch eben wieder nur ein Faden.

Freilich, ein Gedanke, so kühn, dass nicht nur fremd er mir war, sondern ich zurückschreckte davor, instinktiv, tierhaft. Wie ich widerwillig Abschied nahm von den Kämpfen und Schlachten, so nahm ich, und sei es in Gedanken, widerwillig Abschied von unseren Nicht-Zeiten. Dabei war es ja nicht einmal an diesen, dass Abschied uns anstand. Es war für den Augenblick nichts anderes ja als eine Spekulei zwischen dem Weiser und mir, und wenn alles ganz anders war und ganz anders kommen würde, so wären der Weiser und ich die letzten gewesen, die darüber sich gewundert.

MANCHMAL, wenn die Sonne ihren Lauf begann und die Kohorten sich zum Marsch formierten, gleichmütig, längst schon wieder daran gewöhnt, dass unsere Kreise wir verlassen und diesen Marsch, diese letzten Etappen, anders als ich als die neuen Kreise, als neuen, doch eigenen Beritt, als eigenes Gefild ansahen, überließ ich dem Weiser und Ludo und den Hauptleuten das Kommando und ritt, von meinem Burschen nur begleitet, weit in das Feld hinein, um erst in großem Bogen, wenn Nachtlager schon bereitet wurde, zurückzukehren zu den Kohorten, zu meinen Kohorten. Nicht geschah es, um das Feld zu erkunden, das wusste ich vor mir und musste es auch nicht oder nicht mehr vor mir selbst oder den Kohorten behaupten. Den Karren meiden wollte ich freilich, und wohl tat es mir, nicht Raahael, nicht Mirjam, nicht die Frau, die das Mädchen gewesen, zu sehen. Fühlte nicht getrieben ich mich dabei, und war mir dieses neu, neu zumindest in unseren Nicht-Zeiten, denn hatte ich derlei Ritte als Flucht gesehen und so als Niederlage wie in einer Schlacht, nach einer verlorenen Schlacht, und viele solcher Ritte hatte ich unternommen, so war es mir immer noch das, was es war, eine Flucht eben, doch war mir diese Flucht Niederlage nun einmal nicht mehr. Wusste ich als Kommandant des letzten Gefechts, dass Flucht unabdingbar, um zu retten, was zu retten war, um neu sich zu sammeln, um aus der Sammlung neu in Schlacht zu ziehen, und ungescheut und ungerührt hatte ich Fluchten befohlen, wenn dringlich es war, und dringlich war es oft, so war ich, wenn mich selbst es traf, nicht geflüchtet, wenn und obwohl es ebenso notwendig mir gewesen wie die Flucht den Kohorten. Sonderlich, aber nicht überraschend, dass das, was einer weiß, für andere und mit anderen er für sich selbst nicht anwendet und anwenden kann.

So war ich denn auf diesen Fluchten mit meinem Burschen, während die Sonne ihren ja nur noch schmalen und zaghaften Lauf ging. Frisch zog die Luft mir in die Lungen tief und damit in den Geist und in die Seele. Wenn die Sonne sich ihrem Zenit näherte, rasteten wir, fast wo wir gerade standen, es tat uns nichts. Stets teilten wir vom Rauschgetränk, nicht viel, doch genug, dass es uns Wärme gemeinschaftlich ahnen ließ, und vom Brot, beides war längst kostbar geworden, wenn es mir auch fast als ein Wunder schien, wie lange beider Vorräte nun schon hielten. Niemand nahm ja viel, niemand konnte viel nehmen oder besser: niemanden konnte viel ich zuteilen, wenn auch nicht gerade Hunger wir litten, so legten ungesättigt, unbefriedigt oft genug wir uns doch nieder, und dennoch: gingen die Vorräte auch zur Neige, so gingen sie nicht aus. Und immer wieder auch mochte es uns unterkommen, dass die Mägde aus dem Tross einiges an Körnern abstreiften, dass die Kundschafter Ähren brachten, so dass immerhin weniges, doch neues Brot wir wieder backen konnten.

Der letzte Zuwachs an Rauschgetränk freilich war uns mit Ludo gekommen, reichlicher als erhofft, doch unendlich nun einmal nicht, und des Rauschgetränks waren wir, war ich in diesen Nicht-Zeiten bedürftig. Unentbehrlich war das Rauschgetränk, und wir feierten seinen Genuss, den kostbaren Kelch, aus dem wir tranken, hatte stets ich ja bei mir, und aßen wir auch, was wir eben bekamen, achtlos, schlingend, nebenbei, so fehlte uns der Kelch beim Trinken nie, und schien uns Rauschgetränk in ihm und aus ihm dichter und wirkmächtiger und versprechender. Gehaltene Versprechen. Nichts mehr versprachen wir ja in diesen Nicht-Zeiten, und die Versprechen, die wir in zeitlichen Zeiten gegeben, hatten allesamt wir gebrochen auf die eine, auf die andere Weise, nicht aber brach das Rauschgetränk aus diesem Kelch sein Versprechen und tat es niemals.

Hüter der Bilder

Gebrochene Versprechen. Da ich mit meinem Burschen durch diese Flure strich, fast grün, fett waren sie noch, wiewohl die Sonne ihren Zug in den Süden schon weit gemacht hatte, da ich also mit meinem Burschen durch diese Flure strich, dämmerte unabweislich jener Sommer in den letzten zeitlichen Zeiten mir, da ich um den ehedem Donau genannten Fluss gestrichen und den Sommer mit Cramalla ich verbracht und die ich beschlafen und doch nicht beschlafen, beides zugleich, und deren Gnom mich verflucht, und wer mochte wissen, ob nicht der Fluch des Gnoms die schwarzen Heere heraufbeschworen und mit ihnen unsere Nicht-Zeiten. Fern, wie fern, und doch, da gemächlich wir hier ritten, ziellos, meinte ich die Sonne jenes Sommers auf der Haut zu spüren, und sie wärmte, wärmte ungewohnt, wärmte, wie sie es (dieses aber war mir gewiss) in jenem Sommer selbst nicht getan hatte. Reue war in mir und schnitt scharf mir durch die Seele, wie Reue nur scharf schneiden kann, da mir Cramalla herausdämmerte aus dem Urgrund, sich wie neu gebar, denn auch, was längst wir vergessen geglaubt, ist fruchtbar ja noch und macht Bilder und Geschichten, deren Ursprung wir entfernt nicht ahnen, bis eben das, was sie bewirkt, selbst, manchmal, wieder dämmert in uns, und dieses war nun Cramalla. Schmerz war es, Schmerz, und kein Schmerz, wenn er da ist, lässt mildern sich, wisse einer noch so genau, dass ein jeder Schmerz ende – und auch wieder nicht, denn Schmerz, ein jeglicher, steigt aus dem Urgrunde empor und ist so unvergänglich –, und doch litt geduldig ich ihn, verdient schien er mir, und wusste ich zudem, dass der Schmerz, dieser Schmerz, ein letztes Mal sich meldete, mochte er wüten also. Cramalla also, der Sommer mit Cramalla. Mussten ja auch für Cramalla wie für Esther die zeitlichen Zeiten weitergegangen und – wer mochte es wissen? – in die Nicht-Zeiten, in unsere Nicht-Zeiten oder andere Nicht-Zeiten eben hineingefranst sein. Aber konnte dieses eigentlich sei? Endete nicht, was für uns endet?

Ich verrannte mich, weil verrennen ich mich wollte. Natürlich endete nichts, weil für uns es geendet, und ist ja schon fraglich, ob überhaupt etwas enden kann, sei es in zeitlichen Zeiten, sei es in unseren Nicht-Zeiten. Und der Schmerz, der von Cramalla auf mich gekommen, war immer ja da gewesen, mochte ich ihn auch nicht gespürt haben, während andere Kreise ich durchlaufen. Und wenn er jetzt ging – denn gehen würde er – wäre da er immer noch. Doch war mir nicht ausgemacht, dass er erscheinen noch einmal würde.

Immerhin waren mir nicht alle Gedanken so düster, während wir ritten und fast die Pferde den Weg suchen und selbst finden ließen. Im Gegenteil, ungewohnt leicht waren die Gedanken mir, wenn überhaupt, und das war das Beste, dass von Gedanken ich überhaupt reden konnte. Wäre auf diese Weise gut es vielleicht gewesen, Cramalla oder eben eine wie diese, eine, die wiedergekehrt oder die mir vorangeeilt nun, zu treffen, anders würde ich dann tun. Gleich aber ließ solchen Gedanken ich vorüberziehen, denn zu heilen war hier nichts oder nicht auf diese Weise. Manchmal geben wir der Illusion, der selbstverliebten, uns ja hin, wenn etwas wir wiederholen. Würden an entscheidender Stelle wir nur ein wenig ändern, wären befreit wir, aber welch ein Irrtum, monströser Irrtum geradezu! Denn entweder wiederholen wir – und dann ist es alles immer noch schlimmer –, oder wir tun anders und anderes, und dann wiederholen wir eben nicht, und dann braucht uns das, was wir getan oder versäumt, nicht mehr zu kümmern. War aber freilich auch dieser Gedanke an eine Cramalla, die wiederkehrte, ein flüchtiger, schwebend und fließend wie Wolken, nicht zu leicht, doch gewittrig nun auch nicht, und war sicher auch angestoßen davon, dass mir der Phall davon gekitzelt ward.

War aber der Bursche, der mich begleitete und mir aufzuwarten hatte, selbst gesprächig und heiter, ungewöhnlich, denn die jungen Krieger, zu denen der Bursche ja nun einmal zählte, waren schweigsam, in sich gekehrt und ernst, von den mächtigen Wogen abgesehen, die durch sie hindurch rollten, wenn die Gier nach Rausch und Geschlecht übermächtig. Krieger, welche die besseren Kundschafter von Anbeginn, als ich ohne Zweifel je einer gewesen, und die in den Schlachten ruhigen Blutes blieben und die ihre Schwerter und Lanzen machtvoll führten und die töteten, ohne zu zögern und ohne Gnade. Ein solcher war gewisslich auch mein Bursche, aber kam etwas anderes noch hinzu bei diesem, Lust nämlich, Fäden zu verspinnen und zu verknüpfen, Fäden, die er aufschnappte vom Wege, die ins Gesicht ihm wischten von einem tiefen Ast herab, Fäden, die aus silbriger Luft selber er sich spann. Kannte so nur vom Weiser es. Oder hatte so nur es vom Weiser gehört, weil eben kaum einem anderen ich wirklich zugehört, wie mir auffiel, Ludo vielleicht noch, aber sonst? Raahael wohl hätte ich zugehört, aber stimmte dies eigentlich? Denn unwirsch reagierte ich ja auf beinahe jede ihrer Äußerungen, ob ihren Schenkel ich gespürt und ob ihr Schenkel mich erregt oder ob all dieses ich geträumt oder was immer ich geträumt, es tat ja nichts.

Der Bursche, mein Bursche aber schwatzte gerne, und gerne hörte zu ich ihm. War er zugelaufen uns, wie Jodokeel es war, doch war er es wohl nicht mit jener düsteren Geschichte, die Jodokeel mit sich trug, Jodokeel, der Sohn des Gnoms und der Jungfer. War heiter aufgewachsen, der Bursche, abgeschieden zwar, und hatte sein Vater die Geige, oder was er dafür ausgegeben, gespielt, und war in jenem Dorfe, oder war es ein kleines Städtchen, ein weißer Priester gewesen, der den Jungen, als Knabe er noch war, in Obhut genommen, in vorsichtige Obhut, wie es sein sollte, die Knaben lernen von ihren Vätern gut und lernen von den ersten, auf die nach den Vätern sie treffen, und wohl dem, dem es ein weißer Priester, und wehe dem, dem es ein schwarzer Priester, und ein Fluch dem, der den Vater gar nicht gekannt und der dann an einen schwarzen Priester geraten, dass dieser so etwas wie der verlorene Vater auch noch sei, ein Fluch, ein Fluch demjenigen, dem es zustößt aus den zeitlichen Zeiten bis tief in die Nicht-Zeiten, in kreisende, in unaufhörliche Nicht-Zeiten hinein. Nicht so nun also meinem Burschen. War wohl karg das Leben in den gewöhnlichen Sonnenläufen, hart aber nicht, nicht am Körper, dass Hungers er litt oder Schläge zu dulden hatte, nicht an der Seele, denn gut war man ihm, waren die Eltern, waren die Verwandten, die Mitwohner des Dorfes. Und wenn der Sonnenlauf es mit sich brachte, zog mit dem Vater er hinaus, der in den Nachbarschaften, den näheren, den ferneren Dörfern, auf einzelnen großen Höfen, im Saal einer Burg manchmal gar die Geige spielte, und wusste bald ein Kunststückchen dazu, und der weiße Priester las ihm aus dem Buch jenes Herrn. Hatte der Bursche die Geschichten aus dem Buch und derer Auslegungen durch den Priester, den weißen, bewahrt, gut bewahrt in seinem Herzen und in seinem Kopfe, und wusste weit mehr und genauer und zusammenhängender davon zu erzählen, als es jeder von uns sonst gekonnt hätte, den Weiser eingeschlossen, gerade den Weiser wohl eingeschlossen. War ja gerade der Weiser deshalb so begierig, von dem Buch zu erfahren, weil nicht mehr er wusste oder wenig er wusste oder nie recht gewusst. Waren ihm, dem Burschen, diese Geschichten so geläufig, so selbstverständlich, dass gar nicht er darüber nachdachte, nachdenken konnte, wie ungewöhnlich dieses in diesen Nicht-Zeiten war und auf uns andere wirken musste. Dann hatte auch den Burschen es auf die Straßen und Wege verschlagen, nicht, weil er vertrieben, weil es Not oder Schicksal es ihm befahl. Es war eben so weit, und er war eben so weit, und er war gegangen mit Segen und Gruß und Sendung des Vaters und des weißen Priesters, heiter, wie es seine Art, neugierig, übermütig. Hatte mühelos dabei sein Leben gefristet, hatte jene Geschichten erzählt, anders, spannend, neu, neu selbst dem, der sie kannte in ihren Grundzügen, und viele waren das noch gewesen, dass kaum wir es uns vorstellen konnten, hatte ein wenig auf der Geige gezupft, die sein Vater ihm mitgegeben, schlecht zwar und kratzend, doch so gewinnend und überzeugt dabei, dass die selbst, die es merkten, es ihm nachsahen und bezaubert sein wollten, hatte seine Kunststückchen gemacht und am Ende die Geschichten nicht nur erzählt, sondern gespielt und war in verschiedene Körper, verschiedene Stimmen geschlüpft von einem Augenblick zum andern, dass denen, die zuhörten und zusahen, gerne zuhörten, gespannt zusahen, vor den Augen verschwamm, wen oder was vor sich sie hatten. War dieses alles aber ohne die Berechnung und die Übung der gewohnheitsmäßigen Gaukler geschehen. Sondern einfach so, aus sich heraus, weil der Moment, wie er war, eben gekommen war.

Waren es also die alten, die gewaltigen Geschichten, die Geschichten aus den Urgründen heraus und in die Urgründe hinein. Mordete der Bruder den anderen auf den Feldern, dass Blut, das frühe, das erste Blut strömend in die Krume floss, ein gewaltiger, ein Ur-Strom, der das Erdreich tränkte, dass es das Zeichen der Erde war bis heute, Blut, das fruchtete und Frucht wieder tötete in allen zeitlichen Zeiten und allen Nicht-Zeiten, Blut, das jenseits, über, unter allem Zeitlichen und somit eben auch Nicht-Zeitlichen war. Verfielen Könige der Gier des Geschlechts, der Lust, die Frau des Vasallen, deren schimmernd scheinendes Gewand die harten kleinen Brüste eher entblößte denn verdeckte, zu nehmen, mit deren Willen, ohne ihn, wer mochte wissen es, und nachdem seine Geilheit er gestillt für den Moment, ließ den Vasallen sein eigenes Todesurteil er dem Henker bringen, denn hatte er, der König, ja die Frau geschwängert, und hatte, unwissend, der Vasall sich geweigert, ihr beizuwohnen. War jener König aber mit jenem Herrn im Bunde, der dann strafte zwar, Geilheit und Unrecht bestrafte, hart bestrafte, der aber die Hand, die er hielt, doch nicht abzog. Und solcherart waren viele, unvollkommen, verbrecherisch gar, geführt, gehalten, gesegnet dennoch, und war aus dieser Erde, aus diesem Kloß der Mensch gemacht aus den Urgründen heraus, und waren wir ja Abkömmlinge dieser Erde. Im Anfang stahlen die Töchter dem Vater den Samen, auf dass die Menschheit lebe. Oder war dieses Illusion, selbstverliebte dazu, und war es um die Menschheit nicht gegangen, sondern um die Geilheit, darum, dass die Geilheit lebe? Was aber, wenn ebendiese Illusion keine Illusion, sondern nun wahr eben wäre? Was wäre dann anders, denn im Bunde mit jenem Herrn ja waren diese? Helden also konnte man nicht nennen diese. Freilich nur, wenn man sie an dem Begriff, den wir uns davon machten, maß. Nahm jener Herr wohl anderes Maß.

Mochte dieses andere Maß der Grund sein, dass ich mir die Geschichten des Burschen, der gut wohl zu erzählen wusste, Aufmerksamkeit heischend,

Kopf und Seele des Zuhörers in die Geschichten bindend, unmerklich, doch unausweislich, stets aber mit heiterem Tone, mochte also dieses andere Maß und jener leichte Ton es sein, dass ich mir die Geschichten mit Behagen und gründlich und begierig gar anhörte, mochten sie grausam sein, erschreckend und schrecklich, wie sie – zunächst – scheinen wollten.

So ritten wir, rasteten wir, hielten Mahl wir zusammen und tranken wir. Kamen manchmal durch größere Dörfer oder kleine Städtchen. Verlassen waren sie zumeist, doch in einer Weise verlassen, als wären die Bewohner eben erst gesammelt zu einem Opferfeste oder Kult an geheimem Ort im nahen Wald, der schon dafür da gewesen, um Schutz und Schirm gewisslich für Dorf und Stadt zu flehen. Denn hergerichtet war alles, nichts Zerbrochenes sahen wir, sauber waren die Mauern und Wege, und das Haus jenes Herrn, das unweigerlich in jedes Dörfchens Mitte stand unversehrt, freundlich, mit bunten Gläsern gar, die wiederum Geschichten im Lichte spielen ließen, mit festen Türen und Mauern, freundlich und einladend also und doch wehrhaft, trutzig. Und manchmal, selten und nur kurz kam es vor auf diesen Ritten, wenn vom Regen wir überrascht, suchten wir Zuflucht in jenem Hause und hielten Mahl dort und teilten vom Rauschgetränk dort. Schmuck war nicht viel, doch von einer Sauberkeit und Ordnung, dass wir uns unserer schmutzstarrenden ärmlichen Fetzen, die kaum wir bemerkt mehr auf unserem Marsch, wieder schamhaft fast bewusst wurden. Und verstohlen und so, dass der andere es nicht bemerkt, sie zu richten suchten, wenn das Haus wir verließen.

Einmal aber, wir hatten dieses längst nicht mehr erwartet und achteten dessen gar nicht mehr, war eines dieser Dörfer nicht vollkommen leer. Auf das Haus jenes Herrn waren wieder wir, gemächlich, zugeritten, wie es uns beinahe zur Gewohnheit geworden; Gewohnheiten bilden schnell sich, und haben sie sich gebildet, sind schwer sie wieder aufzugeben, mögen es gute, mögen schlechte es sein. Mochte sein, dass der Bursche eine seiner Urgeschichten erzählte, von der Feuersäule, die den Kohorten auf dem Marsche voranzog, des Tages die Bahn freibrennend, des Nachts tröstend und tröstlich am Horizonte mächtig gleißend, dass die Augen der Müden und Ängstlichen Halt fänden und mit den Augen die Seelen – eine solche Feuersäule wäre gut uns auf unserem Marsche bekommen, aber wer mochte wissen, ob nicht eine uns vorangezogen, nur dass nicht mehr erkennen konnten wir sie, mit Blindheit geschlagen, wie das Wesen unserer Nicht-Zeiten es nun einmal war –, mochte sein, dass er auch nur eine seiner Schelmereien erzählte, die unterwegs ihm zugestoßen oder die er begangen (und begangen hatte reichlich er), mochte auch sein, dass einfach wir schwiegen, denn öfter noch, als dass er redete und ich hörte, schwiegen wir, und war dieses Schweigen gut. Gelegen war diesmal das Haus jenes Herrn nicht gerade auf einem Hügel, so doch auf einer kleinen Anhöhe, eher am Rande jenes Dorfes, von unserem Ritte aus gesehen am anderen Rande, so dass, ein langer Ritt war nun es wiederum nicht, das Dorf wir also durchquerten auf dem Weg und der Straße, welche die Hauptstraße wohl zu nennen war, denn kleine Gassen zweigten zwar von ihr ab, doch ein Netz an Wegen, in denen der Unkundige verirren sich mochte, gab es hier nicht. Blumen, die Blumen des Herbstes, gewiss, aber eben doch Blumen, so fiel mir auf, standen vor manchem Fenster, und da diese nicht selbst dort hingestellt und selbst sich gewässert und sich, in dieser fenstergefangenen Form zumindest, selbst am Leben nicht halten konnten, musste jemand ja solches in Szene gesetzt haben mit Bedacht, sich selbst zur Freude, zur Augen-, zur sinnlichen Lust, und wann zuletzt hätte ich solches gesehen zuletzt, wenn je ich es denn gesehen? Mochte sein in den Kreisen mit Esther, immer wieder einmal, da Blumen ich sehen, ihrer gewahr werden noch konnte. Mochte freilich sein auch, dass wiederum ich mich in die Kreise mit Esther hinein an Blumen erinnerte, die dort gar nicht geblüht, und war es nicht gleichgültig auch? Wo die aber geblieben, die diese Blumen ans und ins Fenster gestellt, das wussten, das sahen wir nicht, so wenig wir es in den anderen Dörfern, durch die wir gekommen, gesehen.

Als freilich wir, unaufgeregt, ungespannt, langsam den kleinen schmalen, doch mit Kies reinlich bestreuten Weg ritten, der hinauf zum klein geratenen, wie freundlich winkenden Haus jenes Herrn ritten, in mäßige Plauderei kaum vertieft, sondern dabei jeder seinen Gedanken nachhängend, behaglich, weniger behaglich, wie ich an die Schenkel und Brüste Esthers nun einmal dachte, da die Blumen ich gesehen – kaum hatte eines mit dem anderen zu tun, und doch schien die Gier, die tierische Gier nach Esther, ungestillt, immer nur darauf zu warten, mir in Kopf und Phall schießen zu können, sich breit machend, behäbig, selbstgewiss –, als wir hinauf ritten, um eine letzte Kehre, durch einen Torbogen dann, der das Haus jenes Herrn mit dem Haus des Priesters vielleicht verband, in einen kleinen Hof hinein, an den sich Garten und Wald anschlossen, da erstaunten wir und taten es gründlich, denn erstmals auf dem Ritt begegneten wir einem Menschen, einer Magd, die offenkundig hier zugange war, wie sie es immer wohl schon gewesen war, Haus und Hof getreulich besorgend.

Überrascht schien sie nicht, wie wir es waren bis zur Sprach- und Gedankenlosigkeit, und geängstigt erst recht nicht, wie doch in uns, durch diese unendlichen Nicht-Zeiten dazu erzogen, Misstrauen sofort wuchs und wir zum Schwert griffen, ohne dass wir auch nur daran dachten oder es merkten, bis das Schwert gezückt wir eben hatten, und manchmal, in den Schlachten, in den Kämpfen hatten wir es erst gemerkt, wenn das Schwert wir schon geführt, wenn wir getötet, wenn ein Ohr mit dem Schwert wir abgeschlagen und hätten zu sagen in dem Falle nicht gewusst, warum das Ohr wir denn abgeschlagen und nicht das Schwert wir gleich so geführt, dass das Gehirn wir gespalten. Mochte sein freilich, dass das Ohr des anderen war, das drohte, die Geschichten, unsere Geschichten uns abzulauschen, zu verwandeln gar oder teilzuhaben an Geschichten und Gesichten, die doch die unsrigen und, mochten sie uns erschrecken und ängstigen oder nicht, die liebgewonnen doch wir hatten und an die schwarzen Heere verlieren nicht wollten. Nicht diese auch noch verlieren an die schwarzen Heere! Suchen wir auch Heilung, so lieben wir doch unsere Verletzungen, und mag es in den Urgründen zweifelhaft sein, ob jene wir hergeben wollen. Wenn es Zweifel in den Urgründen denn geben kann, wo dort doch alles gleichermaßen ist, in gleichem Recht, das Bestehende und das Mögliche, das Kommende und das Vergehende, das, was ist und sein Gegenteil auch. Wie soll Zweifel da sein?

War die Magd aber, es zeigte sich gleich, wenig beeindruckt, sei es, dass sie derlei oft genug gesehen, sei es, dass sie derlei noch nie gesehen, es war ja gleich. „Ihr kommt spät, Herr“, begann sie. „Es ist nun daran, und es ist dringlich daran, dass die Fülle einzubringen ist. Mag auch reichlich vorhanden sein überall, zur Fülle wird es doch erst, wenn es eingebracht ist. Und dazu bedarf es, dass in die Ernte geschickt wird, denn groß ist diese.“

Was war nun dieses? Schien so, als wollte die Magd uns für ihre Magdsarbeiten nehmen, und verblüfft und wie gesteuert und geradezu überrumpelt wie aus Hinterhalt, den wir nicht gesehen und nicht einmal geahnt, machten wir Anstalten, genau dieses zu tun. War dieser Garten, das Feld hinter dem Haus jenes Herrn und dem Haus des Priesters groß wohl nicht, in wenigen Lidschlägen hätten wir umritten es, und doch wollte mir scheinen, barst dieser Garten vor Fülle, Fülle der Frucht, Fülle der Farben, Fülle des Geruchs, strotzenden Lebens in der Reife und Überreife, wie lange, wie wohl nie ich es gesehen, nicht in unseren Kämpfen und Schlachten, natürlich nicht, nicht auf unseren Märschen, natürlich nicht, nicht auf unserem Marsch in dieses Winterlager, natürlich nicht, und auch in den zeitlichen Zeiten nicht, in denen, wenn überhaupt, für Fülle doch natürlicher Raum gewesen. Mochte freilich sein, wehte eine solche Ahnung flüchtig und kaum greifbar durch mich hindurch, mit scharfen Rändern, die schnitten und einen kurzen Schmerz mir machten. Ging auch vorüber der Schmerz rasch, so blieb doch die Narbe.

KAM einzig – wiederum – der Sommer mit Cramalla mir neu aus dem Dämmer empor. Warum Cramalla immer wieder? Sollten so viele und so vieles andere in dem Dämmer noch stehen, begierig, einen Augenblick lang wenigstens im Licht sich zu wärmen. Doch war es nun einmal Cramalla neben Esther, die nicht zu vergleichen. Oder eben doch in einer Weise, die mir unbekannt und die nie ich benannt und die zu benennen ich nie versucht. War jener Sommer mit Cramalla auch nicht von dieser berstenden Fülle gewesen, wie hätte er dies sein sollen, denn Fülle war ja weder in den zeitlichen Zeiten gewesen noch in diesen Nicht-Zeiten gar, aber doch war in jenem Sommer eine schwere Wärme, die auf den Schultern greifbar fast lag, angenehm, wie lastende Schwere angenehm sein kann, weil es Spürbares ist. Erinnerung, Bilder, sie kommen durch Geruch, sind mit Geruch verbunden, denn am frühesten und unmittelbarsten ist das, was wir riechen, und wenn wir riechen, wovon Bild, woran Erinnerung wir haben einfach nicht können, so löst dieses Riechen doch Empfindung aus, schmerzliche oft, fast immer, deren Herkunft uns unerklärlich.

Mochte sein, wer mochte es wissen, dass dieser sonderbare und sonderliche Bann, der von Raahael mir ausging und dem entgegenzusetzen ich kaum etwas hatte, der Bann, der Anziehung machte und Unwille und Abwehr zugleich, auf Riechen, auf Witterung, auf ungreifbare undeutbare Erinnerung zurückging. Müßig freilich ist es, über das, was zu deuten, zu greifen nicht ist, nachzudenken. Oder ist es eher so, dass gerade dieses wir immer wieder durchdringen mussten, mit so vielen, so winzigen kleinen Kanälen, wie die Stiche winzigster Nadeln, dass dieser gewaltige Fels an Erinnerung, mürbe geworden, doch irgendwann sich auflöste und, wie zu Staub geworden, von einem Hauch nur, einem frühlingsgleichen Liebeswind davon geweht wurde? Ich wusste es nicht. Vielleicht, so war zu hoffen immerhin, wurde ich in dem, was ich tat und nicht tat und dachte und nicht dachte, wurde also ich gedacht, dachte es mich. Vielleicht ja waren wir gerade in diesen Nicht-Zeiten ein Traumessplitter, die winzige Faser in einem Traum, der wie ein dicker Teppich in allen bekannten und unbekannten Farben, mit Getier, sagenhaftem, mit Figuren, die sich drehten im Rausch der Geschichten, mit Wüstungen, unfruchtbar und drückend, mit wuchernder Pflanzen- und Blüten- und Fruchtgeilheit, berstend, unnennbar alles dieses und unbenamt, ein dicker, ein unendlicher Teppich, die Horizonte, die Himmelsrichtungen füllend und überfüllend, winzige Faser in diesem Teppich, aus Myriaden solcher Fasern gewoben, wer uns aber träumte, das wussten wir nicht. In den Urgründen der Erzählungen und Geschichten mochten wir so ein Traum jenes Herrn sein, und manchmal schien es wohl einem jedem von uns, dass nichts anderes wir seien und dann das Gegenteil auch wieder.

In der Nase und damit in der Seele also lag mir der Geruch der Steine, die in jenem Sommer mit und ohne Cramalla in den Wäldern mir im Wege waren und den Weg mir wiesen und die mich und auch Cramalla zu einsamer und zu gemeinsamer Rast luden, uns Bett waren, das wir doch für den Beischlaf nicht nutzten, das ich nicht nutzte dafür, der Geruch der Steine, die bis zum Bersten voll sich gesogen mit der Wärme, der Hitze eines, des letzten Sommers, einer Hitze, die der Sonne abgerungen schien, obwohl die Sonne doch gab mit verschwenderischer Fülle. Es war jener Sommer so heiß wohl gewesen, dass die Felder wenig Frucht bringen konnten, die Wälder hatten gebrannt oft vor glutener Trockenheit, die an sich selbst sich berauscht und entzündet, und doch hatten diese Dürre, die von Hitze ausgelaugten Felder, die würzigen trockenen Waldböden, die harzenen Stämme jenen Geruch hervorgebracht, der sich mit dem von Cramalla gemischt, und aufgesogen hatte ich jene Mischung unbekümmert und wie nebenbei, ohne groß darauf zu achten, und hatte also ihn jetzt in Nase und Seele, jenen Geruch des Sommers mit Cramalla.

Vielleicht aber ist ja Fülle überall oder jedenfalls viel öfter, als vorzufinden wir sie meinen, und vielleicht war ja in diesem dürren heißen Sommer Fülle, die ich nicht gesehen hatte, nicht sehen hatte können, nicht sehen hatte wollen. Vielleicht kann in der Dürre Fülle sein oder deren Keim und in der Fülle Dürre oder deren Vorahnung, wer mochte es wissen? Und immer in jenem Sommer strich jener Gnom um mich, um uns, und ob den Verkehr mit Cramalla er verhindern oder im Gegenteil befeuern sollte oder wollte, war mir zur Frage erst in dieser unendlichen Entfernung geworden, schließlich wusste ich kaum mehr, wie sich all dieses zugetragen und ob überhaupt. Einmal, ich hatte durch das Dickicht mich mit Cramalla geschlagen, denn Cramalla kam mit mir, und wir kamen auf einem jener sonnendurchglühten Felsen zu liegen, die hier über die Schluchten ragten, von hinten nicht einzusehen, von unten nicht einzusehen, aber wer hätte sie schon einsehen können, denn niemand war hier ja, als plötzlich der Gnom, der uns gefolgt, ebenfalls auftauchte und schrie und auf mich einkreischte, wir sollten uns entkleiden, entkleiden, entkleiden in dieser Hitze, und ich hatte ihm, wütend, erfüllt bis an den Rand von flutendem Zorn einen Tritt gegeben, dass er über die Kante in die Tiefe stürzte, und mochte er beabsichtigt haben, dass wir, Cramalla und ich, uns vereinten, so hatte das Gegenteil er bewirkt. Und da all dieses in mir mit dem Geruch aus dem Dämmer emporstieg, da bereute ich, dass der Gnom mich in solchen Zorn getrieben und so den Verkehr mit Cramalla unmöglich mir gemacht oder gar eine Verbindung mit ihr, die alles geändert vielleicht, die den Weg gebogen vielleicht an anderer Stelle, als er dann mir gebogen wurde. Mochte auch dieses in Dämmer zurückkehren, sich auflösen dort, zerfließen, bis anders und an anderer Stelle Gestalt, neue Gestalt die Fetzen wieder annähmen. Der Gnom hatte den Sturz, gemildert durch Wipfel und mächtige Äste, schadlos überstanden. Die Gnomen, allüberall, überstehen derlei mühelos, wenn sie nicht gar gieren danach, und sind wieder zur Stelle, wenn die Geschichten und Erzählungen sie brauchen oder auch nicht.

MACHTEN wir uns also, der Bursche und ich, der Kommandant des letzten Gefechts, in diesem wuchernden, fetten, aus fruchtbarsten Tiefen emporgeilenden Garten auf Anleitung der Magd zu schaffen. Schnitten und pflückten. Sammelten und säuberten. Brachten die Früchte des Gartens in riesigen Körben und Tragen in die tiefen feuchten und stets kühlen Keller des an das Haus jenes Herrn angelehnten Schuppens. Wir enteten, wo wir nicht gesät. Wo wir, im frühen Frühling nicht, da die Sonne begann, von ihren Erkundungen in ihrer südlichen Heimat langsam, widerwillig wohl, aber immerhin, zurückzukehren, in der senkrecht stehenden Hitze des Sommers nicht, bis jetzt nicht, zur Zeit der Reife und der Ernte, wo wir nichts getan und nicht einmal gewusst, dass dieser Garten gehegt und es dort wuchs und gedieh, wo wir nichts getan also, nicht einmal hätten tun können, wovon also wir nichts geahnt, da ernteten wir nun und taten es, so sonderlich die Umstände waren, mit Behagen. Wann hätten wir geerntet jemals? In diesen Nicht-Zeiten war nichts zu ernten, denn Ernte konnte in unseren Nicht-Zeiten nun einmal nicht geschehen, schloss sich dieses ja aus, wie sollte Ernte sein in Nicht-Zeiten? Ja, nicht einmal zufallen, durch ein Geschick, einen seltsam geschürzten Knoten konnte sie dem, der unterwegs war in diesen Nicht-Zeiten und in ihnen kämpfte und in ihnen schlachtete. Doch war mir, der ich, anders als der Bursche, vom Rande der zeitlichen Zeiten immer noch kam, kaum Ahnung, ein Schemen, dass je Ernte ich gehalten und gefeiert, in jedem Falle freilich nicht so, mit Hand und Schneide in dieser Sattheit, solchem Grün, solchen Farben, solch üppiger unübersehbarer Fülle. Triefende, pralle Frucht, duftend, von Härte, wo Härte gewünscht, von schmiegsamer Zartheit, wo diese verlockte, und wie von Gier getrieben gruben wir mit den Händen in der schweren Erde, deren fruchtgebärende Kraft wir spüren konnten – nie zuvor hatte so ich in Erde gelangt und war durch die Hände hindurch auf diese Weise mit der Seele in die Erde gedrungen tief hinunter, über das tiefste Wurzelwerk hinaus!

Freilich war, und war kein Augenblick, da nicht wusste ich ebendieses, neben diesem beinahe Rauschhaften und selbst schon fast Vegetativen noch etwas anderes, und verstärkte sich dieses, als ein Buckliger wie selbstverständlich hinzutrat zu der Magd, und nicht recht war zu erkennen, ob die Gestalt so zwergenhaft oder ob sie schien nur so, da der gewaltige Buckel sie drückte. Kam mir also, da der Zwerg erschien, nicht von ungefähr wohl so vor, als wären wir, in und vor diesem Garten mit der Magd mit dem buckligen Zwerg, nur fahrende Gaukler, Possenreißer, die auf dem Podest ihre schalen, abgenutzten Kunststückchen vollführten, geil auf kleine Münze, die Rauschgetränk, eine gekaufte Magd, wenn eine andere nicht zu finden oder nicht kommod, ihnen versprach. War kein Publikum, keine noch so kleine Menschenmenge, die versammeln sich konnte hier, aber was tat es? Wer als Gaukler sich fühlt, ist sich selbst Publikum und Meute wohl stets genug. Nicht hätte ich zu unterscheiden gewusst, ob der Zwerg, der stumm blieb, wenn auch Speichel ihm aus dem Munde rann, gierig auf die Brüste, feste, stehende, ein wenig spitze Brüste der Magd stierte, wenn die sich bückte, und sie bückte oft sich. Oder ob ich es tat, indem dem wahrscheinlich sogar interesselosen und zufälligen Blick des Zwerges ich immer wieder folgte. Gern folgte, doch ohne Gier, denn die Brüste der Magd schienen hierher, in diesen Garten und in diesen Moment zu gehören so selbstverständlich, dass Gier sich einstellen gar nicht konnte, denn Gier entzündet immer sich in der Spannung und an der Spannung. Bemerkte die Magd wohl meine Blicke und zeigte ihre Brüste gern, doch ebenso ohne Gier oder den Wunsch, verführen mich zu wollen. Oder anders vielleicht, vielleicht spielten wir beide, spielten wir alle (Gaukler, die wir waren) Lust uns gegenseitig vor, spielten die Lust und die Gier, wiewohl beide nicht bestanden, jedenfalls so nicht, wie Lust und Gier uns zueinander trieben sonst und auseinander wieder, wenn die Geilheit gestillt im Augenblick, mochte flüchtig dieser sein, wie immer er wollte.

Neigte die Sonne sich längst auf diesem Lauf und war nicht mehr daran zu denken, dass der Bursche und ich den Bogen zurück zu den Kohorten ritten, die Nacht dort zu verbringen. Tat mir das aber kaum etwas, denn Ludo und der Weiser würden den Marsch weiter führen, wie wir es verabredet. Wenn man sagen konnte überhaupt, dass wir etwas verabredet. Doch würden nun, ich ahnte es, etwas wusste ja längst irgendwo in mir dieses, nach der letzten großen Geschichte, der letzten Erzählung, nach jenem letzten Hügel also, bis in Winterlager die Kohorten ankämen, doch würden nun große Erzählungen, solche zumindest, die den Lauf der Dinge zu ändern vermochten, nicht mehr folgen. Die kleinen am Wegrande, buchstäblich, mochten es sein, die noch gehört werden wollten und sollten und mussten, bevor ein anderes Blau unser, meiner wartete. Blieb auch nicht einmal ungern ich fort, denn es zog mich auch zu den Frauen auf dem Karren nicht, und wollte ich neu nicht spüren den Schmerz, den der Anblick Raahaels mir gemacht. Nie hatte ich solchen oder ähnlichen Schmerz vermeiden wollen, als wäre es Bestimmung mir, durch diese Feuer zu gehen. Nun aber, da den Schmerz ich mied oder zu meiden schien, ward es mir unwichtig und immer unwichtiger, ob ich ihn mied oder nicht, ein sonderbares Paradoxon: sonst bestätigt ja, der etwas meidet, gerade die Macht dessen, was er meidet, doch war es hier, schien es hier anders. Wollte aber andererseits die Probe aufs Exempel ich auch nicht machen, und nahmen solcherlei Gedanken auch nur flüchtig Gestalt an in dem Nebel in uns, in dem unsere Gedanken sich zeigen, Gestalt annehmen für einen Moment, um dann sich aufzulösen.

EINMAL, allein war ich unterwegs gewesen, war ich in den Nebeln des ehedem Donau genannten Flusses geritten, ziellos oder bereit, mich finden zu lassen von dem, was der Sonnenlauf mir bringen sollte, irgendetwas würde ja immer es sein, ein Dach würde sich finden, ein Bett vielleicht gar, eine Speise, ein Trank, und wenn von dem allem nichts, was würde es tun, was würde es ändern am nächsten Sonnenlauf? Dem Pferd hatte den Zügel ich gelassen, das Tier war klüger in solchen Momenten und anderen auch, als es stehengeblieben bockbeinig und scheute, ohne freilich sich zu rühren auch nur eine Handbreit, nicht nach vorne, nicht nach hinten, nicht zur Seite. Da war mir gewesen, als ob eine ganze Schar im Nebel an mir vorbeigeritten, zu beiden Seiten an mir, an meinem Tier vorbei, schien aber die Schar nicht aus Tier, nicht aus Mensch gewesen, sondern aus nichts als geballtem Nebel, oder einem dunkleren, schwärzeren fast, Grau in dem Nebel, aus dem die Schar geformt, als wären es Vermummte, kräftig, drohlich. War aber weder Sinnestäuschung, noch Sinneszufall diese Erscheinung, war dieses unlebendig und doch lebendig gewesen, lebendig und unbelebte Materie wiederum doch auch, lebendig, wie ich es war, wenn in jenem Moment auch halbtot ich mich gefühlt, und war da unnatürliche Stille und zugleich Geschrei, Heeresgeschrei, Schrei des Rausches, Schrei der Gier, Schrei des Schmerzes, Schrei der Mordlust, das alles aber umhüllt von und eingelassen in diese vollkommene

Stille, diese widernatürliche Ruhe. Und als die Schar, die große Schar vorbeigezogen, kam einer, kamen zwei, ein Riese mit roter Hose, rot in dem Grau, als Rot nicht erkenntlich und eben doch rot, und einem Knochen, der aus dem Kopf ihm zu ragen schien und einer Fasanenfeder im Maul, begleitet aber war der gewesen von einem Gnom mit schiefem Maul, der gellend mich beschimpft in Worten freilich, die ich nicht verstanden. Der Riese und der Gnom starrten mich an, blicklos, aus Höhlen, die Augen nicht bargen und sehen doch konnten, tief, wie in meine innersten Knochen, in mein Mark schier hinein, das selbst ich sehen ja nie würde, und waren durch mich hindurchgegangen, und mein Pferd war weitergelaufen gemächlich, als hätte nichts es aufgehalten, und rasch hatte dieser Nebel sich verzogen und hatte einem warmen Sommertag Raum geschenkt, und ich hatte dieses Erlebnis schnell vergessen, wiewohl nur scheinbar, denn immer wieder, in Momenten, da kaum zu rechnen damit war und es keinen mir ersichtlichen Anlass dafür geben wollte, kamen diese Schar und der Gnom und der Riese aus dem Urgrund in meinen ureigenen Nebel und damit wieder ahnungsvoll in Seele und Erinnerung geritten, sonderbar und sonderlich, wunderlich und wundersam.

War ausgemacht also, dass der Bursche und ich die Nacht hier verbringen würden, ohne dass darüber gesprochen. Spürten wir auch, die wir das Reiten und das Kämpfen wohl gewohnt, die wir Entbehrungen, Hunger gar, Hunger im Körper und in der Seele und im Geistertragen in so vielen Kampagnen, spürten wir diese uns so sonderbare Arbeit in jenem Garten hinter jenem Haus jenes Herrn, spürten sie im Körper als leichten Schmerz, als Schmerz, der wohl uns tat und der wohlig wiederum auf Seele und Geist wirkte, und da wir den Garten sahen und den Keller, der die Fülle barg und der einen Winter versprach, den ohne Not derjenige überstehen würde, der flüchtete sich hierhin oder der einfach hierhergehörte, dieses war mir gewiss. Und so, wie wohl mir tat dieser Schmerz des Körpers, der entstanden eben auch, weil ich daran mitgewirkt, diese Fülle zu bergen, so tat mir allein schon wohl, diese berstende Fülle, dieses Versprechen eines geschützten Winters mit den Augen zu kosten und zu kosen.

Bevor also zum Mahl wir geladen, führte die Magd uns in das Haus jenes Herrn, wie es der Brauch wohl. Letztes Licht, das selbst sich hierin zur Ruhe betten würde, floss gemächlich durch farbige Scheiben, auch hierin. Wie in dem Dorf selbst war alles sauber und geordnet, als hätten Ort und Haus Heereszüge und marodierende Horden, umherstreifende Kriegsknechte, fahrende Gaukler, ausgesandte Söhne, schwarze Priester, verstoßene Mägde, entführte Töchter nie gesehen. Einzig das Pult, auf dem, wie eine ferne Erinnerung mir flüstern wollte, das Buch jenes Herrn doch liegen sollte, dieses Pult war leer. Schwer war die Luft, wie getränkt, von Duft und Rauch, und machte uns sanft und schläfrig und durchlässig zugleich, als flösse das Licht durch uns hindurch auch, wie jene Nebelreiter durch mich geritten.

Vorn aber, gegen Osten hin, vor dem Bug des steinernen Schiffes, das die Häuser jenes Herrn nachbilden oft, am Quergang, der die breiten Seiten verband und einen Raum im Bug abtrennte, schwebte etwas herab, das so ich nie gesehen, nicht in anderen Häusern, nicht in den Fluren und Wäldern, nicht in den Burgen und Ruinen. Hingen nämlich von der Decke herab zwei Gemälde wohl, in gleicher Größe, gleicher Fassung, völlig gleich, von hinten zumindest, denn nur ihre hölzerne unbemalte grobe Rückseite war zu sehen, ihre Bildseiten, die einander zugewandt, blieben dem Blick verborgen. Und mochte der Betrachter, wie ich es tat, um dieses Gebilde ich mich auch bewegen, so war es doch so gekonnt und in so geschickter Höhe auch angeordnet, mit einem genau berechneten Zwischenraum, dass ein Blick auf die Bilder unmöglich zu erhaschen. Zumal weiße Kiesel einen Kreis darum markierten, den nicht ich betreten, selbst wenn die Magd mir nicht es vorsorglich gewehrt.

Bild und Gegenbild, sprach die Magd, Bild, das selbst sich im Bilde sah, das eine im anderen, das andere im einen, denn tatsächlich war es zweimal ein Bild oder einmal ein Bild in zwei Verkörperungen. So sei ihr erzählt worden, denn noch nie habe sie selbst oder ein anderer Bewohner das Bild, die Bilder, eines der Bilder gesehen, es sei dies strikt dem jeweiligen Priester des Dorfes vorbehalten und dieses, soweit die gemeinsamen Erinnerungen der Bewohner zurückreichten und die Erzählungen und Geschichten, die immer weitergetragen und die immer weiter lebten. Mochte ja gar sein, dass das Bild oder die Bilder längst verblasst, dass die Farbe verdunstet, dass ein schwarzes Gähnen, wo einst eine Szenerie, aber was würde denn tun dieses? Die Priester erzählten davon, dass die Opferung des Sohnes, die befohlene, in grellen, wüsten Farben abgebildet, dass schreckensstarr, mit schreckverzerrten Köpfen, kaum menschenkenntlich, mit hohlen, aufgerissenen Mündern und Augen, grob gepinselt, mit kaum als solchen sichtbaren Händen, die um jene unförmigen Köpfe gelegt, dass Menschen dieses sahen oder sehen sollten oder sehen mussten, wie der Sohn auf den Stein gebunden und das Messer gezückt vom wilden, riesigen schwarzen Vater, im Hintergrund aber hatte jenes Tier schon selbst sich gefangen, dessen Blut im nächsten Augenblick (das wusste aber nur der Betrachter des Bildes oder ebenjene, denen von dem Bild erzählt), dessen

Blut im nächsten Moment den Stein reinigen und alles hinwegschwemmen würde, den Schrecken, das Messer, den Wüstensand.

Waren aber auch andere Geschichten von dem Bild den Bildern erzählt worden, sprach weiter die Magd, sei immer darauf angekommen, wessen Geistes der Priester war, der davon erzählte. Mochte einer beschreiben in glühenden Farben eine Szenerie der Wollust und Geilheit, wie nicht wenige in jenen Büchern jenes Herrn beschrieben, sah der nächste Gefangenschaften und Ketten und wieder ein anderer, wie mit Wucht und schmetterndem Zorn der große Weiser den Stein des Gesetzes in Brüche warf, zerschellen ließ, der das Gesetz zerbrach und zugleich so das Gesetz wie steinernen Regen auf das Volk prasseln ließ, und mochte so scheinen, als würden die Splitter und Klumpen und Steine, in die das Gesetz zersplittert, nicht mehr aufhören herabzuregnen, zu steinigen, zu töten, und war dies jener Weiser, dem zuvor das Meer geteilt worden, und zerschmetterte er das Gesetz um den Preis, dass das Land, in das der Marsch ihn führen sollte, er von fern nur würde zu sehen bekommen.

Und waren der Geschichten und Erzählungen von den Bildern mehr, sprach der Magd, so viele eben bis auf die nunmehrigen Hüter der Bilder gekommen, und wer mochte schon wissen, welche Geschichten und Erzählungen längst sich aufgelöst und nie mehr auffindbar und wirkmächtig und wahr eben doch wie die anderen auch.

Hingen die Bilder freilich nicht immer. Sondern würden herabgelassen stets dann, wenn die Bewohner sich sammelten, um an geheimem Ort die Fülle des Herbstes zu feiern, wie nun sie es tun mochten, freilich sei es an dem auch, dass der Heermarsch, unser Heermarsch nicht verborgen geblieben, so wenig unsere Kundschafter verborgen geblieben. So seien sie, die Magd und der Zwerg, hier geblieben einzig, zu tun, was zu tun eben war. Bild und Gegenbild hingen aber als getreuliches Zeichen, dass der Ort geschützt. Und dass die Bilder – eins im anderen, das andere im einen – die Kraft, die aus ihrer Abgeschlossenheit rührte und die in ihrem überspringenden Funkeln entstand, herabwirkte, aus Abgeschiedenheit und Selbstgenügsamkeit wirkte, wie jene Einsiedler in den Wüsten, die, scheinbar abgeschieden, wirkmächtig doch geblieben vom fernen Rand der zeitlichen Zeiten, ungebrochen, in einem Strom, der Rinnsal werden mochte manchmal, der versickerte aber nie und anschwoll dann wieder, unvermutet.

Bild und Gegenbild. Ein Bild ist erschaffen und vergewissert sich seiner selbst in seinem Gegenbild, ohne das es nicht wäre, und wird das Gegenbild erschaffen durch das Bild und wieder umgekehrt, bis keiner zu unterscheiden mehr wüsste, was nun Bild eigentlich und Gegenbild denn. Sprach so die Magd und tat es selbstverständlich, sprach so und ließ anderes aus sich sprechen zugleich.

Führte uns der Zwerg dann hinüber zum Mahle, und wir aßen von den Früchten, die wir selbst geerntet, doch auch von dem Fleisch, das wir nicht erlegt, aßen wir und taten es gerne. Ebenso nahmen wir vom Kelch, voll mit dunkelfunkelndem Rauschgetränk, den die Magd uns reichte, und wir tranken in tiefen Zügen ohne Gier (was sollte Gier hier?), doch bis zur Sattheit, die wir lange nicht gespürt. In ihrer Kammer hatte die Magd Schlafstatt uns errichtet, und ich schlief, und als ich erwachte, wusste ich von den Träumen der Nacht nichts mehr, doch wohl wusste, spürte, fühlte ich bis tief hinein in mir, tief, wo das Innere der Seele den Urgrund berührt, dass da gewesen Traum und Träume, und dass die Begegnungen und Begebenheiten in Traum und Träumen heil und heilsam mir gewesen.

ERWACHTE in jenem Dämmer, noch dunklen Dämmer, aber Dämmer eben schon, der den kommenden Sonnenlauf ankündigt, die Sonne, selbst zu sehen noch nicht, die vorsichtig, wie vorangehend und doch wieder zurückweichend, ihre vordersten Kundschafter sendet. Ich wusste, dass hier getan, was hier eben zu tun war. Magd und Zwerg sah ich nackt, ihrer Gewohnheit wohl gemäß, unter unserer gemeinsamen Decke sich hervorregen, mit harten Warzen die Magd und mächtig, fast unwirklich steil erigierten Phall der Zwerg. Gefiel mir die Magd wohl, doch ließ eben ich sie mir gefallen, und wie mir war, dass von dem Zwerg sie sich begatten hatte lassen, während ich geschlafen, oder sie ihn geritten, während ich geschlafen, so peinigte der Gedanke mich nicht, wie vor dieser Nacht ohne Zweifel er es getan hätte, da ich unweigerlich an Raahael dabei gedacht und wie jene sich, gierig, geil, stöhnend, sich begatten ließ: ritt jeden anderen, andere zumindest denn mich. Und sonderlich doch auch wieder: ließ die Qual und die Quälerei nach, wenn an Raahaels Geilheit ich dachte, so wurde mir meine eigene Geilheit, die für Raahael ich empfunden oder noch empfand, erst klarer und dann, da klarer, quälender wiederum auch, als könnte ich der Qual, die Raahael mir war, entrinnen nun einmal nicht. Und wiederum sonderlich: Es war mir, als ob mir die Quälerei, der entrinnen nicht ich konnte, gleichgültiger würde, je mehr sie wütete, als spürte ich jene dumpfe Qual, die von irgendwo unten mich umklammert hielt, und staunte eher darüber, als dass ich erschreckt. Nicht angenehm, wahrhaftig nicht dieses. War mir, hie und da, in meinen zeitlichen Zeiten Angenehmes wohl zugefallen, und wollte mir scheinen manchmal, dass dieses sogar in unseren Nicht-Zeiten geschehen. War keine Ummäntelung durch die Strahlen der Sonne auf einem mit Wärme vollgesogenen Stein über Baumeswipfeln, einem Stein, der Geschichten mir erzählte, Geschichten, welche die Sonne hervorkitzelte, während Cramallas Brüste ich koste, nachlässig, sicher, fast es nicht einmal bemerkend. Konnte aber etwas angenehm gewesen sein, das nicht einmal, kaum ich bemerkt? So entsteht das Angenehme wohl erst richtig in der Erinnerung, wenn es vergangen ist, wie das Spiel der Gaukler und fahrenden Sänger. Ob nun aber eigentlich der Zwerg die Magd tatsächlich begattet oder sie ihn geritten, ich wusste es nicht, und war ja überhaupt die Frage etwas, das aus den Urgründen immer wieder emporstieß ruckweise, es mochte auf diese Weise in eben den Urgründen mit mir und der Magd zu tun haben, weil in den Urgründen alle wir miteinander zu tun haben und wir ineinander verwoben sind und miteinander verschlungen. Die Schlote und Kamine aber, durch die dieses steigt, führen einzig zu uns, und die sind wir selbst, und was also Magd und Zwerg getrieben oder nicht, was tat es mir, was ging es mich an, wie sollte mich es hindern auf meinem, auf unserem Marsch?

Wir schieden friedlich, ein wenig befremdet vielleicht, fremdelnd, wie es sich nach solcherart gemeinsam verbrachtem Sonnenlauf, solcherart gemeinsam verbrachter Nacht immer dann einstellen muss, wenn neue Sonne zeigt, dass ebenjenes eine Episode geblieben und nichts uns verband. Dankte also der Magd ich und hieß ihr, ihren Priester zu grüßen, wenn zurück die Bewohner kämen von ihren Kulten. Wünschte ihr und den Bewohnern des Dorfes eine Reihe, eine perlende Kette weißer Priester und dass der schwarze, der unweigerlich auftauchen würde und müsste vielleicht, ferne sein möge, so ferne es eben ging.

Ja, diese verfluchten schwarzen Priester, die sich suhlten und badeten in ihrer Macht wie in Blut, und Blut war es ja am Ende, in dem sie badeten, mochte leibliches Blut es auch nicht sein, so war es Seelenblut eben, Geistesblut, und wer nicht glaubt hieran – es ist hieran auch nichts zu glauben –, der hat Seelenblut und Geistesblut noch nicht vergossen eben, in dickem ausdörrendem Strahl, doch strahlt dieses, wie es scheint, aus verfluchten wie unerschöpflichen Quellen, und sollte es sein, dass die verfluchten schwarzen Priester jene heißen, pulsierenden, schießenden Quellen erst anzapften und dann gar wieder füllten, dass immer sie flossen.

Ja, diese verfluchten schwarzen Priester, die alles Lebendige um sich herum, weit um sich herum, fraßen in sich hinein und fraßen und fraßen und fraßen, und wie geschickt sie waren darin, dieses große Fressen zu verbergen und wie geschickt sie waren darin, immer neue Anhänger zu finden und wie geschickt sie waren, immer neue Gegenden, Opfer zu entdecken, die ausweiden sie konnten.

Ja, dieser verfluchten schwarzen Priester, verflucht dazu, zu fressen und zu fressen und abermals zu fressen, denn satt konnten nicht werden sie. Aber fett. War denn niemand, der Einhalt ihnen gebot? Einhalt, sich zu mästen. Fett mussten sie werden, weil ihr Inneres sie nicht ertrugen. Doch war dieser Gedanke wohlfeil. Sie wussten ja nichts davon, dass ihr Inneres sie nicht ertrugen. Sie fraßen ja gerade jegliche – mögliche – Ahnung dessen weg. Und etwas, das man in sich weggefressen, existiert ja nicht für den Fressenden und war einer Entwicklung nicht zugänglich. Es war ebendieses, was ohnmächtig machte, und es machte ebendieses einen Teil der Macht der schwarzen Priester aus. Dass nämlich sie ohnmächtig ihr Gegenüber machten, bevor sie fraßen oder sogar nachdem sie es bereits gefressen. Es war aussichtslos mit den verfluchten schwarzen Priestern und würde immer es sein.

Im Land der gelben Ibisse

In grossem Bogen ritten wir, die Sonne im Rücken. Sehr gekräftigt fühlte ich mich, fühlten wir uns, lebendig, so konnte man fast sagen, und wann hätten wir dieses zu sagen letztmals tatsächlich gewusst? Oder sagen wollen? Wenn wir denn in unseren Nicht-Zeiten etwas in uns als lebendig gespürt, so war ebendieses Spüren durch den Schmerz ja entstanden, im Schmerz hatten wir gelebt, und da wir den Schmerz gespürt, so lebten wir denn.

War ich in den Kreisen mit Esther, die ich durchlaufen, fast immer begleitet worden ja von jenem Schmerz, der mich betäubt hatte, so wollte es mir geschienen haben in jenen Augenblicken. Mochte aber sein, dass in Wahrheit jener Schmerz ja mich am Leben gehalten und mir Leben geschenkt. Hatte vielleicht gesucht ich jenen Schmerz, aber eben nicht gewollt. Oder umgekehrt: den Schmerz gewollt, aber nicht gesucht. Immerhin, dass dieser Schmerz in den Urgründen und aus den Urgründen mit jenem Schmerz um Raahael verwoben war, das wusste ich. Freilich war, in den Kreisen selbst, am Anfang vielleicht auch eines neuen Kreises, vielleicht an seinem Ende, der Schmerz nicht da gewesen, nicht spürbar zumindest, und in jenem Augenblick war Leben so da, satt, selbstverständlich, mit der Sonne im Rücken, wie jetzt, da wir ritten. Noch einmal wollte ich mich, da ich eben ritt, den Kohorten entgegen, meinen Kohorten, die auf dem Marsch, erinnern beispielhaft an jenem Moment, als Esther ich geküsst und meine Hand ihre Brust gekost und mein Phall zuckte und wie wütend Feuer spie und mehr verlangte gebieterisch, und da er nicht bekam, was ihm zugestanden nun wahrlich, mischte gehässig er jetzt noch jenes Gran Bedauern in diese Erinnerung. Doch gehörte diese Messerspitze Salz dazu in diese warme Erinnerung, und gerne setzte ich mich nun dieser Wärme und dem Bedauern aus, und damit, während das Dorf, in dem auf die Kohorten ich wieder treffen würde, am Horizont erschien, damit also, das wusste ich und wollte ich, sollten die Kreise mit Esther auch in mir selbst aufgehört haben zu kreisen, und würde damit Esther im Dunkel in mir ruhen, doch ohne Schmerz und ohne Zweifel und wohl so, dass im Dunkel sie bleiben würde, wirkmächtig, eine Venus, anwesend, doch verlöschend in ihrem Licht, wenn die Sonne sie überstrahlte.

Es war wie erwartet. Ludo und der Weiser hatten die Kohorten gemächlich, doch ohne Aufenthalt in dieses Dorf geführt, das verlassen wie alle, wie die meisten der anderen, durch die wir gezogen, seit jenen letzten Hügel wir verlassen. Es war fast, als wären wir der Pflug, der dieses Land furchte, und wurden die Bewohner des Landes zur Seite geschoben von diesem Pflug, und war dieses sonderbar, denn dass wir stark oder mächtig, wiewohl wir immer noch die Kohorten, schlachterprobt, das zu behaupten wäre in den Sinn ja keinem von uns gekommen. Ungewöhnlich weiß für diesen Landstrich waren die kleinen einstöckigen, fast unnatürlich reinen Häuser dieses Dorfes, von einem Weiß, das aus sich heraus zu strahlen schien, denn die Sonne des Herbstes konnte dieses Strahlen nicht mehr bewirken. Um den Platz in der Mitte des Dorfes, den Marktplatz, den Gerichtsplatz, hatten Ludo und der Weiser, wie es der Brauch, das Kommando errichtet, und die Kohorten waren in die Häuser eingeflossen, hatten Besitz von ihnen genommen, selbstverständlich, was sonst? Immer noch waren wir Kohorten auf dem Marsch, auf dem Marsch in Winterlager, sich zu sammeln für die neue Kampagne gegen die schwarzen Heere. Den Karren sah ich leer schon stehen, den Ochsen, der ihn zog, angebunden an die Säule, die Frucht und Fruchtbarkeit beschwor und herbeischwören sollte, nicht selten hier, vor sich hatte der Ochse Heu bereits, und in dem Trog, der hier stand, mochte seine Zunge er kühlen. Die Zunge, so ging mir durch den Sinn, nicht recht mir ersichtlich, weshalb, die Zunge, die wir verspeisen würden wie alles andere, wenn denn den Ochsen wir schlachteten. Hatten also Raahael und Mirjam und das Mädchen, das der Gnom begattet und dem der Gnom Jodokeel gezeugt, eines der Häuser selbst schon bezogen, und ich sah sie also nicht und war dieses gut mir zweifellos.

Doch waren es nicht Ludo und der Weiser und die Kohorten und Raahael und Mirjam und das Mädchen allein, die das Dorf bezogen. Standen Nathanael und Laila bei Ludo, Laila, die den Kristall trug, Laila, von der ich nie gewusst, ob sie Tochter, Gespielin, Magd Ludos, und von der nicht zu wissen war, was wiederum Nathanael sie war. Denn diejenige, die den Kristall trug, konnte Liebesbeziehungen, wie sie in den zeitlichen Zeiten anderen noch zugänglich gewesen sein mochten, eingehen ja nicht, und in diesen Nicht-Zeiten ohnedies nicht. War der Beischlaf den Kohorten verboten aus guten Gründen, so war es uns, so war es mir, dem Kommandanten des letzten Gefechts, wohl erlaubt, den Geschlechtsverkehr zu üben, musste die Liebe uns, musste sie mir aber versagt und versperrt bleiben, bis jenes letzte Gefecht eben geschlagen. War mir aber ja immer stärker Ahnung ja geworden, dass dieses letzte Gefecht nie geschlagen würde, da es dieses letzte Gefecht wohl in der Vorstellung, der Ahnung wiederum selbst nur gab. Welch sonderbarer Titel mithin – war es denn einer? – der mir übertragen und den ich führte: Kommandant des letzten Gefechts, Kommandant eines Dings, das es nicht gegeben hatte, nicht gab, nie geben würde. Sei denn freilich, dass alles dieses, was wir taten und nicht taten, was wir bekämpften und schlachteten, was wir erlitten und leiden ließen, selbst schon dieses letzte Gefecht war. Konnte Gefecht aber sein, was als Gefecht uns nicht kenntlich und erfahrbar und spürbar? Oder spielte dies so wenig eine Rolle, wie alles dieses Grübeln, das immer noch in mir wucherte und schlang, eine Rolle spielte, das Grübeln, das schwächte, das Festes mürbe machte, auf und in mürbem Holze aber wachsen Moose und Pilze und neues Grün, Grün von anderer Art freilich, als es das vorige gewesen. Und vielleicht am Ende war Gefecht einfach das, was als Gefecht wir erkennen wollten und als solches nahmen.

Hatte fast wie ein Schrecken mich durchzogen, als ich Nathanaels ansichtig geworden. Sonderbar auch dieses freilich. Denn mit Zechiel ja hatte ich Nathanael vorausziehen lassen, und voraus wohl war er uns gezogen mit Laila, deren Kristall ihn angelockt, doch in welchem Gefild freilich er gezogen, das wusste ich nicht, und wie sollte ich es wissen?

Begrüßte ich Nathanael und auch Laila und tat es herzlich, wie ich meinte. Schienen beide mir älter geworden, als es das Maß ihres von uns getrennten Marsches eigentlich bewirkt haben konnte. Konnte freilich täuschen, denn sorgfältig hatte Laila, und keiner hatte zuvor sie wohl gesehen, das Gesicht geweißt und die schwarzen Streifen darein gezeichnet, wie es der Brauch und die Sitte verlangten. Machte dieses weiße, schwarz gestreifte Gesicht die Frauen alterslos und gleich, bot ihnen diese Zeichnung Schutz, und Wärme im

Schutz, und hob sie über sie selbst hinaus und unter sich selbst weg. An Laila erinnerte nichts mehr an diejenige, die wir gerichtet und gepeitscht. Und nichts mehr an das Zerfetzte und Gebundene, von dem Zechiel berichtet.

Und Nathanael hatte das Haar, das lang er getragen, bevor er gegangen, wie es Brauch wiederum unter den jungen Kriegern war, geschoren und trug, wo immer er es gefunden, eine Art Kleid, das dem groben Raahaels ähnelte, Kleid nur aber nannte ich es, weil es ja, wie alles andere, benannt sein wollte, aber am Ende war dieses Stück nichts, was etwa Frauen und Männer unterschied und war es eines wie das andere. Dadurch allein sahen beide älter aus und alterslos zugleich. Was also war, da so geändert sich hatte alles, während sie auf eigenem Marsch, von dem ja gar nicht mehr zu sagen war, ob tatsächlich sie auf unserem Wege. Denn eigentlich konnte so etwas es ja nicht geben. Freilich waren Zechiel und Nathanael, ungestüm, vorausgeeilt im Glauben selbst, dass nichts anderes sie taten, als unserem Marsch vorauszugehen oder jenen gar zu bereiten. Nichts konnte falschere Vorstellung sein. Kaum waren sie um den nächsten Hügel, hatte ja ihr eigener Marsch begonnen. Und schon gar, als Nathanael auf Laila getroffen und die beiden sich aufgemacht hatten, von jenem Kristall geleitet oder eher verleitet oder beides zugleich.

Berichtete Nathanael also, und tat es mit kargen Worten, die gerade reichten, das zu sagen, was wohl zu sagen war, wahrscheinlich aber weniger. Nachdem also er auf Laila getroffen, auf jenen Kristall getroffen und dann erst auf Laila, und Laila von den Fesseln befreit, waren sie rasch vom ursprünglich bezeichneten Wege abgewichen, so denn von einem bezeichneten Weg die Rede überhaupt sein konnte. Recht schnell hatte Laila sich erholt und war jene wieder geworden, die aufsässig sich widersetzt den Regeln und den Geschlechtsverkehr gepflogen nicht aus Lust oder Gier, die nicht mehr beherrschbar, die jenen Burschen dazu benutzt und die wir verbannt und verstoßen und die gewollt und beabsichtigt wohl auch, dass wir sie verbannten und verstießen. Sprach immerhin noch nicht, was ihr geschehen, und mochte ja sein, dass sie selbst es gar nicht so genau wusste – war nicht, als wieder auf Ludo ich gestoßen in Ludos Lager und mit Ludo auf Laila ja zwangsweise, und hatte Ludo nicht Laila mir angeboten in jener Nacht, für jene Nacht, in der erstmals ich Raahael unter Zechiel meinte stöhnen zu hören, Wahnbilder, Wahngeräusche, Wahnerinnerungen, war also nicht einer der Kundschafter geschlagen und gezeichnet erschienen und hatten wir nicht uns und nicht er erklären können, woher dieses nun rühre? –, doch war schnell sie gekräftigt, wenn auch noch in zerrissenem Kleide sie lief und die Striemen und tiefen

Wunden, blutunterlaufen klaffend, die ihr zugefügt, nicht heilen wollten. Kaum also, so malte mir ich es, kaum also etwas von jener alterslosen, fast makellosen Frau in sauberem ungeflicktem Gewand, mit geweißtem Gesicht, die nun vor mir stand. Woher mochte dieses Gewand sie haben, fragte flüchtig ich mich. Ich würde es hören. Oder nicht auch.

Hatte Laila die Richtung vorgegeben, in die sie sich gewandt unverzüglich. Scharf nach Osten, Südost fast, damit sich entfernend von unserem vorgegebenen Ziel, Winterlager bei den Stämmen im Nordosten, in und hinter den kleinen Gebirgen, und fast, zumindest der Berechnung nach, denn von Anschauung wussten wir freilich es nicht, kein Kundschafter hatte je dies gesehen, und wenn ein Kundschafter es gesehen, so lebte er nicht mehr, und fast also auf die äußerste Flanke der schwarzen Heere zu. Immer gedacht, die schwarzen Heere hätten eine äußerste Flanke. Mussten aber selbst diese ein Ende haben, meinten wir, weil meinen wir es eben wollten, meistens. Oder oft. Oder manchmal. Eilends, wie auf der Flucht fast, waren Nathanael und Laila gegangen. Hätten aber kaum sie zu sagen gewusst, was und wovor sie flüchteten. Auch Laila nicht. Niemand war zu sehen. War nichts zu spüren. Nun war Nathanael, seiner jungen Jahre zum Trotz oder vielleicht wegen seiner jungen Jahre, ein erfahrener Kundschafter, der in den vorderen Linien, zu den schwarzen Heeren hin, dort, wo keiner mehr sonst war, nicht von den Kohorten, nicht von den Hauptleuten, nicht von den Horden, die umherstreiften, nicht ich am Ende, der Kommandant der letzten Gefechts, der ich freilich als Kundschafter, der ich gewesen, den schwarzen Heeren selbst begegnet. Dunkel, ach wie dunkel sagte mir wenigstens die Erinnerung dieses. Dass ja überhaupt noch Erinnerung war. Doch sollte ich mich daran klammern vielleicht nicht. Denn dass ich den schwarzen Heeren begegnet, Auge in Auge, so man denn so sagen kann, als Kundschafter, war dieses so gewesen, war ich der gewesen, der ich war oder vielmehr ein anderer, und war dieses so gewesen oder vielmehr nicht, und war dies am Ende nicht eins? Nutzte hier Nathanael, auf seinem Marsch, seiner Flucht mit Laila, die Erfahrung, die als Kundschafter er gemacht, wohl nichts. Befanden sie sich in einem Landstrich ja, den sie noch nie betreten. Von dessen Gefild kein Wanderer wiederkehrt. Wie dies uns allen eigen freilich. Denselben Kreis, den wir durchmessen und damit verlassen, um ihn von vorne zu beginnen, denselben Kreis also beginnen wir ja als ein anderer. So kehren wir in denselben Kreis zurück, der ein anderer doch sein wird, das Andere im Gleichen, das Gleiche im Anderen.

Wusste und wollte wohl auch nicht – tatsächlich spielte es ja keine Rolle – Nathanael sagen, wie viele Sonnenläufe Laila und er so gewandert, gerade, im

Kreise, irrend. Hatten wohl aber einen der östlichen Flüsse erreicht, oder war es ein Knie des ehedem Donau genannten Flusses, wer wollte es sagen in diesen Nicht-Zeiten, da Benennungen ja kaum mehr wir kannten oder kannten nur als vage ferne Erinnerung, die aber die jungen Krieger, wie Nathanael also einer war, nicht einmal als träumerische Ahnung bemerken konnten. Gerade aber, da an das Ufer sie traten, erhob sich aus dem Irgendwo, aus dem Nirgendwo, von der Quelle wohl herkommend, in sanfter Rundung, aber von gewaltiger Höhe, eine Welle, wie sie ein Fluss kaum je gesehen, drohlich nicht einmal, aber riesig, ihrer selbst gewiss, wie auf sich nur achtend. Kein Wasser trat über die Ufer um dieser Welle willen, eine Erscheinung voller Macht, voller Leben, das vorbeizog, wer wusste, wohin, vielleicht gar den ganzen Flusslauf hinab bis in das östliche Meer hinein. Und vielleicht setzte sich, ging mir der Sinn, als Nathanael ich zuhörte, diese Lebenswelle, dieses Wellenleben am Grunde des östlichen Meeres gar fort bis in unser Meer hinein, sich brechend erst an den Inseln unserer weißen Priesterinnen.

Nathanael und Laila fanden, hier, wo sie keinem Menschen begegnet, einen Fährmann, der selbst wohl nicht hätte sagen können, wann letztmals er übergesetzt. Aber es fragte ihn niemand. Am Ufer hatte die Fähre er vertäut, als ob hin und her er schiffen müsste, ernährte sich von dem, was Fluss und Landstreifen, den er bebaute, für ihn bereithielten, schlief, wohnte, lebte in dem Kahn. Von den schwarzen Herren mochte nie er gehört haben.

Drüben, so sagte der Fährmann und tat es wie zu sich selbst, drüben sei das Land der gelben Ibisse, der Lurche auch und Frösche und sich häutenden Raupen. Saftig-saftig sei das Land, grün auch in den härtesten Wintern, doch unfruchtbar, ein fruchtbar unfruchtbares Land, und wovon die gelben Ibisse sich nährten und die Lurche und die Raupen, niemand wisse es, vielleicht aber nährten gar nicht sie sich, sondern seien nur, aber das seien Rätselworte, die er, der Fährmann, nur gehört, von denen, die er übergesetzt und von denen keinen er je zurückgebracht. Würden die wohl, sprach der Fährmann, von einem anderen Fährmann an anderem Ort von jenseitigem Ufer zurückgebracht worden sein, oder waren im Land der gelben Ibisse sie geblieben, wenn nicht weiter ostwärts sie gezogen, wer mochte es wissen, wie sollte ein Fährmann es wissen? Jenes Land im Osten solle reich sein freilich, von unermesslicher Fülle, Land des Frühlings, der Frucht, des Goldes, dessen dort aber keiner bedurfte, war dieses nicht sonderbar? Mochten aber Laila und Nathanael sich hüten. Prüfen sich zweimal, ob in das Land der gelben Ibisse, der Riesenlurche, der meterlang gewundenen Raupen, die sich häuteten ohne Unterlass, ohne dass ein Neues, ein Schmetterling, sei es auch einer der

Nacht, des Mondes, diesem Häuten entwuchs jemals, ob in das Land sie ziehen wollten. Von fern mochten die gelben Ibisse, wie alles andere auch aus der Ferne, zierlich sich ausmachen. Wie sie durch die fetten Wiesen stakten. Wie sie die eleganten Schnäbel im Erdreich bargen, eindrangen tief, schneidend. Wie sie, in sich versunken, um sich oder in sich sahen, dem, was sie sahen, hinterherträumend, mehr aber noch das, was nicht sie sahen, herbeiträumend. Seien aber die gelben Ibisse auf ihr Land eifersüchtig bedacht. Und ihre Schnäbel, die in der Erde sie bargen und mit denen in den Sanden der Ufer sie schrieben, ihre Schnäbel waren scharfe Degen, Schwerter, wie sie kein Krieger je geführt. Die Lurche aber, groß zwar, krokodilgleich, lagerten im hohen Gras bewegungslos, die Wärme der Sonne in sich bergend, die Sonne wie auspressend, so dass jene erschöpft und sterbensmüde ihre Läufe beendete. Doch wehe, einer derer, die das Land betrat, trat auf einen der Lurche! Sogleich würde der Lurch sich festbeißen, festkrallen im Gewand, und selten sei es, dass einer entkommen. Betäubend aber, den Brechreiz kitzelnd, sei der Gestank, der ausgehe von den stetig sich häutenden Raupen, deren weißes Fleisch im Lichte der erschöpften Sonne glibberte, widerlich sei dieses, das nackte Fleisch dieser Larven, aus dem nichts wuchs, nichts sich entfaltete, das lebte, während es verweste und als Verwesendes lebte. Sei dagegen, so sei ihm, dem Fährmann, kundgetan in seinen Träumen am diesseitigen Ufer, sei dagegen ein Schnabelhieb der gelben Ibisse wie eine Vergebung, etwas fast Diesseitiges, Bekanntes, und mochte dieses so schmerzhaft sein, wie es wolle, so sei erträglicher dieses als der bloße Anblick und Geruch der sich häutenden Raupen.

Sollten Nathanael und Laila sich prüfen zwar und dieses bedenken, doch sich, so sie entschlossen und sich ihr Marsch gen Osten nun einmal richte, schrecken lassen nicht. Könne ja, wie stets, alles ganz anders sein auch, komme schließlich darauf an, wer nach drüben gesandt.

Hätten freilich Nathanael und Laila kaum zu sagen gewusst, warum sie diese Richtung gerade nach Osten, Südosten, gegen die Sonne, die ihren Lauf dort begann, gewählt, über den Fluss geradewegs oder das Flussknie des ehedem Donau genannten Flusses, in das Land der gelben Ibisse hinein. Umschloss Laila aber den Kristall, den um den Hals sie trug, und hieß den Fährmann ablegen, und Nathanael folgte ihr oder seinem Weg mit ihr, es war ja eins. Gleichmäßig glitt das Boot, manchmal von einer leichten Welle sanft, angenehm geschüttelt, nachdem die Riesenwelle hindurchgelaufen, mächtig, doch fast ohne Rauschen, träumte der Fluss wie in sich versunken, und der Fährmann, der so lange nicht mehr übergesetzt, wenn er es überhaupt außer in seinen eigenen Träumen getan, wusste sein Handwerk und steuerte den Kahn gleichmäßig und sicher.

An vorbezeichneter Stelle landeten sie an, einer kleinen Sandbank, einem Uferstreifen ohne Bewuchs, in den tatsächlich seltsame, nicht zu entziffernde Zeichen geschrieben. Denn dass es Zeichen waren, das war zu ersehen – sonderbar, dass eine Schrift man als eine Schrift immer erkannte, mochte einer kein einziges Zeichen davon auch entziffern können. War wohl tatsächlich so, dass die gelben Ibisse mit ihren Schnäbeln ihre Geschichten in den Sand geschrieben, vielleicht die Chronik dieses, ihres Landes, vielleicht waren Zaubersprüche es oder Abwehrsprüche, Verfluchungen, Träumereien, Sehnsuchtslieder, alles zusammen, von allem ein Hauch, wer konnte es schon wissen?

Marschierten also Nathanael und Laila weiter. Von den gelben Ibissen sahen sie nichts, nichts von den Lurchen und Riesenraupen, und in ihnen war jene Art von Erleichterung, die sich mit Enttäuschung paart. War überhaupt leer, dieses Land, erfüllt von ungewöhnlicher Stille, hätte reich wohl sein können, Fülle schenkend, doch schien niemand und nichts da, das von dieser Fülle hätte kosten können, und konnte man da von Reichtum und Fülle dann sprechen? Längst war das fluchtartig Getriebene von ihnen abgefallen, das sie regelreicht gepeitscht, seit Nathanael auf Laila getroffen, war übergegangen in eine Art von Marsch, ohne dass sie es wussten, und war schließlich (sie waren gegenläufig ja unterwegs) bald unter dem Zenit der Sonne hindurchgelaufen, zu einer tändelnden Schlenderei geworden, durch grünes wucherndes weiches Gras, das frisch sich anfühlte, obwohl es warm war und ein sanfter Wind die Haut umschmeichelte. Die Haut. Noch war Laila in den Fetzen unterwegs, die kaum Kleidung, verhüllend, einer ja mehr nennen konnte. Gebräunte Haut freilich, der man ansah, dass oft sie unverhüllt Wind und Sonne ausgesetzt, und die Fetzen schienen auf die kleinen festen Brüste, die Lenden, die sehnigen Schenkel, die Scham eher noch hinzudeuten, denn diesen Körper zu verbergen. Mit Nathanael freilich sah es besser kaum aus, gekleidet war er in die Lumpen, die den Kohorten zu eigen, ausgerüstet und bewaffnet, wenn auch dürftig und nur noch unvollständig, wie Kundschafter es waren, die an den vorderen Linien zu den schwarzen Heeren unterwegs. Ein Tändeln also, ein Schlendern, ohne Geilheit, ohne Gier, welche die Nacktheit Lailas sonst, in anderem Lande, bei anderen unweigerlich hervorgerufen. Fanden dabei, am Wegesrand zum Greifen, reife Früchte des Waldes und des Feldes, Bäche flossen, Wasser, sauberes Wasser, viel sauberes Wasser floss hier mit gesunden Fischen, die von Nathanael mühelos gefangen und von beiden leicht bereitet, mit Kräutern, die Laila, kundig und begabt dazu, fand und erkannte und pflückte mit leichter Hand.

Dämmerte es schon, denn früh dämmerte es ja auch hier bereits, war zwar Land jenseits des Flusses oder Flussknies, so doch nicht in anderen Gefilden, waren sie dann, so wollte es Laila und Nathanael scheinen, dann doch noch erschienen: gelbe Ibisse, die sich auf dem kahlen Baum einer kleinen Baumgruppe – als Wald keinesfalls zu benennen, ein einzelner, kahler, knorriger Baum unter zwei Handvoll zarter Birken –, gesammelt, die gelben Ibisse, die doch sonst jegliche Höhe mieden, kaum flogen, kaum des Fliegens auch nur mächtig waren und die in den Senken, den Tälern und Schluchten, in Höhlen, Erdlöchern zu Hause sich fühlten, wie Vögel es sonst kaum taten. Beobachteten die gelben Ibisse Nathanael und Laila zweifellos, ohne einen Laut, regungslos fast, wenn auch manchmal einer mit dem Schnabel zustieß, aus Gewohnheit aber wohl eher oder um sich Erleichterung zu verschaffen, gezielt in jedem Falle nicht oder in drohlicher Absicht, freilich hätten Nathanael und Laila auch nicht zu deuten gewusst, was nun eigentlich die gelben Ibisse vorhatten, so sie denn überhaupt etwas vorhatten. Anderes als das, was der Fährmann erzählt hatte, und das, was sie sahen, nämlich die gelben Ibisse in dem kahlen Baum, wussten sie ja nicht, und ebenso nicht, wie die Erzählungen des Fährmanns und das, was sie sahen, zusammenhingen.

Ist ja wirklich so und ist immer so: Wir hören die Geschichten und Erzählungen, Geschichten leben in uns, weben sich fort zu neuen Gebilden, mit neuen Fäden, wir werden zu den Geschichten, und die Geschichten nehmen uns, einmal freundlich, einmal feindselig, ungefragt immer, als einen Teil, als ein winziges Fädchen ihres gewaltig gesponnen Netzes, das zerstört mit einem Windhauch, dessen Fäden sich freilich gleich neu verknüpfen zu völlig neuer Geschichte und Erzählung, wir sind in den Geschichten und Erzählungen und sind sie selbst und sind zugleich auch diejenigen, die auf den Märschen und Wanderungen von außen auf die Geschichten sehen, und nicht immer, selten gar, kommt dieses ohne Kampf zur Deckung. Mochte aber auch sein, dass wir nur erkennen nicht konnten, wie Geschichten und Blick auf die Geschichten zusammengehörten.

Sonderlich schreckhaft nun waren die beiden nicht, vielleicht schon ihrem Naturell nach, sicher aber ihren Erfahrungen gemäß, die sie in diesen Nicht-Zeiten gemacht, Nathanael als Kundschafter der Kohorten gegen die schwarzen Heere hin, Laila als Tochter und Geliebte Ludos, als jene, die sich auflehnte gegen das Gesetz, die Verbannte, Verstoßene, Vergewaltigte, und dennoch schauderte es sie nun, waren sie doch, in diesem Land der gelben

Ibisse jenseits des Flusses, diesem fetten, reifen, fruchtbaren Land, das Fülle immerhin zu verheißen schien, nicht mehr allein – waren es ja wohl nie gewesen, hatte ihnen auch ihr sonnen- und wärmedurchflutetes Schlendern und Tändeln dieses vorgegaukelt –, und manchmal ist es drohlich, allein zu sein, manchmal, es gerade nicht zu sein. Und wenn, so mochte denken jeder für sich, ohne es auszusprechen, also die gelben Ibisse hier waren, würden wohl die Lurche und Raupen weit nicht sein. So suchten sie sich Schlafstatt, sorgfältig, mehreres verwerfend, doch wissend, dass wahrer Schutz in der Nacht in diesem Land sein nicht konnte. Verbrachten, eng umschlungen unter dünner Decke, die Nathanael in seinem Gepäck, so die Nacht, unruhig, von Träumen, die Gestalt kaum annehmen wollten, durchzuckt, am Ende aber tief hinabsteigend – die Kraft ihrer Jugend bewährte sich auch im Schlaf, und der Marsch, die Etappe, die sie hinter sich gebracht, forderte auch ihren sehnigen Körpern den Tribut ab.

So erwachten sie kurz vor erstem Sonnenstrahl ruhiger, entschlossener, mutiger, als sie sich gebettet, lösten sich zwar wie mit Bedauern aus die Umklammerung, in der sie die Nacht verbracht, sahen jedoch mit neu gewonnener Freude – wann wäre zuletzt einer mit Freude unterwegs gewesen? – dem Sonnenlauf und dem Marsch entgegen.

Kamen aber nicht weit. Mutig ihrerseits, wie selbst gestärkt, da über dem Land der gelben Ibisse sie ihre Bahn zog, war die Sonne bereits ein Stück ihrem schmalen herbstlichen Höhepunkt entgegengeeilt, als Laila, die vorausging auf dieser Etappe, erzählend von Episoden, die bei Ludo sie erlebt und frühere vielleicht und spätere, von den Kriegern, die sie beschlafen hatten und die selbst sie geritten, als also Laila, heiter und unaufgeregt, lächelnd selbst über das Dunkel, dessen viel ihr widerfahren, sich umwandte und alleine sich fand. War Nathanael verschwunden, und hätte sagen sie nicht können, seit wann er verschwunden, denn auf Antwort auf ihre Erzählungen hatte sie nicht geachtet.

Ist so, dass einer sieht und doch nicht sieht. An sich, an seinem Sehen und Verstehen irre wird in einem Augenblick. Dass Wut und Angst sich mischen wild und wüst, und dieses Knäuel, wachsend, explodierend, einen aus sich selbst herausdrängt. So also geschah an Laila es, der das Land nun, das leere Land der gelben Ibisse, durch das eben noch mäandernd und erzählend, des Weges und der Umgebung kaum achtend, sie heiter fast gelaufen, drohlich wurde in seiner Leere. Denn, so spürte mehr sie als sie dachte, in und hinter der Leere, die neu sie ansprang, lauerte und drohte manches, was gewisslich anders, ungeahnter, unglaublicher war als alles noch so Drohliche, von dem die Erzählungen des Fährmanns gekündet. Ist sonderbar, dass und wie Leere Gestalt annehmen kann, Gestalt eigentlich ist, oder anders: In der Leere tummeln sich die Formen und Wesen des Unsichtbaren, nicht greifbar, fühlbar aber jederzeit.

Auf jenen Inseln der weißen Priesterinnen unter dem Himmel der Wärme und des Lichts, in den Tälern einsamer Bergwelt, da erzählten sich die Hirten, da feierten die Hirten jenen bocksfüßigen Flötenspieler, der zu Rauschgetränk und Wollust verführte, Wollust im Rausch zeugte und die Wollust zum Rausch werden ließ, der aber, wenn im Sonnenzenit er ruhte von seinen Feiern und Räuschen und bockhafter, bockspringender Geilheit, ungnädig und zerstörerisch in die Herden und die Seelen der Hirten fuhr, wenn er geweckt, und jener Flötenspieler, der wohl wollte eigentlich den Hirten, war dann in der Leere über den Triften, in den stachligen laublosen Sträuchern, in den Hainen, auf den Weiden, über verdorrtem Gras und hitzeglühendem Gestein, unsichtbar, doch spürbar da, zitternd, so mochte man, so sollte man glauben, vor Erwartung, obwohl der Ruhe er doch bedurfte, und hatte, so erzählten die Hirten sich flüsternd zur Stunde des Sonnenzenits, lärmender und prahlender – war ja ihr Schutzpatron am Ende – beim Rauschgetränk an den abendlichen Feuern, so manche Sauherde sich schon über die Klippen geworfen ins Meer hinab, wenn der Bocksfuß es so gewollt.

Wusste Laila hiervon aber nichts in dem Augenblick, da sie sah und nicht sah und ihrem Kristall, den sie trug, die Schuld gab, wie sie an allem, was ihr je widerfahren, dem Kristall die Schuld gab, was dem Kristall zu gewaltiger Kraft und Macht verhalf, auf die wiederum Laila traute ohne Gedanken und ohne Zweifel. Aus der Ferne zog ihr, erstmals seit sie übergesetzt in dieses Land, der Pestgestank der sich häutenden, in ihrer Verwesung sich fortgebärenden Raupen vorbei, war es so oder wollte es scheinen ihr nur so, aber tat dieses ja nichts am Ende.

Nicht furchtsam war ja Laila und nicht schreckhaft, und dass allein sie war auch unter anderen, das war nichts ja, was ihr ungewohnt. Fühlte aber sich einsam in diesem Augenblick, da sie sah und nicht sah wie wohl nie zuvor, und etwas in ihr machte sie zittern, die nie gezittert hatte. War aber auch nur in diesem Augenblick und mit diesem vorüber. Dann tat sie, was zu tun war, und ging den Weg zurück, dessen Spur im Gras an manchen Stellen sie verfolgen noch konnte, an anderen eben nicht, den Weg, den sie gekommen. Nathanael musste ja auf diesem Weg verlorengegangen sein, wie anders sollte es sein? Keinem aber ist es angenehm, einen Weg, den er gegangen, wieder zurückzugehen. Einen Weg, den einer zurückgeht, ist ja vergebens er gegangen und löscht so dieses Stück des Lebens und setzt es ins Nichts zurück. Und ist dies auch so, so ist es doch ein Gedanke und ein Wissen, das selbst zu nichts nutze ist, ist es doch das Leben selbst, das immer wieder ins Nichts hinein drängt und das wir selbst, zurückgehend, immer wieder löschen müssen. Kann aus dem Nichts Neues ja entspringen. Und so wiederum mit Laila.

Ein Stück, ein sehr gutes Stück war schon sie zurückgelaufen, ein Stück, von dem sie bald meinte, dass unmöglich an diesem einen Sonnenlauf sie es zurückgelegt haben konnten. Da umgekehrt sie lief, kam ihr die Sonne von hinten nun und erhitzte sie, machte sie heiß, unangenehm, wer sucht und nicht findet, der wird atemlos und ungeduldig und glüht, verglüht innen, aber nicht, weil Leidenschaft ihn treibt, sondern die wachsende Verzweiflung, sind aber Leidenschaft und Verzweiflung so eng verwandt, dass sie oft kaum zu unterscheiden. Ihr Weg hatte um jenen mächtigen Felsen geführt, der sich einer Klippe gleich emporreckte, aufragend und rau und eigensinnig in dieses Land geworfen, das sonst sehr eher sanft und lieblich sich streckte, angenehm gewellt zuweilen wie die heiter murmelnden Wellen eines selbstversunkenen und selbstgenügsamen Urmeers. Schon von weitem erkannte wieder Laila jenen Felsen, und was sonst sollte jener tun, als etwas bedeuten, etwas aufzeigen? Und als endlich sie zu ihm kam wieder – auch dieser Fels schien wie jeder andere Hügel und Berg zurückzuweichen, wenn einer auf ihn zuging – und um die Biegung, die der Pfad um den Felsen gemacht, fortschritt, da fand sie ein großes Stück von Nathanaels Kleid so fast lachhaft aufdringlich mitten auf den Pfad nicht einfach gelegt, sondern drapiert eigentlich, kunstvoll, hier in dieser Einöde, dass eine Botschaft dies wohl sein sollte, war aber das Kleid Nathanaels in Blut getränkt, getrocknet nun, doch von einer Art, die das Triefen des Blutes sinnfällig machte. Ob das Blut, das triefend-trockene, das trocken-triefende die Botschaft oder ob das Blut auf die Botschaft nur hinweisen sollte, das wusste Laila nicht, wie hätte sie es wissen sollen, da ihr erneut der Schrecken tief ins eigene Blut stieß in diesem Augenblick, da des blutgetränkten Kleides sie gewärtig wurde.

Wie aber konnte dieses geworden sein, in diesem Land, durch das doch, wie es geschienen, sie, Nathanael und Laila, einsam gezogen? Durch dieses leere Land, in dem die gelben Ibisse, die ihm den Namen gegeben, doch nur in den kahlen Ästen toter Bäume, fern, kauerten, mochten die gelben Ibisse sie auch beäugen. Da Laila neuen, größeren Schrecken vor sich sah, hatte sie, nicht anders als jeglicher andere, den Schrecken des vergangenen Sonnenlaufs schon vergessen, den Schrecken, den ihr just die gelben Ibisse bereitet.

Oder sollte so es sein? Was denn sollte Laila denken? Es verwirrten sich ihr die Gedanken schnell, da den blutigen Fetzen, den nicht sie mit Händen berührte, vor sich sie sah, sollte so es sein, dass gerade die gelben Ibisse oder die Riesenlurche oder die verwesenden Raupen, deren sie nicht ansichtig geworden, bis sie in diesem Augenblick Rache geübt, geplant und verabredet, seit der Fährmann sie übergesetzt, hier im Schatten dieses Felsens, mit dem in diesem Land der gelben Ibisse es besondere Bewandtnis haben mochte, die Laila nicht kannte und nicht kennen konnte. Oder war es so, dass, unbekannt und ungeahnt, in diesem Land noch ganz andere und ganz anderes herumzog, ziellos, hordengleich? Als Heer, dem vielleicht Laila und Nathanael lange ersehntes Ziel, sichtbares, greifbares, benennbares Ziel? Scheute Laila zurück, das Tuch aufzunehmen, mit den Händen gar, konnte es, das Blut Nathanaels, auf dem Weg aber ja nicht liegen lassen, und nahm so einen kahlen, fast unnatürlich geraden Stock, rindenlos, von dem nicht zu ahnen, wie hierher er gekommen und der am Felsen lehnte, als hätte ein Wanderer, der ihnen vorausgegangen, ihn hier vergessen, um das Kleid aufzunehmen und in einer Spalte des Felsens zu bergen. Dass das Tuch nicht nur vom Wege, sondern aus den Augen und damit auch aus Lailas Blick im Schatten des Gesteins verschwunden, die Kluften und Schluchten tränkend, unsichtbar. Nachdem aber dies geschehen, wurde Laila es so nicht leichter, dann doch ruhiger zumute. Was nicht mehr vor Augen uns, wird uns größer oder kleiner, wird schrecklich, wie nie es sein könnte uns vor Angesicht, oder es verschwindet augenblicklich in den Urgründen, in die sehen wir nicht könnten, selbst wenn wir es wollten, doch wir wollen ja nicht. Atmete Laila inzwischen also ruhiger. Mochte das Bluttuch aus den Urgründen heraus seine Wirkung tun, doch eben im Moment nicht.

Sollte also das Tuch, das hier im Wege lag, sie schrecken, weiter nach Nathanael zu suchen? Oder sollte, so überdeutlich hier drapiert, im Gegenteil es sie auffordern, zu eilen, zu retten, an Nathanael sich zu werfen, ihm den Kristall, der ja auch in diese Lage sie gebracht, um den Hals zu legen als Zauberschutz und Schutzzauber, als Mühlstein und Blutfluch, als alles zusammen, wie am Ende sie es immer erlebt, wer mochte es wissen? Doch verschwammen Laila diese Überlegungen schnell und verwirrten sich, und solcherart verstrickt lief sie weiter und merkte es kaum. Längst hatte den Pfad, den sie gekommen, seit der Fährmann sie abgesetzt, sie verloren. Sumpfiger war das Land, durch das sie nun lief, geworden, als sei eine der großen Überschwemmungen, eine Flut von den Wassern des Flusses oder vom Himmel herab, nie mehr abgelaufen, Insekten umschwirrten und stachen Laila, kaum spürte sie es, doch schwollen die Augen ihr zu, und es schwollen die Lippen und floss ihr das Blut von den Beinen, so dass noch mehr Getier davon angelockt, immer öfter blieb sie stecken in diesem Sumpf und fiel, fiel mit dem ganzen Körper voran in den Sumpf und in das Getier, das reichlich darin wimmelte und sich vermehrte, eine Plage, die Ekel hervorgerufen hätte, doch empfand, konnte empfinden Laila so nicht mehr, und saugte Getier, Gewürm sich fest an ihren Fetzen, ihren Brüsten, ihrer Haut. Hatte Laila jegliche Richtung verloren und hätte zu sagen nicht gewusst, ob im Kreise sie sich bewegt in diesem Sumpf oder quer durch diesen hindurch.

Einmal dann aber war sie in ihrem Kreisen an ein Ufer wohl angestoßen, denn fester ward der Boden unter ihr wieder, und sie stürzte mehr, als dass sie sich legte, in das wunderhaft, so wunderherrlich trockene, nach letzter Sommersonne duftendes Moos, und Bilder, Lichter, Farben, Stimmen stiegen auf in ihr, Haut spürte sie und heiße Leiber, grell sah einen Weg sie vor sich, der gleich ihr wieder verschlossen, flüsterte Ludo und schlug sie, der steinerne Phall eines Wächters bohrte in ihren Mund und verströmte sich in gewaltiger Flut, in der zu ertrinken sie drohte, beugte aber dann Nathanael sich über sie und reinigte ihren Mund mit Brot und Rauschgetränk, und mit Nathanael trieb die Herde sie auf die Weide hoch in den Bergen, und war vor ihnen weites Land, weiter Raum, Weite, die bis an die Gestade unseres Meeres reichte, und lockten die weißen Priesterinnen sie und hießen sie willkommen mit heißen Küssen und dem weißen Gewand, das anlegten sie ihr und das ihrer Haut und ihrer Seele wohltat, wie es ein Kleid nie zuvor getan, war so, als wäre dieses weiße, fast durchsichtige, kaum mehr sichtbare Gewand eine neue Haut ihr geworden, zusammen mit dem Sonnenlicht, das zart und zärtlich sie einhüllte, und ein Sausen und Säuseln ging an ihr vorbei, dessen Ursprung sie sehen nicht konnte, fühlen aber schon, und sie wusste, dass diesem Sausen und Säuseln folgen sie würde, weil sie es musste, und musste sie ihm folgen, weil sie es wollte.

ERWACHTE Laila im Moos, kurz bevor die Sonne sich neu erhob im Osten. Hatten Anstrengung und Müdigkeit sie vollständig offenbar in Nacht und Schlaf gelassen, waren verschwunden die Schwellungen und die blutenden Wunden abgeheilt fast unsichtbar, ohne Schorf, ohne Aussatz der Haut, an dem oft sie gelitten, wenn ihre Seele gedemütigt durch die Widerfahrnisse, die in den Kohorten sie erlebt. Waren Früchte des Waldes und des Feldes ihr zur Hand gleich jenseits des Mooses, auf dem sie geruht, und ruhig überlegte sie, gekräftigt am Körper, an der Seele, am Geist.

Wer oder was Nathanael geraubt, verschwunden konnte er, so oder so, nicht sein, und da den Sumpf sie durchquert und überlebt, würde sie ihn wiederfinden, das wusste sie nun oder meinte es zu wissen, denn wir erwarten Belohnungen und verknüpfen Erlebnisse wider besseres Wissen, wenn besser wir es wüssten freilich.

Doch, Wunder oder nicht, ist oft es so auch, dass die Dinge nicht sich kümmern um Wissen, da sie weit hinter dem Wissen und unter dem Wissen, in den Urgründen oder woanders, verknüpft sind miteinander, und so erhalten wir, wenn wir bereit dafür sind und unser Sehnen ausschließlich, Belohnungen für Dinge, die nie wir getan.

Musste Laila nun weit auch nicht mehr gehen. Hatte kaum sie Moos und Mahl verlassen, da sie, einem nicht breiten, doch bequemen Pfad folgend, der von was oder wem auch immer angelegt, gesäumt von hochwachsenden duftenden Kräutern und Getreiden, auf aus grobem Gestein Gemauertes stieß, ungeschlacht, nachlässig, wie gleichgültig hingeworfen, doch dauernd, rund, in einem allerdings fast vollständigem Kreis. War eine Zisterne, ein tiefer Schacht, gegraben und erhalten sicher nicht von den gelben Ibissen, den Riesenlurchen, den sich häutenden Raupen, und wo eine Zisterne ist, ein Brunnen, da müssen solche sein, die dieses Wassers bedürftig, die um diesen Brunnen herum leben oder immer wieder an diesem Brunnen vorbeikommen auf den Wegen, die sie gehen, weil sie es müssen. Baut keiner Brunnen um des Vergnügens willen, um sich am Brunnen, am Gebauten zu erfreuen. Brunnen ist Zweck, notwendig den Karawanen, unentbehrlich den Sesshaften, die mit seiner Hilfe der Erde Frucht, Fruchtbarkeit, Fülle entlocken, der Erde abschmeicheln oder hinterlistig sie um die Frucht betrügen. Ein Schluck Wasser auf dürres Land, ein Linsengericht für die Erstgeburt.

Wurde Laila angezogen, in die Tiefe zu sehen, wie alle wir angezogen werden, hinunter, in den Schoß, in den Grund zu sehen, so wir dazu eingeladen. Beugte also Laila sich über den Rand und musste sogar ein wenig hochziehen sich, denn war die Fassung des Brunnens, so nachlässig auch immer, doch recht hoch gemauert, dass wohl selbst hochgewachsene kräftige Männer Mühe gehabt, aus diesem Brunnen zu schöpfen. Mochte aber sein freilich, dass jene, die den Brunnen erbaut, anders schöpften, mit einer Vorrichtung, die leicht es dem machte, der über die Vorrichtung verfügte, an einen Ochsen gebunden, wer dieses Wassers regelmäßig bedurfte, würde Mittel wohl wissen, es sich zu verschaffen.

Mit Mühe sah also Laila ins Schwarze. Es ging tief in dieses Schwarz hinein, und wenn überhaupt Wasser am Grunde dieser Zisterne war, dann konnte es wohl kaum mehr als den Grund bedecken, wenn denn überhaupt. Warf Laila ein Steinchen hinein in das Dunkel, sinnlos eigentlich, ohne Zweck, zerstreut, eine ferne, sehr ferne Kindheitserinnerung vielleicht, um die Tiefe zu messen und über die Tiefe zu staunen, in diesem Staunen exemplarisch Welt und Leben selbst bestaunend, spielerisch, ohne Bewusstsein seiner selbst, wie ein Kind es tut, bis eben an die Stelle zwecklosen Staunens der Zweck tritt, der nach Mitteln verlangt, und hätte je einer gehört, dass diese Mittel, die einem Zwecke dienen, von schöner Gestalt seien oder sein auch nur konnten ihrer Natur gemäß.

Konnte Laila nicht hören, wie das Steinchen auf Grund kam, sei es, dass das Steinchen eben das war, ein Steinchen und mithin so dünnen Klang erzeugend, dass dem Menschenohr dieser nicht mehr deutbar, sei es, dass der Grund tatsächlich so tief lag, dass der Klang sich, emporsteigend, selbst in der engen Zisterne zerstreute und verlief. Jegliches Steigen verebbt im Steigen selbst und durch das Steigen, wenn auch sehr unterschiedlich sein mag von unten, wann es verebbt, wäre freilich die Höhe, aus der einer dies betrachtet, groß genug, so wäre kein Unterschied zu merken.

Drang freilich, zerbrechlich, verweht, ein Laut doch nach oben und schien von belebter wie von unbelebter Natur gleich weit entfernt. Und meinte Laila, die ja lange genug in das Schwarz gestarrt, jetzt etwas Weißes, Helleres jedenfalls zu erkennen, unscharf, wie zerrissen an den Rändern und immer wieder in Gefahr, im Dunkel der Zisterne vollends zu verschwinden.

Es war Nathanael, Nathanael in der Grube, und Laila freute sich, und es wurde warm ihr Herz, das die Kälte gewohnt, obwohl oder weil den Kristall sie ja trug. War nun aber an dem, Nathanael aus der Grube, dem trockenen Brunnen, der Zisterne zu ziehen, aus dem Schacht, der ins Dunkle führte, zurückzuholen ans Licht, in die frische Luft des Herbstes.

Wie aber dieses bewerkstelligen, da weder Mittel noch Kraft bei Nathanael oder Laila? Was aber geschehen muss, wird aufhalten sich nicht lassen. Mochte einer – wer hätte sein es sollen denn? – auch nicht wissen, in und mit welchen Fäden der Erzählungen und Geschichten Nathanael und Laila verwoben, welche Fäden im Netz der Geschichten sie selbst spannen, so konnte doch ihr Ende hier, im Land der gelben Ibisse, der Riesenlurche, der sich häutenden Raupen, an der Zisterne, in der Nathanael gefangen, nicht sein. Doch was hieß, andererseits, dieses auch wieder? Ein jeglicher Faden verknüpft sich, wie er will, und tut es der eine nicht, so ein anderer, der eben erst gesponnen und der sich entspinnt und aus dem selbst ein ganz eigenes und, wer weiß, gewaltiges Netz an Geschichten und Erzählungen, aus Träumen und Knoten sich weben kann. Da schon Nathanael in der Grube, hätte wohl, an einem solchen Faden der Geschichte, Laila zu ihm hinabsteigen können, warum auch nicht, eines so gut wie das andere, und wenn emporsteigen kann einer aus Kellern in die lichten und aufgeräumten und sauberen, wenn auch verschlossenen und bewachten Räume der Mädchen und Mägde, so mag eine andere hinabsteigen in das Dunkel eines Schachtes, der in einen Urschoß vielleicht führt und vielleicht, wer mochte es wissen, wären Nathanael und Laila vom Grund weitergekommen, durch eine Spalte vielleicht, durch die, wenn der Brunnen nicht ausgetrocknet und unfruchtbar, Quellwasser, frisches, reines Quellwasser drang, und wären, wenn bäuchlings durch den engen, den Atem tatsächlich durch eingeklemmte Brust fast raubenden Spalt gekrochen, in eine der riesigen Höhlen, Häusern, Burgen jenes Herrn gleich, gekommen, in denen am anderen Ende der zeitlichen Zeiten die Weiser der Urhorden Preis und Klage gefeiert, das Unheil zu wenden, mit dem der leichenblasse Schwarzflossler, das tiefe Dunkelmaul, die schmiertriefende Weltkröte drohten. Vielleicht – vielleicht wäre, konserviert im Dunkel und unberührt von jenem Rand der zeitlichen Zeiten her in diesem steinern unterirdischen Fest- und Klagesaal ein Nachen übrig geblieben, mit dem die weißen oder schwarzen Priester übergesetzt an die Altäre, zu denen nur sie Zugang hatten, und wären Nathanael und Laila in diesem Nachen durch die Unterwelt getrieben, bis der Fluss ins Helle getreten, um dann in einen größeren zu münden und der wieder und dann in den nächsten, bis der letzte Fluss ins Meer, in unser Meer sich ergießen mochte und Nathanael und Laila schließlich am Gestade der weißen Priesterinnen strandeten, möglich, oh möglich, und wahrscheinlich, so wahrscheinlich wie alle denkbaren und undenkbaren Geschichten und Fäden und Träume wäre auch diese gewesen, und warum denn nicht auch dieses? Kann ja dieses sein wie jenes, und ist jenes so gut wie dieses.

Ankunft, Aufbruch

War aber an dem nun einmal, und so geht ebendiese Erzählung und dieses Gespinst, denn muss diese Erzählung sich enden ja, und muss verknotet werden dieses Gespinst und kein anderes, war aber an dem nun einmal, dass Laila oben und Nathanael in der Zisterne und Laila, Laila zuvörderst, nach Ratschlag suchte, wie Nathanael aus der Grube wieder zu ziehen, ans Licht, zu neuer Wanderung. Immerhin aber kräftigte sich Nathanaels Stimme, da

Laila ihn gefunden und er Laila erkannt, und schien er auch nicht ganz auf dem Grund der Zisterne aufgeschlagen, sondern war wohl, tief genug zwar, auf einem Felsvorsprung, der dort unten in den Hohlraum der Zisterne hineinragte, als wäre die Zisterne fast schon um ihn herumgebaut, zu liegen gekommen. An Hilfsmitteln hatten sie, nackt ja beide beinahe buchstäblich, nichts, kein Seil, keine Leiter gar, keine Tritte, an denen emporzusteigen. Mit einem Ast von einem der dürren Bäume, von deren einem die gelben Ibisse sie beobachtet, wollte Laila es versuchen, und mit Mühe brach sie einen, und da mit Mühe es ihr gelang, schien es ihr, wie es so ist oft und bei uns allen, als wäre das Wichtige eigentlich schon getan damit, obwohl es hilflos natürlich und vollkommen vergeblich. Nicht zu denken im geringsten, dass Nathanael mit solch einem dürren Ast, der ja nicht einmal herunterreichte zu ihm und den Laila nicht halten hätte können, zu befreien. Kamen Laila die sich häutenden Raupen, von denen der Fährmann fabuliert, in den Sinn flüchtig, ob nicht an solch einer Haut Nathanael empor sich winden könnte, war aber von den Raupen und ihren Häuten nichts zu sehen und nichts zu finden.
Wanderte so die Sonne weiter. Und wuchs die Ratlosigkeit und stieg Angst hoch in Laila, kriechend, wie das Dunkel der Nacht sich weiterschiebt, knechtisch, winselnd, doch unaufhaltsam. Und kam dann auch Nacht, und Laila verbrachte sie, was sollte sie tun, an der Zisterne, und schreckten sie die Geräusche, das Keckern, nichts anderes vielleicht als der Traum eines der gelben Ibisse, das Knacken, das schleichende Rascheln, der heiße brünstige Atem, der ein seinerseits aufgeschreckter Windhauch sein nur mochte oder eben anderes, von anderem, das die Nacht bevölkerte und die Sonne scheute, nicht zu unterscheiden war es ja, und sehnte sich Laila in die Grube hinein oder besser Nathanael aus der Grube heraus, nur nicht die Einsamkeit im Schatten und in der Kälte der Zisterne.

SCHWAND auch diese Nacht, wie die Nächte immer schwinden. Wenn die Tage schwinden, so tun es auch die Nächte, und da kein Bleibens für die Nächte ist, kann für die Tage keines sein. Und zeigte sich, dass die Zisterne nicht von ungefähr stand, wo sie stand. Und dass das Land der gelben Ibisse so wenig leer, wie es die Länder sind, mochte es den Wanderern, die Laila und Nathanael waren, so auch erscheinen für eine Weile.

War die Sonne, rückkehrend aus dem Gefild, das wir nicht kannten, kaum noch über die östliche Klippe vorgerückt oder eigentlich gar nicht, so sandte sie doch, wie tastend, erstes Licht vorsichtig und behutsam, als Bewegung war im Land der gelben Ibisse, und es waren Wanderer oder solche, wer mochte es wissen, die auf einem und auf ihrem Marsch waren. Lag also die Zisterne an einem alten Weg, der Ost und West mit dem Lauf der Sonne verknüpfte, denn wo Bewegung ist, ist Verknüpfung, und die Verknüpfung braucht die Bewegung. Waren aber drei Diener jenes Herrn, die ihren Weg gingen, und führten sie eine Jungfrau mit auf einem Esel.

Waren aber jene aus dem Osten gesandt von jenem Abt, der einst auf seinen eigenen Marsch gegangen, und sollte die Jungfrau auf dem Esel jenem Florianus, dem Gefolgs- und Hauptmann des Abtes übergeben werden, dass der mit ihr verfahre, wie ihm beliebe. Als sollte wiederholen der Florianus die Geschichte des Abtes und zu neuem Ende bringen, da der Abt, so war zu glauben, jenes Leben durch seinen Marsch hinter sich gelassen. Aber dieses eben mochte wohl nicht gehen, und hatte der Florianus die Geschichte des Abtes längst wiederholt, in anderer Weise, aber wiederholt eben doch. Heißt ja nicht, dass das, was da kreiset, gleich aussehen muss immer für den, der die Kreise läuft, so sind es eben doch, lange, dieselben Kreise.

Nun wusste Laila nichts von diesen Dingen und Nathanael auch nicht. Und die drei Diener jenes Herrn und Gefolgsleute jenes Abtes wussten es ebenfalls nicht. Waren unterwegs durch das Land der gelben Ibisse auf dem Pfad, der ihnen gewiesen und froh, die Zisterne zu erreichen, denn knapp waren sie ausgerüstet mit Mahl und Trank, und war das Land hier auch friedlich und üppig dem Anschein nach, so war es doch karg zugleich und wollte nichts austeilen an diejenigen, die zum Marsch es durchquerten.

War nun Laila im Anfang ebenso erschrocken, wie es die Gruppe der Wanderer mit dem Esel und der Jungfrauen waren, hier unvermutet auf andere, ein Gegenüber zu treffen im leeren Land. Und da die Diener jenes Herrn die Not sahen, und da Laila froh, dass sie nicht mehr alleine, ohne Rat, vor der Zisterne, war man schnell am Ratschlagen, wie aus dieser Lage zu kommen. Und waren die Wanderer aus dem Osten zwar schmal mit Mahl und Trank versorgt, so waren sie doch gut ausgerüstet mit dem, was man auf langer Wanderschaft brauchen konnte möglicherweise, um durch die Gefahren zu kommen und das Ziel und die Bestimmung, derethalben sie ausgesandt, zu erreichen und zu erfüllen. Und so war schnell beschlossen, dass die Jungfrau, welche die leichteste und jüngste und beweglichste, an der abgestoßenen Haut einer Raupe, auf welche die Wanderer unterwegs anders als Laila und Nathanael gestoßen, reichlich gestoßen, in Fülle, wie sie sagten, und hatten also eine jener stinkenden Häute an sich genommen, ohne selbst zu wissen eigentlich, warum. Ist ja sonderbar tatsächlich, zum einen, was einer tut und was er lässt, ohne zu wissen recht warum, und ist sonderbar ebenso, dass durch gleiches Land einer geht wie der andere und trifft doch auf andere Dinge oder eben gar keine Dinge, die dem anderen auf dem Wege, wenn nicht gar im Wege. Ließ die Jungfrau auch kaum sich bitten und schien, im Gegenteil, begierig, hinabzusteigen in den Schlund, der die Zisterne dem, der von oben auf sie schaute, auch ja war. Und so verschwand sie im Loch, nach unten, zu Nathanael hin. Dauerte, bis das verabredete Zeichen kam, und drang kein Laut nach oben, dass Laila fürchtete, die Jungfrau selbst wäre verschwunden unwiederkehrbar und wäre nicht zu enträtseln von oben, dort, wo die Sonne in ihrem Lauf bereits vorangekommen und ihren Anlauf nahm, ihren Höhepunkt zu erreichen, was unten geschah.

War dann aber so, dass der Esel anzog und, Stück für Stück, nach oben kamen beide, die Jungfrau oben, die Beine um den Kopf des nackten Nathanael geschlungen, fürsorglich, dass dieser noch Halt fand zusätzlich mit seinen Händen an ihren dürren, doch wohl kräftigen unverbrauchten Schenkeln, und erst, als sie beide auf der Erde vor der Zisterne zu liegen kamen, entließ sie ihn aus der Umklammerung ihrer Beine und Nathanaels Kopf aus ihrem Schoß. Dann aber nahm Laila Nathanael in den Arm und atmete schwer und hätte, erstmals, wohl sich nehmen lassen von ihm, der Wanderer, der Jungfrau ungeachtet oder eben wegen der Jungfrau und den Wanderern, doch hatte Nathanael kaum mehr als einen flüchtigen Blick für sie nun, sah sie wohl kaum, obwohl er sie sah, wohl aber hatte die Augen er gerichtet auf die Jungfrau, durch die er zurückgekommen auf die Erde und ins Licht, und tat es, wie Laila zumindest wiederum sehen es wollte, weil sie es musste und sehen musste, weil sie es wollte, tat es mit Gier. Wie die Jungfrau mit Gier im Blick auf den nackten Nathanael zurücksah, doch ohne ein Wort zu sprechen, wie sie überhaupt noch kein Wort gesprochen hatte.

Sei früh er wohl, begann nun Nathaniel – er wisse es kaum aber zu sagen –, gegriffen und gewürgt worden hinterrücks, dass die Sinne ihm beinahe oder vielleicht vollständig geschwunden, etwas Haariges, Stacheliges habe er gespürt an seiner Haut und durch die Fetzen der Kleidung, die er da noch getragen, hindurch, sonderbar murmelnde Laute, mal nah und leise, dann laut und entfernt habe er gehört, von denen er nicht hätte sagen könne, ob sie Fetzen einer fremden Sprache, ob sie tierisches Gegurgele und Geröchele, und stinkender Hauch hätte ihn betäubt fast, wenn überhaupt er zu Atem zwischen dem Würgen er kam. Seien ihm bald die Fetzen vom Leib gewunden worden, und habe er bei alldem nicht auch nur ein wenig gesehen, wer oder was ihn gepackt und geschüttelt und geschleift und gewürgt. Und sei also schließlich in die Zisterne geworfen, wo auf dem Vorsprung er zu liegen gekommen war, betäubt, zerschlagen, frierend, denn es war Nacht und die Zisterne gefüllt mit großer Kälte bis an ihren oberen Rand.

Sei gut, sprach da einer der Wanderer, wenn dieses Land der gelben Ibisse, das so leer und so fruchtbar und so voll der Fülle scheinen mochte, sei wohl gut, wenn sie es verließen schnell und womöglich gemeinsam. Und gab, wohl versehen mit Notwendigem, wie sie ja waren, Nathanael eines der Kleider, die zu tragen sie gewohnt, grobes, schweres Tuch, kratzend, genäht aus einem einzigen Stück, in dem die menschliche Gestalt beinahe völlig verschwand, wenn nicht ein Tau um die Lenden wenigstens eine Ahnung davon wieder hergezaubert hätte. Und gab Laila, die ja auch kaum mehr als nackt, eines der weißen kostbaren Kleider der Jungfrau, deren mehrere der Abt ihr mitgegeben, auf dass der Florianus davon erregt vielleicht oder einfach aus der Fülle, dem Überfluss heraus, wer mochte es wissen? Und zogen so, in mancherlei Verirrung – denn waren sie vorher jeweils für sich ohne Überlegung und also sicher ihren Weg gegangen, so zweifelten sie jetzt oft und verliefen sich also – durch das Land der gelben Ibisse, bis an den Fluss sie neu kamen und diesen wiederum überquerten, ohne einen Fährmann diesmal, sondern halb schwimmend, halb, bis an die Brust im Wasser, watend, und hatte Nathanael Laila auf der Schulter, die Jungfrau aber ritt den Esel, wie immer sie es getan. Bald danach aber hatten sie sich getrennt, ihre Wege, ihre Märsche waren andere, ihre Erzählungen und Geschichten waren andere und hatten nur kurz sich gestreift, zärtlich oder zufällig, wie Geschichten und Erzählungen es tun, und wäre die Jungfrau gerne wohl mit Nathanael weiter gewandert und hätte Nathanael wohl auch sie auf seinem Rücken statt auf dem des Esels reiten lassen, und hätte ich, der Kommandant des letzten Gefechts, auch wohl gerne noch sie hier gesehen neben Raahael und Mirjam und dem Mädchen, doch war es nun einmal nicht an dem, für diesmal nicht und vielleicht für immer.

DUNKEL war es geworden im Dorf, nachdem Nathanael geendet, und kaum mehr als Schemen waren wir einer dem anderen erkennbar. Hätte die Geschichte, die Nathanael erzählt, nicht auch vom Weiser, der früh hinzugetreten war, um auch diese Geschichte aufzusaugen und in sich zu verwandeln, erzählt werden können? Hätte ich selbst, träumerisch in diesem Halbdunkel und Dunkel, beschwören können, dass nicht mir dies widerfahren, dass meine Auen um jenen Fluss, die ich durchwandert nach und vor den Kreisen mit Esther und wiederum vor der Zeit bei Ludo (oder war es danach oder beides, ich wusste es nicht), dass also diese Auen nicht das Land der gelben Ibisse Nathanaels und Lailas? Waren es nicht der Abt und der Fürst und das Mädchen und die Söldner und weißen Priesterinnen, welche die eine Geschichte erzählen konnten und erzählten so wie die andere, und in der wiederum wir unsere Rolle spielten und die wiederum wir nahmen, um sie einzuweben in die Geschichten und Erzählungen, die selbst wir fortspannen? Hatte nicht ich ebenjenen Garten der Fülle verlassen wie Nathanael im Land der gelben Ibisse, das ebenso voll war mit Frucht und Wasser, und hatte wiederum jener Söldnerhauptmann jenes Dorf hinter den Wäldern, das neu ihm Leben und neues Leben ihm schenken sollte, erst erreicht, nachdem er fast in den Tod geworfen wie Nathanael in die Zisterne? Und standen nicht überall in den Geschichten, inmitten oder am Rande oder im Dunkel gar, Frauen wie Cybilla und Laila und Männer wie der Hirte auf dem Berg, die den Kristall trugen sichtbarlich oder unsichtbar? So waren die Geschichten: eine Geschichte nämlich in unendlicher Vielfalt.

Welcher aber war der Kristall, den Raahael trug, so sie denn einen trug? Musste einen freilich sie tragen, zumindest konnte ja anderes nicht als ein solcher Kristall Bann und Hexerei mir erklären, in die ich geraten, seit Raahael ich begegnet in jenem zerstörten Hause jenes Herrn am Fuße unseres Hügels, oh, wie weit waren wir gewandert seither, wohin hatte unser Marsch uns geführt!

Hatte dieses Dorf oder Städtchen, in dem wir lagerten – lagerten, wie scheinen mir wollte, für die letzte Nacht, bevor unser, bevor mein, bevor dieser Marsch sein Ende gefunden –, ein Haus jenes Herrn, wie alle diese Dörfer und Städtchen ein Haus jenes Herrn nun einmal hatten, ein Haus, das stand aus dem Kern der zeitlichen Zeiten heraus, wenn nicht vom anderen Ende der Nicht-Zeiten her, über den hiesigen Rand der zeitlichen Zeiten hinaus in unsere Nicht-Zeiten hinein. War dieses Haus hier, wie die meisten Häuser gerade jenes Herrn, aber nicht nur diese, seit den letzten Hügel wir verlassen, von festem unzerstörtem Bau, mit weißen, sauberen Mauern, mochte hie und da, bei näherer Betrachtung, ein Anwurf von Erde, ein schwarz gepinseltes, rätselhaftes Zeichen wie ein nicht mehr zu deutender Fluch aus Räumen und Erzählungen, die längst verweht, ein verschwimmender Schemen von den Winden, dem Regen, den Frösten die Mauern verunreinigen, doch hinderte dieses zugleich, dass in ihrer Reinheit sie drohlich wirken mochten etwaiglich. Die hohen, oft farbigen Fenster dieser Häuser hier waren unzerbrochen meist, und gut so war dieses, denn die Kunst, farbige Fenster, überhaupt Fenster, simples sauberes Glas entstehen zu lassen beinahe aus dem Nichts und einzig aus Wissen, geerbtem und weitergesponnenem, und Geschick und Demut war verloren gegangen in diesen Nicht-Zeiten, wusste niemand wann und wohin.

Ich selbst immerhin und Ludo gewiss und in jedem Fall der Weiser, der ja, seiner Erzählung nach, aus einem solchen Haus mit farbigen Fenstern gesandt hinaus von dem weißen Priester, gesandt mit dem Mädchen, das für ihn bestimmt und doch nicht bestimmt, ich selbst hatte immerhin das Bild noch in mir, wenn die Sonne mühsam, unwillig, noch gar nicht hier, ihre Finger aus Licht tastend vorausschickte – musste doch wissen eigentlich längst, was sie erwartete, und war doch immer wieder neu selbst ihr alles, wenn neu sie erschien – und die farbigen Fenster zu glühen begannen, wenn im Inneren des Hauses jenes Herrn man erwachte oder die Nacht dort verbracht und geschlafen gar nicht hatte. War falsch aber eigentlich, Bild zu nennen, was da geschah, auch wenn die Bilder, die farbig in und auf die Fenster gemalten freilich, vom Licht erweckt, zu leben begannen. Denn eher Geschehnis denn Bild war es vielmehr, Geschehnis, das einer beschreiben nicht konnte und halten schon gar nicht und das erschöpft und ein wenig enttäuscht einen zurückließ wie selbst nach heftigster Begattung, die das Selbst sogar ausgelöscht zu haben schien, einem zumute sein mochte.

Nun aber war – wie anders? – von dem Unrat nichts zu sehen und nichts von farbigen Fenstern, da das Licht ja gegangen längst und es eine Nacht, eine dieser vielen schwarzen kalten Nächte, dauern würde, bis zurück es kam aus anderem Gefild. Wunderlich, wie sicher gegen alle Erwartung wir doch waren, dass überhaupt das Licht zurück würde kommen.

Doch kümmerte das Licht unsere Erwartungen nicht und nicht unsere Ängste, unsere Albträume nicht und nicht unsere Hoffnungen, so einer solche noch hatte, das Licht kam einfach, kehrte zurück einfach und ließ die farbigen Fenster glühen.

In jenem, so bedeutete der Weiser mir, Haus jenes Herrn also hatten Mirjam und Raahael und das Mädchen Zuflucht gefunden, nein, Unterkunft einfach, ein wenn auch hohes Dach über dem Kopf, aber warum auch nicht ein hohes und gut gedecktes. Denn Zuflucht, das war in diesem Land hinter dem letzten Hügel und nach dem Land der gelben Ibisse, das Nathanael und Laila hinter sich gebracht, Zuflucht konnte einer das nicht nennen, nicht mehr nennen, wäre Zuflucht das richtige Wort auch gewesen auf all dem Marsch, den hinter uns wir, den hinter uns gebracht ich mit Raahael oder ohne Raahael, die gleichwohl den Marsch ja mitgemacht, mit mir oder ohne mich. War ein langer Marsch gewesen mir und uns. Hatte sich vieles ereignet zwischen Raahael und mir, und hatte sich nichts ereignet gleichwohl. Hatte

Raahael ich gespürt in mir und an mir. Und war sie mir fern geblieben mit ihrem Körper, ihrem Mund, ihren Brüsten gleichwohl. Hatte mit Macht und Wut ich mich in ihren Kopf, ihre Seele zu drängen versucht und war doch nie eingedrungen in sie, und hätte zu sagen nicht einmal gewusst, ob ich es trotz kaum bezwingbarer Geilheit in den Nächten tatsächlich gewollt hätte. Oder ob sich Gier und Geilheit nicht auf anderes gerichtet, das freilich gleich namenlos wie alles andere auch. Esther und Raahael. Raahael und Esther. Das Gleiche in dem, was unterschiedlicher kaum sein konnte. Blüten in der gewaltigen Krone eines uralten Baumes, aber eben doch Blüte und Frucht aus einem Stamm und einer Wurzel. Raahael und Esther, die ich begehrt hatte. Esther und Raahael, die nicht ich genossen.

Im Hause jenes Herrn, am Anfang, am Fuße unseres Hügels, wo die schwarzen Heere zu ahnen am Horizont, wo das Licht schweflig-gelb gefärbt war von ihrer Macht, von deren Aufmarsch die Kundschafter berichteten und den wir, die es nicht sahen, spürten fast bis in unsere Körper hinein, im Hause jenes Herrn hatte Raahael sich angeschlossen uns und mir, ich hatte vergessen wozu, so es denn so überhaupt gewesen. Um zu leiten mich vielleicht auf den Marsch und auf dem Marsch, mich zu begleiten, vielleicht ohne es selbst zu wissen. Vielleicht war es umgekehrt so, dass ich mich leiten und begleiten lassen wollte und dass so ich Raahael gesucht und nicht sie mich. Wenn dieses überhaupt zu entwirren. Waren ja diese Gedanken müßig. Taten ja diese Gedanken nichts anderes, als was solche Gedanken immer taten: sie kreisten in sich und stets in sich zurück, folgenlos, müßig, quälend.

Raahael, o Raahael, Schöne, Liebliche, Lilie des Tals! Die neben mir marschiert und vielleicht mit mir und vielleicht durch mich, die ich gerufen oder auch nicht oder die mich gerufen oder auch nicht und die ich nicht kannte, von der ich nichts wusste und die keinesfalls beschreiben ich konnte.

Die ich gewollt und herbei mir gewünscht, ohne es zu wissen. Die ich begehrt, gierig, mit zitterndem Phall, freilich erst, als mein Wollen eingeschlafen, verschwunden, sich fast schon wieder aufgelöst hatte, wie Wolken, schwarze selbst, gewittrige, die lasten zwar noch, sich dann aber auflösen. Quälte ich mich mit den Bildern, die ich selbst mir erschuf und in denen ich sie stöhnend und geil sah mit anderen Männern, Geburten düsterer Träume, Gaukelbilder, von denen ich längst nicht mehr wusste, ob tatsächlich sie eben Gaukelbilder waren oder ob wirklich ich sie gesehen. Und andererseits hatte ja ebendiese Qual beigetragen dazu, langsam, unmerklich, in den Momenten der Quälerei unglaublich auch, dass eben Horn zu wachsen begann auf meiner Seele und so die Wunden, die Raahael mir geschlagen, zu ertragen ich lernte.

Und das, was wir zu ertragen lernen, ist dem Ende schon nahe, ohne dass wir es wissen. Vielleicht war es ja so, dass Raahael mich eben auf den Marsch führte und auf dem Marsch begleitete, eben damit ich zum Ende mit ihr käme. Mit ihr. Und Esther. Und den Cybillas und Cramallas und Mirjams und all jenen, in die gedrungen ich oder eben auch nicht und deren Namen ich vergessen, von denen ich gekostet, deren Geruch mir aber längst nicht mehr gewärtig, deren Haut, die ich liebkost, mir nicht einmal mehr ferne Erinnerung. Zu Ende käme vielleicht auch mit jenen Äbten und Zauberern und Mägden und Mädchen und all den Geschichten und Erzählungen, die stets aufs Neue aus sich selbst sich gebaren in immer neue Verwandlungen hinein. Und zum Ende käme mit jenen schwarzen Priestern, doch war ebendieses, ich wusste es nun, nicht gelungen. Doch wusste nun ich eben auch, dass es nichts tat. Auf einem anderen Marsch vielleicht oder auch gar nicht, es tat nichts, mochten die schwarzen Priester tun und höhnen, was und wie immer sie wollten. Oder eben das Gegenteil davon, es tat ja nichts.

Das letzte Gefecht, dessen Kommandant ich war, scheinbar, denn so hatte wohl einzig ich selbst es sehen wollen, kaum die Kohorten, denen Anführer ich immerhin gewesen, das letzte Gefecht hatte nie stattgefunden und war doch geschlagen. Und die schwarzen Heere. Gewiss, sie zogen heran. Gewiss, sie kümmerten unsere, meine Irrtümer nicht. Die schwarzen Heere zogen heran und sie zogen vorbei oder zogen sich zurück, um dann wieder heranzuziehen oder auch nicht, und es tat das eine so wenig wie das andere. Es war gleich, da es begonnen hatte, mir gleichgültig zu werden, und das Wüten und Schlachten der Kampagnen in Frühling und Sommer und Herbst, der so vielen Kampagnen, der Kampagnen ohne Zahl, es war vorbei. Ein anderes Schlachten mochte kommen, wer wusste es, und dann würde ich in jenes Gefecht ziehen, mit anderen Kohorten sicherlich, aber wohl mit keiner Raahael mehr, alleine, wer mochte dieses wissen, doch konnte ich es kommen lassen oder darauf zugehen, ohne Freude, ohne Furcht. Und wer schon mochte es wissen, ich gewiss nicht, ob nicht irgendwo in den Urgründen, unter dem Horn nicht schon eine andere Raahael sich verbarg und Qual, neue Qual ich schon reifen ließ in mir. Vorhin, als Nathanaels Bericht ich gelauscht und mit dem Weiser und Ludo ich gestanden, hatte ich Zechiel in das Haus jenes Herrn gehen sehen, in dem Raahael und Mirjam und das Mädchen nächtigten. Er tat es selbstverständlich, und es war selbstverständlich. Ich wusste, dass er Raahael beschlafen würde, vielleicht, wie er sie immer beschlafen hatte auf ihrem Weg von den Stämmen im Nordosten und zu diesen zurück, vielleicht auch würde zum ersten Mal er sie beschlafen und vielleicht würde überhaupt Raahael, die Priesterin, zum ersten Mal sich beschlafen lassen. Mirjam und das Mädchen würden Zeugen sein, wohlwollend, erregt und vielleicht ein wenig neidisch. Es tat nichts und es tat mir nichts, tat nichts mir mehr mit mir und würde mir tun nichts mehr, denn der Marsch, dieser Marsch, war beendet.

AM NÄCHSTEN Morgen stand die Sonne – sollte ich sagen: wie üblich, wie immer während unserer Kampagnen und auf diesem Marsch? – noch kaum über dem Horizont im Osten, als wir abmarschierten. Noch bevor es hell wurde, hatte ich die Kohorten sich vorbereiten lassen, und sie taten es willig, oder, wenn einer wiederum so wollte, taten es, wie eben immer sie es taten, weil es das ihre war, solange denken sie konnten. War aber wohl nicht so, dass die Kohorten viel sich fragten, was sie taten, denn sie taten, was ihnen gemäß. So waren wir abmarschiert von unserem Hügel, fast immer waren wir so, geordnet und ruhig, auf dem Marsch gewesen, mochten wir zerlumpt auch gewesen sein am Leibe und an der Seele, und so marschierten wir in unsere letzte Etappe hinein, auf die Stämme im Nordosten zu.

Als die Sonne höher gestiegen, sahen wir die blaue Wand schon, als welche die kleinen Gebirge von hier erschienen, von hier aus mächtig und undurchdringlich. Doch erfahrene Wanderer, die wir waren, wussten wir ja, dass einerseits die kleinen Gebirge, wie alle anderen, zurückzuweichen schienen, da wir uns ihnen näherten. Wussten aber auch, dass immer stärker dennoch Einzelheiten erkennbar würden, und mit diesen würde das Bild oder die Erscheinung des Undurchdringlichen sich auflösen.

Es dauerte noch, erwartungsgemäß mir, die Sonne hatte ihren freilich niedrigen Zenit längst wieder überschritten, bis wir uns jener Ansiedlung der Stämme im Nordosten näherten. Kurz bevor die Kohorten durch den letzten Hohlweg durch die Hügel in dieses kleine Tal sich ergossen, ritt mit meinem Burschen ich auf eine der milden, sanft gewellten Anhöhen, die für das Land hier bezeichnend, und ließ die Kohorten an mir, dem Kommandanten des letzten Gefechts, vorbeiziehen. Freude war in mir, nicht schäumend und krampfend, aber Freude eben doch, da ich die Kohorten, geschlagen immer wieder und doch ungeschlagen, unten in Winterlager einziehen sah. Längst ja hatten die Kundschafter der Stämme uns, Raahael, Zechiel zumal, die Wiederkehrenden, schon gemeldet. Ritt jetzt Raahael neben Nathanael vorneweg, hoch aufgerichtet beide, dahinter Laila und Zechiel. Den Schluss des Zuges machten diesmal Ludo und der Weiser.

Der Priester des Dorfes und der Hauptmann kamen ihrerseits an der Spitze der Bewohner oder vieler Bewohner den Kohorten und Nathanael und Raahael entgegen. Der Priester – sah ich es oder wollte ich es so sehen? – trug ihnen das große Buch jenes Herrn entgegen. Das Buch, über das so vieles erfahren ich wollte, und mit mir Ludo und der Weiser. Nun, war mir es nicht gelungen, für diesmal, auf diesem Marsch. Doch würden, dessen war ich mir gewiss, im Winterlager die Geschichten und Erzählungen aus diesem Buch die Kohorten lauschen lassen und ließe der Weiser sich einspinnen behaglich darin und genießerisch, und ließe er die Erzählungen neu erstehen vor den Augen der Kohorten und vielleicht sogar vor den Stämmen des Nordostens selbst, die doch damit vertraut und die darin verwurzelt seit Urgründen schon beinahe. Vielleicht war gerade ja das Fest der Scherben. Vielleicht folgten andere Feste bald. Vielleicht würde jeder einzelne unter den Geschichten jenes Buches eine wirkliche oder gedachte Figur sich töpfern, die ihn weit überragte und in der er doch zu Hause und die ihn so fasste, dass Figur und Selbst zu einem wurden. Ich entsann mich, dass Raahael die Fülle prophezeit, die in diesem Winterlager herrschen würde, und ich glaubte es.

In die Felswand gegenüber, unter die das Dorf sich schmiegte, war ein riesiger Stab eingelassen, der weit hinaus ragte. Sein Schatten, lang jetzt schon, fiel auf die Ziffer, die anzeigte, dass die Zeit der Abendrast gekommen, längst gekommen, eine Uhr, eine Sonnenuhr.

Als letzter ritt der Weiser in das Dorf. Einmal, er war der einzige, winkte er mir noch, natürlich war er, der Geschichtenknüpfer, nicht überrascht. Dann wendeten wir, der Bursche und ich, unsere Pferde und ritten gemächlich in westliche Richtung. Wohin, wir wussten es nicht. Es würde sich zeigen, bald vielleicht oder auch nicht eben. Neue Geschichten. Oder auch nicht. Ich war nicht unglücklich.

Und morgen in ein anderes Blau.

IN GRATIA DEI
10.03. 2010 – 24.4. 2017